Anna Paredes
Die Spur des grünen Leguans

Anna Paredes

Die Spur des grünen Leguans

Roman

blanvalet

Verlagsgruppe Random House FSC® N001967
Das für dieses Buch verwendete FSC®-zertifizierte
Papier *Holmen Book Cream* liefert
Holmen Paper, Hallstavik, Schweden.

1. Auflage
Originalausgabe Juni 2014 bei Blanvalet Verlag,
einem Unternehmen der
Verlagsgruppe Random House GmbH, München
Copyright © 2014 by Verlagsgruppe Random House GmbH, München
Dieses Werk wurde vermittelt durch die
Literarische Agentur Thomas Schlück GmbH, 30827 Garbsen.
Umschlaggestaltung: © www.buerosued.de
unter Verwendung eines Motivs von Getty Images/DreamPictures
Karte: © Historic-Maps
Redaktion: Friedel Wahren
LH · Herstellung: sam
Satz: KompetenzCenter, Mönchengladbach
Druck und Bindung: GGP Media GmbH, Pößneck
Printed in Germany
ISBN: 978-3-442-38101-2

www.blanvalet.de

Inhalt

Prolog
Seite 7

BUCH I
Aufruhr
Seite 11

BUCH II
Unbehagen
Seite 143

BUCH III
Erschütterung
Seite 269

BUCH IV
Sehnsucht
Seite 385

Personen
Seite 507

Prolog

Erwartungsvoll nahm sie den Umschlag zur Hand und brach das Siegel auf. Ihre Blicke hasteten über die leicht nach links geneigten Buchstaben in tiefroter Tinte. Schon nach wenigen Zeilen erkannte sie, dass dieser Brief ihr Leben für immer verändern würde. Ihr Herz pochte vor Freude und Aufregung so laut, dass es gewiss jeder im Haus hörte, selbst in der entlegensten Kammer.

Hastig zog sie einen Koffer unter dem Bett hervor, legte wahllos zwei Kleider, Leibwäsche, ihr Skizzenbuch und festes Schuhwerk hinein. Gerade wollte sie die Zimmertür hinter sich schließen, als ihr einfiel, welche Besorgnis ein unerwarteter Aufbruch bei ihrer Familie auslösen würde. Sie machte kehrt, holte Papier und Feder aus der Kommode. Sie werde für eine Weile verreisen, schrieb sie, niemand solle sich Sorgen machen, sie werde sich so bald wie möglich melden. Die Notiz legte sie vor den Frisierspiegel, wo das Dienstmädchen den Zettel beim Saubermachen finden würde.

Den dunkelhäutigen Führer mit dem fehlenden Schneidezahn und dem immerwährenden Lächeln kannte sie seit Jahren, hatte sie sich dem Indio doch schon wiederholt auf ihren Reisen anvertraut. Er kannte den Dschungel mit seinen unwegsamen Pfaden seit Kindertagen, benötigte weder Karte noch Kompass. Zunächst ritt die kleine Karawane nach Westen und dann, etwa auf halber Strecke zum Meer, weiter in nördliche Richtung. Mit schlafwandlerischer Sicherheit setzten die vier Mulis die Hufe voreinander, überwanden teils felsigen Untergrund, teils tiefen Morast. Hoch oben in den Baumkronen erhob sich vielstimmiges Vogelgeschrei. Die Luft war heiß und schwül. Selbst über Stunden während Regengüsse, die sie und ihr Begleiter unter einer behelfsmäßig aufgespannten Zeltplane abwarteten, brachten keine Abkühlung. Schweiß stand ihr auf der Stirn, die erdverkrustete Kleidung klebte ihr am Körper, doch das störte sie nicht. Ebenso wenig wie der harte, unbequeme Sattel ihres geduldigen Reittieres. Denn es gab keinerlei Unbill mehr und keine Tränen, weder Zweifel noch unerfüllte Sehnsüchte.

Wenn am Abend die Dunkelheit binnen weniger Minuten hereinbrach, schlug der Führer die Zelte auf. Unter dem Schutz eines Moskitonetzes hüllte sie sich in ihre Decke und fiel sogleich in tiefen Schlaf. Am Morgen, wenn die Tiere des Dschungels lautstark erwachten, waren ihre Handrücken von Ameisen zerbissen. Hin und wieder musste sie eine Spinne oder einen verängstigten Frosch aus dem Schuh schütteln.

Nachdem Menschen und Mulis sich für den Tagesritt gestärkt hatten, ging die Reise weiter. Manchmal mussten sie einen Umweg nehmen, wenn der Stamm eines Urwaldbaumes, den ein Blitz zersplittert hatte, den Pfad versperrte. Mitunter wurde sie von einem Rascheln im Dickicht aus ihren Gedanken gerissen. Dann glaubte sie, eine Schlange davonhuschen zu sehen. Vielleicht war es aber auch ein

Jaguar oder ein Waschbär. Dennoch verspürte sie nicht die geringste Angst. Sie fühlte sich unverwundbar und stark.

Irgendwann lichtete sich der Nebelwald, Sonnenstrahlen fielen durch das Blätterdach. Sie ritten an Baumstämmen vorbei, die mit Moos und Flechten überzogen waren. Orchideenblüten zeigten sich in den verschiedensten Farben und Formen, bargen Labsal für bunt gefiederte Kolibris, deren Flügelschlag ein leises Sirren erzeugte. Fingerlange gelbe, rote und schwarze Raupen ringelten sich auf bizarr geformten Farnblättern, die den Erdboden bedeckten. Schmetterlinge ließen sich auf schirmähnlichem Blattwerk nieder oder schwirrten zwischen den armdicken Luftwurzeln der Lianen umher. Sie sog diese Bilder in sich ein, empfand Freude und tiefe Ehrfurcht. So musste einst das Paradies ausgesehen haben, so grün, fruchtbar und atemberaubend schön.

Ein schmaler Pfad wand sich an einem steil emporragenden Bergkamm entlang. Hier oben war die Luft kühler, und sie wickelte sich in ihr wollenes Schultertuch. Und dann, am Nachmittag des zehnten Tages, ließ der Führer die Mulis anhalten und legte eine Hand hinter das Ohr. Was hörte er? Waren es Tierlaute oder menschliche Stimmen? Ihr Herz klopfte wild und laut, mit angehaltenem Atem blickte sie zu ihm hinüber, lauschte, konnte aber nichts Außergewöhnliches wahrnehmen. Der Führer nickte wortlos und wies mit ausgestreckter Hand auf eine Gruppe himmelhoher Bäume am Rand einer Lichtung, zu deren Füßen drei gräuliche Zelte zu erkennen waren. Ein leises Lächeln erhellte ihr Gesicht, denn sie wusste – sie war am Ziel angekommen.

BUCH I

Aufruhr

Februar 1863 bis September 1863

Über die Hacienda hallten das Brüllen der Ochsen und die Rufe der Führer, die ihre Gespanne durch das beeindruckende Eingangstor lenkten. Dorothea konnte sie nicht alle zählen, doch sie hatte das Gefühl, es würden jedes Jahr mehr. Die Familie war vor dem Herrenhaus zusammengekommen, um dem Reisenden Lebewohl zu sagen. Olivia, die elfjährige Tochter, stellte sich auf die Zehenspitzen und schlang die Arme um den Hals des Vaters.

»Wann kommst du wieder nach Hause, Papa? Bringst du mir auch ein Geschenk mit?«

Antonio Ramirez Duarte, Dorotheas Ehemann, wollte von der Hochebene von San José, wo sich die großen Kaffeeplantagen erstreckten, hinunter ans Meer reisen, wie immer zu dieser Jahreszeit. San José, die Hauptstadt Costa Ricas, lag auf einer Höhe von viertausend Fuß inmitten eines weiten Plateaus, das etwa fünf Leguas breit und zehn Leguas lang war und von hohen Bergen eingerahmt wurde. Das Valle Central war eine der ausgedehntesten Hochebenen Mittelamerikas. Diese Ebene wiederum wurde unterbrochen von Hügeln, Tälern und Schluchten, die durch verschiedene Flüsse gebildet wurden. Im Norden begrenzte der Río Torres die Hauptstadt, im Süden der Río Maria Aguilar. Beide Flüsschen versorgten die Bevölkerung in der trockenen Jahreszeit, von November bis März, ausreichend mit Trinkwasser. In der übrigen Zeit, von April bis Oktober, sorgten tropische Regenschauer für Wasser und Wachstum.

Antonio würde die Karawane der schwer beladenen Ochsenkarren auf ihrem Weg durch den Dschungel bis nach Puntarenas begleiten, dem größten und wichtigsten Hafen an der Pazifikküste. Von dort aus würden die Säcke mit dem schwarzen Gold, wie die Einheimischen die Kaffeebohnen nannten, nach Südamerika und Europa verschifft werden. Den Weg an die Karibikküste versperrte eine Zone undurchdringlichen Urwalds, sodass Schiffe von und nach Europa den weiten Weg um die Spitze Südamerikas nehmen mussten.

»In spätestens einem Monat bin ich zurück. Selbstverständlich bringe ich meiner Prinzessin etwas mit. Habe ich das je vergessen?« Er beugte sich hinunter und drückte seiner Tochter einen Kuss aufs Haar. »Sei schön brav! Und dass du mir nicht wieder vom Baum fällst oder mit deinem Pony aus einem Graben oder Bach gezogen werden musst.«

»Ich werde artig sein wie ein Lämmchen, Papa! Versprochen!«, beteuerte Olivia mit treuherzigem Augenaufschlag. Dorothea befürchtete allerdings, dass die Elfjährige das Versprechen nur allzu schnell wieder vergaß. Olivia war ein Wildfang. Immerzu musste sie beweisen, wie wagemutig und unerschrocken sie war. Dabei war sie schon so manches Mal böse auf die Nase gefallen.

Ein Führer hielt mit seinem Gespann vor dem Herrenhaus. Die Ochsen hatten glänzendes, frisch gebürstetes Fell. Um die mächtigen Hörner waren Blumen gebunden. Farbenfrohe Ornamente zierten die hölzernen Räder des Karrens. Pedro Ramirez Garrido, Dorotheas Schwiegervater, Herr der Hacienda Margarita, legte Wert darauf, dass sein Sohn stets mit dem prächtigsten Gespann reiste.

Ein sechsjähriger Blondschopf sprang vom Karren, geradewegs vor Antonios Füße.

»Warum darf ich nicht mitkommen, Vater? Ich habe keine Angst vor Schlangen oder giftigen Fröschen. Und wenn uns ein Puma angreift – peng! Peng!« Er richtete sich breitbeinig auf und zielte mit einem unsichtbaren Gewehr genau zwischen die Hörner der Ochsen.

Antonio verzog kaum merklich den Mund und strich seinem Sohn über das zerzauste Haar. »Warte nur ab, mein Sohn! In einigen Jahren übernimmst du das Kommando. Aber sei nicht enttäuscht, wenn dir unterwegs kein Puma oder Jaguar über den Weg läuft. Diese Tiere haben viel mehr Angst vor Menschen als wir vor ihnen. Mir ist in all den Jahren noch keine einzige Wildkatze begegnet.«

Federico ballte die Hand zur Faust und stieß mit den Knöcheln gegen die Faust des Vaters. »Auf Wiedersehen, Vater. Großvater wartet auf mich. Ich darf mit ihm schießen üben.« Flugs wandte er sich um und stob in Richtung Stallungen davon.

Dorothea sah ihrem Sohn mit leichtem Stirnrunzeln hinterher. Dann trat sie zu Antonio und streckte die Arme aus. »Gute Reise, mein Lieber! Ich richte dem Hochzeitspaar deine Grüße aus.«

»Welches Hochzeitspaar?«, fragte Antonio zerstreut, während der Führer einen großen braunen Lederkoffer auf den Karren wuchtete.

»Weißt du nicht mehr? Die jüngste Tochter von Reimanns will in zwei Wochen heiraten. Schade, dass wir nicht gemeinsam mit ihnen feiern können.«

»Ja, jetzt erinnere ich mich ... Nun, ich hoffe, du amüsierst dich auch ohne mich. Und nach meiner Rückkehr entführe ich dich wieder einmal ins Theater. Ich genieße die Blicke der Männer, die mir die bezaubernde Frau an meiner Seite nicht gönnen.«

Dorothea lächelte gezwungen. Statt der neiderfüllten Männerblicke hätte sie sich mehr Zärtlichkeit von Seiten ihres Gatten gewünscht. Antonio beugte sich vor, streichelte ihre Wange und küsste ihr dann galant die Hand. Außenstehende hätten diese Geste als ehelichen Liebesbeweis betrachtet, zurückhaltend deshalb, weil er unter freiem Himmel und in Sichtweite der Dienstboten stattfand. Doch diese Berührung konnte ihr Herz nicht erwärmen.

Sie nahm ihre Tochter an die Hand und blickte Antonio hinterher, winkte noch einmal, als der schwere Karren durch das Eingangstor rumpelte, um kurz darauf hinter der nächsten Wegbiegung zu verschwinden. Sie seufzte unhörbar. In ihrem Innern fühlte sie eine tiefe, ungestillte Sehnsucht.

»Also frage ich dich, Pepe Navas y Cazola, vor Gottes Angesicht: Willst du deine dir anvertraute Ehefrau lieben und ehren, ihr Hilfe und Beistand gewähren, sie nie verlassen, weder im Glück noch im Unglück, bis dass der Tod euch scheidet? Ist dies dein fester Wille, so bekräftige diesen vor dem allgegenwärtigen und allwissenden Gott und den hier anwesenden Zeugen durch ein vernehmliches Ja.«

»Ja.«

»Nunmehr frage ich auch dich, Roswitha Reimann, willst du diesen dir anvertrauten Ehemann lieben und ehren und ihm in allen Gott wohlgefälligen Dingen gehorchen, ihm allzeit Rat, Hilfe und Beistand gewähren, die eheliche Treue unverbrüchlich bewahren in guten und in schlechten Tagen und nicht von ihm fortgehen, bis dass der Tod euch scheidet? Ist dies dein fester und unumstößlicher Wille, so bekräftige diesen vor Gott und den hier anwesenden Zeugen durch ein vernehmliches Ja.«

»Ja.«

Von ihrem Ehrenplatz in der zweiten Kirchenbank aus verfolgte Dorothea die Trauungszeremonie. Eine plötzliche Rührung stieg in ihr auf. Mit zittrigen Fingern zupfte sie ein Spitzentaschentuch aus dem Kleiderärmel und trocknete sich die Augenwinkel. Auch die Frauen ringsum waren ergriffen, schämten sich ihrer Tränen nicht.

Sie musste an ihre eigene Hochzeit denken, mehr als ein Dutzend Jahre zuvor. Als Antonio Ramirez Duarte, der begehrteste Junggeselle weit und breit, Sohn und einziger Erbe des mächtigsten Kaffeebarons im Land, ausgerechnet sie, Dorothea Fassbender, die kleine deutsche Haus- und Zeichenlehrerin, zur Frau genommen hatte. Man hatte sie beide als das schönste Brautpaar des Jahres bezeichnet. Wie sehr hatte sie sich damals gewünscht, ihrem Mann eine gute Ehefrau zu sein und ihn glücklich zu machen. Hatte davon geträumt, auch mit Herz und Seele anzukommen in dem Land, in welches das Schicksal sie geführt hatte. Nachdem sie, krank an Leib und Seele, ihre Heimatstadt Köln Hals über Kopf verlassen musste und die lange, beschwerliche Reise über die Ozeane nach Costa Rica angetreten hatte.

Mehrere der Hochzeitsgäste in dem schmucklosen Gotteshaus waren ihre Begleiter auf dem Schiff gewesen. Dem

Dreimastfrachter *Kaiser Ferdinand* mit zwanzig Passagieren an Bord, der an einem nieselgrauen Morgen im Mai 1848 im Hamburger Hafen die Anker gelichtet hatte, um mehr als fünf Monate später an der Pazifikküste Costa Ricas seine Fahrt zu beenden. Die Mitreisenden hatten ihre Heimat gleichfalls in Eile verlassen, wenn auch aus einem anderen Grund. Hungersnot und die Angst vor dem Verlust ihrer Existenz hatten diese Menschen aus ihrer Heimat vertrieben. Sie wollten in einem neuen Land ein besseres Leben beginnen, damit ihre Kinder einmal eine Zukunft hätten.

Und nunmehr war aus der sommersprossigen und stupsnasigen kleinen Roswitha von damals eine strahlende Braut geworden. Ihr frischgebackener Ehemann war ein Einheimischer, ein jungenhaft wirkender Tischler, dessen Ururgroßeltern aus Spanien stammten und weitläufig mit einem Nachfahren von Christoph Kolumbus verwandt waren, wie die Mutter des Bräutigams bei der Begrüßung der Gäste stolz erklärte. Dorothea blickte hinüber zum Altar, wo der Pfarrer die auf einem blauen Samtkissen liegenden Ringe segnete.

»Der allmächtige Gott ist Zeuge. Wechselt jetzt zum Zeichen dieses eures gegenseitigen Gelöbnisses die Trauringe. Was Gott zusammengefügt hat, soll der Mensch nicht trennen. Hiermit bestätige ich euren immerwährenden Bund als rechtskräftige christliche Eheleute. Im Namen des Vaters, des Sohnes und des Heiligen Geistes...«

In das nun folgende »Amen« fielen alle Kirchenbesucher mit ein. Zu den fröhlichen, wenn auch wenig harmonischen Klängen zweier Geigen und einer Flöte schritt das Brautpaar hinaus ins Freie und nahm vor dem Kirchenportal die Glückwünsche entgegen. Dorothea reihte sich ein in die Schlange der Gratulanten. Die junge Braut nestelte an ihrem Schleier und fiel Dorothea um den Hals.

»Ich freue mich so, dass Sie gekommen sind, Fräulein Fassbender! Vor lauter Aufregung konnte ich Sie vorhin in der Kirche gar nicht entdecken.« Gleich darauf schlug sie die Hand vor den Mund. »Verzeihung, ich meine natürlich – Señora Ramirez.«

Dorothea schmunzelte. Die unbekümmerte Offenheit der jungen Frau war eine charakteristische Eigenschaft aller Mitglieder der Familie Reimann. »Aber das macht doch nichts, Roswitha. Ich freue mich, wieder einmal meinen früheren Namen zu hören.«

»Dann war das Fettnäpfchen nicht allzu tief, in das ich gerade getreten bin?« Die Braut zupfte ihren Ehemann am Ärmel. »Pepe, Liebster, ich muss dich unbedingt mit meiner früheren Lehrerin bekannt machen. Ich erinnere mich noch genau daran, wie Señora Ramirez mit uns einen Schmetterling gezeichnet hat.«

»Meine Verlobte… ich meine, meine Frau hat mir schon viel von Ihnen erzählt«, bekannte Pepe und warf seiner Braut einen zärtlichen Blick zu. Dann zwinkerte er Dorothea unbekümmert zu, ganz so, als seien sie alte Bekannte. Sie gratulierte dem Brautpaar mit einem herzlichen und kräftigen Händedruck.

»Ihnen beiden Glück und Gottes Segen. Das soll ich Ihnen auch von meinem Mann ausrichten. Er konnte leider nicht mitkommen. Um diese Jahreszeit hat er immer für mehrere Wochen geschäftlich an der Westküste zu tun.«

»Können Sie denn trotzdem noch zu unserem Festessen

bleiben, Señora Ramirez? Irgendjemand wird Sie später nach Hause bringen, nicht wahr, Pepe?« Mit einem versonnenen Lächeln lehnte Roswitha den Kopf gegen die Schulter ihres frischgebackenen Ehemannes, der seinen Arm zärtlich um die Taille seiner Braut legte.

Dorothea spürte einen leisen Stich in ihrem Innern und unterdrückte die melancholischen Gefühle, die sie bedrängten. Sooft sie zwei verliebte Menschen sah, überfiel sie eine tiefe Traurigkeit. Das Bild eines jungen Mannes mit braunen Augen, zerzausten Locken und einem leicht spöttischen Lächeln stieg unvermittelt in ihr auf. Es ließ sich nicht vertreiben und wurde in der Runde deutscher Auswanderer nur noch deutlicher.

Plötzlich war sie wieder die zweiundzwanzigjährige Hauslehrerin, deren Eltern sie zwingen wollten, einen ungeliebten Mann zu heiraten oder ihr ungeborenes Kind beseitigen zu lassen. Das Kind des Mannes, den sie liebte und heiraten wollte, das sie jedoch verloren hatte, wie sie auch ihn verloren hatte. Zumindest hatte sie das all die Jahre seit ihrer Flucht aus Köln geglaubt.

Aber dann, vor einem Jahr, hatten sie sich plötzlich vor der Kirche in San José gegenübergestanden – ihr einstiger Verlobter Alexander Weinsberg und sie. Damals, im April 1848, hatte eine Zeitung nach einer Straßenschlacht im revolutionären Berlin irrtümlich den Tod des jungen Journalisten vermeldet, während Alexander in Wirklichkeit – durch eine Pistolenkugel schwer verletzt – über Monate in einem Berliner Krankenhaus lag. Und sich voller Verzweiflung fragte, warum die Geliebte keinen seiner Briefe beantwortete.

Kaum hatten sie sich wiedergefunden und eine Nacht

leidenschaftlicher Umarmungen und neuer Zukunftspläne verbracht, hieß es abermals Abschied nehmen. Alexander musste nach Deutschland zurückkehren. Doch bald schon würde er wieder nach Costa Rica kommen und im Auftrag eines renommierten Berliner Verlages ein weiteres Buch über seine Reiseerlebnisse schreiben. Und sie, Dorothea, würde ihn begleiten und die Zeichnungen dazu anfertigen. Wie sie es bei ihrer Verlobung in Köln geplant hatten. Seit dem Tag ihres unerwarteten Wiedersehens im letzten Mai sehnte sie sich mit jeder Faser ihres Herzens nach der Erfüllung ihres Traumes.

Antonio, ihr Ehemann, würde sie von Zeit zu Zeit ziehen lassen, sofern sie sich diskret verhielte und den Ruf der Familie nicht schädigte. Diese Abmachung hatten sie in beiderseitigem Einvernehmen getroffen. Antonio hatte ihr sein Geld zur Verfügung gestellt, damit sie die Casa Santa Maria aufbauen konnte, eine Zufluchtsstätte für Indianerinnen in Not. Er verteidigte sie gegen die Hochnäsigkeit und Vorurteile der gar nicht so feinen Gesellschaft von San José und hielt seine Hand schützend über sie. Wie auch Dorothea im Gegenzug ihn schützte und vor Verdächtigungen und übler Nachrede bewahrte. Indem sie zu ihm hielt und sich nach außen als glückliche Ehefrau gab, auch wenn sie wusste, dass ihr Mann sie nie so innig und leidenschaftlich lieben würde, wie Alexander sie liebte. Denn wirklich lieben konnte Antonio nur Männer.

»Sie bleiben doch, nicht wahr, Señora Ramirez?« Roswithas bittende Stimme riss sie aus ihren Gedanken.

»Aber ja, sehr gern«, erwiderte Dorothea rasch. »Und machen Sie sich keine Gedanken, wie ich nach Hause komme. Mein Kutscher hat hier ganz in der Nähe Verwandte, denen er sicher gern einen Überraschungsbesuch abstattet. Er wird sich freuen, wenn er hört, dass wir erst am Nachmittag zurückfahren.«

Das Hochzeitsessen fand im Gemeindehaus statt. Es war erbaut worden, nachdem Dorothea ihren Schuldienst in der Siedlung San Martino nahe Alajuela beendet hatte und an den nördlichen Stadtrand von San José gezogen war, in das Elternhaus ihres Ehemannes. Die Tische waren mit einfachem Tuch und Geschirr, aber dennoch liebevoll gedeckt worden. Mit einem geflochtenen kleinen Blütenkranz an jedem Platz. Die Geschwister der Braut saßen mit Dorothea an einem Tisch. Sie freute sich aufrichtig, ihre einstigen Schüler wiederzusehen, die mittlerweile junge Erwachsene geworden waren.

Zum Essen gab es sowohl Schweinebraten, zubereitet nach deutscher Tradition, als auch das Nationalgericht der Costa Ricaner, Gallo Pinto, einen Eintopf aus Reis, Bohnen und Zwiebeln, gewürzt mit frischen Korianderblättchen. Während des Festmahles wurden Erinnerungen an die Überfahrt auf der *Kaiser Ferdinand* und an die Zeit ausgetauscht, als Dorothea die Siedlerkinder unterrichtet hatte. An diesen Lebensabschnitt hatte sie in den zurückliegenden Jahren manches Mal mit Wehmut gedacht, denn sie liebte ihren Beruf und hatte ihn immer mit Leidenschaft ausgeübt.

Rufus und Robert, die beiden ältesten Söhne der Familie Reimann, hatten sich zu gut aussehenden jungen Männern entwickelt, denen der Aufenthalt im Freien eine frische Gesichtsbräune verliehen hatte. Sie hatten breite Schultern und kräftige Hände bekommen. An den Schwielen und Schrunden war zu erkennen, dass sie die Arbeit nicht scheuten. Richard, der Zwillingsbruder der Braut, wirkte eher wie ein vorwitziger Schuljunge. Er war kleiner und schmaler gebaut als seine Brüder und machte eine Uhrmacherlehre bei einem Schweizer Aussiedler, der schon seit mehreren Jahren im Land lebte. Die zehnjährige Rebecca war das Nesthäkchen und in Costa Rica zur Welt gekommen. Dorothea erinnerte sich, wie stolz die Eltern ihr bei einem ihrer Besuche erzählt hatten, dass Nachwuchs unterwegs war, und wie sie dieses keimende Leben als Zeichen für eine glückliche Zukunft in der neuen Heimat angesehen hatten.

Nachdem das Brautpaar die Hochzeitstorte angeschnitten hatte und alle Gäste gekostet hatten, wurden die Tische zur Seite geschoben. Die beiden Geiger aus der Kirche und ein Gitarrenspieler holten ihre Instrumente hervor. Es wurde getanzt und viel gelacht. Jeder der anwesenden Männer über zwanzig drängte sich, Dorothea zum Tanz aufzufordern. Mit dem blonden Haar, der hellen Porzellanhaut und in dem schmal geschnittenen graublauen Kleid verdrehte sie im Nu allen Männern den Kopf. Sie fühlte sich durchaus wohl in Anwesenheit dieser bodenständigen und ungekünstelten Menschen, die innerhalb weniger Jahre aus einem Stück Urwald eine ansehnliche Siedlung geschaffen hatten. Und die so ganz anders waren als diejenigen, die Dorothea sonst traf. Die Mitglieder des Geldadels von San José, deren vornehmstes Ziel das Anhäufen von noch mehr Geld war. Aus diesem Grund fühlte sie sich dort immer unbehaglich und fehl am Platze.

Als sie eine Tanzpause einlegte, nahm sie ihr Skizzenbuch zur Hand und zeichnete das Brautpaar, wie es sich

Wange an Wange im Walzerschritt wiegte. Da vernahm sie hinter sich eine vertraute Frauenstimme.

»Señora Ramirez, ich habe Sie noch gar nicht richtig willkommen geheißen. Wir sind sehr stolz, dass Sie zu unserem Fest gekommen sind. Mir scheint, Sie mussten heute mit jedem tanzen, der zwei Beine hat und eine Hose trägt. Und wie ich sehe, sind Sie noch immer die Zeichenlehrerin, die unsere Kinder so wunderbar unterrichtet hat.« Else Reimann, die Brautmutter, hatte denselben heiteren Tonfall wie früher. Obwohl ihr Haar mittlerweile grau geworden war und sich Fältchen um Augen und Mundwinkel gebildet hatten, wirkte sie doch gesünder und strahlender als bei ihrer Ankunft in Costa Rica.

Dorothea lachte leise. »Aber nein, mit dem Unterricht habe ich längst aufgehört. Ich zeichne nur noch zu meinem Vergnügen. Meistens meinen Mann und die Kinder. Aber gern auch so fröhliche Menschen wie unser Brautpaar. Ich muss Sie zu Ihrem Schwiegersohn beglückwünschen, Frau Reimann. Ein wirklich reizender junger Mann. Ihre Tochter wird sicher sehr glücklich mit ihm. Außerdem habe ich mich schon lange nicht mehr so vergnügt wie heute.«

»Aus Ihrem Mund ist das ein ganz besonderes Lob. Ich wollte mir gerade die Füße vertreten. Kommen Sie, unternehmen wir einen Rundgang durch unser Dorf! Damit Sie sehen, was wir aus einem Stück Urwald geschaffen haben. Die Gäste können uns wohl für einige Minuten entbehren«, schlug Else Reimann vor. »Wie geht es Ihren Kindern? Kommt der Junge nicht bald in die Schule?«

Und so erzählte Dorothea von Federico, der mit seinen sechs Jahren davon träumte, später ein großer Erfinder zu werden. Von der elfjährigen Olivia, die am liebsten auf Bäume kletterte oder mit ihrem Pony wagemutig die höchsten Hindernisse überwand. Ganz in ihre Unterhaltung vertieft, schlenderten die beiden Frauen vorbei an Blockhäusern mit winzig kleinen Vorgärten, in denen Kübelpflanzen unterschiedlicher Größe ihre Blütenpracht entfalteten. Einige Familien hielten sich Ziegen, Schweine und Hühner, die frei zwischen den Häusern umherliefen. Dorothea staunte über die sauberen und befestigten Wege sowie das neue Schulgebäude, in dem mittlerweile vierzig Schüler unterrichtet wurden. Sie selbst hatte dreizehn Jahre zuvor in einer behelfsmäßig eingerichteten Scheune lehren müssen.

Voller Stolz deutete Else Reimann auf die weiten, schnurgerade abgezirkelten Felder am Rand der Siedlung. »Hier bauen wir Mais, Bohnen und Kartoffeln an. Da diese in Costa Rica recht selten sind, bekommen wir einen guten Preis auf dem Markt. Und weil der Boden hier in der Hochebene so fruchtbar ist, können wir sogar dreimal im Jahr ernten.« Sie blickte dankbar zum Himmel auf. »Übrigens, Señora Ramirez, letzte Woche kam ein Brief von meinem Neffen Heinrich aus Düsseldorf. Der mit dem Porzellangeschäft, Sie erinnern sich? Ich hatte ihm von den Vasen und Krügen geschrieben, die die jungen Indianerinnen in Ihrem Heim anfertigen. Er ist überzeugt, dass viele seiner Kunden solche exotischen Gegenstände kaufen würden. Fremdländisches Kunsthandwerk ist in Deutschland zurzeit groß in Mode, meinte er. Hier, ich habe Ihnen seine Adresse aufgeschrieben. Es wäre doch schön, wenn Sie miteinander ins Geschäft kämen. Außerdem muss ein solch großartiges Projekt doch unterstützt werden.«

Dorothea steckte die Notiz in ihre Rocktasche. »Diese Aussicht wird den Mädchen noch mehr Ansporn geben. Wie Sie sich vermutlich vorstellen können, hatten wir am Anfang gegen schlimme Vorurteile anzukämpfen. Die Costa Ricaner mit spanischen Wurzeln glauben, alle Indios seien Kriminelle. Zum Glück hat mein Mann mich immer unterstützt. Ohne seinen Beistand wäre die Casa Santa Maria nie entstanden. Und denken Sie nur, morgen wird ein Journalist aus New York kommen und einen Bericht für die Leser seiner Zeitung schreiben.«

Von ferne nahmen die Spaziergängerinnen die Musik und das Gelächter der Festgesellschaft wahr. Sie kehrten um und plauderten dabei angeregt weiter, ganz so, als hätten sie sich tags zuvor zuletzt gesehen. Else Reimann hakte sich bei Dorothea unter, und mit einem Mal kamen Erinnerungen an die Fahrt mit der *Kaiser Ferdinand* auf.

»Erinnern Sie sich noch an die Meiers aus Boppard?« Else Reimann verlangsamte ihren Schritt. »Die Familie konnte in Costa Rica nicht Fuß fassen. Das Heimweh war wohl zu groß. Sie sind nach Deutschland zurückgekehrt. Und Frau Kampmann hat nach dem tragischen Tod ihres Mannes während der Überfahrt ein zweites Mal geheiratet. Sie lebt heute in der Nähe von Heredia.«

»Und Sie und Ihr Mann, haben Sie je bereut, ausgewandert zu sein?«, wollte Dorothea wissen.

»Keine Sekunde lang. Es war die einzig richtige Entscheidung«, erklärte Else Reimann und nickte mehrmals zur Bekräftigung. Doch dann mischte sich ein nachdenklicher Unterton in ihre Stimme. »Wissen Sie, es ist uns seinerzeit nicht leichtgefallen, unsere Verwandten und Freunde zurückzulassen. Aber in Deutschland hätten wir nicht länger von unserer Hände Arbeit leben können. Wir wollten unseren Kindern eine bessere Zukunft geben. Trotzdem haben wir das Vaterland, unsere alten Sitten und Gebräuche in Erinnerung behalten.«

»Was die Gäste bei dem köstlichen Schweinebraten feststellen konnten. Ich weiß nicht, wann ich das letzte Mal so knuspriges Fleisch gegessen habe«, lobte Dorothea und erfuhr gleich darauf ein streng gehütetes Küchengeheimnis: Die Kruste war während des Garens im Ofen immer wieder mit Bier übergossen worden.

Die Feier würde sicher noch bis in den Abend hinein dauern, mutmaßte Dorothea, und allzu gern wäre sie noch ein Weilchen geblieben. Doch der Kutscher war bereits vorgefahren, damit sie die Hacienda Margarita vor Einbruch der Dunkelheit erreichten. Leise Wehmut befiel sie, als sie sich von den alten Weggefährten verabschiedete. Sie musste versprechen, bald wieder zu Besuch zu kommen.

Während der Einspänner nach Süden durch Zuckerrohrfelder und wilde Bananenpflanzungen rollte, sann Dorothea darüber nach, wie wohl ihr Leben verlaufen wäre, wenn nicht der Sohn des mächtigsten Kaffeebarons Costa Ricas um ihre Hand angehalten hätte. Würde sie dann vielleicht noch immer in der Siedlung San Martino leben und den Kindern Lesen, Schreiben und Rechnen beibringen? Und wäre sie dann glücklicher? Oder eher unglücklicher?

Doch nach diesem heiteren und unbeschwerten Tag wollte sie nicht in Grübeleien verfallen. Zumal sie Grund genug hatte, dem Schicksal dankbar zu sein. Sie hatte alles, was eine Frau sich wünschen konnte: zwei gesunde Kinder, ein Leben ohne Geldsorgen, ein großes Haus mit einer Vielzahl an Dienstboten. Und einen blendend aussehenden Mann, um den alle Frauen sie beneideten, der sie achtete und beschützte. Wenngleich sie mit ihm wie Schwester und Bruder zusammenlebte. Doch schon in wenigen Wochen würde sie Alexander wiedersehen, und alle ihre geheimen Sehnsüchte nach innigen Küssen und leidenschaftlichen Umarmungen würden sich erfüllen.

Mit dem letzten Tageslicht erreichte der Einspänner die Einfahrt der Hacienda Margarita. Fackeln waren bereits entzündet und beleuchteten die Hauptwege rings um das Herrenhaus, bildeten Lichterketten im leicht hügeligen Gelände. Ein Bursche eilte herbei und half Dorothea beim Aussteigen. Durch die offen stehende Tür zum Speisezimmer sah sie, wie das Dienstmädchen den Tisch deckte. Aus der Küche zog der Duft von gebackenen Tortillas durch die Diele. Dorothea stieg in ihr Schlafzimmer im ersten Stock hinauf, um sich für das Abendessen umzukleiden.

Ihr Schwiegervater Pedro hatte bestimmt, dass die Kinder während des Essens nicht unaufgefordert sprechen durften. Und so unterhielten sich nur die Erwachsenen – über die Menge an Kaffeesäcken, die Antonio bis ans Meer begleitete, und über die Höhe der zu erwartenden Ernte, die die der Vorjahre übertreffen würde. Als sie das Dessert beendet hatten, eine Mangocreme mit gerösteten Kokosnussscheibchen, platzte es aus Olivia heraus. Gestenreich und mit leidenschaftlichen Worten beschwerte sie sich über die neue Naturkundelehrerin, bei der die Schüler Stunde für Stunde eine Pflanze abzeichnen mussten und die jede Skizze äußerst streng benotete. Federico erzählte von seinen neuesten Plänen, wobei er noch nicht wusste, ob er lieber einen Springbrunnen bauen oder eine Wasserleitung zu den Ställen legen sollte, damit die Pferdeburschen beim Ausmisten keine Eimer mehr vom Bach herübertragen mussten. Wie Dorothea vorausgesehen hatte, überhörte ihr Schwiegervater die Klage der Enkelin, lobte hingegen überschwänglich die Vorschläge des Enkels, während die Schwiegermutter den Worten ihres Mannes in stummer Bewunderung und mit großen Augen lauschte.

Als sie die Kinder mit einem Gutenachtkuss verabschiedet hatte, suchte Dorothea ihr Zimmer auf und rieb die tanzmüden Füße mit Minzöl ein. Sie beschloss, früh zu Bett zu gehen. Schließlich wollte sie am nächsten Tag ausgeruht und ohne hässliche Ringe unter den Augen dem Journalisten gegenübertreten. Sie ließ sich in die weichen Kissen fallen und merkte, dass sie vergessen hatte, ihre Kette abzulegen. Eine schlichte rotgoldene Kette mit einem herzförmigen Medaillon, auf dem kleine Granatsteine funkelten. Das Verlobungsgeschenk Alexanders, ihr Talisman, das ihr während vieler Jahre über manche dunkle Stunde hinweggeholfen hatte.

Sie malte sich aus, wie der Geliebte sie beim Wiedersehen in die Arme schließen würde, fühlte Bartstoppeln an ihrer Wange und hörte ihn mit seiner tiefen, rauen Stimme Zärtlichkeiten in ihr Ohr flüstern. Sie drückte das Herz an die Lippen und legte die Kette in eine samtbezogene Schatulle auf ihrem Nachtschränkchen. Wie verworren das Leben doch manchmal sein konnte. Sie hatte zwei Männer. Einen, der sie liebte, und einen, der sie als Ratgeberin schätzte. Mit einem Lächeln auf den Lippen schlief sie ein.

Da sie großen Wert auf Pünktlichkeit legte, erreichte Dorothea zehn Minuten vor dem vereinbarten Zeitpunkt die Casa Santa Maria. Zu ihrer Verwunderung war ihr Gesprächspartner jedoch noch früher erschienen. Womit er sich deutlich von den Costa Ricanern unterschied, die es mit der Uhrzeit nicht so genau nahmen und gern mit einiger Verspätung zu Verabredungen erschienen. John del Mar wartete bereits im Garten unter dem tief gezogenen Palmstrohdach der Töpferwerkstatt. Derart geschützt, konnten die Mädchen auch bei Regen im Freien weiterarbeiten.

Die Hausmutter Yahaira und ihre Zöglinge Teresa, Silma, Raura und Fabia saßen am Kopfende des großen Arbeitstisches und lauschten gebannt den Erzählungen des amerikanischen Journalisten. Die siebzehnjährige Fabia war als Letzte in der Casa Santa Maria eingezogen, nachdem ihre Mutter ein drittes Mal geheiratet hatte und der Stiefvater Fabia mehrmals vergewaltigt und ihr mit dem Tod gedroht hatte, sollte sie jemandem davon erzählen. Don Quichote, ein großer Hund mit schwarzem Zottelfell, der Liebling der Mädchen, lief schwanzwedelnd und mit freudigem Gebell auf Dorothea zu und verlangte hartnäckig die ihm zustehenden Streicheleinheiten.

John del Mar war kaum dreißig Jahre alt, hatte gewelltes rotblondes Haar und trug breite Koteletten. Amüsiert sah

Dorothea, wie die Mädchen dem gut aussehenden Amerikaner scheue Blicke zuwarfen und sich dabei unauffällig unter dem Tisch mit den Füßen anstießen. Dieser schien allerdings von der heimlichen Bewunderung nichts wissen zu wollen. Denn als er sich erhob, hatte er nur noch Augen für Dorothea und begrüßte sie mit einem Lächeln, in das sich ein Ausdruck von Überraschung mischte.

»Sehr erfreut, Señora Ramirez. Ich danke Ihnen, dass Sie mir Ihre kostbare Zeit schenken. Noch dazu an einem Sonntag. Aber ich musste meine Reiseroute kurzfristig ändern, und so blieb nur dieser Nachmittag.«

»Herzlich willkommen, Mister del Mar! Wie kommt es, dass man fast keinen Akzent bei Ihnen hört?«

»Oh, ich habe von klein auf Spanisch gesprochen. Mein Vater ist Mexikaner. Allerdings bin auch ich ein wenig erstaunt, denn unter einer Wohltäterin habe ich mir eine … wie soll ich sagen … gesetztere Dame vorgestellt.«

Dorothea überlegte, ob diese Worte ironisch gemeint waren oder ob sie sich geschmeichelt fühlen sollte. Doch die Miene des jungen Mannes wirkte ganz ernsthaft, und so beschloss sie, das Gesagte als Kompliment aufzunehmen. »Was führt Sie als New Yorker ausgerechnet nach Costa Rica? Sind Sie ein Abenteurer?«

»Ich arbeite für den *Daily Mirror*, werte Señora. Meine Redaktion hat mich quer durch die mittelamerikanischen Staaten geschickt, um über Außergewöhnliches und Kurioses in diesen Ländern zu berichten. Unterwegs erzählte mir ein indianischer Reiseführer von Ihrem Heim, und da wurde ich neugierig.«

Sie musste an einen anderen Journalisten mit dem Namen Alexander Weinsberg denken, der einst nach Costa

Rica reisen wollte, um ein Buch über dieses ferne Land zu schreiben – zusammen mit ihr als seiner zukünftigen Ehefrau. Mit jedem Tag sehnte sie seine Rückkehr inständiger herbei. Sie zwang ihre Gedanken in die Gegenwart zurück. »Wie wäre es mit einer kleinen Erfrischung, Mister del Mar? Yahaira wird für uns alle frischen Orangensaft bringen.«

»Oh, ich liebe Orangen! Das ist es, was ich vermissen werde, wenn ich wieder in New York bin. Die herrlichen Früchte, die in diesem Land wachsen.«

Die Hausmutter entschwand in der Küche und kehrte kurz darauf mit Gläsern, einer Karaffe mit Saft und einer Schale Mandelbiskuits zurück. Nachdem die Mädchen mit gutem Appetit zugelangt hatten, machten sie sich an die Arbeit. Teresa, die junge Mutter, zerkleinerte getrocknete Tonstückchen mit dem Mörser, während ihr kleiner Sohn friedlich in seiner Wiege im Schatten schlummerte. Raura, das jüngste der Mädchen, setzte die Töpferscheibe in Schwung und formte aus einem Tonklumpen mit geschickten Händen eine Schale. Silma und Fabia bemalten die bereits gebrannten Gefäße mit roter und schwarzer Farbe.

Unterdessen zückte John del Mar seinen Schreibblock und bat Dorothea, ihm zu berichten, wie alles begonnen hatte. Und so erzählte sie, wie sie eines Tages beschlossen hatte, eingeborenen Indianermädchen zu helfen, die keinen einzigen Fürsprecher hatten. Die von ihren Dienstherren erniedrigt, manchmal auch geschwängert und davongejagt wurden, die von ihren Vätern oder Ehemännern geschlagen wurden. Indigenas, die weder lesen noch schreiben konnten, weil keine Behörde sich darum kümmerte, ob sie zur Schule gingen oder nicht. Die schon als Kinder arbeiten mussten, weil ihre Familien arm waren und man jeden Real zum Überleben benötigte. »Meine Mädchen haben einen festen Stundenplan. Zweimal in der Woche werden sie in Lesen, Schreiben und Rechnen unterrichtet. Damit sie später einmal auf eigenen Füßen stehen können. An den übrigen Tagen arbeiten sie morgens und nachmittags jeweils vier Stunden in der Töpferwerkstatt.«

John del Mar nickte. »Auch bei uns gibt es soziale Nöte. Wir Amerikaner haben große Schwierigkeiten mit den Arbeitern auf den Zuckerrohr- und Baumwollplantagen. Was wir weißen Amerikaner uns allerdings selbst zuzuschreiben haben. Denn zuerst haben wir diese Menschen aus Afrika ins Land geholt und sie dann als Sklaven ausgebeutet. Vor allem in den Südstaaten wächst der Widerstand, überall hört und liest man von Aufständen. Ich bewundere Sie für Ihren Mut und dass Sie sich für die Schwachen einsetzen, Señora Ramirez.«

Bescheiden winkte Dorothea ab. »Zu bewundern ist eher mein Mann. Er stellt sich gegen die hiesigen Konventionen und hat sich mehr als einmal mit den Behörden angelegt. Zu meinem Glück unterstützt er mich in allen Belangen, welche die Casa Santa Maria betreffen.«

John del Mar erhob sich, trat um den Tisch herum zu Silma und Fabia und sah ihnen eine Weile mit sichtlicher Neugier bei ihrer Arbeit zu. »Sie beschäftigen hier wahre Künstlerinnen«, stellte er anerkennend fest.

»Die Motive auf den Gefäßen haben eine jahrhundertealte Tradition«, erklärte Dorothea und musste schmunzeln, weil die Mädchen immer wieder unauffällig mit verzücktem Lächeln zu dem jungen Journalisten aufschauten. »Sie sind nach den Vorlagen der costa-ricanischen Ureinwohner gefertigt. Mit ihrem Wissen bewahren meine Schützlinge die Kultur ihrer Vorfahren vor dem Vergessen. Vor allem die europäischen Einwanderer in unserem Land lieben dieses Kunsthandwerk. Wir könnten weitaus mehr Waren verkaufen, als wir produzieren.«

»Warum fertigen Sie eigentlich keine Gefäße nach althergebrachter Manier, aber mit modernen Motiven? Ich könnte mir vorstellen, dass meine Landsleute sie Ihnen aus den Händen reißen würden.«

Bevor Dorothea über diesen ungewöhnlichen Vorschlag nachdenken konnte, war von der Straße her Lärm zu hören – lautes Wiehern und das Geräusch von Peitschenschlägen. Don Quichote, der die ganze Zeit über reglos zu Dorotheas Füßen gelegen hatte, hob den Kopf und spitzte witternd die Ohren. Dann bellte er mehrmals tief und rau. Yahaira verschwand im Innern des Hauses, um nachzusehen, welcher Besucher sich wohl eingefunden hatte. Und dann kam sie auch schon in Begleitung eines Mannes von ungeheurer Leibesfülle in den Garten zurück.

Dorotheas Brauen zuckten, als Humberto Centeno Valverde, der Bürgermeister von San José, mit ausgebreiteten Armen auf sie zuwatschelte und einen Handkuss andeutete. Daraufhin begrüßte er mit jovialem Schulterklopfen ihren Gast. Noch nie hatte der Bürgermeister sich in der Casa Santa Maria blicken lassen, und den Äußerungen ihres Schwiegervaters hatte Dorothea entnommen, dass er auch noch nie ein gutes Wort über das Heim verloren hatte. Doch nun überschlug er sich fast vor Eifer.

»Soeben trug man mir zu, welch hoher Besuch heute in unserer Stadt weilt. Obwohl ich den Sonntag für das Studium besonders dringender Akten bei mir zu Hause reserviert habe, lasse ich es mir nicht nehmen, Sie persönlich zu begrüßen, mein Freund. Einen amerikanischen Journalisten, der den weiten Weg auf sich genommen hat, um über eine besondere Zierde unserer Stadt zu berichten – die Casa Santa Maria! Auf die wir alle so stolz sind und die wir stets nach Kräften unterstützen.«

Dorothea glaubte, sich verhört zu haben. Doch offenbar drechselte dieser nach Schweiß riechende, mit den Händen in der Luft herumfuchtelnde Koloss nur deswegen solche hohlen Phrasen, weil er sich einem ausländischen Korrespondenten gegenüber selbst ins beste Licht rücken wollte. Und schon säuselte der erste Bürger der Stadt beflissen weiter.

»Señora Ramirez ist unser aller Vorbild, weil sie sich um die Ärmsten der Armen kümmert. Wie gern täten wir Politiker mehr für die bedauernswerten Indios, die sich noch immer auf der Stufe von unzivilisierten Wilden befinden wie in der Zeit von Kolumbus... Doch unsere Staatskasse ist leer. Umso erfreulicher, dass es solche Beispiele christlicher Nächstenliebe gibt. Die durch derartige Berichte vielleicht auch in Ihrem Land Nachahmer finden werden, mein lieber Señor del Mar.«

Nur mit Mühe unterdrückte Dorothea ihren Zorn. Sie wusste, warum die Kassen leer waren. Weil die reichen Farmer immer wieder Möglichkeiten fanden, nur wenige oder gar keine Steuern zu zahlen, und die einfachen, hart arbeitenden Menschen mit ihren geringen Einkünften die ganze Last der Abgaben trugen. Doch das hätte dieser eitle und selbstgefällige Bürgermeister niemals zugegeben. Seine Wiederwahl stand auf dem Spiel, und dazu brauchte er die Stimmen der Wohlhabenden. Unvermittelt erhob sie sich und streckte Señor Centeno Valverde die Hand entgegen.

»Vielen Dank für Ihren Besuch, Herr Bürgermeister. Wir wollen Sie nicht länger von Ihren überaus wichtigen Amtsgeschäften fernhalten. Yahaira, bitte geleite den Señor zur Tür!«

Verdutzt stierte der Bürgermeister Dorothea an, dann verabschiedete er sich übertrieben höflich zuerst von ihr, dann von del Mar. Bereits im Weggehen, wandte er sich noch einmal um. »Und sollten Sie demnächst Ihren Präsidenten Lincoln treffen«, rief er dem Journalisten zu, »dann richten Sie ihm unbekannterweise einen Gruß von mir aus!«

Als der Bürgermeister außer Hörweite war, zwinkerte John del Mar Dorothea zu. »Kompliment! Diesem Aufschneider haben Sie es ganz schön gezeigt. Ich kenne solche scheinheiligen Typen, habe in meinem Beruf oft mit ihnen zu tun. Wenn es Ihnen recht ist, Señora Ramirez, dann lasse ich den Besuch des Bürgermeisters in meinem Bericht unerwähnt.«

Dorothea nickte erleichtert. »Danke, Mister del Mar. Aber bevor Sie gehen, suchen Sie sich als Erinnerung an die Indianermädchen aus der Casa Maria noch eine Vase oder eine Schale aus.«

Auf dem Nachhauseweg malte Dorothea sich aus, wie die feine Gesellschaft von San José sich das Maul zerreißen würde, wenn sie von dem geplanten Zeitungsbericht erführe. Weil Menschen in anderen Teilen der Welt sich weitaus mehr um die Belange der Eingeborenen Costa Ricas kümmerten als deren eigene Bewohner.

Als der Einspänner vor dem Herrenhaus anhielt, wunderte Dorothea sich über die ungewöhnliche Stille. Nirgends war ein Dienstmädchen mit frisch gebügelten Tischtüchern auf dem Weg zwischen Bediensteten- und Herrenhaus zu sehen, auch kein Stallbursche, der die Futtertröge zu den Pferdeställen schleppte, keine Küchenmagd, die mit einer Handvoll frischer Kräuter aus dem Gemüsegarten kam. Und auch ihre Kinder konnte sie nicht entdecken.

Dann fiel ihr ein, dass ihr Schwiegervater seinen Enkel Federico erstmals zu einem Hahnenkampf in die Stadt mitnehmen wollte. Ein Freizeitvergnügen, das sie zwar nur vom Hörensagen kannte, als Tierquälerei aber zutiefst verabscheute. Die beiden würden wohl erst zu späterer Stunde zurückkehren. Und Olivia hockte vermutlich im Pferdestall, um ihr geliebtes Pony zu striegeln. Gerade wollte Dorothea das Haus betreten, als ihre Schwiegermutter bleich und mit rot geränderten Augen im Türrahmen erschien. Ihre zarte, hohe Kinderstimme zitterte.

»Olivia ... sie ist fort ... einfach verschwunden!«

Die Kutsche mit den ineinander verschlungenen Initialen PRG auf den schwarz lackierten Türen holperte auf einem unbefestigten schmalen Pfad durch Bananengärten und Zuckerrohrplantagen. Pedro Ramirez Garrido rutschte in dem dunkelgrünen Lederpolster vor und zurück, verzog hin und wieder schmerzvoll das Gesicht. Sein rechtes Bein machte ihm schon seit Tagen mehr zu schaffen als sonst. Es war nach einem Sturz vom Pferd mehrfach gebrochen gewesen und nicht wieder richtig zusammengewachsen. Weshalb Pedro seither einen Gehstock benötigte. Was ihn zunächst wütend gemacht hatte, weil sein Körper ihm nicht mehr gehorchte. Mittlerweile jedoch hatte er auch die Vorzüge eines solchen Hilfsmittels erkannt, mit dem er beispielsweise unliebsame Gesprächspartner auf Abstand halten oder faulen Arbeitern Schläge versetzen konnte. Außerdem barg der Stock, eine Spezialanfertigung aus Frankreich, ein kleines Geheimnis. In seinem Innern verbarg sich ein langes dünnes Metallrohr, das Pedro je nach Laune mit Whisky, Rum oder Cognac befüllte.

Von dem geheimen Versteck wusste nur noch sein Enkel Federico. Sie beide hielten zusammen wie Pech und Schwefel. Oftmals genügte ein kurzer Blick, und sie verstanden sich auch ohne Worte. Ja, der Junge war aus demselben Holz geschnitzt wie er. Und deswegen würde er, Pedro, die Nachfolge auf der Hacienda Margarita auf seine

Weise regeln und eines Tages das Zepter in die Hände des Enkels legen. Federico würde mit eiserner Hand fortsetzen, was der Großvater in Jahrzehnte währender Arbeit aufgebaut hatte. Wenigstens das hatten sein weichlicher Sohn Antonio und dessen blasse deutsche Ehefrau Dorothea zustande gebracht – ihm einen Enkel und würdigen Erben zu schenken, der einmal die größte Kaffeefarm in Costa Rica leiten würde, wahrscheinlich sogar in ganz Mittelamerika.

Federico saß in gespannter Aufmerksamkeit neben ihm. Er hatte den kreisrunden Strohhut in die Stirn gezogen und grüßte mit huldvoller Geste imaginäre Passanten. Während der Zweispänner den leicht abschüssigen Weg nach San José entlangzockelte, schraubte Pedro den Griff seiner Gehstütze ab und nahm einen tiefen Zug von dem teuersten Cognac, den man im Land erstehen konnte. Eine kleine Aufmerksamkeit eines Freundes, dessen Sohn er, Pedro, mit einer eidesstattlichen Aussage vor einer empfindlichen Geldstrafe wegen illegalen Landbesitzes bewahrt hatte. In Kreisen wie den seinen musste man schließlich zusammenhalten. Ohnehin waren alle Staatsdiener korrupt und nur auf ihren Vorteil bedacht. Die Kaffeebarone, Apotheker und Ärzte zahlten schon genug Steuern, als ob es da auf ein paar Hektar Land angekommen wäre. Sie passierten ein gelb gestrichenes Haus, vor dessen brauner Eingangstür ein zotteliger schwarzer Hund in der Sonne döste.

»Schau, Abuelo, Don Quichote schläft! Er läuft mir immer hinterher und schnüffelt an meinen Hosentaschen. Aber ich will nicht mehr mit Mutter dorthin. Ich mag die Mädchen nicht. Einmal hat mich eine ganz böse angeguckt.

So ...« Federico kniff die Augen zusammen und verzog den Mund zu einem schiefen, schmalen Strich.

Pedro nickte und klopfte seinem Enkel auf den Schenkel. Manche nannten Federico altklug. Dabei hatte der Junge lediglich einen scharfen Blick. Mit seinen knapp sieben Jahren wusste er vieles schon richtig einzuschätzen. Casa Santa Maria ... wirklich absurd, was seine Schwiegertochter sich da ausgedacht hatte. Nach der Einweihung war das Haus für Monate Stadtgespräch gewesen. Keiner seiner Freunde hätte je für diesen primitiven Menschenschlag, wie Indios es nun einmal von Natur aus waren, auch nur einen Finger gekrümmt.

Aber Antonio, dieser Pantoffelheld, sein eigen Fleisch und Blut, unterstützte sogar den Irrwitz seiner Ehefrau. Ausgerechnet mit dem Geld, das er, Pedro, seinem Sohn hatte abtreten müssen. Die Hälfte des väterlichen Vermögens hatte Antonio sich damals zur sofortigen und uneingeschränkten Verfügung ausbedungen, bevor er nach jahrelangem Zögern und ausweichenden Argumenten doch noch vor den Traualtar getreten war. Und der Vater, der kühle und gerissene Kaufmann, hatte sich in einem Augenblick der Rührseligkeit, für den er sich im Nachhinein verachtete, tatsächlich von seinem Sohn erpressen lassen.

Ein Heim für notleidende Indianerinnen – als ob das nicht schon ein Widerspruch in sich gewesen wäre. Indianer waren grundsätzlich faul, dumm und für ihr Schicksal selbst verantwortlich. Das Land gab ihnen alles, was sie für ein glückliches Leben brauchten. Und nun lebten diese Dirnen und Diebinnen in dem feudalen gelben Haus in Saus und Braus und ließen den lieben Gott einen guten Mann sein. Angeblich sorgten sie eigenhändig für ihren

Lebensunterhalt, weil sie selbst getöpferte Vasen und Schalen mit simplen Linien bemalten und auf dem Markt an europäische Einwanderer verkauften. Lächerlich! Er wusste besser, was diese jungen Dinger in Wahrheit trieben.

»Kann ich auf einen Hahn wetten, Abuelo?« Federicos Frage riss ihn aus seinen Gedanken.

»Aber sicher, mein Junge, und wenn dein Favorit gewinnt, auch noch auf einen zweiten.« Stolz blickte Pedro auf den Knirps an seiner Seite, den er zum ersten Mal zu einem Hahnenkampf mitnahm. Der Junge sollte früh abgehärtet werden und auf keinen Fall so zartbesaitet werden wie sein Vater, der kein Tier leiden sehen konnte. Es wurde Zeit, dass Federico mitbekam, was einen ganzen Kerl ausmachte.

Nach einer Dreiviertelstunde hatten sie den Stadtrand von San José erreicht. Eingeschossige, fensterlose Lehmhäuser, in die Licht nur durch die geöffnete Haustür fiel, säumten die Straßen, die diesen Namen kaum verdienten. Das Pflaster wies tiefe Löcher auf, die seitlich ausgehobenen Gräben verwandelten sich regelmäßig in rauschende Bäche, sobald ein Tropenregen sich über der Stadt ergoss. Doch jetzt, in der Trockenzeit, hatte sich in den tiefen Rinnen allerlei Unrat angesammelt.

Allenthalben tippte sich Pedro an die Hutkrempe, während zur Rechten und Linken Menschen den Kopf neigten und ihm ihren Gruß entboten. Jeder, ob Groß oder Klein, sprach den Namen Pedro Ramirez Garrido mit Respekt und Ehrfurcht aus. Und das zu Recht, denn seinen Ruf als bedeutendster Kaffeebaron des Landes hatte er sich über viele Jahre eisern erarbeitet. Nicht nur deshalb, weil er etwas von der Aufzucht von Kaffeepflanzen verstand, sondern weil er auch die zuständigen Männer in den Ministerien kannte und für seine Zwecke einzuspannen verstand oder zum richtigen Zeitpunkt eine Spende für eine Schule oder ein Krankenhaus gab. Und nicht zuletzt deshalb, weil er um die Eitelkeiten der kleinen Farmer wusste, die leichtfertig ihren Besitz aufs Spiel setzten und gar nicht merkten, welch ein gewiefter und obendrein trinkfester Kartenspieler er war.

»So wird man dich später auch einmal grüßen, wenn du durch die Stadt fährst«, erklärte Pedro dem Enkel. »Als der berühmte Don Federico.«

»Wann sind wir endlich da?«, wollte der Enkel ungeduldig wissen, doch da hatte Pedro schon die gellenden Schreie der Hähne und die anfeuernden Rufe des Publikums vernommen, die von weither durch die Stadt hallten.

Die Kutsche hielt vor einem heruntergekommenen, windschiefen Holzhaus, zwei Straßenzüge hinter dem Marktplatz. Am Eingang drückte Pedro einem nach Schnaps riechenden Einäugigen eine Münze in die Hand und schritt mit dem Enkel an der Hand durch einen langen Korridor. Federico deutete auf geflochtene Körbe, die dicht nebeneinander aufgestellt waren. In jedem saß ein Hahn, das Gefieder bunt schillernd, braun oder schwarzweiß gesprenkelt, klein wie eine Taube oder groß wie ein Puter. Die Tiere sträubten die Federn und versuchten vergebens, in dem viel zu engen Behältnis mit den Flügeln zu schlagen. Dazu krähten sie lautstark und aufgeregt in allen Tonlagen.

Federico ging vor einem der Körbe in die Hocke und steckte den Finger zwischen die Streben. Die Antwort des Hahns war eine wütende Schnabelattacke. Federico schrie auf und zog die Hand hastig zurück, steckte sich den blutenden Finger in den Mund und versetzte dem Korb einen ungestümen Fußtritt. »Blöder Hahn!«, schimpfte er, und Pedro beobachtete, dass der Junge nur mit Mühe die Tränen unterdrückte.

Beruhigend legte er seinem Enkel eine Hand auf die Schulter. »Sei tapfer, mein Junge! Der Finger ist ja noch dran. Du hast den Hahn in Wallung gebracht. Das ist gut so, denn je wütender ein Vogel ist, umso rücksichtsloser wird er später kämpfen.«

In einem gedeckten Innenhof lag der Kampfplatz. Es waren ausschließlich Männer, die hier Sonntag für Sonntag zusammenkamen. Den Frauen war das blutige Spektakel meist zu grausam. Laut rufend und temperamentvoll gestikulierend, liefen die Besucher um die Absperrung der Arena herum oder suchten sich einen Sitzplatz auf der Tribüne. Alle Berufsstände und Altersklassen waren hier vertreten. Arbeiter mit zerfransten strohgeflochtenen Hüten und in ausgeblichenen Hosen saßen neben elegant gekleideten Kaufleuten, die Zylinder aus feinster Pariser Seide trugen. Nirgends sonst kamen sich die unterschiedlichsten Schichten der Bevölkerung so nahe wie an diesem Ort.

»Kann ich endlich wetten?«, drängte Federico und zupfte seinen Großvater ungeduldig am Ärmel.

»Sieh dir erst einmal einen Kampf an! Dann kannst du auch bald den mutigeren Hahn von dem zaghafteren unterscheiden.«

Pedro erstieg die Stufen zur obersten Reihe und hatte von dort den besten Überblick über das Geschehen. Verächtlich musterte er seinen Nachbarn. Diesem unruhig mit den Fingergelenken knackenden Mann mangelte es ganz offensichtlich an Geld für Sonntagsschuhe. Stattdessen hatte er wohl einen Kredit aufgenommen, um die Wettgelder zu bezahlen. Seine Frau musste wahrscheinlich über Monate beim Kaufmann anschreiben lassen, sollte er die Wette verlieren. Pedro kannte den Stolz seiner Landsleute. Ein Costa Ricaner wäre bereit gewesen, das letzte Hemd zu verkaufen, denn Spielschulden waren Ehrenschulden.

Federico stellte sich auf die hölzerne Sitzbank und spähte erwartungsvoll zur Arena hinüber. »Wann kämpfen sie endlich, Abuelo?«

»Erst wenn der Kampfrichter das Zeichen gegeben hat.« Pedro beobachtete mit Genugtuung, wie der Enkel vor Aufregung an der Unterlippe nagte. Er selbst hatte in seinem Leben schon unzählige Turniere erlebt, doch jedes Mal verspürte er aufs Neue die gleiche Anspannung und Vorfreude.

Zwei Männer kamen und stellten sich breitbeinig in die Arena, jeder mit einem Hahn in den Händen. Die Tiere trugen am rechten Fuß einen mehr als zwei Zoll langen Metallsporn, scharf und schneidend wie ein Rasiermesser. Um die Vögel in Wallung zu bringen, rupften ihnen die Männer Federn aus dem Hals und schwangen sie gegeneinander. Letzte Wetten wurden abgeschlossen, dann ertönte das Klingelzeichen.

Die Besitzer ließen die Tiere los und zogen ihnen dabei blitzschnell die schützende Scheide vom Sporn. Der Kampf konnte beginnen. Durch die unnatürliche Nähe, die die Hähne in ihren Körben dicht an dicht hatten erdulden müssen, waren sie bis aufs Äußerste gereizt. Jeder wollte sein Revier verteidigen, stürzte sich sogleich mit gesträubten Federn auf den vermeintlichen Eindringling und stieß dabei markerschütternde Schreie aus.

Die Zuschauer kommentierten lautstark den Kampf, sparten nicht mit Zurufen wie: »Cortéz, setz deinen Schnabel ein!« und »Gib's ihm, Nelson!«

Nach mehreren Attacken färbte das Gefieder eines der Hähne sich rot, nachdem ihm die Klinge die Brust aufgeschlitzt hatte. Der Verletzte schwankte, dennoch machte er einen erneuten Vorstoß, sprang in einem weiten Satz dem Gegner auf den Rücken und hieb wütend mit dem Schnabel auf ihn ein. Pedros Herz schlug schneller, die Schmerzen in seinem Bein waren vergessen.

»Bestimmt wird der Braune gewinnen.« Aufgeregt trat Federico von einem Fuß auf den anderen und ließ das Spektakel keine Sekunde lang aus den Augen. Bald schon floss auch aus dem braunen Gefieder des Gegners helles Blut. Nur etwa drei bis vier Minuten dauerte der Kampf, bis der erste Hahn torkelte, in einem letzten Aufbäumen mit den Flügeln schlug und schließlich reglos am Boden liegen blieb. Sein Kontrahent hieb auf den toten Gegner ein, doch auch der Sieger war so schwer verletzt, dass er taumelnd auf die Seite fiel und nur noch schwach zuckte.

Die Zuschauer johlten und applaudierten begeistert, jedenfalls jene, die auf den siegreichen Hahn gesetzt hatten. Dieser war zwar tot, hatte seinem Besitzer aber eine Menge Geld eingebracht. Die Männer ließen sich im Wettbureau ihren Gewinn auszahlen, nur um das Geld sogleich wieder für den nächsten Kampf einzusetzen.

»Ja! Der Braune war's!«, jubelte Federico.

»Gut gemacht, mein Junge, du hast den richtigen Riecher für Sieger.«

Das Lob des Großvaters trieb Federico die Röte in die Wangen. »Und nun darf ich richtig wetten, nicht wahr, Abuelo?«, fragte er aufgeregt.

Pedro nickte und folgte seinem Enkel, der bereits in weiten Sprüngen zu den Käfigen vorauseilte. Hinter den geflochtenen Gittern hockten die Tiere, die in den nachfolgenden Runden gegeneinander kämpfen sollten.

»Don Pedro, welche Ehre, dass Sie uns wieder einmal beehren! Es ist lange her, seit wir uns das letzte Mal gesehen haben«, hörte er plötzlich eine vertraute Stimme.

Pedro wandte sich um und sah sich einem klapperdürren Mann gegenüber, dessen ernster, strenger Gesichtsausdruck nicht zu seiner weichen, freundlichen Stimme passte. »Buenas tardes, mein lieber Don Manuel. Wie Sie sehen, bin ich heute nicht allein gekommen. Darf ich Ihnen meinen Enkel Federico vorstellen? Er besucht zum ersten Mal ein Turnier und findet alles höchst aufregend. Du musst wissen, mein Junge, Señor Manuel Solano y Clemente ist von Beruf Handelsrichter und besitzt die erfolgreichsten Hähne im ganzen Land.«

»Sie schmeicheln mir, mein Freund, obwohl ich mich in aller Bescheidenheit dennoch als einen der erfahrensten Kenner des Hahnenkampfes bezeichnen würde.« Dann erzählte Don Manuel bis in die kleinste Einzelheit von den Kämpfen des vergangenen Sonntags, beschrieb Größe und Farbe der siegreichen Hähne vom Kamm bis zur Schwanzfeder und wie viel jeder der Matadoren unter den Spielern gewonnen oder verloren hatte.

Pedro hörte aufmerksam zu, stellte Fragen, die sein Gesprächspartner ausschweifend beantwortete, bis er spürte, wie Federico ungeduldig an seinem Gehrock zerrte.

»Wenn Sie uns entschuldigen wollen, Don Manuel. Mein Enkel kann es nicht erwarten, seine erste Wette abzuschließen. Sicher werden wir uns in Zukunft wieder häufiger begegnen, nachdem ich doch inzwischen einen sachkundigen Begleiter habe.«

Pedro ließ seinem Enkel bei der Wahl der mutmaßlichen Favoriten freie Hand. Der Junge sollte frühzeitig lernen, seine Entscheidungen selbstständig zu treffen. Als Federico sich schließlich für drei Hähne entschieden hatte, zahlte Pedro für jeden der Kämpfer fünf Reales, das Zehnfache des Eintrittspreises, den ein Erwachsener entrichten musste.

Als sie ihren Platz auf der Tribüne wieder eingenommen hatten, war der nächste Kampf bereits in vollem Gang. Mit zitternden Flügeln hieben zwei Hähne mit den Schnäbeln aufeinander ein, umtanzten einander erregt und fügten sich mit den Sporen tiefe Wunden zu. Beide Tiere fielen fast gleichzeitig zu Boden, waren viel zu entkräftet, um weiterzukämpfen. Daraufhin entbrannte ein Streit unter den Besitzern, wollte doch jeder seinen Hahn zum Sieger erklären lassen. Das Publikum buhte, pfiff und drängte auf einen Entscheid des Schiedsrichters. Als dieser sein Urteil kundtat, erhob sich allenthalben Protestgeschrei. Die einen stürmten los, um ihren Gewinn abzuholen, die anderen wollten ihnen den Weg zum Wettbureau abschneiden. Bald war mehr als ein Dutzend Männer in eine wilde Schlägerei verwickelt.

»Gibt es jetzt einen Kampf zwischen den Männern, Abuelo? Kann ich da auch wetten?«

Pedro musste leise lachen und stellte sich vor, wie sein Enkel in einigen Jahren nicht nur mit Worten, sondern auch mit den Fäusten seine Argumente vorbringen würde. So wie er selbst es als junger Bursche gehalten hatte. Mit einem Seufzer dachte er an seinen viel zu nachgiebigen Sohn. Antonio war stets allen Streitigkeiten ausgewichen, und statt sich einmal tüchtig zu prügeln, wie es sich für einen Heranwachsenden gehörte, hatte er sich lieber in sein Zimmer zurückgezogen und Gedichte oder Romanzen verfasst.

»Nicht doch, Federico! Wir sind hier bei einem Hahnenkampf. Aber die Costa Ricaner sind ein hitziges Volk, wie du siehst. Vermutlich würde so mancher Heißsporn weitaus häufiger seine Fäuste einsetzen, gäbe es in unserem Land keine Hahnenkämpfe, bei denen er die innere Glut abkühlen kann.«

Nachdem einige Aufpasser beherzt eingeschritten waren und die Streitenden getrennt hatten, läutete der Kampfrichter eine neue Runde ein. Doch diesmal schienen die beiden Kontrahenten keine Lust auf einen Kampf zu haben. Beinahe ängstlich beäugten sie sich, näherten sich langsam einander an und pickten auf dem Boden herum. Doch schon wurden sie an den Schwanzfedern gepackt und gegeneinandergestoßen. Knapp fünf Minuten dauerte der Kampf, bis der erste Hahn nach einem qualvollen Schmerzensschrei tot umfiel.

Federico klatschte jubelnd in die Hände. »Gewonnen, ich hab gewonnen!«

Auch bei den folgenden Kämpfen siegten die Tiere, auf die Federico gewettet hatte. Pedro ließ sich den Gewinn auszahlen und überreichte die Münzen seinem Enkel, der sie mit stolzgeschwellter Brust in seine Hosentasche packte.

»Wenn ich groß bin, Abuelo, werde ich auch Hahnenkämpfer. Ich will der beste im Land sein, und alle meine Hähne werden gewinnen.«

Pedro klopfte Federico lobend auf die Schulter. »Wenn du dich anstrengst, wirst du überall der Beste sein. Du musst es nur ganz fest wollen.«

Der letzte Kampf war ausgefochten, und allmählich zerstreuten sich die Zuschauer. Die einen machten sich auf den Weg nach Hause, wo ihre Frauen mit dem Mittagessen auf sie warteten, die anderen blieben noch eine Weile auf der Straße stehen, diskutierten über den Kampfgeist der Tiere und prahlten mit ihren Gewinnen. Einige junge Frauen trippelten kichernd Arm in Arm auf der gegenüberliegenden Straßenseite hin und her, tuschelten und ließen die Gruppe nicht aus den Augen. An ihren affektierten Gesten erkannte Pedro ihre tatsächlichen Absichten. Sie würden mit einem Mann in einer der Seitengassen verschwinden, ihn in einer Hinterhofbodega betrunken machen und ihm den soeben erzielten Gewinn kurzerhand wieder abnehmen.

Ein plötzliches Magenknurren erinnerte Pedro daran, dass sie schon seit Stunden unterwegs waren. Zu Hause pflegte er stets um Punkt zwölf Uhr zu Mittag zu speisen, und wehe, jemand aus der Familie erschien verspätet zu Tisch. »Hast du auch solchen Hunger, Federico? Wie wäre es mit einer leckeren Tortilla?«

Federico spreizte die Arme weit auseinander. »Ja, ich kann eine sooo große essen!«

An einem der vielen Straßenstände kaufte Pedro zwei Tortillas, gefüllt mit Zwiebeln und scharfem Fleisch, und für jeden ein Glas frisch gepressten Orangensaft. Amüsiert beobachtete er, wie Federico die gerollte Teigtasche in beide Hände nahm und herzhaft hineinbiss. Fett tropfte und lief ihm das Handgelenk hinunter in den Hemdärmel. Ganz offensichtlich genoss es der Junge, jegliche Tischsitten außer Acht zu lassen.

Satt und in bester Laune machten sich Großvater und Enkel auf den Heimweg. Pedro wies den Kutscher an, langsam durch die Gassen zu fahren. Er war seit Monaten nicht mehr in der Stadt gewesen, wollte sehen, ob irgendwo ein neuer Tabak- oder Spirituosenladen geöffnet hatte, der einen Besuch lohnte. Sein Blick fiel auf ein Geschäft mit dunkelblauer Markise und silbernem Schriftzug auf der Stoffbespannung: *Fotografías para todos*. Lichtbilder für jedermann. Federico hatte den Laden ebenfalls bemerkt und deutete mit ausgestrecktem Finger zur Eingangstür.

»Was ist das große Schwarze da vorn?«

»Das ist sicher einer dieser neuen Fotografierapparate.«

»Foto… was ist das?«

Pedro machte dem Kutscher ein Zeichen, und der Zweispänner hielt an. »Damit kann man ein Bild von sich machen lassen. Das ist so ähnlich, wie wenn ein Maler ein Porträt malt. So wie bei uns die großen Gemälde in der Eingangshalle und im Salon, auf denen du alle deine Vorfahren siehst. Aber ein Fotograf benutzt keinen Pinsel oder Stift, sondern Licht. Er lässt ein wenig Licht in einen geschlossenen Kasten hinein, und dann entsteht ein Bild. Weiß der Himmel, wozu so etwas gut sein soll.«

Federico hörte nur halb zu und kletterte bereits aus der Kutsche. Nur unwillig folgte Pedro dem Enkel, der seine Nase gegen die Schaufensterscheibe drückte.

»Abuelo, sieh nur! Dort hinten!«

Pedro stützte sich schwer auf den Gehstock und betrachtete gelangweilt die Fotografien in der Auslage. »Was gibt es? Ich sehe nur Menschen, die ganz erstarrt aussehen. Als würden sie einer giftigen Schlange ins Auge blicken.«

Aufgeregt deutete Federico auf ein kleinformatiges Bild in einem fein ziselierten Silberrahmen, das eine Familie im Sonntagsstaat zeigte. »Erkennst du ihn denn nicht, Abuelo? Das ist Pablo. Wir spielen immer zusammen am Bach.«

Pedro kniff die Augen zusammen und blinzelte. Tatsächlich, da hatte sich doch der Sohn seines früheren Kutschers samt seiner Familie ablichten lassen. Und wie stolz sie dastanden, die Eltern und die fünf Kinder, und die Nase nach oben trugen! Wie Grafen – oder zumindest wie Großgrundbesitzer.

»Wir lassen auch ein Bild aus Licht von uns machen, Abuelo.«

Pedro rümpfte die Nase. Das war doch neumodische Technik. Nein, er würde einen angesehenen Maler beauftragen, der ihn zusammen mit dem Enkel porträtierte. Nach einem Jagdausflug vielleicht, mit Gewehr und Beute. Oder im Bibliothekszimmer, neben dem Globus. So etwas erzeugte immer den Eindruck von Rechtschaffenheit und Weltläufigkeit. An diesem Gemälde sollten sich noch künftige Generationen auf der Hacienda Margarita erfreuen. Allerdings ... wenn der Sohn eines seiner Bediensteten sich derart großspurig in Pose warf und noch dazu in einem Schaufenster ausstellen ließ, dann durfte ein Pedro Ramirez Garrido ihm nicht nachstehen.

Ehe er sichs versah, war Federico durch den Türspalt in den Laden geschlüpft. Ein hagerer kleiner Mann mit überdimensionalem Schnurrbart hieß sie willkommen. Hier drinnen war es heiß und schwül. Durch große Fenster an den Seiten und an der Decke fiel helles Licht in das Atelier. Der Raum erinnerte Pedro an einen jener gläsernen Paläste, die er auf Zeitungsabbildungen gesehen hatte. In diesen Gewächshäusern züchtete man in Europa Pflanzen, die in Costa Rica allenthalben im Freien wuchsen. Der Fotograf gestikulierte lebhaft mit den Händen und sprach mit starkem französischem Akzent.

»Bonjour, Señores. Ich bin Monsieur Paul. Womit kann ich dienen?«

»Ich möchte ein Porträt von mir und meinem Enkel machen lassen. Vornehm soll es aussehen, nicht zu ernst, aber auch nicht zu sorglos oder unbeteiligt. In der Komposition wie bei einem Gemälde.«

»Da sind Sie bei mir genau richtig, Señores«, erklärte Monsieur Paul und zwirbelte seinen Schnurrbart. »Ich habe früher in Paris gelebt und war einige Jahre die rechte Hand des großen Louis Daguerre. Sie haben bestimmt schon von dem Erfinder der Daguerreotypie gehört, nicht wahr? Ich habe das Verfahren meines Meisters weiterentwickelt, und zwar...«

»Können wir anfangen? Meine Zeit ist zu kostbar für belanglose Plaudereien.« Pedro zog seine goldziselierte Taschenuhr hervor und klappte demonstrativ den Deckel auf und zu.

Monsieur Paul hob bedauernd die Schultern und deutete auf ein älteres Ehepaar, das konzentriert und sehr aufrecht auf einem breiten Sofa saß, vor sich ein Tischchen mit einem Seidenblumenstrauß. »Leider müssen Sie sich noch ein wenig gedulden, Señor. Die Herrschaften sind zuerst an der Reihe. Sie möchten sich anlässlich ihres goldenen Ehejubiläums fotografieren lassen. Ein in der Tat seltenes Fest, nicht wahr? In der Zwischenzeit sind Ihnen meine Mitarbeiter bei der Auswahl der Kulisse und Möbelstücke behilflich.«

»Ich bin es nicht gewohnt, von Handlangern bedient zu werden«, erklärte Pedro mit energischer Stimme und reckte das Kinn vor. Offenbar hatte dieser französische Einfaltspinsel nicht die geringste Ahnung, wen er vor sich hatte. Doch Pedro wusste nur zu gut, wie er seine Ansprüche rasch und wirkungsvoll durchsetzte. Bisher war ihm das immer gelungen, und noch nie hatte er sich in seinem Gegenüber getäuscht. Die Menschen waren doch alle gleich. Dumm, eitel und bestechlich. Er griff in seine leinene Westentasche, zog einige Münzen hervor und drückte sie Monsieur Paul in die Hand. Pedro zwinkerte seinem Enkel zu, der die Szene genau verfolgte. Ein Glitzern trat in die Augen des Fotografen, er verbeugte sich mehrmals hintereinander und strich sich über den Schnurrbart.

»Natürlich, Señor, selbstverständlich, Señor. Ich stehe ganz zu Ihrer Verfügung.« Der Fotograf schnippte mit den Fingern und rief nach einem Gehilfen, einem baumlangen Kerl, dessen Gesicht die Spuren einer früheren Blatternerkrankung zeigte. »Manuel, du übernimmst die Eheleute. Das Tischchen gehört nach links an den Bildrand. Und dass du mir nicht wieder so viel Zyankali in die Fixierlösung gibst! Wenn wir die Aufnahme wiederholen müssen, ziehe ich dir die Unkosten vom Lohn ab.«

Aus den Augenwinkeln sah Pedro noch, wie der Jubilar gegen die Entscheidung zu protestieren versuchte, doch das kümmerte ihn nicht. Er folgte Monsieur Paul in den hinteren Bereich des Ateliers. Handgemalte Kulissenbilder waren in beweglichen Holzrahmen hintereinander aufgestellt. Ein blühender Garten mit Rosenpavillon, eine Meereslandschaft mit Palmen, das Innere eines hochherrschaftlichen Hauses.

Als Hintergrund schlug Monsieur Paul eine Tapete mit Pfauen vor, wie sie in seiner Heimat nur in den vornehmsten Häusern zu finden war. Seitlich begrenzt werden sollte die Komposition durch eine hohe Säule, deren Oberfläche italienischem Marmor täuschend ähnlich sah. Von der Decke sollte ein kunstvoll drapierter Samtvorhang ins Bild fallen und bis zum Boden reichen.

»Diese Ausstattung ist die exquisiteste, die ich zu bieten habe.« Dann wandte sich der Fotograf an Federico. »Wird denn der junge Señor in der Lage sein, zwanzig Sekunden starr und steif wie ein Stock dazustehen?«

Der Junge nickte empört und entschlossen zugleich. »Selbstverständlich kann ich das.«

Zusammen mit einem weiteren Gehilfen bereitete Monsieur Paul die Szenerie vor. Pedro musste sich neben der Säule in Positur stellen. Die eine Hand stützte er auf den Stock, die andere stemmte er in die Hüfte. Für jeden Betrachter des Bildes unsichtbar hatte der Fotograf in Pedros Rücken eine Haltemaschine aufgestellt, die Kopf und Hüfte stützte und das Stillstehen erleichterte. Der Gehilfe schaffte ein mit Intarsien verziertes Tischchen herbei, auf das Federico sich zusätzlich mit einer Hand stützen konnte. Zuletzt spannte der Lehrjunge ein blaues Tuch hinter dem Fotografen auf, während dieser eine Kupferplatte in das Gehäuse seiner Kamera schob. Auf dem Tuch waren zwei Punkte markiert, auf die Pedro und Federico für die Dauer der Belichtung blicken mussten.

Monsieur Paul legte letzte Hand an, entfernte ein Staubkorn an Pedros Ärmel und hob Federicos Kinn um einen Fingerbreit an. Dann trat er hinter seine Apparatur. Kopf und Schultern verschwanden gänzlich unter einem schwarzen Tuch. »Wenn ich das Kommando gebe, Señores, dürfen Sie sich nicht mehr bewegen und auch nicht mit den Augen blinzeln ... Achtung, stillgestanden!«

Pedro setzte eine joviale Miene auf und atmete so flach wie möglich. Er überlegte kurz, ob er und Isabel sich auch einmal fotografieren lassen sollten wie das alte Ehepaar auf dem Sofa vorn im Verkaufsraum. Doch schnell verwarf er den Gedanken. Auf einer Fotografie wären Isabels Falten und ihr ewig leidender Gesichtsausdruck überdeutlich zu erkennen. Dieser moderne Apparat war unbestechlich, wie er auf den Bildern in der Auslage erkannt hatte. Ein Maler dagegen konnte dem Objekt schmeicheln, auf schmale Lippen ein breites Lächeln zaubern und statt fahler Gesichtshaut rosige Wangen auf die Leinwand tupfen.

Er selbst dagegen sah, obwohl fast ein Jahrzehnt älter als seine Frau, noch immer blendend und eindrucksvoll aus. Das bestätigte ihm jeden Morgen sein Spiegel. Hin und wieder auch einige Damen, die diese Bezeichnung nicht wirklich verdienten, die er aber brauchte wie ein Fisch das Wasser. Ach, Isabel, du traurige, vertrocknete Rose ... Glücklicherweise hatte er sein beneidenswertes Äußeres seinem Sohn weitervererben können und dieser offenbar auch seinem Sohn. Jawohl, in einigen Jahren würden die Frauen Federico in Scharen hinterherlaufen. Aber der würde sorgsam auswählen und sich eine rassige Frau aus

Costa Rica nehmen und keine nichtssagende, blasse Ausländerin, wie Antonio es getan hatte. Obwohl manche Männer Dorothea gerade wegen ihres andersartigen Aussehens anmutig und bezaubernd fanden. Nun gut, nach seinem Geschmack war dieses Klappergestell zumindest nicht. Er brauchte etwas zum Anpacken.

Der Ruf des Fotografen riss ihn aus seinen Gedanken. »Fertig!«

»Darf ich mich wieder bewegen?«, fragte Federico vorsichtig, und dann hüpfte er wie ein Irrwisch auf einem Bein um das Tischchen herum. »War ganz einfach! Ich hätte noch ganz lange ganz still stehen können. Gaaanz lange.«

Monsieur Paul entfernte die Kupferplatte aus dem Apparat und reichte sie einem seiner Gesellen, der sie vorsichtig in die Dunkelkammer trug. »Übermorgen können Sie das fertige Bild abholen. Wenn Sie sich jetzt noch einen passenden Rahmen aussuchen würden. Wünschen die Señores die Ausführung versilbert oder massiv, mit Blumenranken oder ganz schlicht...?«

Pedro entschied sich für den teuersten Rahmen aus massivem Silber.

»Die Personen erscheinen auf der Fotografie seitenverkehrt, das darf Sie nicht verwundern. Wenn Sie das Bild an eine Wand hängen möchten, achten Sie unbedingt auf den richtigen Lichteinfall. Nur dann ist die Abbildung scharf und detailgetreu zu sehen.«

Monsieur Paul geleitete seine Kunden persönlich zum Ausgang und verabschiedete sich mit Handschlag. »Es war mir ein Vergnügen, Señores. Beehren Sie uns bald wieder!«

Großvater und Enkel in ihrem Zweispänner hatten kaum das Eingangstor zur Hacienda Margarita passiert, als ihnen zwei Dienstmädchen mit entsetzten Gesichtern und hochroten Wangen entgegeneilten.

»Was ist denn das für eine Begrüßung? Ist etwa ein wilder Affe hinter euch her?«, polterte Pedro ungnädig. In diesem Moment entdeckte Federico seinen Freund Pablo, den Jungen vom Foto in der Auslage Monsieur Pauls, wie er einen Ball gegen das große Tor an den Pferdeställen trat. Jauchzend stob Federico davon.

»Señorita Olivia ist verschwunden«, schluchzte eins der Mädchen und schnäuzte sich in seinen Schürzenzipfel.

»Was soll das heißen – verschwunden? Habt ihr schon in ihrem Zimmer nachgesehen?«

»Aber sicher, Don Pedro, überall haben wir nach ihr gesucht. Aber sie ist... ganz einfach wie vom Erdboden verschluckt.«

Verärgert runzelte Pedro die Stirn. Er hatte einen unbeschwerten Tag in der Stadt verbracht, und ausgerechnet jetzt verdarb ihm seine Enkelin die gute Laune. »Wo steckt meine Schwiegertochter?«

»Doña Dorothea sitzt auf der Veranda und heult sich die Augen aus dem Kopf. Doña Isabel ist bei ihr.«

»Weiber«, murmelte Pedro in sich hinein und begab sich in den Garten. Dorothea tupfte sich mit einem Taschentuch über die Augen und erhob sich, um ihm einen Stuhl anzubieten, doch ihr Schwiegervater blieb auf seinen Stock gestützt stehen.

»Ich habe nicht vor, endlos lange Diskussionen zu führen. Also, was ist geschehen?«

Isabel starrte ihn mit weit aufgerissenen, erschrockenen

Augen an. »Olivia ist nach dem Mittagessen spazieren gegangen und wollte am Bach Wildblumen pflücken. Danach hat sie keiner mehr gesehen. Wir haben alles absuchen lassen. Sämtliche Zimmer, die Mühle und den Wasserturm, die Pferdeställe, ja sogar die Vorratskammer.«

»Was ist mit der Gouvernante? Wo war die zu jenem Zeitpunkt?«

»Manuela ist nach dem Essen auf ihr Zimmer gegangen ... sie wollte einen Brief an ihre Familie schreiben«, erklärte Dorothea stockend.

»Aha, das ist ja sehr bezeichnend für die Arbeitsmoral dieser altjüngferlichen Angestellten ... Wenn ihr mich fragt – bestimmt will Olivia uns nur einen Streich spielen. Wahrscheinlich ist sie auf einen Baum geklettert und beobachtet uns von dort. Und lacht sich ins Fäustchen, weil ihr alle darauf hereingefallen seid.«

Die beiden Frauen sahen sich überrascht und fragend an. Doch dann schüttelten sie nur traurig die Köpfe.

Pedro hingegen blieb unbeeindruckt. »Ich gehe jede Wette ein. Spätestens zum Abendessen wird das Kind wieder auftauchen und uns eine abenteuerliche Geschichte auftischen. Von einem Ritter, der sie entführt hat, oder von einem Waldgeist, dem sie in den Dschungel gefolgt ist ... Was elfjährige Mädchen sich eben so ausdenken. Ich gehe jetzt in mein Kontor und zünde mir eine Zigarre an. Und dabei wünsche ich von niemandem gestört zu werden.«

Die Frau irrte ziellos zwischen den Kaffeefeldern umher, spähte hinter einen Busch, dann wieder unter eine umgedrehte Schubkarre, die die Pflücker an diesem äußeren Ende der Hacienda wohl vergessen hatten. Die Bewegungen der Frau wirkten fahrig. Die Zöpfe hingen ihr nachlässig geflochten über die Schultern. Unter ihren Augen lagen dunkle Schatten. Die Gestalt erinnerte eher an ein Gespenst als an einen Menschen.

Sie stolperte über den langen schmalen Weg, der zu den Häusern der Bediensteten führte. Schreckte zusammen, als ein Roter Ara krächzend seine Schwingen knapp über ihrem Kopf ausbreitete. Begann plötzlich zu laufen, mit geschürzten Röcken. Schneller, immer schneller. Sah nicht den Ast eines Korallenbaumes, den ein Sturm auf den Pfad geschleudert hatte, sprang erst im letzten Augenblick darüber hinweg, strauchelte und fiel der Länge nach zu Boden. Lag da wie tot. Dann raffte sie sich auf und lief weiter. Spürte nicht die Wunde an der erdfeuchten Stirn, aus der das Blut bis zum Kinn hinunterrann.

Die Frau erreichte die Stallungen. Mit einer ungestümen Bewegung riss sie das schwere Holztor auf und trat in das düstere Innere. In jeder Pferdebox sah sie nach, während die Tiere dem unerwarteten Eindringling leise zuwieherten. Sie stürzte sich auf die Strohballen, die sorgsam verschnürt an einer Holzwand aufeinandergestapelt lagen.

Riss jeden einzelnen herunter und warf ihn in wilder Verzweiflung vor das Tor, fand dahinter nicht, was sie so offensichtlich suchte. Erschöpft hockte sie sich auf einen wackeligen Holzschemel, schlug die Hände vors Gesicht und schluchzte herzzerreißend.

Erst als sie spürte, wie ihr die heißen Tränen zwischen den Fingern hindurchrannen, wurde Dorothea bewusst, dass sie sich die ganze Zeit selbst beobachtet hatte.

»Señora Ramirez, was suchen Sie hier? Kann ich Ihnen helfen?«

Die Stimme des jungen Stallburschen riss sie aus ihrer Erstarrung. Trotz des Dämmerlichtes erkannte Dorothea in seinen Augen Mitgefühl und Besorgnis.

»Es tut mir sehr leid – das mit Señorita Olivia«, murmelte er. »Vielleicht bin ich daran schuld«, setzte er nach einigem Zögern stockend hinzu. »Ich fütterte gerade die Pferde, als Señorita Olivia nach dem Mittagessen in den Stall kam. Sie schaute nach Negro und sagte, ich solle das Pony satteln, weil sie später noch ausreiten wolle. Ich ging einstweilen meiner Arbeit nach. Hätte ich doch nur darauf geachtet, wohin sie ging!«

»Nein, nein, Vicente, mach dir keine Vorwürfe! Niemand ist schuld. Ich weiß nur nicht, wie ich diese Unsicherheit noch länger aushalten soll. Wir haben nicht die geringste Spur gefunden. Als hätte Olivia sich in Luft aufgelöst.«

»Bestimmt wird alles wieder gut«, versuchte Vicente Dorothea zu beruhigen. »Vielleicht ist Señorita Olivia einem Geist begegnet, und der hat ihr das Gedächtnis weggezaubert. Jetzt läuft sie umher, und wenn sie ihre Erinnerungen wiedergefunden hat, kommt sie zurück, und es wird sein, als wäre nichts geschehen.«

Angesichts dieses rührenden Versuchs, sie zu trösten, lächelte Dorothea gequält.

»Möchten Sie einen Schluck Guaro nehmen, Doña Dorothea?«, fragte der junge Indio. »Manchmal hilft Schnaps gegen allzu großen Kummer.«

Ihr schwaches Kopfschütteln wertete Vicente als Zustimmung. Sie trank nie Hochprozentiges, weil sie allein den beißenden Geruch nicht ertragen konnte. Höchstens gelegentlich ein halbes Glas Weißwein. Aber vielleicht brauchte sie jetzt etwas Stärkeres, um ihre Sinne zu betäuben. Vicente griff in ein Regal mit Striegeln und Salbtiegeln und zog dahinter eine Flasche mit einer hellbraunen Flüssigkeit hervor.

»Hier, das wird Ihnen guttun.«

Dorothea nahm die schmutzige Tasse mit dem abgebrochenen Henkel und probierte einen winzigen Schluck. Ihr Rachen wurde zu einem Feuerschlund, Tränen traten ihr in die Augen. Sie hustete und schlug sich auf die Brust. Dann trank sie den Rest in einem Zug aus und taumelte röchelnd ins Freie. Mit einer barschen Handbewegung wehrte sie den Burschen ab, der ihr seinen Arm als Stütze reichen wollte.

Mit unsicheren Schritten stolperte sie den Weg entlang zum Herrenhaus, betastete die schmerzende Stelle an der Stirn und entdeckte Blut an den Fingern. Keinen einzigen klaren Gedanken konnte sie fassen, sie fühlte sich ausgelaugt und erschöpft. Seit drei Tagen schon war Olivia verschwunden, und es hatte sie unendlich viel Kraft gekostet, jede einzelne Stunde der Unsicherheit zu überstehen. Immer wieder malte sie sich aus, wie ihre Tochter mit ihrem wilden und ungestümen Temperament gestürzt war und nun hilflos mit gebrochenen Gliedern dalag und vergeblich auf Hilfe wartete.

Für Olivia hätte sie alles gegeben, sogar ihr Leben. In ihre Verzweiflung mischte sich ein jäher Zorn. Zorn auf den Schwiegervater, der sich völlig unbeeindruckt zeigte und nach wie vor überzeugt war, Olivia habe ihrer Familie einen Streich gespielt und halte sich irgendwo versteckt. Aber Dorothea kannte ihre Tochter und wusste genau, dass sie trotz ihrer Unbekümmertheit und gelegentlichen Aufsässigkeit niemals so weit gegangen wäre. Immerhin war Olivia schon elfeinhalb, und ein derart kindisches Spielchen hätte ihrem Charakter nicht entsprochen.

Aber als Mutter spürte Dorothea, dass etwas Furchtbares vorgefallen sein musste. Wenn doch nur Antonio bei ihr gewesen wäre! Er hätte sie verstanden, ihr Kraft und Zuversicht gegeben. Doch wie sollte sie ihn benachrichtigen? Ihr Hilferuf würde ihn frühestens nach zehn Tagen erreichen, und dann würde es noch einmal so lange dauern, bis er von der Westküste auf die Hacienda zurückgekehrt wäre. Warum nur hatte das Schicksal ihr eine solch schwere Prüfung auferlegt?

Beim Abendessen saß Dorothea schweigend an ihrem Platz, mochte nichts von den verführerisch duftenden Speisen probieren, nippte nur hin und wieder am Wasserglas. Überhaupt erschien sie einzig Federicos wegen zu den Mahlzeiten. Er sollte nicht das Gefühl bekommen, seine Mutter vernachlässige ihn aus Sorge um Olivia. Doch ihr Sohn schien sich kaum Gedanken um die Abwesenheit seiner Schwester zu machen und plauderte altklug mit dem Großvater.

Ein Dienstmädchen trat an den Tisch und beugte sich zu Pedro hinunter, flüsterte ihm etwas ins Ohr. Als er nickte, überreichte sie ihm einen Briefumschlag.

»Der Verwalter, Señor Sánchez Alonso, bittet, die Störung zu entschuldigen, Don Pedro. Soeben fand er diesen Brief auf den Stufen zum Kontor und dachte, er könne womöglich wichtig für Sie sein.«

»Gib her!«, knurrte Pedro, der jegliche Störung bei den Mahlzeiten hasste. Das Dienstmädchen verschwand ebenso leise, wie es gekommen war. Erst als es lautlos die Tür zum Speisesaal hinter sich geschlossen hatte, riss Pedro den Umschlag auf. Dorothea zitterte, bangte und hoffte, dass diese Zeilen ein Lebenszeichen von ihrer Tochter enthielten. Pedro las mit gerunzelter Stirn und zusammengekniffenen Augen und schlug dann heftig mit der Faust auf die Tischplatte.

»Eine bodenlose Unverschämtheit!«

»Eine Nachricht von Olivia?« Dorothea sprang auf, um die Handschrift besser erkennen zu können.

Mit tönender Stimme las Pedro vor.

Señor Ramirez Garrido, Ihre Enkelin befindet sich in unserer Obhut, es geht ihr gut. Wir mussten zu dieser ungewöhnlichen Maßnahme greifen, um einem Anliegen Nachdruck zu verleihen, mit dem wir uns bisher kein Gehör verschaffen konnten, werter Don Pedro. Wenn Sie Ihre Enkelin gesund wiedersehen wollen, müssen Sie folgende Forderungen erfüllen:

1. Alle Pflücker und Pflückerinnen auf der Hacienda Margarita erhalten ab sofort ein Viertel mehr Lohn.

*2. Die Arbeit auf den Feldern wird auf zehn Stunden am Tag begrenzt, davon ist eine Stunde Pause zur Erholung.
3. In den Schlafhäusern dürfen in jedem Zimmer nicht mehr als sechs Personen untergebracht werden.
4. Prügelstrafe, die sich gegen die Pflücker richtet, ist verboten.
5. Bei Zwistigkeiten entscheidet eine unabhängige Kommission, bestehend aus zwei Weißen und zwei Indios.
Wir fordern die schriftliche Zusage innerhalb von 48 Stunden, dass alle unsere Forderungen erfüllt werden. Sobald diese vorliegt, werden wir Ihre Enkelin unverzüglich freilassen. Hinterlegen Sie Ihre Nachricht an folgender Stelle: Auf dem Weg von der Hacienda nach San José befindet sich an der dritten Weggabelung linker Hand ein großer Kakteenstrauch. Gleich daneben führt ein schmaler Trampelpfad in den Wald. Gehen Sie fünfzig Schritte weiter bis zu dem hohlen Tamarindenbaum. Wenn Sie Ihre Antwort hinterlegt haben, entfernen Sie sich umgehend von dieser Stelle. Und versuchen Sie nicht, uns aufzulauern. Damit gefährden Sie das Leben Ihrer Enkelin. Wir werden alle Ihre Schritte aus einem Versteck heraus beobachten.
Komitee für die Rechte der Ureinwohner Costa Ricas*

Dorothea schluchzte laut auf und riss ihrem Schwiegervater den Brief aus der Hand. Sie fühlte Erleichterung und grenzenlose Dankbarkeit. Ihre Tochter lebte, und sie könnte sie schon bald in die Arme schließen.

Pedro machte eine Geste, als wolle er ein Stück Papier in der Luft zerreißen. »Da haben wir die Bescherung. Das also führt dazu, wenn man zu nachsichtig mit seinen Dienstboten ist. Statt dankbar zu sein, dass sie überhaupt in Lohn und Brot stehen, entführen diese Tiere ein unschuldiges Mädchen und stellen unerhörte Forderungen, für deren jede einzelne man sie ins Gefängnis werfen sollte. Ich persönlich werde dafür sorgen, dass künftig auf der Hacienda Margarita mehr Zucht und Ordnung herrschen. Und wenn ich selbst zum Stock greifen muss.«

Dorothea starrte ihren Schwiegervater an wie einen Geist. »Hast du nicht begriffen, was in diesem Brief steht?«, schleuderte sie ihm erregt entgegen. »Es geht um das Leben von Olivia. Meiner Tochter! Deiner Enkelin!«

»Weiber, Gefühlsduselei ...«, murmelte Pedro in sich hinein. »Zunächst einmal wünsche ich, in Ruhe zu Ende zu speisen. Das ist hoffentlich nicht zu viel verlangt angesichts der Arbeit, die ich Tag für Tag auch zu eurem Wohl verrichte. Erst dann werde ich über geeignete Schritte nachdenken.«

Dorothea öffnete den Mund, wollte etwas erwidern, doch sie fühlte sich zu erschöpft, Pedros Starrsinn die Stirn zu bieten. Sie erhob sich von ihrem Stuhl, rauschte wortlos aus dem Raum und warf die Tür mit lautem Knall hinter sich zu.

Auch in dieser Nacht schlief Dorothea unruhig, wachte immer wieder aus wirren Träumen auf. Sie fragte sich, warum Pedro nicht alles in seiner Macht Stehende tat, um Olivia so bald wie möglich freizubekommen. Wie konnte er als Großvater nur so herzlos sein? Wäre Antonio doch nur da gewesen! Er hätte mit seinem Vater ganz anders reden können als sie, die der Schwiegervater ohnehin nicht ernst nahm. Hätte Pedro sich ebenso ungerührt verhalten, wäre es um Federico gegangen? Auf keinen Fall, da war sie sich ganz sicher, denn der Enkel war sein Augapfel, sein ganzer Stolz. Für ihn hätte er alles getan, jede kleinste Forderung auf der Stelle unterzeichnet.

Aber – waren die Forderungen der Entführer wirklich so maßlos? Wie wenig Achtung Indigenas erfuhren, wusste Dorothea durch die Erzählungen ihrer Schützlinge im Heim. Wer immer nur gedemütigt wurde, würde sich irgendwann zur Wehr setzen ... Doch nein, einen solchen Gedanken durfte sie gar nicht erst zulassen. Unter gar keinen Umständen wollte sie sich in die Lage der Entführer hineinversetzen. Diese Menschen hatten ein Verbrechen begangen. Sie hatten ihr das Liebste geraubt. Ihre Tochter!

Das Frühstück verlief in fast unerträglicher Stille. Isabel bestrich ein Stück Toast mit Orangenmarmelade und starrte unentwegt auf ihren Teller. Auch Pedro und Federico, die um diese frühe Morgenstunde sonst immer zu Scherzen aufgelegt waren, sprachen kein Wort. Schließlich hielt Dorothea es nicht länger aus. Sie ballte die Hände zu Fäusten und vergrub sie in ihren Rocktaschen. Wie ein Wasserfall brachen die Worte aus ihr heraus.

»Wann wirst du endlich die geforderte Erklärung abgeben, Schwiegervater? Kannst du dir eigentlich vorstellen, welche Qualen ich als Mutter ausstehe, während mein Kind sich in den Händen von Verbrechern befindet? Und bist du dir wirklich sicher, dass es Olivia gut geht, wie in dem Brief behauptet wird? Womöglich wird sie geschlagen, sitzt in einem dunklen Verschlag und bekommt nichts zu essen.«

Pedro fiel in einen nachsichtig belehrenden Tonfall, der

Dorothea noch mehr in Rage versetzte. »Es geht hier nicht um die Gefühle einer Mutter, Dorothea. Der Fall hat viel gewichtigere Ausmaße. Politische Ausmaße. Wenn ich jetzt bedingungslos nachgebe, dann werden diese Verbrecher Nachahmer finden und andere Hacenderos unter Druck setzen. Und irgendwann lehnen sich womöglich auch unsere Hausangestellten gegen uns auf und zetteln eine Revolution an. Die ganze costa-ricanische Gesellschaft würde auf den Kopf gestellt. Wir würden zu Leibeigenen werden, und diese Primitivlinge hätten das Sagen im Staat. Das kannst du nicht ernsthaft wollen.«

»Ich will einzig und allein, dass sie mir meine Tochter zurückgeben, Schwiegervater. Versteh doch, du musst auf ihre Forderungen eingehen!«

Pedros buschige Brauen zuckten, spöttisch kräuselte er die Lippen. »Muss ich das wirklich? Meine liebe Dorothea, ich gestehe dir ein gewisses Maß an Unwissenheit zu, stammst du doch aus einem weit entfernten Land. Aber unsere Arbeiter auf den Feldern leben wie im Schlaraffenland. Sie haben freie Kost, dreimal täglich bekommen sie Brot und mittags sogar noch Mais oder Reis. Und den ganzen Tag über gibt es frisches Wasser. Die sollten ihrem Herrgott auf Knien danken, dass sie ein so gutes Leben führen. Aber vermutlich haben sie gar keinen Gott, nur irgendwelche Götzen. Mit hässlichen Fratzen und Tierkörpern. Diese Menschen sind Heiden, dumm und primitiv obendrein. Und von solchen Kreaturen soll ich mich erpressen lassen? Niemals!«

»Du willst also das Leben deiner Enkelin aufs Spiel setzen?« Dorothea fühlte einen Vulkan in sich brodeln, der schon im nächsten Moment explodieren konnte.

»Nicht doch, beruhige dich, Dorothea! Ich werde mit den Halunken verhandeln. Wenn ich etwas kann, dann das. Hätte ich sonst die größte Kaffeeplantage im Land aufgebaut? Ich versichere dir, Olivia wird zurückkommen. Es wird vielleicht ein wenig länger dauern, je nachdem, wie einsichtig die Entführer sich zeigen.«

»Aber ich kann nicht länger warten! Ich bin ihre Mutter!«, schrie Dorothea ihn an. Am liebsten hätte sie sich auf Pedro gestürzt, ihn bei den Schultern gepackt und ihm ins Gesicht geschlagen. Federico hielt sich die Ohren zu, sprang auf und lief weinend zu seinem Großvater, der ihm tröstend über das Haar strich.

»Da siehst du, was du angerichtet hast«, blaffte er Dorothea vorwurfsvoll an. Fassungslos starrte sie auf die absurde Szene und sehnte sich voller Verzweiflung nach Antonios Rückkehr. Er hätte seinen Vater in die Knie gezwungen. Wie jedes Mal. Ohne seine schützende Hand fühlte sie sich hilflos und ausgeliefert.

Am späten Vormittag suchte Dorothea die Schwiegermutter in ihrem Zimmer im Ostflügel des Herrenhauses auf. Isabel Duarte y Alvardo saß in ihrem korbgeflochtenen Pfauenstuhl am Fenster und war mit einer Stickerei beschäftigt. Wie stets trug sie ein pastellfarbenes Kleid. Trotz ihrer mittlerweile weißen Haare, die sie in zwei dünnen Zöpfen schneckenförmig über den Ohren aufgesteckt hatte, wirkte sie darin noch blasser und kindlicher.

»Du siehst erschöpft aus, Dorothea. Setz dich und nimm von dem Tee! Er ist frisch aufgebrüht. Mit viel Zucker getrunken, erweckt er sogar Tote zum Leben.«

Dorothea schenkte sich ein, rührte gedankenverloren in

der Tasse. »Bist du auch seiner Ansicht?«, fragte sie unvermittelt, und es klang schroffer als beabsichtigt.

Isabel ließ die Stickerei in den Schoß sinken, suchte nach Worten. »Diese Sache ist natürlich ... schrecklich. Ganz schrecklich. Ein unschuldiges Kind zu entführen ... wer tut so etwas? Ich kann deine Angst nachempfinden. Schließlich bin ja auch ich Mutter.«

»Dann hilf mir, deinen Mann umzustimmen! Hier ist zweifellos ein Verbrechen geschehen. Und trotzdem – die Forderungen der Indios bestehen nicht ganz zu Unrecht. Diese Menschen werden für eine Arbeit eingesetzt, die andere nicht verrichten wollen. Weil sie sehr anstrengend ist und weil sie schlecht bezahlt wird. Das große Geld aber verdienen die hohen Herren. Oder kennst du einen Indio, der ein betuchter Apotheker, Arzt oder Zuckerrohr-Hacendero ist?«

»Natürlich nicht. Weil es so etwas nämlich gar nicht geben kann«, wehrte Isabel entschieden ab. Sie streckte den Arm aus und begutachtete mit zusammengekniffenen Augen das unvollendete Werk, ein Taschentuch, in das sie die Initialen ihres Mannes stickte. »Die Nachfahren der spanischen Conquistadores sind allesamt intelligent und fleißig. Dabei schließe ich die übrigen eingewanderten Europäer mit ein. Indios dagegen sind faul und dumm.«

»Glaubst du wirklich, was du sagst, Schwiegermutter?«

»Allerdings.« Isabel nickte eifrig, um ihre Worte zu bekräftigen. Dann schlug sie einen sanfteren Tonfall an. »Du musst Pedro verstehen, Dorothea. Er liebt seine Enkelin sehr, gewiss. Aber er hat in seiner Stellung auch große Verantwortung den anderen Hacenderos gegenüber. Ein solches Verbrechen darf keine Schule machen. Sonst werden wir eines Tages alle von unserem Grund und Boden vertrieben, und die Eingeborenen spielen sich als die Herren auf.«

Dorothea presste die Hände so fest gegeneinander, dass die Knöchel weiß hervortraten. Sie war in der Hoffnung gekommen, in der Schwiegermutter eine Verbündete zu finden. Doch sie wurde bitter enttäuscht. Isabel gab nur die Meinung ihres Ehemannes wieder. Dorothea griff sich an den Hals, rang nach Luft. Plötzlich hatte sie das Gefühl, in diesem Zimmer ersticken zu müssen.

Über den breiten Kiesweg eilte sie hinüber zu den Stallungen. Einer der Kutscher, die der Familie Ramirez zu allen Tageszeiten zur Verfügung standen, sollte sie zur Casa Santa Maria fahren. Zwei Dienstmädchen kamen ihr entgegen. Sie waren auf dem Weg zum Herrenhaus und trugen einen Korb mit gewaschener und gebügelter Tischwäsche zwischen sich. Die Mädchen grüßten Dorothea mit einem Knicks, zögerten dann aber ganz offensichtlich. Schließlich fasste Josefa, die Ältere der beiden, sich ein Herz.

»Bitte, entschuldigen Sie, Doña Dorothea, aber wir alle sind sehr in Sorge. Haben Sie eine Nachricht von Señorita Olivia?«

Dorothea berichtete in knappen Worten von dem Brief und den Forderungen der Entführer. Die Mädchen setzten den Korb ab und schüttelten fassungslos den Kopf. »Wer mag so etwas tun?«, fragte Amelia.

»Bitte antwortet mir offen und ehrlich. Glaubt ihr, dass die Pflücker recht haben? Werden sie wirklich so schlecht behandelt?«

Amelia schien etwas sagen zu wollen, trat aber nur verlegen von einem Fuß auf den anderen. Erst als Josefa sie mit dem Ellbogen anstieß, rückte die Jüngere mit der Sprache heraus.

»Doña Dorothea, Sie können nicht wissen, wie die hohen Herren ihre Arbeiter behandeln. Sie bekommen Stockprügel für unbotmäßiges Verhalten. Und was darunter zu verstehen ist, das hängt von der Laune des Aufsehers ab. Neulich, da hat mein Verlobter fünfzig Schläge bekommen, weil er nicht genug Kaffeebohnen geerntet hat. Er hatte seit zwei Tagen Fieber und konnte kaum etwas essen, und trotzdem hat er sich nach Kräften angestrengt.«

Dorothea nickte ahnungsvoll. Eine ähnliche Antwort hatte sie erwartet. Sie ermahnte sich, dennoch kein Mitleid mit den Entführern zu empfinden. Denn diese Menschen hätten niemals ihre Tochter rauben dürfen! Warum waren sie nicht zu ihr gekommen und hatten ihr ihre Not geklagt? Es musste ihnen doch bekannt sein, dass sie keine Standesdünkel kannte. Schließlich hatte sie die Casa Santa Maria gegründet, um den Schwachen und Unterdrückten zu helfen. Sie hätte versucht, die Lage der Pflücker zu verbessern. Hätte mit dem Schwiegervater geredet und ihn schließlich überzeugt, und alles wäre gut geworden. Doch was redete sie sich da gerade ein? Selbstverständlich hätte Pedro nur höhnisch gelacht und sie davongeschickt.

Nein, sie hätte vorher mit Antonio gesprochen, der daraufhin seinen Vater zur Rede gestellt hätte ... und dann ... Dorothea schloss für einen Moment die Augen, sprach laut einen Gedanken aus, der ihr soeben gekommen war.

»Wenn mein Schwiegervater weiterhin so unbarmherzig bleibt, dann suche ich Olivia auf eigene Faust. Habt ihr schon einmal von einem *Komitee für die Rechte der Ureinwohner Costa Ricas* gehört?«

»Nein, Doña Dorothea, diesen Namen hören wir heute zum ersten Mal«, versicherte Amelia und legte beschwörend die Hand auf die Brust. »Aber das müssen böse Menschen sein, wenn sie ein Mädchen entführen. Wir halten ab sofort Augen und Ohren offen und geben Ihnen sofort Bescheid, sollten wir etwas Verdächtiges bemerken.«

Dorothea schenkte den Mädchen ein schwaches Lächeln. Eine zarte Hoffnung keimte in ihr auf. Doch nun wollte sie zu ihren Schützlingen fahren und ihnen von den Geschehnissen berichten. Als der Kutscher das Gefährt um die erste Weggabelung hinter der Hacienda lenkte, sank ihr Kopf in das weiche Lederpolster, und sie schlief erschöpft ein.

Freudiges Hundegebell riss sie aus dem viel zu kurzen Schlaf. Don Quichote stellte sich auf die Hinterbeine und gab erst Ruhe, nachdem Dorothea ihn am Hals gekrault und den besten Wachhund von San José genannt hatte. Die Mädchen waren hinter dem Haus bei der Arbeit, die sie schweigend und in gedrückter Stimmung verrichteten. Sobald Dorothea den Garten betrat, liefen sie ihr entgegen und bestürmten sie mit Fragen.

»Was gibt es Neues von Señorita Olivia?«

»Ist sie wieder zu Hause?«

»Sind die Entführer gefasst worden?«

Doch als sich Dorotheas traurige Miene nicht aufhellte, verstummten sie. Yahaira brachte eine Karaffe mit frischem Ananassaft, und sie setzten sich an den großen Arbeitstisch.

»Wir alle fühlen mit Ihnen, Doña Dorothea. Wenn wir

nur wüssten, wie wir helfen können!«, klagte die Hausmutter.

Stockend erzählte Dorothea von dem Brief und der Unbeugsamkeit ihres Schwiegervaters.

»Da weiß man ja nicht, was schlimmer ist. Die Entführung Ihrer Tochter oder die Haltung von Don Pedro«, empörte sich Yahaira und stemmte die Hände in die Hüften.

»Ich habe mich entschlossen, Olivia auf eigene Faust zu suchen«, erklärte Dorothea mit erhobener Stimme, so als wolle sie nicht nur die anderen, sondern auch sich selbst überzeugen. »Sie muss irgendwo in San José oder in der Umgebung sein. Das spüre ich. Natürlich könnte ich Cesar Morales y Sola zu Rate ziehen, den Polizeipräsidenten. Aber der würde sich umgehend mit meinem Schwiegervater in Verbindung setzen und sich überzeugen lassen, dass man als Erstes mit den Entführern verhandeln muss.«

»Aber wo wollen Sie denn nach Ihrer Tochter suchen? In sämtlichen Häusern, Hühnerställen und Geräteschuppen San Josés? Oder in den Indianerdörfern rings um die Stadt? Das wäre wie die Suche nach einer Nadel im Heuhaufen«, gab Yahaira zu bedenken.

»Du hast recht. Ach, ich weiß selbst nicht mehr, was ich denken oder tun soll!« Abermals überfiel sie tiefe Niedergeschlagenheit, nachdem der neue Hoffnungsschimmer so schnell wieder zerstoben war. »Jeden Tag bete ich, dass mein Mann endlich zurückkehrt und seinen Vater zur Rede stellt. Er ist der Einzige, der Don Pedro Paroli bieten kann, und ließe nie zu, dass das Leben seiner Tochter aufs Spiel gesetzt wird.«

Raura rieb sich mit der Hand über die Stirn und schien

einen Einfall zu haben. »Vielleicht kann meine Tante helfen, Doña Dorothea. Sie ist eine Zauberin und spricht mit den Geistern der Verstorbenen. Bestimmt findet sie heraus, wo Olivia versteckt wird.«

Hin- und hergerissen zwischen Verzweiflung und erneuter Hoffnung, merkte Dorothea auf.

»Meine Tante wird von allen in unserem Dorf sehr verehrt. Manchmal kommen sogar Indios von anderen Stämmen zu ihr und fragen sie um Rat.«

»Und wo wohnt deine Tante?«

»Ich bringe Sie zu ihr. Die Siedlung liegt im Westen, etwa eine halbe Stunde von der Hacienda Margarita entfernt, am Rand des Dschungels. Nehmen Sie ein Kleidungsstück von Señorita Olivia mit! Einen Schal vielleicht oder einen Unterrock.«

Mit einer energischen Kopfbewegung verscheuchte Dorothea den letzten Anflug eines Zweifels. Sie wollte ihre Tochter wiedersehen, und dazu war ihr jedes Mittel recht. »Lass uns aufbrechen, Raura!«

Dorothea eilte in Olivias Zimmer und raffte wahllos ein Schultertuch und ein Nachthemd zusammen. Als sie wieder in die Kutsche steigen wollte, die vor dem Herrenhaus gewartet hatte, entdeckte sie Josefa und Amelia, die winkend herbeieilten.

»Doña Dorothea, wir müssen Sie dringend sprechen!«, brachte Josefa keuchend hervor und stemmte die Fäuste in die Seiten.

»Kommt mit zum Waschhaus hinüber! Dort können wir ungestört reden, ohne dass uns jemand beobachtet oder belauscht.«

Und dann erfuhr Dorothea, was sich während ihrer Abwesenheit ereignet hatte. Josefa rollte mit den Augen, sie war schier außer sich vor Empörung.

»Vorhin hat Don Pedro alle Mitarbeiter in seinem Kontor versammelt. Er war sehr aufgebracht, alle hatten Angst vor ihm. Er erzählte uns von Señorita Olivia und von dem Drohbrief. Dann fragte er, ob wir das *Komitee für die Rechte der Ureinwohner Costa Ricas* kennen. Aber davon hatte noch keiner was gehört. Don Pedro wollte uns nicht glauben, er sagte, wir Indios täten doch alle unter einer Decke stecken. Ja, und dann fragte er, wer von uns schreiben kann. Das waren nur zwei, und die mussten einen Satz aufschreiben.«

»Wir alle lieben Señorita Olivia, niemand würde ihr etwas Böses wünschen«, beteuerte Amelia und fuhr mit ihrem Bericht fort. »Und dann hat Don Pedro gesagt, er lässt uns alle ins Gefängnis werfen, wenn einer was mit der Sache zu tun haben sollte.« Sie zitterte vor Erregung und stützte sich hilfesuchend auf den Arm der Freundin.

Dorothea versuchte, die junge Frau zu beruhigen. »Don Pedro kann manchmal sehr aufbrausend sein. Du darfst nicht jedes Wort auf die Goldwaage legen, Amelia. Doch jetzt muss ich weiter. Raura, mein kleiner Schützling aus dem Heim, wartet schon in der Kutsche auf mich. Sie glaubt, dass ihre Tante Olivia finden kann.«

Stolz führte Raura ihre Herrin durch ihre Heimatsiedlung, die am Rand des Dschungels lag und aus einem guten Dutzend einfacher Strohhütten bestand. Dazwischen liefen bunt gefiederte Hühner umher, gackerten und scharrten nach Würmern. Zwei Kinder spielten mit einem Kapuzineräffchen. Sie riefen Raura etwas zu, aber Dorothea verstand kein Wort dieser fremden Sprache. Ein Leguan lag träge in der Sonne und ließ sich von den Ankömmlingen nicht aus der Ruhe bringen.

Zwei Frauen traten aus ihren Hütten und blickten dem unerwarteten Besuch neugierig entgegen. Sie trugen die Haare zu hüftlangen Zöpfen geflochten. Flink wie eine Wieselkatze lief Raura auf eine der beiden Alten zu, eine Indianerin mit runzeliger Haut und hellwachen Augen. Zärtlich nahm sie die Tante in die Arme.

»Raura, mein kleiner Liebling, wie bist du groß geworden! Und schöne Kleider hast du an, du siehst richtig vornehm aus.«

»Tante Lorenza, du musst uns helfen! Doña Dorothea, meine Herrin und Beschützerin, hat mich hierher begleitet. Ihre Tochter wurde entführt, und da dachte ich mir, dass du vielleicht herausfindest, wo sie gefangen gehalten wird.«

Dorothea begrüßte die alte Indianerin und reichte ihr Olivias Kleidung. Die Frau drehte und wendete die Stücke in ihren Händen und hob die Arme zum Himmel.

»Können Sie meine Tochter finden?«, fragte Dorothea mit banger Stimme.

»Wenn Sie hier draußen warten wollen, Doña Dorothea.« Die Indianerin hatte kaum noch Zähne im Mund, sprach lispelnd und undeutlich. Sie deutete auf eine wackelige Holzbank vor einem wilden Bananenbaum. »Die Geister fürchten sich vor Fremden, ich muss allein mit ihnen Zwiesprache halten.«

Lorenza verschwand in ihrer Hütte, und für Dorothea begann eine quälende Zeit des Wartens. Sie faltete die Hände und senkte den Kopf, sprach innige, lautlose Gebete. Nach einer Weile drangen aus dem Innern der Hütte seltsame Laute an ihr Ohr und erinnerten sie an das Wehklagen einer Katze. Eine Trommel erklang, zuerst zaghaft, dann laut, erst langsam und dann schnell, in ständig wechselndem Rhythmus. Plötzlich wurde es still. Dorothea hörte weder das Lachen der spielenden Kinder noch das Zwitschern der Vögel oder das Sirren der Insekten, sie hörte nur noch ihren Herzschlag, der alle anderen Geräusche übertönte.

Abermals erklang ein Trommelwirbel, fragend und fordernd. Dann ebbte er ab. Dorothea wusste nicht, wie lange sie auf der Bank gesessen hatte, bis die Indianerin endlich vor die Hütte trat. Sie sprang auf, fühlte, wie ihr die Kehle eng wurde, hörte eine leise, krächzende Stimme, die ihre eigene sein musste.

»Was haben die Geister Ihnen gesagt?«

»Nichts, Doña Dorothea, sie haben nichts gesagt.«

Mit einem Ruck riss Dorothea die Tür zum Geschäftszimmer ihres Schwiegervaters auf und stürmte hinein.

»Ich habe dich gar nicht anklopfen gehört.« Ohne aufzublicken, addierte Pedro unbeirrt Zahlenkolonnen in seinem Rechnungsbuch.

Dorothea presste die Hände vor die Brust, fürchtete, im nächsten Augenblick zerplatzen zu müssen. »Die achtundvierzig Stunden sind verstrichen. Was ist mit Olivia?« Ihre Stimme überschlug sich, und es kam ihr vor, als spräche nicht sie, sondern eine fremde Frau.

Pedro lehnte sich zurück und faltete die Hände auf der glänzend polierten Schreibtischplatte. Seine Stimme bekam wieder den nachsichtig belehrenden Klang, der Dorothea so zuwider war. »Das haben wir bald herausgefunden, meine liebe Dorothea. Selbstverständlich habe ich fristgerecht an vereinbarter Stelle einen Brief hinterlegen lassen, in dem ich mich zu Verhandlungen bereit erkläre. Warten wir also ab, wie die Antwort lautet.«

»Und wenn diese Leute nicht mit sich verhandeln lassen, sondern auf ihrer ... ihrer Menschenwürde beharren?«

»Was heißt hier Menschenwürde? Bei den von dir so hoch geschätzten Eingeborenen handelt es sich um Wilde, die kaum mehr Verstand besitzen als ein Papagei. Sobald die Männer Geld in der Hand haben, trinken sie und prügeln sich. Sie waschen sich nicht, lassen ihre Hütten verkommen und die Kinder nackt im Schmutz spielen. Und was ihre Frauen und Töchter betrifft, die sind doch allesamt Huren. Mein Angebot ist sehr großzügig ausgefallen, und dieses auszusprechen ist mir keineswegs leichtgefallen. Ich pflege mich üblicherweise nicht mit verbrecherischen Subjekten einzulassen.«

Dorothea trat einen Schritt nach vorn, holte aus und schlug mit der Faust so hart auf die Schreibtischplatte, dass eine Porzellanfigur, ein springender Panther, hinunterfiel und zerbarst. Das klirrende Geräusch brachte Dorothea zusätzlich zur Weißglut. »Offenbar hast du vergessen, dass Olivia nicht nur meine Tochter ist, sondern auch die deines Sohnes. Und Antonio liebt sein Kind über alles. Gefährdest du Olivias Leben, dann ist das so, als würdest du Antonios Leben aufs Spiel setzen. Wenn Olivia auch nur ein Haar gekrümmt wird, wie willst du deinem Sohn dann je wieder unter die Augen treten? Antworte mir!«

Pedro rieb mit dem Handballen über die Stelle, an der kurz zuvor noch der Porzellanpanther gestanden hatte, und starrte mit leerem Blick auf das Scherbenhäufchen am Boden. »Mein Sohn ist sich sehr wohl der Verantwortung bewusst, die unserem Stand von Natur aus gegeben ist. Den Pflückern gegenüber klein beizugeben würde eine Revolte auslösen. In Europa brachen in den letzten Jahren mehrere Revolutionen aus, und sie verliefen keineswegs unblutig. So etwas brauchen wir in Costa Rica nicht, bei uns sind die Verhältnisse klar geregelt. Kein Wunder, dass sich vor über vierhundert Jahren die Conquistadores als die überlegene Rasse erwiesen haben. Seither haben wir in diesem Land eine stabile Gesellschaft. Und so soll es auch bleiben.«

In Dorotheas Innerem flackerte ein unheilvoller Impuls auf, vor dem sie selbst erschrak. Hätte sie ein Messer zur Hand gehabt, wäre sie ohne Zögern auf ihren Schwiegervater losgegangen und hätte ihm die Klinge in die Brust gestoßen. »Bete zu Gott, dass du deine Worte nicht eines Tages bereuen musst!«, zischte sie ihm zu.

Ohne jede Erklärung blieb Dorothea fortan den gemeinsamen Mahlzeiten fern. Die Gegenwart ihres Schwiegervaters war ihr unerträglich geworden. Sie befragte sämtliche eingeborenen Händler und Handwerker, die sie in San José kannte, ob sie etwas über das Entführerkomitee wussten. Zweimal am Tag fuhr sie in die Casa Santa Maria und hoffte, den Mädchen könnte etwas zu Ohren gekommen sein. Sie war enttäuscht, wenn diese nichts zu berichten wussten, und bat sie immer wieder aufs Neue, sich auch bei ihren Freundinnen und Verwandten zu erkundigen.

Wie jeden Morgen schrieb Dorothea einen Brief an ihre Freundin Elisabeth, die zugleich Olivias Patentante war und eine kleine Pension an der Pazifikküste betrieb. Sie hatte die gleichaltrige, lebensfrohe Österreicherin auf dem Schiff kennengelernt, mit dem sie nach Costa Rica gesegelt war. Obwohl sie wusste, dass die Post erst nach Tagen ankam und eine Antwort weitere Tage unterwegs war, so konnte sie der Freundin doch ihr Herz ausschütten. Sie hatte gerade den Brief versiegelt, als sie ein zaghaftes Klopfen an der Tür hörte und zusammenschreckte. Olivia? Doch es war Isabel, die diesen Raum nie zuvor betreten hatte. Sie wirkte verstört.

»Darf ich mich setzen?«

Dorothea empfand eine unheilvolle Vorahnung und sprang auf.

»Soeben haben wir eine Antwort der Entführer erhalten.« Isabel stockte, presste die Fingerspitzen gegen die Schläfen und schüttelte gleichzeitig den Kopf. »Sie lassen nicht mit sich reden und ... und drohen damit, Olivia ... einen Finger abzuschneiden.«

Es dauerte eine Weile, bis Isabels Worte nicht nur Dorotheas Ohr, sondern auch ihren Verstand erreicht hatten.

»Nein!«, schrie sie mit schriller, sich überschlagender Stimme. »Nein!«

Isabel eilte zu ihrer Schwiegertochter, legte ihr die Hände auf die Schultern, drückte sie sanft und nachdrücklich. »Ganz ruhig ... Mit einer solch grauenhaften Entwicklung hat wirklich niemand gerechnet. Ich war ebenso erschüttert wie du und habe Pedro angefleht, Gnade vor Recht ergehen zu lassen.«

»Und?« Dorotheas Lider zuckten, die Luft vor ihren Augen flimmerte.

Isabel biss sich auf die Lippen, ihre Augen schimmerten feucht. »Ich konnte nichts ausrichten. Aber ganz bestimmt handelt Pedro richtig, wie immer. Er ist so klug und weitsichtig, und ich bin nur eine kleine dumme Frau.«

Antonio, wo bleibst du nur?, schrie es in Dorothea. Du allein kannst uns helfen! Verzweifelt schlug sie die Hände vor das Gesicht, schluchzte, weinte und konnte nicht mehr aufhören. Auf einmal strafften sich ihre Schultern. Sie richtete sich auf, und ein entschlossener Zug trat auf ihr Gesicht. Natürlich, das war die Lösung! Warum war sie nicht früher darauf gekommen?

Olivia würde schon bald, sehr bald wieder zurück sein, gemeinsam mit ihren Freundinnen zur Schule gehen, mit dem Pony über den Bach springen und über die weiten Kaffeefelder reiten. Sie würde eine fröhliche Elfjährige sein und die Entführung und ihre Gefangenschaft für immer vergessen. Eine plötzliche Ruhe überkam Dorothea, denn nunmehr sah sie alles ganz klar. Fest und gelassen blickte sie Isabel an. »Ich werde deinen Mann aufsuchen und ihm mitteilen, dass ich mich als Geisel zur Verfügung stelle. Im Austausch gegen Olivia.«

Sie hastete hinüber zum Verwaltungsgebäude, um dem Schwiegervater ihren Entschluss mitzuteilen. Schon von Weitem hörte sie seine drohende Stimme. Offenbar befragte er seine Angestellten erneut zu der Entführung. Durch die offenen Fenster war jedes Wort deutlich zu verstehen.

»Bisher habt ihr euch wenig kooperativ gezeigt, habt die Ahnungslosen gespielt. Aber ich werde noch herausfinden, wer hinter dieser Entführung steckt. Wer von euch mir die Namen der Erpresser und den Aufenthaltsort meiner Enkelin nennen kann, der bekommt zehn Jahresgehälter zusätzlich und eine Anstellung auf Lebenszeit. Dieses Recht kann er an seine Kinder und Kindeskinder vererben. Sollte ich allerdings feststellen, dass einer von euch mit den Verbrechern unter einer Decke steckt, dann werde ich dafür sorgen, dass er an den Galgen kommt.«

»Bitte, Don Pedro, so glauben Sie uns doch! Wir wissen nicht, wer die Entführer sind, und wir verurteilen ihre Tat. Niemand von uns hat auch nur das Geringste damit zu tun. Auch wir sind Christenmenschen und keine wilden Tiere«, hörte Dorothea eine flehentliche Männerstimme.

Gern hätte sie diesen Menschen dort drinnen gesagt, dass sie ihnen glaubte und sie wegen ihrer Herkunft keinesfalls vorverurteilte. Doch sie wartete ab, bis die Dienstboten das Kontor verlassen hatten. Dann teilte sie dem Schwiegervater in knappen Worten ihren Entschluss mit, sich als Geisel anzubieten. Zu ihrem Erstaunen reagierte Pedro ungewöhnlich milde.

»Ja, das klingt recht vernünftig, Dorothea. Damit hätten wir zusätzlich Zeit gewonnen. Ich bin mir sicher, wir werden das Entführernest bald ausheben. Seit Tagen schon sind meine Leute unterwegs, die unauffällig und äußerst gründlich die Gegend im Umkreis von fünfzig Meilen auskundschaften und sich umhören, wo jemand etwas Verdächtiges festgestellt hat.«

Für einen kurzen Moment überlegte Dorothea, ob Pedro wohl weitere Anstrengungen unternähme, mit den Entführern eine Einigung zu erzielen, wäre sie erst einmal in deren Händen. Doch welche Rolle spielte das? Sie hoffte und betete inständig, dass die Entführer auf ihren Vorschlag eingingen.

Die Antwort, die einen Tag später eintraf, war für Dorothea wie ein Schlag ins Gesicht. Die Entführer wollten keinerlei Kompromisse eingehen und forderten letztmalig und ohne jede Einschränkung die Bewilligung sämtlicher Forderungen. Andernfalls wären sie tatsächlich gezwungen, Olivia einen Finger abzuschneiden. Um ihrer Drohung Nachdruck zu verleihen, hatten sie einen langen dunkelbraunen Haarzopf in den Umschlag gelegt, zusammengebunden mit einer Schleife aus dem Stoff des Kleides, das Olivia bei ihrer Entführung getragen hatte.

Ein stummer Schrei entrang sich Dorotheas Kehle. Mit zittrigen Fingern strich sie über das geflochtene Haar und presste es an die Lippen. Sie schloss die Augen und atmete den Duft ihres Kindes ein, betete zu Gott, dass er ihr die Kraft gäbe, den unerträglichen Schmerz bis zu Olivias Rückkehr auszuhalten. Dann hielt sie Pedro den Zopf entgegen. »Unterschreib, Schwiegervater, ich bitte dich!«, flehte sie. »Ich leide so, wie ich nie in meinem Leben gelitten habe.«

Unwirsch schob Pedro ihre Hand beiseite, griff nach seinem Stock und schickte sich an zu gehen.

»Was wirst du tun?«, rief Dorothea ihm mit banger Stimme hinterher. Schweißtropfen standen ihr auf der Stirn, ihr Herz raste.

»Auf keinen Fall klein beigeben. Jetzt erst recht nicht.«

Dorothea wies den Kutscher an, schneller zu fahren, was angesichts des holperigen Pfades allerdings kaum möglich war. Sie spürte nicht die harten Stöße der Kutsche, empfand weder Hunger noch Durst, nur den Schmerz, der ihr ganzes Inneres erfüllte. So rasch wie möglich wollte sie an den Ort, den sie zwar nie zuvor aufgesucht hatte, der aber ihre letzte Hoffnung war: die Basilica de Nuestra Señora de Los Ángeles in Cartago. Im Kircheninnern befand sich die Skulptur der *Negrita*, der schwarzen Madonna, die als Costa Ricas Nationalheilige verehrt wurde.

Yahaira hatte ihr einmal die Legende erzählt, nach der die junge Mulattin Juana mehr als dreihundert Jahre zuvor eine kleine steinerne Figur der Gottesmutter mit dem Jesuskind im Arm gefunden hatte. Juana nahm die Figur mit nach Hause und legte sie in eine Schachtel. Doch auf unerklärliche Weise kehrte die Statuette an ihren Ursprungsort zurück. Dies geschah noch ein weiteres Mal. Die Gläubigen sahen darin ein Zeichen, dass sie an dieser Stelle eine Kirche errichten sollten.

»Kommen wir auch rechtzeitig an?«, fragte sie den Kutscher und warf einen besorgten Blick zum Himmel, wo schwarze Wolken aufzogen. Schließlich wollte sie noch bei Tageslicht in der Stadt ankommen und umgehend in die Kathedrale eilen und den Beistand der Gottesmutter erflehen. Danach würde sie ein Zimmer in einem Gasthof nehmen und am nächsten Morgen auf die Hacienda zurückkehren.

»Ganz bestimmt, Doña Dorothea. Die Wolken drohen nur, sie sind längst schon auf dem Weg zum Meer.«

Dorothea lehnte den Kopf an das Polster, achtete nicht auf die Naturschönheiten am Wegesrand, wünschte sich, nach so vielen durchwachten Nächten endlich einmal wieder tief und fest zu schlafen. Und plötzlich mischte sich in ihre Erschöpfung ein Gefühl, das ihr bisher unbekannt gewesen war – Hass. Ja, sie hasste die unbekannten Entführer, die sich ein wehrloses Opfer ausgesucht hatten, das keinerlei Schuld an ihren schlechten Arbeitsbedingungen hatte. Und sie gestand sich weiterhin ein, dass sie auch ihren Schwiegervater hasste. In seiner Unbarmherzigkeit ähnelte er ihren Eltern, die sie einst hatten zwingen wollen, entweder einen ungeliebten Mann zu heiraten oder aber ihr ungeborenes Kind beseitigen zu lassen. Ohne diese barbarische Forderung hätte sie wohl niemals ihre Geburtsstadt Köln verlassen und sich in der Fremde eine neue Heimat gesucht.

Bei diesen schmerzlichen Erinnerungen konnte Dorothea die Tränen nicht länger zurückhalten. Sie weinte ungehemmt und schämte sich nicht, auch wenn der Kutscher es bemerkte.

Bei schwindendem Tageslicht erreichte die Kutsche Cartago. Dorothea ließ sich vor der Kathedrale absetzen und wollte in das Gotteshaus eilen, doch die Kirche war bereits geschlossen. Fassungslos stand sie vor der hohen dunklen Pforte und drückte mehrmals auf die Klinke. Vergebens.

Sie ging einige Schritte um das Kirchengebäude herum und fand sogleich, wonach sie gesucht hatte. Ein gedrungenes weißes Häuschen mit der Aufschrift *Sacristán*. Die Haustür stand offen. Das Schicksal meinte es gut mit ihr. Der Küster würde ihr sicherlich die Kirche aufschließen, damit sie vor der Madonna niederknien konnte. Dorothea rief etwas in das Innere des Hauses, erhielt aber keine Antwort. Sollte sie hier warten, bis der Kirchendiener zurückkam? Sofern er sich an diesem Tag überhaupt noch blicken ließ. Und binnen weniger Minuten würde Dunkelheit herrschen. Müde und enttäuscht blickte sie um sich und entdeckte auf der gegenüberliegenden Seite des Kirchplatzes einen Gasthof. Ein Schild am Fenster verkündete, dass es noch freie Zimmer gab. So hätte sie am nächsten Morgen nur wenige Schritte zu gehen, um die Hilfe der Muttergottes zu erflehen.

Noch lange lag sie wach in dem einfachen, aber sauberen Zimmer und konnte keinen Schlaf finden, musste immerzu an die grausame Drohung der Entführer denken. Wenn diese Menschen es fertigbrachten, ihrer Tochter die Haare abzuschneiden, den schönsten Schmuck einer Frau, dann hätten sie auch keine Skrupel, ihr einen Finger abzuhacken. Irgendwann spät in der Nacht schlief sie ein. Im Traum erschien ihr Olivia in einem duftigen blauen Kleid, das hüftlange Haar mit einem goldenen Band um die Stirn zurückgehalten. Sie tanzte barfuß über eine Blumenwiese, in deren Mitte ihr schwarzer Ponyhengst Negro friedlich graste. Eine tiefe Ruhe und Zuversicht breiteten sich in Dorothea aus. Sie spürte geradezu körperlich, dass sich am nächsten Tag im Angesicht der *Negrita* etwas ereignen würde, das alles zum Guten wenden würde.

Bei Anbruch des Tages strömten Scharen von Menschen zur Basilika. Alt und Jung, Männer und Frauen, vornehme Bürger und einfache Campesinos. Aus allen Dörfern und Städten des Landes waren sie gekommen, um der Gottesmutter zu huldigen, um für eine gute Ernte oder eine lange und glückliche Ehe zu bitten, für die Genesung eines Kindes oder die Linderung eigener Krankheiten.

Eine lange Menschenschlange bildete sich auf dem Kirchplatz, harrte aus in stillem Gebet. Einige der Gläubigen ließen Rosenkränze durch die Finger gleiten. Dorothea war zeitig gekommen. Vor ihr warteten nur zwei Männer, an ihrer Kleidung unschwer als Landarbeiter zu erkennen, sowie eine gebrechlich wirkende alte Frau. Sie konnte kaum laufen und stützte sich auf den Arm eines halbwüchsigen Jungen. Als die schwere zweiflügelige Mahagonitür geöffnet wurde, ließ sich die Alte mit lautem Ächzen auf die Knie nieder, denn als Zeichen der Demut bewegten sich alle Gläubigen in dieser Haltung durch das Kirchenschiff. Auch Dorothea kniete nieder, fühlte unter sich den harten, kühlen Steinboden. Fingerbreit um Fingerbreit näherte sich die Frau vor ihr dem Altar. Irgendwann vermochte Dorothea ihre Ungeduld nicht länger zu beherrschen. Sie rutschte an der Alten vorbei, bat mit einem Seitenblick um Verzeihung.

Da bemerkte sie, dass der Mann vor ihr, der als Erster den Altar erreicht hatte, dem Kirchendiener eine Münze aushändigte. Der zweite überreichte ihm ein Heiligenbild. Dorothea schämte sich. Diese Menschen brachten ihre Gaben dar, und sie selbst kam mit leeren Händen. Sie war so eilig von zu Hause aufgebrochen, dass sie sich gar keine Gedanken gemacht hatte, welches Opfer sie der *Negrita* bringen wollte. Ihre Hand wanderte hinauf an den Hals, wo sie unter dem Kleid die Kette mit dem herzförmigen Rubinmedaillon trug. Mit diesem Schmuckstück hatte Alexander sie zur Verlobung überrascht. Für sie war es wertvoller als alle edelsteinbesetzten Colliers, Ringe und Armbänder, die Antonio ihr im Lauf ihrer Ehe geschenkt hatte. Sie öffnete den Verschluss und legte die Kette in das Kistchen, das der Kirchendiener in Händen hielt.

Aber nein, dieses Medaillon war immer noch viel zu wenig, sie musste mehr geben, etwas, das ihr ebenso viel bedeutete wie Olivias Unversehrtheit. Nichts, das man kaufen konnte, denn das Leben eines Kindes ließ sich nicht mit Geld oder Gold aufwiegen. Und dann blickte Dorothea hinauf zum Altar, sah die kaum zwei Handbreit hohe Statue der schwarzen Madonna, wie sie ihren göttlichen Sohn auf dem Arm hielt und ihn mit ihrem Schleier einhüllte. Mutter und Sohn waren aus einem einzigen Stein gefertigt, untrennbar miteinander verbunden.

Sie schloss die Augen, und wie von selbst formten ihre Lippen ein stummes Gebet. »Heilige Maria, Mutter Gottes, inständig bitte ich dich, lass Olivia heimkehren ohne Schaden an Leib und Seele. Für diese Gnade will ich auf mein Herzensglück verzichten. Ein Glück, das ich erst verloren und nach Jahren wiedergefunden habe. Also schwöre ich bei allem, was mir heilig ist: Niemals werde ich mit meinem Geliebten ein Leben im Geheimen und Verborgenen führen. Ich werde das Band zu Alexander lösen, dem Mann, den ich immer geliebt habe und der auch mich liebt, und demütig an der Seite meines Ehemannes ausharren. Heilige Maria, Mutter Gottes, ich bitte dich, erhöre mein Flehen. Gib mir meine Tochter zurück!«

Atemlos lauschte Dorothea dem Nachhall ihrer inneren Stimme. Dann wandte sie sich um und rutschte auf Knien zum Ausgang. Gleißende Morgensonne empfing sie vor der Kathedrale. Sie blinzelte und erhob den Blick zum

Himmel, an dem sie die Gottesmutter zu sehen glaubte, umgeben von einem strahlenden Lichterkranz.

Sie wusste nicht, wie sie in die Kutsche gelangt war und was auf dem Nachhauseweg geschah. Ihr ganzes Denken und Fühlen war ausgeschaltet, ihr Inneres wie ausgehöhlt. Irgendwann wurde ihr bewusst, dass der Kutscher vor dem Herrenhaus der Hacienda Margarita angehalten hatte. Federico lief ihr entgegen, mit schmutzigen Knien und zerzaustem Haar, in der Hand einen Ball.

»Mutter, sieh nur, wie weit ich schießen kann!« Er nahm kurz Anlauf und trat gegen das Leder. Der Ball prallte gegen die weiß verputzte Hausfassade und hinterließ einen grauen Fleck, verfehlte nur knapp das Fenster zum Bibliothekszimmer.

»Habt ihr etwas von Olivia gehört, Federico?«, wollte Dorothea wissen, doch da flitzte er schon, erschrocken über seinen eigenen Übermut, mit dem Ball davon.

In der Diele kamen ihr die beiden Dienstmädchen Amelia und Josefa entgegen. »Was ist mit Olivia?«, fragte sie aufgeregt.

Die beiden schüttelten bedauernd den Kopf. »Leider ist kein neues Schreiben eingegangen, Doña Dorothea.«

Sie schlich hinauf in ihr Schlafzimmer und ließ sich erschöpft aufs Bett fallen. Doch in die quälende Sorge um Olivia mischte sich ein Fünkchen Hoffnung. Ihre Hände griffen zum Halsausschnitt ihres Kleides, suchten nach der Kette, die sie am Tag ihrer Hochzeit mit Antonio abgelegt und an jenem Tag wieder angelegt hatte, als sie ihren Ehemann in den Armen eines anderen Mannes fand. Doch nun griffen ihre Hände ins Leere. Eine tiefe

Traurigkeit erfasste sie. Dann fiel sie in einen bleiernen Schlaf.

Durch das offene Fenster drangen das Geräusch knallender Peitschen und die Rufe der Ochsentreiber an ihr Ohr. Antonio war zurück! Dorothea sprang eilends auf, lief die Treppe hinunter und warf sich ihrem Mann voller Freude in die Arme. Suchte weder nach einem fremden Haar noch nach dem Duft eines unbekannten Rasierwassers an seiner Kleidung. Die Worte sprudelten aus ihr heraus. In Antonios Wiedersehensfreude mischte sich das Entsetzen über die furchtbare Neuigkeit. Als Dorothea geendet hatte, wurde sein Mund schmal. In seinem Blick lagen Entschlossenheit und ein ganz besonderer Ausdruck, den Dorothea nicht zu deuten vermochte.

»Du warst sehr tapfer, mein Liebes. Vater wird alle Forderungen der Entführer erfüllen. Noch heute. Das verspreche ich dir.« Er zog Dorothea fest an sich und küsste sie auf Haar und Wangen. Die Anwesenheit der Dienstboten schien ihn nicht zu stören. Sonst sollten sie nicht Zeugen ehelicher Zärtlichkeiten werden. Das verboten ihm seine strenge Erziehung und sein Stand.

Dorothea blickte ihm hinterher, wie er mit weit ausholenden Schritten auf das Kontor seines Vaters zueilte. In seiner Haltung lag etwas Drohendes. Sie ließ sich auf einer Bank unter einem Rosenbogen ganz in der Nähe des Verwaltungsbureaus nieder und atmete den schweren Duft der dicht gefüllten dunkelroten Blüten ein. Plötzlich musste sie an ein Gemälde denken, das sie als junges Mädchen in einem Museum ihrer Heimatstadt Köln oftmals betrachtet und bewundert hatte. Das Bild eines unbekannten mittelalterlichen Meisters, das Maria in einer Rosenlaube darstellte. Die Rose war die Blume der Gottesmutter, zu der sie am Morgen in der Kathedrale von Cartago gebetet hatte. Ein Gefühl tiefer Ruhe und Zuversicht breitete sich in ihr aus.

Etwa eine halbe Stunde später trat Antonio aus der Tür, seine Wangen glühten rot, ein verächtlicher Zug umspielte seinen Mund. Dorothea sprang auf, sie spürte ihren pochenden Herzschlag bis in die Schläfen und versuchte, die Antwort von seinen Augen abzulesen.

»Vater hat unterzeichnet. Ich selbst werde das Schreiben am vereinbarten Ort hinterlegen.«

Diese Nacht verlief für Dorothea so ungewöhnlich wie schon seit Jahren nicht mehr. Antonio wich seiner Ehefrau nicht von der Seite. Die Tür zum Balkon stand weit offen, Dorothea lag angezogen auf dem Bett. Beim geringsten Geräusch richtete sie sich auf und lauschte in die Dunkelheit hinaus, bereit, sofort aufzuspringen, falls sich etwas Unvorhergesehenes ereignen sollte. Antonio hatte einen Sessel ans Bett gezogen und hielt ihre Hand. Hin und wieder döste er ein, übermüdet von den Strapazen der mehrtägigen Reise durch den Dschungel.

Die Anwesenheit ihres Mannes tat ihr unendlich gut. Gern hätte sie ihn betrachtet, sein ebenmäßiges Profil, das sie schon oft gezeichnet hatte, die winzigen Leberflecken neben den Mundwinkeln. Doch sie wollte keine Kerze anzünden, um nicht Schwärme von Insekten anzulocken. Im Mondlicht erkannte sie nur die Frisierkommode und den Spiegel darüber wie einen Schemen. Irgendwann würde sie Antonio fragen, wie er seinen Vater doch noch zur Änderung seiner Meinung bewogen hatte. Es musste etwas von Bedeutung gewesen sein, sonst hätte Pedro nicht von seiner harten Haltung den Entführern gegenüber abgelassen.

All die Jahre hatte sie nicht herausgefunden, in welchem Verhältnis Vater und Sohn tatsächlich standen. Pedro hielt seinen Sohn für einen Schwächling. Auch wenn er es nie aussprach, so verrieten seine Mimik und seine Gesten sein Urteil ganz eindeutig. Pedro behandelte seinen Sohn wie einen Untergebenen, dem er Befehle erteilte, die dieser umgehend auszuführen hatte. Antonio begehrte nie auf, sondern zeigte sich stets als gewissenhafter und treu ergebener Mitarbeiter. Er hatte große Achtung vor seinem Vater als Kaufmann und Kenner von Kaffeepflanzen. Auf der anderen Seite hatte Antonio bisher noch immer seinen Willen durchgesetzt, wenn es sich um Belange handelte, die nicht die Plantage betrafen.

Dorothea glaubte, ein verdächtiges Geräusch gehört zu haben. Doch es war offenbar nur ein Hund, der irgendwo in der Ferne bellte. Sie versuchte sich vorzustellen, in welcher Gemütsverfassung ihre Tochter wohl zurückkäme. Was mochte sie durchgemacht haben? Hatte sie gehungert, Todesangst durchlitten oder Heimweh gehabt? Hatte man sie beschimpft, geschlagen oder etwa sogar – vergewaltigt? Bei dieser furchtbaren Vorstellung überlief Dorothea ein Schauer, und sie stöhnte leise auf. Inständig hoffte sie, dass Olivia sich der Gefahr nicht bewusst war, in der sie ständig schwebte.

Wenn doch die Nacht endlich vorüber wäre und sie ihr Kind gesund in die Arme schließen könnte! Olivia sollte am Morgen auf der Hacienda zurück sein, so hatten es die Entführer angekündigt. Und wenn sie es sich doch anders überlegten und Olivia noch länger in ihrer Gewalt behielten? Um weitere Forderungen zu stellen? Dorothea zitterte am ganzen Leib. Dann spürte sie, wie Antonio ihr über den Arm strich. Sie griff nach seiner Hand, ertastete den Ehering an den langen, feingliedrigen Fingern und wurde allmählich ruhiger.

Irgendwann war sie wohl eingeschlafen, denn plötzlich schien die Sonne ins Zimmer. Antonio saß zusammengesunken im Sessel, das Kinn auf der Brust. Waren draußen nicht Stimmen zu hören? Rufe drangen an ihr Ohr, und sie klangen wie Freudenschreie. Dorothea erhob sich rasch vom Bett und rannte aus dem Zimmer. Sie merkte gar nicht, dass sie keine Stiefeletten trug und auf Strümpfen lief. Sie hastete den Flur entlang und die gewundene Treppe hinunter durch die weit offen stehende Eingangstür. Sah eine Schar jubelnder und Beifall klatschender Dienstmädchen, in ihrer Mitte Olivia.

Die Tochter trug dasselbe Kleid wie am Tag ihrer Entführung. Dorothea blieb schier das Herz stehen, obwohl sie innerlich auf diesen Anblick vorbereitet war. Denn die vollen dunklen Haare reichten der Tochter nur noch bis zu den Ohrläppchen. Doch was bedeutete schon ein abgeschnittener Haarzopf? Olivia war zurück, und sie schien gesund zu sein. Das allein zählte. In dem Moment, als sie ihrem Kind gegenüberstand, versagten ihr die Beine den Dienst. Sie sank auf die Knie, presste den warmen, lebendigen Mädchenkörper an sich. Hoffte inständig, vor Erleichterung, Dankbarkeit und Glück nicht in Tränen ausbrechen zu müssen. Olivia war jede Art von mütterlicher Sentimentalität peinlich, ganz besonders in der Öffentlichkeit. Sicher hätte sie allzu heftige Gefühlsäußerungen auch in dieser besonderen Situation abgelehnt. Dann spürte Dorothea Antonios sehnige Arme, die sie und Olivia gleichzeitig umfassten. Er küsste beide auf Wangen und Haar und schien mit seinen Liebkosungen gar nicht mehr aufhören zu wollen.

Ungehalten wand sich Olivia aus der Umarmung. »Ich

habe solchen Hunger! Bekomme ich denn gar nichts zu essen?«

Bis auf die kurzen Haare schien Olivia unverändert, und sie verhielt sich wie immer. Wenn sie Federico eine patzige Antwort gegeben hatte, dann fiel sie ihm im nächsten Augenblick wieder um den Hals. Sie preschte auf ihrem Pony über die Plantage und beklagte sich, im Damensattel reiten zu müssen, während ihr Bruder breitbeinig auf dem Pferderücken sitzen durfte. Dorotheas Befürchtung, dass die Zeit der Geiselnahme Spuren in Olivias Seele hinterlassen hatte, bewahrheitete sich offenkundig nicht.

Am Nachmittag saß die Familie auf der Veranda beim Tee zusammen. Durch behutsames Nachfragen erfuhren Dorothea und Antonio, was sich an jenem Sonntag ereignet hatte. Olivia war außerhalb der Hacienda allein spazieren gegangen und plötzlich von zwei maskierten Männern in eine Kutsche gezerrt worden. Sie wollte um Hilfe rufen, doch einer der Männer hielt ihr den Mund zu. Da man ihr die Hände gefesselt und eine Augenbinde angelegt hatte, wusste sie nicht, wohin man sie brachte. Sie hatte große Angst und traute sich nicht, die Entführer anzusprechen, sondern verhielt sich ganz still.

Als die Kutsche anhielt, wurde sie in einen Raum gesperrt, ausgestattet mit einem Bett, einem Stuhl und einem Eimer für die Notdurft. Tür und Fenster waren ständig verschlossen. Die beiden Männer und eine Frau gaben ihr durch eine Klappe in der Tür zu essen und zu trinken, erkundigten sich sogar nach ihrer Lieblingsspeise. Immer wenn die Klappe sich öffnete, fragte Olivia, wann sie endlich nach Hause dürfe. Man erklärte ihr, sie habe nichts zu befürchten. Einer der Männer war noch sehr jung, das erkannte sie an seiner Stimme. Und er war nett zu ihr. Wenn er allein ohne die Frau und den anderen Mann kam, unterhielt er sich sogar mit Olivia. Und er brachte ihr eine junge Katze mit, damit sie sich nicht so allein fühlte. Sie fragte den Mann nach seinem Namen, aber er verriet ihn nicht. Da nannte sie ihn Juan.

»Als die Frau mit der großen Schere kam und mir den Zopf abgeschnitten hat, da habe ich geweint. Aber dann ist Juan gekommen, und er hat mich getröstet und zu mir gesagt, dass er mich mit kurzen Haaren noch viel hübscher findet.«

Erschrocken umklammerte Dorothea die Lehne ihres Korbstuhles, sie verspürte einen plötzlichen Schwindel. »Hat er ... der junge Mann ... hat er dich etwa angefasst?«

»Aber nein, Mama, was stellst du dir vor? Die Tür war doch verschlossen. Sie haben immer nur die Klappe aufgemacht. Irgendwann kamen die Männer vermummt zu mir herein, sie haben mir die Augenbinde angelegt und mich bis vor das Tor der Hacienda gebracht. Ich musste aber erst bis hundert zählen, dann durfte ich die Binde abnehmen. Und jetzt bin ich hier.«

Der unbefangenen Erzählung entnahm Dorothea, dass ihre Tochter keine tiefgreifende Angst verspürt hatte. Fast kam es ihr so vor, als empfinde Olivia die Gefangennahme nach dem guten Ausgang wie ein Abenteuer.

»Einen Zopf will ich mir aber nicht wieder wachsen lassen. Lange Haare tun mir beim Kämmen immer so weh«, erklärte sie den verdutzten Eltern.

Dorothea erschrak. Für sie selbst war es schmerzlich, ihre bildschöne Tochter ohne Zopf sehen zu müssen. Ob ihr

Entschluss wohl etwas mit diesem Juan zu tun hatte, dem sie mit kurzen Haaren noch besser gefallen hatte? Schon wollte sie etwas einwenden, als Antonio ihr zuvorkam.

»Ich habe bereits einen Sohn, meine süße Olivia, und ich bin sehr stolz auf meine Tochter. Du bist meine Prinzessin, und alle Prinzessinnen tragen die Haare lang.«

Olivia schwieg eine Weile nachdenklich, doch dann schlang sie die Arme um den Hals des Vaters und schmiegte sich eng an ihn. »Weißt du was, Papa? Ich frage die Gouvernante, ob sie mir den abgeschnittenen Zopf einflechten kann. Dann sieht mein Haar so aus wie früher.«

Dorothea erfüllte die zärtliche Szene zwischen Vater und Tochter mit Rührung. Antonio liebte seine Tochter, auch wenn er nur wenig Zeit mit ihr verbrachte und sich nie in die Erziehung einmischte. Vielleicht war genau das der Grund, warum Olivia manches lieber mit dem Vater ausmachte als mit der Mutter.

Dorothea glaubte, vor Glück zu schweben. In ihren Gebeten dankte sie der Gottesmutter immer wieder für die Heimkehr der Tochter. Allerdings ärgerte sie sich, wie hartnäckig ihr Schwiegervater in den folgenden Tagen Olivia beim gemeinschaftlichen Essen über die Umstände ihrer Gefangenschaft aushorchte. Dabei wünschte sie sich sehnlichst, die Tochter würde nicht mehr an das schreckliche Geschehen erinnert und diese Zeit so schnell wie möglich vergessen.

Pedro faltete die Serviette zusammen und begann mit seinem Verhör. »Hast du etwas vor dem Fenster gesehen, Olivia? Einen Baum oder ein Haus? Welche Geräusche hast du gehört?«

»Ein Bananenbaum stand vor dem Fenster. Manchmal ist ein Leguan den Stamm hinaufgeklettert. Im Haus war es immer still. Und draußen hat ab und zu ein Hund gebellt.«

»Nun, solche Häuser gibt es überall und nirgends. Wie lange war denn die Kutsche unterwegs?«

»Ich weiß nicht, Großvater. Die Männer haben mich nach dem Mittagessen aufgegriffen, das war gegen zwei Uhr, danach musste ich eine Augenbinde tragen. Als sie mich in das Zimmer gesperrt haben, war draußen noch Tageslicht.«

Ungeduldig trommelte Pedro mit den Fingern auf die Tischplatte. »Du bist also in einer Entfernung von höchstens dreieinhalb Stunden festgehalten worden. Das hilft uns leider nur wenig, denn wir wissen nicht, in welche Himmelsrichtung ihr gefahren seid. Wie haben die Leute gesprochen? Hatten sie einen Akzent? Haben sie sich gegenseitig mit Namen angeredet? Was genau hat die Frau gesagt, wenn sie dir das Essen gebracht hat?«

Doch je heftiger Pedro die Enkelin mit Fragen bedrängte, desto einsilbiger wurde sie. Er hob drohend die Brauen und durchbohrte sie mit Blicken. »Denk ganz genau nach!«, mahnte er. »Du musst dich erinnern. Jede Einzelheit ist wichtig. Wenn wir das Versteck finden, wissen wir auch, wer hinter der Entführung steckt. Und dann können diese Verbrecher endlich vor Gericht gestellt werden und ihre gerechte Strafe erhalten.«

Dorothea zog sich an ihren Lieblingsplatz zurück, auf die Holzbank unter dem Kalebassenbaum, von wo sie einen großartigen Blick über die weiten Kaffeefelder hatte. Hier oben saß sie oft und dachte nach, machte Skizzen von Tieren und Pflanzen in der Umgebung und fand innere Ruhe und Kraft. Zu ihrer Überraschung tauchte plötzlich Olivia auf. Überhaupt kam ihr die Tochter seit der Entführung zugewandter und weniger kratzbürstig vor.

»Setz dich zu mir, mein Herzblatt! Dann kann ich eine Zeichnung von dir machen. Zuletzt hast du mir vor mehr als einem Jahr Modell gesessen.«

»Wenn ich nicht über Stunden mucksmäuschenstill dasitzen muss ...«

Dorothea schlug eine Seite in ihrem Skizzenbuch auf und trug in die obere rechte Ecke das Datum ein. Rasch und sicher glitt ihr Stift über das Papier. Olivia wurde ihrem Vater immer ähnlicher, stellte sie fest, und das erfüllte sie mit einem gewissen Stolz. Die Tochter hatte dieselbe hohe Stirn mit den markanten Brauen und dieselbe wohlgeformte Nase, die in ihrem Ebenmaß an eine griechische Büste erinnerte.

»Warum will Großvater die Leute, die mich versteckt haben, ins Gefängnis stecken lassen?«, fragte Olivia unvermittelt. »Es stimmt überhaupt nicht, was er sagt. Dass sie böse sind.«

»Aber Kind, diese Menschen haben ein großes Unrecht begangen. Dir und uns gegenüber. Wir alle waren verzweifelt und in größter Sorge um dich.« Dass Pedro sich in Wahrheit keineswegs besorgt gezeigt hatte, sondern feilschen und sogar das Leben seiner Enkelin aufs Spiel setzen wollte, brauchte Olivia nicht zu erfahren.

»Aber ich habe Großvater nichts von Juan erzählt, sondern nur dir. Juan war nett, und er hätte mir niemals etwas angetan. Schade, dass ich sein Gesicht nicht erkennen konnte. Vielleicht treffen wir uns eines Tages wieder. Und dann können wir miteinander reden wie Freunde.«

Dorothea war entsetzt. Manchmal fiel es ihr schwer, sich in die Gedankenwelt der Tochter hineinzuversetzen. »Nein, Olivia. Ich hoffe, das wird nie der Fall sein. Wer einen Menschen seiner Freiheit beraubt, aus welchem Grund auch immer, der begeht ein Verbrechen.«

»Ich will aber nicht, dass Großvater nach den Leuten sucht. Es sind keine schlechten Menschen. Darf ich eine Katze haben, Mama? Sie soll genauso aussehen wie die in dem Haus. Dann kann ich immer an Juan denken.«

Dorothea schluckte, bemühte sich um eine unbefangene Antwort. »Wenn du sie dir so dringend wünschst ... Ich rede mit deinem Vater. Er soll mit dir zu den Nachbarn in dem Haus gegenüber der Casa Santa Maria fahren. Da hat die Katze letzte Woche neun Junge bekommen. Bestimmt ist eins dabei, das dir gefällt.«

Die Angst, dass ihre Tochter ein weiteres Mal entführt werden könnte, verfolgte Dorothea fortwährend. Zu Olivias Sicherheit und zur eigenen Beruhigung stellte sie eine zweite Gouvernante ein. Mary Robinson, eine junge Engländerin aus der Nähe von Birmingham, die Olivia ihre Sprache beibringen sollte. Sie schärfte beiden Frauen immer wieder ein, gut auf Olivia aufzupassen und sie nie aus den Augen zu lassen.

Dorothea hatte es sich gerade in ihrer Hängematte auf dem Balkon mit einem Buch der verehrten französischen Schriftstellerin George Sand bequem gemacht, als es an der Zimmertür klopfte. Da stand Mary Robinson mit hochrotem Kopf und rang nach Atem.

»Missis Ramirez, ich war mit Miss Olivia im Park, wir haben englische Pflanzennamen geübt, und plötzlich… auf einmal… dabei sollte ich sie doch nie aus den Augen lassen.« Vergeblich suchte sie nach den passenden Worten.

Schwindel befiel Dorothea, ihr Herz schlug rasend schnell, Halt suchend lehnte sie sich gegen den Türrahmen. »Sie wollen damit sagen, Olivia ist… verschwunden?«

Die Gouvernante schlug die Augen nieder und nickte wimmernd.

Jetzt nur nicht ohnmächtig werden!, schärfte Dorothea sich ein. Du musst einen klaren Kopf bewahren. »Kommen Sie, Mary! Wir suchen Olivia gemeinsam. Vielleicht wollte sie uns einen Streich spielen und hat sich nur irgendwo versteckt.« Es war, als höre Dorothea ihren Schwiegervater reden. Doch sie musste sich selbst und dem Kindermädchen Mut zusprechen. Seinerzeit allerdings hatte Dorothea Pedros Worten keinen Glauben geschenkt.

Die beiden Frauen durchstreiften den Park, den emsige Helfer nach dem Vorbild englischer Landschaftsgärten angelegt hatten. Mit einer weiten Rasenfläche, mit Gräben und verschlungenen Pfaden, antiken Skulpturen und einem Seerosenteich. Um jeden Baum gingen sie herum, spähten unter alle Sträucher und riefen immer wieder Olivias Namen. Mary Robinson zog ein Taschentuch aus dem Ärmel und tupfte sich aufgeregt über Stirn und Wangen.

»Wenn ihr etwas passiert sein sollte, ist es meine Schuld. Ganz allein meine Schuld«, murmelte sie in sich hinein und tappte wie betäubt hinter Dorothea her.

Als sie sich dem Rosenpavillon näherten, öffnete sich plötzlich die Tür, und Olivia lief ihnen fröhlich entgegen.

»Das war ein gutes Versteck, nicht wahr?«, rief sie mit verschmitztem Lächeln. Dann nahm sie einige Schritte Anlauf, streckte die Arme in die Höhe und schlug ein formvollendetes Rad auf dem Rasen. Ihre Beine wirbelten durch die Luft, dabei juchzte sie laut auf.

Ungläubig deutete Mary Robinson mit dem Finger auf Olivia und brach in schrilles Gelächter aus. Beruhigend legte Dorothea eine Hand auf den Arm der jungen Frau, die am ganzen Körper zitterte.

»Gehen Sie auf Ihr Zimmer, Mary, und erholen Sie sich! Und lassen Sie sich von der Köchin ein Glas Sherry geben. Auf den Schreck hin können Sie sicherlich einen kräftigen Schluck vertragen.«

Olivia wollte der Gouvernante hinterherlaufen, doch Dorothea rief sie zurück. Sie packte die Tochter am Ärmel und zog sie in den Pavillon, schloss die Tür hinter sich. Niemand brauchte zu hören, was sie ihrer Tochter mitzuteilen hatte. »Tu so etwas nie wieder!«, schrie sie und erschrak über ihre eigene Stimme. »Weißt du eigentlich, was du da angerichtet hast?«

»Ihr seid Spielverderber«, maulte Olivia vorwurfsvoll.

»Mit deinen elf Jahren solltest du alt genug sein und wissen, dass das kein Spiel war. Wir hatten schon befürchtet, dir sei etwas zugestoßen. Und den Grund für unsere Sorge dürftest du sehr genau kennen.«

Olivia zog die Schultern hoch und verzog trotzig den Mund. »Aber es war doch nur Spaß.«

Dorothea schüttelte den Kopf. »Spaß? Hoffentlich musst du nie erleben, was ich nach deiner Verschleppung durchgemacht habe. Wenn du nicht mehr schlafen und klar denken kannst, sondern nur noch weinst und betest.

Kannst du dir wirklich nicht vorstellen, welche Angst ich hatte, dich zu verlieren? Und hast du nicht bemerkt, wie verzweifelt Mary war? Sie hat sich schlimme Vorwürfe gemacht.«

Olivia biss sich auf die Lippen, wurde plötzlich ganz nachdenklich und verlegen. »Hast du tatsächlich gedacht, ich käme vielleicht ... nie wieder zurück?«, flüsterte sie bestürzt.

Dorothea nickte stumm und fühlte, wie ihr eine Träne über die Wange rann. Olivia stellte sich auf die Zehenspitzen, reckte die Arme und umarmte ihre Mutter innig und mit aller Kraft.

»Ich hab dich so lieb, Mama. Es tut mir leid. Ich werde mich bei Miss Mary entschuldigen.«

Wie jedes Jahr nach der Erntezeit waren zahlreiche Männer auf den Feldern zu sehen. Sie gruben den Boden um und zogen feine Furchen für die Aufzucht von Sprösslingen. Andere Plantagenarbeiter waren mit dem Umsetzen von Jungpflanzen oder dem Beschneiden der Kaffeesträucher beschäftigt. Diese wurden etwa mannshoch geschnitten, damit die Pflücker die Kirschen ohne Leiter ernten konnten. In den Lagerhäusern wurden die schweren Holzräder für die Ochsenkarren ausgebessert, mit denen die Säcke voller Kaffeebohnen Saison für Saison aus dem Hochland von San José zur Pazifikküste transportiert wurden, um von dort in alle Welt verschifft zu werden. In wenigen Wochen würden weiße Blüten an den Sträuchern heranwachsen und die Luft mit ihrem jasminähnlichen Duft erfüllen. Bis sich grüne Kaffeekirschen bildeten, die sich zuerst gelbrot, dann leuchtend rot färbten. Damit begann der ewige Kreislauf von Wachstum und Ernte von Neuem.

Im November würden die Wanderarbeiter auf die Plantage zurückkehren und diesmal zu besseren Bedingungen als zuvor die Kirschen ernten. Pedros brennender Wunsch, die Entführer seiner Enkelin zu finden und vor Gericht zu stellen, hatte sich bisher nicht erfüllt. Da es außer den Erpresserschreiben keine brauchbaren Spuren gab und die Entführung zudem ein glückliches Ende genommen hatte, hatte die Polizei die Ermittlungen bald eingestellt. Seither war Dorotheas Schwiegervater seinen Angestellten gegenüber noch misstrauischer geworden. Befürchtete er doch einen Verräter unter ihnen, der womöglich auf der Hacienda Margarita einen Aufstand anzetteln und die angestammten Rechte aller Hacenderos im Land infrage stellen könnte.

Mehrmals in der Woche sah Dorothea in der Casa Santa Maria nach dem Rechten, kümmerte sich um die Bestellung von Ton und neuen Farben, brachte die Rechnungsbücher auf den neuesten Stand und folgte manchmal als stille Beobachterin dem Unterricht, den die Mädchen an zwei Vormittagen in der Woche erhielten. Diese Ablenkungen halfen ihr, die überstandenen Schrecken wenigstens eine Zeit lang zu vergessen.

Eines Morgens ließ Antonio sich überraschend beim Frühstück entschuldigen. Er sei unpässlich und brauche Ruhe, ließ er ausrichten. Auch am Tag darauf nahm er nicht an den gemeinsamen Mahlzeiten teil. Dorothea wurde nachdenklich, denn ihr Mann hatte die Nacht nicht wie üblich in seinem Schlafzimmer zugebracht, das neben dem ihren lag, sondern offenbar in der Blockhütte, die er seinem Vater abgetrotzt und sich als persönliches Kontor eingerichtet hatte.

Seit jenem Abend, als sie Antonio dort in den Armen eines Mannes angetroffen hatte, hatte sie ihren Fuß nicht mehr in diese Räumlichkeiten gesetzt. Sie bat Olivia, bei ihrem Vater anzuklopfen und ihm auszurichten, dass seine Frau mit ihm zu sprechen wünsche. Er solle zu der Bank auf der Anhöhe kommen, nicht weit von der Hütte entfernt. Kurz darauf sah sie ihren Ehemann mit schweren Schritten näher kommen. Sie erschrak. Er, dem die Frauen heimlich hinterherschauten und den die Männer um sein blendendes Aussehen beneideten, war fahl im Gesicht und hatte tiefe Ringe unter den glanzlosen Augen. Die Haare waren ungekämmt, Bartstoppeln übersäten sein Kinn. Er setzte sich neben sie auf die Bank, ergriff ihre Hand und lächelte gequält.

»Was ist mit dir, Antonio? Wir alle sorgen uns um dich.«

Mit einer schwachen Handbewegung versuchte er die Sorgen abzuwehren. »Ich weiß es selbst nicht. In letzter Zeit kann ich oft schlecht einschlafen. Appetit habe ich auch keinen ... Es ist nichts, nur eine leichte Magenverstimmung. Sie vergeht sicher bald wieder.«

War es der Schreck über Olivias Entführung, der ihm aufs Gemüt geschlagen war? Oder steckte etwas anderes dahinter? Sie wollte endlich Klarheit.

»Was habt ihr besprochen, dein Vater und du, bevor er die Forderungen der Entführer unterzeichnet hat?«

Antonio starrte stumm vor sich hin, blieb ihr die Antwort schuldig. Sie wurde zornig. So einfach durfte er es sich nicht machen!

»Hörst du nicht, Antonio? Was hast du deinem Vater erzählt? Vergiss nicht, ich bin deine Frau! Ich habe das Recht, die Wahrheit zu erfahren.«

Antonio saß da, das Gesicht zur Maske erstarrt. »Das geht niemanden außer Vater und mich etwas an«, erklärte er mit tonloser Stimme.

Dorothea schwankte zwischen Wut und Mitleid. »Du bist krank. Du brauchst einen Arzt.«

Mit beiden Händen stützte sich Antonio auf der hölzernen Sitzfläche ab und erhob sich schwerfällig. »Und wenn du dich auf den Kopf stellst, ich suche keinen dieser Quacksalber auf! Ich bin völlig gesund. Ich brauche lediglich etwas Schlaf. Und nun geh und lass mich endlich in Ruhe!«

Trotz seiner gegenteiligen Beteuerungen glaubte Dorothea, dass Antonio sehr wohl Hilfe benötigte. Aber wenn er sich weiterhin weigerte, einen Arzt zu konsultieren? Wie konnte es weitergehen? Sollte sie ihm vorschlagen, mit ihr zu Elisabeth an die Westküste zu reisen? Bei ihr selbst hatte das Meeresklima schon oft wahre Wunder gewirkt, und sie hatte neue Kraft geschöpft. Vielleicht brächte ein Ortswechsel auch Antonio auf andere Gedanken. Doch dann bliebe Olivia, die zur Schule musste, allein auf der Hacienda zurück. Und wenn sie den Schuldirektor bäte, die Tochter für einige Wochen freizustellen? Dann könnte Olivia die Eltern begleiten und sich von ihrer Mutter unterrichten lassen.

Doch dann fiel ihr ein, dass sie die Hacienda in den folgenden Wochen gar nicht verlassen wollte, sondern lieber in der Nähe von San José blieb. Und endlich ließ sie einen Gedanken zu, den sie tief in ihrem Innern verschlossen hatte. Weil er ihr das Herz unendlich schwer machte. Wenn doch ihre Pilgerreise nach Cartago nur ein Traum gewesen wäre ... Denn es konnte nicht mehr lange dauern, und Alexander würde aus Deutschland nach Costa Rica zurückkehren.

Beim schmerzlichen Abschied ein Jahr zuvor hatten sie sich gegenseitig das Versprechen gegeben, miteinander zu reisen und glücklich zu sein. So wie sie es einst als Verlobte in Köln geplant hatten. Bis ein ungnädiges Schicksal sie auseinandergerissen hatte. Und nun hatte Dorothea den verhängnisvollen Schwur getan: ihre Liebe zu Alexander für das Leben ihrer Tochter zu opfern. Die Madonna hatte ihre Bitte erhört und ihr die Tochter zurückgegeben, unversehrt an Leib und Seele. Der Geliebte würde kommen, arglos und voller Hoffnung auf gemeinsame Stunden und Tage. Stattdessen würden sie sich abermals trennen müssen. Für immer.

Wie sehr hatte sie dem Tag entgegengefiebert, wenn Alexander vor ihr stehen, sie berühren, in die Arme schließen und davontragen würde, als wäre sie leicht wie eine Feder. Wenn sie sein Begehren spüren würde, nach dem sie sich so viele Jahre vergeblich gesehnt hatte und das sie ihm mit leidenschaftlicher Glut zurückgeben wollte. Wenn er ihre Sehnsucht stillen würde mit einem Ungestüm, wie Antonio es nie vermocht hatte.

Das Bild des Geliebten stieg in ihr auf, seine leicht spöttisch dreinblickenden braunen Augen, die Grübchen neben den Mundwinkeln, das wellige Haar, das bis in den Nacken reichte und das sie so gern mit den Fingern zerzaust hatte, um es gleich darauf wieder zu glätten. Seine Lippen, weich und fordernd, zärtlich und glutvoll. Doch inzwischen fürchtete sie sich, ihm die Wahrheit zu sagen. Und musste es dennoch tun. Musste ihm erklären, was sie getan hatte und warum sie es getan hatte. Um Klarheit zu schaffen – für sich selbst und für ihn. Aber war es richtig, den Schwur zu bereuen, zu dem sie sich entschlossen hatte? Wie sehr wünschte sie sich, sie hätte ihn niemals ablegen müssen.

Oder gab es vielleicht doch noch eine andere Möglichkeit, der Gottesmutter Abbitte zu leisten?

Antonios Zustand blieb wechselhaft. Gelegentlich zog er sich für Tage in seine Blockhütte zurück, dann wieder war er voller Tatendrang, schmiedete Pläne für eine eigene Rösterei auf der Hacienda. Von den beiden Dienstmädchen Amelia und Josefa erfuhr Dorothea, dass ihr Schwiegervater nicht lockerließ und den Verwalter sowie dessen Stellvertreter angewiesen hatte, die Angestellten auszuspionieren. Er hatte sich geschworen, die Drahtzieher der Entführung zu finden. Es ging ihm gar nicht so sehr darum, die Täter wegen Menschenraubs und Erpressung verurteilen zu lassen. Vielmehr wollte er die Zugeständnisse, die er notgedrungen gemacht hatte, von Rechts wegen wieder aufheben. Dass er sich Menschen niedersten Standes hatte beugen müssen, ging ihm gegen die Ehre. Die Polizei hingegen sah mit der glücklichen Rückkehr Olivias den Fall als abgeschlossen an.

Das Verhältnis zwischen Dorothea und ihrem Schwiegervater war frostiger denn je. Sie konnte ihm nicht verzeihen, dass er aus Sturheit das Leben seiner Enkelin aufs Spiel gesetzt hatte. Auch fürchtete sie, dass sein unverblümtes Streben nach Bestrafung der Täter nur neues Unglück heraufbeschwören könnte. Umgekehrt hatte Pedro für die Schwiegertochter kein persönliches Wort mehr übrig. Bei Tisch sah er durch sie hindurch, als wäre sie Luft. Wenn es etwas zu besprechen gab, das die ganze Familie und somit auch Dorothea betraf, richtete er das Wort an seinen Sohn, der das Anliegen an seine Frau weitergeben sollte.

Doch Antonio ging auf das Spiel, das sein Vater spielte, nicht ein und hob nur ungerührt die Schultern. »Wenn du Dorothea etwas mitzuteilen hast, Vater, dann sag es ihr bitte persönlich. Ich bin nicht dein Sprachrohr.«

Gerührt streichelte Dorothea die Hand ihres Mannes, war dankbar, dass er seinem Vater die Stirn bot und nach wie vor unverbrüchlich zu ihr hielt. An Tagen, an denen Antonio geschäftlich unterwegs war, ließ Pedro seine Anweisungen über Federico ausrichten. Die Spannung bei Tisch, die geradezu mit Händen zu greifen war, schlug Dorothea auf den Magen. Sie verspürte kaum noch Appetit, aß nur anstandshalber winzige Portionen. Am liebsten hätte sie sich auf ihr Zimmer zurückgezogen. Doch sie wollte ihren Kindern ein gutes Beispiel geben, war sie doch der Ansicht, dass zu einem Familienleben auch gemeinsame Mahlzeiten gehörten.

Wenn sie allerdings in der Stadt Erledigungen machen musste, dehnte sie die Zeit gern großzügig aus. Manchmal übernachtete sie auch in der Casa Santa Maria in einer winzigen Kammer. Diesen Raum hatte sie sich für den Fall eingerichtet, dass es in der Stadt spät geworden war oder dass ein tropischer Regenguss die Heimfahrt bei Tageslicht verhinderte. So oft wie möglich suchte sie nach Gelegenheiten, der Hacienda für einige Stunden zu entfliehen.

Es wurde ihr zur Gewohnheit, sonntags in San José die heilige Messe zu besuchen. Wann immer sie den Platz vor der Kirche betrat, musste sie an Alexander denken. Genau an dieser Stelle waren sie sich ein Jahr zuvor wiederbegegnet. An manchen Feiertagen begleitete sie Olivia in den

Gottesdienst. Ja, zu ihrer Überraschung schien die Tochter Gefallen an der feierlichen Atmosphäre, den fröhlichen Gesängen und dem gemeinsamen Gebet zu finden. Wie seine Eltern war auch Antonio kein Kirchgänger. Doch er ließ Frau und Tochter gewähren.

Das Gotteshaus lag weithin sichtbar auf der höchsten Erhebung der Stadt. Zum Jahresbeginn hatte ein neuer Priester seinen Dienst in der Gemeinde angetreten, ein junger Nicaraguaner, dessen Vorfahren aus Italien stammten. Er wechselte sich bei den Gottesdiensten mit zwei älteren Kollegen ab, die kurz vor der Pensionierung standen. Dorothea freute sich immer, wenn Padre Isidoro Goitia Amábilis die heilige Messe las. Wenn er die Stimme erhob, um das Wort Gottes zu verkünden, wurde es unter den Gläubigen so still, dass man das Fallen einer Stecknadel gehört hätte. Die meisten Kirchgänger waren Frauen, die aufmerksam den Worten des Priesters lauschten und sich bei nahezu jedem Satz als Zeichen der Zustimmung bekreuzigten. Ein Teller wurde herumgereicht, auf dem Spenden gesammelt wurden. Dorothea liebte die andächtige und weihevolle Stimmung in dem Gotteshaus.

In diesem Jahr begleitete Olivia ihre Mutter zur Ostermesse, welche die Gläubigen aus allen Teilen der Stadt anlockte. Allerdings, so vermutete Dorothea, ging es der Tochter weniger ums Beten als vielmehr darum, ihr neues roséfarbenes Musselinkleid und die weißen Schnürstiefeletten in der Öffentlichkeit zu zeigen.

Als der Kutscher die beiden am Parque Central absetzte, hatten sich bereits zahlreiche Menschen auf dem Kirchplatz versammelt, alle im Sonntagsstaat. Die Männer trugen kreisrunde Strohhüte und weiße Hemden, darüber bunte Leibbinden sowie Hosen in verschiedenen Farben und Mustern. Sie gingen stets barfuß. So auch ihre Frauen, die ebenfalls Strohhüte, weiße Blusen und farbige Röcke trugen. Die Aristokratie von San José, die reichen Kaffeeplantagenbesitzer und Händler, kleideten sich nach französischem Schnitt und legten besonderen Wert auf elegante Kopfbedeckungen: Pariser Seidenhüte oder feinst geflochtenes Palmstroh aus Panama.

Um Punkt zwölf Uhr läuteten die Kirchenglocken. Die Prozession umrundete unter inbrünstigem Gesang dreimal den Platz und bewegte sich danach zum Portal. Am Eingang mahnte eine Inschrift die Besucher: *Dies ist ein Haus Gottes, ein Haus des Gebetes, nicht der Eitelkeit.* Allen voran schritt Padre Isidoro in einem schlichten bestickten Gewand, gefolgt von sechs jungen Ministranten. In den erhobenen Händen hielt er ein vergoldetes Kreuz. Fleißige Mädchen und Frauen hatten tags zuvor das Innere des Gotteshauses mit Blumengirlanden geschmückt. Die Sicht auf den mit vergoldeten Schnitzereien verzierten Altar wurde durch einen schwarzen Samtvorhang verdeckt, dessen Mitte ein rotes Kreuz zierte.

Während die Gläubigen – die Frauen links, die Männer rechts – in den Kirchenschiffen auf dem Steinboden niederknieten, nahmen die Honoratioren der Stadt mit ihren Familienangehörigen auf Holzbänken ihren Platz ein. Dann durchschritt der Geistliche mit den Messdienern den Vorhang, der sich in zwei Hälften teilte. Dahinter wurde im strahlenden Schein unzähliger Kerzen der Altar sichtbar. Padre Isidoro stimmte das *Ora pro nobis* an, begleitet von einer Gruppe von Geigern. Sie entlockten ihren Instrumenten hingebungsvolle Weisen, in die gleich darauf auch die Kirchgänger einstimmten. Kaum war die letzte Strophe verklungen, erhob sich vor dem Gotteshaus lauter Kanonendonner und erinnerte an die Auferstehung des Herrn.

Die Menschen in der Kirche bekreuzigten sich, worauf die eigentliche Messfeier begann. Als Padre Isidoro die Kanzel bestieg, um eine flammende Predigt zu halten, achtete Dorothea kaum auf den Sinn seiner Worte, sondern gab sich ganz dem warmen Timbre der Stimme hin. Tief in Gedanken versunken, betrachtete sie die Szenen aus dem Leben der Heiligen auf der Kanzel. Die Darstellungen waren so schlicht wie von Kinderhand gemalt. Und doch strahlten sie eine Würde und Heiterkeit aus, die es sogar mit den mittelalterlichen Darstellungen in den Kölner Gotteshäusern aufnehmen konnten, die sie als junges Mädchen besucht hatte. Plötzlich sah sie sich wieder bei ihrer ersten heiligen Kommunion, dreißig Jahre zuvor, am ersten Sonntag nach dem Osterfest. Sie kniete in der Kirche Sankt Aposteln vor dem Altar, Pfarrer Lamprecht reichte ihr die Hostie. In den Nächten zuvor hatte sie kaum geschlafen, aus Angst, sie würde sich in diesem feierlichen Augenblick verschlucken.

Padre Isidoros beschwörende Worte holten sie wieder in die Gegenwart zurück. »Und so beten wir zu Jesus Christus, unserem Herrn, der für uns am Kreuz gestorben und am dritten Tage wiederauferstanden ist, um uns von allen Sünden zu erlösen und uns heimzuholen in sein Reich, in die ewige Glückseligkeit.«

Nach dem Vaterunser und der Segnung eilten die Gläubigen hinaus ins Freie. Dabei bemerkte Dorothea die herausfordernden Blicke einiger Halbwüchsiger, die sie

Olivia zuwarfen. Doch ihre Tochter übersah die Jungen aus besserem Haus und tat, als gäbe es nichts Wichtigeres, als mit gefalteten Händen und gesenkten Lidern demütig einherzuschreiten. Doch insgeheim belauschte sie eine Gruppe junger Indios, die lautstark miteinander diskutierte. Besorgt fragte sich Dorothea, ob Olivia etwa nach ihrem Entführer Juan Ausschau hielt. Aber sie schien niemanden zu entdecken, dessen Stimme sie erkannte.

Auf dem Vorplatz bereiteten sich schon zahlreiche Menschen, die sich kaum um das Geschehen im Innern der Kirche kümmerten, auf ein besonderes Spektakel vor. Unter Beifall und großem Jubel wurde auf einem Scheiterhaufen eine fast lebensgroße Puppe in Männerkleidung verbrannt.

Olivia vergaß ihre bisherige Zurückhaltung. Sie zupfte die Mutter am Ärmel und zog sie so dicht wie möglich an den Rand des Geschehens, wo die Hitze des Feuers schon deutlich spürbar war. »Davon haben wir im Unterricht gehört, Mama. Die Puppe stellt Judas dar, den Verräter von Jesus. Mit ihm zusammen soll alles Böse in der Welt verbrannt werden.«

Diese Sitte war Dorothea aus Deutschland unbekannt. »Da hast du in der Schule aber gut aufgepasst«, lobte sie.

»Eigentlich ist unser Religionsunterricht immer so langweilig. Am liebsten hätte ich einen Lehrer wie Padre Isidoro. Der ist nett und außerdem nicht so alt. Und gut aussehen tut er auch. Bei dem wären die Mädchen sicher besonders aufmerksam und würden sich lieb Kind machen. Wollen wir am nächsten Sonntag wieder zusammen in die Kirche fahren?«

Olivias Bitte erfüllte Dorothea mit Freude. Wie auch

die Tatsache, dass die Tochter häufiger als sonst die Nähe der Mutter suchte. Dorotheas Befürchtung, Olivia würde noch lange unter den Folgen der Entführung leiden, hatte sich glücklicherweise nicht bewahrheitet. Im Gegenteil, Olivia wirkte ausgeglichen und verständig. Was vielleicht auch daran lag, dass sie mit ihren fast zwölf Jahren auf der Schwelle zum Erwachsenwerden stand.

Dorothea unterdrückte die Erinnerung an Alexander, die sie immer wieder sehnsuchtsvoll und quälend überfiel. Ihr Kind war ihr ein zweites Mal geschenkt worden, und dafür war kein Verzicht zu groß. Und so malte sie sich aus, wie das Verhältnis zwischen Tochter und Mutter künftig noch inniger werden würde. Sie wollte ihrer Tochter mit Rat und Tat zur Seite stehen, wenn sie vom Mädchen zu einer glücklichen jungen Frau heranwuchs.

Der Tag von Alexanders Ankunft in San José rückte immer näher, und Dorotheas innere Anspannung wurde schier unerträglich. Zur Mittagszeit, wenn das Dienstmädchen die Post an die Bewohner des Hauses verteilte, sah Dorothea sogleich in ihrem Zimmer nach, ob wohl ein Brief auf ihrer Kommode lag. Wenn sie Olivia auf ihrem Pony über den Bach springen und durch die Felder preschen sah, wenn sie das Lachen ihrer Tochter hörte, erfüllte sie tiefe Dankbarkeit. Dann schämte sie sich, dass sie immer noch mit ihrem Schicksal haderte. Wie gering war doch ihr eigenes Opfer im Vergleich zu der Freude, die ihr Olivias Gegenwart bescherte!

Beim Anblick des bräunlichen Umschlags neben dem Frisierspiegel schlug Dorotheas Herz höher. Auf Zehenspitzen schlich sie durchs Zimmer, als könne sie jemanden durch das Geräusch ihrer Schritte aufwecken. Sie las ihren Namen in der schwungvollen, kräftigen Handschrift und wusste sofort Bescheid. Das Blut pochte ihr in den Schläfen. Doch dann zögerte sie, das Papier in die Hand zu nehmen, das er in Händen gehalten hatte. Kräftige, männliche Hände, die so zärtlich und so erregend berühren konnten. Viele Jahre hatte sie auf derartige Liebkosungen verzichten müssen, und nun, da ihr Glück zum Greifen nahe war, hatte sie es schon wieder verloren. Für immer. Eine tiefe

Traurigkeit senkte sich über sie. Schließlich fasste sie sich ein Herz, nahm den Umschlag und setzte sich in den Schaukelstuhl auf dem Balkon, denn sie wollte nicht im Stehen lesen. Konnte es auch nicht, denn die Beine hätten sie nicht getragen.

Mit zittrigen Fingern brach sie das Siegel auf und starrte auf die Buchstaben, die vor ihren Augen verschwammen. Sie richtete den Blick auf die weiten grünen Kaffeefelder und sog den Jasminduft der weißen Blütenpracht in sich ein, sammelte innere Kraft und begann erst dann zu lesen.

Liebste Dorothea, mein Engel! Endlich bin ich zurück in der Stadt, in der ich mein verloren geglaubtes Glück wiedergefunden habe. Ich kann es kaum erwarten, Dich in meine Arme zu schließen. Ich will den Duft Deines Haars riechen, will Deinen Herzschlag spüren und Dich nie mehr loslassen. Komm in das Hotel Arenal, wo wir vor einem Jahr Abschied genommen haben! Komm, sobald es Dir möglich ist! In dem Augenblick, da Du jenes Zimmer betrittst, wird für mich die Sonne aufgehen, und ich werde der glücklichste Mensch auf der ganzen Welt sein. In Liebe, Dein Alexander

Antonio ließ sie eine kurze Nachricht zukommen, sie habe in der Stadt zu tun und werde nicht vor dem Mittag des nächsten Tages zurückkehren. Aus ihrer Wäschetruhe holte sie mehrere Stapel von Briefen, zusammengebunden mit einer graublauen Schleife, der Farbe ihrer Augen. Dorothea bat den Kutscher, sie am Parque Central aussteigen zu lassen. Sie wollte lieber zu Fuß durch die kleine Seitengasse bis zum Hotel gehen. Achtete nicht auf die Menschen, die ihr entgegenkamen, nicht auf die Kinder, die einer Katze eine Glocke an den Schwanz gebunden hatten und diese den Stamm einer Palme hochjagten. Auch die dunklen Wolken sah sie nicht, die sich von Osten her bedrohlich über ihr zusammenballten und einen nahenden Tropenregen ankündigten.

Eine runzelige kleine Frau mit schwarzer Witwenhaube, an ihrem weiß gepuderten Gesicht unschwer als Engländerin zu erkennen, saß an einem Tischchen und polierte hingebungsvoll eine silberne Teekanne. Neugierig blickte sie auf und blinzelte Dorothea aus wachsamen Kugelaugen an.

»Sie müssen Señora Weinsberg sein. Ihr Mann erwartet Sie bereits. Den Weg die Treppe hinauf kennen Sie ja. Es ist dasselbe Zimmer wie beim letzten Mal.«

Señora Weinsberg? Dorothea fühlte einen Stich in der Brust. So hätte ihr Name gelautet, wäre ihr Schicksal anders verlaufen. Als sie die Hand hob, um gegen die zerkratzte Mahagonitür zu pochen, wurde diese von innen geöffnet. Alexander stand vor ihr, groß, breitschultrig und mit einem Leuchten in den Augen, bei dem ihr schwindelig wurde. Er breitete die Arme aus und zog sie in das dämmerige Zimmer, küsste sie auf Lippen, Wangen und Haar. Zuerst sanft und vorsichtig, dann begierig. Sie wollte etwas sagen, aber ihre Kehle war wie zugeschnürt. Ein Blitz vor dem Fenster erhellte das Zimmer. Tosender Donner erhob sich unmittelbar über ihnen. Durch die offen stehende Balkontür war das Geräusch prasselnden Regens zu hören.

Seine Hände wanderten über Schultern und Arme, öffneten die Knöpfe und Haken ihres Kleides. Zielstrebig und wie selbstverständlich. Draußen zuckten grelle Blitze. Der Kloß in ihrem Hals löste sich, doch was sie sagte, ging in ohrenbetäubenden Donnerschlägen unter. Alexander legte ihr einen Finger auf den Mund, gebot ihr mit seinem Blick zu schweigen. Dann streifte er ihr das Kleid von den Schultern, fuhr mit den Lippen über die zarte Haut zwischen Hals und Schlüsselbein. Dorothea erschauerte, und plötzlich vergaß sie alles, was ihr Herz beschwerte. Sie empfand nur noch dieses Gefühl von Glückseligkeit, das sie unzählige Male in ihren Träumen herbeigesehnt hatte.

Sehnsüchtig reckte sie sich hoch, schlang ihm die Arme um den Hals und erwiderte seine Küsse mit solcher Leidenschaft, dass Alexander leise aufstöhnte. Ihre Hände schoben Lagen von Leinen, Seide und Batist beiseite, bis sie schließlich im dämmerigen Licht voreinander standen, die nackten Körper für Sekundenbruchteile erhellt von zuckenden Blitzen. Kein einziges Wort hatten sie bisher miteinander gewechselt, doch ihre Hände und Münder sprachen die deutliche Sprache von Sehnsucht, Verlangen und Lust.

Eng aneinandergeschmiegt, waren sie auf dem breiten Baldachinbett eingeschlafen. Als Dorothea die Augen öffnete, stellte sie fest, dass das Gewitter vorüber und die Dunkelheit hereingebrochen war. Die Gegenwart kehrte zurück und mit ihr die Wirklichkeit. Vorsichtig löste Alexander sich aus der Umarmung und zündete eine Kerze auf dem Nachtschränkchen an. Nach einem zärtlichen Kuss wickelte er sich in ein Laken und entriegelte die Tür, nahm ein Tablett mit gefüllten Empanadas, Mangoscheiben und Wein von der Fußmatte auf und machte es sich am Kopfende des Bettes bequem.

»Kann es Großartigeres geben? Mit einer wunderschönen Frau im Bett zu liegen und sich dabei auch noch kulinarisch gütlich tun?«

Der Kloß in ihrem Hals war wieder da. Schwerfällig setzte Dorothea sich auf und sah zu, wie Alexander mit offensichtlichem Appetit zu den Speisen griff. Er füllte zwei Gläser mit Wein und hielt ihr eins entgegen.

»Auf uns, meine Liebste! Auf unsere Zukunft.«

Seine heiteren, arglosen Worte drangen Dorothea wie Stiche ins Herz. Und dann konnte sie sich nicht länger zurückhalten. Sie begann zu weinen, ihre Schultern zuckten, ihr ganzer Leib bebte.

»Aber was ist denn, mein Liebling? Bist du nicht glücklich? Ich dachte, ich meinte … wir hatten doch alles miteinander besprochen.« Alexander strich ihr das Haar aus der Stirn, blickte sie verstört und fragend an.

»Ich konnte es dir vorhin nicht sagen, Alexander. Das Gewitter, der Donner … und dann habe ich nur noch dich gesehen und gefühlt, habe alles andere vergessen.«

»Muss ich verstehen, was du meinst?« In seiner rauen Stimme schwang leise Ironie mit. Genau das hatte ihr schon beim ersten Zusammentreffen gefallen, als er ihr vor einem Kölner Kolonialwarenladen beim Öffnen ihres Regenschirms geholfen hatte. Damals hatte sie sich gleich in ihn verliebt. Sie blickte ihm in die Augen und bot alle Kraft auf, um nicht in hemmungsloses Schluchzen auszubrechen.

»Ich weiß nicht, wo ich anfangen soll, es ist …«

Zwischen Alexanders Brauen bildete sich eine steile Falte. Mit der einen Hand streichelte er ihr Haar, mit der anderen liebkoste er ihren Hals. »Habe ich womöglich etwas missverstanden? Bei unserer letzten Begegnung hast du noch die Kette getragen, die ich dir zur Verlobung geschenkt hatte. Gibt es vielleicht...« Er stockte, zog die Hand ruckartig zurück, und seine Lippen wurden schmal. »Gibt es einen anderen Mann?«

»Nein, Alexander! Wie kannst du so etwas denken? Es ist ganz anders.«

Seufzend schlang er ihr einen Arm um die Schultern und zog sie an sich, ließ ihr Zeit, sich zu sammeln und den Wirrwarr ihrer Gedanken zu ordnen. Mehrere Male schluckte sie schwer, dann endlich erzählte sie alles. Von Olivias Entführung, von ihrer tiefen Angst, den durchwachten Nächten und von dem Gelöbnis, das sie in der Kirche von Cartago im Angesicht der Marienstatue abgelegt hatte.

»Nachdem mir irgendwann die Tragweite meines Schwurs klar geworden war, fühlte ich mich so elend wie in jener Stunde, als ich unser ungeborenes Kind verloren hatte. Doch was hätte ich tun sollen? Ich musste der Gottesmutter ein Opfer bringen. Also habe ich ihr das Medaillon geschenkt und etwas, das mir – nach dem Leben meiner Tochter – am meisten bedeutet. Unsere gemeinsame Zukunft. Also habe ich gelobt, an Antonios Seite auszuharren und kein Doppelleben mit dem Mann zu führen, den ich liebe. Wenn nur Olivia unbeschadet zurückkehren würde.«

Mit unbewegter Miene hatte Alexander zugehört. Dann stand er auf, öffnete das Fenster und starrte reglos hinaus in die Dunkelheit. Milde Abendluft strömte in das Zimmer, aus einer benachbarten Bodega war das Lachen der Gäste zu hören. Jemand schlug eine Gitarre an und sang ein Lied, wunderschön und wehmütig zugleich. Mit dem

Unterarm stützte Alexander sich an dem morschen Holz des Fensterrahmens ab, lehnte die Stirn gegen den Handrücken. Seine Stimme bekam plötzlich einen fremdartigen Klang.

»Mir ist, als würde mir das Herz aus dem Leib gerissen. Genauso muss es sich in der Hölle anfühlen.«

Er wandte sich um und ließ sich schwer auf die Bettkante sinken. »Seitdem ich dich vor einem Jahr wiedergefunden habe, war ich der glücklichste Mensch auf Erden. Und nun soll innerhalb von Sekunden alles vorbei sein, woran ich geglaubt habe?«

Hilflos hob Dorothea die Schultern.

»Dann erklär mir, wem ein Schaden zugefügt wird, wenn wir uns in aller Heimlichkeit für einige Wochen im Jahr sehen!«

»Niemandem, Liebster, aber ich...«

»Kein Aber! Will Gott, dass die Menschen ihm unsinnige Opfer bringen? Glaubst du das etwa?«

»Das nicht, und trotzdem...«

»Auch kein Trotzdem! Will Gott, dass die Menschen unglücklich sind? Die Antwort lautet: nein. Gott will, dass die Menschen glücklich sind und einander lieben.«

»Ich habe es aber der *Negrita* geschworen...«, flüsterte sie mit bebenden Lippen.

»Du darfst mich nicht zurückweisen, Dorothea, nur weil deiner Tochter etwas Schlimmes zugestoßen ist. Es ist nicht meine Schuld, damit habe ich nichts zu tun.« Er ballte die Hand zur Faust und schlug mehrmals auf die Matratze, wütend und heftig.

»Hör mir zu, Liebster!« Dorothea ergriff Alexanders Hand und küsste die Grübchen neben seinen Mundwinkeln.

Ließ ihre Fingerkuppen sachte über die wulstige Narbe an seiner Schulter gleiten. Die Spur der Schussverletzung, die er bei den Aufständen in Berlin erlitten hatte. »Ich habe dich bereits einmal verloren, Alexander, und ich will dich kein zweites Mal verlieren. Ich fühle, dass wir immer noch zusammengehören. Aber ich musste um das Leben meiner Tochter kämpfen. Diesen Schwur zu brechen wäre Verrat an Gott.«

»Also sind dir meine Gefühle letztendlich gleichgültig«, stieß Alexander voller Bitterkeit hervor. »Und auch alles, was wir gemeinsam erlebt haben – die Zeit in Köln, die schlimmen Jahre der Trennung, unsere Nacht vor einem Jahr in diesem Zimmer. Alle unsere Pläne und Träume waren nichts als Hirngespinste.«

Verzweifelt schlang sie ihm die Arme um den Hals, ihre Tränen mischten sich mit den seinen. »Nein, bitte glaub mir doch, Liebster, so ist es nicht! Was gäbe ich darum, wenn ich dieses Gelöbnis nie hätte leisten müssen. Bei dir fand ich zum ersten Mal Wärme und Geborgenheit, du warst meine Zuflucht und mein Zuhause. Es ist schmerzhaft für mich, auf dieses Glück zu verzichten. Und noch schmerzhafter zu wissen, wie sehr ich dich verletze. Ich kann dich nur bitten, mich zu verstehen und mir zu verzeihen. Und mich dann zu vergessen.«

Alexander schlug die Hände vors Gesicht und schüttelte heftig den Kopf. »Ich kann verstehen, dass du Schlimmes durchgemacht hast. Vielleicht kann ich dir auch irgendwann verzeihen. Aber du kannst nicht von mir verlangen, dass ich dich jemals vergesse. Das ist … unmenschlich.« Mit ohnmächtiger Verzweiflung blickte er sie an.

Fieberhaft dachte Dorothea darüber nach, ob es nicht

doch noch einen Ausweg gab. Mit Alexander zusammen sein zu können, ohne den Eid zu brechen. Doch gleichzeitig wusste sie, dass dies nicht möglich war. Es gab kein Sowohl-als-auch, nur ein Entweder-oder.

Alexander klang nunmehr gänzlich ungeduldig und zornig. »Gott ist nicht so unbarmherzig, wie du glaubst, Dorothea. Es kann ihm nicht gefallen, dass auseinandergerissen wird, was zusammengehört. Nur weil einige Indios, die wie Menschen behandelt werden wollen und nicht wie Tiere, ein Mädchen entführen.«

Dorothea schwieg und schluchzte. Alexander packte sie an den Schultern und schüttelte sie.

»Verdammt! Dann sag mir wenigstens, womit ich deinen Schwur aufheben kann! Ich täte alles, ließe mir sogar eine Hand abhacken.«

Sie stieß einen Entsetzensschrei aus, und auch Alexander schien angesichts seines eigenen Vorschlags zu erschrecken. Beide klammerten sich aneinander wie Ertrinkende, erstickten das Gefühl der Hoffnungslosigkeit mit Küssen. Und dann schlug ihre Ohnmacht in Leidenschaft um, und nichts konnte diese Glut löschen.

Am nächsten Morgen zogen sie sich an, ohne ein Wort miteinander zu wechseln. Jeder vermied es, dem anderen in die Augen zu blicken. Dorothea fühlte sich so schwer, als wären ihre Knochen aus Blei. Alexander stellte sich vor das Balkonfenster, verschränkte die Arme vor der Brust und starrte hinaus ins Freie. Zögernd trat Dorothea von hinten an ihn heran, schlang ihm die Arme um die Hüften und schmiegte eine Wange an seinen Rücken. Atmete den würzigen Duft seines Rasierwassers ein, der seinen Kleidern entströmte, spürte die Wärme seines Körpers. Wäre am liebsten in dieser Haltung und in diesem Augenblick gestorben. Dann hätte sie nicht länger dieses abgrundtiefe Leid ertragen müssen.

»Vor einem Jahr habe ich versprochen, dir jeden Tag einen Brief zu schreiben und alle bis zu deiner Rückkehr aufzuheben. Ich habe die Briefe mitgebracht, sie liegen auf dem Nachtschränkchen. Lies sie, und dann vergiss mich! Ich bitte dich!«, flüsterte sie, riss sich von ihm los und stürzte tränenblind zur Tür. Sie war bereits im Flur, als sie Alexanders Stimme hinter sich hörte.

»Ich gebe die Hoffnung nicht auf. Niemals!«

Und schon rannte sie die Treppe hinunter, vorbei an der erstaunten Zimmerwirtin, und stolperte hinaus auf die Straße. Ganz fest presste sie eine Faust gegen den Leib, die andere gegen den Mund, stand schwankend da, gekrümmt vor Schmerz. Durch die Straßen flutete goldflirrendes Sonnenlicht, das nie mehr dasselbe sein würde wie zuvor.

»Kannst du mir vorlesen, Mama, so wie früher?«

Dorothea setzte die Teetasse auf einem Tischchen ab und rückte ein wenig zur Seite, damit Olivia auf dem Korbsofa neben ihr Platz nehmen konnte. Dieser gemütliche Sitzplatz auf der Terrasse mit Blick in den weitläufigen Park, umgeben von dunkelvioletten Bougainvilleen und duftenden Rosenranken, war ihr nachmittägliches Refugium. Früher hatte auch Antonio sich hier regelmäßig eingefunden, um mit ihr gemeinsam Tee zu trinken. Doch in letzter Zeit leistete er seiner Frau nur gelegentlich Gesellschaft – wenn sein Gemütszustand es zuließ, dass er sein Blockhaus auf der Anhöhe über den Kaffeefeldern für einige Stunden verließ.

Dorotheas Herz hüpfte vor Freude. Olivia, ihre temperamentvolle, ungestüme, eigenwillige Tochter, die sich oftmals über die allzu große Fürsorge der Mutter beklagt hatte, erinnerte zunehmend an ein anschmiegsames Kätzchen. »Was möchtest du denn hören, mein Herzblatt?«

Da legte Olivia ihr schon das Kinderbuch in den Schoß, das sie von klein auf am meisten liebte: *Die Heinzelmännchen von Köln*. Dorothea musste schmunzeln. Dieses Buch mit dem abgegriffenen Umschlag und den fettigen Kinderfingerabdrücken hatte sie kurz nach Olivias Geburt bei einem Buchhändler in der Stadt bestellt. Fast anderthalb Jahre hatte sie auf die Lieferung aus Deutschland warten müssen. Die Seitenränder hatte sie mit eigenen lustigen Zeichnungen versehen. Sie schlug die erste Seite auf und begann zu lesen.

»Wie war zu Köln es doch vordem / Mit Heinzelmännchen so bequem! ...«

Überrascht stellte sie fest, dass sie den Text immer noch auswendig aufsagen konnte. Olivia hatte ganze Passagen im Kopf und freute sich, wenn sie diese fehlerfrei rezitieren konnte.

»Einst hatt' ein Schneider große Pein: / Der Staatsrock sollte fertig sein; / Warf hin das Zeug und legte sich / Hin auf das Ohr und pflegte sich.«

»Hat es die Heinzelmännchen wirklich gegeben?«, fragte Olivia ganz ernsthaft. Dorothea musste lachen.
»Nein, mein Schatz, das ist eine Sage. Ich weiß allerdings nicht, ob die Menschen tatsächlich glücklicher wären, wenn ihre Arbeit von Zauberhand verrichtet werden könnte. Was fingen sie dann wohl mit ihrer Zeit an?«
»Wie sieht es in Köln aus?«, wollte Olivia wissen.
Bisher hatte Dorothea nur wenig über ihre Kindheit und Jugend erzählt. Sie wollte die Tochter nicht damit belasten, wie sehr sie unter der Gleichgültigkeit der Eltern gelitten und wie vergeblich sie um Liebe und Anerkennung gekämpft hatte. So erzählte sie nur einige unverfängliche Einzelheiten. »Köln ist eine große Stadt, viel größer als San José. Und sie ist alt, fast zweitausend Jahre. Sie liegt an einem großen Fluss, dem Rhein. Die Häuser sind aus Stein

gemauert und mehrere Stockwerke hoch. Es gibt viele alte Kirchen mit bunten Fenstern, und im Innern kann man Heiligenfiguren, Gemälde und vergoldete Altäre bewundern.«

Olivia rückte näher an die Mutter heran, hörte ihr aufmerksam zu. »Mir würde Köln bestimmt gefallen. Warum bist du nicht dortgeblieben, Mama?«

Dorothea strich über das glänzende dunkle Haar, das inzwischen wieder bis zu den Schultern gewachsen war und das Olivia im Nacken mit einer Samtschleife zusammengebunden hatte. Und sie gab der Tochter die Antwort, die sie schon viele Male gegeben hatte und die der Wahrheit entsprach, wenn auch nur teilweise. »Weißt du, mein Liebes, die Winter in Deutschland sind lang und hart. Manchmal liegt mehrere Monate lang Schnee auf den Straßen. Im Rhein treiben Eisschollen stromabwärts. Dann können die Schiffe nicht mehr fahren. Die Menschen heizen mit Holz, damit sie es in den Wohnungen warm haben, und draußen tragen sie dicke, schwere Mäntel, dazu Mützen, Schals und Handschuhe. Ich habe mich immer nach Sonne und Wärme gesehnt und bin glücklich, dass ich nach Costa Rica gekommen bin. Denn sonst gäbe es dich und Federico nicht.«

Ein Schmetterling flog herbei und setzte sich auf das Tischchen mit dem Teegeschirr, breitete seine blau schillernden Flügel aus, die im Sonnenlicht wie Email glänzten. Dann klappte er die Flügel zusammen und erinnerte nunmehr an ein verwelktes Blatt.

»Sieh doch, Mama, der Schmetterling hat genau die gleiche Farbe wie dein Ring!«

Dorothea spreizte die Finger und betrachtete den Ring

mit dem Saphir. Antonio hatte ihn ausgewählt, weil er ihn an den Schmetterling erinnerte, der sich auf Dorotheas Schulter niedergelassen hatte. Damals, als er ihr bei einem Ausflug in die Berge einen Heiratsantrag gemacht hatte. Wie von selbst glitt ihre Hand zum Hals und tastete vergeblich nach dem herzförmigen Medaillon. Das Schmuckstück befand sich nicht mehr an seinem Platz, und der Mann, der es ihr einst geschenkt hatte, war auf ewig verloren. Sie presste die Lippen aufeinander und zwinkerte eine Träne fort, konzentrierte sich auf den zartgliedrigen, warmen Mädchenkörper an ihrer Seite. Vorsichtig streichelte sie die Wange ihrer Tochter, die sich nicht mehr wie früher gegen die zarte Berührung wehrte.

»Den Ring hat mir dein Vater zur Verlobung geschenkt. Wenn er dir gefällt, sollst du ihn bekommen, wenn ich gestorben bin.« Mit Wehmut dachte Dorothea an den charismatischen Mann von einst, der sich innerlich immer weiter von ihr entfernte. Nur selten tauchte Antonio zu den Mahlzeiten auf, schlief nie wieder im Haupthaus und schenkte ihr keine Aufmerksamkeit mehr. Sie sollte sich wohl auf ein Leben ohne männliche Begleitung einstellen. Doch musste sie das wirklich – für den Rest ihres Lebens?

Erschrocken klammerte Olivia sich an sie. »Sag so etwas nie wieder, Mama! Du bist nicht alt, und du darfst mich nicht verlassen. Du sollst immer leben.«

Gerührt vernahm Dorothea diese Worte, spürte, wie viel Trost ihr die Zugewandtheit der Tochter spendete, und wischte rasch ihre ketzerischen Gedanken beiseite. Denn die Gottesmutter hatte das Opfer angenommen, das sie ihr dargebracht hatte.

Don Quichote bellte freudig, als Dorothea sich dem Gartenzaun näherte. Sie öffnete das Tor und kraulte den Hund hinter den Ohren. Dann ging sie um das Haus herum in den hinteren Bereich des Gartens, wo sich die Werkstatt befand. Doch weder Lachen noch Singen waren zu vernehmen. An diesem Morgen saßen die Mädchen ungewöhnlich schweigsam und mit niedergeschlagenen Augen beieinander, hießen Dorothea lediglich mit einem flüchtigen Gruß willkommen.

Sie ging in die Küche, wo Yahaira das Mittagessen vorbereitete. Hühnchen mit Reis und roten Bohnen.

»Ah, Doña Dorothea, gut, dass Sie gekommen sind! Die Mädchen sind so eigenartig still. Vielleicht finden Sie heraus, was geschehen ist. Mir wollten sie nichts sagen.« Die Hausmutter öffnete den Topfdeckel, und Dorothea roch an dem köstlichen Eintopfgericht.

»Bestimmt sind sie nach diesem Essen gesprächiger.«

Dorothea genoss es, die Mahlzeit im Freien einzunehmen, das Sirren der Insekten zu hören, grüne Zwergpapageien zu beobachten, die auf den Ästen einer mächtigen Tamariske hockten und nur darauf warteten, dass etwas vom Essen für sie abfiel. Vor allem war sie froh, den kritischen Blicken des Schwiegervaters entronnen zu sein. Er verstand es meisterhaft, bei Tisch eine solch frostige Atmosphäre zu verbreiten, dass ihr immer wieder der Appetit verging.

Nachdem Yahaira das Geschirr abgeräumt hatte, befragte Dorothea die Mädchen nach dem Grund ihres seltsamen Verhaltens. Nach und nach kam heraus, dass Silma eine silberne Taschenuhr vermisste, die sie von ihrem verstorbenen Großvater geerbt hatte.

»Sie lag immer unter meinem Kopfkissen, doch nun ist sie fort. Die Uhr war das einzige Erinnerungsstück, das mir von meiner Familie geblieben ist«, klagte die junge Frau unter Tränen.

»Hast du schon unter dem Bett nachgesehen? Vielleicht ist sie auch unter die Matratze gerutscht«, überlegte Dorothea.

Silma schüttelte den Kopf und blickte trotzig in die Runde. »Sie ist nirgends zu finden. Eins der Mädchen muss die Uhr gestohlen haben.«

»Das ist nicht wahr!«

»Du bist eine Lügnerin!«

»Du hast uns doch noch nie leiden können!«, riefen alle durcheinander. Teresa bespuckte Silma, und dann zogen sich beide kreischend an den Haaren. Dorothea konnte gerade noch eine Prügelei verhindern.

Ihr missfiel der ungewohnt gehässige Tonfall. Ruhe und Harmonie waren ihr überaus wichtig. Deshalb hatte sie den Mädchen ein Zuhause schaffen wollen, wo sie friedlich miteinander leben konnten, wo niemand ausgegrenzt oder drangsaliert wurde. Aber nun hatte diese Idylle einen Riss bekommen, und die Realität war in der Casa Santa Maria eingekehrt. Allerdings war sie fest davon überzeugt, dass der Dieb von außerhalb stammen musste, denn keinem der Mädchen traute sie eine solche Tat zu. Doch was war mit Don Quichote? Er war ein vorbildlicher Wachhund, der nur Menschen ins Haus ließ, die er kannte. Kein Einbrecher hätte ihn überlisten können.

Einige Tage später vermisste Teresa einen Schildpattkamm, und am Tag darauf suchte Raura, die Jüngste von allen, vergeblich nach einem Taschentuch mit ihrem Monogramm. Schließlich meldete Fabia, die erst wenige Wochen zuvor eingezogen war, eine emaillierte Brosche in Form eines Krokodils als vermisst. Dorothea mahnte Yahaira zu besonderer Wachsamkeit und wies sie an, nachts sämtliche Türen abzuschließen.

Das gegenseitige Misstrauen wurde immer größer, und jedes der Mädchen beschuldigte die anderen, ihm den Talisman gestohlen zu haben. Alle waren schlechter Laune und aufs Äußerste gereizt. Einmal vergaßen sie, den Brennofen rechtzeitig herunterzuschalten, und mussten die verbrannten Tonwaren wegwerfen. Ein anderes Mal glitt Fabia ein Tablett mit frisch verzierten Vasen aus der Hand, die krachend auf dem Boden zerschellten. Dann wiederum war der Ton nicht richtig angemischt, und die Schalen zerbröselten bereits auf der Töpferscheibe. Dorothea redete den Mädchen ins Gewissen und appellierte an ihre Ehre als Töpferinnen.

»Ich weiß nicht, wer der Dieb ist und woher er kommt. Wir werden es hoffentlich bald herausfinden. Aber bis dahin solltet ihr euch nicht gegenseitig verdächtigen, sondern auf eure Arbeit konzentrieren. Wenn wir keine ordentliche Qualität liefern, verlieren wir unsere Käufer und haben bald kein Geld mehr in der Kasse. Dann müssen wir die Casa Santa Maria schließen. Was glaubt ihr, wie viele hohe Herrschaften nur darauf warten, dass wir mit unserer Manufaktur scheitern? Dann werden sie wieder behaupten, dass Indios faul und dumm sind. Wollt ihr ihnen diesen Gefallen tun?«

Nach längerer Zeit hatte Antonio sich wieder einmal zum Tee auf der Terrasse eingefunden. So sehr Dorothea sich über seine Anwesenheit freute, so sehr war sie über das Äußere ihres Mannes besorgt. Er war blass, mager und wirkte übernächtigt. Olivia saß zwischen ihren Eltern und war in eine Stickarbeit vertieft. Dorothea sah ihr zu, wie sie geschickt rotes Garn einfädelte und mit feinsten Stichen ein Blütenblatt entstehen ließ.

»Würdest du für mich ein Taschentuch mit Monogramm besticken?«, fragte Antonio und strich seiner Tochter zärtlich über das Haar.

»Aber erst wenn ich dieses Deckchen fertig habe. Soll ich dir auch eine Rose sticken, Papa?«

»Wenn es nicht zu viel Mühe macht, würde ich mir sogar zwei Rosen wünschen. Eine für mich und eine, die mich an deine Mutter erinnert.«

Unvermutet wechselte Olivia das Thema. »Warum muss ich eigentlich Klavier spielen lernen?«

»Musik ist eine Sprache, die jeder versteht, sie macht die Menschen glücklich. Klavier kannst du allein spielen oder auch jemanden begleiten – ein kleines Orchester, einen Sänger oder eine Sängerin«, erklärte Antonio geduldig.

»Aber Klavierspielen macht mir keinen Spaß. Immer diese langweiligen Fingerübungen. Und dann auch noch diese toten Komponisten Mozart und Beethoven... Ich mag ihre Musik nicht, die hat gar keinen Rhythmus. Ich würde viel lieber tanzen lernen.«

»Ich habe gar nicht gewusst, dass dir das Spielen nicht mehr gefällt. Señor Gonzales erzählte mir kürzlich, du würdest Fortschritte machen. Außerdem bist du seine Lieblingsschülerin.« Das stimmte nicht ganz. Der Klavierlehrer hatte Dorothea vielmehr gesagt, Olivia sei ein liebes Mädchen und gebe sich große Mühe, allerdings wirke sie manchmal geistesabwesend. Doch sie wollte die Tochter mit ihrer kleinen Flunkerei lediglich ermutigen.

»Das ist mir gleichgültig. Ich habe ein Buch gelesen über eine Tänzerin, die ganz berühmt ist und viele Verehrer hat. Sie heißt Lola Montez und tritt in der ganzen Welt auf. So etwas will ich später auch einmal. Tanzen und reisen und fremde Städte kennenlernen.«

Gerade als Dorothea sich überlegte, wie sie ihrer Tochter erklären sollte, dass eine Frau wie Lola Montez keinesfalls den besten Ruf genoss und sich kaum als Vorbild für ein junges Mädchen eignete, kam ihr Antonio mit seiner Antwort zuvor.

»Hm, das mit dem Reisen solltest du dir noch einmal überlegen. Wir würden dich sehr vermissen. Aber ich denke, es spricht nichts dagegen, wenn ein Mädchen Tanzunterricht nimmt. Was meinst du, Liebes?«

Dorothea war unbehaglich zumute. Ihre Tochter träumte also von etwas so Anrüchigem wie einer Tanzkarriere. Doch warum sollte sie sich aus diesem Grund schon jetzt graue Haare wachsen lassen? Bis Olivia erwachsen war, verging noch viel Zeit. Und bis dahin würden sich ihre Pläne bestimmt noch einige Male ändern. Erst einmal war es wichtig, das Selbstbewusstsein der Tochter zu stärken. Sie sollte so viel angenehme Abwechslung wie möglich erhalten, damit die Tage der Gefangenschaft in weite Ferne rückten. Also zeigte Dorothea sich einsichtig.

»Ich finde es zwar schade, wenn du das Klavierspiel aufgibst, Olivia, aber dein Vater hat recht. Schließlich hat auch das Tanzen mit Musik zu tun. Ich werde mich erkundigen, wer dir Unterricht geben könnte.«

Olivia war die Erleichterung anzumerken. Voller Eifer setzte sie ihre Stickarbeit fort. Dabei lugte gelegentlich die Zungenspitze zwischen ihren Lippen hervor. Antonio schnitt eine Grimasse und machte Dorothea ein unauffälliges Handzeichen. Ganz offensichtlich hatte Olivia diese Eigenart von ihrer Mutter geerbt.

Dorothea streckte den Arm über Olivias Kopf hinweg aus und streichelte Antonios Wange. Er küsste ihre Fingerspitzen, und plötzlich wirkte er gelöst und unbeschwert. Er erinnerte Dorothea an den Mann, der vor vielen Jahren behutsam und hartnäckig zugleich um sie geworben hatte. Von ferne waren Federicos Jauchzen und die Stimme eines anderen Jungen zu hören. Offenbar heckten er und sein Freund Pablo wieder irgendwelche Streiche aus. Dorothea lehnte sich auf dem Korbsofa zurück und prägte sich diesen innigen Moment mit Mann und Tochter ganz fest ein.

Sie genoss es so sehr, dass Antonio endlich wieder einmal im Haus schlief, dass sie sogar ihre Indiomädchen vernachlässigte. Doch am dritten Morgen war er verschwunden, ohne ein Wort gesagt zu haben. Dorothea erinnerte sich an ihr Versprechen, mit den Mädchen Bananenkuchen zu backen. Die Diebstähle im Heim waren zwar immer noch nicht aufgeklärt, doch die Mädchen hatten vereinbart, sich nicht länger gegenseitig zu verdächtigen und Frieden miteinander zu schließen.

Als Dorothea an der Casa Santa Maria ankam, standen die vier jungen Frauen mit rot verweinten Augen in der Küche, wo Yahaira Orangensaft zubereitete. Die Hausmutter war der Ansicht, frisch gepresster Obstsaft sei das beste Mittel gegen Kümmernisse aller Art.

»Raura ist krank, Doña Dorothea«, erklärten sie wie aus einem Mund.

Die Hausmutter wischte sich die Hände an der Schürze ab und füllte den Mädchen und Dorothea je ein Glas ab. »Gestern Abend hatte die Kleine keinen Appetit. Und heute Morgen war sie zu schwach, um aufzustehen. Sie hat hohes Fieber. Ich habe ihr vorhin feuchte Umschläge gemacht.«

Dorothea erklomm die Stiege ins obere Stockwerk, wo sich die Zimmer der Mädchen befanden. Die geblümten Vorhänge waren zugezogen, und im Raum war es angenehm kühl. Die Kranke lag schmal und schmächtig in einem dünnen Baumwollnachthemd im Bett. Unterarme und Waden waren mit feuchten Tüchern umwickelt. Raura lächelte schwach, als sie die Besucherin erkannte. Dorothea setzte sich zu ihr und ergriff die hagere kleine Mädchenhand, die sich anfühlte, als würde ein Feuer darin brennen.

»Meine kleine Raura, du machst uns Kummer!«

Das Mädchen hob den Kopf, um zu sprechen, ließ ihn aber gleich wieder auf das Kissen sinken.

»Scht, du musst nicht sprechen! Wir lassen einen Arzt aus der Stadt kommen, er macht dich bald wieder gesund.« Dorothea legte alle Überzeugungskraft in ihre Stimme.

Selbst im Halbdunkel erkannte sie die blutunterlaufenen kohlschwarzen Augen der jungen Coclé-Indianerin. Ihr Blick wirkte geradezu gespenstisch.

Doktor Jefferson genoss in San José einen vorzüglichen Ruf. Er war etwa Mitte vierzig, Engländer und lebte schon seit mehreren Jahren im Land. Nachdem er die Kranke untersucht hatte, strich er sich nachdenklich über den rotblonden Kinnbart und rückte den Zwicker gerade.

»Wirklich ein ungewöhnlicher Fall. Ein Fieber, wie ich es in ähnlicher Form bisher nur bei erwachsenen Männern erlebt habe, die in feuchten Sümpfen oder auf Zuckerrohrfeldern arbeiten. Wir wissen nicht, was der Auslöser dieser Krankheit ist. Machen Sie dem Mädchen weiterhin feuchte Umschläge, und geben Sie ihm reichlich zu trinken. Es darf hin und wieder auch ein Gläschen Rum sein.«

»Ich will nicht mehr bei Raura im Zimmer schlafen. Ich habe Angst, dass ich mich bei ihr anstecke«, klagte Silma.

»Dürfen wir sie überhaupt besuchen?«, wollte Fabia wissen. Teresa warf einen besorgten Blick auf Seferino, ihren kleinen Sohn, der auf weichen Kissen in einem Weidenkorb lag und fröhlich vor sich hin krähte.

»Niemand muss eine Ansteckung fürchten«, beruhigte der Arzt die Mädchen. »Trotzdem sollte jeder, der die Kranke berührt, sich danach sorgfältig die Hände waschen. Wenn Sie mich jetzt entschuldigen würden, Señora Ramirez. In meinem Wartezimmer sitzen bestimmt schon viele ungeduldige Patienten. Nach der Sprechstunde sehe ich noch einmal nach der Kranken.« Doktor Jefferson nahm den Strohhut und stieg in seinen Einspänner, den er selbst lenkte. Diese Eigenart unterschied ihn von den meisten anderen Ärzten, die ihre Krankenbesuche gern mit einem Kutscher unternahmen.

Bedrückt machten sich die Mädchen an die Arbeit. Nichts war mehr zu spüren von dem Misstrauen der vergangenen Tage. Alle einte die Sorge um die erkrankte Mitbewohnerin.

Am Abend verabreichte der Doktor der Kranken in Wasser aufgelöstes Chininpulver, das aus der Rinde des Chinabaumes gewonnen wurde. Dank dem Mittel sank das Fieber rasch und gewährte dem geschwächten Körper eine kurze Erholungspause.

Denn schon am nächsten Mittag setzte ein neuer Fieberschub ein. Raura dämmerte vor sich hin und murmelte unverständliche Worte. Dorothea hatte den Eindruck, als schrumpfe das Mädchen, das mit knapp sechzehn Jahren kaum größer war als Olivia, gänzlich in sich zusammen. Ihr hübsches Gesichtchen mit der fein gebogenen Nase und den hohen Wangenknochen wirkte völlig eingefallen. Dorothea schickte der Gottesmutter flehentliche Gebete. Raura, die Jüngste unter ihren Schützlingen, war ihr besonders ans Herz gewachsen, fast wie eine eigene Tochter.

Doktor Jefferson kam zweimal täglich, verschrieb neue Tinkturen und Pulver, doch der Zustand der Kranken blieb unverändert. Auch die Kräuteraufgüsse, die Silma von ihrer Großmutter, einer angesehenen Schamanin, hatte zusammenstellen lassen, verschafften keine Linderung.

Als Dorothea am Mittag des fünften Tages voll banger Ahnungen zur Casa Santa Maria fuhr, saß Raura fröhlich unter dem Palmendach in der Werkstatt. Sie kraulte das schwarze Zottelfell von Don Quichote, der ihr zu Füßen brummend auf dem Rücken lag und die Pfoten in die Luft streckte.

»Ein Wunder ist geschehen!«, jubelte Yahaira und erhob die Hände zum Himmel.

Zwar sah Raura immer noch elend und erschöpft aus, doch von ihren Augen ging ein Leuchten aus, das Dorothea mit Zuversicht erfüllte. Alle Mädchen saßen munter plaudernd am großen Tisch und feierten mit Kokosnusskeksen und Mangosaft die überraschende Genesung.

»Mir geht es viel besser, Doña Dorothea. Und ich will endlich Ton in meinen Händen spüren. Morgen sitze ich wieder an der Töpferscheibe«, erklärte Raura bestimmt und drückte Dorotheas Hand. »Danke für alles, was Sie für mich getan haben.«

Verlegen wehrte Dorothea ab. »Nicht der Rede wert, meine kleine Raura! Es war dein Lebenswille, der dich gesund gemacht hat. Darauf wollen wir anstoßen.«

Noch lange saßen sie fröhlich beieinander und schmiedeten Zukunftspläne, malten sich aus, wie die getöpferten Krüge und Schalen mit etwas Glück verschifft würden, um den Menschen in Deutschland die Kultur der costa-ricanischen Indigenas näherzubringen.

Mehrere Tanzlehrer für Olivia hatten bei Dorothea vorgesprochen, und so hatte sie erst am Nachmittag Zeit gefunden, zur Casa Santa Maria zu fahren. Kaum hatte sie die Gartenpforte geöffnet, als ihr die Hausmutter aufgeregt entgegenlief. Als sie die geröteten Augen sah, schwante ihr Übles.

»Gehen Sie schnell hinauf zu Raura, Doña Dorothea! Die Kleine hat einen Rückfall erlitten. Sie ruft immer wieder Ihren Namen. Ich habe schon nach dem Doktor geschickt.«

Silma, Teresa und Fabia standen schweigend und mit tränenfeuchten Augen neben dem Bett. Beim Anblick der Kranken erschrak Dorothea. Raura lag rücklings auf dem Bett, der ganze Körper zuckte. Sie hatte den Mund geöffnet, die Augen waren starr zur Decke gerichtet. Dorothea strich ihr über die schweißnasse Stirn. »Der Arzt ist bereits unterwegs, er muss jeden Moment eintreffen«, versuchte sie ihrem Schützling Mut zuzusprechen.

Stöhnend bäumte Raura sich auf, mit ihren knochigen Fingern umklammerte sie Dorotheas Arm. Und dann war es, als würden Blitze in den geschundenen kleinen Körper hineinfahren. Mit der freien Hand griff Dorothea in die Waschschüssel, die Yahaira bereitgestellt hatte. Sie wrang ein Tuch aus, presste es auf die glühende Stirn des Mädchens und rieb ihm damit über Wangen und Hals. Plötzlich ließ der Druck um ihren Arm nach. Rauras Hände öffneten sich und sanken auf das Laken. Ganz still lag sie da. Zuckte nicht mehr, stöhnte nicht mehr. Dorothea presste die Lippen aufeinander und konnte doch den Aufschrei nicht unterdrücken, der sich ihrer Kehle entrang. Raura, ihr sanfter, fröhlicher Liebling, die ihr so sehr ans Herz gewachsen war und die als Einzige ihrer Familie eine Epidemie überlebt hatte, war tot.

BUCH II

Unbehagen

Oktober 1863 bis Oktober 1869

Erst auf Dorotheas Drängen hin erklärte Antonio sich bereit, einen Arzt aufzusuchen. Zusätzlich zu seiner Schlaflosigkeit klagte er neuerdings über Appetitlosigkeit, behauptete dennoch, kerngesund zu sein.

»Dann tu es für uns, Antonio! Die Kinder fragen mich schon, warum sie ihren Vater nur so selten sehen, obwohl er doch gar nicht auf einer Geschäftsreise ist, sondern bei uns zu Hause. Doktor Jefferson ist ein guter Arzt, auch wenn er Raura nicht helfen konnte. Wie ich höre, kommen die Patienten von weit her, um sich von ihm behandeln zu lassen. Olivia und Federico wünschen sich einen gesunden und fröhlichen Vater, mit dem sie herumtoben können. Und ich ... ich wünsche mir den starken und tatkräftigen Mann zurück, den ich vor vielen Jahren kennengelernt habe«, sagte Dorothea und vermied einen Seufzer. Denn noch sehnlicher wünschte sie sich einen Ehemann, der in ihr die Frau sah, die er begehrte.

Sie fragte sich, ob Antonio womöglich wieder unglücklich verliebt oder von einem Mann verlassen worden war. Dies hätte vielleicht erklärt, warum er sich so auffällig zurückzog. Aber sie wollte dieses heikle Thema nicht anschneiden. Es hätte in ihr eine Wunde aufgerissen, die wohl nie so ganz vernarben würde. Außerdem hatte sie Antonio versprochen, ihn sein Leben leben zu lassen und ihn vor übler Nachrede zu schützen, weil sie mit seinem

Geld die Casa Santa Maria hatte aufbauen können. Sie brauchten einander, weniger als Ehepartner, vielmehr als enge Freunde. Sie hoffte, der Arzt möge einen plausiblen und harmlosen Grund für das Leiden ihres Mannes finden.

Antonio kam aus der Stadt zurück, er wirkte gereizt und schickte sich an, umgehend in seinem Bureau zu verschwinden.

»Erzähl doch, Antonio! Was hat der Arzt gesagt? Welche Medizin hat er dir verschrieben?«, wollte Dorothea wissen. War jemand krank, so verabreichte man ihm Medizin. Das hatte Dorothea schon von klein auf erfahren, wenn ihr Vater, der bekannteste Arzt in Köln und Umgebung, von seinen erfolgreichen Behandlungsmethoden erzählte. Antonio musste doch irgendwie geholfen werden!

»Diese Konsultation war völlig überflüssig, wie ich zuvor schon vermutet hatte. Doktor Jefferson hat nur gesagt, dass ich einen empfindlichen Magen habe, weswegen ich manchmal nachts schlecht schlafe. Ich soll alles vermeiden, was schwer verdaulich ist, Bohnen und Zwiebeln etwa. Außerdem soll ich keine Zitrussäfte und keinen Alkohol trinken. Er hat mir eine Kräutertinktur verschrieben, die ich vor dem Zubettgehen nehmen soll. Und jetzt lass mich in Ruhe, Dorothea! Ich will über dieses Thema nicht mehr reden.«

»Mein Gatte fragt sich, ob unser Sohn womöglich die Gegenwart einer bestimmten Person scheut und deshalb so selten bei Tisch erscheint«, merkte Isabel mit vorwurfsvollem Blick an. Dorothea fiel fast der Suppenlöffel aus der Hand. Die Worte der Schwiegermutter enthielten eine klare Anschuldigung. Innerlich bebte sie vor Zorn. Erschien Antonio müde und unrasiert bei Tisch, wurde ihr unterstellt, sie liebe ihren Mann zu wenig, und er vernachlässige sich vor Kummer. Kam Olivia zu spät zum Essen, weil sie beim Reiten die Zeit aus den Augen verloren hatte, sprach Isabel von mangelnder Strenge bei der Erziehung der Enkeltochter.

Am liebsten hätte Dorothea in die Suppenschüssel gespuckt oder diese auf dem blütenweißen Damasttischtuch ausgegossen. Doch dann hätten die Dienstmädchen zusätzliche Arbeit gehabt, und sie hätte ihren Kindern ein abschreckendes Beispiel gegeben. Also zwang sich Dorothea, zumindest äußerliche Gelassenheit zu zeigen. Mit gespieltem Erstaunen hob sie die Brauen und blickte mit harmlosem und nachsichtigem Lächeln zu Isabel hinüber.

»Leider kann ich Antonios Gedanken aus der Ferne nicht erraten, liebe Schwiegermutter. Teil doch bitte deinem Gatten mit, er möge seinen Sohn persönlich befragen. Wenn ihr mich jetzt entschuldigen wollt. Ich bekomme gerade entsetzliches... Kopfweh.«

Sie erhob sich und schritt aus dem Esszimmer, so aufrecht und würdevoll wie möglich. Das Kopfweh war nur vorgeschoben. In Wirklichkeit war ihr Kopf klar. So klar wie schon lange nicht mehr. Sie musste fort aus dieser beklemmenden Atmosphäre, wenigstens für eine Weile. Sie befürchtete sonst, auf der Hacienda zu ersticken.

Auf dem Weg zu Antonios Bureau sah sie den Gärtner, wie er die Zweige einer Bougainvillea zusammenband und an der Hausmauer neben der Terrasse befestigte. Auf seiner Schulter hockte Amerigo Vespucci, der schönste Rote Ara im ganzen Land, wie Dorothea gern behauptete. Augenblicklich ließ Fernando seine Arbeit ruhen, zwinkerte Dorothea mit einem Auge zu und zog mit überschwänglicher Geste den verblichenen, ausgefransten Strohhut.

»Señora Ramirez, wie schön Sie heute wieder aussehen! Immer wenn wir uns begegnen, geht für mich die Sonne auf.«

Trotz ihrer Wut musste Dorothea schmunzeln. Der hagere kleine Mann, der schon über vier Jahrzehnte lang seinen Dienst auf der Hacienda verrichtete, hielt immer ein Kompliment für sie bereit. Auf altmodische, durchaus liebenswerte Art und Weise.

»Ich möchte meinen Mann zu einem Spaziergang am Bach überreden, Fernando. Er arbeitet wie immer zu viel. Ich glaube, ein wenig frische Luft täte ihm gut. Würden Sie ihm wohl ausrichten, dass er mich an der Brücke am Wasserturm treffen kann?« Dabei kraulte sie die weichen roten Brustfedern des Papageis. Amerigo Vespucci legte den Kopf schief, stieß leise Krächzlaute aus und knabberte mit seinem kräftigen gelben Schnabel vorsichtig an ihrer Hand.

»Selbstverständlich, Señora Ramirez. Bin bereits unterwegs.« Und schon eilte er auf die Anhöhe mit Antonios Kontor zu. Der Papagei schlug mit den Flügeln, erhob sich in die Lüfte und flog majestätisch über die hohen Schattenbäume hinweg, die inmitten der Kaffeefelder wuchsen und diese vor allzu starker Sonneneinstrahlung schützten.

Sie lehnte sich an das Geländer des Holzbrückchens und blickte hinab auf den Wall aus Kieselsteinen und die kreiselnden Wasserwirbel. Ein kleiner Staudamm, den Federico und sein Freund Pablo an dieser Stelle errichtet hatten. Bald war sie ganz in ihre Gedanken versunken und merkte erst auf, als sie eine Hand auf der ihren spürte. Eine Weile standen ihr Mann und sie reglos nebeneinander und beobachteten die im Sonnenlicht schillernden Libellen, die sich auf den Schilfhalmen an der Uferböschung niederließen. Schließlich räusperte sich Antonio. »Tja, ich habe meine Familie in letzter Zeit wohl ein wenig vernachlässigt.«

»Deine Eltern geben mir die Schuld, dass wir dich so selten zu Gesicht bekommen. Sie glauben, du meidest meine Gegenwart«, stieß Dorothea heftig hervor. Ihre Worte klangen bitter, aber das bekümmerte sie nicht. Antonio sollte ruhig spüren, dass sie unter den Vorwürfen litt.

»Nicht doch, mein Liebes. Es gibt keine wunderbarere Frau als dich. Wie können sie es nur wagen ... Es war der Magen ... Aber es ist schon viel besser geworden. In wenigen Tagen bin ich wieder ganz der Alte.«

Dorothea hob müde die Schultern und wusste nicht, ob sie den Beteuerungen Glauben schenken konnte. Wollte auch nicht darüber nachdenken. Wollte am liebsten gar nicht mehr denken.

»Ich fühle mich ausgebrannt und leer, Antonio. Erst Olivias Entführung, dann Rauras Tod und deine Eltern, die kein gutes Haar an mir lassen.« Und der Schmerz, der noch immer mein Herz zerreißt, dachte sie im Stillen. Sie vermisste Alexander so sehr, sein zerzaustes Haar, sein Lachen, seine Küsse, seine Liebe, seine Lebendigkeit. Was hätte sie darum gegeben, hätte sie zu ihm eilen und an seiner Seite durch Mangrovensümpfe und Nebelwälder wandern können! Sie hätte keine Angst mehr verspürt und sich beschützt gefühlt, wäre zu den Vulkanen hinauf- und an die weiten Sandstrände hinabgestiegen. Aber diese Sehnsucht würde sich nie erfüllen. Denn wenn sie das Versprechen brach, das sie der Heiligen Jungfrau Maria gegeben hatte, musste sie die gerechte Strafe Gottes fürchten. Von alledem mochte sie Antonio nichts erzählen, das war allein ihre Angelegenheit. Und es hätte auch nichts geändert, gar nichts.

Mit letzter Kraft zwinkerte sie die aufsteigenden Tränen fort, zwang sich aus ihren Träumen in die Wirklichkeit zurück. »Am liebsten führe ich für eine Weile ans Meer. Elisabeth und ich haben uns lange nicht mehr gesehen. Und ich möchte unbedingt ihren kleinen Sohn kennenlernen. Anderseits will ich nicht, dass Olivia und die Mädchen im Heim denken, ich ließe sie im Stich.«

»Ich weiß, die vergangenen Monate waren nicht leicht für dich. Dazu habe leider auch ich meinen Teil beigetragen. Eine Luftveränderung bekäme dir sicher gut. Jedes Mal, wenn du vom Meer zurückkamst, warst du wie ausgewechselt, du hattest neue Energie.« Antonio klang unerwartet munter. War es möglich, dass ihr Vorschlag ihn wachgerüttelt hatte? »Mach dir wegen der Mädchen keine Gedanken. Yahaira ist eine tüchtige Hausmutter und wird die Stellung halten. Und was Olivia angeht – in nächster Zeit muss ich keine Geschäftsreisen unternehmen. Dann kümmere ich mich um meine kleine Prinzessin. Ich bin sicher, wir verbringen eine herrliche Zeit miteinander.«

»Meinst du wirklich, Antonio? Das wäre wunderbar.« Sie reckte sich hoch, hauchte ihm einen Kuss auf die Wange und fühlte sich plötzlich wie befreit.

Antonio nahm ihre Hand und drückte sie. »Es ist mein

voller Ernst. Am besten reist du schon morgen. Bevor du es dir noch anders überlegst.«

Dennoch wollte Dorothea nicht abreisen, bevor sie sich von ihren Indiomädchen verabschiedet hatte. Sie wunderte sich, als sie nur zwei Mädchen am großen Werkstatttisch sitzen sah. »Wo ist Fabia?«, fragte sie erstaunt.

»Sie wohnt nicht mehr hier«, erklärten Silma und Teresa knapp und ohne ihre Arbeit zu unterbrechen.

»Und warum nicht?«

Yahaira kam aus der Küche und brachte ein Holzbrett mit frisch gebackenem Bananenbrot. »Doña Dorothea, haben die Mädchen es Ihnen schon erzählt? Wir wissen inzwischen, wer der Dieb hier im Heim war.«

»Erzähl, Yahaira!«

Die Hausmutter schnitt das Brot in Scheiben und verteilte diese auf kleinen Tellern. »Heute Morgen, als ich nachsah, ob die Zimmer aufgeräumt waren, fiel mir unter Fabias Bett etwas Glitzerndes auf. Ich bückte mich und fand ein Kistchen mit einer silbernen Taschenuhr, einen Schildpattkamm und ein Taschentuch mit dem Monogramm unserer lieben Raura.«

»Das sind doch die Andenken und Talismane, die die Mädchen vermisst hatten! Aber war nicht auch Fabia etwas abhandengekommen?«

»Sie hatte uns von einer gestohlenen Brosche erzählt. Aber mir kam das Ganze ziemlich merkwürdig vor. Ich stellte sie zur Rede. Erst leugnete sie, dann gab sie schließlich zu, die Gegenstände gestohlen zu haben. Ihr fehlte überhaupt keine Brosche, das hatte sie nur erfunden, damit wir keinen Verdacht schöpften.«

»Aber warum das alles?«, fragte Dorothea ratlos.

»Fabia wollte uns bestrafen. Wir seien neidisch auf sie gewesen, weil sie von uns allen die kompliziertesten Motive malen konnte«, erklärte Teresa bekümmert.

Silma klopfte leise mit der Faust auf den Tisch. »Aber das ist nicht wahr, Doña Dorothea! Wir haben uns sogar mit ihr gefreut, wenn ihr eine Vase besonders gut gelungen war.«

»Jedenfalls habe ich ihr gesagt, dass sie die gestohlenen Gegenstände zurückgeben und sich bei den anderen entschuldigen muss. Und dass sie sich eine gute Erklärung für Sie überlegen soll. Daraufhin hat Fabia ihre Tasche gepackt und ist gegangen, ohne Lebewohl zu sagen«, führte Yahaira ihren Bericht zu Ende.

Dorothea bedauerte aufrichtig, auf diese Weise einen ihrer Schützlinge verloren zu haben. Fabia hatte ein schweres Schicksal hinter sich. Deswegen war sie im Heim aufgenommen worden. Um ihr einen neuen Lebensinhalt zu geben. Doch sie hatte sich nicht bewährt. Durch Fabias Weggang und Rauras Tod waren zwei Plätze im Heim frei geworden. Dafür würden andere Mädchen einziehen und die Casa Santa Maria mit Lachen und neuem Leben erfüllen.

»Dorothea, welche Überraschung! Lass dich drücken! Jesusmariaundjosef, du bist ja nur noch ein Strich in der Landschaft! Jeden zweiten Tag werde ich dir Palatschinken zubereiten, damit du wieder ein bisserl Fleisch auf die Rippen bekommst.«

Elisabeth von Wilbrandt umarmte die Freundin fest und herzlich. So sehr sie sich über den unerwarteten Besuch freute, so heftig erschrak sie über Dorotheas Aussehen. Als sie sich vor fünfzehn Jahren bei der Abreise aus Deutschland auf der *Kaiser Ferdinand* getroffen hatten, sie, die abenteuerlustige adlige Österreicherin aus den Bergen, und Dorothea Fassbender, die zurückhaltende Kölner Haus- und Zeichenlehrerin, waren beide von ähnlich schlanker Figur gewesen. Während sie selbst mit zunehmendem Alter fülliger geworden war und eine weiche, weibliche Figur bekommen hatte, schien Dorothea immer dünner zu werden. Irgendein Kummer schien die Freundin zu bedrücken. Sie sah aus, als könne sie schon der leichteste Windstoß umwerfen. Doch Elisabeth wollte ihr Zeit lassen, von zu Hause Abstand zu gewinnen, sich in frischer Meeresluft zu erholen und wieder zu sich selbst zu finden. Irgendwann würde sie erfahren, woran Dorotheas Seele litt. »Schau einmal, wer gekommen ist!«, rief sie in den Flur hinein.

Und dann hüpfte auch schon Marie herbei, ihre sechseinhalbjährige Tochter, ihr Sonnenschein, ihr Ebenbild im Kleinen.

»Tante Dorothea!«, jauchzte Marie, warf sich der Besucherin an den Hals und küsste sie auf beide Wangen. »Bist du allein, oder ist Olivia mitgekommen?«

Dorothea strich der Kleinen über die dunklen Ringellocken. »Nein, meine Süße, Olivia muss doch in San José zur Schule gehen. Aber in den Ferien besucht sie euch ganz bestimmt.«

»Wollen wir Tante Dorothea das grüne Zimmer geben, Mamilein?«

Elisabeth musste schmunzeln. Enrique, der derzeitige Mann ihres Herzens und Vater ihres Sohnes, hatte ein halbes Jahr zuvor sämtliche Gästezimmer neu gestrichen. Lange hatte er sich gegen diese Aufgabe gewehrt und behauptet, er sei Maler und folglich ein Künstler, aber kein Anstreicher. Wände zu tünchen sei unter seiner Würde. Als dann Marie vorschlug, jedes Zimmer in einer anderen Farbe zu gestalten, hatte er sich sogleich an die Arbeit gemacht.

»Ich hatte schon befürchtet, du hättest die Pension voller Gäste«, gestand Dorothea. »Ich bin Hals über Kopf von zu Hause aufgebrochen und konnte dich nicht rechtzeitig benachrichtigen.«

»Das brauchst du auch nicht. Für dich ist in meinem Heim immer ein Platzerl frei. Zurzeit habe ich nur einen Gast, einen älteren Franzosen. Er ist ein Philosoph und redet nicht viel. Meist sitzt er in seinem Korbsessel unter dem alten Pochotebaum und blickt aufs Meer hinaus.«

Marie ließ es sich nicht nehmen, Dorothea beim Auspacken zu helfen. Unterdessen deckte Elisabeth auf der Terrasse den Tisch. Ein herrlich duftender Hefezopf war gerade rechtzeitig vor Dorotheas Ankunft aus dem Backrohr gezogen worden. Dazu servierte sie selbst gemachte Orangenkonfitüre und Bananenmus. Versonnen betrachtete sie ihren Sohn Gabriel, der in einem dick gepolsterten Weidenkorb unter einem Sonnenschirm tief und fest schlief. Am liebsten hätte sie ihn auf den Arm genommen und abgeküsst. Sie war ganz vernarrt in den pummeligen kleinen Kerl, der so ganz anders war als Marie in seinem Alter. Viel ruhiger und zufriedener, zumindest wenn er satt war.

Plötzlich merkte sie, wie sich zwei kräftige Hände von hinten um ihre Hüften legten.

»Enrique, warum musst du mich immer so erschrecken?

Du schleichst dich heran wie ein Kater. Kannst du bitte demnächst einen Laut von dir geben? Ich hätte beinahe die Karaffe fallen gelassen.« Doch bevor sie weiter protestieren konnte, schob Enrique sie gegen die sonnenbeschienene, warme Hausmauer und küsste sie leidenschaftlich. Ein Kribbeln durchlief ihren Körper, von den Haar- bis zu den Fußspitzen. »Nicht jetzt!«, murmelte sie und hätte doch lieber *Ja, jetzt, sofort!* gesagt.

»Ich kann aber nicht warten«, raunte Enrique an ihrem Ohr.

Sie fühlte, wie sich eine Hand unter ihren Rock schob, ihren nackten Oberschenkel streichelte und sich dann fordernd zwischen ihre Schenkel schob. Ihr Atem ging schneller. Enrique war nahezu jederzeit zu einem erotischen Stelldichein bereit und verstand es meisterhaft, ihr Inneres innerhalb von Sekunden in züngelnde Flammen zu verwandeln. Vielleicht lag es daran, dass er mit seinen fünfundzwanzig Jahren im Vollbesitz seiner männlichen Kraft war und zudem das heiße Blut der Mexikaner in sich trug. Ganz anders als Diego, Maries Vater, der fast dreißig Jahre älter gewesen war als sie und ein eher verhaltenes Temperament besaß. Diego war in sein Heimatland Chile zurückgekehrt, und eines Tages war Enrique in ihr Leben getreten. Schon am ersten Abend hatten sie sich in der Dunkelheit am Strand geliebt, während die Wellen ihre erhitzten Leiber umspülten.

Elisabeth fühlte Enriques Atem im Nacken und auch den wohligen Schwindel, der sie in seiner Nähe stets erfasste. Dann vergaß sie alles ringsum und ließ sich von seiner Leidenschaft mitreißen. Plötzlich hörte sie die Stimmen von Dorothea und Marie, die die Treppe herunterkamen. Sie stieß Enrique von sich und strich den Rock glatt. Die Freundin wüsste die geröteten Wangen und das aufgelöste Haar sicher zu deuten. Doch sie wollte nicht, dass Marie die Mutter in einer solch verfänglichen Situation überraschte. Von der Liebe zwischen Mann und Frau wollte sie ihr erst später erzählen, wenn die Tochter älter und verständiger wäre.

Sie lehnte den Kopf an die Schulter des Geliebten. »Dorothea, darf ich vorstellen, das ist Enrique Alfaro de la Cueva. Er ist Maler.«

Dem Blick der Freundin konnte sie entnehmen, dass ihr der junge Mexikaner durchaus gefiel. Enrique ging auf Dorothea zu, die ihm die Hand entgegenstreckte. Doch statt diese zu ergreifen, umfasste er Dorotheas Schultern und küsste sie auf beide Wangen. Amüsiert beobachtete Elisabeth, wie die Freundin erst zurückzuckte, dann aber vorsichtig die herzliche Begrüßung erwiderte.

»Die Freunde meiner Frau sind auch meine Freunde. Darf ich dich bei deinem Vornamen nennen, Dorothea?« Enrique fuhr sich durch das wellige, tiefschwarz glänzende Haar. Eine Geste, die Elisabeth immer wieder aufs Neue entzückte und die ein Grund dafür gewesen war, dass sie sich auf der Stelle in diesen verwegenen Mann verliebt hatte.

Dorothea wirkte etwas verlegen, nickte aber. Dann fiel ihr Blick auf den Weidenkorb, und augenblicklich hellte sich ihre Miene auf.

»Und das ist Gabriel«, erklärte Elisabeth und kniff Enrique zärtlich in den Arm. »Meinst du nicht auch, dass er seinem Vater wie aus dem Gesicht geschnitten ist?«

Dorothea beugte sich über den Korb und strich mit der

Fingerspitze sachte über die winzig kleine Hand, die unter einer bunt gemusterten Baumwolldecke hervorlugte. »Ein niedlicher kleiner Kerl! Bestimmt wird er einmal stolz auf seine große Schwester sein.«

Gerührt sah Elisabeth zu, wie Marie in die Hocke ging und ihrem Brüderchen einen Kuss auf die Stirn drückte. Das Schicksal hatte es bisher nur gut mit ihr gemeint. Sie hatte zwei gesunde Kinder, ein eigenes Haus und einen wunderbaren Liebhaber. Fast verspürte sie ein schlechtes Gewissen gegenüber der Freundin. Sie kannte Dorothea lange und gut genug, um zu erkennen, wie viel unterdrückte Leidenschaft in ihr brodelte.

Marie sprang auf und kletterte auf ihren Stuhl. »Hm, Orangenmarmelade und Bananenmus! Ist das alles für mich?«

Die Erwachsenen lachten und setzten sich an den Tisch. Begannen eine muntere Plauderei und ließen es sich schmecken. Elisabeth freute sich, wie gut die beiden sich auf Anhieb verstanden, der Maler und die ehemalige Zeichenlehrerin. Wie lebhaft sie über Freiluftmalerei diskutierten, die in Frankreich gerade in Mode kam, und über die Schwierigkeit, das Licht unterschiedlicher Tageszeiten auf der Leinwand darzustellen.

Mittlerweile war Gabriel aufgewacht und hatte sich mit vernehmlichem Krähen zu Wort gemeldet. Elisabeth nahm ihn auf den Schoß und ließ ihn von dem Bananenmus kosten. Der Kleine gluckste selig, öffnete immer wieder das Mündchen und ließ sich einen weiteren Löffel verabreichen. Dann aber wollte Elisabeth mit Dorothea allein sein und mit ihr über die Zeit plaudern, die seit dem letzten Treffen vergangen war.

»Enrique, möchtest du nicht mit Marie ins Dorf gehen und für heute Abend Käse und Wein einkaufen? Dann können Dorothea und ich einen Strandspaziergang unternehmen.«

An Enriques enttäuschtem Gesichtsausdruck war unschwer abzulesen, was er viel lieber getan hätte. Doch Elisabeth warf Enrique und Marie nur eine Kusshand zu und wickelte Gabriel in ein Tragetuch, wie es die Indigenas mit ihren Kleinkindern zu tun pflegten. Sie wollte ihr Söhnchen bei ihrer Nachbarin Elena abgeben, einer verwitweten Apothekersgattin aus Cartago, die sich freute, den Kleinen für einige Stunden beaufsichtigen zu können.

Arm in Arm wanderten die beiden Freundinnen barfuß durch den warmen weißen Sand. Elisabeth ließ Dorothea Zeit, doch dann sprudelten die Worte nur so aus ihr heraus. Und so erfuhr Elisabeth von Dorotheas Gelübde, der Begegnung mit Alexander und dem viel zu frühen Tod der kleinen Raura. Mehrmals streichelte sie den Arm der Freundin, empfand deren Schmerz beinahe als den ihren.

»Was musstest du alles durchmachen, mein Herzerl! Ich hatte mir schon gedacht, dass etwas vorgefallen sein musste. Nach Olivias Freilassung kam lange kein Brief mehr von dir.«

»Bist du mir böse?«

»Ist schon gut. Nun bist du gekommen und wirst hoffentlich ein Weilchen bleiben. Sag einmal, wie schaut es denn zurzeit aus zwischen dir und Antonio?«

Elisabeth spürte die Verlegenheit der Freundin, sah, wie sie um Haltung rang.

»Wie soll ich es dir erklären? Wir sind ... gute Freunde.

Er trifft sich weiterhin mit Männern. Dagegen darf ich nichts einwenden, das hatten wir so vereinbart. Sorgen bereitet mir nur, dass er sich in letzter Zeit immer mehr zurückzieht. Er spricht von einem empfindlichen Magen, aber womöglich hat es doch etwas mit seiner Neigung zu tun. Anfangs dachte ich noch, er könne davon ablassen, wenn ich nur Geduld mit ihm hätte und mir Mühe gäbe.«

Missbilligend schüttelte Elisabeth den Kopf. Lief etwas nicht nach Plan, so fühlte Dorothea sich stets für den Misserfolg verantwortlich. Wäre ihr doch nur ein überzeugendes Argument eingefallen, um die Freundin von ihren Selbstvorwürfen abzubringen! »Du machst dir viel zu viele Gedanken um Belange, die du nicht beeinflussen kannst. Wahrscheinlich ist Antonio mit dieser Besonderheit auf die Welt gekommen. So wie man als Bub oder Mädel geboren wird, mit weißer oder schwarzer Haut. Diese Eigenschaften werden nach außen sichtbar. Doch niemand kann in das Innere schauen. Was mir allerdings überhaupt nicht gefällt, ist dein Verzicht auf Alexander. Wenn ich mir eine ketzerische Bemerkung erlauben darf – ich kann mir nicht vorstellen, dass die Gottesmutter je ein solches Opfer gefordert hätte. Du stehst dir vielmehr mit deinem strengen Glauben selbst im Weg.«

Elisabeth sah, wie Dorotheas Mundwinkel zuckten. Offenbar hatte sie mit ihrer Vermutung ins Schwarze getroffen. Doch sie hatte die Freundin keineswegs traurig machen wollen und beschwichtigte sie rasch. »Ich bin halt nicht so erzkatholisch erzogen worden wie du, Herzerl. Meine Großmutter pflegte oft zu sagen: *Nur ein Ochs ist konsequent.* Du nimmst alles viel zu ernst. Also, gib dir einen Ruck und denk noch einmal über deinen Entschluss nach! Einen Leckerbissen wie Alexander sollte eine Frau nicht so einfach ziehen lassen.«

Dorotheas Lippen zitterten. Brüsk wandte sie der Freundin den Rücken zu. Ihre Blicke folgten einem Schwarm Pelikane, die über den Meeressaum flogen und sich in einem dichten grünen Mangrovenwald niederließen, der sich vom Dschungel bis zum Strand erstreckte. »Es war die einzig mögliche Entscheidung... Jetzt musst du mir aber unbedingt von Enrique erzählen. Ich weiß gar nichts über ihn. Außer dass er ein sehr junger und temperamentvoller Mann ist.«

Ganz offensichtlich wollte Dorothea das Thema wechseln, und so stellte Elisabeth keine weiteren Fragen. Stattdessen erzählte sie mit knappen Worten, wie ihr Maries Vater Diego in einem langen Brief mitgeteilt hatte, er habe die Witwe seines verstorbenen Bruders geheiratet und wolle dessen Arztpraxis in Santiago weiterführen, solange seine Kräfte dies zuließen.

Dorothea drückte die Hand der Freundin. »Das wusste ich nicht. Es tut mir leid für dich. Ich hatte Diego immer für einen aufrechten Mann gehalten.«

»Das ist er auch. Und der großzügigste, den ich je kennengelernt habe. Er hat mir dieses Haus überschrieben, und so konnte ich mir den Wunsch von einer eigenen Pension erfüllen. Aber das Beste daran – er hat mir Marie hinterlassen. Und dann ist eines Tages Enrique aufgetaucht... und bei mir geblieben.«

»In allem, was dir widerfährt, entdeckst du etwas Gutes. Das bewundere ich an dir. Und Enrique – willst du ihn heiraten?«

Elisabeth stutzte, dann lächelte sie spitzbübisch. »Ehrlich gesagt, ich liebe die Liebe, aber nicht unbedingt die Ehe. Die wenigsten Ehepaare sind glücklich, zumindest soweit ich sie kenne. Warum also sollen zwei Menschen sich aneinanderketten und das Unglück geradezu heraufbeschwören? Enrique ist achtzehn Jahre jünger als ich, sicherlich wird er mich eines Tages verlassen. Aber derzeit haben wir viel Spaß miteinander. Mexikaner sind feurige Liebhaber, das gefällt mir an ihm. Außerdem ist er begabt. Bestimmt wird er eines Tages ein berühmter Maler werden. Du musst dir seine Bilder ansehen, ein Feuerwerk an Farben! Und sie spiegeln genau meine derzeitige Stimmung wider. Alles ist gut so, wie es gekommen ist. Ich bin sehr glücklich.«

»Hast du wirklich nie bereut, dass du hier gelandet bist?«, wollte Dorothea wissen.

»Keine Sekunde lang. Ich gebe zu, manchmal vermisse ich das Glühen der untergehenden Sonne hinter den Berggipfeln, wie ich es als Kind oft beobachtet habe. Aber dafür ist der Himmel in Costa Rica viel blauer, und die Luft duftet nach jedem Regen so wunderbar frisch und rein.« Elisabeth lief einige Schritte voraus, breitete die Arme aus und drehte sich mehrmals übermütig im Kreis. »Schau dir das Meer an, Dorothea, die Schaumkronen auf den hohen Wellen, diesen endlosen Horizont! Nichts schränkt den Blick ein. Das Meeresrauschen ist für mich wie eine Melodie, die ich in mir trage. Hier in Jaco habe ich meine Heimat gefunden. Nie wieder will ich von hier fort.«

Ganz deutlich fühlte Dorothea die verloren geglaubte Kraft in sich wachsen. Nachts schlief sie tief und fest, und wenn sie am Morgen erwachte, begrüßten die Tiere des Dschungels den neuen Tag. Doch anders als zu Hause auf der Hochebene von San José war in diesem vielstimmigen Konzert eine Tierart besonders gut herauszuhören – die Krokodile am nahe gelegenen Fluss. Ihr Repertoire reichte von lautstarkem Brüllen über Knurren, Bellen und Fauchen. Damit taten die Männchen kund, dass sie auf der Suche nach einer Partnerin waren. Dorothea ging Elisabeth beim Einkaufen und Kochen zur Hand, spielte mit Marie und Gabriel am Strand und zeichnete mit einem Stöckchen Tiere in den Sand oder besuchte Enrique in seinem Atelier, das er sich in einem alten Bootsschuppen am Ortsausgang eingerichtet hatte.

Gelegentlich zogen sie gemeinsam los, Enrique mit Pinsel, Farben und Staffelei, Dorothea mit Zeichenblock und Stiften. Dann saßen sie schweigend nebeneinander, jeder in seine Arbeit vertieft. Einmal versuchte sie, den schweigsamen Philosophen, Elisabeths Logiergast, aus der Reserve zu locken, kratzte ihre Französischkenntnisse aus dem Schulunterricht zusammen und sprach ihn in seiner Landessprache an. Was den Mann dermaßen erschreckte, dass er aufsprang und floh.

Dank Elisabeths österreichischer Mehlspeisenküche hatte sie sogar zugenommen. Allerdings mochte sie es der Freundin nicht gleichtun, die schon seit Jahren das Korsett abgelegt hatte und nur Rock und Bluse trug wie die einfachen Ticas oder Indigenas. Wobei Elisabeth auf die Farben und Muster der Einheimischen verzichtete und – wie schon von Jugend auf – ausschließlich Schwarz trug. Einziger Farbtupfer war ein rotes Kopftuch, das sie seit ihrer Ankunft in Costa Rica gegen den roten Hut früherer Jahre eingetauscht hatte. Zwar ließ Dorothea ihre Schnürmieder aus feinster Seide und ohne einengende Fischbein- oder Metallstäbe anfertigen. Aber ohne diese zweite Haut hätte sie sich geradezu nackt gefühlt.

Nachdem der seltsame französische Philosoph abgereist und auch kein neuer Gast eingetroffen war, für dessen Wohl Elisabeth hätte sorgen müssen, schlug Dorothea einen Ausflug an die nördliche Pazifikküste vor. Sie wollte Meeresschildkröten bei der Eiablage beobachten.

»Wir haben gerade Vollmond und folglich auch die besten Lichtverhältnisse. Ich habe schon viel von diesem Naturschauspiel gehört. Raura, mein kleiner verstorbener Liebling aus dem Heim, hat mir einmal eine winzig kleine Schildkröte geschenkt. Sie hatte sie selbst getöpfert und bemalt. Bei den Coclé-Indianern ist die Schildkröte das Symbol der Unsterblichkeit.«

Marie, die sich nichts aus Schildkröten machte, weil sie kein weiches Fell zum Kraulen hatten, blieb mit dem Brüderchen bei der Nachbarin und buk Ananaskuchen. Und so machten sich die drei Erwachsenen allein auf den Weg. Enrique besorgte einen Pferdekarren und ließ es sich nicht nehmen, das Gespann eigenhändig zu lenken. Nach mehr als vier Stunden hatten sie ihr Ziel erreicht. Sie quartierten sich in einem Gasthof ein, kauften Wein und Tortillas für ein Picknick am Strand und warteten auf den Einbruch der Dunkelheit.

»Es werden Hunderte, wenn nicht sogar Tausende von Tieren kommen«, meinte Elisabeth und hielt mit zusammengekniffenen Augen Ausschau nach den ersten gepanzerten Rücken inmitten der Wellen. »Ich hatte einmal einen Gast, einen Biologen, der sich bereits während seines Studiums mit Schildkröten beschäftigt hatte. Diese Echsen waren schon auf der Erde, als es noch gar keine Menschen gab. Er glaubt, dass es immer dieselben Tiere sind, die Jahr für Jahr an ihre Geburtsstätte zurückkehren, um die Nachkommenschaft zu sichern.«

Sanftes, klares Mondlicht beleuchtete das Meer und den breiten Strand. Und dann bewegte sich etwas im Wasser. Aufgeregt deutete Elisabeth in Richtung des Meeres. Die ersten Schildkröten krochen schwerfällig an Land. Ihnen folgten weitere, und es wurden immer mehr. Das Meer schien nur noch aus Schildkrötenpanzern zu bestehen. Als würden sie den Platz genau kennen, suchte sich jedes Tier eine Stelle aus, an der es mit den hinteren Flossen eine Vertiefung in den Sand grub.

Enrique gab den Frauen ein stummes Zeichen, ihm zu folgen. Lautlos schlichen sie sich an ein Tier heran, das über einem Loch hockte und den schweren Körper auf und ab bewegte. Enrique entzündete eine Laterne, und dann sah Dorothea, wie die Echse in rascher Folge unzählige taubeneigroße Eier in die etwa drei Handbreit tiefe Mulde setzte. Gleich daneben waren einige andere Tiere damit beschäftigt, das Gelege mit Sand zuzuschieben und diesen festzutreten.

Überall am Strand wimmelte es von Schildkröten, solchen, die eine Stelle für die Eiablage suchten, und anderen, die ihre Aufgabe bereits verrichtet hatten und den Rückweg zum Meer antraten. Gebannt verfolgte Dorothea das nächtliche Schauspiel, bewegt von dem Gedanken, dass schon die Vorfahren der Schildkröten vor vielen Jahrtausenden an diesen Abschnitt des Pazifiks gekommen waren, um ihre Eier abzulegen. Ganz fest prägte sie sich das Bild ein, um es später bei Tageslicht mit dem Zeichenstift festzuhalten.

Elisabeth beobachtete fast mitleidig die wogenden Panzerrücken und wagte nur zu flüstern. »Hunderte von Meilen sind die Muttertiere hierhergeschwommen. Nun treten sie den Sand fest, damit ihr Gelege nicht von Waschbären oder Stinktieren entdeckt wird. Das Ausbrüten der Eier übernimmt die Sonne, und wenn die Jungen geschlüpft sind, warten schon die Möwen und andere Raubvögel auf eine Mahlzeit. Nur ein kleiner Teil der jungen Echsen wird je das Meer erreichen. Aber davon wissen die Mütter zum Glück nichts.«

Irgendwann schlenderten sie über die schmale Küstenstraße zum Gasthof zurück und suchten ihre Zimmer auf. Gern wäre Dorothea einen weiteren Tag geblieben, hätte dem Naturwunder am folgenden Abend ein weiteres Mal beigewohnt, doch bei Elisabeth zu Hause in Jaco warteten die Kinder. Sie öffnete das Fenster und ließ den milden Wind über die nackten Arme streichen. Gedankenverloren lauschte sie dem Meeresrauschen, sah, wie die Schaumkronen im Mondlicht auf den Wellen tanzten.

Aus dem Nebenzimmer vernahm sie die Stimmen von Elisabeth und Enrique. Hörte Lachen, das Geräusch von Küssen und dann eine lange Folge von zweistimmigen Seufzern, unterbrochen von weiteren Küssen. Auch Dorothea musste plötzlich seufzen. Warum war sie nicht wie Elisabeth, die das Leben von der heiteren Seite nahm und der alles leicht von der Hand ging? Die Freundin scherte sich nicht um Konventionen, war nicht verheiratet und hatte trotzdem zwei reizende Kinder, noch dazu von zwei verschiedenen Männern. Sie plagten weder Eifersucht noch unerfüllte Sehnsüchte. Elisabeth war eigenständig und unabhängig und brauchte keine schützende Hand. Sie hatte ihren Platz gefunden, wusste, wohin sie gehörte. Auch wenn sie selbst nie so denken und fühlen konnte wie die Freundin, nahm Dorothea sich doch fest vor, künftig weniger hart mit sich ins Gericht zu gehen und mehr Leichtigkeit zuzulassen.

Die Jahreszeiten kamen und gingen in stetem Wechsel. Auf der Hacienda blühten die Kaffeesträucher und verströmten ihren jasminähnlichen Duft. Zuerst hatte sie den Brief gar nicht bemerkt, weil das Dienstmädchen ihn unter die Haarbürste gelegt hatte. Schwindel erfasste sie, ihr Herz raste. Sie musste den Unterarm an der kühlen Marmorplatte der Kommode abstützen, so sehr zitterten ihr die Finger. Langsam drehte sie den Umschlag um, damit sie die Schrift lesen konnte. Sie fühlte, wie ihr das Blut in den Kopf schoss, denn es war die Handschrift, auf die sie insgeheim gehofft hatte. Und die sie gleichzeitig befürchtet hatte.

Sollte sie den Brief ungelesen verbrennen? Warum schrieb Alexander ihr, nachdem sie ihn doch angefleht hatte, sie zu vergessen? Oder hatte er sie nicht vergessen können, ebenso wenig wie sie ihn? Vielleicht war aber auch etwas geschehen, das sie unbedingt erfahren sollte. Weshalb es ein Versäumnis gewesen wäre, die Zeilen nicht zu lesen. Doch sie wollte nichts überstürzen. Am besten wäre es, den Brief zumindest bis zum nächsten Tag ruhen zu lassen. Sie legte das Kuvert ganz zuunterst in die Wäschetruhe. Mit einem energischen Ruck klappte sie die Truhe zu, ganz so, als könne der harte Laut des aufschlagenden Deckels sämtliche Zweifel löschen.

Dann verließ sie das Zimmer. Langsam, gelassen und

selbstsicher. Nichts vermochte ihr inneres Gleichgewicht ins Wanken zu bringen. Gar nichts. Sie schritt den Korridor entlang. Als ihr Fuß die oberste Stufe des Treppenabsatzes berührte, raffte sie ihren Rock, machte blitzschnell kehrt und eilte zurück ins Schlafzimmer. Mit der einen Hand riss sie die Wäschetruhe auf, mit der anderen griff sie nach dem Brieföffner auf der Kommode. Ungeduldig stieß sie ihn in das bräunliche Papier und schlitzte den Umschlag auf, strich den Briefbogen auf der Marmorplatte glatt. Starrte auf die Zeilen und wartete, bis das Flimmern vor ihren Augen nachließ. Dann las sie.

Geliebte Dorothea! Ich habe Dir nicht versprochen, dass ich Dich vergessen werde. Das wird mir auch nie gelingen. Noch immer kann ich nicht glauben, dass zwischen uns wirklich alles vorbei sein soll. Sobald ich in Deutschland bin, überkommt mich eine innere Rastlosigkeit, und ich sehne mich nach Costa Rica zurück. In das Land zwischen den Meeren, das wir einst gemeinsam erobern wollten und wo ich Dich wiederfand. Aber noch mehr sehne ich mich nach Dir. Ich flehe Dich an – komm rasch zu mir! Du findest mich dort, wo wir uns vor vier Jahren zum letzten Mal gesehen haben. Lass uns miteinander reden! Ich liebe Dich. Dein Alexander

Beim Aufblicken sah sie ihr Spiegelbild. Eine Frau von einundvierzig Jahren, der trotz ihres Alters immer noch etwas Mädchenhaftes anhaftete. Um Augen und Lippen lag ein ernster Zug. Zu ernst vielleicht. Trotzig reckte sie das Kinn. Sie war unbeugsam und stark. Auch wenn sie den Geliebten nie aus ihren Gedanken und Träumen hatte verbannen können, so musste er doch aus ihrem Leben verbannt bleiben. Er durfte ihre mühsam errungene innere Ruhe nicht stören.

War denn nicht alles gut so, wie es war? Olivia hatte sich zu einer bezaubernden jungen Dame entwickelt und ähnelte in ihrem Äußeren immer mehr dem Vater. Federico war ein ungestümer und fröhlicher Junge. Antonios Magenleiden war nahezu verschwunden, und er hatte seine frühere Ausstrahlung zurückgewonnen. Mit den grauen Haaren, den feinen Falten um Mund und Augen und dem gebräunten Teint sah er nicht weniger attraktiv aus als in seinen Mittdreißigern. Wenngleich es immer noch Stunden und Tage gab, an denen er sich in sein Blockhaus zurückzog und für niemanden zu sprechen war.

Der Handel mit indianischer Töpferei hatte sich äußerst erfolgreich weiterentwickelt. In Deutschland war die Nachfrage nach den exotischen Vasen und Krügen so groß, dass die Mädchen mit der Arbeit kaum nachkamen. Mit dem Überschuss, den sie erwirtschafteten, hatte Dorothea einen Fonds angelegt, aus dem auf der Halbinsel Guanacaste eine Ambulanz finanziert wurde, in der Indianerinnen kostenlos medizinische Hilfe erhielten. In der Casa Santa Maria lebten mittlerweile vier neue Bewohnerinnen im Alter zwischen zwölf und dreißig Jahren. Teresa hatte den Aufseher einer Zuckerrohrfarm geheiratet und erwartete in wenigen Wochen ihr zweites Kind. Silma war nach Heredia gezogen und hatte dort, zusammen mit einer Freundin, einen Laden für Kurzwaren übernommen.

Dieses ganz persönliche Glück durfte Dorothea nicht aufs Spiel setzen. Das musste sie Alexander zu verstehen geben. Doch wo sollte sie sich mit ihm treffen? Das Hotel in der Stadt aufzusuchen verbot sich von selbst. Sie wollte erst gar nicht in Versuchung geraten, ihren Vorsätzen untreu zu werden und die Nacht mit ihm zu verbringen. Und da er sich nicht auf der Hacienda Margarita blicken lassen konnte, bot sich durch Zufall ein weitaus besserer Treffpunkt für eine Zusammenkunft an. Yahaira wollte am nächsten Tag mit ihren Zöglingen nach Santa Ana fahren, wo ein Wanderzirkus mit einem Elefanten auftreten sollte. Sie wollten schon in aller Frühe aufbrechen und erst gegen Abend zurückkehren. Also schickte Dorothea dem Geliebten ein Billett, er möge sich am nächsten Tag eine Droschke mieten und um zehn Uhr zur Casa Santa Maria kommen.

Wie es ihrer Gewohnheit entsprach, war sie eine halbe Stunde früher gekommen. Sie hatte sich von der Köchin einen Proviantkorb mit gefüllten Gemüseempanadas, Kuchen und frischem Obst mitgeben lassen. Hier wollte sie auf Alexander warten. In einem Refugium, das sie mit ihrem Herzblut für die Schwächsten des Landes geschaffen hatte. Im Garten war es friedlich und still. Libellen umschwärmten die Schilfhalme an dem kleinen Fischteich, den die Mädchen eigenhändig angelegt hatten. Weiße Seerosen schwammen auf der Wasseroberfläche, streckten ihre Blütenköpfe der Sonne entgegen. Einige blau-gelb gefiederte Zwergpapageien hatten einen Feigenbaum in Beschlag genommen und pickten laut zeternd an den Früchten.

Beim Trappeln von Pferdehufen hob Don Quichote den Kopf. Er spitzte die Ohren, sprang auf und lief mitten durch das Haus zur Pforte. Dorothea hatte die Haustür zur Straßenseite offen stehen lassen. Vom Garten her trat sie in die Diele und sah, wie der Hund den ihm völlig unbekannten Gast schwanzwedelnd begrüsste. Don Quichote gebarte sich, als sei ein alter Bekannter gekommen. Alexander tätschelte dem Hund den Kopf und sprang mit lässiger Eleganz über den Gartenzaun.

Zwar hatte Dorothea sich fest vorgenommen, kühl und gelassen zu bleiben, doch als sie den Geliebten sah, konnte sie ein lautes und freudiges Herzklopfen nicht unterdrücken. Alexander stürmte auf sie zu, hob sie hoch, wie er es früher oft getan hatte, als wäre sie leicht wie eine Feder, und bedeckte ihr Gesicht mit Küssen.

»Endlich, nach vier langen Jahren! Und nun lasse ich dich nie wieder los«, murmelte er und presste sie an sich. Dorothea rang nach Luft, und obwohl sie sich von starken Händen getragen fühlte, verspürte sie Schwindel. Bleib standhaft!, raunte eine innere Stimme ihr zu. Mahnte, flüsterte, hauchte. Die Stimme verstummte. Sie schlang die Arme um Alexanders Hals und erwiderte erst zart, dann voller Leidenschaft seine Küsse.

Erst nach einer Weile setzte Alexander sie behutsam ab, trat einen Schritt zurück und musterte sie mit zusammengekniffenen Augen. »Lass dich anschauen, Liebste! Ja, genau so habe ich dich in meinen Träumen gesehen. So schön und so unendlich fern.«

Sein Haar war an den Schläfen ergraut, die Fältchen an Wangen und Mundwinkeln hatten sich vertieft. Der für ihn typische spöttische Zug umspielte seine Lippen, doch in seinen Augen erkannte Dorothea dasselbe Verlangen, das auch in ihr immer noch schwelte und das nie wieder aufkeimen durfte. Seine unmittelbare Nähe jagte ihr einen Schauer über den Rücken. Beinahe hätte sie ihm eine Strähne aus der Stirn gestrichen, wäre mit den Fingern durch seine wirren Locken gefahren. Sie ballte die Hände zu Fäusten, so fest, dass sich ihre Fingernägel in die Handinnenflächen bohrten.

»Ich bin so glücklich, dich zu sehen«, raunte er an ihrem Ohr und spielte mit der Zunge an ihrem Ohrläppchen. »In welches Versteck hast du mich hier eigentlich gelockt?«

»In das Heim, das ich für junge Indianerinnen eingerichtet habe. Die Mädchen unternehmen heute einen Ausflug und kommen erst am Abend zurück. Bist du hungrig, Liebster? Ich habe uns etwas zu essen mitgebracht.«

»Und ob ich hungrig bin!« Alexanders Hände wanderten über ihre Schultern zur Brust hinunter, verharrten dort, während seine Küsse fordernder wurden. Sie zwang sich, Haltung zu bewahren, und zog ihn zu dem Tischchen unter dem Palmstrohdach, das die Werkstatt bedeckte. Wollte Zeit gewinnen, um Alexander milde zu stimmen. Denn sie musste ihn erneut zurückweisen, ihm klarmachen, dass er sich keinen weiteren Illusionen hingeben durfte.

Alexander ließ es sich schmecken und erzählte von seinem Verleger in Deutschland, der weitere Bücher bei ihm in Auftrag gegeben hatte, weil die Leser nach immer neuen Berichten aus exotischen Ländern verlangten. Danach rückte er seinen Stuhl dicht an den ihren heran. Mit der einen Hand griff er nach dem Glas Wasser, mit der anderen schob er ihr unter dem Tisch das Kleid über die Knie, streichelte ihre nackte Haut. »Ganz deliziös. Und die Empanadas waren auch vortrefflich.«

Die Knie zitterten ihr. Sie nahm seine Hand in die ihre und hielt sie fest. »Ich möchte nicht, dass du mich missverstehst, Alexander, aber an meiner Haltung hat sich nichts geändert. Wir können und dürfen uns künftig nicht mehr sehen. Deswegen bitte ich dich, mir zu verzeihen und mich für immer zu vergessen.«

Seine warme, raue Stimme schlug von Zärtlichkeit jäh in Bitternis um. »Das habe ich in den vergangenen vier Jahren weiß Gott versucht. Wäre es mir gelungen, hätte ich dich sicher nicht um dieses Wiedersehen gebeten. Ich weiß, du hast einen Schwur getan. Aber du hast ihn auf Kosten eines Menschen abgelegt, der dazu nicht befragt wurde. Verdammt, ich liebe dich, Dorothea! Bedeutet dir das denn gar nichts? Warum muss ich Teil deines Sühneopfers sein? Erklär es mir!« Er saß mit gesenktem Kopf auf seinem Stuhl, traurig und trotzig zugleich.

Sie schlang ihm die Arme um den Hals, schmiegte ihre Wange an sein Gesicht. Die Kehle wurde ihr eng, sie räusperte sich und stockte. »So versteh mich doch! Als ich um Olivia bangen musste, glaubte ich, ich stünde an einem Abgrund und würde jeden Augenblick in die Tiefe stürzen. Die Angst um das Leben meiner Tochter hätte mich fast den Verstand gekostet. Gerade weil ich dich so sehr liebe, musste ich dieses höchste Gut opfern. Bitte, Alexander, lass uns als Freunde auseinandergehen! Verlieb dich in eine andere Frau, heirate sie, gründe eine Familie und werde glücklich!« In ihren Ohren entstand ein Rauschen. Es musste der Sturzbach ungeweinter Tränen sein, der nunmehr in unendliche Tiefen hinabfiel.

»Glaubst du wirklich an deine Worte?« Er hob ihr Kinn an und musterte sie ernst und durchdringend.

Sie wich seinem Blick aus und senkte die Lider. »Aber woran soll ich denn sonst glauben, wenn nicht an Gott? Er ist es doch, der die Wege eines jeden Menschen bestimmt.«

Erregt sprang Alexander auf, verschränkte die Hände

hinter dem Rücken und lief unter dem Palmenstrohdach hin und her. »Nein, Dorothea, noch gebe ich mich nicht geschlagen. Ich verlange wahrhaftig nicht viel. Weder dass du deine Familie verlässt noch dass du die Scheidung einreichst. Ich will mich mit der Rolle des heimlichen Geliebten begnügen und mit den wenigen Wochen im Jahr zufrieden sein, in denen wir zusammen unterwegs sind. Was ist an diesem Wunsch so maßlos, dass du ihn nicht erfüllen kannst?«

Sie musste plötzlich an Elisabeth denken, an deren Gelassenheit und Zuversicht sie sich ein Beispiel nehmen wollte. Die Freundin wäre zu einem anderen Menschen niemals so unbarmherzig gewesen, auch sich selbst gegenüber nicht. Und plötzlich kam sich Dorothea selbstsüchtig und jämmerlich klein vor. Alexander kniete vor ihr nieder, nahm ihre Hand und küsste die Fingerspitzen.

»Hör zu, Liebste, lass uns zusammen nach Cartago pilgern! Dort will ich neben dir vor dem Altar niederknien. Dann rufen wir gemeinsam die Gottesmutter an und fragen sie, ob sie anstelle deines Gelöbnisses ein anderes Opfer annimmt. Ein Opfer, das ich ihr zu Füßen lege und das deinen Schwur aufhebt.«

Es dauerte eine Weile, bis Dorothea Alexanders Worte begriff. Der Geliebte hatte soeben etwas vorgeschlagen, woran sie überhaupt noch nicht gedacht hatte. Weil sie viel zu sehr eine Gefangene ihrer moralischen Bedenken war. Hatte Alexander womöglich recht? Dann war sie also die ganze Zeit über blind gewesen, hatte nicht erkannt, dass es sehr wohl einen Ausweg aus ihrer verzweifelten Lage gab? Doch mit der zart aufkeimenden Hoffnung meldete sich zugleich die Skepsis zurück.

»Aber... meinst du, die Gottesmutter lässt mit sich handeln?«, fragte sie bang.

»Was war dein Gelöbnis anderes als ein Handel? Dein Herzensglück gegen das Leben deiner Tochter.«

Dorothea glaubte, aus einem tiefen Traum zu erwachen. Alles ringsum war mit einem Mal leuchtend und klar. Als hätte sie in den vergangenen Jahren unter einer Glasglocke gelebt, die sich plötzlich in nichts aufgelöst hatte. Sie rieb sich die Stirn. »Alexander, Liebster, dieser Gedanke ist noch so neu und unfassbar für mich! Ich weiß gar nicht, was ich dazu sagen soll.«

»Sag Ja, Dorothea, ich flehe dich an! Sag Ja! Wir müssen es auf diese Weise versuchen. Das sind wir einander schuldig.«

»Ja«, flüsterte sie. »Ja!«, rief sie laut und entschlossen. »Bitte verzeih, was ich dir angetan habe, Liebster. Seit dem Tag, an dem wir uns begegnet sind, habe ich mir nichts anderes gewünscht, als mit dir zusammen zu sein. Fühlst du, wie mein Herz schlägt?« Sie griff nach seiner Hand und presste sie gegen ihren bebenden Leib. Ihr Mund suchte seine Lippen, die unter der Berührung zitterten.

»Möchtest du auch etwas fühlen?«, raunte Alexander an ihrem Ohr und schob ihr den Rock über die Hüften hinauf.

»Unter dem Dach habe ich eine kleine Kammer. Wir könnten...« Da wurde sie schon von starken Armen die Treppe hinaufgetragen in das winzige Zimmer, in dem nur ein Bett und ein Stuhl standen. Und plötzlich waren alle Zweifel wie ausgelöscht. Sie war wieder die zweiundzwanzigjährige Hauslehrerin, die das erste Mal mit dem Verlobten in seiner kleinen Kölner Mietwohnung allein war. Es gab weder Zeit noch Raum. Nur noch sie beide, ihre Sehnsucht und ihr Verlangen.

Alexander hatte eine Droschke genommen und war in sein Hotel zurückgekehrt. Sie waren übereingekommen, am übernächsten Tag gemeinsam nach Cartago zu reisen und vor der Statuette der *Negrita* niederzuknien. Pünktlich um vier Uhr erschien einer der Kutscher der Familie Ramirez, um Dorothea an der Casa Santa Maria abzuholen und nach Hause zu bringen. Als sie vor dem Haupthaus der Hacienda Margarita ausstieg, war ihr, als würde sie schweben. Beim Abendessen hatte sie unerwartet großen Appetit. Sie lächelte und plauderte ungezwungen. Antonio neckte Olivia, als sich eine ihrer Haarschleifen löste und in die Suppe fiel. Deutlich war zu erkennen, wie eng Vater und Tochter miteinander verbunden waren. Federico aß ungewöhnlich manierlich, ohne dass die Hälfte seines Tellerinhalts auf dem Damasttuch landete. Die Schwiegereltern warfen ihr keinen einzigen kritischen Blick zu.

Dorothea war an einem Wendepunkt ihres Lebens angelangt und empfand eine tiefe innere Ruhe und Dankbarkeit. Sie hatte einen blendend aussehenden Ehemann, der sie beschützte und der ihr vertraute, zwei gesunde und wohlgeratene Kinder. Sie führte ein Leben, um das die meisten Frauen sie beneideten, kannte keine Geldsorgen und war obendrein zu einer erfolgreichen Geschäftsfrau geworden. Und nun würde sie sogar den Mann zurückgewinnen, dessen Liebe ihr Herz ganz erfüllte. Ein Leben voller Harmonie und Glück lag vor ihr, dessen war sie sich ganz sicher.

»Wenn Olivia nicht pünktlich zum Frühstück erscheinen kann, fangen wir eben ohne sie an«, entschied Pedro brummig und ließ sich von dem Dienstmädchen eine Tasse stark gebrühten Kaffee einschenken.

»Ich sehe nach, ob sie verschlafen hat.« Dorothea erhob sich und stieg hinauf in Olivias Zimmer, das auf demselben Flur lag wie ihr eigenes. Sie klopfte an, bekam aber keine Antwort. Vorsichtig öffnete sie die Tür und lugte durch den Spalt. Die Vorhänge waren noch zugezogen, Olivia lag im Bett und stöhnte leise vor sich hin.

Mit raschen Schritten eilte Dorothea zu ihr. »Was fehlt dir, mein Schatz?« Sie befühlte die Stirn der Tochter und zog die Hand zurück, als hätte sie glühende Kohlen berührt.

»Mir ist so heiß. Und ich habe Durst«, murmelte Olivia mit belegter Stimme. Dorothea half ihr, sich aufzurichten. Sie füllte ein Glas Wasser aus der Karaffe, die auf dem Nachtschränkchen stand. »Hier, mein Liebling, trink! Das wird dir guttun. Wir lassen sofort den Doktor kommen.«

Olivia nahm einen winzigen Schluck. Dann sank ihr Kopf kraftlos auf das Kissen. Dorothea zog die Vorhänge zurück, öffnete beide Fensterflügel und ließ die Morgenluft ins Zimmer strömen. Als sie sich auf die Bettkante setzen wollte, sah sie, dass die dunklen Augen der Tochter blutunterlaufen waren. Sie erstarrte, denn dieser irrende, flackernde Blick war der gleiche, den sie seinerzeit auch bei Raura bemerkt hatte.

Sie wachte am Bett der Tochter bis zum Eintreffen des Arztes. Doktor Jefferson verabreichte Olivia ein gelbliches Pulver, das er in Wasser auflöste, und wollte am Nachmittag noch einmal vorbeikommen. Wenige Minuten später fiel Olivia in einen unruhigen Schlaf, zuckte mit den Händen und stammelte wirre Sätze.

Dorothea schloss die brennenden Augen, bangte und betete. Sie war sich ganz sicher, dass Gott das Fieber geschickt hatte, um sie, Dorothea, zu ermahnen. Oh, wie abgrundtief dumm sie doch war! Wie hatte sie nur annehmen können, ihr Gelübde gegen ein anderes eintauschen zu können? Wie ein Marktweib hatte sie feilschen wollen, um die Gottesmutter umzustimmen. Um ihre eigene unerfüllte Sehnsucht zu stillen. Weil sie von Verlangen und verzehrender Glut träumte, statt in Dankbarkeit anzunehmen, was das Schicksal ihr geschenkt hatte.

Als Olivia tief und gleichmäßig schlief, schlich sie hinüber in ihr Zimmer und schrieb an den Geliebten, bat ihn um Verständnis und Verzeihung, weil sie sich nie wiedersehen durften. Bittere Tränen fielen auf das Papier, vermischten sich mit der Tinte. Doch sie war bereit, sich dem Willen des Allmächtigen zu beugen und Alexander endgültig aus ihrem Herzen zu verbannen.

Drei Tage lang stieg und fiel das Fieber in stetigem Wechsel. Am vierten Tag verlangte Olivia nach ihrem Lieblingsgericht, gekochtem Hühnchen mit Pilzen. Am fünften Tag veranstaltete sie mit ihrem Bruder ein Wettreiten und gewann um mehrere Ponylängen. Mit jeder Faser ihres Körpers spürte Dorothea, wie wahres Glück sich anfühlte.

Ungeduldig stand sie vor dem Spiegel und hielt sich nacheinander drei Ballkleider vor. Das letzte hatte die Schneiderin erst eine halbe Stunde zuvor fertig genäht. Am besten gefiel ihr eigentlich das rote mit dem schwarzen Spitzensaum, das sie beim letzten Fest getragen hatte. Aber wie hätte sie, die Enkelin des größten Kaffeebarons von Costa Rica, dasselbe Kleid zweimal in der Öffentlichkeit tragen können?

Sollte sie vielleicht das blaue mit der grünen Taftschleife wählen? Oder doch lieber das gelbe mit den samtbezogenen Knöpfen? Nein, dieses Modell war todlangweilig. Die Schneiderin sollte den Ausschnitt vertiefen und breite Spitzenvolants an den Ärmelsaum nähen. Dann blieb also nur das brombeerfarbene mit den Kelchärmeln und dem schmal geschnittenen Rock, unter den gerade zwei Unterröcke passten. Viel zu wenig, um als der letzte Schrei zu gelten.

»Bist du fertig, Olivia? Wir müssen los. Der Kutscher hat schon die Pferde angespannt.« Ihre Mutter stand wartend an der Tür, bereits fertig gekleidet und frisiert.

»Ich weiß aber nicht, was ich anziehen soll«, maulte sie. Die Mutter machte es sich leicht. Sie trug ihre Kleider mehrmals in der Öffentlichkeit, ließ sie nur geringfügig durch einen neuen Kragen, einen Spitzeneinsatz oder eine andersfarbige Taftschleife verändern. Zwar lästerten die

Leute hinter ihrem Rücken, es sei unbegreiflich, wie eine Frau mit dem Namen Ramirez so augenfällig gegen den guten Ton verstoßen konnte. Aber die Mutter hasste Verschwendung, wenn es um die eigene Person ging, und kümmerte sich nicht um das Gerede anderer. Trotzdem war klar zu erkennen, dass Dorothea mit ihrer mädchenhaften Figur, den hellen Haaren und ihren schmal fallenden Kleidern weitaus anmutiger wirkte als die meisten der anwesenden Damen ihrer Altersklasse. Der vorherrschenden Mode entsprechend trugen sie weit gebauschte Kleider mit einer Vielzahl an Unterröcken, die eine starke Taille, wie die meisten der Ticas sie ohnehin hatten, nur noch mehr betonten.

»Vielleicht kann ich dir bei der Auswahl helfen«, schlug Dorothea vor, und Olivia deutete gereizt auf das Bett, auf dem die Kleider ausgebreitet lagen.

»Also, mein Herz, mir gefällt das brombeerfarbene am besten.«

»Mir aber nicht. Die Farbe ist völlig aus der Mode, außerdem passt sie nicht zu meinem Haar. Man wird mich auslachen.«

»Aber du hast den Stoff doch selbst ausgesucht.«

Ratlos hob Olivia die Schultern und zog einen Flunsch. In diesem Moment steckte der Vater den Kopf zur Tür herein und mahnte zur Eile.

»Papa, du musst entscheiden, welches Kleid ich heute tragen soll. Mama kann das nicht.«

Antonio warf nur einen kurzen Blick auf das Bett. »Am besten würde mir meine Prinzessin in dem blauen Kleid gefallen. Es ist das auffallendste.«

Wenige Minuten später saß Olivia mit ihren Eltern in der Kutsche und fieberte dem Fest entgegen. Seit ihrem fünfzehnten Geburtstag hatte sie keinen einzigen Ball in San José ausgelassen. Sie war nicht nur die hübscheste, sondern auch die beste Tänzerin unter den jungen Mädchen. Schließlich hatte sie mehr als drei Jahre lang bei einem argentinischen Tanzmeister Unterricht erhalten und beherrschte sämtliche Gesellschaftstänze in Vollendung. Alle Männer rissen sich darum, sie beim Walzer über das Parkett führen zu dürfen. Sie gab sich teils huldvoll, teils unnahbar, liebte das Spiel von Koketterie und Zurückweisung. Aber nur die wenigsten Verehrer erwiesen sich als geschickte Tänzer. Viele hüpften ungelenk von einem Bein aufs andere, traten ihr mitunter sogar auf die Zehen. Nur einer verstand es, sie gleichsam zum Schweben zu bringen: ihr eigener Vater, in dessen Nähe sich die Wangen so mancher Frau röteten. Olivia war stolz auf ihn und auch darauf, dass sie ihm ähnlich sah.

Die Tische im Tanzsaal waren mit üppigen Blumenbuketts festlich geschmückt. Die eleganten Roben der Damen wetteiferten mit den Farben der Blüten. Das Parfum der diesjährigen Saison roch wie eine Mischung aus Rosen und Jasmin mit einem Hauch von Zeder. Olivia sah sich betont unauffällig nach allen Seiten um, hoffte inständig, dass er wieder da war. Er, dem sie beim Kaffeeblütenball versehentlich ein Glas Wein über den Anzug gegossen hatte. Sie wusste nicht, wie er hieß und woher er kam. Sie wusste nur, dass sie ihn unbedingt wiedersehen musste. Zudem erinnerte sie die Art, wie er einen Satz beendete, fast ohne die Stimme zu senken, ein wenig an Juan, ihren jungen, einfühlsamen Entführer, den sie zu ihrem Bedauern nie von Angesicht zu Angesicht hatte sehen können.

Ihre und die Hand des Unbekannten hatten sich unabsichtlich berührt, als sie ihm mit einem Entschuldigungslächeln auf den Lippen ihr Spitzentaschentuch gereicht hatte, damit er sich den Ärmel trocken tupfen konnte. Anschließend hatte er das Tuch in seine Hosentasche gesteckt und sich mit einem Handkuss verabschiedet. Welch unschuldige und gleichzeitig verwegene Geste! Seither hatte sie jeden Abend vor dem Einschlafen an ihn denken müssen.

»Darf ich Sie um den nächsten Tanz bitten, Señorita?«

Olivia blickte auf und errötete sogleich. Er war es, auf den sie gehofft hatte. Während sie sich zu einer feurigen Mazurka im Kreis drehten, betrachtete sie ihn genauer. Ihr Tanzpartner war mittelgroß, hatte breite Schultern und wirkte ungeheuer männlich und stark. Seine Augen blitzten, ein energischer Zug um den Mund zeugte von Entschlossenheit. Doch schickte es sich für ein junges Mädchen, ein Gespräch mit einem so viel älteren Mann anzufangen? Er war sicher schon Mitte zwanzig. Warum fragte er sie nur, ob sie mit ihm tanzen wollte? Vielleicht war er tief im Innern seines Herzens schüchtern. Ja, das musste der Grund sein, und er wartete einzig und allein auf ein Signal der Ermutigung. Olivia wagte einen Vorstoß. »Sind Sie mir noch böse, Señor? Wegen des Weinglases neulich?«

»Keinesfalls, Señorita. Sie sind der Grund, warum ich heute Abend hier bin und nicht meinen Geschäften nachgehe. Ich hatte gehofft, Sie wiederzusehen. Wie heißen Sie?«

»Olivia Ramirez Fassbender.«

»Wie apart! Ich bin mir sicher, Señorita Olivia, dieser Tanz ist der Beginn einer wunderbaren Freundschaft.«

»Ist dir schon aufgefallen, dass unsere Tochter nur mit einem einzigen Mann tanzt? Kennst du ihn?« Dorothea legte den Fächer auf dem Tisch ab, um Antonio auf die Tanzfläche zu folgen. Aus den Augenwinkeln beobachtete sie Olivia und ihren Tanzpartner. Die beiden schienen sich blendend zu unterhalten. Doch irgendetwas am Gesichtsausdruck dieses Mannes missfiel Dorothea. Sie hätte allerdings nicht sagen können, was es war.

»Ich habe gar nicht auf unsere Tochter geachtet, mein Liebes. Bestimmt amüsiert sie sich prächtig. Ich habe aber sehr wohl die enttäuschten Blicke der Männer bemerkt, weil ich die ganze Zeit nur mit ein und derselben schönen Frau tanze und sie keinem anderen gönne.«

Dorothea lächelte und gab sich ganz dem Rhythmus hin. In Antonios Armen hätte sie mit geschlossenen Augen tanzen können, so sicher lenkte er sie durch die Scharen sich wiegender, im Kreis drehender Paare.

»Hast du schon gesehen? Die alte Lanzenotter ist auch gekommen, zusammen mit ihrer reizlosen Tochter, die die Mutter wie ein Mondgestirn umschwirrt. Und nun wartet sie wohl darauf, dass sich entweder ein mitleidiger Tänzer ihrer erbarmt oder dass sie irgendwo ihr Gift versprühen kann.«

Dorothea seufzte. Soeben hatte sie Señora Torres Picado im Gewühl entdeckt. Diese war eine einstige Jugendfreundin ihrer Schwiegermutter und tauchte stets in Begleitung ihrer Tochter Ericka auf, die mittlerweile die vierzig überschritten hatte und ihrer Mutter wie aus dem Gesicht geschnitten ähnelte. Wann immer Dorothea dieser Frau mit dem streng nach hinten gekämmten Silberhaar und dem auffälligen Damenbart begegnet war, auf Festen oder Empfängen, hatte diese es stets verstanden, sich durch taktlose Fragen oder verletzende Bemerkungen hervorzutun. Und immer schwang ein unausgesprochener Vorwurf oder eine gewisse Missgunst in ihren Worten mit.

Als Dorothea und Antonio nach dem Tanz an ihren Tisch zurückkehrten, stellte Señora Torres Picado sich ihnen energisch in den Weg, neben ihr stumm und schmallippig ihre Tochter Ericka. Wie stets trugen Mutter und Tochter Kleider von gleichem Schnitt, jedoch in unterschiedlichen Farben.

»Heute ist die Familie Ramirez ja nahezu vollständig vertreten. Und wie erwachsen Olivia geworden ist! Ihre Gattin wird sicher ein klein wenig eifersüchtig auf eine Tochter sein, deren Äußeres so ganz das costa-ricanische Erbe verrät.«

Dorothea rang nach Luft. Diese Frau hatte es wieder einmal geschafft, dass es ihr die Sprache verschlug. Natürlich sah sie als Deutsche nicht aus wie eine Einheimische. Aber was besagte das über ihre inneren Qualitäten? Noch bevor Dorothea darüber nachdenken konnte, ob sie ihrem Gegenüber eher Blindheit oder Stummheit wünschen sollte, kam Antonio ihr schon zu Hilfe.

»Eifersucht ist meiner Gattin im Gegensatz zu anderen Menschen völlig fremd. Sie ist jedoch, ebenso wie ich, sehr stolz auf unsere Tochter. Und genauso stolz bin ich auf meine Ehefrau. Sie werden mir sicher zustimmen, werte Señora, dass die beiden schönsten weiblichen Wesen hier im Saal den Nachnamen Ramirez tragen.«

Señora Torres Picados Augen funkelten vor Zorn. Dann verzog sie säuerlich das Gesicht und rauschte wortlos mit ihrer Tochter davon.

Dorothea fand ihre Fassung wieder und drückte die Hand ihres Mannes. »Danke, Antonio! Mir wäre auf diese Unverschämtheit gar nicht so schnell eine Entgegnung eingefallen. Was hat diese Person nur gegen mich? Ich habe sie noch nie freundlich reden hören.«

»Lass sie nur! Sie ist eine unzufriedene alte Frau«, beschwichtigte Antonio sie und drehte sich mit ihr im sanften, wiegenden Rhythmus. »Sie war einmal Mutters Jugendfreundin, aber dann muss irgendetwas vorgefallen sein. Mutter mag nicht darüber sprechen. Vermutlich hat die Señora sich vor langer Zeit eingebildet, ihre Tochter würde einmal Herrin auf der Hacienda Margarita, und sie könnte dort ebenfalls einziehen. Die Enttäuschung, dass ich eine andere geheiratet habe, hat sie offenbar nie verwunden.«

Dorothea beschloss, sich keinesfalls die gute Laune verderben zu lassen und den Ball in vollen Zügen zu genießen. Früher hatte sie es eher als lästige Pflicht betrachtet, wenn sie mit Antonio ein Fest besuchen musste. Doch seitdem Olivia sie begleitete und sie beide mit ansehen konnten, wie die Tochter sich zu einer umschwärmten jungen Dame entwickelte, wurden diese gemeinsamen Stunden für sie zu purem Vergnügen.

In den darauffolgenden Wochen stellte Dorothea eine Veränderung an ihrer Tochter fest. Olivia lächelte versonnen vor sich hin und wirkte seltsam in sich gekehrt. Wurde sie angesprochen, so schien sie aus fernen Gedanken aufzuschrecken. Oftmals zog sie sich stundenlang in ihr Zimmer zurück, um Gedichte zu schreiben, wie sie sagte.

Eines Morgens begegnete Dorothea auf der Treppe dem Dienstmädchen, das die Post für die Bewohner des Herrenhauses austeilte. Esmeralda war etwa zwanzig Jahre alt und hatte eine Coclé-Indianerin und einen ehemaligen Sklaven von den amerikanischen Baumwollfeldern als Eltern. Mit ihrer dunklen Haut und dem krausen Haar, das sich kaum bändigen ließ, war sie von eigenwilliger Schönheit und hatte Dorothea schon mehrere Male Modell gesessen.

»Der ist für Sie, Doña Dorothea.« Esmeralda überreichte einen Brief mit fliederfarbenem Papier und einer Aufschrift in tiefroter Tinte. Sie wusste sofort, dass dieser Brief von ihrer Freundin Elisabeth stammte. Esmeralda hielt noch einen weiteren Brief in der Hand, den Dorothea ebenfalls an sich nehmen wollte. Das Dienstmädchen schüttelte jedoch den Kopf.

»Das ist Post für Señorita Olivia.«

»Ach, da wird sich meine Tochter bestimmt freuen, dass sie auch einmal einen Brief erhält«, meinte Dorothea leichthin und wollte weitergehen.

»Aber die Señorita bekommt doch jeden Tag einen Brief«, erklärte Esmeralda verdutzt. »Immer auf dem gleichen Papier und mit derselben Handschrift.«

Dorothea blieb stocksteif stehen, in ihrem Kopf ertönte eine Warnglocke. Davon hatte Olivia nie etwas erzählt. Sie wollte sich aber dem Dienstmädchen gegenüber keine Blöße geben und verbesserte sich rasch. »Ich meinte natürlich, dass meine Tochter sich immer über einen Brief freut.«

Wer mochte dahinterstecken?, fragte sich Dorothea. Und wie sollte sie es am geschicktesten herausfinden, ohne dass die Tochter ihr Schnüffelei oder übertriebene mütterliche Fürsorge vorwarf? Gerade heranwachsende Mädchen brauchten Geheimnisse, das wusste Dorothea aus ihrer eigenen Jugend.

Am nächsten Morgen passte sie Esmeralda in der Diele ab, als diese soeben in das oberere Stockwerk hinaufsteigen wollte. »Ich muss ohnehin zu meiner Tochter. Gib mir die Post doch einfach mit!«, schlug sie dem Dienstmädchen vor und nahm ihm den Brief aus der Hand.

Weil sie es als Kind gehasst hatte, wenn die Mutter ohne Vorwarnung in ihrem Zimmer stand, klopfte Dorothea an der Zimmertür und wartete kurz, bevor sie die Klinke hinunterdrückte. Olivia saß träumend im Schaukelstuhl am Fenster, in den Händen ein Buch über berühmte Schauspieler und Sänger.

»Diesen Brief hat mir Esmeralda für dich mitgegeben. Handelt es sich um etwas Wichtiges?«

Olivia sprang auf, riss der Mutter den Brief aus der Hand und ritzte ihn sogleich mit einem silbernen Brieföffner auf, dessen Griff die Form eines Alligators hatte.

Die Augen bestanden aus Smaragden. Ein Mitbringsel Antonios für die Tochter von einer seiner zahlreichen Geschäftsreisen. »Und ob! Der Brief ist von Romano. Wir schreiben uns jeden Tag. Romano ist ein wunderbarer Mensch. Und er sieht einfach umwerfend aus.«

»Romano? Den Namen habe ich nie gehört.«

»Ich habe ihn beim Kaffeeblütenball kennengelernt. Als ich ein Glas Weißwein über seinem Anzug verschüttet habe. Romano Estrada Cueto besitzt eine Brauerei in Cartago. Und beim letzten Ball hat er den ganzen Nachmittag nur mit mir getanzt. Hier, hör dir das an ... klingt das nicht romantisch?

... Vor Kurzem erst haben sich unsere Wege gekreuzt, und doch kommt es mir vor, als würden wir uns schon ewig kennen. Liebe, verehrte Señorita Olivia, wie habe ich nur bisher ohne Sie leben können, Sie schönste aller Blumen, leuchtender als jeder funkelnde Stern am unendlichen Firmament? Ich möchte den Boden küssen, den Ihre reizenden Füßchen berührt haben ...«

Dorothea verkniff sich eine Bemerkung über die schwülstigen Zeilen. Der Absender besaß entweder einen schlechten Geschmack, oder er hatte eine Anleitung für das Verfassen von Liebesbriefen aus dem vergangenen Jahrhundert verwendet. Dennoch rührte es sie, wie offen Olivia über diese Bekanntschaft sprach. Ihre Tochter war zum ersten Mal verliebt. Aber war sie dazu nicht zu jung? Olivia war erst fünfzehn und hatte wenige Wochen zuvor die Schule beendet. Nach anfänglicher Verunsicherung beschloss Dorothea, sich nicht voreilig den Kopf zu zerbrechen. Wie sie ihre Tochter kannte, hielt diese Schwärmerei wohl kaum lange an. Was in der einen Sekunde ihre Begeisterung entfachte, konnte in der nächsten schon todlangweilig geworden sein.

»Ich kann den nächsten Ball kaum erwarten, Mama. Ich brauche ein neues Kleid und dringend neue Tanzschuhe. Meine alten sind schon ganz zerschlissen. Lässt du mich jetzt bitte allein? Romano erwartet dringend meine Antwort.«

Mit gewisser Erleichterung dachte Dorothea daran, dass die nächste Ballsaison erst in vier Monaten beginnen würde. Und bis dahin hätte Olivia diesen pathetischen, geschraubte Phrasen drechselnden Braumeister aus Cartago längst vergessen.

Ihre stille Hoffnung sollte sich als trügerisch erweisen. Denn Olivia schwebte weiterhin wie auf Wolken, schien mit ihren Gedanken in einer ganz anderen Welt zu leben und wurde nicht müde, von ihrem einfühlsamen Verehrer zu schwärmen. Sie kaufte sich sogar ein Buch über die Technik des Bierbrauens, nachdem Romano ihr diese Lektüre ans Herz gelegt hatte. Als Dorothea sie fragte, ob sie nicht wieder einmal mit ihren früheren Schulfreundinnen einen Ausflug unternehmen wolle, so wie früher, lachte Olivia nur.

»Aber Mama, das sind doch alles noch Kinder! Meinst du, ich will für sie die Gouvernante spielen? Bestimmt würde Romano mich auslachen.«

Wollte Dorothea sie mit in die Stadt nehmen, um neues Frühstücksgeschirr oder Kochtöpfe für die Casa Santa Maria zu kaufen, musste Olivia Gedichte schreiben. Selbst den Vorschlag, für einige Zeit allein zu ihrer Patentante Elisabeth ans Meer zu reisen, lehnte Olivia freundlich, aber bestimmt ab.

»Zwischen San José und dem Pazifik ist die Post doch viel zu lange unterwegs. Ich kann eben nicht länger als einen Tag ohne einen Brief von Romano leben.« Sprach's und sattelte ihr Pony, um stundenlang über die Felder der Hacienda zu preschen.

Alle Versuche, Olivias Gedanken in andere Richtungen zu lenken, schlugen fehl. Dorothea fühlte sich mit ihrer Weisheit am Ende und wollte einen Brief an Elisabeth schreiben, ihre kluge Freundin, die in allen Lebenslagen Rat wusste.

Das Dienstmädchen suchte im Schrank alle Kleider heraus, die Dorothea nur wenige Male getragen hatte und die noch keine Wäsche benötigten. Hinter dem Haus, auf der Bleichenwiese, waren Leinen gespannt, wo die Kleidung der Familie Ramirez getrocknet und gelüftet wurde. Für die Wäsche der Angestellten gab es fernab einen gesonderten Platz neben den einfachen Unterkünften, in denen die Dienstboten untergebracht waren. Als die junge Frau mit Dorotheas Kleidern über dem Arm das Zimmer verlassen wollte, bückte sie sich und hob ein zusammengefaltetes Papier auf.

»Hier, Doña Dorothea, es muss aus dem hellblauen Kleid herausgerutscht sein, das Sie beim letzten Ball getragen haben.«

Mit gerunzelter Stirn strich Dorothea das Papier glatt. Ihre Vorahnung bestätigte sich, denn sie erkannte die Schrift. Es war dieselbe, in der sie seit dem Tag ihrer

Hochzeit immer wieder Schmähbriefe erhalten hatte. Den ersten hatte sie, innerlich aufgewühlt und verunsichert, Antonio gezeigt, doch der hatte das Papier lachend zerrissen und ihr geraten, sie solle sich die Beleidigung keinesfalls zu Herzen nehmen. Es müsse sich wohl um eine der Frauen handeln, die sich insgeheim Hoffnungen gemacht hatten, mit ihm vor den Altar zu treten. Und das mussten viele sein, denn Antonio galt über Jahre als begehrtester Junggeselle weit und breit. Und selbst siebzehn Jahre nach ihrer Eheschließung gab es offenbar jemanden, der ihr den Mann und ihre Stellung neidete. Wie immer war die Mitteilung knapp und verletzend.

Sie eingebildete und überhebliche Person. Wären Sie doch dort geblieben, wo Sie herkommen. Ihrem Mann werden irgendwann noch die Augen aufgehen!

Nachdem der erste Ärger verraucht war, legte Dorothea den Brief zu den anderen ganz unten in die Wäschetruhe. Nein, sie wollte und würde sich von dieser unbekannten Person nicht beleidigen lassen. Sollte doch die Verfasserin dieser Zeilen, sofern es sich um eine Frau handelte, an ihren eigenen Kränkungen ersticken.

»Was sagst du da?«
»Ich werde Romano heiraten.«
»Aber wieso denn? Du bist doch viel zu jung für die Ehe, du hast das Leben noch vor dir. Außerdem kennst du diesen Mann doch gar nicht. Du weißt nicht, wer er ist, aus welchem Elternhaus er stammt und wie seine Einkommensverhältnisse sind.« Fassungslos schüttelte Dorothea

den Kopf. Olivia hatte schon so manchen überspannten Einfall gehabt, aber auf einen derartig abstrusen Gedanken war sie noch nie gekommen. Das musste wohl am Alter liegen.

Olivia blickte der Mutter trotzig in die Augen. »Doch, wir wissen alles voneinander. Wir haben uns durch unsere Briefe kennengelernt und dabei unsterblich ineinander verliebt.«

»Aber Kind, man lernt sich doch nicht durch Briefe kennen. Man muss sich sehen, miteinander reden...«

»Das haben wir doch getan.«

Dorothea runzelte die Stirn, versuchte trotz ihrer Erregung Ruhe zu bewahren. »Gut, ihr habt euch auf einem Ball gesehen und miteinander geplaudert. Das ist allerdings keine solide Grundlage für eine Ehe, die ein Leben lang halten soll.«

»Das stimmt nicht, wir haben uns sogar ganz oft gesehen. Und auch viel miteinander gesprochen.«

Dorothea war verwirrt. Was redete ihre Tochter sich nur wieder ein? »Aber das ist doch gar nicht möglich, Kind! Du glaubst doch nicht...«

Verlegen blinzelte Olivia zur Decke, verschränkte die Hände hinter dem Rücken und wippte mit den Fersen auf und ab. »Also, weißt du, Mama... Romano hatte in letzter Zeit oft in San José zu tun, und wenn ich einen Ausritt mit Negro unternommen habe, dann ist er manchmal zum Oberlauf des Baches gekommen, wo schon der Wald anfängt, und da haben wir uns getroffen.«

»Du hast dich...« Dorothea rang nach Luft. »Du hast dich heimlich mit einem Mann getroffen?«

Langsam gewann Olivia ihre Sicherheit zurück. Sie

reckte das Kinn und betonte jede Silbe. »Ja, ich habe mich mit ihm getroffen. Oder hättest du es mir etwa erlaubt?«

»Natürlich nicht! So etwas ist doch nicht ... schickt sich einfach nicht für eine ... eine ...«

»Und warum nicht?«

»Weil ... also ... wenn eine junge Frau ab einem gewissen Alter einen Mann kennenlernt und sich mit ihm verabredet, sollte sie über das eine oder andere ... Bescheid wissen. Am besten erkläre ich es dir sofort, bevor es vielleicht zu spät ist.«

Olivia hob ungerührt die Schultern. »Du meinst, wie man Kinder macht? Ach, das weiß ich doch längst, Mama. Das hat mir die Tochter der Köchin erzählt, als ich zehn war. Außerdem haben wir Pferde und Katzen auf der Hacienda. Und ich habe Augen im Kopf.«

»Ach so, nun ... dann ...« Dorothea wusste nicht, ob sie entsetzt oder erleichtert sein sollte.

»Und außerdem weiß ich ganz genau, was sich für ein junges Mädchen schickt und was nicht. Aber ich darf doch trotzdem mit einem Mann reden und ihn küssen, ohne gleich als liederlich angesehen zu werden.«

Sie hatten sich geküsst ... Dorothea suchte Halt an einer Stuhllehne, ihr schwindelte.

»Stell dir vor, gestern hat Romano mir einen Antrag gemacht. Er will für uns ein Haus in Cartago kaufen. Mit einer riesengroßen Wiese, damit ich Negro mitnehmen kann.«

Antrag ... Cartago ... Negro mitnehmen ... Dorothea fasste sich an die Brust. Wie von selbst wanderten ihre Finger höher, suchten Halt an einem herzförmigen Medaillon unter dem Kleid. Vergeblich, wie ihr in diesem Moment schmerzlich bewusst wurde. Sie erinnerte sich, dass auch sie seinerzeit die Eltern mit der Mitteilung aus der Fassung gebracht hatte, sie wolle einen Journalisten heiraten. Aber das ließ sich doch nicht miteinander vergleichen! Schließlich war sie sieben Jahre älter gewesen als Olivia mit ihren gerade fünfzehn Jahren! Zudem war Alexander ein aufrichtiger und ernst zu nehmender Ehekandidat gewesen, im Gegensatz zu diesem Romano, an dem ihr irgendetwas nicht gefiel und über den sie schleunigst Erkundigungen einholen musste. Außerdem war sie damals froh gewesen, aus ihrem freudlosen Elternhaus ausziehen zu können. Dagegen hatte Olivia alle Aufmerksamkeit und Liebe bekommen, die sie selbst stets vermisst hatte. Warum also wollte die Tochter sie verlassen und sich dem Erstbesten an den Hals werfen?

Sie schloss die Augen und atmete einige Male tief ein und wieder aus, wollte sich ihre Verunsicherung nicht anmerken lassen. »Meine liebe Olivia, das kommt alles ein bisschen zu plötzlich für mich, verstehst du das nicht? Du bist minderjährig. Folglich tragen dein Vater und ich die Verantwortung für dich. Ich werde mit ihm reden, dann sehen wir weiter. Bis dahin unterlässt du jeden Kontakt zu diesem Romano. Hörst du?«

»Ich verstehe nicht, warum du dich aufregst. So ungewöhnlich ist Olivias Wunsch doch gar nicht. Bei uns in Costa Rica heiraten die Mädchen früher als in Europa.«

Die Enttäuschung stand Dorothea ins Gesicht geschrieben. Sie hatte sich von ihrem Mann weitaus mehr Unterstützung erhofft. Wie konnte er so gelassen bleiben, obwohl seine halbwüchsige Tochter heiraten und ihr Elternhaus verlassen wollte? Oder hatte sie als Mutter einfach nicht das rechte Augenmaß?

»Sie ist noch nicht volljährig, sie ist ein Kind, Antonio! Und wer ist dieser Romano Estrada Cueto überhaupt? Olivia sagt, er besitze eine Brauerei in Cartago. Stimmt das? Gehört das Geschäft wirklich ihm? Und wenn ja, verdient er damit genug Geld, um eine Familie zu ernähren? Vielleicht ist er ein Hochstapler und saß bereits im Gefängnis. Oder es geht ihm nur um Olivias Mitgift. Hat er einen guten Leumund?«

Nachsichtig schüttelte Antonio den Kopf. Er legte einen Arm um Dorotheas Schulter und drückte sie sanft an sich. »Zerbrich dir nicht unnötig den Kopf, Liebes! Natürlich ziehe ich über unseren Schwiegersohn in spe Erkundigungen ein. Und für minderjährige Bräute lässt sich eine Sondererlaubnis beantragen. Sofern die Eltern sich mit der Heirat einverstanden erklären. Aber noch stehen die beiden nicht vor dem Traualtar.«

Auch diese Antwort beruhigte Dorothea keineswegs. »Ich mag mir gar nicht vorstellen, dass Olivia nicht mehr bei uns auf der Hacienda lebt.«

»Glaub mir, auch mir wird meine kleine Prinzessin fehlen. Doch wenn die beiden sich lieben? Und Cartago ist weiß Gott nicht aus der Welt.«

Mit jedem Argument, das Antonio vorbrachte, wurde Dorotheas Herz schwerer. Nein, das geschah alles viel zu schnell. Olivias Taufe lag noch gar nicht lange zurück, zumindest kam ihr das so vor. Und nun sollte sie schon Ehefrau werden und womöglich sogar bald Mutterfreuden entgegensehen? »Wir müssen ihr die Heirat ausreden, Antonio. Olivia muss erst reifer werden und andere junge Männer und das Leben kennenlernen.« Und dann kam ihr ein Gedanke, der ihr plötzlich wie der rettende Anker vorkam. »Vielleicht sollten wir sie für eine Weile nach Chile schicken. Elisabeths früherer Lebensgefährte und Vater ihrer Tochter Marie ist Arzt und lebt in der Hauptstadt. Sicher würden er und die Familie sich um Olivia kümmern. Sie wäre dort gut aufgehoben.«

»Und du glaubst wirklich, ein so sturköpfiges Mädchen wie Olivia stimmt deinem Plan zu und lässt sich ohne ihren Verehrer nach Santiago abschieben?«

Beschämt senkte Dorothea den Kopf. Olivia hatte ihr mit wilder Entschlossenheit entgegengeschleudert, sie werde notfalls mit Romano durchbrennen, sollten die Eltern der Heirat nicht zustimmen. Und sie selbst versuchte wie eine Löwin, um ihr Kind zu kämpfen. Im tiefsten Winkel ihres Herzens wusste sie allerdings, dass sie auf verlorenem Posten stand.

Und dann blitzte ein ganz anderer Gedanke in ihr auf.

Was wäre, wenn Olivia tatsächlich fortginge und sie als Mutter nicht mehr die Verantwortung für das Wohl und Wehe ihrer Tochter tragen müsste? Würde ihr Gelübde immer noch gelten, oder wäre sie dann frei? Und würde Alexanders Herz noch immer für sie schlagen, obwohl sie ihn zweimal abgewiesen hatte? Womöglich hatte er längst geheiratet und eine Familie gegründet, wie sie es ihm vorgeschlagen hatte.

Doch nein, sie wollte sich nicht wieder in Sentimentalitäten ergehen und mit ihrem Schicksal hadern. Hier und jetzt ging es einzig und allein um Olivia. Und so hoffte sie inständig, dass Romano Estrada Cueto sich tatsächlich als der honorige Kaufmann und Ehrenmann erwies, für den Olivia ihn hielt.

Antonios Erkundigungen hatten ergeben, dass niemand Genaueres über Romano sagen konnte. Er lebte erst seit Kurzem in Cartago, galt aber als ehrlicher Geschäftsmann, der sich bisher nichts hatte zuschulden kommen lassen. Sein Vater war Fischer, die Eltern lebten an der Grenze zu Panama. Die beiden älteren Brüder fuhren zur See.

Pedro nahm die Hochzeitspläne seiner Enkelin recht gleichmütig auf, wie Antonio seiner Frau mitteilte. Zwar hätte der Alte es lieber gesehen, wenn ein Sohn, Neffe oder Enkel aus dem eigenen Bekanntenkreis in die Familie eingeheiratet hätte. Die Tatsache, dass es sich bei Romano um einen Kaufmann handelte, stimmte ihn indessen milde.

Antonio erklärte seiner Tochter, dass er und Dorothea als ihre Eltern den jungen Mann zumindest gern einmal gesehen und gesprochen hätten, bevor über eine Einwilligung zur Hochzeit entschieden würde. Olivia jauchzte vor Freude laut auf.

»Ladet ihn doch an einem Sonntag zum Essen ein! Dann könnt ihr euch überzeugen, welch kultivierter und liebenswerter Mensch er ist. Ihr schließt ihn ganz sicher sofort in euer Herz.«

Zu Dorotheas Überraschung verlief der Besuch in entspannter Atmosphäre. Romano hatte allen drei Damen Blumen mitgebracht, man unterhielt sich und aß miteinander, als wäre der Gast ein alter Bekannter. Olivia saß mit glühenden Wangen und glänzenden Augen auf ihrem Stuhl und bekam vor Aufregung kaum einen Bissen hinunter. Romano hinterließ einen untadeligen Eindruck, er antwortete höflich und manchmal auch schlagfertig, und sogar Pedro und Isabel ließen sich zu einem Wortgeplänkel mit ihm herab.

Dorothea beobachtete möglichst unauffällig, aber mit gnadenloser Schärfe, wie Romano die Gabel zum Mund führte, das Weinglas absetzte oder wie er über ein Bonmot schmunzelte, das Antonio zum Besten gab. Ihr Unbehagen wollte nicht schwinden, denn irgendetwas an Romano gefiel ihr nicht. Und auf einmal bemerkte sie, wie sich für den Bruchteil einer Sekunde der Ausdruck seiner Augen veränderte, als er Olivia ansah. Mit seltsam stechendem Blick.

Schlagartig erinnerte sie sich wieder an Erik Jensen. Jenen Hamburger Kaufmann, der ihr das Geld für die Schiffspassage nach Costa Rica vorgestreckt hatte, nachdem zwei Jungen ihr die Geldbörse gestohlen hatten. Und der sich ganz und gar nicht als der Ehrenmann erwies, der er zu sein schien.

Mehr als ein ganzes Jahr lang hatte sie in seinem Gemischtwarenladen in San José geschuftet, um ihre Schulden zurückzuzahlen. Zuerst sechs Tage die Woche von sieben Uhr morgens bis Sonnenuntergang, dann auch noch sonntags. Damit wollte Jensen jeden Kontakt zwischen ihr und der Bevölkerung unterbinden. Nur zu gern hätte er sie ganz für sich allein gehabt. Auf schamlose Art und Weise. Er hatte sie erpresst, nachdem sie ihn abgewiesen hatte, und sie war machtlos gewesen. Denn Jensen hatte bei der Ankunft ihre Papiere an sich genommen und sie nicht wieder herausgegeben. Ohne diese Dokumente aber hatte sie sich in ganz Costa Rica um keine andere Stelle bewerben können. Nachdem er eines Tages versucht hatte, sie in betrunkenem Zustand zu vergewaltigen, war ihr schließlich die Flucht geglückt.

Danach hatte sie fast ein halbes Jahr lang als Illegale im Land gelebt, nur geschützt durch einen Pfarrer, der ihr die Stelle als Lehrerin in der Siedlung San Martino vermittelt hatte. Als sie dann Antonio kennengelernt und er um ihre Hand angehalten hatte, hatte sie ihrem zukünftigen Mann von den fehlenden Papieren erzählen müssen. Auf wundersame Weise war es Antonio gelungen, diese binnen weniger Tage zu beschaffen. Mittlerweile lebte Jensen nicht mehr im Land. Doch durch Romanos eigenartigen Blick erinnerte sie sich unvermutet wieder an ihre Anfangszeit in Costa Rica. Nur ungern gestand sie sich ein, dass sie Romano unsympathisch, geradezu unheimlich fand und ihn ihrer Tochter keinesfalls als Ehemann wünschte.

Antonio hingegen zeigte sich angetan von dem Gast. »Dieser junge Mann scheint mir ein ernsthafter und solider Charakter zu sein. Er steht mit beiden Beinen im Leben, ist ein geschickt argumentierender und agierender Kaufmann. Mir ist nichts Negatives an ihm aufgefallen. Ich glaube, wir können ihm unsere Tochter anvertrauen. Und ganz offensichtlich sind die beiden bis über beide Ohren ineinander verliebt.«

»So sicher bin ich mir nicht. Ich brauche Bedenkzeit, Antonio. Eine Ehe sollte nicht überstürzt geschlossen werden, sie muss ein Leben lang halten. Unsere Antwort sollte eine Weile reifen. Daher schlage ich vor, dass die beiden sich zwei Monate nicht sehen. Wenn sie dann immer noch meinen, füreinander geschaffen zu sein, will ich ihrem Glück nicht im Weg stehen.«

Die Hochzeit sollte Mitte August stattfinden, an Olivias sechzehntem Geburtstag. Der Kaffee- und Geldadel von San José war eingeladen, ebenso Freunde von Romano und einige von Olivias ehemaligen Schulkameradinnen. Sie war die Erste der Mädchen, die den Schritt in die Ehe wagte. Romanos zwei Brüder fuhren zu diesem Zeitpunkt zur See, der eine auf einem Frachtschiff nach Kalifornien, der andere auf einem Passagierschiff zwischen Chile und Costa Rica. Die Eltern hatten mit großem Bedauern ihr Kommen abgesagt, da ihr Gesundheitszustand eine mehrtägige Reise durch den Urwald nicht erlaubte.

Elisabeth und ihre Tochter Marie hatten sich angesagt, sodass Dorothea zwei Seelenverwandte an ihrer Seite wusste. Auch nach ihrer Eheschließung mit Antonio hatte sie keine tiefere Freundschaft zu einer der einheimischen Frauen aufbauen können. Diese gaben Dorothea sehr deutlich zu verstehen, dass sie anders aussah und dachte als die einheimischen Ticas. Außerdem wollte sie ganz bewusst keine allzu engen Kontakte pflegen, wusste sie doch, dass irgendwo dort draußen eine Frau lebte, die ihr den Mann neidete und ihr Schmähbriefe sandte. So blieb es bei einigen höflichen, wenngleich oberflächlichen Verbindungen. Ihr Engagement für die indianischen Mädchen im Heim schürte weitere Vorurteile. Unterstützung fand Dorothea bei der dunkelhäutigen Esmeralda, die ihr half, die zahlreichen Einladungen drucken zu lassen und auf den Weg zu bringen.

Die Abneigung ihrem künftigen Schwiegersohn gegenüber hatte sich noch immer nicht gelegt. Doch nun versuchte sie, alle Zweifel beiseitezuschieben und sich von der allgemeinen Vorfreude anstecken zu lassen. Zu ihrer Überraschung und Freude wollte Olivia das Brautkleid der Mutter tragen. Zusätzlich überließ Dorothea ihr das Perlencollier ihrer Schwiegermutter Isabel sowie den langen Spitzenschleier, den deren englische Großmutter bei der eigenen Hochzeit in Oxford vor mehr als zweihundert Jahren getragen hatte. Das Brautkleid aus cremefarbener Atlasseide mit zarter Stickerei an der linken Schulter passte Olivia wie angegossen. Sie sah bezaubernd aus.

Im Gegenzug suchte Olivia das passende Kleid für ihre Mutter aus. Ihrer Meinung nach sollte Dorothea nicht immer so bescheiden auftreten und sich für diesen besonderen Tag etwas Außergewöhnliches schneidern lassen. Olivia entdeckte das passende Modell in einem französischen Modejournal. Es war von ähnlich zurückhaltender Eleganz wie das Brautkleid. Augenfälliger Blickfang waren der Länge nach geschlitzte Ärmel, deren Öffnungen mit Spitze unterlegt waren. Gemeinsam entdeckten sie beim besten Stoffhändler von San José einen rauchblauen Seidenstoff, der Dorotheas Augenfarbe wirkungsvoll unterstrich. Anders als ihre Eltern wollte Olivia in der Kirche von San José getraut werden, und zwar von Padre Isidoro, den sie oftmals bei den Sonntagsmessen erlebt hatte und dessen aufrüttelnde Predigten alle Gläubigen tief berührten.

Das Gotteshaus war mit gelben Rosen geschmückt und bis auf den letzten Platz besetzt. Die Besucher saßen oder standen dicht gedrängt nebeneinander. Außer den geladenen Gästen hatten sich zahlreiche Neugierige eingefunden, die sich das Spektakel nicht entgehen lassen wollten. Denn schließlich war die junge Braut die Enkelin des bedeutendsten Kaffeebarons des Landes. Pedro weigerte sich nach wie vor, seinen Fuß in eine Kirche zu setzen, und hatte seine Abwesenheit damit entschuldigt, dass er sich für eine solch anstrengende Zeremonie zu schwach fühle. Isabel, die den Willen ihres Ehemannes stets zu ihrem eigenen machte, war ebenfalls zu Hause geblieben.

Dorotheas Herz pochte, als Antonio seine Tochter gemessenen Schrittes zum Altar führte. Plötzlich erinnerte sie sich an ihre eigene Hochzeit, als sie mit ihrem Bräutigam die Ringe getauscht und sich vorgenommen hatte, ihm eine gute Ehefrau zu sein. Manches war anders gekommen, als sie damals geplant hatte. Doch sie bedauerte keinen Tag und hätte auch nichts rückgängig machen wollen. Außer… ihrem Gelübde. Denn selbst wenn sie ab sofort Verantwortung abgeben und Olivia der Obhut Romanos überlassen konnte, so war sie dennoch nicht frei. Frei, um Alexander auf seinen Reisen durch den Urwald zu begleiten. Schließlich hatte sie der Gottesmutter geschworen, für immer an der Seite ihres Ehemannes auszuharren. Ihre Unterlippe zitterte. Vergeblich suchten ihre Finger nach dem herzförmigen Medaillon unter dem Kleid. Als sei sie bei einem Vergehen ertappt worden, ließ sie die Hand rasch sinken.

»Was Gott zusammengefügt hat, darf der Mensch nicht trennen. Hiermit erkläre ich euch zu Mann und Frau«, vernahm sie plötzlich Padre Isidoros Worte, und dann traten ihr die Tränen in die Augen. Elisabeth, die zu ihrer Rechten saß, reichte ihr ein Taschentuch. Zu ihrer Linken fühlte sie Antonios zitternde Hand auf ihrem Arm. Er schien ähnlich ergriffen zu sein wie sie selbst.

Die Hochzeitsfeier fand im Park der Hacienda Margarita statt. Die Gäste wurden mit Droschken von der Kirche auf die Plantage gebracht. Seit Federicos Taufe war hier kein so großes Fest mehr gefeiert worden. Die Gäste saßen unter eigens aufgespannten Planen und großen Schirmen, damit sie geschützt waren, sollte ein tropischer Nachmittagsregen niedergehen. Die Tische waren mit blütenweißen Damasttüchern, dem Familiengeschirr und Blumenschmuck in Gelb, Olivias Lieblingsfarbe, aufs Edelste geschmückt. Auch die Großeltern der Braut ließen sich blicken, wenn auch vermutlich eher aus Pflichtgefühl denn aus innerem Bedürfnis. So jedenfalls deutete Dorothea ihre verschlossenen Mienen.

Unter die Hochzeitsgäste mischten sich auch Yahaira und ihre vier neuen Schützlinge Blanca, Leyre, Pilar und Sienta. Sie hatten die Tracht ihres jeweiligen Stammes angelegt und wirkten wie fröhliche Farbtupfer inmitten der Damen in ihren Roben nach französischer Manier. Dorothea entgingen die verächtlichen Blicke der übrigen Hochzeitsgäste keineswegs. Sie hatte dafür gesorgt, dass jedes Mädchen einen Tischherrn hatte, ausnahmslos Yahairas Neffen und Enkel. Lächelnd beobachtete sie die fröhliche kleine Runde und wusste schon im Voraus, welches Thema die Klatschbasen von San José am darauffolgenden Tag durchhecheln würden.

Olivia war so strahlend und glücklich, wie es Dorothea am Tag ihrer Hochzeit keinesfalls gewesen war. Denn wirkliches Glück hätte sie nur empfunden, wenn sie mit dem Mann vor den Altar hätte treten können, dem ihr Herz gehörte – Alexander. Um nicht erneut in Trübsal zu verfallen, lenkte sie ihre Gedanken rasch in eine andere Richtung. »Sieht unsere Tochter nicht wunderschön aus, Antonio?«, fragte sie betont munter und gab den Musikern das Zeichen, mit dem ersten Walzer zu beginnen.

Antonio eröffnete den Tanz mit seiner Tochter. Dorothea folgte ihnen mit ihrem Schwiegersohn Romano, der nicht müde wurde, Komplimente über seine zauberhafte Braut wie auch über die reizende Schwiegermutter zu machen. Dorothea widerstrebte es, seinen Worten Glauben zu schenken, doch vor allem war sie damit beschäftigt, sich dem ungestümen Stil ihres Tanzpartners anzupassen und seinen Schuhspitzen auszuweichen.

Romano war die Liebenswürdigkeit in Person. Mit seinem eher unauffälligen Äußeren konnte er keineswegs mit Antonios blendendem Aussehen und seinem Charisma konkurrieren. Doch Dorothea wollte ihn von nun an so sehen, wie Olivia ihn sah. Als den aufregendsten und großartigsten Mann auf der ganzen Welt. Sie lehnte sich in seinen Arm zurück, gab sich ganz dem Rhythmus der Musik hin und beschloss, ihre neue Rolle als Schwiegermutter mit Freude und Stolz auszufüllen.

Die Umbauten an dem künftigen Haus des jungen Paares waren nicht rechtzeitig fertig geworden. Aus diesem Grund blieb Olivia noch mehrere Tage auf der Hacienda, während Romano in Cartago nach dem Rechten sah. Antonio und Dorothea hatten sich zur Hälfte an dem neuen Domizil beteiligt und wollten für die Kosten der Einrichtung aufkommen, die die Frischvermählten nach ihren persönlichen Wünschen gestalten sollten.

Während Olivia Dankschreiben für die zahlreichen Hochzeitsgeschenke verfasste und Marie und Federico mit dem Enkel des Kutschers aus Steinen und Ästen einen Staudamm am Bach errichteten, fuhren Dorothea und Elisabeth zur Casa Santa Maria. Die Mädchen freuten sich, ein neues Gesicht zu sehen, und zeigten Elisabeth sogleich die Werkstatt und die bereits fertigen Erzeugnisse. Stolz führten sie vor, wie sie mit Maiskolbenblättern und Lederstücken die Oberflächen der Gefäße polierten, und erklärten, welcher Griffel sich besonders gut eignete, um feinste Ornamente in den feuchten Ton zu ritzen. Elisabeth erwies sich als aufmerksame und wissbegierige Zuhörerin.

Dorothea nahm einen Krug zur Hand, den die Zeichnung eines springenden Affen zierte, und stellte ihn auf den Werktisch. »Und nun will ich euch verraten, wem ich die Eingebung verdanke, dieses Haus und unsere kleine

Manufaktur einzurichten: meiner Freundin Elisabeth. Einen ähnlichen Krug wie diesen habe ich vor Jahren auf dem Markt in Jaco gekauft. Erinnerst du dich noch an die junge Chorotega-Indianerin, Elisabeth? Sie hatte Blutergüsse an den Unterarmen und am Hals und behauptete, über eine Baumwurzel gestolpert zu sein.«

Elisabeth schüttelte den Kopf und dachte kurz nach. »Ja, nun fällt's mir wieder ein! Die junge Frau war sehr hübsch. Ich habe sie lange nicht mehr gesehen. Allerdings weiß ich, dass sie von ihrem Vater geschlagen wurde. Er behauptete, sie habe nicht genug Waren verkauft und treibe sich stattdessen mit Männern herum. Tatsächlich aber setzte er alles Geld, das die Tochter mit nach Hause brachte, in Fusel um.«

Mit betroffenen Gesichtern hörten die Mädchen zu. Ihr Schicksal war ein ähnliches. Blanca war erst zwölf. Ihre Eltern wollten sie an einen fünfzigjährigen Wanderarbeiter verkaufen, damit sie zu Hause ein Maul weniger zu stopfen hatten. Leyre war von ihrem Dienstherrn, dem Besitzer einer Zuckerrohrplantage, vergewaltigt und geschwängert worden. Aus Angst, ihre Anstellung zu verlieren, war sie zu einer Kräuterfrau gegangen, die das Kind wegmachen sollte. Bei dem Eingriff wäre Leyre beinahe gestorben. Weil sie danach monatelang krank war, wurde ihr gekündigt. Sienta war ihrem Ehemann davongelaufen, der sie schlug, wenn er getrunken hatte. Und Pilar, mit dreißig Jahren die Älteste, hatte ihren Mann und die beiden Kinder innerhalb weniger Tage durch ein Fieber verloren. Weil Pilar auf beiden Augen schielte, glaubten die Nachbarn, sie habe mit ihrem bösen Blick den Tod ihrer Familie heraufbeschworen. Da sie weitere Todesfälle befürchteten, vertrieben sie Pilar aus ihrem Heimatdorf.

Erste Tropfen fielen vom Himmel, die sich schon bald in einen tropischen Regenguss verwandelten. Nachdem an eine Heimfahrt nicht mehr zu denken war, verweilten Dorothea und Elisabeth länger als geplant bei den Mädchen unter dem tief heruntergezogenen Palmendach. Yahaira tischte Kuchen und frischen Saft auf. Und so saßen sie zusammen, plauderten, lachten und merkten nicht, wie die Zeit verging.

Um fünf Uhr nachmittags hörte der Regen ebenso plötzlich auf, wie er eingesetzt hatte, und die beiden Freundinnen machten sich auf den Heimweg. Der Kutscher lenkte das Pferd durch tiefe Pfützen und über unbefestigte, aufgeweichte Wege. Nun, da sie endlich ungestört reden konnten, stellte Dorothea die Frage, die ihr schon lange auf der Seele lastete.

»Sag, Elisabeth, was hältst du von Romano?«

»Nun, er ist zweifellos ein fescher Bursche. Jung, ein selbstständiger Kaufmann, nicht so hübsch, dass ihm andere Frauen in Heerscharen hinterherlaufen. Allerdings stört mich sein Blick. Ich könnte mir vorstellen, dass sich hinter seiner zur Schau gestellten Verliebtheit etwas ganz anderes verbirgt.«

»Dann bin ich also doch nicht die Einzige, die diese Verbindung mit Argwohn betrachtet.«

»Schau, Dorothea, ich mag mich weder als Hellseherin noch als Schwarzmalerin betätigen. Lieber sehe ich zuversichtlich in die Zukunft. Ich bin sicher, die beiden werden's schon miteinander packen.«

»Wie geht es eigentlich Enrique? Bestimmt macht es

ihn glücklich, eine Zeit lang mit Gabriel allein zu sein«, warf Dorothea ein, um das Gespräch in eine andere Richtung zu lenken.

»Ach, Herzerl, irgendwann hat mein Enrique eine junge Engländerin kennengelernt, und nun sind die beiden auf dem Weg in seine Heimat Mexiko.«

»Wie ... aber das ist ja unerhört ... was soll ich dazu nur sagen? Warum hast du nicht schon eher davon erzählt?«

»Ihr habt gefeiert und wart fröhlich. Eine Trennung ist kein Gesprächsthema auf einer Hochzeit. Außerdem war ich innerlich darauf vorbereitet. Ich wusste, dass er eines Tages mit einer Jüngeren davonzieht. Sie ist zweiundzwanzig, und ich bin dreiundvierzig, fast doppelt so alt. Soll ich es ihm verdenken? Wir hatten eine schöne Zeit miteinander. Außerdem war Enrique so großzügig, mir die meisten seiner Bilder zurückzulassen, die er in den letzten fünf Jahren gemalt hat. Als zusätzliche Einnahmequelle für mich. Eins der Gemälde habe ich zu einem märchenhaften Preis an einen Gast verkauft. Aber das Beste an ihm – er hat mir einen entzückenden kleinen Sohn geschenkt. Stell dir vor, Gabriel hat im roten Zimmer auf eine Wand ein Krokodil gemalt, nur mit den Fingern. Ich glaube, er hat die Begabung seines Vaters geerbt.«

Wieder einmal staunte Dorothea über den Gleichmut ihrer Freundin, die in jeder Lebenslage nur das Positive sah. Auch wenn sie selbst sich noch so sehr anstrengte, Elisabeths Souveränität würde sie wohl nie erlangen. Und während die Kutsche durch Zuckerrohrfelder und Bananenanpflanzungen rumpelte, kamen die Freundinnen unversehens auf die gemeinsame Überfahrt mit der *Kaiser Ferdinand* zu sprechen. Kichernd erinnerten sie sich an den

Matrosen, der vergeblich versucht hatte, sie mit Schauergeschichten zu beeindrucken. In bester Laune kehrten sie auf die Hacienda zurück, wo Marie, Federico und sein Freund Pablo ihnen mit lehmverschmierter Kleidung und fröhlichen Gesichtern den fertigen Überlauf am Bach zeigten.

Am gleichen Tag, als Elisabeth und Marie an den Pazifik zurückkritten, brach Olivia nach Cartago auf. Alle Umbauten am Haus waren fertiggestellt. Nun wollte Olivia sich um die Einrichtung ihres neuen Heims kümmern. Am liebsten wäre Dorothea mitgekommen, um der Tochter mit Rat und Tat zur Seite zu stehen. Olivia aber beharrte darauf, alles ohne mütterliche Hilfe zu bewältigen.

Um sich von ihrem Abschiedsschmerz abzulenken, nahm Dorothea ihren Skizzenblock, den sie schon seit Monaten nicht mehr zur Hand genommen hatte, und unternahm einen Spaziergang. Zunächst folgte sie in östlicher Richtung dem Pfad, der an der Grenze der Hacienda entlangführte. Wie alle Kaffeeplantagen im Land hatte auch die Hacienda Margarita keinen Zaun, sondern wurde von Heckenpflanzen begrenzt, die sich leicht versetzen ließen. Auf Höhe des Wasserturmes wandte sie sich nach Norden und ging an der Mühle vorbei zu den Trockenplätzen für die Kaffeekirschen. Hin und wieder blieb sie stehen, zeichnete hier eine Bromelie und dort ein ihr unbekanntes Insekt. Zwischen den Häusern für die Bediensteten waren Leinen gespannt, auf denen Schürzen und Hauben im Wind flatterten.

Sie wollte westwärts den Weg zu ihrer Lieblingsbank unter dem Kalebassenbaum einschlagen, als ihr Antonio von der neu errichteten Hütte entgegenkam, deren Funktion Dorothea noch nicht kannte. Sein Gesicht strahlte eine Heiterkeit aus, die sie schon lange nicht mehr an ihm wahrgenommen hatte. Er schloss sie in die Arme und drückte ihr einen Kuss auf die Wange. »Du siehst bezaubernd aus, Liebes. Wenngleich ich eine gewisse Traurigkeit in deinen Augen entdecke. Die will ich ganz schnell vertreiben.«

Antonio reichte ihr seinen Arm, und sie stiegen zu der kleinen Anhöhe hinauf, die den schönsten Ausblick über die Kaffeefelder bot. Dorothea griff nach seiner Hand, dankbar, dass er seine Feinfühligkeit in den Zeiten seiner Schwermut nicht verloren hatte und ganz offensichtlich um ihr Wohlergehen besorgt war.

»Ja, ich bin traurig. Olivia ist vor knapp einer Stunde aufgebrochen, und schon fehlt sie mir. Viel lieber hätte ich sie weiterhin in meiner Nähe gewusst. Auf der Hacienda ist Platz genug. Sie und ihr Ehemann hätten doch auch bei uns wohnen können, statt so weit fortzuziehen.«

»Aber meine Liebe! Warum sollten die beiden hier im Norden von San José leben, wenn Romano sein Geschäft in Cartago hat? Außerdem sind es bis zu ihrem neuen Zuhause nur gute fünfzehn Meilen. Du bist seinerzeit viel weiter von zu Hause weggezogen.«

Aber das sei doch etwas völlig anderes gewesen, wollte sie entgegnen. Ihre Eltern hatten ihr die Tür gewiesen, und es war ihnen gleichgültig, was aus ihr wurde. Doch insgeheim musste sie ihrem Mann recht geben. Ihre Sehnsucht nach Olivia rührte daher, dass sie sie nicht hergeben wollte. Sie wollte weiterhin auf sie aufpassen und sie beschützen, denn sie war noch ein Kind. Ihr Kind.

»Sobald die beiden ihr gemeinsames Heim eingerichtet

haben, besuchen wir sie. Und wie ich unsere Tochter kenne, wird sie ihre Rolle als Ehefrau und Hausherrin mit Eifer und Leidenschaft ausfüllen«, erklärte Antonio mit Nachdruck und ließ sich neben Dorothea auf der Bank nieder. In diesem Augenblick huschte ein Aguti darunter hervor und verschwand blitzschnell im Gebüsch. Offenbar hatte das Nagetier gerade ein Schläfchen im schattigen Halbdunkel gehalten.

Dorothea blickte zu einem grünen Flaschenkürbis hinauf, der genau über ihr hing. Ein weiteres lohnendes Objekt zum Zeichnen. Sie wollte die schönsten Exemplare in unterschiedlicher Größe pflücken und Yahaira mitbringen. Die Hausmutter würde die Früchte an der Luft trocknen lassen. Wenn die Außenhaut hart und wasserfest war, ließen sich daraus Obstschalen oder Vorratsgefäße für getrocknete Kräuter herstellen. Manchmal verzierte die Halbindianerin die Gefäße auch mit Farbe und ritzte Muster hinein. Einmal hatte Yahaira ihr ein besonders hübsch gestaltetes dunkelrotes Schälchen geschenkt, das einen Ehrenplatz auf der Frisierkommode einnahm und Dorotheas Haarnadeln enthielt.

Antonio lehnte sich zurück und streckte die Beine aus. Er wirkte mit sich und der Welt zufrieden. »Ich habe gestern mit meinem Vater über eine Idee gesprochen, die mir vor einigen Tagen kam. Wir sollten etwas Neues wagen – etwas, womit wir die Nase vorn haben und unsere Konkurrenz schlagen. Anfangs dachte ich, Vater sei dagegen, und hatte mich auf längere Diskussionen eingestellt. Aber wenn er sein Geld vermehren kann, hat er immer ein offenes Ohr.«

Nur zu gern ließ sich Dorothea von Antonios guter

Laune anstecken und erfuhr, dass er in engem Kontakt zu einem englischen Botaniker der Universität San José stand. Dieser experimentierte schon seit Jahren mit Kaffeepflanzen, und kürzlich war ihm die Züchtung einer besonders widerstandsfähigen Sorte gelungen. Antonio hatte ihm das alleinige Nutzungsrecht abgekauft. Das Geld wollte der Wissenschaftler für weitere Forschungen verwenden. Außerdem plante Antonio, eine eigene Rösterei zu bauen.

»Wir Costa Ricaner verkaufen unsere besten Kaffeebohnen nach Chile, Amerika und Europa, wo sie vor Ort geröstet werden. Die minderwertige Ware bleibt bei uns im Land. Was man allerdings hier als Kaffee zu kaufen bekommt, verdient diesen Namen nicht. Wenn wir nun einen Teil unserer Ernte zurückbehalten und selbst rösten, können wir auch den Einheimischen erstklassige Kaffeequalität anbieten. Und einen entsprechenden Preis dafür verlangen. Zahlungskräftige Kunden gibt es in den Städten genug. Die Hütte für die künftige Rösterei ist schon fertig.«

»Ja, das halte ich für einen guten Einfall. Mir ist der hiesige Kaffee immer viel zu stark und zu bitter. Deshalb habe ich bisher eher Tee getrunken. Vielleicht schaffst du es, aus mir doch noch eine Kaffeeliebhaberin zu machen.« Mit leisem Lachen stieß Dorothea ihren Mann in die Seite, ließ sich die Funktionsweise einer Röstmaschine in allen Einzelheiten erklären und war froh über seine wiedererwachte Entschlusskraft. Was immer der Grund sein mochte, sei es, dass er eine neue Liebe gefunden hatte oder sich mit den Jahren nichts mehr aus neuen Männerbekanntschaften machte... Dorothea wünschte nur, dass er nie mehr in Schwermut verfiel und wieder der zielbewusste und tatkräftige Mann wurde, den sie vor vielen Jahren kennengelernt hatte.

Sie umarmte Olivia und wollte sie gar nicht mehr loslassen. Drei Wochen lang hatten sie sich nicht gesehen, doch für Dorothea war es eine kleine Ewigkeit gewesen. Zum ersten Mal besuchten sie und Antonio die Tochter in ihrem neuen Heim. Die junge Hausherrin strahlte vor Stolz und Freude.

»Ich freue mich so, dass ihr gekommen seid. Romano lässt sich entschuldigen, er musste geschäftlich für einige Tage nach Heredia. Kommt mit mir! Ich zeige euch das Haus.«

Mit geröteten Wangen führte Olivia die Eltern durch alle Räume. Dorothea staunte, mit welchem Geschick ihre Tochter die eher schwerfällig wirkenden, aus dunklem Holz gefertigten Schränke und Kommoden in spanischer Manier mit den grazilen Sesseln und Tischchen in französischem Stil kombiniert hatte. Überall im Haus standen Vasen mit gelben Celosien. Selbst die leichten Musselinvorhänge an den Fenstern waren im gleichen Farbton gehalten, und im Garten verströmten gelbe Kletterrosen ihren betörenden Duft.

»Und hier ist das Gästezimmer. Damit ihr nicht noch am gleichen Tag wieder nach Hause fahren müsst, wenn ihr zu Besuch kommt.«

Gerührt betrachtete Dorothea ein Bild, das über der Kommode mit der Waschschüssel hing. Es war ein Porträt von Olivia, das sie am zehnten Geburtstag ihrer Tochter gezeichnet hatte.

»Wollen wir an der Tradition unserer gemeinsamen

Teestunde festhalten?«, schlug Antonio vor. Und während das erst kürzlich eingestellte Dienstmädchen den Tee auf der Terrasse servierte, berichtete Olivia mit leuchtenden Augen von ihrem wunderbaren Ehemann.

»Romano ist ein wahrer Schatz. Er liest mir jeden Wunsch von den Augen ab. Mir fehlt einzig und allein mein Negro. Wir haben zwar den Platz, aber ich hätte keine Zeit, mich um ihn zu kümmern. Bestimmt ist er auf der Hacienda bei den anderen Pferden besser aufgehoben. Ihr müsst gut auf meinen kleinen Liebling aufpassen.«

»Ich sehe jeden Tag nach ihm und bringe ihm eine Banane mit«, versprach Antonio.

Beim Abschied am Tag darauf verspürte Dorothea eine leise Wehmut. Am liebsten wäre sie noch länger in der Nähe der Tochter geblieben, doch sie hatte versprochen, an Yahairas Geburtstag zur Casa Santa Maria zu kommen. Sie saß schon in der Kutsche, als ihr ein tröstender Einfall kam.

»Ich könnte doch nächste Woche wiederkommen, mein Herzblatt. Dann besichtigen wir zusammen die Stadt oder lassen uns von der Köchin einen Picknickkorb füllen und unternehmen einen Ausflug in die Umgebung.«

Olivia schob die Unterlippe vor und hob entschuldigend die Schultern. »Das ist leider nicht möglich. In den nächsten Wochen jagt eine Einladung die nächste. Romanos Freunde wollen mich alle kennenlernen. Und irgendwann fahren wir auch nach Clarita, in Romanos Heimatdorf. Schließlich kenne ich meine Schwiegereltern noch nicht. Ich schicke dir eine Nachricht, wenn es um meine Zeit besser bestellt ist.«

Dorothea nickte und rang sich ein gequältes Lächeln

ab. Als der Kutscher dem Pferd die Zügel gab, zog sie ihr Taschentuch aus dem Ärmel und winkte Olivia mit matter Hand zu. Sie fühlte sich nutzlos und überflüssig.

Im Vorbeigehen hatte sie nur einen kurzen Blick in die Auslage der Buchhandlung geworfen, deren Inhaber aus München stammte und neben spanischen auch ausgesuchte deutsche Publikationen führte. Sie wollte schon weitergehen. Doch als sie einen dunkelgrünen Leinenband mit roten Lettern entdeckte, hielt sie inne. Bis in die Schläfen fühlte sie ihren Herzschlag pochen. Lautlos formten ihre Lippen die Silben: *Alexander Weinsberg. Auf unbekannten Pfaden durch Costa Rica, das Land zwischen den Meeren.* Es musste sein neuestes Werk sein. Wie in Trance lenkte sie ihre Schritte in den Laden. Zitternd presste sie das Buch ans Herz und steckte es in ihre Tasche, wo es vor den Blicken anderer verborgen war.

Tiefe Sehnsucht flammte in ihr auf, sie schien nie erloschen zu sein. Und dann konnte sie nur noch an Alexander denken, sah sein Lächeln und seine braunen Augen, fühlte seine starken Arme, die sie hochhoben, hörte seine raue Stimme, sein Lachen, seine Liebesschwüre. Kaum zu Hause, setzte sie sich mit dem Buch in den Schaukelstuhl auf dem Balkon. Ihre Hand zitterte, als sie die Seiten umblätterte. Ihre Blicke irrten über die Zeilen, und sie las, ohne zu verstehen. Ihre Augen füllten sich mit Tränen, der Boden unter ihren Füßen schwankte. Und dann bebte plötzlich das ganze Haus. Es folgten heftige Stöße im Abstand von wenigen Sekunden, begleitet von einem dumpfen Rollen, das aus der Tiefe der Erde zu vernehmen war und von weit her kommen musste.

Ein Erdbeben! Sie ließ das Buch fallen und rannte ins Freie, wo sich nach und nach alle Bewohner und Dienstboten der Hacienda versammelten. Niemand schien sonderlich beunruhigt, denn Erdstöße gab es häufiger, und noch nie waren auf der Plantage ernsthafte Schäden an Gebäuden oder Personen zu beklagen gewesen.

»Wir haben nichts zu befürchten«, beruhigte der Verwalter Sánchez Alonso die Anwesenden. »Das Zentrum des Bebens liegt weit weg, im Südosten. Jeder kann wieder an seine Arbeit gehen.«

Südosten! Also in Cartago... Dorothea erschrak. Was war mit Olivia? Hoffentlich war ihr nichts geschehen! Im Gedränge der Angestellten suchte sie nach Antonio, erzählte ihm von ihrer Befürchtung. Er wollte sie beruhigen, vergeblich. Sie bestand darauf, einen Boten mit dem schnellsten Pferd aus dem Stall nach Cartago zu schicken. Der solle sich von Olivias Unversehrtheit überzeugen.

Als sie in ihr Zimmer zurückkehrte, sah sie Alexanders Buch auf den Holzbohlen des Balkons liegen. Ein schrecklicher Gedanke durchfuhr sie. War das Beben ein Fingerzeig Gottes? Es hatte in genau jenem Augenblick begonnen, als sie das erste Kapitel aufgeschlagen hatte. Als sie sich sehnsuchtsvollen Erinnerungen an den einstigen Geliebten hatte hingeben wollen. Dabei hatte sie weder einen Grund noch das Recht, sich selbst zu bedauern... Und wenn nun Olivia Schaden genommen hatte? Oder Romano?

Quälende dreieinhalb Stunden vergingen, während sie bangte und betete. Sie wusste nicht, wie lange es schon an ihrer Tür geklopft hatte. Als sie öffnete, stand der Bote vor ihr, außer Atem und mit Schweiß auf der Stirn.

»Ihre Tochter und Ihr Schwiegersohn sind wohlauf, Doña Dorothea. Es war nur ein schwaches Beben, kein Vergleich zu dem letzten großen im Jahr einundvierzig, das ich miterlebt habe.« Offenbar beflügelte Dorotheas erleichterte Miene den Redefluss des Mannes. »Sie müssen wissen, ich war noch ein kleiner Junge. Siebzehn Tote hat es damals gegeben. Die Ärmsten hatten sich in das einzige Steingebäude der Stadt geflüchtet, in die Kirche. Alle anderen Bewohner sind davongekommen. Sie waren in ihren Holzhäusern geblieben, denen die Erdstöße nichts anhaben konnten. Bis auf einen Schreiner, der sich beim Sturz von der Leiter das Bein gebrochen hat, ist heute kein Mensch zu Schaden gekommen.«

Dorothea schickte ein Stoßgebet zum Himmel und nahm sich fest vor, das Schicksal nicht noch einmal herauszufordern und ab sofort Alexander für immer zu vergessen.

Liebste Mama, möchtest Du mich für einige Tage besuchen kommen? Dann unternehmen wir etwas Schönes und haben Zeit zum Reden. Kuss. Olivia

Die wenigen Worte auf dem Billett versetzten Dorothea in Hochstimmung. Die Tochter verlangte nach ihr. Endlich! Doch in ihre Freude mischte sich eine unerwartete Unruhe. Es lag doch hoffentlich kein ernsthafter Grund vor, eine Krankheit womöglich oder ein Streit mit Romano …? Am besten kam Antonio gleich mit, damit er gegebenenfalls mit dem Schwiegersohn reden konnte.

Mit einem Lächeln zerstreute Antonio ihre Zweifel. »Du darfst nicht immer gleich so schwarzsehen, mein Liebes. Natürlich würde ich dich gern begleiten und meine Prinzessin wiedersehen, aber ich muss mich um den Einbau der neuen Röstmaschine kümmern. In zwei Wochen beginnt die Ernte, und dann soll sie in Betrieb genommen werden. Außerdem war die Nachricht ausschließlich an dich gerichtet. Vermutlich handelt es sich um eine Angelegenheit, die von Frau zu Frau besprochen werden muss.«

»Meinst du? Aber was sollte das sein?«

»Nun, das habe ich mich auch schon gefragt. Als einzige Erklärung könnte ich mir vorstellen, dass wir schon bald Großeltern werden.«

»Du meinst …« Vor Freude tat Dorotheas Herz einen

Sprung. Auf diesen Gedanken hätte sie als Mutter eigentlich selbst kommen müssen. »Aber ist das nicht ein wenig zu früh? Die beiden sind seit drei Monaten verheiratet. Möglich wäre es trotzdem ... Oh, ich bin ganz aufgeregt, Antonio! Am liebsten würde ich mich sofort auf den Weg machen.« Innig umarmte sie ihren Mann und küsste ihn auf die Wange. Vorsichtig, aber bestimmt löste er ihre Arme und schob sie von sich.

»Nur zu! Und bleib, so lange du möchtest!«

Verblüfft wich sie einen Schritt zurück. Hatte Antonio gerade eine unterschwellige Hoffnung geäußert? Warum sonst wehrte er ihre liebevolle Geste ab? Verlangte sie zu viel Aufmerksamkeit von ihm? Innige Zärtlichkeiten konnte sie schließlich nicht erwarten. Unvermittelt wandte sie sich ab, eilte in ihr Zimmer und stopfte in Windeseile Wäsche und zwei Kleider in eine Reisetasche.

Zum dritten Mal fuhr Dorothea aus dem Norden der Hochebene von San José nach Cartago. Beim ersten Mal, mehr als vier Jahre zuvor, hatte sie in der Kathedrale ein folgenschweres Gelübde abgelegt. Das zweite Mal hatte sie sich zusammen mit Antonio auf den Weg gemacht, um die Tochter in ihrem neuen Heim zu besuchen. Stets war sie so in ihre eigenen Gedanken versunken gewesen, dass sie nicht auf die Umgebung geachtet hatte. Das wollte sie diesmal endlich nachholen.

Während die Kutsche den östlichen Stadtrand von San José passierte und sich in südlicher Richtung bewegte, machte Dorothea es sich auf dem ledernen Sitz bequem und zog ihr Skizzenbuch hervor. Zu beiden Seiten des Weges wuchsen Hecken mit weißen und rosafarbenen

Wildrosen, umschwärmt von schillernden Faltern. In das Geräusch gemächlich trappelnder Pferdehufe mischte sich das Zirpen unzähliger Zikaden, die die umliegenden Tamarinden- und Butterblumenbäume bevölkerten. Die Kutsche hatte schon mehr als die Hälfte der Strecke zurückgelegt, als sie beim Dörfchen Tres Ríos die Wasserscheide erreichte. Von hier aus strömten die Gewässer teils dem Pazifischen, teils dem Atlantischen Ozean entgegen. Und ganz in der Nähe, auf einer Anhöhe und in gleißender Mittagssonne, hatte Antonio ihr vor mehr als siebzehn Jahren einen Heiratsantrag gemacht.

An der Cuesta de Hierro ließ sie die Kutsche anhalten. Sie stieg aus und trat vorsichtig an den Rand eines Felsvorsprungs, wo sich ein weiter Blick auf Cartago bot. Ihr zu Füßen erstreckten sich saftige Wiesen, Kaffeehaciendas und Bananenpflanzungen. Eine grüne Talebene zog sich, hufeisenförmig von Bergen begrenzt, um die einstige Landeshauptstadt, die ihre Vorherrschaft im Jahr 1823 an San José abgetreten hatte. Der Kutscher war Dorothea gefolgt und wies mit der Hand auf einen schneebedeckten Gipfel, der teilweise von einer dunklen Wolke verdeckt war.

»Sehen Sie dort drüben, Doña Dorothea? Das ist der Irazú, das bedeutet in der Sprache der Indios *grollender Berg*. Er ist der höchste Vulkan Costa Ricas«, erklärte der Kutscher, der erst seit einigen Monaten im Dienst der Familie Ramirez stand. Seine olivfarbene dunkle Haut und die ausgeprägten Gesichtszüge mit den breiten Wangenknochen verrieten seine indianische Herkunft.

Kaum hatte er die Worte ausgesprochen, als dumpfe Donnerschläge durch das Tal zu ihnen herüberdröhnten. Blitz und Donner erfolgten fast gleichzeitig, und im nächsten Augenblick prasselte ein Platzregen zur Erde nieder. Eilig zerrte der Kutscher eine Zeltplane aus dem Wagenkasten und befestigte sie zwischen vier Baumstämmen, unter der die Reisenden ausharrten, bis das Gewitter vorübergezogen war. Nachdem sie ausgerechnet an diesem Tag so schnell wie möglich an ihr Ziel kommen wollte, war Dorothea nun zum Warten verurteilt. Doch schon eine halbe Stunde später klarte der Himmel wieder auf, und die Spitze des Vulkans glänzte im Schein der Nachmittagssonne. Dorothea beschloss, dies als gutes Zeichen des Himmels zu deuten. Endlich konnten sie weiterfahren.

Kurz vor Cartago gelangten sie an einen Ort, der denselben Namen wie ein Fluss und eine heiße Quelle trug: Agua Caliente. Das heiße Wasser sollte Wunden und Geschwüre heilen, und manchmal würde es auch Seelennot lindern, wusste der Kutscher zu berichten. Doch bevor er sich in langen Erzählungen über Wunderheilungen ergehen konnte, die er allerdings nur vom Hörensagen kannte, drängte Dorothea auf die Weiterfahrt. Sie hüllte sich in eine wärmende Decke, die sie vorsichtshalber mitgenommen hatte, denn das Klima hier kam ihr kühler vor als in San José.

Das neue Domizil der frisch Vermählten lag etwas außerhalb des Stadtkerns in einer Straße mit gelben und hellgrünen Holzhäusern. Olivia fiel ihrer Mutter zur Begrüßung um den Hals, und Dorothea spürte deutlich, wie sehr sie ihre Tochter in den vergangenen Wochen vermisst hatte.

»Lass dich ansehen, mein Kind! Wie hübsch du bist! Ich werde ein Porträt von dir zeichnen, damit Vater noch stolzer auf seine Prinzessin sein kann.«

»Aber vorher zeige ich dir, was Romano mir geschenkt hat. Was sagst du dazu?« Stolz wies Olivia auf eine Standuhr in französischem Stil, deren hochglänzendes Nussbaumholz ideal zu einem Beistelltischchen passte, auf dem eine Vase mit dicht gefüllten, duftenden Teerosen stand.

»Sehr geschmackvoll«, lobte Dorothea.

»Diese Uhr stammt aus dem Besitz einer Hofdame der Kaiserin Joséphine. Eigentlich wollte der Händler sie selbst behalten, aber Romano hat ihn mit viel Geschick überredet... Komm, setzen wir uns auf die Veranda! Die Köchin hat frischen Saft bereitgestellt.«

Bevor Olivia in dem schweren, mit dicken Kissen gepolsterten Korbsofa Platz nahm, wandte sie sich um und streckte den Bauch weit vor. »Ich habe eine weitere Neuigkeit für dich, Mama. Nun, kannst du's dir denken?«

Dann hatte Antonio also richtig vermutet – sie wurden Großeltern. Dorothea fiel der Tochter um den Hals. »Meine kleine, große Tochter. Das ist eine wunderbare Nachricht. Bestimmt ist Romano mächtig stolz. Wann soll das Kind denn kommen?«

Olivia hob die Schultern. »Irgendwann im Mai. Eigentlich wollte Romano noch keine Kinder haben... Aber er ist stolz, natürlich«, beeilte sie sich hinzuzufügen.

Und dann musste Dorothea über alle Ereignisse der letzten Zeit auf der Hacienda berichten, von den beiden Fohlen, die am selben Tag geboren waren, vom unerwarteten Tod einer jungen Wäscherin, von der üblen Rauferei unter Stallburschen, bei der einer der Streithähne eine gebrochene Rippe davongetragen hatte, von einem Blitzeinschlag in einen Guanacastebaum, der um ein Haar das Männerhaus der Bediensteten in Brand gesetzt hätte, und von der Rösterei, Antonios neuem Steckenpferd. »Und nun erzähl, mein Schatz! Hast du schon neue Freunde in Cartago gefunden?«

Olivia verzog die Mundwinkel und seufzte leise. »Mir ist oft furchtbar langweilig. Romano meint, ich solle mich schonen. Deswegen hat er sämtliche Einladungen und Bälle abgesagt. Dabei fühle ich mich großartig. Aber mein Mann ist eben besonders fürsorglich, auch wenn er nur wenig Zeit für mich hat. Morgens, wenn ich noch im Bett liege, geht er zur Arbeit und kommt erst zur Abendmahlzeit zurück. Leider kenne ich hier noch niemanden. Aber ohne Begleitung kann ich das Haus nicht verlassen, und mit dem Dienstmädchen mag ich nicht zum Markt gehen. In ein Café setze ich mich auch nicht gerne allein…«

Nun wusste Dorothea, warum Olivia nach ihr verlangt hatte. Sie brauchte die Mutter, die ihr Gesellschaft leistete und mit ihr die Stadt erkundete. Dabei hatte sie gehofft, der Tochter wirklich mit Rat und Tat zur Seite stehen zu können. Doch sie wollte sich nicht grämen. Wichtig war nur, dass sie zusammen waren und gemeinsame Erlebnisse teilen konnten.

»Wollen wir morgen einen kleinen Stadtbummel unternehmen, meine Liebe? Ich kenne Cartago kaum, bestimmt gibt es viel zu entdecken. Eigentlich könnten wir doch heute noch Romano in seiner Brauerei besuchen. Vielleicht lässt er sich überreden, früher nach Hause zu kommen.«

»Ja, morgen will ich den ganzen Tag einkaufen! Ich brauche dringend neue Bettwäsche und eine Lampe für die Diele… Aber Romano lassen wir besser unbehelligt. Er hasst es, wenn ich unangemeldet bei ihm erscheine.«

Dorothea runzelte misstrauisch die Stirn. Sollte es bei dem jungen Paar so kurz nach der Hochzeit schon zu Spannungen gekommen sein?

»Romano ist sehr ehrgeizig und fleißig. Er befürchtet, allein durch meine Anwesenheit auf ungehörige Gedanken zu kommen und von seiner Arbeit abgelenkt zu werden. Oh, wenn du wüsstest, wie fantasievoll und feurig dieser Mann sein kann...«

Als Dorothea Olivias verzückten Gesichtsausdruck bemerkte, verzichtete sie auf jeden Einwand. Ihre Tochter war glücklich, und nur das zählte.

Romano erschien nur kurz am Nachmittag, berichtete von einem aufreibenden Arbeitstag und verteilte Komplimente an Ehefrau und Schwiegermutter. Dann war er schon wieder verschwunden und wollte sich mit Geschäftsfreunden zum Essen treffen. Dorothea sah, wie tapfer Olivia die Enttäuschung hinunterschluckte, und verspürte einen leichten Stich. Um sie auf andere Gedanken zu bringen, schlug sie vor, die Tochter im Salon zu zeichnen und danach mit ihr auf der Veranda die Abendmahlzeit einzunehmen.

Olivia kannte die Prozedur des Stillsitzens zu Genüge und war ein geduldiges Modell. Nachdem Dorothea beinahe ein halbes Skizzenbuch gefüllt hatte, machten sie es sich bei gefüllten Tortillas und Bananenkuchen in den schweren Korbsesseln auf der Veranda gemütlich. Von dort hatte Dorothea einen unverstellten Blick auf die Basilica de Nuestra Señora de Los Ángeles. Die Kirche, in der sich eine steinerne Figur der Gottesmutter befand, die in besonderer Weise mit Olivias Schicksal und auch mit dem ihren verknüpft war. Sie beobachtete mit Genugtuung, dass die Tochter mit großem Appetit aß. Sie ließ sich von der Köchin, einer massigen Indiofrau mit breitem Lächeln und kräftigen Händen, noch ein frisches Omelette mit Orangenmarmelade zubereiten.

Als sich Dorothea nach dem kurzweiligsten Abend seit Langem ins Gästezimmer zurückziehen wollte, kam Romano nach Hause. Er schien überrascht, seine Schwiegermutter noch hellwach anzutreffen. Ein wenig verlegen verschwand er mit einem kurzen Gutenachtgruß im Schlafzimmer. Dorothea roch eine Schnapsfahne.

Jeden Donnerstag fand in Cartago auf dem Platz vor der Kathedrale ein Markt statt. Dorothea hakte ihre Tochter unter und schlenderte mit ihr zwischen den Ständen umher. Sie genoss die ungewohnte Freiheit, denn hier war sie eine Kundin wie jede andere. In der Hauptstadt San José, wo sie als Mitglied der Familie Ramirez allenthalben jemanden grüßen und stets ein Lächeln auf den Lippen tragen musste, wurde jeder ihrer Schritte beobachtet. Mehr oder weniger missgünstig.

Sie kostete hier einen Melonenschnitz, dort ein Stückchen Käse und zückte ihr Skizzenbuch, um eine Katze zu zeichnen, die sich einen leeren Weidenkorb als Schlafplatz ausgesucht hatte. Oder eine junge Indiomutter, die ihren Säugling in einem Tuch am Körper trug. Dorothea fiel auf, dass in Cartago weitaus mehr indianische Eingeborene ihre Waren feilboten als in San José. Besonders begeistert war sie von den Früchten, die an allen Ständen im Überfluss auslagen: Orangen, Ananas, Bananen und Platanenfrüchte. Kakao, Reis und getrocknete Bohnen verkauften die Händler aus offenen Säcken. Neben Kleidung und Strohhüten wurden Reh- und Tigerfelle angeboten.

Dorothea überlegte, ob ihre Schützlinge ihre Keramiken auch auf diesem Markt anbieten sollten, aber dann verwarf sie den Gedanken. In San José lebten weitaus mehr europäische Einwanderer, die sich von dem exotischen Kunsthandwerk begeistern ließen und auch bereit waren, eine angemessene Summe zu bezahlen, ohne den Preis beschämend niedrig herunterzuhandeln.

In einem Geschäft neben der Bücherei entdeckte Olivia genau die Bettwäsche, die sie gesucht hatte. Allerdings konnte sie sich nicht entscheiden, ob ihr die mit Blumenstickerei oder Spitzenbesatz besser gefiel. Kurz entschlossen kaufte Dorothea beide Ausstattungen. Es machte ihr Freude, die Tochter ein wenig zu verwöhnen. So wie früher.

Dorothea war über sich selbst erstaunt, wie sie ohne schlechtes Gewissen in den Tag hinein lebte, ganz ohne die üblichen Verpflichtungen, die sie auf der Hacienda hatte: den Essensplan mit der Köchin abzustimmen, die Ausgaben für die Lebensmittel nachzurechnen, den Zustand der Bügelwäsche zu überprüfen, Gelder für die Anschaffung neuer Dienstbekleidung zu bewilligen, wenn die alte zerschlissen war, und dafür zu sorgen, dass für den Schwiegervater stets ein ausreichender Vorrat an hochprozentigen Getränken und Zigarren im Haus war. Früher war Isabel für die Haushaltsführung zuständig gewesen, doch seit die Schwiegermutter nahezu täglich über Kopfweh klagte, hatte Dorothea die Aufgaben einer Hausherrin übernommen.

Bei einem Glaser gaben Dorothea und ihre Tochter

einen gerahmten Spiegel für die Diele in Auftrag, ließen bei der Schneiderin ein Schwangerschaftskorsett anfertigen und besichtigten einen Orchideenpark außerhalb der Stadt. Romano erschien nur zur Abendmahlzeit, was Dorothea als glücklichen Umstand betrachtete, hatte sie Olivia doch den ganzen Tag für sich allein. Sie hatte sich schon an den neuen Tagesrhythmus gewöhnt, als Antonio ihr eine Nachricht schickte. Der alte Indio, der ihren Schützlingen von Anfang an den Ton von der Halbinsel Guanacaste geliefert hatte, war gestorben. Keines seiner Kinder hatte in die Fußstapfen des Vaters treten wollen – die beiden Söhne waren nach Peru und Chile gezogen, die drei Töchter lebten mit ihren Familien an der Grenze zu Nicaragua. Yahaira bat Dorothea, so bald wie möglich zurückzukommen und jemanden zu finden, der ihnen künftig den Lehm in gewohnter Qualität lieferte.

»Sei vorsichtig, mein Herzblatt! Pass gut auf dich und das Kind auf!«, mahnte Dorothea beim Abschied.

»... und sieh zu, dass du auch genug isst und nicht zu schwer hebst, und leg hin und wieder die Beine hoch, damit sie nicht anschwellen...«, ergänzte Olivia mit einem Augenzwinkern. »Danke, dass du gekommen bist, Mama! Gib Papa einen dicken Kuss von mir. Mit meiner Langeweile ist es bald vorbei. Meine Schulfreundin Lorenza zieht demnächst mit ihrer Familie nach Cartago. Der Vater wird am Marktplatz eine Apotheke eröffnen. Wir beide haben bestimmt viel Spaß miteinander.«

»Den ganzen Tag läufst du von Zimmer zu Zimmer und schmiedest Pläne, wie sich die Räume umdekorieren lassen oder wo noch ein zusätzliches Möbelstück oder eine Lampe hinpasst. Du bist schwanger, mein süßes Alligatorweibchen, und sollst dich schonen, damit wir einen gesunden und strammen Jungen bekommen. Eigentlich müsste ich dir böse sein. In den Tagen, als deine Mutter uns besuchte, hast du dich übernommen.« Romano hob halb scherzhaft, halb ernst den Zeigefinger. »Denk an die Worte des Doktors! Warum willst du unbedingt das Haus verlassen, wenn die Köchin doch alles besorgen kann? Und was den Stoff für die neue Tagesdecke angeht – da kommt Pepe mit den Mustern zu uns ins Haus, und du kannst in Ruhe auswählen.«

Olivia setzte sich ihrem Mann auf den Schoß, schlang die Arme um seinen Hals und küsste ihn auf den Mund, schmeckte Bier und verspürte eine leichte Übelkeit. Doch was erwartete sie? Schließlich hatte sie den Besitzer einer Brauerei geheiratet. »Aber Romano, ich hatte mir doch nur den Magen verdorben, als der Doktor mir vorschlug, nichts Fettes und Schweres zu essen. Er hat nicht gesagt, dass ich mich bis zur Geburt unseres Kindes verkriechen muss. Ich bin gesund, mir geht es gut. Es ist todlangweilig, immer nur zu Hause zu hocken. Mit wem soll ich reden? Mit den Dienstboten etwa? Und du bist von Sonnenaufgang bis Sonnenuntergang geschäftlich unterwegs.« Sie strich ihm eine Haarsträhne aus der Stirn, und ihre Stimme bekam einen sirrenden, schmeichlerischen Klang. »Ich brauche dringend neue Schuhe, die zu meinem grünen Kleid passen. Lorenza könnte mich doch begleiten. Sie ist meine Freundin und außerdem die geborene Modeberaterin. Bitte, mein wilder Jaguar, sei nicht so streng!« Ihre Finger wanderten an seinem Oberkörper hinunter zu den Schenkeln. Seufzend presste sie sich an ihn, ihre Küsse wurden fordernder.

Romano packte ihr Handgelenk und hielt es spielerisch fest, küsste sie hinter das Ohr. »Du kannst so herrlich frivol sein, meine kleine Vogelspinne. Ich liebe so etwas. Aber ich gehöre zu den Männern, die von ihrer Ehefrau neben Liebe und Bewunderung auch Respekt und Gehorsam erwarten. Wenn ich also sage, dass du zu Hause bleibst, dann dulde ich keine weiteren Diskussionen.«

Ohne Olivias Protest abzuwarten, schob Romano sie von den Knien und erhob sich. »Ich muss noch zu einer dringenden Besprechung. Warte nicht auf mich und geh schon zu Bett! Ich werde leise sein und dich nicht wecken.«

Olivia lag in dem großen Ehebett und lauschte in die Dunkelheit. Wo blieb Romano denn nur? Sie versuchte zu lesen, einen Fortsetzungsroman aus einem englischen Magazin für die elegante Frau. Sie hatte es abonniert, um sich ein wenig zu zerstreuen, doch an diesem Abend entglitten ihr die Gedanken und schweiften in die Vergangenheit. Erinnerungen an ihre Kindheit stiegen in ihr auf. Sie sah sich selbst, wie sie barfuß durch Bäche watete und über Pfützen sprang, in hohe Schattenbäume kletterte oder mit dem Pony an den Kaffeefeldern entlangritt. Wegen ihrer Kühnheit bewundert von den Dienstboten, sorgsam beschützt von den Kindermädchen und ängstlich bewacht von der Mutter, die nur allzu schnell mit Ermahnungen bei der Hand war.

Lauf nicht so schnell, Olivia! Gib acht, dass du nicht hinfällst! Du bist viel zu wild, meine süße Tochter. Warum musst du immer und überall beweisen, wie mutig du bist?

Wie hatte sie solches Gerede gehasst. Lächerlich, als ob eine Zehnjährige nicht selbst wüsste, wozu sie fähig war. Wie beschwingt war sie noch vor wenigen Monaten gewesen, als sie dem eintönigen Leben auf der Hacienda endlich entfliehen konnte. Dort, wo sich außer den Vegetationsperioden auf den Kaffeefeldern kaum etwas änderte. Ja, sie hatte geheiratet. Eine aufregende Zukunft voller Überraschungen hatte sie sich ausgemalt – zusammen mit einem Mann, der wie ein Gott küssen und wie der Teufel reiten konnte. An der Seite eines fürsorglichen, fleißigen, liebenden Gatten.

Und nachdem sie so sicher gewesen war, allen Zwängen endgültig entkommen zu sein, wurde sie plötzlich abermals ihrer Freiheit beraubt. Durch den eigenen Ehemann! Was trieb Romano zu dieser Bevormundung? War er etwa eifersüchtig? Und hatte ihre Mutter vielleicht doch recht, dass die Tochter zu jung und zu unerfahren für die Ehe war? Nur gut, dass sie nichts von den hässlichen Streitigkeiten zwischen ihnen ahnte. Das hätte ihre Vorbehalte nur bestätigt.

Ein Poltern auf der Treppe verriet Olivia, dass Romano zurückgekehrt war. Rasch löschte sie das Licht und stellte sich schlafend. Nein, sie wollte nicht an sich und ihren Gefühlen zweifeln. Sie liebte diesen Mann, und er liebte sie. Irgendwann wäre die Schwangerschaft vorüber. Und wenn erst einmal das Kind auf der Welt war, müsste sie sich keine Zurückhaltung mehr auferlegen. Dann brach eine neue Freiheit an, und die wollte sie in vollen Zügen genießen. Bisher hatte sie noch alles bekommen, was sie sich in den Kopf gesetzt hatte.

»Begleitest du mich auf einen Spaziergang, Federico? Dann zeigst du mir deine neue Talsperre. Dein Vater hat mir davon erzählt. Er ist sehr stolz auf dich.«

Dorothea wollte ihren Sohn an die Hand nehmen, doch er wehrte ab, verschränkte die Hände hinter dem Rücken und stapfte mit großen Schritten neben seiner Mutter her. Die Art, wie er den Kopf hochhielt und den Oberkörper leicht vorbeugte, erinnerte stark an Pedro, nur dass dieser zum Gehen einen Stock benötigte und sich von Jahr zu Jahr schwerfälliger bewegte.

Sie folgten dem Verlauf des Baches, der in Ost-West-Richtung mitten durch die Hacienda floss, bis hinter die Brücke. Dieser hölzerne Übergang verband den südlichen Bereich, wo Mühle, Wasserturm, die neue Rösterei und die Bedienstetenhäuser standen, mit den im Norden liegenden Kaffeefeldern.

»Für die Bauzeit müssen wir den Bach umleiten«, erklärte Federico. Beeindruckt blickte Dorothea in einen knietiefen Graben, der einige Meter neben dem Bach verlief und offenbar erst vor Kurzem entstanden war.

»Habt ihr das neue Bett etwa ganz allein gegraben, du und dein Freund Pablo?«

Federico nickte, und seine Augen leuchteten voller

Stolz. In diesem Moment fiel Dorothea wieder die grosse Ähnlichkeit auf, die der Elfjährige mit ihr hatte. Die hellen Haare und die graublauen Augen. Vermutlich hätte sie in dem Alter genauso ausgesehen, wäre sie als Junge auf die Welt gekommen.

»Pablo ist kräftiger als ich, aber ich plane alles. Also, hier vorn« – er deutete auf eine Stelle, an der eine Mauer aus mittelgrossen und dicken Steinen von horizontal und vertikal angebrachten Holzbalken eingefasst war –, »da soll ein Stausee entstehen. In Ländern, wo es nicht so viel regnet wie bei uns, kann man mit dem Wasser Felder bewässern oder Wasserleitungen legen. Dann müssen die Menschen in den Dörfern nicht mehr so weit zum Brunnen laufen.«

Dorothea staunte über die Kenntnisse ihres Sohnes. Federico war kein dummer, zu ihrem Leidwesen aber ein überaus fauler Schüler. Alle Versuche, ihn zum Lernen zu ermuntern, waren bisher fehlgeschlagen. Aber wenn es um technische Aufgaben ging, war er stets Feuer und Flamme.

»Vielleicht wirst du später einmal Ingenieur.«

»Ja, und dann baue ich einen Durchgang vom Pazifik bis zum Atlantik. Damit die Schiffe nicht mehr um Kap Horn herumsegeln müssen, wenn sie von Costa Rica nach Europa wollen. Dann können unsere Kaffeebohnen schon nach wenigen Wochen in England und Deutschland sein. Und ich werde mit meinem Kanal reich und berühmt, und man baut mir ein Denkmal aus Marmor mit einer goldenen Inschrift.«

Also bestand doch noch Anlass zur Hoffnung, dass aus ihrem Sohn irgendwann ein eifriger Schüler wurde, stellte Dorothea beruhigt fest. »Das ist ein fabelhafter Plan,

Federico. Wenn du in der Schule fleißig bist und gute Noten schreibst, kannst du später einmal studieren.«

Federico verschränkte die Arme vor der Brust und verzog das Gesicht zu einer Grimasse. »Ich habe aber keine Lust, zur Schule zu gehen. Unsere Lehrer sind dumm. Und studieren will ich auch nicht. Ich will doch lieber Kaffeebaron werden. Wie Abuelo und Vater.«

»Aber Federico, so darfst du nicht reden! Lehrer sind keineswegs dumm. Sie haben lange dafür gelernt, ihren Schülern etwas beizubringen. Du weißt, dass ich auch einmal Lehrerin war. Bevor Vater und ich geheiratet haben.«

»Lehrer sind dumm«, wiederholte Federico und stampfte mit dem Fuß auf. »Abuelo hat gesagt, ich muss in der Schule nicht aufpassen. Er bringt mir alles bei, was ich später brauche. Wann man mit Geld nachhilft oder lieber mit einem Anwalt droht. Welche Vergünstigungen man erwarten darf, wenn man große Summen spendet. Oder wie man Leute beim Kartenspielen über den Tisch zieht, ohne dass sie es merken.«

»Aber Federico!« Dorothea konnte ihr Entsetzen nicht verbergen. Sie musste aufpassen, dass ihr Sohn nicht gänzlich unter den Einfluss des Großvaters geriet. Doch welche Möglichkeiten hatte sie, außer Federico gut zuzureden und an seinen Verstand zu appellieren? Wie schwierig so etwas war, hatte sie manches Mal bei ihren einstigen Schülern erfahren müssen. Trotzig wandte Federico ihr den Rücken zu und schickte sich an zu gehen.

»Warum läufst du weg, Federico? Du wolltest mir doch den Leguan zeigen, den ihr für den Kunstunterricht zeichnen sollt.«

»Wollte ich gar nicht. Ich frage Abuelo, wann wir das

nächste Mal zur Jagd gehen. Dann schieße ich einen Leguan und lege ihn der Lehrerin aufs Katheder.«

Aber Federico!, wollte ihm Dorothea hinterherrufen, doch er war schon hinter der nächsten Ecke verschwunden. Seufzend machte sie sich auf den Weg zum Herrenhaus. Was würde einmal aus ihrem Sohn werden, wenn er weiterhin so respektlos und gefühlskalt blieb? Ihrem Mann brauchte sie ihre Bedenken nicht vorzutragen. Antonio war der festen Ansicht, sein Sohn solle eher nach dem Großvater geraten als nach ihm.

Plötzlich fühlte sie sich zutiefst erschöpft. Sie hatte nur noch den Wunsch, sich auf ihren Balkon zurückzuziehen und sich in einem Brief an Elisabeth den ganzen Kummer von der Seele zu schreiben. Kaum hatte sie die Stallungen erreicht, als ihr Antonio entgegeneilte. Sein Gesichtsausdruck war ernst. Behutsam nahm er sie in die Arme und hielt sie eine Weile fest an sich gedrückt. Diese Geste plötzlicher körperlicher Nähe, die er so selten zuließ, verunsicherte und erfreute Dorothea. Sie spürte seinen Atem, roch sein Rasierwasser und fühlte sich an seiner Brust beschützt und geborgen.

»Soeben kam eine traurige Nachricht aus Cartago«, flüsterte er mit brüchiger Stimme. »Olivia hat ihr Kind verloren.«

Dorothea fühlte sich an den Tag erinnert, als sie ihr ungeborenes Kind verloren hatte. Das Kind jenes Mannes, an den zu denken sie sich strikt verboten hatte und dessen Name dennoch unauslöschlich in ihr Herz eingegraben war: Alexander. Zweiundzwanzig Jahre alt war sie gewesen. Nachdem die Eltern sie vor die Wahl gestellt hatten, entweder ihr Kind beseitigen zu lassen oder einen widerwärtigen ältlichen Apotheker zu ehelichen, hatte sie sich zu ihrer Patentante geflüchtet. Damals hatte sie annehmen müssen, ihr Verlobter sei bei den Straßenschlachten in Berlin im April achtundvierzig ums Leben gekommen. Mit dem Tod des Kindes hatte sie den Geliebten ein zweites Mal verloren. Nur zu gut konnte sie sich vorstellen, welch tiefe Trauer Olivia empfinden musste. So beschloss sie, unverzüglich nach Cartago zu fahren, um der Tochter Trost zu spenden.

Olivia sah blass und schmal aus, doch dann war sie es, die der Mutter Mut zusprach.

»Sei nicht so traurig, Mama! Das Schicksal hat es nicht anders gewollt. Ich bin jung, ich kann noch ganz viele Kinder bekommen. Ein Gutes hat das Ganze: Ich kann wieder ausgehen, feiern und tanzen. Und wir werden endlich zu Romanos Eltern reisen. Ich kenne meine Schwiegereltern immer noch nicht.«

Bestürzt über den Gleichmut der Tochter, verstummte Dorothea und wollte keine weiteren Fragen stellen. Nahm die Tochter das vorzeitige Ende ihrer Schwangerschaft wirklich so leicht? Oder tat sie nur so, um der Mutter nicht noch mehr Kummer aufzubürden?

»Ich besuche euch bald«, versprach Olivia in heiterem Tonfall. »So lange habe ich schon nicht mehr auf meinem Pony gesessen! Ich glaube, Negro und ich haben viel nachzuholen.«

Romano wirkte bedrückter als seine Ehefrau. Beim Essen kam er immer wieder auf den traurigen Verlust zu sprechen und dass er bereits eine Wiege gekauft hatte, die nun leer blieb. Dabei tupfte er sich mit einem Taschentuch über die Augen. Dann wechselte er überraschend schnell das Thema, sprach von einer defekten Sudpfanne, die repariert werden musste, und dass er seinem Braumeister nach längerer Krankheit gekündigt hatte und nun dringend einen Nachfolger suchte. Und so kehrte Dorothea bereits einen Tag später auf die Hacienda zurück. Fragte sich, warum sie sich verstört und enttäuscht fühlte.

Don Quichote brach in ein Freudengebell aus, als Dorothea mit einem geflochtenen Weidenkorb unter dem Arm in der Casa Santa Maria erschien. Sie hatte für die Mädchen Rosinenkrapfen mitgebracht, die die Köchin auf der Hacienda unter ihrer Anleitung nach einem rheinischen Rezept gebacken hatte. Don Quichote hatte offenbar den Knochen erschnuppert, der zuunterst im Korb lag, und scharwenzelte hechelnd um Dorothea herum.

»Nicht so stürmisch, mein Herr!«, lachte sie und warf ihm den Leckerbissen zu. Der Hund sprang hoch, fing geschickt den Knochen in der Luft und verschwand eilig unter dem großen Werktisch.

»Kommt alle her! Ihr wart heute so fleißig und habt euch eine Pause verdient«, forderte Dorothea ihre Schützlinge auf. Schnatternd und kichernd ließen sie sich an dem runden Tisch nieder, an dem sie ihre Mahlzeiten einzunehmen pflegten. Und während sie sich das süße Gebäck schmecken ließen, erzählten sie aufgeregt, dass sie schon wieder einen größeren Marktstand mieten mussten, weil sich immer mehr Käufer für ihr Geschirr einfanden.

»Wenn ich mir vorstelle, in wie vielen Häusern von San José unsere Töpfe und Schalen stehen, dann läuft mir eine Gänsehaut über den Rücken«, meinte Leyre, und ihre kohlrabenschwarzen Augen glänzten. »Nie hätte ich gedacht, dass ich einmal mit Lehm und Farben Geld verdienen könnte.«

»Ich würde mich freuen, wenn die eine oder andere von euch ihr eigenes Geschäft eröffnen und selbst Töpferinnen einstellen würde. Wir haben mittlerweile so viele Aufträge, wir schaffen die Arbeit nicht mehr allein. Und von dem Überschuss, den wir bisher erwirtschaftet haben, bekommt ihr ein zinsloses Darlehen«, schlug Dorothea vor.

Doch die Mädchen sahen sich nur kurz an und schüttelten verlegen die Köpfe. Sienta sprach aus, was die anderen sich offenbar nicht zu sagen trauten.

»Wir müssen erst noch besser rechnen lernen, Doña Dorothea. Eine ordentliche Buchhaltung ist gar nicht so einfach. Und mit dem Schreiben hapert es bei uns manchmal auch noch. Aber eines Tages will ich heiraten und auf eigenen Füßen stehen. Von mir aus kann mein Mann zu Hause bleiben und die Kinder hüten.«

»Ich werde niemals heiraten, ich will immer hier wohnen bleiben«, erklärte Blanca im Brustton der Überzeugung. »Und wenn Yahaira sich eines Tages zur Ruhe setzt und zu ihren Kindern und Enkeln zieht, übernehme ich ihre Stelle.«

»Unser fleißiges Hausmütterchen Blanca!«, kicherten die anderen, und Pilar zog die Kleine spielerisch an den Zöpfen.

»Bis dahin musst du aber noch tüchtig kochen lernen, damit wir nicht verhungern.«

Blanca zog einen Flunsch und zeigte eine breite Zahnlücke. »Ihr seid gemein! Nur weil mir neulich ein Ei aus der Hand gefallen ist, als ich Yahaira bei den Tortillas helfen wollte ...«

»... und weil dir der Reis angebrannt ist und die Suppe völlig versalzen war und dann noch die Bohnen halb gar waren«, stichelte Sienta.

»Schluss mit der Streiterei!«, unterbrach Yahaira die Diskussion. »Wolltet ihr Doña Dorothea nicht noch etwas zeigen?«

Wie der Blitz sprang Blanca auf. Kurz darauf kam sie mit einer Zeitung zurück und breitete sie vor Dorothea auf dem Tischchen aus.

»Ist das nicht aufregend? Wir stehen in Amerika in der Zeitung! Hier, die hat uns ein Señor geschickt, der einmal die Casa Santa Maria besucht hat, bevor wir hier eingezogen sind. Er hatte den Artikel in seiner Schublade vergessen und entschuldigt sich, dass er ihn erst jetzt schickt. Señor del Mar hat sogar eine Übersetzung dazugelegt, damit wir wissen, was er geschrieben hat.«

Dorothea konnte sich noch gut an den Besuch des amerikanischen Journalisten erinnern. Lange hatte sie auf den versprochenen Bericht gewartet, wollte aber nicht nachfragen. Irgendwann hatte sie die Hoffnung aufgegeben. Sie begann zu lesen, und schon bald glühten ihre Wangen vor Begeisterung. Der Text schilderte mit großer Anteilnahme die Not, die viele Indianerinnen in Costa Rica litten, und den Alltag der jungen Frauen, die in der Casa Santa Maria Zuflucht gefunden hatten. John del Mar beschrieb ausführlich die Techniken, mit denen die Mädchen ihre Keramiken herstellten, wie sie sie bemalten und polierten. Außerdem erläuterte er die verschiedenen Motive, wie Tiere des Regenwaldes und die Ornamente, die schon seit Jahrhunderten in gleicher Weise Verwendung fanden.

Auch erwähnte er, dass die Mädchen an zwei Vormittagen in der Woche Lesen und Schreiben lernten, damit sie später einmal auf eigenen Füßen stehen konnten. Er vergaß auch nicht, Don Quichote zu erwähnen, den besten Wachhund von San José. Offenbar hatte der Hund das Herz des Journalisten im Sturm erobert. Ein wenig übertrieben fand Dorothea die Worte, mit denen del Mar ihren Einsatz hervorhob, waren es ihrer Ansicht nach doch die Mädchen allein, die für den Erfolg verantwortlich waren.

Der Bericht endete mit den Worten:
Wir brauchen mehr solcher beherzter Frauen und Männer, die sich über Standesdünkel hinwegsetzen und die ursprüngliche Kultur des Landes, in dem sie oder ihre Vorfahren eine neue Heimat fanden, respektieren und fördern, indem sie die Traditionen der Indigenas und die Kenntnisse der westlichen Zivilisationen miteinander aufs Vortrefflichste vermengen. Denn darin liegt eine großartige Möglichkeit für ein Volk, zur höchsten Blü-

te zu gelangen, nicht allein in jenem kleinen Land zwischen den Meeren, sondern auch in unserem wunderbaren Amerika.

Nie hätte Dorothea solch berührende Worte erwartet. Auch wenn der Besuch schon eine Weile zurücklag, so wärmten sie doch ihre Seele.

»Schade, dass sein Bericht nicht bei uns erschienen ist«, meinte Leyre. Die Brunca-Indianerin trug eine breite Narbe auf der Wange, die Spur eines Peitschenhiebs, den ihr früherer Dienstherr ihr versetzt hatte, als sie ihm zum wiederholten Mal nicht zu Willen war. »Wenn die Menschen mehr über unsere Manufaktur wüssten, sähen sie nicht mehr nur faule und dreckige Indianerinnen in uns.«

Yahaira schickte sich an, den Tisch abzuräumen, und hielt plötzlich inne. Ihrer Miene war anzusehen, dass sie angestrengt nachdachte. »Mir fällt gerade etwas ein... Meine Nichte hat sich doch kürzlich mit einem Redakteur des *Diario de San José* verlobt. Ich werde Alfonso fragen, ob seine Vorgesetzten den Bericht nicht drucken wollen. Ich glaube, so etwas würde mächtig viel Staub aufwirbeln.«

»Großartig, Yahaira!« Leyre, die lange, dürre Brunca-Indianerin, freute sich wie ein kleines Kind. »Wenn ich mir vorstelle, wie die vornehmen Herrschaften die Zeitung mit spitzen Fingern beiseitelegen und die Nase rümpfen.« Sie zog die Brauen hoch und tippte sich mit dem Zeigefinger an die Nasenspitze, schob mit dem Unterarm die Zeitung vom Tisch. Dabei zog sie die Mundwinkel verächtlich nach unten. Lachend klatschten die übrigen Mädchen Beifall. »Ich freue mich schon heute, wie sie sich das Maul zerreißen.«

Mit einem geheimnisvollen Lächeln griff Dorothea in ihre Rocktasche und zog einen Brief hervor, hielt ihn triumphierend hoch. »Nun ratet, was das hier ist! Ein Schreiben aus Düsseldorf. Der Neffe von Frau Reimann aus der Siedlung San Martino gibt eine neue Bestellung auf. Diesmal sollen wir jeweils hundert Vasen, Krüge und Schalen mit Tiermotiven liefern. Seine reiche Kundschaft ist ganz verrückt nach unseren exotischen Gefäßen.«

Die Mädchen jubelten, fassten sich an den Händen und tanzten übermütig um den Tisch.

»Nun aber husch, husch an die Arbeit!«, mahnte Yahaira und trug das Geschirr in die Küche. Dorothea folgte der Hausmutter, um mit ihr den Essensplan für die kommenden zwei Wochen und die Anschaffung neuer Backformen zu besprechen.

Als Dorothea sich verabschieden wollte, verschränkte die Hausmutter die Hände unter die Schürze und senkte verlegen den Blick.

»Was ist, Yahaira? Ich merke doch, dir liegt etwas auf dem Herzen.«

»Ach, Doña Dorothea, man sollte nicht auf das Geschwätz anderer hören! Manche üble Nachrede geschieht nur aus purem Neid.«

»Wie meinst du das?«

Yahaira wollte antworten, zögerte aber und schluckte. »Es ist sehr traurig, dass Señorita Olivia ihr Kind verloren hat. Wir alle haben mitgelitten. Aber sonst ist sie doch glücklich mit ihrem Mann, nicht wahr?«

Verwundert nickte Dorothea. »Aber natürlich, das ist sie. Warum fragst du?«

Yahaira stieß einen Seufzer der Erleichterung aus. »Dann bin ich beruhigt. Ich habe mir gleich gedacht, dass jemand nur böse Gerüchte streuen will.«

Nun wurde Dorothea hellhörig. »Bitte, Yahaira, sag, was du gehört hast! Handelt es sich um meinen Schwiegersohn?«

Die Hausmutter schüttelte den Kopf, zu heftig, um glaubhaft zu wirken. »Nun ... man soll nicht alles für bare Münze nehmen, was so erzählt wird.«

Dorothea legte ihr die Hand auf den Arm und sah sie eindringlich an. »Bitte, Yahaira, du kannst frei reden. Du weißt, wie sehr ich dir vertraue. Niemand wird von unserem Gespräch erfahren, das verspreche ich dir.«

Nach einigem Zögern sprudelte es aus Yahaira nur so heraus. »Ich wünsche Señorita Olivia nur das Allerbeste. Aber die Freundin der Schwester meiner Schwägerin lebt in Cartago. Und deren Mann hat geschäftlich mit Señor Romano Estrada Cueto zu tun. Dieser Gerardo sagt, Ihr Schwiegersohn sei bis über beide Ohren verschuldet. Er habe einen Kredit auf die Brauerei aufgenommen und bringe sein ganzes Geld beim Glücksspiel durch und wohl auch ... aber das ist ganz sicher nur eine boshafte Unterstellung ... er würde großzügige Geschenke an ... Frauen verteilen. Alfonso meint, es sei nur eine Frage der Zeit, bis Señor Romano Konkurs anmelden muss. Ganz bestimmt ist alles an den Haaren herbeigezogen, Doña Dorothea. Ich hätte gar nicht damit anfangen sollen.«

»Doch, doch! Gut, dass du es mir gesagt hast. Ich danke dir für dein Vertrauen, Yahaira. Und nun wollen wir nicht mehr davon reden.«

Dorotheas Misstrauen Romano gegenüber hatte neue Nahrung erhalten. Ihr Schwiegersohn, ein Spieler, Schürzenjäger und Bankrotteur. Sie wollte es nicht glauben, und doch kam ihr alles seltsam schlüssig vor. Die übereilte Hochzeit, Romanos lange Abwesenheit von zu Hause, seine abendlichen Ausflüge. Sollte sie Antonio ins Vertrauen ziehen, ohne Yahairas Namen zu nennen? Aber ihr Mann befand sich gerade in einer Phase höchster Euphorie. Die ersten Röstversuche hatten einen exquisiten Kaffee erbracht. Antonio hatte bereits zahlreiche Bestellungen von Engländern und Schweizern erhalten, die in San José lebten. Sollte sie seine Hochstimmung dadurch gefährden, dass sie ihm von Gerüchten erzählte, für die es bisher keine Beweise gab? Außerdem war Antonio seinem Schwiegersohn durchaus gewogen, hielt Romano für einen ehrbaren und ehrgeizigen Kaufmann. Womöglich hatte Antonio als Mann ein viel besseres Urteilsvermögen als sie selbst, die sie sich nur allzu schnell von ihren Gefühlen leiten ließ.

Um sich von ihren trüben Gedanken abzulenken, nahm Dorothea ihr Skizzenbuch und machte sich auf zu ihrer Lieblingsbank auf der kleinen Anhöhe in der Nähe von Antonios Kontor. Eine Weile saß sie da und sah sich um, ohne dass ihr Blick an einem lohnenden Motiv haften blieb. Der amerikanische Journalist fiel ihr plötzlich ein, sein wunderbarer Zeitungsartikel und wie warm ihr ums Herz geworden war, als sie den Stolz in den Augen der Mädchen gesehen hatte. Und noch etwas fiel ihr wieder ein: eine Frage, die ihr John del Mar bei seinem Besuch gestellt hatte. Ob ausschließlich Motive nach traditionellen indianischen Vorbildern verwendet würden oder auch moderne Sujets.

Sie schloss die Augen und stellte sich eine Schale vor, deren Rand statt mit springenden Affen oder geheimnisvollen Ornamenten mit Hibiskusblüten verziert war, mit Schilfgräsern oder Blättern eines Kakteenstrauches. Die Motive wie gewohnt in schwarzer Farbe eingebrannt auf braunrotem Untergrund. In ihrem Innern spürte sie ein leises Kribbeln. Sie stand auf und schlenderte den Weg zur Brücke hinunter. Scharen von Pflückerinnen und Pflückern kamen ihr grüßend entgegen. Sie trugen Weidenkörbe, die sie um die Hüften gebunden hatten, bis zum Rand gefüllt mit leuchtend roten Kaffeekirschen.

Von ferne zog der ungewohnte Duft frisch gerösteten Kaffees über die Hacienda. Wie von selbst griff Dorotheas Hand in die Rocktasche und zog einen Kreidestift hervor. Dann begann sie zu zeichnen. Immer wieder blieb sie stehen und hielt hier ein bizarr geformtes Blatt fest, dort eine Seerose oder ein Insekt mit Fühlern, die an ein Hirschgeweih erinnerten. Schon bald hatte sie alles ringsum vergessen und fühlte tiefen inneren Frieden.

Die Nachricht versetzte Dorothea in Hochstimmung. Olivia schrieb ihr, Romano wolle für einige Tage nach Heredia fahren, um sich eine Brauerei anzusehen, die er zu übernehmen gedenke. Dorothea solle währenddessen nach

Cartago kommen und der Tochter Gesellschaft leisten. Antonio war, wie immer um diese Jahreszeit, auf dem Weg nach Puntarenas, um die Verschiffung der Kaffeeernte zu beaufsichtigen. Federico würde die Mutter wohl kaum vermissen. Ihm genügten der Großvater, sein Freund Pablo und das Spielen am Bach.

Olivia war ein wenig rundlicher geworden, was ihr nach Dorotheas Meinung besser stand als das mädchenhaft Magere. Die Tochter sprühte vor Energie. Jeden Tag wollte sie etwas anderes unternehmen. Als Erstes kaufte sie einen Teppich für den Salon, einen Täbris, dessen Muster Dorothea an den Teppich ihrer einstigen Kölner Dienstherren erinnerte. Deren Kinder hatte sie einst als Hauslehrerin unterrichtet. Dann besuchten sie die Aufführung einer Wandertruppe, die auf dem Marktplatz von Cartago eine Bühne errichtet hatte und eine Posse zum Besten gab, in der es um Verwechslungen, Liebe und Eifersucht ging. Olivia sah mit glühender Begeisterung zu, und Dorothea hatte das Gefühl, die Tochter wäre am liebsten auf die Bühne gestiegen und hätte mitgespielt. Ein anderes Mal waren sie bei der Familie von Olivias Freundin Lorenza zum Essen eingeladen, was mit einer Gegeneinladung bei Olivia zu Hause beantwortet wurde. Die Köchin, deren Ehemann von der französischen Insel Martinique stammte, tischte eine Vielzahl unbekannter kulinarischer Köstlichkeiten auf.

»Ich brauche unbedingt ein neues Ballkleid, die alten Kleider sind mir viel zu eng«, stellte Olivia eines Morgens beim Frühstück fest und hieß das Dienstmädchen eine Droschke rufen.

Mehr als drei Stunden lang ließ sie sich Stoffballen und Modejournale vorlegen, diskutierte mit Señor Guardia Volio, dem Geschäftsinhaber, über die Anzahl der Unterröcke, die Breite der Volants am Rocksaum sowie die Größe und Form der Knöpfe. Schließlich entschied sich Olivia für ein orangefarbenes Kleid aus glänzendem Moiré mit einer schwarzbraunen Schärpe in ihrer Haarfarbe.

Señor Guardia Volio schickte sie in ein Nebenzimmer, wo eine seiner Mitarbeiterinnen Maß nehmen sollte. Olivia legte ihre Kleidung ab, bis sie nur noch Mieder und Unterrock trug, während die Schneiderin, eine quirlige kleine Person mit glucksendem Lachen und überschäumendem Temperament, zuerst Taillen- und Hüftumfang, danach Schulterbreite, die Länge der Ärmel sowie des Rocks abmaß.

Von einem Sessel aus verfolgte Dorothea die Szenerie. Dann aber stutzte sie, kniff die Augen zusammen und blinzelte. Hastig griff sie nach einem Modejournal und blätterte in dem Heft, um sich ihre Verwirrung nicht anmerken zu lassen. Über den Zeitungsrand hinweg sah sie noch einmal genauer hin. Nein, sie hatte sich nicht getäuscht. Olivias Unterarme und Schultern waren mit blauen, grünen und violetten Flecken übersät. Und die sahen ganz so aus wie bei ihren früheren Schülern, wenn sie sich geprügelt hatten. Was war geschehen?

Beim Abendessen bekam Dorothea kaum einen Bissen hinunter. Wie für ein Festessen war der Tisch mit einem weißen Service mit grünen Blattranken und Goldrand gedeckt. Das Geschirr stammte aus England und war ein Hochzeitsgeschenk der Großeltern an Olivia gewesen.

»Schmeckt es dir nicht, Mama? Ich finde, Juana ist eine hervorragende Köchin. Du musst unbedingt die gefüllten Reisbällchen kosten.«

Dorothea nahm eine winzige Portion, kaute und schluckte. Jetzt hieß es, diplomatisch vorzugehen, damit Olivia sich nicht ganz vor ihr verschloss, wie sie es als Kind häufig getan hatte. Als sie ihre Trotzphase hatte und tagelang nicht reden wollte. »Sag, mein Schatz, deine Arme sehen aus, als seist du wieder einmal in einen Baum geklettert und dabei von der Leiter gefallen.«

Olivia biss genüsslich in eine Tortilla. »Ach, du meinst die blauen Flecken!«, meinte sie leichthin. »Du erinnerst dich bestimmt noch an die Zeit, als du frisch verheiratet warst. Weißt du, Romano und ich sind sehr verliebt ineinander. Er ist ein überaus leidenschaftlicher und zupackender Ehemann, wenn du verstehst, was ich meine.«

»Ja, doch... aber im ersten Augenblick war ich erschrocken.«

»Mama, du bist wieder viel zu ängstlich! Ich habe in meinem Leben schon so viele Blutergüsse gehabt. Wenn Negro mich abwarf oder wenn ich beim Balancieren von einem Balken fiel...«

Dorothea versuchte sich an einem nachsichtigen Lächeln. Gleichzeitig stieg ein schrecklicher Verdacht in ihr auf. Ob Romano seine Frau etwa schlug? Sie hatte von solchen Männern gehört, und einige ihrer Schützlinge waren aus diesem Grund in die Casa Santa Maria geflüchtet. Aber wie konnte sie ausgerechnet ihrem Schwiegersohn so etwas zutrauen? Hatte sie sich von den Gerüchten um seine Ehrbarkeit als Kaufmann beeinflussen lassen? Außerdem war Olivia eine starke und eigenwillige Persönlichkeit, die sich niemandem unterwarf, auch keinem Ehemann. Und wenn doch?

Dann aber schalt Dorothea sich selbst, dass sie an den Worten ihrer eigenen Tochter zweifelte. Warum konnte sie sich nicht vorstellen, dass Olivias blaue Flecken sehr wohl die Folgen stürmischer ehelicher Begegnungen waren? Nur weil sie selbst mit einem Mann verheiratet war, der kaum mehr als geschwisterliche Umarmungen für sie übrighatte. Und weil Alexander ein zwar glühender, aber gleichzeitig zartfühlender Geliebter gewesen war. Olivias Frage riss sie aus ihren Gedanken.

»War Papa nach der Hochzeit auch so heißblütig und stürmisch?«

Ohne eine Miene zu verziehen, gab sie eine Antwort, die sie gern von ihrer Mutter über ihren Vater gehört hätte – wenn sie ihr je die gleiche Frage gestellt hätte. »Dein Vater war und ist der beste und zärtlichste Ehemann, den eine Frau sich vorstellen kann.«

An dem Tag, an dem Romano zurückkehren sollte, reiste Dorothea ab. Beim Abschied fiel ihr auf, wie müde und blass die Tochter aussah. Olivia zog ihr Tuch enger um die Schultern.

»Mir wird plötzlich schwindelig. Und übel ist mir auch. Ich werde mich noch einmal hinlegen.«

»Soll ich nicht bis morgen bleiben? Damit jemand bei dir ist und auf dich achtgibt.«

Olivia runzelte die Stirn und zählte etwas an den Fingern ab. »Du musst nicht wieder so ängstlich dreinschauen, Mama! Ich rechne gerade nach, wann ich meine letzte

Monatsblutung hatte. Ja, ich bin wohl wieder schwanger. Welch ein Pech! Ich hatte mich gerade an meine neue Freiheit gewöhnt.«

Dorothea entnahm Olivias Worten ein aufrichtiges Bedauern.

Dorotheas Schützlinge hatten die ersten Teller und Krüge mit Mustern nach ihren Entwurfszeichnungen auf dem Markt feilgeboten und binnen Stunden alle bis zum letzten Stück verkauft. Ja, sie hatten sogar eine Bestellliste für Vasen und Terrinen in moderner Manier mitgebracht. Und so drängten sie Dorothea, so bald wie möglich weitere Motive zu liefern. Die Vorstellung, dass uralte indianische Handwerkskunst durch ihre Vorlagen zusätzlichen Aufschwung erlebte, erfüllte sie mit Freude und Stolz. Vielleicht konnte sie auf diese Weise dem wunderschönen, ewig grünen und fruchtbaren Land, das sie einst aufgenommen hatte und in dem sie eine neue Heimat gefunden hatte, etwas Bleibendes zurückgeben.

Obwohl Dorothea sich über Olivias neuerliche Schwangerschaft freute, fürchtete sie doch, dass es wieder zu einem vorzeitigen Abbruch kommen könne.

»Diesmal wird bestimmt alles gut. Das Kind ist schon heute zu beneiden, denn es wird die hübscheste Großmutter Costa Ricas bekommen«, zerstreute Antonio ihre Befürchtungen. Er beugte sich vor und hauchte ihr einen Luftkuss über den Handrücken. Und erinnerte sie in diesem Moment ganz an den charmanten und einfühlsamen Mann, der vor vielen Jahren um sie geworben hatte. Aber dann wehte ihr der Hauch eines strengen, herben Rasierwassers entgegen. Es war nicht der Duft, den Antonio gewöhnlich benutzte.

Sie suchte ihr Schlafzimmer auf, um sich zum Abendessen umzuziehen. Pedro legte größten Wert darauf, dass sich niemand in der Kleidung an den Tisch setzte, die er außerhalb des Hauses getragen hatte. Und dass die Enkel selbstverständlich mit frisch gewaschenen Händen und gekämmten Haaren erschienen. Am liebsten hätte Dorothea eine Unpässlichkeit vorgetäuscht und sich in ihrem Zimmer verkrochen. Sie warf sich bäuchlings auf das Bett und hieb mit beiden Fäusten in das Polster. Warum nur musste Antonio sie immer wieder betrügen? Manchmal wünschte sie sich, er wäre zu Frauen gegangen. Dann hätte sie es mit ebenbürtigen Konkurrentinnen zu tun gehabt, und Antonio hätte Vergleiche zwischen ihr und den anderen anstellen können. Dann hätte sie kämpfen – und womöglich sogar siegen können. Aber einem Mann gegenüber war sie hoffnungslos unterlegen.

Ach, Alexander! Wäre er nur in ihrer Nähe gewesen! Sie hätte alle guten Vorsätze über Bord geworfen und sich mit Leib und Seele seinen Zärtlichkeiten hingegeben. Verlangte sie wirklich zu viel vom Schicksal? Sie wollte lieben und geliebt werden, trunken sein vor Verlangen und Lust.

Sie stellte sich vor den Kleiderschrank und wählte ein dunkelblaues Kleid aus. Ein ähnliches hatte sie an jenem Tag getragen, als sie Alexander zum ersten Mal in seine kleine Dachwohnung in Köln begleitet hatte und gleich schwanger geworden war. Wie konnte sie herausfinden, wo der Geliebte sich aufhielt? Sollte sie nach Puntarenas reisen und unter den Muliführern nachfragen, wann in letzter Zeit ein Deutscher zu einer Expedition aufgebrochen war? Oder im Hotel *Arenal* nachfragen, wann er in den vergangenen Monaten dort gewohnt hatte? Sie wusste nur eins: Sie musste Alexander wiedersehen. Dann würde sie die Wonnen erfahren, die Antonio ihr vorenthielt. Sie wollte endlich vollkommen glücklich sein!

Offenbar hatte sie nicht auf das Klopfen an der Tür geachtet. Plötzlich stand Esmeralda neben ihr und reichte ihr einen Brief. An der Handschrift erkannte Dorothea sofort, dass er von Olivia stammte. Sie holte den Brieföffner aus der Kommode und schlitzte den Umschlag auf. Eine unerklärliche Kälte befiel sie. Sie zögerte, die Zeilen zu lesen, als ahne sie bereits, was dort geschrieben stand. Dann las sie, und ihre Augen füllten sich mit Tränen. Olivia hatte auch ihr zweites Kind verloren.

Dorothea war überzeugt, dass der Himmel ihr dieses Zeichen geschickt hatte. Wieder einmal hatte sie ihre unerfüllte Ehe zum Anlass genommen und geglaubt, sich über ihren Schwur hinwegsetzen zu dürfen. Wann endlich würde sie erkennen, dass niemand die Allwissenheit und Allmacht Gottes anzweifeln durfte?

Antonio gab sich größte Mühe, seine Frau von ihrer Trauer abzulenken. Einmal besuchte er mit ihr eine Ausstellung mexikanischer Kunst. Auf einem der Bilder erkannte Dorothea sofort die Handschrift von Enrique Alfaro de la Cueva, dem Vater von Elisabeths kleinem Sohn. O ja, sie zürnte dem Mann, der Frau und Kind im Stich gelassen hatte und in seine Heimat zurückgekehrt war, obwohl Elisabeth nie ein schlechtes Wort über ihn verloren hatte. In Dorotheas Lieblingsbuchhandlung am

Parque Central erstand Antonio für seine Frau einen Gedichtband der deutschen Schriftstellerin Bettina von Arnim.

Dankbar nahm Dorothea die Aufmerksamkeiten ihres Mannes entgegen, wenngleich sie sich Aufmerksamkeiten ganz anderer Art gewünscht hätte. Liebesschwüre, Umarmungen, Augenblicke voller Leidenschaft und Innigkeit, die ein Ehemann seiner Ehefrau zuteilwerden ließ. Doch dann schalt sie sich selbst. War sie nicht zu beneiden, dass sie ausgerechnet einen so sensiblen Mann wie Antonio kennengelernt und geheiratet hatte?

»Heute ist wohl nicht dein Tag, wie? Komm, ich geb dir einen Guaro aus. Auf Kosten des Hauses. Salud!«

Hastig trank Romano das Glas leer. »Verdammt, ich versteh das nicht... Dabei hatte ich doch ein so gutes Blatt. Ich hätte gewonnen. Aber dann kam dieser Fettkloß mit der Narbe quer über der Stirn und...« Er machte eine wegwerfende Handbewegung. »Aus der Traum! Aus und vorbei.«

Claudio, der Wirt des *El Gitano*, nahm ein Tuch und trocknete die Gläser ab. Der untersetzte kahlköpfige Mann mit dem väterlichen Lächeln füllte erneut das Glas. »Hier, trink das! Auf einem Bein stehst du nicht gut.«

Romano stützte sich mit den Unterarmen auf dem Tresen ab und stierte auf die Flüssigkeit. »Ein Teufelszeug ist das, ein Teufelszeug.« Dann griff er nach dem Glas und kippte den Inhalt in einem Zug hinunter. Er bekam einen Schluckauf und schlug sich mit der Hand auf die Brust. Die rot unterlaufenen Augen tränten.

»Ich will mich ja nicht in deine Angelegenheiten mischen, Romano, aber wenn du so weitermachst, verspielst du irgendwann deine Brauerei und auch dein Haus.«

Gelangweilt hob Romano die Schultern, wischte sich die Nase am Ärmel ab und rülpste. »Wetten, dass dieser Mistkerl gezinkte Karten hatte? Wart's ab, Amigo, ich komme ihm schon noch auf die Schliche! Im Übrigen kann mir nichts passieren. Gar nichts. Ich habe reich geheiratet. Weißt du eigentlich, woher meine Frau stammt, he? Wag's bloß nicht, meine Frau zu beleidigen, du Flegel!« Er ballte eine Hand zur Faust und hielt sie dem Wirt unter das Kinn.

Claudio hielt ein Weinglas gegen das Licht und polierte ungerührt weiter. »Ruhig Blut, Romano! Niemand beleidigt deine Frau.«

Romano blickte sich nach allen Seiten um und wäre um ein Haar vom Hocker gerutscht. Im letzten Augenblick fanden seine Hände Halt am Tresen. »Ist ja auch keiner mehr da außer uns beiden. Sind alle schon gegangen. Nach Hause.« Er schluckte und fühlte, wie ihm die Zunge am Gaumen klebte. »Noch einen Guaro, Amigo, ich brauche dringend noch einen.«

Der Wirt schüttelte den Kopf. »Alles leer getrunken. Muss morgen erst Nachschub besorgen. Aber du kannst ein Glas Wasser haben.« Er füllte ein großes Glas aus einer Karaffe und stellte es Romano hin.

Ruckartig streckte dieser die Hand vor und stieß das Glas um. Die Flüssigkeit ergoss sich über den Tresen und tropfte zu Boden, bildete eine Pfütze auf dem abgetretenen Steinboden. Claudio nahm ein frisches Tuch und rieb die Theke trocken. »Es ist schon spät, Romano. Ich schließe.«

»Noch einen Schluck, Claudio, nur einen winzig, winzig kleinen!«

»Ich sagte doch, ich habe keinen mehr. Außerdem hast du zu viel getrunken, du kannst schon nicht mehr stehen. Ich ruf dir eine Droschke.«

Mit der einen Hand hielt Romano sich torkelnd am Tresen fest, mit der anderen drohte er dem Wirt. »Sag das nicht noch einmal, du verdammter Hurensohn! Du solltest dich vor mir in Acht nehmen. Ich hab so viel Geld, ich könnte deinen ganzen Laden aufkaufen. Und andere noch dazu.«

Der Wirt trat hinter dem Tresen hervor und führte Romano zur Tür. »So beruhige dich doch! Ich bring dich nach Hause.«

Romano schlug nach dem Wirt, verfehlte ihn und stolperte über die eigenen Füße. »Das tust du nicht! Wenn du mich anrührst, rufe ich die Polizei. Und dann erzähle ich denen, du hättest mich ausrauben wollen. An mein schönes Geld hättest du gewollt, du Dreckskerl.«

»Dann sieh zu, wie du allein nach Hause kommst. Ich kann nur hoffen, dass deine Frau dir tüchtig den Kopf wäscht«, brummte Claudio.

»Wag's nicht, meine Frau zu beleidigen, du verdammter ...«, lallte Romano, doch da hatte der Wirt schon die Tür hinter ihm geschlossen.

Vorsichtig tastete Romano sich an einer Hauswand entlang, spürte das raue Holz unter den Fingerkuppen. Das ist aber auch dunkel heute, verdammt dunkel, dachte er. In welche Richtung musste er denn nun? Er drehte sich im Kreis, torkelte in eine Gasse, die von einer Straßenlaterne schwach erhellt wurde. Dort hinten musste es sein. Er stolperte weiter, stieß mit dem Fuß gegen etwas Hartes. Der Gegenstand fiel laut klirrend um, vermutlich ein tönerner Blumenkübel. Romano öffnete den Hemdkragen. Ihm war plötzlich heiß, entsetzlich heiß. Er fühlte Schweißperlen auf der Stirn, wischte sich mit einem Taschentuch über das Gesicht. Gleichzeitig stellte er fest, dass Wasser in seinen Schuhen schwappte. Die untere Hälfte der Hose war nass.

Er musste in eine Pfütze getreten sein, die sich nach dem Abendregen auf dem Gehweg gebildet hatte. Die Feuchtigkeit war mittlerweile bis zu den Knien hochgekrochen.

Ob Olivia schon schlief? Oder saß sie aufrecht im Bett und wartete mit vorwurfsvoller Miene auf ihn, so wie vor einigen Tagen? In letzter Zeit war sie ziemlich aufsässig, wollte ihm Vorschriften machen. Hier war Vorsicht geboten! Er musste ihr zeigen, wer der Herr im Haus war. Olivia war wie ein junges Pferd, das zugeritten werden musste. Hinterher, wenn er ihr gezeigt hatte, dass er mit harter Hand durchzugreifen wusste, war sie immer sanft und anschmiegsam wie ein Lämmchen.

Ja, sie war ein kluges Mädchen, sie wusste, dass sie keine andere Wahl hatte, als bei ihm zu bleiben. Niemals würde sie zu ihren Eltern auf die Hacienda zurückkehren. Das verbot ihr der Stolz, und sie würde sich auch nicht bei ihrer Mutter ausweinen wie andere Frauen. Schließlich hatte Olivia die Heirat unbedingt gewollt, dieses verwöhnte, unerfahrene Kätzchen. Alle Mahnungen hatte sie in den Wind geschlagen und sich ein aufregendes Leben ausgemalt. Ein Leben an seiner Seite.

Dabei hatte er gar nicht heiraten wollen. Ihm reichten gelegentliche Liebschaften. Sie verpflichteten ihn zu nichts, außer dazu, seinen Spaß zu haben. Großen Spaß. Als ihm aber klar geworden war, welchen Goldfisch er an der Angel hatte, hatte er sich unverzüglich in einen ehrbaren Geschäftsmann verwandelt. Mit gut sitzenden Anzügen und tadellosen Manieren. Dazu bedurfte es lediglich eines erstklassigen Schneiders und eines französischen Benimmlehrers.

Die Investition hatte sich gelohnt, er hatte bei der vornehmen Familie Ramirez Eindruck gemacht. Und das war auch gut so. Denn sie würden ihm schon bald Geld geben müssen. Viel Geld. So viel, wie seine Spielschulden betrugen. Und sie würden es sogar mit Kusshand hergeben. Um den guten Ruf der Familie zu wahren. Der Schwiegersohn des künftigen Erben der größten Kaffeeplantage in finanziellen Schwierigkeiten? Ein Bankrotteur, der seine Brauerei verpfändet hatte? Nein, einen solchen Skandal würden sie nicht zulassen.

Doch noch war es zu früh, erst musste er seine Stellung weiter festigen. Bevor diese ehrenwerten Ramirez womöglich die Ehe annullieren ließen. Der alte Pedro war ein gerissener Hund. Mit seinen Kontakten und Verbindungen fände er sicher Mittel und Wege, ihn, Romano, aus der Familie auszuschließen. Er musste so schnell wie möglich einen Sohn bekommen, dann wäre er unangreifbar. Doch dazu müsste Olivia erst einmal eine Schwangerschaft bis zum Ende durchhalten. Warum hatte sie bisher nicht geschafft, was jede Beutelratte, jedes Faultier und jedes Nabelschwein zustande brachte? Ein Junges werfen!

Da vorn ... war das nicht sein Haus? Fast wäre er daran vorbeigetorkelt. Romano schlich sich zur Tür und drückte die Klinke herunter. Ein riesiger Hund mit gewaltigem quadratischem Schädel stand knurrend und zähnefletschend vor ihm, schnappte nach seinem Hosenbein. Irgendwie gelang es ihm, den Hund abzuschütteln und die Tür zu schließen. Der Hund kläffte weiter. Bald würde die ganze Nachbarschaft wach werden. Verdammt, wo war er hier überhaupt?

Er taumelte auf die andere Straßenseite, suchte die Hauseingänge ab. Autsch, was piekte denn da? Wuchs bei ihnen an der Veranda etwa eine Kletterrose? Nein, hier vorn musste es sein. Er zog die Schuhe aus und betrat das Haus auf Strümpfen. An der Treppe verfehlte er die erste Stufe und schlug mit den Knien auf. Fluchend rappelte er sich auf und kroch auf allen vieren nach oben. Aha, die Schlafzimmertür stand offen. Auf dem Nachtschränkchen brannte eine Kerze. Olivia saß aufrecht im Bett. Das offene Haar fiel ihr wie ein Umhang über die Schultern. Ihr Blick war eine einzige Anklage. Ihre hochgezogenen Brauen zwei weitere Vorwürfe.

»Du hast auf mich gewartet, mein Täubchen? So spät noch? Oh, jetzt weiß ich auch, warum. Du willst erleben, welch wilder Stier dein Mann ist. Gib es ruhig zu! Du magst es wild, heiß und maßlos. Wie, du magst nicht? Dann muss ich dir wohl zeigen, was es heißt, eine gehorsame Ehefrau zu sein … Halt, nicht weglaufen! Bleib hier! Oder muss ich erst grob werden? Nun, was ist? Willst du, dass ich dich zu deinen Eltern zurückschicke? Auf diese eintönige Plantage, wo sich alle ins Fäustchen lachen, wenn du angekrochen kommst? Na also, dann stell dich nicht so an! Du gehörst mir, und ich kann mit dir tun und lassen, was ich will. Spürst du, wie stark ich bin? Ja, das ist gut, nicht wahr? Und jetzt zeigst du mir, was ein unterwürfiges Häschen macht. Hörst du nicht, was ich sage? Du sollst dich unterwerfen, verdammt noch mal!«

Antonio hatte recht geheimnisvoll getan. Sie solle sich nach dem Mittagessen an der Mühle einfinden, Federico wolle seinen Eltern etwas zeigen. Bestimmt hatte ihr Sohn wieder herumgetüftelt, mutmaßte Dorothea. Sie folgte dem Verlauf des Baches, an dessen Nordufer sich weite grüne Felder erstreckten. Vieles hatte sie mit den Jahren über Kaffee gelernt, diese kostbare Pflanze, Lebensgrundlage für alle auf der Hacienda Lebenden und Arbeitenden.

So wusste sie, dass die Kaffeekirschen zu unterschiedlichen Zeiten reif wurden und dass die Pflückerinnen und Pflücker in der Erntezeit jeden Strauch mehrmals aufsuchten. Denn waren die Bohnen unreif, hatten sie noch nicht genügend Aromen entwickelt, wohingegen überreife Früchte diese bereits abgebaut und in Bitterstoffe verwandelt hatten. Für die Ernte wurden indianische Wanderarbeiter oder Nicaraguaner angeheuert. Die frisch gepflückten Kaffeekirschen wurden in langen Reihen auf den Feldern in der Sonne getrocknet. Arbeiter mit verblichenen, ausgefransten Strohhüten wendeten die Kirschen mehrere Male am Tag mit einem großen Rechen, damit sie von allen Seiten der Sonne ausgesetzt waren. Diese Arbeit verlangte viel Fingerspitzengefühl, weshalb hierfür nur erfahrene ältere Männer eingesetzt wurden. Sobald erste Wolken aufzogen, die Vorboten von Regenschauern, mussten die Bohnen eilig zusammengekehrt und ins Trockene gebracht werden. Die Feuchtigkeit hätte sonst dazu geführt, dass die Bohnen im Innern der Kirschen verfaulten.

Bis die Kaffeefrüchte den richtigen Trocknungsgrad erreicht hatten, vergingen etwa drei bis fünf Wochen. Danach wurden die Kirschen in eine rotierende große Trommel geschaufelt, in der durch Druck und Reibung das Fruchtfleisch von den Bohnen getrennt wurde. Danach wurden die Bohnen von Hand gesiebt, und Steinchen oder andere Fremdkörper wurden aussortiert. Auch hier waren wieder Männer mit Erfahrung gefragt, denn es reichte eine einzige Stinkebohne in einem Kaffeesack, um die übrige Ladung ungenießbar zu machen. Schließlich wurden die Bohnen in Säcke verpackt und waren bereit für den Transport von der Hochebene des Valle Central hinunter an die Pazifikküste. Von dort traten sie auf Frachtschiffen den Weg nach Nord- und Südamerika sowie nach Europa an.

Die meisten Kaffeefarmer ließen ihre Kirschen in einer Gemeinschaftsmühle verarbeiten und teilten sich die Kosten. Doch Pedro hatte von Anfang an darauf bestanden, eine eigene Mühle auf dem Gelände der Hacienda zu haben. Auf diese Weise konnten die Konkurrenten nicht feststellen, wie hoch seine Ernte ausfiel. Und niemand vermochte zu schätzen, wie viel Land Don Pedro Ramirez Garrido tatsächlich besaß. Er arbeitete nach seinen eigenen Regeln und ließ sich nicht gern in die Karten blicken.

Als Dorothea die Mühle betrat, waren Antonio und Federico in eine lebhafte Diskussion vertieft. Einige der Arbeiter, die üblicherweise den großen Entpulper bedienten, der Bohnen und Fruchtfleisch voneinander trennte, standen wartend herum.

»Sieh nur, mein Liebes, was unser Sohn gebaut hat! Ich glaube, wir haben einen Erfinder in unserer Familie.«

»Ich fange am besten noch einmal ganz von vorn an, damit Mutter alles versteht«, schlug Federico gönnerhaft vor. Mit stolzgeschwellter Brust trat er an ein Tischchen neben dem Entpulper. Darauf befand sich ein Gegenstand in der Größe einer Hutschachtel, der von einem Tuch verdeckt wurde. Federico fasste nach einem Zipfel, wartete einen Augenblick und genoss dabei sichtlich die Aufmerksamkeit, die ihm von allen Seiten zuteilwurde. Dann zog er mit einem Ruck das Tuch weg. Zu sehen war eine Konstruktion aus Holz, Metall und Seilen. Die Arbeiter traten vor und machten lange Hälse, schüttelten kaum merklich den Kopf und blickten einander ratlos an.

Federico erinnerte Dorothea in seinem Gebaren an einen Lehrer, der seinen begriffsstutzigen Schülern geduldig einen komplizierten Sachverhalt zu erklären versucht. »Ihr seht hier das Modell für eine Maschine, die den Entpulper in Bewegung setzt. Demnächst wird kein Arbeiter mehr die schwere Kurbel für die Trommel bedienen müssen, das erledigt alles dieser Antrieb.«

Antonio konnte sich jederzeit für technische Neuerungen begeistern, vor allem für solche, die das Alltagsleben erleichterten. »Das heißt, es muss nur jemand zugegen sein, der die Maschine regelmäßig befeuert«, ergänzte er. »Dann kann sie stundenlang arbeiten.«

Federico stand die Genugtuung ins Gesicht geschrieben. »Richtig. Eine Maschine braucht keine Pause und ist außerdem viel schneller als der kräftigste Mann. In kürzerer Zeit können wir viel mehr Kirschen verarbeiten als bisher.«

An dem Glitzern in den Augen erkannte Dorothea, wie beeindruckt Antonio von den Ausführungen seines Sohnes war. »Und wie soll das funktionieren?«, fragte sie und fühlte sich ebenso ratlos wie die Arbeiter.

Als hätte er nur auf dieses Stichwort gewartet, sprudelte es aus Federico heraus. Dorothea hörte Begriffe wie Brenner, Zylinder, Schwingkolben und Überdruckventil und staunte einmal mehr über ihren erst dreizehnjährigen Sohn. Lebhaft deutete Federico auf die unterschiedlichen Bauteile.

»Dies ist der Kessel mit dem Schornstein und das der Einfüllstutzen für das Wasser. Hier links seht ihr die Befeuerungsanlage. Dort drüben tritt der Dampf aus, und das Seil soll die Dampfleitung darstellen, die das Schwungrad in Bewegung setzt. Dann muss nur noch eine Verbindung zur Kurbel am Entpulper hergestellt werden – und fertig ist die Federico-Dampfturbine.«

Den Arbeitern stand vor Staunen der Mund offen. Spontan spendeten sie Beifall. Sichtlich bewegt legte Antonio seinem Sohn die Hand auf die Schulter.

»Das ist eine großartige Konstruktion, Federico. Ich frage mich, warum ich nicht selbst darauf gekommen bin. Trotzdem sollten wir das Modell zuvor von einem Ingenieur prüfen lassen. Wenn er es für technisch möglich hält, soll er eine Entpulper-Maschine für uns bauen. Sieht ganz so aus, als seien wir damit den anderen Hacenderos um mindestens eine Erntesaison voraus.«

»Ja, aber zahl ihm einen guten Preis, Vater! Und setz einen Vertrag auf, damit er die Maschine nur für uns baut und die Pläne keinem Konkurrenten verrät.«

Dorothea musste schmunzeln. Das klang ganz nach

Pedro. Und sicher würde Federico eines Tages die Hacienda mit dem gleichen Geschick weiterführen wie sein Großvater. Pedro hatte sich immer noch nicht entschlossen, die Leitung seinem Sohn zu übertragen. Doch das störte Antonio keineswegs, wie er beteuerte. Ihn drängte es nicht, allzu große Verantwortung zu übernehmen. Kaufmännische und organisatorische Fragen interessierten ihn viel weniger als die Zucht robuster Kaffeesträucher, die unempfindlich gegen Schädlinge waren und höchste Erträge lieferten.

»Und jetzt gehen wir zu Abuelo und erzählen ihm von meiner Erfindung. Ich wollte ihn damit überraschen, weil er doch in letzter Zeit so viel Verdruss mit seinem Bein und deshalb oft schlechte Laune hat. Bestimmt freut er sich.«

»Lass uns zusammen hingehen!«, schlug Dorothea vor. Antonio klemmte sich das Modell unter den Arm, und gemeinsam nahmen sie Federico in ihre Mitte. Im Gleichschritt marschierten sie den Weg am Bach entlang zum Herrenhaus, wo sich schräg gegenüber Pedros Kontor befand. Federico reichte seiner Mutter mittlerweile bis zur Schulter, und sie stellte sich vor, wie er sie in einigen Jahren überragen und ein junger Mann sein würde. Ihre Tochter war viel zu schnell erwachsen geworden. Aber vielleicht würde Federico noch für eine Weile Kind bleiben. Insgeheim freute es sie, dass Federico seine Erfindung erst seinen Eltern vorgestellt hatte und nicht dem über alles verehrten Großvater.

Welch ein wunderbarer Tag! Sie wollte am Nachmittag einen Brief an Elisabeth schreiben und ihr von den Neuigkeiten berichten, damit die Freundin an ihrem Glück teilhaben konnte.

Seit Tagen schon wirkte Isabel bei den gemeinsamen Mahlzeiten noch blasser und schweigsamer als gewöhnlich. Eines Morgens, als sie ihre Tasse zum Mund führen wollte, fiel ihr diese aus der Hand. Sie verdrehte die Augen und glitt seitlich vom Stuhl. Fast wäre sie mit dem Kopf auf der Tischkante aufgeschlagen, hätte nicht Pedro mit dem Arm eine Abwehrbewegung gemacht. Im Fallen riss Isabel das Tischtuch mit hinunter. Teller, Tassen, Butter und Marmeladenschälchen landeten klirrend auf dem Boden. Antonio sprang vom Stuhl auf und lief um den Tisch herum, beugte sich besorgt zu seiner Mutter hinunter.

»Schnell, hol einen Arzt!«, rief er dem Dienstmädchen zu, das, vom Lärm aufgeschreckt, ins Esszimmer stürzte.

»Es ist nichts, ich brauche keinen Arzt«, beschwichtigte Isabel mit schwacher Stimme. Antonio half seiner Mutter auf und geleitete sie behutsam zu einem Sessel, half ihr beim Hinsetzen. Er strich ihr über die Wangen, flüsterte ihr tröstende Worte zu. Isabel neigte den Kopf und hörte ihrem Sohn lächelnd zu. Diese Geste bewies Dorothea wieder einmal, wie innig die Verbindung zwischen den beiden war. Von seiner Mutter sprach Antonio stets in liebevollster Weise. Ihr Wohlergehen lag ihm am Herzen.

»Nur ein leichter Schwindelanfall. Entschuldigt bitte!«, hauchte Isabel und schickte sich an, zum Tisch zurückzukehren. Doch Antonio hielt sie zurück.

»Bleib ganz ruhig sitzen, Mutter! Wir warten ab, was der Arzt sagt. Danach geleiten wir dich in dein Zimmer.«

Doktor Jefferson stellte eine Herzschwäche fest, verbunden mit chronischer Blutarmut, und verordnete strikte Bettruhe und den Verzehr von Zitrusfrüchten. Fortan blieb

Isabel in ihrem Zimmer im Ostflügel, während die Familie sich wie gewohnt dreimal am Tag im Speisezimmer einfand.

»Es missfällt mir, dass Mutter allein dort oben in ihrem Zimmer liegt, während wir hier fröhlich beieinandersitzen«, sagte Antonio. »Ich schlage vor, dass wir ihr eins der Gästezimmer im Erdgeschoss einrichten, vielleicht das Zimmer neben der Bibliothek. Mutter müsste nicht mehr die steile Treppe hinaufsteigen. Hier unten hätte sie mehr Leben um sich und außerdem Zugang zum Park.«

Pedro kratzte sich am Bart und brummte: »Hm, kein schlechter Vorschlag. Vielleicht sollte ich mein Zimmer auch ins Erdgeschoss verlegen. Die Stufen scheinen von Tag zu Tag höher zu werden. Hier unten, zu ebener Erde, haben wir es bequemer. Und die Gästezimmer werden dort eingerichtet, wo wir bisher unsere Zimmer hatten. Ich werde mit Isabel darüber reden.«

Isabel zeigte sich von dem Vorschlag durchaus angetan. Der bevorstehende Umzug im eigenen Haus setzte neue Energien in ihr frei. Dem Rat des Arztes zum Trotz verließ sie das Bett, stützte sich auf einen Stock und ging umher. Zu Dorotheas Überraschung bat sie sie, ihr bei der Auswahl der Gardinen behilflich zu sein. Dorothea ließ einen Händler aus der Stadt kommen, der ein Musterbuch mit einer Kollektion englischer Dekorationsstoffe mitbrachte. Gemeinsam beratschlagten sie, ob wohl ein Blumen- oder Streifenmuster besser zur Möblierung passte. Eine weitere Herausforderung war die Farbwahl und die Frage, ob der Stoff das Fenster völlig abdunkeln oder etwas Licht durchlassen sollte.

»Für die Einrichtung sind wir Frauen zuständig. Pedro hätte nie die Geduld, so viele Stoffe zu begutachten«, bekannte Isabel mit ihrer zarten Kinderstimme.

Dorothea hoffte, dass sich das kühle Verhältnis zwischen ihr und der Schwiegermutter in nächster Zeit vielleicht ein wenig erwärmen würde. Pedro entschied, dass sein Zimmer im Erdgeschoss haargenau dem im ersten Stock gleichen sollte.

In den künftigen Gästezimmern im oberen Stockwerk könnten Olivia und Romano wohnen, wenn sie zu Besuch kamen, überlegte Dorothea. Und es wäre auch Platz für ein Kinderzimmer. Ihr Herz pochte vor Aufregung. Denn am Morgen hatte sie die Nachricht erhalten, dass Olivia zum dritten Mal schwanger war. Sie schickte rasch ein Stoßgebet zum Himmel, damit ihre Tochter diesmal ein gesundes Kind zur Welt brachte.

BUCH III

Erschütterung

November 1869 bis Mai 1873

Seit Olivia nach Cartago gezogen war und ihr auf der Hacienda keine Gesellschaft mehr leistete, freute Dorothea sich umso mehr auf die nachmittägliche Teestunde mit Antonio. Auf der Veranda ließ es sich selbst bei Regen angenehm verweilen, denn das tief gezogene Dach schützte vor sämtlichen Wetterlagen. Während dieser Stunde konnte Dorothea ungezwungen mit ihrem Mann reden, ohne die übermächtige Gegenwart des Schwiegervaters oder die stetige Leidensmiene der Schwiegermutter erdulden zu müssen.

»Ist das ein Geschenk für mich? Womit habe ich das verdient?« Antonio nahm das rotbraune Gefäß mit dem schwarzen Blattmuster auf dem Deckel in beide Hände und betrachtete es von allen Seiten. »Die fein polierte Oberfläche und diese filigranen Pinselstriche … Hier war eine Künstlerin am Werk. Für eine Zuckerschale ist es zu groß, für eine Suppenterrine zu klein. Lass mich raten! Es ist ein Behältnis zum Aufbewahren von Manschettenknöpfen. Oder von Krawattennadeln. Oder von …«

Dorothea amüsierte sich, wie eifrig ihr Mann nach einer sinnvollen Verwendung suchte. »Du kannst es benutzen, wofür du magst, mein Lieber. Dieses Stück hat die kleine Blanca gefertigt. Sie hat es an der Unterseite gekennzeichnet, siehst du? Mit einem B, und dahinter steht die Jahreszahl. So wie auch ein Künstler sein Werk signiert. Die

Mädchen markieren alle ihre Keramiken. Das macht sie stolz und spornt sie an, noch sorgfältiger zu arbeiten.«

»Ich bin zwar Costa Ricaner, aber ich habe gar nicht gewusst, dass die Indigenas schon früher so schlichte und formschöne Motive kannten. Dieses Muster könnte aus der heutigen Zeit stammen.«

Dorothea wurde ganz warm ums Herz vor Freude. »Danke für das Kompliment, Antonio! Die Vorlage habe nämlich ich entworfen, aber die Herstellung erfolgte ganz in indianischer Tradition.«

»Hm, ehrlich gesagt, diese moderne Art gefällt mir mindestens so gut wie die althergebrachten Motive. Haben die Blätter eine besondere Bedeutung?«

Dorothea tat es gut, dass jemand so viel Interesse an ihrer Arbeit zeigte, erst recht, wenn dieser Jemand ihr eigener Ehemann war. Antonio besaß Eigenschaften, die nur wenige Männer auszeichneten, wie sie mit den Jahren erkannt hatte. Doch sie wollte lieber nicht an jene Eigenschaften denken, unter denen ihr Selbstwertgefühl als Frau litt. Vielmehr dankte sie im Stillen seiner Großherzigkeit und der Selbstverständlichkeit, mit der er sie in der Casa Santa Maria schalten und walten ließ. »Ich habe das Motto Gewürze gewählt. Die Blätter sind die von Salbei, Koriander und Minze.«

Antonio zwinkerte ihr über den Rand seiner goldgeränderten Brille zu, die er seit Kurzem trug, weil ihm das Lesen Schwierigkeiten bereitete. »Ich stelle mir gerade vor, wie in Hunderten von Jahren Archäologen Vasen und Krüge mit deinen Blattmotiven ausgraben. Sie werden annehmen, die Ureinwohner Costa Ricas hätten Kräuter als heilige Pflanzen verehrt.«

Dorothea lachte laut auf. »Diese Vorstellung gefällt mir. Aber jetzt musst du auch einmal hineinsehen.« Sie nahm die Kanne vom Stövchen und schenkte Tee nach, biss in einen Mandelkeks und beobachtete aufmerksam, wie Antonio mit gerunzelter Stirn den Deckel hob und ein Stück Papier herauszog.

»Eine Geldanweisung. Ich verstehe nicht recht...«

»Das ist genau die Summe, die du mir vor acht Jahren gegeben hast, damit ich die Casa Santa Maria kaufen und die Werkstatt einrichten konnte. Du sollst das Geld zurückhaben. Ab sofort können wir uns selbst finanzieren.« In diesem Moment setzte Regen ein. Vom Überstand des palmengedeckten Daches fielen die Tropfen wie Perlenschnüre herab. Als Kind hatte sie geglaubt, Regentropfen seien die Tränen von Engeln.

Fast beleidigt schüttelte Antonio den Kopf. »Das kommt gar nicht infrage. Du bist meine Frau, und was mir gehört, gehört auch dir.«

Die Großzügigkeit ihres Mannes, was finanzielle Belange anging, rührte Dorothea. Gleichzeitig empfand sie Stolz, weil ihr Projekt so erfolgreich verlaufen war, und auch Dankbarkeit, weil es bisher unter einem so günstigen Stern gestanden hatte. Mit der Casa Santa Maria hatte sie eine Aufgabe gefunden, die ihrem Leben einen tieferen Sinn gab. Mit dem Heim hatte sie sich einen Wunsch erfüllt, der letztendlich aus einer verzweifelten Situation heraus entstanden war. Sie hatte jungen Frauen und Mädchen helfen wollen, die unverschuldet in Not geraten waren, so wie sie selbst einmal Not gelitten hatte. Jahre zuvor, mit einem Kind unter dem Herzen und von den Eltern verstoßen.

»Bitte, Antonio, nimm es an! Ich wollte mir selbst beweisen, dass ich das Heim eines Tages ohne fremde Mittel betreiben kann. Dein Geld war mein Anfangskapital – keine Bank hätte mir als Frau etwas gegeben. Und ich habe die Summe immer nur als Leihgabe angesehen.«

Gerührt ergriff Antonio ihre Hand und drückte sie liebevoll. »Ich bin unendlich stolz auf dich, Dorothea. Oftmals denke ich, dass ich dich gar nicht verdient habe. Auf meine Herkunft muss ich mir nichts einbilden, denn ich bin nur durch Zufall der Erbe eines reichen Plantagenbesitzers. Manchmal überkommt mich diese Einsicht. Dann schäme ich mich, weil ich dir nicht sein kann, was ich sein sollte ... ein guter und ... richtiger Ehemann. Sag es mir ehrlich, Dorothea, missbilligst du mein Leben?«

Dorothea seufzte unhörbar. Nein, sie hatte nicht das Recht, Antonio zu verachten. Aber sie verstand seine Sehnsüchte nicht, litt darunter, für ihn nicht mehr als eine Kameradin zu sein. Oder verlangte sie zu viel vom Leben? Sie versuchte eine versöhnliche Antwort. »Sag so etwas nicht, Antonio! Ich führe ein Leben, von dem die meisten Frauen nur träumen. Wir haben zwei gesunde Kinder, leben in einem großen Haus mit Dienstboten und ohne wirtschaftliche Sorgen. Was hätte ich mir mehr wünschen können?«

»Vielleicht die Art von Liebe, die ich dir nie habe geben können. Verzeih mir!« Jäh wandte er sich ab und senkte den Kopf. Dann zog er ein Taschentuch hervor und tupfte sich über die Augen.

Ganz fest presste Dorothea die Lippen aufeinander, denn tief in ihrem Innern musste sie sich eingestehen, dass Antonio recht hatte. Sie sehnte sich nach Seufzern und innigen Umarmungen. Nach Leidenschaft und Glut, wie sie sie in den Armen Alexanders hatte erfahren dürfen. Doch daran wollte sie nicht denken, denn nicht nur die Erinnerung schmerzte, sondern auch Antonios Verzweiflung. Wie gern hätte sie ihm geholfen. Aber sie wusste keinen Rat. Wenn auch die Ärzte ihm nicht helfen konnten, wer dann? Immerhin verband sie beide eine enge Freundschaft, ein stilles Einvernehmen, auch wenn der eine nicht in die Seele des anderen zu blicken vermochte. Doch wie viele Ehepaare waren dazu imstande? Waren ihre Eltern es gewesen? Sicher nicht. Und ihre Schwiegereltern? Wohl kaum.

Plötzlich vernahm Dorothea ein Geräusch hinter sich und wandte sich um. Es war Isabel, aufrecht und ohne Gehstock. Sie wirkte kraftvoller als sonst. Das neue Zimmer in der Nähe ihres geliebten Gartens hatte offenbar ungeahnte Auswirkungen auf ihr Wohlbefinden.

»Ich störe hoffentlich nicht.«

»Aber nein, Schwiegermutter. Setz dich zu uns! Es ist noch genügend frischer Tee da.«

Isabel ließ sich in einem Korbsessel nieder und schlürfte genüsslich ihren Tee. Ähnlich wie Dorothea hatte sie sich nie an den starken, bitteren costa-ricanischen Kaffee gewöhnen können. Als Ehefrau eines Kaffeebarons trank sie ihn in Gegenwart ihres Mannes allerdings brav und ohne Murren. Doch manchmal kam sie am Nachmittag auf die Veranda und gönnte sich heimlich eine Tasse Tee. Ihre Vorliebe für dieses Getränk entschuldigte sie mit dem Hinweis, dass ihre Vorfahren Engländer waren.

Sie spitzte die schmalen Lippen und sah fragend zuerst zu Dorothea, dann zu ihrem Sohn hinüber. »Ist etwas mit dir, mein Sohn? Du siehst irgendwie bedrückt aus.«

Antonio stopfte sein Taschentuch rasch in die Jacke und setzte eine heitere Miene auf. »Ich bin keineswegs bedrückt, Mutter, ich bin gerührt. Weil ich eine wunderbare Ehefrau habe und mich glücklich schätze, ihr begegnet zu sein.«

Er beugte sich vor und küsste Dorotheas Hand, hielt sie ganz fest und sah ihr tief in die Augen. Dorothea fing den Blick der Schwiegermutter auf und entdeckte Eifersucht darin. Was sie in gewisser Weise sogar erleichterte, denn Isabel ahnte offenbar nichts von den verhängnisvollen Umständen ihrer Ehe.

Mitleidig strich sie Antonio über das Haar, fühlte eine schmerzliche Zuneigung zu diesem einsamen Mann, der sie so viele Male betrogen hatte. Weil sie seine Sehnsucht ebenso wenig stillen konnte wie er die ihre. Und doch ahnte sie, dass er auf seine Weise zärtliche Gefühle hegte. Für die Öffentlichkeit waren sie, trotz ihres fortgeschrittenen Alters, ein strahlendes, unzertrennliches Paar. Und so sollte es für immer bleiben.

»Señoritas, ihr seht nicht nur alle zauberhaft aus, ihr seid auch wahre Zauberinnen. Mit Herz und Händen schafft ihr aus Lehm und Farbe wunderbare Werke, in denen ein Geheimnis verborgen liegt, das man ergründen möchte. Die Menschen lieben so etwas.«

Mit glühenden Wangen und ein wenig verlegen wegen des Lobs, das Antonio ihnen erteilt hatte, umstanden die Bewohnerinnen der Casa Santa Maria den großen Werkstatttisch und präsentierten ihre neuesten Erzeugnisse. Antonio war ein gern gesehener Besucher, und auch Don Quichote bekundete seine Zuneigung, indem er sich mit leisem Brummen zu Füßen Antonios zusammenrollte. Selbst nach langen Ehejahren fand Dorothea nicht heraus, wie Antonio bei anderen Frauen diese vibrierende Spannung hervorrief. Er selbst bemerkte nichts davon, doch sie konnte beobachten, wie sich jedes weibliche Wesen in seine Nähe drängte, seine Aufmerksamkeit erregen, ihm gefallen wollte. Es reichte das Zucken einer Braue oder eine zufällige Handbewegung, und die Frauen schmolzen dahin. Die Mädchen stießen sich unauffällig mit den Ellbogen an und gaben sich Handzeichen.

»Doña Dorothea, Don Antonio, wir haben etwas auf dem Herzen«, wagte sich plötzlich Pilar vor, die älteste der Heimbewohnerinnen. Abgesehen von Yahaira, der Hausmutter, die mittlerweile auf die siebzig zuging.

»Worum geht es, Pilar? Doch nicht etwa um den neuen Händler, der uns den Ton liefert?«, riet Dorothea aufs Geratewohl.

»Doch, genau um den dreht es sich. Früher haben wir immer Ton in bester Qualität bekommen, aber inzwischen ... Sehen Sie selbst!« Leyre deutete auf einen Erdklumpen, der neben ihrer Töpferscheibe lag und den sie mit den Fingern zerbröselte. »Überall Steine, Glasscherben und Holzstückchen. Es ist so mühsam, das alles zu entfernen. Und der Ton lässt sich längst nicht so gut verarbeiten, wie wir es gewohnt sind.«

»Beim letzten Mal bekamen wir eine Lieferung drei Wochen zu spät. Und davor mussten wir mehr als zwei Wochen warten. Zum Glück hatten wir noch einigen Vorrat, sonst hätten wir überhaupt nicht arbeiten können und in der Zeit auch keine Einnahmen gehabt. Und was hätten die Kunden gesagt, wenn wir nicht mit neuer Ware auf den

Markt gekommen wären?«, fügte Sienta mit deutlicher Empörung hinzu.

Verärgert schüttelte Dorothea den Kopf. »Dieser Händler ist tatsächlich ein Schuft. Dabei hatte er mir fest versprochen, pünktlich und nur erstklassige Qualität zu liefern. Er machte einen seriösen Eindruck auf mich. Du hast ihn doch auch kennengelernt, Yahaira. Wie konnte ich mich nur so in ihm täuschen?«

Yahaira hob die Schultern und schob die Unterlippe vor. »Tja, wenn ich ehrlich sein soll ... ich habe da eine Vermutung, Doña Dorothea. Dieser Kerl machte ganz den Eindruck eines dieser typischen costa-ricanischen Machos, die keinen Respekt an den Tag legen, wenn sie es geschäftlich mit einer Frau zu tun haben. Bitte, entschuldigen Sie die harten Worte, Don Antonio!«

Doch Antonio fühlte sich keineswegs persönlich angesprochen und war auch nicht beleidigt, sondern nickte bekräftigend. Wut kroch in Dorothea hoch. Sie wurde also von diesem Schurken als Geschäftsfrau nicht ernst genommen. Als Mann wäre ihr das nicht passiert. Welche Niedertracht! Und ihre Mädchen hatten das Nachsehen. Sie überlegte, ob sie dem Händler einen verdorbenen Magen oder lieber einen dicken Schnupfen wünschen sollte. »Wir brauchen dringend eine neue Quelle. Aber wo sollen wir so schnell jemanden finden, der uns zuverlässig beliefert?«

Don Quichote, der die allgemeine Missstimmung spürte, erhob sich von Antonios Schuhen und kam zu Dorothea herüber, legte den Kopf in ihren Schoß und leckte ihr die Hand. Sie tätschelte ihm den Hals und kraulte ihn hinter den Ohren, was er mit einem tiefen und zufriedenen Brummen beantwortete.

Antonio, der eine Weile aufmerksam und schweigend zugehört hatte, wurde plötzlich lebhaft. »Oh, mir fällt soeben etwas ein! Ich weiß, dass die Tochter eines der Schiffsmakler im Hafen von Puntarenas mit ihrer Familie auf der Halbinsel Guanacaste lebt, in der Nähe von Guaitil. Wie es heißt, gibt es dort landesweit den besten Lehm. Sicher kann sie uns einen zuverlässigen Händler nennen. Vielleicht gibt es sogar eine Händlerin, die eure Arbeit mehr zu schätzen weiß als ein Mann. Gleich morgen früh will ich einen Eilbrief aufsetzen.«

Die Mädchen warfen Antonio bewundernde, schwärmerische Blicke zu, und Dorothea fiel ein Stein vom Herzen.

Wieder zu Hause, setzte sie sich in ihren Schaukelstuhl auf dem Balkon und gab sich ganz der sanft schwingenden Bewegung hin. Plötzlich entschwanden ihre Gedanken in die Vergangenheit. Auf den Tag genau war es zwanzig Jahre her, seit sie an einem trüben Maimorgen in Hamburg den Frachtsegler *Kaiser Ferdinand* bestiegen hatte. Sie musste an ihre ehemalige Dienstherrschaft denken, Herrn und Frau Rodenkirchen. Was mochte aus ihnen und den Kindern geworden sein? Bestimmt hatte Marie einen angesehenen Kölner Bürger geheiratet, einen Lehrer oder Arzt, und ihr älterer Bruder Moritz, der Stolz der Eltern, hatte sicherlich die Anwaltskanzlei seines Vaters übernommen und befehligte eine große Anzahl Untergebener, so wie er es sich schon als kleiner Junge erträumt hatte.

Katharina Lützeler fiel ihr ein, ihre liebenswerte, warmherzige Patentante, um deren Gesundheit es schon seit Längerem nicht zum Besten stand, wie sie aus Briefen wusste. Sie schrieben sich regelmäßig, und immer legte

Dorothea eine Geldanweisung bei, damit Katharina und ihr Mann sich einen guten Arzt leisten konnten. Außerdem einige Zeichnungen von eigener Hand, um die Patentante zumindest aus der Ferne am Leben auf der Hacienda teilhaben zu lassen.

Und dann stieg es wieder in ihr hoch, dieses nagende Gefühl der Ungewissheit und des Selbstzweifels. Denn die Patentante hatte bei ihrem letzten Zusammensein, wenn auch eher aus Versehen, ein Geheimnis erwähnt, über das sie nicht weiter hatte sprechen wollen. Es musste etwas mit ihren Eltern Hermann und Sibylla Fassbender zu tun haben. Oftmals hatte Dorothea sich gefragt, was sie vor ihr verborgen hielten und warum. War dieses Geheimnis wohl auch der Grund, weshalb sie sich zu Hause nie willkommen gefühlt hatte? An diesem Punkt drängte sie ihre Zweifel rasch zurück und zwang die Gedanken in eine andere Richtung. Sie wollte sich an der Gegenwart erfreuen, statt über die Vergangenheit nachzugrübeln, deren Rätsel sie ohnehin nicht lösen konnte.

Beim Zubettgehen fühlte Dorothea plötzlich etwas Hartes, Ledernes unter ihren nackten Füßen. Auf dem Boden lag eins ihrer Skizzenbücher. Es musste ihr wohl aus der Hand gefallen und unter das Bett gerutscht sein. Das erste Heft hatte sie begonnen, als sie fünfzehn Jahre alt gewesen war, und mittlerweile waren es sechsundzwanzig Hefte. Zwischen diesen Buchdeckeln hatte sie ihr Leben festgehalten. Am Abend zuvor hatte sie das Buch Nummer fünf zur Hand genommen und etwas betrachtet, das sie sich lange versagt hatte. Weil der Schmerz so übermächtig war. Denn auf der vorletzten Seite befand sich das Porträt eines jungen Mannes, der sie unverwandt ansah.

Und obwohl sie sich fest vorgenommen hatte, ihn aus ihren Gedanken zu verbannen, war ihr, als stünde plötzlich Alexander vor ihr. Groß, schlank, mit zerzausten Locken, die bis in den Nacken reichten, den Grübchen neben den Mundwinkeln, den braunen Augen und dem stets ein wenig spöttischen Lächeln. Doch war jenes Versprechen, das sie sich selbst gegeben hatte, wirklich unumstößlich wie ein Fels? Hieß die Gottesmutter es tatsächlich gut, dass sie so hart gegen sich selbst war? Oder gestattete sie ihr, von dem Geliebten zu träumen und darin Trost zu finden für ihr verlorenes Glück?

Sie hockte sich auf das Bett, umfasste ihre Knie mit den Armen und machte sich ganz rund und klein. Machtvoll stiegen die Erinnerungen in ihr auf. Und dann sah sie sich und Alexander in der bescheidenen Kölner Dachkammer und in dem kleinen englischen Hotel in San José. Seit ihrem letzten Beisammensein in dem engen kleinen Zimmer mit den geblümten Vorhängen und Tapeten hatte sie es vermieden, diese Gasse aufzusuchen, weil sie den Schmerz fürchtete. Sie spürte wieder Alexanders Umarmungen, seine sanften Lippen und die Bartstoppeln an ihrer Halsbeuge, hörte seine tiefe, raue und doch so zärtliche Stimme, fühlte seinen nackten Körper.

Nein, sie konnte ihn nicht loslassen, niemals. Und wäre immer hin- und hergerissen zwischen Liebe, Träumen und Pflichtgefühl. Nie hatte sie ihre innere Ruhe finden, ihre Sehnsucht stillen können. Die Sehnsucht nach dem einen Mann, dem sie seit der allerersten Begegnung zutiefst verbunden war. Wo mochte Alexander sein, in diesem Augenblick? Was tat er? Was empfand er? Hatte er sie vergessen, so wie sie es bei ihrem Treffen im Hotel *Arenal* von ihm verlangt hatte? *Ich werde die Hoffnung nicht aufgeben. Niemals!*, hatte er ihr hinterhergerufen. Aber dann hatte sie ihn ein zweites Mal abgewiesen, vier Jahre später, als er ihr einen flehentlichen Brief geschrieben und sie ihn in die Casa Santa Maria bestellt hatte. Um sich für ihr verhängnisvolles Gelübde in der Kathedale von Cartago zu rechtfertigen. Sie hatte ihn verletzt. Und auch sich selbst wehgetan. Weil ein Schwur zwischen ihnen stand. Warum nur musste Liebe so schmerzhaft sein?

Zuerst war es nur ein ziehender Schmerz unterhalb des Bauchnabels. Doch dann glaubte sie, etwas in ihrem Innern zerrisse. Konnten das die Wehen sein? Aber es war doch noch viel zu früh. Das Kind sollte erst in einem Monat kommen. Olivia tastete mit der Hand nach ihrem Mann, der tief und fest schlief. Sie wollte sich im Bett aufrichten, stieß dabei mit dem Ellbogen gegen die Nachttischlampe, die klirrend zu Boden fiel. Romano schreckte auf.

»Was ist? Warum machst du einen solchen Lärm?«

»Ruf die Hebamme! Schnell!« Olivia stöhnte auf, weil ihr Unterleib mit unzähligen Messern malträtiert wurde.

»Bist du sicher? Es soll doch erst in einigen Wochen so weit sein. Lass uns weiterschlafen!«, brummte Romano und drehte sich auf die andere Seite.

Sie nahm ihre ganze Kraft zusammen und schrie so laut, dass es sicherlich noch am Ende der Straße zu hören war. »Lauf los!«

Unwillig erhob sich Romano und entzündete eine Kerze auf dem Nachttisch. Dann suchte er nach Hemd, Hose und Strümpfen, die auf dem Boden verstreut lagen. »Ist bestimmt nur falscher Alarm«, meinte er und zog missgelaunt die Zimmertür hinter sich zu.

Olivia verspürte Durst, entsetzlichen Durst. Die Zunge klebte ihr am Gaumen. Sie blickte hinüber zur Frisierkommode, auf der eine Karaffe mit Wasser stand, aber sie fühlte sich zu schwach, um aufzustehen. Jemand marterte unerbittlich ihren Leib, der sich prall und rund unter der Bettdecke abzeichnete. Sie fuhr sich mit der Zunge über die trockenen Lippen und röchelte. Wie lange musste sie diesen Schmerz ertragen? Jede Sekunde kam ihr wie eine Ewigkeit vor. Plötzlich ebbte der Schmerz ab. Vielleicht hörte er ja ganz auf. Oh, Romano wäre wütend, dass sie ihn umsonst losgeschickt hatte!

Sie schob die Hände hinter den Rücken und stützte sich

auf der Matratze ab, schwang die Beine über die Bettkante. Bis zur Kommode waren es nur wenige Schritte, das würde sie schaffen. Doch als sie sich aufrichten wollte, fühlte sie keinerlei Kraft in den Beinen, so als seien sie gelähmt. Vor Enttäuschung ließ sie sich rücklings aufs Bett fallen, und dann kehrte der Schmerz zurück. Stechender und gnadenloser als zuvor. Wo blieb denn nur die Hebamme?

Wie spät war es? Hinter dem Spalt an der Gardine war alles schwarz. Kein Laut war von draußen zu hören, die Tiere des Dschungels schwiegen. Es musste mitten in der Nacht sein. Sie presste die Hände gegen die Bauchdecke, versuchte, den tobenden Orkan in ihrem Leib zu beschwichtigen. Da, war das nicht eine Frauenstimme? Jemand stützte sie unter den Achseln und hielt ihr ein Glas Wasser an die Lippen. Eine fremde Hand strich ihr erst über das schweißnasse Haar, dann kreisend über den Leib. Dem Himmel sei Dank! Sie war nicht mehr allein. Die Hebamme war gekommen und sprach sanft und beruhigend auf sie ein.

»Atmen Sie ganz ruhig ein und aus … und ein und aus …«

Mit einem Schmerzensschrei bäumte Olivia sich auf.

»Weiteratmen, atmen Sie ganz tief weiter!«

Wie sollte sie denn atmen? Sie hatte doch gar keine Kraft. Sanfte, kühle Hände strichen ihr über den Bauch bis hinunter zu den Oberschenkeln. Ein Messer bohrte sich in ihren Rücken. Und dann waren sie alle da, die beängstigenden Geschichten, von denen sie gehört hatte, bei denen Mütter während der Geburt ihres Kindes starben. Nein!, schrie es aus ihr heraus, sie wollte nicht sterben! Sie war doch noch jung!

»Atmen, Sie müssen atmen!«

Wer schrie so erbärmlich? Olivias Finger krallten sich an etwas fest. Es fühlte sich an wie langes, geflochtenes Haar. Sie warf den Kopf auf die linke und auf die rechte Seite. »Ich schaffe es nicht!«, hörte sie eine Stimme, die der ihren ähnelte.

Kühle, fremde Hände tasteten ihren Leib ab. Und plötzlich vernahm sie eine weitere Stimme. Die unbekannte Stimme eines Mannes. Er brüllte Kommandos, flüsterte, betete, brüllte abermals. Olivia schwamm in einem Meer, obwohl sie doch gar nicht schwimmen konnte. Wie viele Stunden lag sie hier schon? Und wer war dieser Mann, der sich über ihren geschundenen, gemarterten Leib warf?

Irgendwann fiel sie erschöpft in eine unendliche schwarze Tiefe. Alles war erloschen, alles Denken und Fühlen. Sogar der Schmerz. Das musste der Tod sein. Er hatte sie also besiegt.

»Doña Olivia, verstehen Sie mich?«

Olivia wollte die Augen aufschlagen, doch ihre Lider waren schwer wie Blei. Jemand strich ihr sanft über die Wange.

»Herzlichen Glückwunsch, Sie haben eine gesunde Tochter zur Welt gebracht.«

Redete jemand mit ihr? Olivia blinzelte, und dann sah sie aus den Augenschlitzen, wie die Hebamme ihr ein fertig gewickeltes winziges Bündel mit einem runzligen roten Gesichtchen und schwarzem Haar in die Arme legte.

»Das ist … mein Kind?«

»Der Mutter wie aus dem Gesicht geschnitten. Aber Sie haben furchtbar viel Blut verloren, Doña Olivia. Wir mussten einen Arzt rufen. Doch nun ist alles vorbei, Sie dürfen sich endlich ausruhen«, hörte sie noch, dann war sie eingeschlafen.

Jemand stand an ihrem Bett und hielt ihre Hand. Sie ließ die Augen geschlossen, tastete und fühlte einen Ehering. »Romano, bist du's?«

»Ja. Wie geht es dir, meine kleine Meerkatze? War es wirklich so schwer, wie die Hebamme und der Arzt erzählt haben?«

»Ich weiß nicht ... ich kann mich nicht richtig erinnern. Ja, doch, es war schwer. Sehr schwer sogar. Ich bin müde. Hast du ... hast du unser Kind schon gesehen?«

»Ja, ein Mädchen. Schade! Wie soll sie denn heißen?«

»Margarita. Wie die Hacienda, auf der ich aufgewachsen bin.«

Die Taufe fand in der Kathedrale von Cartago statt. Dorothea konnte sich gar nicht sattsehen an dem rosigen kleinen Wesen, das sie so sehr an Olivia erinnerte und das mit einer hohen, durchdringenden Stimme schreien konnte. Unwillkürlich glitt ihr Blick hinüber zu der Statuette der *Negrita*, die ihr nicht nur die entführte Tochter zurückgegeben, sondern auch ein gesundes Enkelkind geschenkt hatte. Als Romano seine Tochter über das Taufbecken hielt und der Priester Wasser über das Köpfchen goss, wirkte ihr Schwiegersohn seltsam unbeteiligt, so als gehöre er nicht hierher. Dorothea führte dies darauf zurück, dass er sich an seine neue Rolle als Vater erst gewöhnen musste. Wie es ja auch bei Antonio der Fall gewesen war.

Die anschließende Tauffeier fand im engsten Familienkreis im Haus von Olivia und Romano statt. Federico saß gelangweilt und wortkarg am Tisch. Er konnte seinen Schwager nicht ausstehen, und die kleine Nichte störte ihn erheblich mit ihrem Geschrei. Sowohl Romanos Eltern als auch Pedro und Isabel waren nicht gekommen, weil ihnen die Reise zu beschwerlich war. Und auch Elisabeth, Olivias Patentante, musste zu Hause bleiben, weil ihr kleiner Sohn an einer äußerst schmerzhaften Ohrenentzündung erkrankt war. Nach dem Dessert wurde Romano plötzlich lebhaft, als es um die Frage ging, ob neben der Amme, die in unmittelbarer Nachbarschaft wohnte und die mehrmals am Tag kam, auch ein Kindermädchen eingestellt werden sollte.

»Eine Gouvernante wäre reine Geldverschwendung. Olivia hat Zeit genug, sich um das Kind zu kümmern.«

Dorothea rang hörbar nach Luft. »Stell dir das nicht so einfach vor, Romano. Ein Kind macht zwar Freude, aber auch viel Arbeit. Olivia wird sich öfter ausruhen oder Besorgungen in der Stadt machen wollen. Wer soll währenddessen auf die Kleine aufpassen?«

Romano zündete sich eine Zigarre an und blies kunstvolle Kringel in die Luft. Federico wedelte mit einem Taschentuch und hustete nachdrücklich. Er war es gewohnt, dass man nur im Bibliothekszimmer rauchte.

»Ein Kindermädchen kostet Geld, und das investiere ich lieber in einen neuen Läuterbottich. Ich bin zwar Vater geworden, liebe Schwiegermutter, aber dennoch bleibe ich Kaufmann und Bierbrauer.«

Antonio zwinkerte seiner entsetzt dreinblickenden Frau zu und nickte kaum merklich. Als sie zwei Tage später die Heimreise antraten, war für Margarita ein Kindermädchen gefunden, das fortan im Haushalt von Olivia und Romano leben sollte. Finanziert aus Antonios Privatschatulle.

Wieder zurück auf der Hacienda, konnte Dorothea stundenlang und mit größtem Vergnügen die Zeichnungen betrachten, die sie von ihrer Enkelin gemacht hatte. Sie verglich sie mit denen von Olivia, als diese ebenfalls wenige Wochen alt gewesen war. Die Ähnlichkeit war verblüffend, und Dorothea sah in der kleinen Margarita eher eine Tochter als eine Enkelin.

In ihren Briefen bat Olivia, Dorothea möge in der

nächsten Zeit nicht mehr zu Besuch kommen, sie wolle sich erst einmal an den neuen Tagesablauf gewöhnen. Gleichzeitig bat sie um Geld, das sie dringend benötige, um das Zimmer für das Kindermädchen wohnlich einzurichten. Romano hatte erst kürzlich eine Brauerei in Heredia gekauft und dafür seine ganzen Ersparnisse aufgebraucht. Ein anderes Mal bat Olivia um Geld für Bett- und Tischwäsche. Dann wollte sie einen Gärtner und auch einen Kutscher einstellen, um mit ihrer alten Schulfreundin hin und wieder Ausflüge in die nächste Umgebung zu unternehmen und sich ein wenig zu zerstreuen, während Romano seinen Geschäften nachging.

»Es missfällt mir, dass unser Schwiegersohn nur das Geschäft im Kopf hat und nicht an seine kleine Familie denkt«, klagte Dorothea Antonio ihr Leid. Die Gerüchte fielen ihr ein, die Yahaira ihr zugetragen hatte, dass Romano sein Geld beim Glücksspiel und bei Frauen ließ. Sollte sie Antonio davon erzählen? Doch der schlug sich sogleich auf Romanos Seite, und Dorothea wollte sich mit ihren Vermutungen nicht lächerlich machen.

»Wenn Romano sein ganzes Kapital in die beiden Brauereien gesteckt hat, ist das recht vernünftig. Nun muss er erst eine Durststrecke überwinden, aber danach wird er wieder Gewinne erzielen. Selbstverständlich bekommt Olivia das Geld. Sie soll so leben, wie sie es gewohnt ist. Und ich sage dir, wir werden alles bis auf den letzten Peso zurückbekommen, davon bin ich überzeugt. Unsere Tochter hat schließlich einen ehrbaren Kaufmann geheiratet.«

Dorothea schwieg und hoffte, dass Antonio recht behielt.

Und wieder hatte, dem Zyklus der Jahreszeiten folgend, eine neue Ernte begonnen. Die Kaffeekirschen leuchteten rot und prall in der Dezembersonne. Die Saison war gut verlaufen, das Wetter hatte genau die richtige Menge an Regen und Sonne gebracht, und es hatte kaum Schäden durch Blitzschläge gegeben. Die fröhlichen Gesänge der Pflückerinnen und Pflücker hallten über die Felder. Ein englischer Ingenieur von der Universität San José hatte im Auftrag Antonios einen dampfgetriebenen Entpulper nach Federicos Plänen gebaut. Die Funktionsweise war auf der Hacienda ein gut gehütetes Geheimnis. Das Gerät verarbeitete Kaffeekirschen in nie gekannter Geschwindigkeit.

Antonio erzielte mit seinem frisch gerösteten Kaffee neue Verkaufserfolge und plante, nicht mehr nur den samstäglichen Markt zu beliefern, sondern ein Geschäft in der Stadt zu eröffnen. Die wohlhabenden Costa Ricaner und eingewanderten Europäer lechzten geradezu nach mildwürzigem Kaffee, der ihnen einen völlig neuen Geschmack vermittelte. Denn bisher war die minderwertige Ware im Land verblieben, während die Bohnen höherer Qualität in alle Welt verschifft worden waren. Nach anfänglicher Skepsis hatte Pedro der Geschäftsidee seines Sohnes zugestimmt. Und er musste zugeben, dass dank dieser Zusatzeinnahmen der Gewinn, den er mit seiner Farm erzielte, der höchste seit Gründung der Hacienda Margarita war.

Federico hatte auf einer Wiese hinter den Bedienstetenhäusern aus Palmwedeln und Ästen Absperrungen gebastelt und jagte sein Pony über die Hindernisse. Dorothea sah ihm eine Weile zu. Als das Tier mehrmals hintereinander bei einer Barriere scheute, verlor Federico die Lust und zog sich verärgert in das Kontor des Großvaters zurück. Ganz in Gedanken vertieft, schlenderte Dorothea zurück zum Haupthaus. Sie wollte sich auf ihren Balkon zurückziehen, in der Hängematte schaukeln und einen der zahlreichen Romane lesen, die sich schon seit Wochen auf ihrem Nachtschränkchen stapelten. War da nicht gerade eine Kutsche vorgefahren? Sie spähte zum Herrenhaus hinüber. Antonio konnte es nicht sein, er würde mit den Ochsenkarren zurückkehren, auf denen er die Säcke mit den frisch geernteten Kaffeebohnen zum Hafen begleitet hatte. Ein junges Mädchen stieg aus, es hielt etwas im Arm.

Dorothea raffte die Röcke, rannte den Weg entlang und schloss ihre Tochter in die Arme. »Olivia, welche Überraschung! Aber warum hast du nicht vorher geschrieben?«

Wortlos reichte Olivia ihr das Bündel. Diese Geste erschien Dorothea wie ein stummer Protest. Margarita schlief. Eine winzige Faust lugte unter der Decke hervor, in die sie eingewickelt war. Dorothea streichelte die zarte, rosige Kinderhand und fühlte tiefes, inniges Glück.

»Ich freue mich so, dass ihr gekommen seid!«

Olivia verschränkte die Arme vor der Brust und starrte zu Boden. Oje, welche Laus mochte der Tochter nur wieder über die Leber gelaufen sein, dass sie ihre Mutter nicht einmal begrüßte, sondern wie ein trotziges Kind dastand?, fragte sich Dorothea. Aber sie wollte sich die Freude über das unerwartete Wiedersehen nicht verderben lassen und sprach umso lebhafter.

»Weißt du was? Wir lassen die alte Wiege in dein Zimmer stellen. Darin kann Margarita tagsüber schlafen. Und dann müssen wir rasch eine Amme suchen. Die Kleine wird bald Hunger bekommen. Und gewickelt werden muss sie auch, wenn mich mein Geruchssinn nicht täuscht.«

Und dann brach es aus Olivia heraus. Wütend stampfte sie mit dem Fuß auf, wie sie es früher als Kind oft getan hatte, wenn sie nicht sofort ihren Willen bekam. »Daran ist nur er schuld! Dieser Schuft! Ich will ihn nie wieder sehen! Und in das Haus kehre ich auch nicht zurück.«

Dorothea erschrak. Also hatte ihr Gefühl, was Romano betraf, sie nicht getäuscht. Und nun war Olivia ganz offensichtlich Hals über Kopf vor ihrem Mann geflohen, hatte nicht einmal Reisegepäck mitgenommen. Das ließ Schlimmes vermuten.

Olivia riss sich den Hut vom Kopf und warf ihn zu Boden. Wütend trampelte sie darauf herum, hieb die Absätze so heftig in das feine Strohgeflecht und die Seidenblüten, bis der Hut verdreckt und zerfetzt zu ihren Füßen lag. »Mein Gott, wie konnte ich nur so dumm sein … und so blind? Ich wünsche dem Mistkerl die Pest an den Hals.«

Je mehr Olivia in Rage geriet, desto gelassener gab sich Dorothea. In diesem erregten Gemütszustand würde die Tochter kaum brauchbare Erklärungen abgeben, sie musste sich zunächst beruhigen. »Was hältst du davon, wenn du dich erst einmal frisch machst? Du findest mich auf der Veranda beim Tee. Dann reden wir über alles. Und inzwischen kümmere ich mich um die Kleine.«

Leise fluchend stapfte Olivia hinüber zum Herrenhaus, und Dorothea nahm die Enkeltochter auf den Arm. »Alles wird gut. Ihr seid zu Hause«, flüsterte sie ihr ins Ohr. Margarita öffnete die Faust und verzog den Mund. Ihr Näschen zuckte, und sie brüllte laut und herzerweichend. Dorothea eilte mit ihr in die Küche und fragte die Köchin, ob eine der Angestellten einen Säugling habe und für Margarita die Rolle der Amme übernehmen könne. Zu ihrer Erleichterung war bald eine Frau gefunden. Eine der Wäscherinnen hatte zwei Tage zuvor ihren vier Monate alten Sohn nach einem Fieberkrampf verloren und war dankbar, mit ihrer überschießenden Milch ein anderes Kind stillen zu können. Dorothea überließ ihr den schreienden Säugling und wies einen der Hausburschen an, Olivias Wiege aus der Möbelkammer zu holen.

Ein Dienstmädchen hatte auf der Veranda bereits frisch aufgebrühten Tee und Gebäck bereitgestellt. Erst als sie sich in den Korbsessel sinken ließ, merkte Dorothea, dass ihr die Beine zitterten. Was mochte die Tochter wohl Entsetzliches erlebt haben?

Wenige Minuten später erschien Olivia mit frisch aufgestecktem Haar und in einem der Kleider aus der Zeit vor der Hochzeit, die sie auf der Hacienda zurückgelassen hatte. Sie sah mädchenhaft aus, wenngleich ihr Blick dem einer Rachegöttin glich. Olivia schenkte sich eine Tasse Tee ein und hielt mit beiden Händen die Tasse umfasst, als wolle sie sich daran wärmen.

»Ich hasse ihn!« Ihre Schultern bebten, und sie stellte die Tasse zurück, ohne einen Schluck genommen zu haben. »Ach, ich weiß gar nicht, wo ich anfangen soll ...«

Dorothea rührte einen halben Teelöffel Zucker in den Tee und nahm einen Mandelkeks, kaute langsam und genussvoll. Olivia zu einer Erklärung zu drängen hätte zu nichts geführt. Nein, sie musste sich in Geduld üben. Aber sie hatte Zeit, viel Zeit. Und dann berichtete Olivia, stockend und so, als müsste sie weit in ihren Erinnerungen suchen.

»Es gab in letzter Zeit oft Streit. Romano kam häufig betrunken nach Hause und... Nun, er wurde manchmal sehr grob und äußerte sich unflätig.« Nur mit Mühe gelang es Dorothea, den Aufruhr in ihrem Innern niederzuhalten. Also hatte sie richtig vermutet. Die Blutergüsse an den Armen ihrer Tochter waren keineswegs das Ergebnis leidenschaftlicher Umarmungen gewesen. Dieser Grobian! Sollte Romano ihr jemals wieder gegenüberstehen, würde sie ihm mit ihren Fäusten heimzahlen, was er Olivia angetan hatte.

»Ich hoffte, alles würde sich ändern, wenn wir erst einmal ein Kind hätten. Dass er abends nicht mehr ausginge. Und dann war er so schrecklich eifersüchtig. Ich durfte ohne ihn das Haus überhaupt nicht mehr verlassen.«

»Warum hast du nie etwas erzählt? Dein Vater hätte sicher ein offenes Wort mit Romano gesprochen.«

»Das hätte nichts geändert, im Gegenteil... Romano wurde sonderbar. Irgendwann gab er mir kein Geld mehr. Selbst für ein Kinderjäckchen reichte es nicht. Inzwischen kenne ich auch den Grund. Er spielt – sein ganzes Vermögen hat er verspielt. Und gestern ist dann etwas Furchtbares geschehen.« Olivia zitterte am ganzen Körper. Ihre Fingerspitzen rieben kreisend über die Schläfen. »Romano hatte den ganzen Abend über verloren. Er behauptete, der Mitspieler habe gezinkte Karten eingesetzt. Die beiden gerieten in Streit, Romano zog ein Messer... und dann lag der andere am Boden. Das Messer hatte das Herz nur knapp verfehlt, erklärte der Arzt.« Olivias Stimme klang erst schrill und dann höhnisch. »Man hat Romano abgeführt und ins Gefängnis geworfen. Recht so! Ich wollte nur noch fort aus Cartago... und hier bin ich.«

Erschüttert hörte Dorothea zu. Was Olivia soeben berichtet hatte, übertraf ihre schlimmsten Befürchtungen. Sie fröstelte und sehnte sich nach Antonios starker Schulter. Doch bis zu seiner Rückkehr würden noch mehrere Tage vergehen. Sie streckte die Hand aus und streichelte Olivia über die Wange. »Und was soll nun werden?«

Olivia verzog den Mund zu einer Grimasse, die dunklen Augen funkelten zornig. »Ich lasse mich scheiden! So schnell wie möglich. Und jetzt gehe ich auf mein Zimmer und will von niemandem gestört werden.«

Dorothea sah ihrer Tochter hinterher, wie sie mit gerafftem Rock davonlief und um ein Haar einen Trog mit einem blühenden Kaktus umgestoßen hätte. Ein Grünpapagei setzte sich auf die Tischkante und nutzte Dorotheas Unaufmerksamkeit, um sich einen Mandelkeks zu schnappen und davonzufliegen. Zwei Artgenossen verfolgten ihn krächzend in das Geäst eines Tamarindenbaumes und wollten ihm die Beute abspenstig machen.

Dorothea musste Ordnung in den Wirrwarr ihrer Gedanken und Gefühle bringen. Zuallererst hoffte sie, dass der schwer verletzte Zechkumpan überlebte. Denn sonst wäre Olivia die Frau und Margarita die Tochter eines ... Mörders gewesen. Welch unerträglicher Gedanke! Kaum vorstellbar, welche Bürde das für beider künftiges Leben bedeutet hätte. Sie wollte den Unbekannten in ihre Gebete einschließen. Olivia verlangte also die Scheidung. Doch das war eine Sünde. Was Gott zusammenfügt, soll der Mensch nicht trennen, hatte Padre Isidoro bei der Trauung gesagt.

Hingegen ... war Romanos Tat nicht viel schwerwiegender? Er hatte versucht, einen Menschen umzubringen. Das war sogar eine Todsünde! Kein einziger überzeugender Grund fiel Dorothea ein, um Olivia von ihrem Vorhaben abzubringen. Im Gegenteil, womöglich war es sogar das Beste, das Kapitel Romano auf diese Weise abzuschließen. Tochter und Enkeltochter würden auf der Hacienda bleiben, ihr so nahe sein, wie sie es sich insgeheim immer erhofft hatte. Und vielleicht fände sich eines Tages ein anderer Ehemann für Olivia, ein besserer.

Pedro und Isabel hatten die Nachricht vom Einzug ihrer Enkelin und Urenkelin mit unbewegter Miene zur Kenntnis genommen. Dorothea wusste genau, wie sehr beide das Gerede fürchteten, das sich wie ein Lauffeuer in ganz San José und Umgebung verbreiten würde. Nicht wenige Neider würden sich voller Schadenfreude daran weiden, dass die stets auf ihren guten Ruf bedachte Familie Ramirez in den Skandal des Jahres verwickelt war. Die Enkelin des bedeutendsten Kaffeebarons hatte einen Trinker geheiratet, einen Spieler, Bankrotteur und Sträfling. Und nun war sie reumütig nach Hause zurückgekehrt. Doch entgegen ihren sonstigen moralischen Grundsätzen plädierten sogar die Großeltern für eine sofortige Scheidung, damit auch nach außen hin sichtbar wurde, dass die Familie mit einem derartigen Subjekt nichts zu tun haben wollte.

Die meisten Stunden des Tages verbrachte Olivia in ihrem Zimmer, um in Ruhe nachzudenken, wie sie sagte. Weil sie sich durch das gelegentliche Schreien ihrer kleinen Tochter gestört fühlte, ließ Dorothea die Wiege in ihr eigenes Schlafzimmer bringen. Wie zuvor schon Olivia, als sie im Säuglingsalter gewesen war, verbrachte Margarita die Nacht bei ihrer Amme. Manchmal nahm Dorothea die Kleine auf den Arm und wanderte mit ihr am Bach entlang oder fuhr mit Enkelin und Amme in die Casa Santa Maria. Margarita war der Liebling der Mädchen. Jede wollte sie auf den Schoß nehmen, ihr etwas vorsingen oder sie durch Grimassen zum Lachen bringen. Sogar Don Quichote schien Beschützergefühle zu entwickeln, wenn er sich neben den Weidenkorb legte und das schlafende Kind bewachte.

Antonio kam mit den leeren Ochsenkarren aus Puntarenas zurück, und es gelang ihm, worum Dorothea sich vergeblich bemüht hatte: die Tochter für einige Zeit aus ihren Grübeleien zu reißen. Liebevoll tröstete er seine Prinzessin und ließ kein einziges gutes Haar an dem Schwiegersohn, von dem er sich bitter enttäuscht fühlte. Nun, da die Familie wieder vollständig war, kam es Dorothea fast wie früher vor, und insgeheim wünschte sie sich, dass es immer so bliebe.

Allen Familienmitgliedern war die Erleichterung anzumerken, als sie die Nachricht erhielten, dass Romanos Kontrahent zwar weiterhin im Hospital behandelt werden musste, sich aber auf dem Weg der Besserung befand. Antonio beauftragte einen Anwalt, auf schnellstem Weg die Scheidung zu erwirken. Olivias persönliche Gegenstände ließ er von einem Hausdiener aus dem nunmehr leer stehenden Haus in Cartago abholen.

»In zwei Wochen soll der Prozess gegen Romano beginnen«, wusste Antonio eines Tages bei der Mittagsmahlzeit zu berichten. Dann verzog er verächtlich die Mundwinkel. »Und stellt euch vor, soeben erhielt ich einen Brief von ihm. Er behauptet ganz frech und dreist, er sei unschuldig und habe in Notwehr gehandelt, nachdem sein Kumpan ihn tätlich angegriffen habe. Nun verlangt er, dass wir ihm den besten Anwalt Costa Ricas als Verteidiger besorgen. Das seien wir ihm als fürsorgliche Verwandte schuldig.«

Olivia kicherte höhnisch in sich hinein und machte eine wegwerfende Handbewegung. »Tss, dieser Einfaltspinsel! Offenbar hat er immer noch nicht begriffen, dass es aus ist zwischen uns. Es gibt mehr als zwanzig Zeugen, die etwas über seine angebliche Unschuld aussagen können. Von mir aus soll das Gericht ihn für die nächsten Jahre einsperren. Ich will den Namen Romano nie wieder hören.«

Unter der Obhut der Amme entwickelte sich Margarita prächtig. Olivia hingegen wurde immer blasser und dünner. Sie nahm auch nicht mehr an den gemeinsamen Mahlzeiten teil, sondern ließ sich von der Köchin ein Omelette oder eine Hühnerbrühe aufs Zimmer bringen. Sie mochte weder Negro satteln und mit ihm wie früher über die Felder reiten noch sich mit ehemaligen Schulfreundinnen verabreden, die zumeist noch in San José lebten.

Olivia hatte immer gern Ballettaufführungen besucht, und so schlug Dorothea ihr vor, die Eltern ins Theater zu begleiten. Zudem konnten sie auf diese Weise der Öffentlichkeit beweisen, dass die Familie Ramirez fest zusammenhielt. Doch Olivia hatte offenbar jeden Antrieb verloren. Die notarielle Bestätigung, dass ihre Ehe rechtskräftig geschieden war, konnte ihre Stimmung ebenso wenig aufheitern wie die Nachricht, dass Romano zu acht Jahren Gefängnis verurteilt worden war. In ihrer Sprachlosigkeit und ihrem Wunsch nach Alleinsein erinnerte sie Dorothea an Antonio, der sich über Jahre ebenfalls in melancholischer Gemütslage befunden hatte. Die sich zu Dorotheas Erleichterung mit Olivias Heirat merklich gebessert hatte.

»Deine Mutter und ich machen uns Sorgen um dich, meine Prinzessin«, eröffnete Antonio seiner Tochter eines Nachmittags beim Tee. »Wir haben beratschlagt, wie wir dir helfen können. Vielleicht täte dir ein Ortswechsel gut. Aus der Entfernung wirken große Probleme oftmals viel kleiner.«

Olivia richtete ihre Blicke zum Himmel und hob die Schultern. In ihrer Mimik zeigten sich Spott und Trotz. »Und, wohin wollt ihr mich schicken? Ihr habt euch doch bestimmt schon etwas ausgedacht. Vielleicht nach Europa auf eine Bildungsreise für höhere Töchter? Oder soll ich gleich ins Kloster gehen?«

So sehr Dorothea sich über die schnippische Antwort der Tochter ärgerte, so erleichtert war sie, dass Olivias alte Kratzbürstigkeit wieder zutage trat. »Offen gestanden, dein Vater und ich haben eher ans Meer gedacht. Das Meer ist Balsam für Augen und Seele. Wenn man am Strand steht und bis zum Horizont sieht, schränkt nichts den Blick ein. Der geistige Horizont weitet sich. Elisabeth würde sich freuen, ihre Patentochter nach so vielen Jahren wiederzusehen. Sie schreibt, dass Marie oft nach dir fragt.«

Olivias Gesicht entspannte sich, und plötzlich lächelte sie verträumt. »Ja, ans Meer fahren, das könnte mir gefallen! Auf dem Markt Gemüse kaufen, zusammen kochen und zu dem Wäldchen mit den Roten Aras wandern… Bestimmt wohnen auch lustige Gäste in der Pension. Bei Tante Elisabeth ist es nie langweilig.« Dann aber stockte sie und wurde plötzlich ganz ernst. »Soll ich etwa auch die Amme für Margarita mitnehmen? Und vergesst nicht, eine Reise durch den Dschungel ist für einen Säugling entsetzlich anstrengend. Was ist, wenn das Kind unterwegs krank wird? Wie konntet ihr euch nur so etwas ausdenken? Schon allein wegen der Kleinen muss ich hierbleiben.«

Dorothea zögerte keine Sekunde lang, denn sie hatte sich die Antwort schon längst zurechtgelegt. »Um Margarita brauchst du dir keine Gedanken zu machen. Ich kümmere mich um sie.«

»Schau, Livi, du musst den Eischnee ganz vorsichtig unterheben, damit er nicht zerfällt. Wenn du zu stark rührst, wird der Pfannkuchen nicht locker genug.« Elisabeth war die Einzige, die Olivia mit ihrem Kosenamen ansprechen durfte. Bei jedem anderen hätte die Patentochter heftig protestiert.

»Sag, Tante Elisabeth, magst du eigentlich auch die einheimische Küche?«

»Sehr gern sogar. Ich liebe Empanadas in allen Variationen von süß bis herzhaft. Aber manchmal ist mir auch nach den Gerichten meiner Kindheit zumute. Meine Großmutter machte den besten Strudelteig, und meine Mutter war die Meisterin der Germknödel. Und ich bereite am liebsten Palatschinken oder Schmarrn zu. Bei uns zu Hause wurde Zwetschkenröster dazu serviert... in Deutschland nennt man das Pflaumenkompott. Heute jedoch erweise ich der costa-ricanischen Küche meine Referenz mit einem Mango-Ananas-Salat.«

Marie streckte den Kopf zur Küchentür herein und schnupperte. »Hm, das riecht gut! Hoffentlich gibt es genug zu essen. Gabriel hat nämlich einen Riesenhunger.«

Elisabeth wandte sich um und warf ihrer Tochter einen Luftkuss zu. »Deck schon einmal den Tisch, Spatzi, und schau, dass dein Bruder sich die Hände wäscht. Das Essen ist in fünf Minuten fertig.«

Elisabeth zerließ in einer Pfanne drei Löffel Butter und goss den Teig hinzu. »Die Pfanne darf nicht zu heiß werden, sonst brennt die Butter an.«

Währenddessen wusch Olivia in einem Sieb Rosinen und beobachtete mit großen Augen, wie Elisabeth den Teig auf den Pfannendeckel schob und vorsichtig mit der halb garen Seite in die Pfanne zurückgleiten ließ. »Bei uns zu Hause helfe ich nie in der Küche, dafür haben wir unser Personal.«

Aus diesen Worten sprach eindeutig die Tochter aus reichem Hause, stellte Elisabeth fest. Doch sie nahm Olivia die Worte nicht übel, kannte die junge Frau es von klein auf doch nicht anders. Mit zwei Gabeln zerteilte Elisabeth den Teig in kleine Stücke. »Nun, es schadet gewiss nichts, wenn eine junge Frau kochen lernt. Nicht jede kann sich Hausangestellte leisten. Außerdem lässt es sich dabei so herrlich träumen. Magst du weitermachen, Livi? Jetzt kommen die getrockneten Weinbeeren in die Pfanne, vorsichtig umrühren... drei Esslöffel Zucker obendrauf... und fertig!«

Mit beiden Händen trug Elisabeth die schwere Kupferpfanne hinüber auf die Veranda, wo die vierzehnjährige Marie und ihr sechs Jahre jüngerer Bruder Gabriel schon den Obstsalat in vier Schälchen verteilt hatten. Die beiden Frauen und die Kinder ließen es sich schmecken, schwatzten unentwegt und lachten viel. Elisabeth speiste am liebsten an diesem geschützten Platz im Freien. Vom ersten Augenblick an war sie vernarrt gewesen in dieses blaue Holzhaus. Als Maries Vater Diego in seine Heimat Chile zurückgekehrt war, hatte er ihr aus Dankbarkeit für die gemeinsamen Jahre das Haus geschenkt. Diegos Bruder war überraschend gestorben, und er fühlte sich verpflichtet, seiner Schwägerin und deren kleinen Kindern zur Seite zu stehen. Elisabeth hatte den Geliebten klaglos ziehen lassen und konnte sich ihren Traum von einer eigenen kleinen Pension erfüllen. Von der Veranda aus hatte sie einen unverstellten Blick über den hellen Sand und auf das Meer hinaus. Die Farbe des Wassers wechselte je nach Tageslicht von tiefem Dunkelblau zu hellem Türkis, und die Wellenkämme trugen weiße Schaumkronen.

Hinter einem der Korbstühle war ein Rascheln zu hören. Alle verhielten sich mucksmäuschenstill und warteten geduldig. Ein Nasenbär schlich näher, halb vorsichtig, halb neugierig, und hoffte wohl, dass etwas Essbares vom Tisch fiel. Die zutraulichen Tiere kamen aus den Mangrovenwäldern bis hinunter an den Strand, doch Elisabeth hatte es bisher strikt abgelehnt, einem dieser pelzigen Vierbeiner Zutritt zu ihrem Haus zu gewähren. Sehr zum Kummer ihres Sohnes, der am liebsten einen der putzigen Allesfresser als Haustier gehabt hätte. Gabriel kletterte von seinem Stuhl und lief mit ausgebreiteten Armen auf das Tier zu. Blitzartig ergriff der Nasenbär die Flucht und verschwand mit hoch erhobenem Schwanz hinter einem Pochotebaum. Enttäuscht blickte der Junge ihm hinterher.

»Aber ich wollte ihn doch nur streicheln…«

»Vorsicht ist besser als Nachsicht, sagte sich der Nasenbär und lief davon«, lachte Marie.

»Das finde ich blöde. Der mag mich nicht…«, maulte der Achtjährige und zog einen Flunsch.

»Bestimmt hat er nur Respekt vor einem so großen und starken Jungen wie dir«, tröstete ihn Marie. »Wollen wir nachher Strandgut sammeln? Vielleicht finden wir wieder

Holz, das wie ein Tierkörper geformt ist. Wir verkaufen es auf dem Markt an Reisende, und wenn du genug Geld gespart hast, kaufst du dir eine Gitarre.«

Elisabeth warf ihrer Tochter einen liebevollen Blick zu. Die sechs Jahre ältere Marie wusste genau, wie sie ihren Bruder von seiner gelegentlichen Weinerlichkeit abbringen konnte. In der Regenzeit wurden von den Höhen der Cordilleren zahllose Baumstämme und Äste flussabwärts ins Meer geschwemmt. Ein Teil davon trieb auf den offenen Ozean hinaus, ein anderer wurde von den Wellen an den Strand zurückgeworfen. Holzsammeln war eine von Gabriels Lieblingsbeschäftigungen. Manchmal fanden sich auch Schuhe oder Koffer. Solch seltenes Strandgut war wohl auf jenen großen Schiffen über Bord gegangen, die an der Küste vorbeisegelten.

Die Kinder zogen los, und Elisabeth schickte ihnen eine Kusshand hinterher. »Sag, Livi, sind die beiden nicht herzig?«

»Du liebst sie sehr, nicht wahr?«

»O ja, größere Geschenke hätte mir das Schicksal nicht machen können. Ich bin eine leidenschaftliche und vernarrte Mutter. Wenn du mir hilfst, das Geschirr abzuräumen, brühe ich uns einen Kaffee.«

Ihre Freundin Dorothea wäre sicher überrascht gewesen, ihre Tochter mit häuslicher Arbeit beschäftigt zu sehen. Bei ihrer Ankunft vor drei Wochen war Olivia ungewöhnlich still und nachdenklich gewesen. Das unglückliche Ende ihrer kurzen Ehe machte ihr womöglich mehr zu schaffen, als sie offen zugeben konnte. Aber sie hatte sich schnell an den Tagesablauf mit den beiden Kindern gewöhnt, half sogar bei den Frühstücksvorbereitungen für die Pensionsgäste und brachte deren Zimmer in Ordnung. Mittlerweile logierte nur noch ein einziger Gast in dem blau gestrichenen Haus, ein argentinischer Dichter, der sich rühmte, ein Nachfahr des spanischen Seefahrers Juan Díaz de Solís zu sein, der im Jahr 1516 als erster Europäer argentinischen Boden betreten hatte.

Elisabeth stellte zum Kaffee auch ein Schälchen mit Zucker und ein Kännchen Rahm auf den Tisch. »Einen so köstlichen Kaffee wie aus der Rösterei deines Vaters habe ich zuletzt als junges Mädchen getrunken. In einem Wiener Kaffeehaus in der Nähe vom Stephansplatz. Dort habe ich übrigens auch meinen ersten Heiratsantrag bekommen.« Plötzlich hatte sie die Szene wieder klar und lebhaft vor Augen. Sie sah sich als Zwanzigjährige in einem taillierten schwarzen Kostüm, auf dem Haar eine rote Schute. Ihr gegenüber ein Kommerzienrat, dessen Namen ihr entfallen war, wie er sich ein Monokel vor das rechte Auge klemmte und ihr unverwandt auf den Busen starrte.

Olivia hörte neugierig zu. »Erzähl, Tante Elisabeth! Warum hast du den Heiratsantrag nicht angenommen?«

»Ach, Spatzi, der Mann wäre nichts für mich gewesen. Er war viel zu bürgerlich und hätte obendrein mein Großvater sein können. Ich wollte ungebunden bleiben und die Welt kennenlernen. Und so ist es auch gekommen. Hier am Meer habe ich meinen Platz gefunden. Ich möchte nie mehr fortgehen.«

Olivia musterte ihre Gastgeberin zweifelnd. »Und wenn eines Tages doch noch ein Mann kommt, der dich heiraten und mitnehmen will? Ein junger, hübscher und reicher?«

»Auch wenn er alle diese Eigenschaften besäße – er müsste bei mir bleiben oder ohne mich weiterziehen. Doch wer weiß, vielleicht taucht irgendwann einer auf, in den ich mich verschaue. Auch wenn es nur vorübergehend anhält. Wie bei den anderen. Ich hatte immer nur Männer auf Zeit.«

»Und dann bekommst du ein drittes Kind.«

Elisabeth zog die Patentochter an sich und lachte laut und glucksend. »Jetzt fühle ich mich tatsächlich geschmeichelt, Schatzerl. Ich bin siebenundvierzig Jahre alt. Mit anderen Worten: eine alte Schachtel. Ich kann allenfalls an Enkelkinder denken. Wenngleich ich meine, Marie mit ihren vierzehn Jahren sollte sich ruhig noch etwas Zeit lassen. Doch wie ist es mit dir? Du bist jung, hübsch, kommst aus bestem Elternhaus, und seit der Scheidung bist du wieder eine gute Partie auf dem Heiratsmarkt. Margarita soll doch sicher irgendwann ein Geschwisterchen bekommen?«

Olivia zog eine Haarsträhne hinter dem Ohr hervor und zupfte gedankenverloren daran herum. »Hm, ich glaube nicht.«

»Aber geh, Livi, du willst doch für den Rest deines Lebens nicht wie eine Nonne leben!«

»Das nicht, aber ich trete bestimmt kein zweites Mal vor den Traualtar. Die zwei Jahre mit einem eifersüchtigen, verlogenen Trunkenbold und Spieler haben mir gereicht. Mittlerweile denke ich sogar, dass Romano etwas mit anderen Frauen hatte. Aber das ist mir mittlerweile gleichgültig. Ich will endlich allein über mein Leben bestimmen und mir nicht vorschreiben lassen, was ich tun und lassen soll. Außerdem sagte mir der Arzt nach Margaritas Geburt, ich könne wahrscheinlich keine Kinder mehr bekommen.«

»O Livi, das tut mir leid!«

»Mach nicht so ein ernstes Gesicht, Tante Elisabeth! Ich finde das nicht so schlimm. Auf diese Weise bleibt mir eine weitere Geburt erspart. Mir genügt eine Tochter.«

Eine Tochter, die auf der Hacienda zurückgeblieben ist und um die sich die Großmutter kümmert, dachte Elisabeth. Ihr selbst hätte es schier das Herz zerrissen, sich so lange von ihren Kindern trennen zu müssen. Nachdenklich blickte sie aufs Meer hinaus, über dem der Wind die Wolken nach Süden trieb. Pelikane flogen dicht über die Wasseroberfläche hinweg und ließen sich auf einer Felseninsel nieder, die in Baumhöhe aus dem Wasser aufragte. Pelikane galten als besonders fürsorgliche Vogeleltern, deren Kinder sich die Nahrung aus dem Kehlsack der Eltern holten, wie die Fischer im Ort erzählten. Ganz offensichtlich waren die Muttergefühle ihrer Patentochter weniger ausgeprägt als die eines Pelikanweibchens.

In Olivias Augen blitzte unvermittelt der Schalk auf. »Und wenn ich nicht mehr an eine Schwangerschaft denken muss, hat das sogar Vorteile. Dann kann ich mir die Männer nehmen, wie sie mir gefallen.«

Elisabeth atmete tief durch und schluckte die Bemerkung hinunter, die ihr auf der Zunge lag. So ungeniert also dachte die Tochter einer Freundin, die höchste moralische Maßstäbe an sich legte. Und sogar ihr selbst, die sich als Freigeist fühlte und die sich wenig um die Meinung anderer scherte, kam eine solche Haltung allzu freizügig vor. Doch vielleicht sollte sie die Worte der Patentochter nicht auf die Goldwaage legen, denn möglicherweise wollte Olivia sie nur provozieren. Das hatte sie schon als Kind gern getan und die Erwachsenen herausgefordert, vor allem die Mutter. Olivia war erst vor wenigen Wochen einem Ehegefängnis entronnen. Umso verständlicher war ihre Sehnsucht nach Freiheit.

Ein zweistimmiges Jauchzen riss Elisabeth aus ihren Gedanken. Marie und Gabriel kamen von ihrer Strandgutsuche zurück. Wie die beiden mit zerzaustem Haar und in verschwitzten, sandigen Kleidern barfuß vor ihr standen, sahen sie ganz so aus, wie Elisabeth sich Kinder immer gewünscht hatte: glücklich. Ausgelassen breiteten sie ihre Fundstücke aus. Mit etwas Fantasie waren in den Zweigen und Ästen tatsächlich Tiere zu erkennen: ein Affe, ein Leguan mit seinem Stachelrücken und ein Hundekopf. Elisabeth umarmte die Tochter und den Sohn und küsste sie schmatzend auf die Wangen.

»Bravo! Zur Belohnung entzünden wir abends ein Lagerfeuer am Strand und braten ein Hendl.«

»Wollen wir heute einen Ausflug zu den Roten Aras machen?« Nach Wochen des Grübelns und des Rückzugs war Olivia nach Abwechslung zumute. Insgeheim hoffte sie, dass auch Elisabeths Gast Clemente Gallego Sosa mitkäme, der argentinische Dichter. Er war um die vierzig und unverheiratet, wie sie von Elisabeth erfahren hatte. Ein Mann mit ansprechendem Äußeren, der aber nur wenig sprach und menschliche Gesellschaft zu scheuen schien. Jeden Morgen nach dem Frühstück verschwand er in seinem Zimmer. Gegen Mittag brach er zu einem Spaziergang am Strand auf und führte stets ein Heft mit sich, in das er beim Gehen eifrig Notizen schrieb.

Elisabeth schüttelte bedauernd den Kopf. »Heute passt es mir leider nicht. Im Ort lebt seit geraumer Zeit eine Malerin aus Nicaragua. Sie hat mich gebeten, ihr nackert

Modell zu stehen. Und Marie will einer Freundin zur Hand gehen und mit ihr die jüngeren Geschwister betreuen. Teresas Mutter hat vor einer Woche das siebte Kind bekommen und liegt mit Fieber im Bett.«

»Und ich muss zur Schule«, erklärte Gabriel mit vollem Mund. »Wir haben heute Musikunterricht, und unser Lehrer bringt seine Gitarre mit. Wenn ich groß bin, will ich Sänger werden und dazu Gitarre spielen.«

Alle blickten erstaunt auf, als sich am Nebentisch der Dichter zu Wort meldete. »Wenn Sie gestatten, Señorita Olivia, begleite ich Sie gern.«

Olivia zwinkerte ihrer Patentante zu. Sollte sie das Ansinnen als kleinen Erfolg für sich verbuchen? Zum ersten Mal hatte Clemente Gallego Sosa das Wort an sie gerichtet. Nun wollte sie herausfinden, was sich hinter der Fassade dieses Mannes verbarg, dessen Kleidung und Gehabe an einen englischen Gentleman aus dem vorigen Jahrhundert erinnerte. Doch sie wollte sich ihre Neugierde nicht anmerken lassen, sondern nickte gnädig und antwortete so beiläufig wie möglich. »Wir treffen uns in einer halben Stunde am Strand. Seien Sie pünktlich!«

Ihr Begleiter wartete bereits auf der Bank unter dem Pochotebaum, als Olivia die hölzerne Wendeltreppe an der Veranda hinunterstieg. Clemente Gallego Sosa war in seine Notizen vertieft und bemerkte sie erst, als sie unmittelbar vor ihm stand.

»Meine Patentante hat uns Wegzehrung mitgegeben.« Ohne eine Antwort abzuwarten, reichte sie dem Dichter den Henkelkorb. Er schien überrumpelt, verstaute umständlich Notizbuch und Stift in der Innentasche seines grauen Leinenjacketts und hielt den Korb mit abgespreiztem Arm von sich wie einen lästigen Gegenstand. Falls er stumm neben mir hergehen und in seinen Aufzeichnungen lesen will, dann hat er nun eine Hand zu wenig, dachte Olivia schadenfroh. Sie eilte voraus, bis sie bemerkte, dass Gallego Sosa nicht folgen konnte. Sie verlangsamte ihren Schritt, bis er zu ihr aufgeschlossen hatte.

»Haben Sie es immer so eilig, Señorita Olivia?«, keuchte er.

Aus den Augenwinkeln sah sie, wie er mit hochrotem Kopf neben ihr herstapfte. »Verzeihen Sie, Señor! Ich hatte vergessen, dass Männer in Ihrem Alter nicht mehr so gut zu Fuß sind.«

»Was erlauben Sie sich? Ich bin achtunddreißig! Das ist keineswegs alt. Ich habe ein angeborenes Lungenleiden und kann nicht rennen wie ein Jaguar.«

Immerhin hatte der Dichter einige kurze Sätze von sich gegeben, das war schon ein vielversprechender Anfang. Ob er in allen Lebenslagen so kurzatmig war? Sie ging langsamer, und Gallego Sosa verfiel sogleich wieder in Stillschweigen. Olivia seufzte lautlos. Ihr Begleiter war ganz offensichtlich ein Mann des geschriebenen und nicht des gesprochenen Wortes. Dabei wollte sie doch einen kurzweiligen Vormittag erleben. Und hatte sich bereits darauf eingestellt, dass der Poet womöglich tollkühn würde. Nun, sie hatte nichts gegen eine kleine Tändelei einzuwenden und bekam Lust, den großen Schweiger aus der Reserve zu locken.

»Sagen Sie, Señor Gallego Sosa, finden Sie mich eigentlich hübsch?«

Er hielt inne und starrte Olivia mit großen Augen an.

»Ich weiß nicht … Darauf habe ich noch nicht geachtet, Señorita.«

Olivia wusste nicht, ob sie enttäuscht sein sollte oder besser Mitleid empfand. »Worauf achten Sie dann?«

Der Dichter blieb stehen und legte die Stirn in Falten. Folglich war er jemand, der nicht gleichzeitig nachdenken und die Füße voreinandersetzen konnte.

»Was soll ich sagen? Ich achte auf das Geräusch der Wellen, wenn sie sich brechen. Auf die Wolken, wie sie ihre Form verändern und über uns dahinschweben. Ich beobachte den Sonnenuntergang und die funkelnden Sterne. Mit anderen Worten: Ich spüre der göttlichen Schöpfung in der Natur nach.«

Olivia seufzte tief und hörbar. Diese Art von Konversation entsprach nicht ihren Erwartungen. Dieser sinnsuchende Naturbeobachter war wahrhaftig noch langweiliger als ein Faultier, das im Geäst eines Mangobaumes Mittagsschlaf hielt. Sie war froh, als sie das Wäldchen erreicht hatten, zog eine dünne Baumwolldecke aus dem Picknickkorb und machte es sich auf einem Baumstumpf leidlich bequem. Während sie in eine Melonenspalte biss, richtete sie ihren Blick auf die Baumkronen, wo rotes Gefieder zwischen den Blättern hindurchleuchtete. Eine ganze Kolonie prachtvoller Aras hatte sich hier angesiedelt, wo sie ihre Lieblingsspeise fanden: die Früchte des Meermandelbaumes.

Der Dichter zog sein Heft hervor und füllte Seite um Seite, blickte zwischendrin verzückt nach oben, wenn einer der Papageien seine Schwingen ausbreitete, um krächzend von einem Baum zum nächsten zu wechseln. Eine Gruppe von Kapuzineräffchen turnte durch die Baumkronen.

Einige kletterten zu Boden und machten sich daran, mithilfe eines Steines eine Kokosnuss zu öffnen. Olivia beobachtete eine Weile ihr vergebliches Tun, dann schloss sie die Augen und ließ sich einlullen von den Geräuschen ringsum, dem fernen Meeresrauschen und den Lauten der Tiere, die das Wäldchen bevölkerten.

Sie ließ ihren Gedanken freien Lauf, fühlte wieder diesen eigenartigen Schwebezustand, in dem sie sich seit ihrem Weggang aus Cartago befand. Versuchte sich vorzustellen, was in sechs Monaten wäre, in fünf oder zehn Jahren, doch sie sah nichts, fühlte nur die innere Leere. Sie hatte keine Pläne und kein Ziel, lebte einfach in den Tag hinein. Auch wenn sie sich willkommen fühlte, konnte sie nicht ewig bei Elisabeth bleiben.

Keinesfalls wollte sie zurück auf die Hacienda, wo das Leben allein dem steten Wechsel der Jahreszeiten folgte. Mit festen Essenszeiten, Geboten und Verboten, den immer gleichen Abläufen, langweilig und vorhersehbar. Und nun auch mit einem Kind, für das sie sich verantwortlich fühlen sollte. Irgendetwas musste geschehen, damit dieser seelische Stillstand aufhörte. Damit sie sich endlich wieder lebendig fühlte.

Sie öffnete die Augen und sah Clemente Gallego Sosa auf dem farnüberwucherten Waldboden sitzen, den Rücken an einen Baum gelehnt und mit offenem Mund schlafend. Unfassbar! Dieser Argentinier war ein Mann, und als solcher hätte er die Situation doch für sich ausnutzen können. Hätte sie, die junge und hübsche Frau, mit schwärmerischen Worten oder mit gedrechselten Versen umgarnen können. Hätte sie vielleicht sogar küssen können. Sollte ihr je der Sinn nach einer Romanze stehen – dieser Mann wäre nicht der Richtige für sie. Den Rückweg legten beide schweigend zurück. Olivia trug sogar freiwillig den Korb, damit Gallego Sosa mit seinen Aufzeichnungen fortfahren konnte.

Einige Tage später reiste der Dichter ab, nicht ohne sich bei Olivia überschwänglich für einen unvergleichlichen Ausflug bedankt zu haben.

Eines Nachmittags, als Olivia, Marie und Gabriel mit Taschen voll bizarr geformter Hölzer zurückkehrten, waren drei neue Gäste eingetroffen. Eine kleine Theatertruppe, die von Ort zu Ort zog und für einige Tage Erholung am Meer suchte. Die drei wollten in einer der Schenken im Ort zu Abend essen und erst zu später Stunde heimkehren, wie Elisabeth zu berichten wusste.

Olivias Herz schlug schneller, ohne dass sie einen Grund dafür hätte nennen können. Kaum konnte sie den nächsten Morgen erwarten, an dem sie die Mitglieder kennenlernen würde. Die Compañía Dario bestand aus einem Mann und zwei Frauen. Dario, der Namensgeber, war etwa fünfzig Jahre alt, ein beleibter mittelgroßer Mann mit dichtem rotbraunem Bart, der die untere Gesichtshälfte fast vollständig verdeckte. Silvina war mit ihren dreißig Jahren die Jüngste in der Truppe. Eine lange, hagere Frau mit fransigem Haar und einer Nase, die einem Adlerschnabel glich. Ihre knarrende Stimme erinnerte an ein schlecht geöltes Türscharnier. Die etwa zehn Jahre ältere Evita war äußerlich das Gegenteil, klein, rundlich und mit langen blonden Zöpfen, die sie im Nacken mit einer Schleife zusammenhielt. An den Handgelenken trug sie eine Vielzahl goldener Reifen, die bei jeder Bewegung klimperten.

Olivia gab sich nach außen gelassen, doch jede Faser ihres Körpers war angespannt, als sie den Erzählungen der

Truppe lauschte. Seit vier Jahren zogen sie umher, waren bisher in Honduras, Nicaragua und Costa Rica aufgetreten und befanden sich nun auf dem Weg nach Panama, wo sie die Kompanie ins Leben gerufen hatten. Texte und Lieder schrieben die Mitglieder selbst, ihre Darbietungen waren eine Mischung aus Schauspiel, Pantomime, Musik und Gesang.

Auf Olivias Bitten hin zogen alle nach dem Frühstück zum Strand hinunter und gaben eine Kostprobe ihres Könnens. Evita mimte eine eifersüchtige Ehefrau, die auf ihren Mann wartete und irrtümlich das Dienstmädchen mit einer Blumenvase niederschlug. Danach begleitete Dario Silvina auf der Gitarre. Sie trug ein Lied über zwei Katzen vor, die sich unsterblich in denselben Kater verliebt haben, einen notorischen Schwerenöter mit grau-schwarz getigertem Fell. Sie unterstrich ihren Gesang mit übertrieben ungelenken Gesten, sodass sich Olivia, Elisabeth und Marie vor Lachen die Tränen aus den Augen wischten.

Begeistert klatschte Olivia Beifall. Und dann rutschte ihr eine Bemerkung heraus, über die sie gar nicht nachgedacht hatte, die irgendwo aus der Tiefe ihres Herzens aufgestiegen war. »Bravo! Eine Schauspielerin, eine Sängerin und ein Musiker. Fehlt nur noch eine Tänzerin, dann ist das Quartett komplett.«

Dario richtete sich breitbeinig auf und kratzte sich hinter dem Ohr. »Was wollen wir mit einer zusätzlichen Person, he? Wir treten als Trio auf.«

»Und so wird es auch bleiben. Ein dreibeiniger Stuhl kann nicht wackeln«, erklärte Evita mit schnippischem Unterton und schickte sich an zu gehen. Dario hielt sie am Ärmel fest.

»So warte doch! Wenn ich es mir recht überlege, finde ich den Vorschlag dieser Señorita doch nicht so übel... Eine Tänzerin könnte die Zwischeneinlagen machen oder mit Silvina gemeinsam auftreten.«

Silvina tippte sich mit dem Zeigefinger an die Stirn. »Du merkst gar nicht, welchen Unsinn du redest, Dario. Ein Lied wird gesungen und nicht getanzt. Außerdem, wo sollten wir eine Tänzerin hernehmen?«

»Ich... ich könnte tanzen«, hörte Olivia eine aufgeregte Stimme und stellte zu ihrer Überraschung fest, dass es die eigene war. Fünf Augenpaare richteten sich auf sie.

»Du?«, fragten Elisabeth und Marie wie aus einem Mund.

Mit zitternden Händen saß Olivia in ihrem Zimmer und machte sich Notizen. In ihren Ohren erklang eine Melodie, zu der sie über Schrittfolgen und Armbewegungen nachsann. Ihr war, als sei sie plötzlich aus einem tiefen Schlaf erwacht. Sie war sicher, dass die Begegnung mit dieser Truppe kein Zufall war, sondern Schicksal. Hatte sie nicht schon als Kind davon geträumt, Abenteuer zu erleben, von einem Ort zum nächsten zu reisen, Freiheit zu atmen? Sie wollte unbedingt in diese Kompanie aufgenommen werden, und dazu musste sie die drei von ihrem Können überzeugen.

Alles war plötzlich einfach und klar. Sie hatte ein Ziel, sie wollte Tänzerin werden. Eine große, berühmte Tänzerin. Wie Lola Montez, über deren Leben sie einige Bücher gelesen hatte. Nein, sie wollte noch berühmter, noch größer werden. Doch nicht die klassischen Tanzschritte gedachte sie vorzuführen, die sie als junges Mädchen in den

Ballettvorstellungen im Theater von San José gesehen hatte, wo die Ballerinen elfengleich und schwerelos über die Bühne schwebten. Viel zu blutleer waren ihr diese Wesen vorgekommen, als seien sie nicht von dieser Welt.

Sie würde etwas Eigenes schaffen, etwas Neues aus den Tänzen formen, die ihr der argentinische Lehrer beigebracht hatte: Bolero, Chacucha, Flamenco und Fandango. Nicht nur mit den Füßen, auch mit dem Herzen wollte sie tanzen. Allein durch ihre Bewegungen, durch Mimik und Gestik wollte sie Geschichten erzählen. Geschichten, die von der Liebe handelten, von Zärtlichkeit und Leidenschaft, Eifersucht und Hoffen, Hass und Verzeihen. Die Zuschauer sollten ergriffen, tief in ihrem Innern berührt werden. Alle Männer würden ihr zu Füßen liegen.

Als die Mitglieder der Compañía Dario zu ihrem morgendlichen Rundgang durch den Ort aufbrechen wollten, bat Olivia sie, noch ein wenig zu verweilen. Eilig räumte sie die Tische und Stühle auf der Veranda beiseite und stellte sich in Positur. Mit hochgerecktem Kinn blickte sie hinüber zu dem alten Pochotebaum, durch dessen Blattwerk die Sonne hindurchblinzelte. Sehr langsam begann sie sich zu bewegen, beugte sich zum Boden und streckte die Hände vor, als pflücke sie Blumen auf einer Wiese, die sie zu einem dicken Strauß band. Dann sprang sie auf und drehte sich im Kreis wie die Figurine einer Spieluhr. Dabei lächelte sie einem unsichtbaren Gegenüber aufreizend zu, lockte und verweigerte sich, einmal als Jägerin, dann wieder als Gejagte. Sie stampfte auf den Boden und riss den Arm hoch, als würde sie mit dem Degen einen Gegner fernhalten. Und wenige Takte später vollführte sie scheue Trippelschritte und verkörperte sanfte Hingabe.

Woher kam plötzlich diese Musik? Trug sie die Melodie in ihrem Herzen? Dann sah sie, dass Dario die Gitarre hielt und die Saiten schlug. Er improvisierte zu ihren Bewegungen, und plötzlich entstand zwischen ihnen eine stumme Übereinkunft, eine Harmonie, als hätten sie schon viele Male miteinander geprobt. Als sie geendet hatte, sagte keiner ein Wort. Und doch glaubte sie, in den Gesichtern ihrer Zuschauer Verblüffung und zugleich Anerkennung zu entdecken. Schließlich unterbrach sie das Schweigen.

»Und, was sagt ihr nun? Nehmt ihr mich in eure Truppe auf?«

Dario stand breitbeinig auf der Veranda und kratzte sich hinter dem Ohr. »Das müssen wir erst miteinander besprechen. So etwas lässt sich nicht sofort mit Ja oder Nein beantworten.«

Evita warf Olivia einen feindseligen Blick zu. »Wir wollen unser sauer verdientes Geld doch nicht durch vier teilen.«

Dario machte eine beschwichtigende Handbewegung. »Lass nur! Wenn sie beim Publikum ankommt, können wir eine höhere Gage fordern, und dann bleibt für jeden von uns sogar etwas mehr.« Er tippte sich mit dem Finger an eine unsichtbare Hutkrempe und zog Evita und Silvina mit sich fort. »Wir werden eine Nacht darüber schlafen!«, rief er Olivia im Weggehen zu.

Gespannt blickte sie zu ihrer Patentante hinüber, hoffte so sehr, dass ihr die Darbietung gefallen hatte und sie ein Lob aussprach. »Was meinst du, Tante Elisabeth?«

»Das war großartig, Livi. Aber hast du dir das alles auch gut überlegt? Du bist behütet aufgewachsen, kennst bisher nur die angenehmen Seiten des Lebens. Und das willst du aufgeben? Du wirst auf Märkten und in Schenken tanzen, immer unterwegs sein und nicht wissen, wo du die nächste Nacht verbringst. Ich kann deinen Wunsch nach dem großen Abenteuer verstehen, mir erging es in deinem Alter nicht anders. Aber ich war allein und nur mir selbst Rechenschaft schuldig. Du hast eine kleine Tochter. Willst du dem Kind ein Wanderleben inmitten muffiger Kulissen und schmieriger Hinterhofzimmer zumuten?«

»Aber nein, Tante Elisabeth! Margarita wird auf der Hacienda bleiben.«

»Nun, hast du früher schon einmal mit deiner Mutter über eine Zukunft als Künstlerin auf Wanderschaft gesprochen?«

Olivia wurde die Kehle eng. Sie wusste ja selbst erst seit wenigen Stunden, welchen Weg sie einschlagen wollte. Und auf diesem Weg war weder Zeit noch Platz für ein kleines Kind. Doch nein, sie wollte kein schlechtes Gewissen haben! Schließlich ging es um ihre Zukunft. Um eine strahlende Zukunft, und ihre ganze Familie sollte stolz auf sie sein.

»Das nicht, aber …« Sie fuhr sich mit dem Handrücken über die Stirn, wollte den aufkeimenden Zweifel rasch beseitigen. »Ich bin mir sicher, Mama ist glücklich, Margarita während meiner Reisen in ihre Obhut zu nehmen. Du müsstest sehen, wie ihre Augen glänzen, wenn sie die Kleine nur auf den Arm nimmt.«

»Du wirst deine Tochter vermissen.«

Olivia schüttelte so heftig den Kopf, dass sich einer ihrer Zöpfe löste und über die Schulter fiel. Warum wollte die Patentante, die doch sonst so großzügig dachte, nicht verstehen, dass sie sich als angehende Künstlerin fühlte und nicht auf einer Hacienda zu versauern gedachte?

»Ich kehre zwischendurch immer wieder nach Hause zurück, ganz gewiss. Und nun drück mir die Daumen, Tante Elisabeth, dass ich aufgenommen werde!«

Meine liebste Mama! Ich hoffe, es geht Euch allen gut zu Hause. Tante Elisabeth hat die beiden Vasen, die Du mir für sie mitgegeben hast, auf die Kommode in der Diele gestellt. Jeden zweiten Tag stellt sie frische Blumen hinein, und von Papas geröstetem Kaffee hat sie geradezu geschwärmt. Richte ihm das bitte mit einem Gruß von ihr aus. Wie geht es meiner süßen kleinen Tochter? Ist sie auch so ein Wildfang, wie ich es war? Bestimmt läuft sie manchmal schon ihrem Kindermädchen davon.
Der Ortswechsel und die klare Luft am Meer haben mir so gut geholfen, wie Papa und Du es für mich erhofft hattet. Ganz unerwartet hat sich mein Leben gewandelt. Und zwar so schnell, dass ich keine Zeit mehr hatte, Euch zu schreiben oder Euch persönlich davon zu erzählen. Plötzlich habe ich wieder eine Zukunft vor mir, und dafür danke ich dem Schicksal oder wer immer dafür verantwortlich sein mag. Ich schreibe Euch von unterwegs, denn ich befinde mich kurz vor der Grenze nach Panama.
Du musst Dir aber keine Sorgen machen, Mama, ich bin nicht allein. Eine kleine Truppe von Wanderschauspielern hat mich engagiert, und schon bald werde ich das tun, wovon ich insgeheim schon als Kind träumte, was ich mir aber nie so recht eingestanden habe. Ich werde fremde Städte kennenlernen, und ich werde auf der Bühne stehen und tanzen. Du kannst Dir nicht vorstellen, wie aufregend das alles ist

und wie sehr ich meinem ersten öffentlichen Auftritt entgegenfiebere. Ich werde Erfolg haben, das spüre ich ganz genau.
Natürlich habe ich mir Gedanken gemacht, ob ich meiner Tochter ein unstetes Wanderleben zumuten kann. Ich bin zu der Überzeugung gelangt, dass sie, solange sie noch so klein ist, auf der Hacienda am besten aufgehoben ist. Mit einem eigenen Zimmer, festen Essenszeiten und vertrauten Menschen. Du bist sicher meiner Meinung, nicht wahr, Mama? Und Du wirst meine Kleine hüten und sie umsorgen. Sobald es mir möglich ist, werde ich Euch besuchen. Gib Margarita und Papa einen dicken Kuss von mir! Federico soll sich um Negro kümmern und ihm jeden Sonntag eine Extraportion Hafer geben. Ich umarme Euch alle. Wünscht mir Glück! Olivia

Mehrere Male las Dorothea den Brief, konnte nicht fassen, was da in brauner Tinte auf dem Papier geschrieben stand. Sie wollte es nicht glauben. Sie hatte ihrer Tochter ihre ganze Liebe und Fürsorge geschenkt, hatte gehofft, sie noch für längere Zeit in ihrer Nähe zu haben und mitzuerleben, wie sie ihrem Kind eine ebenso gute Mutter wäre, wie sie selbst es für Olivia gewesen war. Diese Tochter hatte sich nun dem fahrenden Volk angeschlossen und wollte ihr bürgerliches Leben aufgeben.

Ihr Herz krampfte sich zusammen und schmerzte. Wie konnte eine Mutter ihr Kind ohne Not zurücklassen? Um sich mit Menschen zusammenzutun, die in der Gesellschaft einen denkbar schlechten Ruf genossen und als Spaßmacher und gescheiterte Existenzen galten. Die auf Eintrittsgelder und Spenden angewiesen waren und in früheren Zeiten außerhalb der Friedhofsmauern begraben wurden. Wie die Selbstmörder. Der Schmerz in ihrer Brust wurde immer stärker. Sie presste die Hände gegen die Schläfen und bemühte sich, einen klaren Gedanken zu fassen. Zumindest war Olivia weitsichtig genug und erkannte, dass dies kein Leben für ein kleines Kind war.

Doch wie konnte Olivia es ertragen, über lange Zeit von ihrer Tochter getrennt zu sein? War Mutterliebe nicht jedem weiblichen Wesen angeboren? Oder gab es Frauen, die ihr Kind nicht liebten, es vielmehr als Last empfanden? So wie ihre eigene Mutter, Sibylla Fassbender. Diese schöne große Frau mit dem verbitterten Zug um den Mund, die mit Lob und Umarmungen gegeizt hatte, sosehr die Tochter sich auch angestrengt hatte. Hatte Olivia womöglich die Gleichgültigkeit ihrer Großmutter geerbt? Bestimmt hatte Elisabeth versucht, Olivia von ihrem Plan abzuhalten. Aber sie wusste auch, dass die Tochter sich nicht aufhalten ließ, wenn sie sich etwas in den Kopf gesetzt hatte.

Was aber würde aus Margarita, die ohne Vater und Mutter aufwuchs? Und was würde sie der Enkelin eines Tages antworten, wenn diese nach den Eltern fragte? Dass ihr Vater im Gefängnis saß, weil er fast einen Mann umgebracht hätte? Dass er ihre Mutter verprügelt und betrogen hatte? Dass ihre Mutter lieber auf einer Bühne vor fremden Menschen tanzte, als sich um das eigene Kind zu kümmern? Sie musste sich rechtzeitig eine plausible Erklärung einfallen lassen, damit die kleine Seele keinen Schaden nahm. Nur zu deutlich erinnerte sich Dorothea noch, wie einsam und verloren sie sich als Kind gefühlt hatte. Aufgrund ihrer eigenen Erfahrungen durfte sie nicht zulassen, dass ihrer Enkelin ein ähnliches Schicksal widerfuhr. Sie sollte ein fröhliches und glückliches Mädchen werden. Dafür wollte sie sorgen.

Antonio konnte die Entrüstung seiner Frau nicht recht verstehen. »Ich stimme dir zu, dass ein Kind Wärme und Zuwendung braucht. Die bekommt es in der Regel von der Mutter. Aber manchmal sind die Umstände dagegen, wenn beispielsweise eine Mutter bei der Geburt stirbt. Dann springt bei uns die Verwandtschaft ein. Du bist zwar eine Großmutter, aber keineswegs uralt, und du wirst dich um Margarita so kümmern, als wäre sie deine Tochter, dessen bin ich sicher. Und was den fehlenden Vater angeht… Nun ja, an manchen Tagen fühle ich mich tatsächlich wie ein alter Mann. Aber ich versichere dir, dass ich für unser Prinzesschen nicht nur Großvater, sondern auch Vater sein werde.«

Dorothea nickte erleichtert, wenngleich sie Antonios allzu nachsichtige Haltung nicht teilen konnte. »Selbstverständlich werden wir für Margarita sorgen, sie soll ihre Mutter nicht vermissen. Aber ist dir nicht klar, in welche Gefahren sich unsere Tochter begibt? Und kann sie ihren neuen Freunden, sofern sie sich tatsächlich als solche erweisen, überhaupt vertrauen? Olivia ist oft so überschwänglich, so naiv, sie hat keine Lebenserfahrung, und ihr ist das eigene Glück wichtiger als das Wohlbefinden ihrer Tochter. Das kann ich einfach nicht begreifen.«

»Glaub mir, auch ich vermisse Olivia. Und ich bin mir keinesfalls sicher, dass ihre Entscheidung klug ist, ihr ganzes bisheriges Leben hinter sich zu lassen. Aber ich verstehe, dass sie ihren eigenen Weg gehen will.«

»Kannst du ihr nicht hinterherreisen, Antonio? Oder schreib ihr wenigstens einen Brief und stimm sie um! Olivia soll auf die Hacienda zurückkehren und erleben, wie ihre Tochter groß wird. Was gibt es Großartigeres für eine Frau, als ein gesundes Kind aufwachsen zu sehen? Offenbar ist ihr gar nicht bewusst, welche Gunst das Schicksal ihr mit Margaritas Geburt erwiesen hat. Auf dich hat sie immer gehört, ich als Mutter kann sie kaum beeinflussen.«

Antonio machte eine müde, abwehrende Handbewegung. »Wir sollten optimistisch sein und ihr vertrauen, Liebes. Jeder Mensch muss seinem Stern folgen.«

Enttäuscht musterte Dorothea ihren Mann, der ihre Sorgen nicht im Geringsten verstand. Wollte er Olivias mangelnde Mutterliebe etwa beschönigen oder gar verteidigen? Plötzlich bemerkte sie ein verräterisches Flackern in seinen Augen. Und dann fielen ihr auch die fahle Haut und die starren, maskenhaften Gesichtszüge auf. Verfiel Antonio etwa wieder in Schwermut? Dabei hatte sie so sehr gehofft, dass seine optimistische Stimmung länger anhielt. Nach Olivias Hochzeit hatte er seine frühere Energie und Zuversicht wiedergefunden. Sollte nun alles vorbei sein? Aber vielleicht sah sie wieder einmal viel zu schwarz, weil sie die Zukunft ihrer Tochter und ihrer Enkelin so stark beschäftigte.

Antonios Blick wanderte in eine unbestimmte Ferne. Er kniff die Augen zusammen, als sähe er dort seine Tochter. »Sei unbesorgt, Olivia wird nicht untergehen! Sie wird nie auf die Gunst anderer Menschen angewiesen sein und nur von ihrer Gage existieren müssen, die vermutlich recht bescheiden ausfällt. Sie hat jederzeit Zugang zu ihrem Erbe und kann über das Geld frei verfügen.«

Dorothea war nur mässig erleichtert. Sicher, vieles liess sich mit Geld bewerkstelligen, sofern genug davon vorhanden war. Aber einiges war damit nicht zu verwirklichen, gleichgültig, wie viel jemand besass. In diesem Augenblick hätte sie gern hinter die Stirn ihres Mannes geblickt.

Margarita wurde von Schoss zu Schoss gereicht. Gerade sass sie bei Yahaira auf den Knien, die mit versonnenem Lächeln zusah, wie die Kleine sich mit beiden Händen ihren frisch gebackenen Orangenkuchen in den Mund stopfte. Dann durfte Margarita mitentscheiden, ob Pilar ein Krokodil oder einen Leguan zeichnen sollte oder mit welchem Pinsel Leyre die Farben auf einen Teller auftragen sollte. Mit ihren drei Jahren war sie ein so eigenständiges und gleichzeitig in sich ruhendes Kind, dass Dorothea nur staunen und sich fragen konnte, wessen Erbe hier zutage trat.

Margarita trug ein knöchellanges rotes Spitzenkleid, das Olivia ihr zum Geburtstag geschickt hatte und das sie mit besonderem Stolz trug. Die Mädchen in der Casa Santa Maria nannten Margarita ihren Sonnenschein und wurden nicht müde, die Kleine zu herzen und mit Süssem zu füttern. Auch Don Quichote war ihrem Charme erlegen. Oftmals musste Dorothea lachen, wenn Kind und Hund sich Auge in Auge in stummer Zwiesprache gegenüberstanden und Margarita vertrauensvoll ihre Ärmchen um den Hals des Tieres schlang. Dann zückte die Grossmutter rasch ihr Skizzenbuch, um die anrührende Szene mit ihrer Enkelin festzuhalten.

Weil Margarita besonderen Gefallen an den Seerosen im kleinen Gartenteich gefunden hatte, machten die Mädchen den Vorschlag, Dorothea solle künftig auch dieses Motiv für ihre Keramiken verwenden. Daraufhin skizzierte sie eine Vorlage, und weil sie den Mädchen bisher ausschließlich Entwürfe mit Pflanzen geliefert hatte, zeichnete sie zusätzlich einen Schmetterling.

Als Antonio nicht zum Essen erschien, dachte sie noch an einen Zufall. Aber dann wurde ihr klar, dass ihr Mann sich wieder in den verschlossenen, unzugänglichen Menschen verwandelt hatte, der niemanden in sein Inneres blicken ließ. Sie beobachtete, dachte nach, vermutete und stellte ihn schließlich zur Rede.

»Was ist mit dir, Antonio? Du verkriechst dich stundenlang in deinem Kontor, nimmst immer seltener am Familienleben teil und siehst aus, als hättest du seit mehreren Nächten nicht geschlafen. Bitte, sag mir, was dich bedrückt! Ich sehe und spüre, dass du leidest.«

Sein Blick war traurig und gleichzeitig so abweisend, dass Dorothea ihn am liebsten an den Schultern gepackt hätte. Um alle jene Dämonen aus ihm herauszuschütteln, die ihn offensichtlich wieder heimsuchten.

»Du musst dir keine Sorgen machen, Dorothea. Mir fehlt nichts, ich sehne mich nur nach Ruhe. Und nach Vergessen ...«

»Was willst du vergessen?«

Doch Antonio hatte sich schon jäh umgewandt und rannte wie ein gehetztes Tier zu seinem Kontor auf der kleinen Anhöhe. Dorothea zürnte ihm, war er ihr doch eine wichtige Antwort schuldig geblieben und vor ihr geflohen. Denn er wusste genau, dass sie ihm an diesen Ort niemals folgen würde. Weil sie ihn dort vor Jahren eines

Abends in den Armen eines Mannes entdeckt hatte. Sie ballte die Hand zur Faust, stieß sie in die Luft und schickte einen zornigen Schrei hinterher. Sehnte sich nach einer breiten Brust, an die sie sich anlehnen konnte, nach starken Armen, die sie festhielten. Und sie gestand es sich offen ein: Sie sehnte sich nach Alexander.

Tatenlos musste sie zusehen, wie Antonio sich zurückzog wie in ein Schneckenhaus. Den Eltern gegenüber sprach er von seinem alten Magenleiden, das ihn wieder heimsuchte. Manchmal blieb er für mehrere Tage von zu Hause fort und begründete dies mit dringenden Geschäftsterminen. Wie schon häufig vermutete Dorothea auch diesmal eine schwierige, wenn nicht sogar enttäuschte Liebe. Auch mit seinen siebenundfünfzig Jahren war Antonio immer noch nicht zur Ruhe gekommen.

Nie war es ihr gelungen, ihren Mann zu einer Reise ans Meer zu bewegen. Stets war Dorothea allein zu ihrer Freundin Elisabeth an die Pazifikküste gereist. Immer gab es Gründe, warum Antonio nicht mitkommen konnte. Entweder war es die Verschiffung der Kaffeesäcke von Puntarenas aus, oder es ging um dringende Ausbesserungsarbeiten und Neuanschaffungen auf der Hacienda. Dabei hätte er am Meer, wo der Blick frei bis zum Horizont schweifen konnte, gewiss Kraft und Gelassenheit gefunden. Mehrere Tage lang sann sie darüber nach, wie sie Antonio ihren Plan unterbreiten konnte, ohne gleich mit Abwehr rechnen zu müssen. Einen Brief durch einen Boten überbringen lassen, hielt sie nicht für sinnvoll. Also musste sie eine andere Möglichkeit finden.

Gewöhnlich unternahm sie nach der Mittagsruhe mit

Margarita einen kleinen Spaziergang über die Hacienda und legte auf ihrer Lieblingsbank bei Antonios Kontor eine Rast ein. Jedes Mal nahm sie einen Korb mit frischen Früchten und ein Kinderbuch mit, aus dem sie ihrer Enkelin vorlas. Manchmal kamen einige gleichaltrige Kinder der Angestellten hinzu, und Dorothea hatte eine andächtig lauschende Kinderschar um sich versammelt. Sie hoffte, dass sich Antonio von dem Lachen und Lärmen vor die Tür locken ließ.

Eines Nachmittags, als sie ihre Vorlesestunde beendet hatte und gedankenverloren in dem Buch blätterte, schlichen einige der Kinder zur Blockhütte hinüber. Aus den Augenwinkeln beobachtete Dorothea, wie sie miteinander tuschelten. Sie hörte Gekicher und sah, wie der Älteste von ihnen, ein fünfjähriger Strubbelkopf mit einer breiten Zahnlücke und abstehenden Ohren, sich bückte und etwas aufhob. Schon flog ein Stein gegen das Fenster. Die anderen folgten seinem Beispiel. Einem ersten Impuls folgend, wollte Dorothea aufstehen und die Kinder ermahnen. Aber dann erkannte sie die günstige Gelegenheit. Sie blieb still sitzen und wartete.

Kurz darauf öffnete sich die Tür der Blockhütte, und Antonio trat auf die Schwelle. Erschrocken rannten die Kinder davon. Nur Margarita blieb stehen und streckte ihm die Ärmchen entgegen. »Großpapa, ich will hoch!«

Antonio nahm die Kleine auf den Arm und blickte suchend umher. Dorothea winkte ihm zu – ihr Plan war aufgegangen. Antonio ließ sich neben ihr nieder. Sein Anblick schmerzte sie. Er war unrasiert, seine Wangen wirkten eingefallen, und um die Augen lagen tiefe, dunkle Schatten. Am liebsten hätte sie ihn umarmt und den Kopf an seine

Schulter gelehnt, doch sie wollte nicht zurückgewiesen werden. Vorsichtig legte sie ihre Hand auf die seine.

»Was ist mit dir, Antonio? Kannst du es mir nicht sagen? Ich mache mir solche Sorgen um dich. Wir können so nicht weitermachen, es muss etwas geschehen. Lass uns gemeinsam zu Elisabeth ans Meer reisen und Margarita mitnehmen! Dort vergisst du den Alltag auf der Hacienda und alles, was dich bedrückt. In Jaco leben viele Indigenas, und wenn ihre Kinder krank sind, sucht Elisabeth mit ihnen eine Schamanin auf. Bestimmt kann diese Frau auch dir helfen.«

Margarita balancierte auf den Knien ihres Großvaters. Mit der einen Hand krallte sie sich an seinem Hemdkragen fest, mit der anderen hielt sie ihm die Nase zu. Antonio wandte den Kopf zur Seite und tat, als müsse er niesen.

»Ha... tschi! Ha... tschi!«

Margarita gluckste vor Vergnügen. »Tschi, Großpapa, tschi!«

Die beiden spielten dieses Spiel noch einige Male, und Dorothea bedauerte es, dass ihre Tochter diese zu Herzen gehende Szene nicht miterleben konnte. Gleichzeitig schöpfte sie leise Hoffnung.

»Welchen Spaß hätten wir und unsere Enkelin, wenn wir einen Spaziergang am Strand unternehmen und Treibholz sammeln könnten!«

Antonio schüttelte niedergeschlagen den Kopf. »Für eine Reise durch den Urwald fühle ich mich zu schwach. Ich muss erst wieder zu Kräften kommen. Aber von Ärzten, Schamanen oder sonstigen Quacksalbern will ich nichts mehr hören. Und jetzt frag nicht weiter, sondern lass mich einfach in Ruhe!«

Er erhob sich, und Dorothea hielt ihn am Ärmel fest, störte sich nicht daran, dass Margarita vor Erstaunen den Mund aufriss und Zeugin ihres Zwistes wurde. Sie fühlte sich wütend und ohnmächtig zugleich. Ihre Stimme klang scharf und verletzt. »Antonio, hör mir zu! Meinst du nicht, dass du ziemlich viel von mir verlangst? Schließlich bin ich deine Frau!«

Verärgert schüttelte Antonio ihre Hand ab und schlurfte wortlos zur Blockhütte zurück.

»Eins, zwei, drei, wer hat den Ball?«
»Ich!«
»Nein, ich!«
Dorothea hielt das Buch gegen die Brust gepresst und blickte durch einen Tränenschleier hindurch zu Margarita hinüber, die mit ihren Spielkameraden und dem Kindermädchen über den Rasen im Park tollte. Sie hatte es sich auf einer Decke unter einem knorrigen alten Baum gemütlich gemacht und sich in ihre Lektüre vertieft. Und so hatte sie Antonio nicht kommen hören. Erschrocken wischte sie sich eine Träne aus dem Gesicht und versteckte das Buch hastig hinter dem Rücken. »Antonio, du? Komm, setz dich zu mir! Von hier aus können wir den Kindern zusehen, ohne dass sie sich beobachtet fühlen.« Trotz ihrer Enttäuschung und Verärgerung war Dorothea froh, ihren Mann nach Tagen wieder einmal zu Gesicht zu bekommen.

Antonio ging in die Hocke und ließ sich steif und ungelenk auf der Decke nieder. Seine Bewegungen ähnelten denen eines alten Mannes. Noch wenige Monate zuvor war er mit Margarita auf den Schultern durch den Park gesprungen, erinnerte Dorothea sich traurig. Aber vielleicht wollte er sich ihr anvertrauen, so hoffte sie. Es musste doch einen Weg geben, ihn aus seiner selbst gewählten Einsamkeit herauszulocken.

»Du hast geweint?«

Doch sie wollte keine Fragen beantworten, sondern endlich Antworten auf ihre Fragen bekommen. Sie zog ein Taschentuch aus dem Kleiderärmel und schnäuzte sich. »Ja, die Geschichte war sehr ergreifend... Doch sag, wie fühlst du dich heute?«

»Es geht mir viel besser.« Seine Antwort kam schnell, ein wenig zu schnell, um glaubhaft zu wirken. In seiner Stimme schwang ein Hauch von Düsternis mit, die Dorothea beunruhigte.

»Ich werde morgen nach Cartago fahren. Dort bin ich mit Señor Ojeda Contreras verabredet, einem kolumbianischen Botaniker. Er beschäftigt sich seit Jahren mit der Frage, ob man durch Kreuzungen eine Kaffeepflanze züchten kann, die zweimal im Jahr Kirschen trägt. Ich persönlich halte das für ausgeschlossen, aber man darf sich neuesten Forschungen nicht verschließen.«

Antonio saß sichtlich unbequem auf der Decke. Er rutschte ein Stück nach hinten und lehnte sich mit dem Rücken gegen einen Baumstamm. Dabei stieß er mit den Fingerspitzen gegen das Buch. Er nahm es in die Hand und betrachtete den Einband. »*Alexander Weinsberg. Auf unbekannten Pfaden durch Costa Rica, das Land zwischen den Meeren.* Es ist also kein Liebesroman, der dir Tränen in die Augen treibt.«

Dorothea wollte das Buch an sich nehmen. Doch Antonio hielt es fest und fuhr langsam mit dem Zeigefinger über den Namen des Autors.

»Alexander Weinsberg. An den Namen erinnere ich

mich, du hattest ihn einmal erwähnt... Ist das nicht der Mann, mit dem du verlobt warst, früher in Köln? Aber du hattest doch erzählt, er sei tot.«

Dorothea gab sich keine Mühe, ihre Tränen zurückzuhalten. Wenn Antonio ihr nicht sagen wollte, was ihn bedrückte, so musste sie es ihm nicht gleichtun. Sie hatte Alexanders neuestes Werk zufällig in der Buchhandlung am Parque Central entdeckt, die auch deutsche Titel führte. In dem Buch zu lesen war für sie einerseits tröstlich, anderseits äußerst schmerzlich. »Ja, das glaubte ich über viele Jahre. Aufgrund einer Falschmeldung. Eine Zeitung hatte ihn damals mit einem anderen Mann verwechselt, der einen ähnlichen Namen trug. Ich habe Alexander zufällig wiedergetroffen. Hier in Costa Rica.«

Antonios Mundwinkel zuckten. »Du weinst... das bedeutet, du liebst ihn immer noch?«

Seine Frage traf sie wie ein Pfeil mitten ins Herz. Warum nur fiel es ihr so schwer, sich einzugestehen, dass sie nie von Alexander loskam? Aber ihre Liebe war so verzweifelt und aussichtslos. Etwas schnürte ihr die Kehle zu. Sie presste die Lippen aufeinander. Dann nickte sie.

»Es stimmt also.« Antonio seufzte tief. »Dieser Mann ist wahrlich zu beneiden.«

»Es ist anders, als du denkst, Antonio. Ich habe Alexander seit Jahren nicht mehr gesehen. Und ich werde ihn auch nie wiedersehen. Das habe ich vor der Gottesmutter geschworen.«

Antonio rückte näher an sie heran und legte ihr seinen knochig gewordenen Arm um die Schultern, presste sie fest an sich. Sie fühlte seinen Herzschlag unter den hervorstehenden Rippen. Er weinte leise.

Regen setzte plötzlich ein, kräftiger tropischer Mittagsregen. Doch er suchte keinen schützenden Unterstand auf, sondern ritt weiter, immer weiter. Der Regen rann über die breite Krempe seines strohgeflochtenen Hutes und tropfte ihm auf den Rücken. Die Kleidung sog sich voll und klebte ihm schwer am Körper, Wasser schwappte in den Stiefeln. Nach über einer Stunde erreichte er die Stelle, an der er einstmals entschieden hatte, sein Leben zu ändern. Ein besserer Mensch zu werden. Ein Mann wie andere Männer auch. Es war ein völlig unerwarteter Entschluss gewesen, eine Flucht nach vorn. Nicht aus Mut, sondern aus purer Verzweiflung.

Mit zitternden Knien stieg er vom Pferd, keuchte schwer und rang nach Luft. Ja, er erinnerte sich genau. Damals, an jenem Tag vor mehr als zweiundzwanzig Jahren, auf diesem kleinen Felsplateau, hoch über den Baumwipfeln des Regenwaldes, hatte er Dorothea einen Heiratsantrag gemacht. Voller Hoffnung und Zuversicht, dass sie diejenige war, die ihn von seinen Qualen erlöste. Wie aber hatte er von einer Frau ein Wunder erwarten sollen, das nicht einmal Gott hatte bewirken können? Trotz allen Fastens, inständiger Gebete und nächtlicher Selbstgeißelungen mit dem Ledergürtel. Er zog den Hut tiefer ins Gesicht und blickte durch den niederrauschenden Regen wie durch einen Schleier.

Und dann sah er Dorothea, wie sie selbstvergessen in gleißendem Sonnenlicht einen Skizzenblock in der Hand hielt und mit raschem, sicherem Kreidestrich die Landschaft ringsum festhielt. Dabei lugte hin und wieder ihre Zungenspitze zwischen den hübsch geschwungenen Lippen hervor, womit er sie immer neckte. Er hörte sich selbst davon reden, dass unweit dieses Plateaus der Wasserscheidepunkt sei, von dem aus die einen Flüsse dem Atlantik, die anderen dem Pazifik zuströmten.

Gänzlich überrascht war sie gewesen von seinem Antrag, fast erschrocken, und hatte um Bedenkzeit gebeten, weil ihr alles viel zu schnell ging nach nur vierwöchiger Bekanntschaft. Und er hatte des Nachts kaum noch Schlaf gefunden und in der Angst gelebt, sie könne ihn zurückweisen. Schließlich, nach schier endlos langen Tagen, hatte sie eingewilligt. Welche Erleichterung, welch unbeschreibliches Glücksgefühl hatte diese Entscheidung in ihm ausgelöst!

Wie hatte er sich stark und unverwundbar gefühlt, mit ihr an seiner Seite. Doch irgendwann waren die Dämonen zurückgekehrt und mit ihnen das schmerzliche, unbezähmbare und unstillbare Verlangen. Nach dem Atem, den Küssen, der triumphalen Stärke eines Mannes. Nach dem Gleichklang zweier Seelen. Die körperliche Nähe seiner Frau war ihm unerträglich. In ihren Armen hatte er nie seine Erfüllung gefunden. Wie auch umgekehrt. Er hatte Dorothea enttäuscht. Weil er ein Leben führte, das aus Vertuschung bestand und in dem sie nicht den Platz einnehmen konnte, der ihr zugestanden hätte.

Doch er wollte ihr zumindest ein Freund und Berater sein, hatte sie unterstützt bei der Gründung ihres Heimes, sie gegen das Unverständnis seiner eigenen Eltern und die Anfeindungen der borniertnn Gesellschaft von San José in Schutz genommen. Was ihm anfangs nicht leichtgefallen war, weil es seinem persönlichen Selbstverständnis und dem seines Volkes widersprach. Doch nach und nach hatte er manches mit den Augen seiner Frau gesehen und sie für ihre Geradlinigkeit und Unbeirrbarkeit bewundert. Und sich selbst noch tiefer verachtet.

Wie viele Jahre hatte er nur nach unverbindlicher und rascher Befriedigung seiner Sinne gesucht, die jedoch seinen Hunger nicht stillen konnte und nach mehr verlangte. Nach immer mehr. Doch zu dieser Zeit hatte er noch nicht gewusst, was Glückseligkeit bedeutete. Erst mit über fünfzig Jahren hatte er dieses einzigartige Gefühl erfahren dürfen. Als er schon nicht mehr damit gerechnet hatte. Aber diese vollkommene Erfüllung allen Sinnens und Trachtens war nicht von Dauer. Denn was sie getan hatten, verstieß gegen Gottes Gebot. War gierig, grob und schmutzig, ein Widerspruch zum biblischen Schöpfungsauftrag. So jedenfalls war es nachzulesen bei Moses, den Römern und den Korinthern. Er selbst hatte es geprüft, auch wenn er kein Kirchgänger war.

Doch konnten die Verfasser der Heiligen Schrift tatsächlich die allumfassende Wahrheit für sich in Anspruch nehmen? War nicht sein Tun vielmehr sanft, zärtlich und rein? Nie war sein Empfinden inniger und aufrichtiger gewesen. Dennoch durften diese Seelenregungen nicht sein, sie hatten keine Daseinsberechtigung. Nicht in dieser Welt.

Er schluchzte auf, und etwas krampfte sich in ihm schmerzhaft zusammen, riss eine riesige blutende Wunde. Die Regentropfen auf seinem Gesicht mischten sich mit

Tränen. Er schmeckte Salz auf den Lippen, fühlte sich zu müde und zu schwach, um sich noch länger zu widersetzen. Sein Jahrzehnte währender Kampf gegen sich selbst hatte ihn ausgezehrt. Trotz aller Anstrengung hatte er ihn verloren. Übrig geblieben war nur noch eine Hülle. Nutzlos und überflüssig.

War er deswegen an diesen Schicksalsort zurückgekehrt? Um sich den Traum zu erfüllen, den er schon als kleiner Junge geträumt hatte? Wie ein Adler mit ausgebreiteten Schwingen über die Wipfel der Urwaldriesen zu schweben. Lautlos, majestätisch und frei. Es bedurfte nur eines kleinen Schrittes, dann würde er fliegen, unendlich lang und weit, und sein Leiden hätte ein Ende. Weder Hunger noch Durst würden ihn martern, und seine Seele fände endlich Frieden.

Plötzlich hörte der Regen auf, und dunstige Nebelschwaden stiegen aus dem Dschungel auf, der ihm zu Füßen lag. Ein Schmetterling flog heran, anmutig und graziös, zeigte seine blau schillernde Farbenpracht und ruhte sich neben seiner Schuhspitze aus. Das Tier klappte die Flügel hoch und verwandelte sich sogleich in ein unscheinbares bräunliches Insekt, das wie ein welkes Blatt aussah.

Genau solch ein Schmetterling hatte sich damals auf Dorotheas Schulter niedergelassen. Wie ein edel geformtes Schmuckstück, das eine wunderschöne Frau noch kostbarer machte. Zur Verlobung hatte er ihr einen Saphirring in dem gleichen Blauton geschenkt, und sie hatte sich sofort erinnert. Ach, Dorothea, du Sanfte, Starke, Melancholische und Zuversichtliche! Vergib mir, wenn du kannst! Ich will, dass du von nun an nur noch fröhlich bist. Weil es dein Lächeln ist, das ich am meisten an dir mochte.

Dann musste er an seine Mutter denken, diese blasse und zerbrechliche Fee, die ihn so oft wehmütig gemacht hatte, weil sie so unterwürfig war. Sie hatte sich selbst schon vor langer Zeit aufgegeben, und er, der Sohn, hatte es nicht verhindern können. Würde sie ihn sehr vermissen? Seine Kinder würden keine finanzielle Not leiden. Dafür hatte er beizeiten vorgesorgt. Sie würden ohne den Vater auskommen und ihn bald vergessen haben. Gut so, das machte ihm die Entscheidung leichter.

So leb denn wohl, du mein Gefährte, meine Sonne, meine Zuversicht, mein Ein und Alles! Du hast mich lieben und leiden gelehrt. Ich küsse deinen Mund, deine Wangen, deine Lider und schicke dir eine letzte innige Umarmung. Weine nicht um mich, denn wir werden uns wiedersehen.

Sie hatten das Mittagsmahl noch nicht beendet, als ein Dienstmädchen das Speisezimmer betrat, sich Pedro näherte und ihm etwas ins Ohr flüsterte. Er hob die buschigen Brauen und wies mit dem Kinn zu Dorothea hinüber.

»Sag es ihr selbst!«

Das Mädchen machte einen Knicks. »Draußen steht ein junges Mädchen und will Sie dringend sprechen, Doña Dorothea.«

»Ihr entschuldigt mich bitte.« Dorothea faltete die Serviette zusammen und folgte der Bediensteten in die Diele. Dort wartete Blanca, außer Atem und mit schweißnassem Haar. An ihrem Gesichtsausdruck erkannte Dorothea, dass in der Casa Santa Maria etwas nicht in Ordnung war.

»Was ist geschehen, Blanca? Bist du etwa den ganzen Weg hierher zu Fuß gelaufen?«

Das Mädchen wischte sich mit dem Rockzipfel über das

Gesicht. »Ja, Doña Dorothea. Sie müssen unbedingt kommen. Es ist etwas mit Sienta.«

»Was fehlt ihr denn?«

»Das wissen wir nicht. Sie liegt auf dem Bett und schreit und atmet so komisch.«

»Was meint denn Yahaira?«

»Die ist doch gestern zur Hochzeit ihres Neffen nach Heredia gefahren und kommt erst spät zurück. Und Pilar meint… aber das wird sie Ihnen selbst sagen.«

Dorothea wies das Dienstmädchen an, eine Kutsche vorfahren zu lassen und den Schwiegereltern mitzuteilen, dass sie zur Casa Santa Maria fahren und womöglich länger fortbleiben werde.

Sienta lag zusammengekrümmt auf dem Bett. Ihre Schreie erinnerten an das Jaulen eines Hundes. Pilar und Leyre saßen daneben und hielten ihr die Hand.

»Der Gedanke ist verrückt, fast könnte ich glauben, dass Sienta ein Kind bekommt«, meinte Pilar. »Das kann aber nicht sein. Sie hätte doch viel mehr zunehmen müssen, und sie hat auch nichts von einer Schwangerschaft erzählt. Außerdem wollte sie nach den schlimmen Erfahrungen in ihrer Ehe nie wieder mit einem Mann anbändeln.«

Leyre strich der Freundin über die Wange. »Doña Dorothea ist gekommen, Sienta. Sag uns, bekommst du vielleicht ein Kind?«

Sienta schüttelte heftig den Kopf, stieß einen dumpfen Klagelaut aus und presste die Hände auf den Leib. Ihre Schreie gingen in ein Röcheln über. Sie warf sich auf den Rücken, bäumte sich auf und wollte sich aufrichten. Vergeblich.

»Das Laken ist ja ganz nass!«, stellte Blanca verwundert fest. Plötzlich wusste Dorothea, dass Pilar richtig vermutet hatte. Sienta wurde von Wehen gepeinigt, und sie hatte soeben das Fruchtwasser verloren. »Blanca, schnell! Fahr mit dem Kutscher los und hol eine Hebamme!«

Es dauerte eine quälend lange Zeit, bis Blanca mit der Hebamme zurückkam. Beatriz war eine etwa vierzigjährige resolute Frau, die mit ruhigen und sicheren Händen Sientas Brüste und Bauch abtastete.

»Das Kind ist ziemlich klein«, stellte sie fest. »Weiß jemand, in welchem Monat sie ist?«

Pilar und Leyre schüttelten den Kopf. »Wir haben gar nicht geahnt, dass sie ein Kind erwartet.«

Die Hebamme seufzte und schickte die beiden los, um frische Tücher und eine Schüssel mit abgekochtem Wasser zu holen. Sientas Schmerzensschreie erfüllten das ganze Haus und waren bis auf die Straße zu hören. Sie zog die Beine an und streckte sie wieder aus, warf den Kopf von einer Seite zur anderen und schlug mit den Händen um sich.

Dorothea kam es so vor, als wehre sich die junge Frau gegen den Geburtsvorgang. Hatte sie tatsächlich ihre Schwangerschaft nicht bemerkt oder nur geschickt unter Kleidung zu verbergen gewusst? Und wer war der Vater? Hoffentlich kein Mann, der ihr Gewalt angetan hatte. Plötzlich musste Dorothea an die Geburten von Olivia und Federico denken. Damals hatte sie geglaubt, sterben zu müssen. Aber die menschliche Natur war stark, und so hoffte sie, dass Sienta und ihr Kind das Bevorstehende auch überlebten.

Pilar und Leyre kehrten zurück. »Unten steht ein Mann, Doña Dorothea. Er sagt, er sei der Verwalter auf der Hacienda Margarita. Wir sollen Ihnen ausrichten, dass Don Antonio bei einem Spaziergang gestürzt ist und ins Hospital von Cartago gebracht wurde.«

Dorothea sprang auf und wollte hinuntereilen, doch sie kam nicht einmal bis zur Zimmertür. Ihr Kleid musste sich irgendwo verhakt haben. Es waren jedoch Sientas Finger, die sich an ihrem Rocksaum festkrallten.

»Mein Mann ist verunglückt, Sienta. Ich muss dringend nach Hause. Hab keine Angst! Die Hebamme und deine Freundinnen sind bei dir.« Dabei versuchte sie, die Finger der jungen Indianerin von ihrem Kleid zu lösen. Doch Sienta hielt den Stoff nur noch fester umklammert.

»Bitte, Sienta, ich muss wirklich gehen!«

Plötzlich stand die Hebamme neben Dorothea und sprach ihr leise ins Ohr. »Es wird keine leichte Geburt, Doña Dorothea. Das Kind will einfach nicht kommen. Vielleicht beruhigt es Sienta, wenn Sie bei ihr bleiben.«

»Nicht gehen ...«, keuchte Sienta.

Fieberhaft dachte Dorothea nach. Antonio war gestürzt und befand sich in einem Hospital, wo Ärzte und Schwestern sich um ihn kümmerten. Und hier war eine junge Indianerin, die ein Kind bekam und sie mit der Kraft der Verzweiflung festhalten wollte. Die sie dringender brauchte als Antonio. Sie wandte sich an Blanca. »Sag Señor Sánchez Alonso, dass ich mir eine Droschke miete und allein nach Cartago fahre, sobald das Kind geboren ist. Und er soll umgehend einen berittenen Boten ins Hospital schicken und meinem Mann ausrichten, dass ich so schnell wie möglich komme.«

Draußen war es bereits dunkel geworden, als die Hebamme ein rosiges und winzig kleines Mädchen zwischen Sientas Schenkeln hervorzog. Also musste Dorothea die Nacht in der Casa Santa Maria verbringen und konnte erst bei Sonnenaufgang nach Cartago aufbrechen. Erschöpft sank sie auf ihr schmales Bett. In ihrem Heim war unerwartet neues Leben eingekehrt. Sie betete, dass Antonio nicht in Lebensgefahr schwebte.

Mutter und Kind hatten die Nacht gut überstanden. So konnte Dorothea zwar übernächtigt, aber mit ruhigem Gewissen in die Droschke steigen, die Blanca am Abend zuvor für sie bestellt hatte. Sie forderte den Kutscher auf, auf schnellstem Weg zum Hospital nach Cartago zu fahren, denn sie wollte keine weitere Zeit verlieren. Während der Kutscher sein Gefährt über schmale, holprige Wege inmitten von Orangen- und Zuckerrohrplantagen lenkte, überlegte Dorothea, wie es zu dem Sturz gekommen sein konnte und welche Verletzungen Antonio davongetragen haben mochte. Er wollte einen kolumbianischen Botaniker treffen und mit ihm über die Zucht besonders tragfähiger Kaffeepflanzen diskutieren, so hatte er ihr erzählt. Ob der Wissenschaftler Zeuge des Unfalls gewesen war?

Sie bekämpfte ihre steigende Unruhe mit der Vorstellung, wie Antonio in den nächsten Tagen auf der Veranda sitzen und sich von den Folgen des Sturzes erholen würde. Während Margarita mit ihren Kameraden durch den Park tobte und mit ihrer sonnigen Art ein Lächeln auf das Gesicht des Großvaters zauberte.

Das Krankenhaus im Nordosten der Stadt lag in unmittelbarer Nachbarschaft zum Friedhof. Dorothea weigerte sich, dies als böses Omen zu sehen, und klopfte zuversichtlich an die Pforte des Hospitals. Eine übermüdet wirkende junge Krankenschwester in weißer Tracht öffnete ihr. Dorothea stellte sich vor und wurde zu einer Holzbank gebeten, auf der ein zahnloser alter Mann mit einem Verband um Kopf und Arm leise brabbelnd vor sich hin stierte. Speichel tropfte ihm aus dem zahnlosen Mund. Ihm zu Füßen lag ein kleiner brauner Hund, der Dorothea böse anknurrte.

»Bitte, warten Sie hier, Señora! Ich rufe den Doktor.«

Die Schwester verschwand, und Dorothea hatte Zeit, ihre Umgebung in Augenschein zu nehmen. In der weiß getünchten großen Eingangshalle war ein ständiges Kommen und Gehen. Krankenschwestern huschten lautlos vorbei, Ärzte stolzierten würdigen und gemessenen Schrittes hin und her und trugen meist ein dickes Lehrbuch unter dem Arm. Pfleger schoben einen Mann, dem beide Beine fehlten, in einem Rollstuhl von einem Gang in den nächsten, halfen einer alten Frau mit Klumpfuß die Treppe hinauf oder begleiteten eine tränenüberströmte junge Frau mit einem Säugling auf dem Arm ins Freie. Ein halbwüchsiger Junge schleppte sich schwerfällig auf Krücken in den Park.

Ein etwa sechzigjähriger Mann mit weißem Spitzbart kam auf Dorothea zu, an seinem schwarzen Gehrock unschwer als Arzt zu erkennen.

»Señora Ramirez? Ich bin Doktor Costa Luengo. Wenn Sie mir in mein Dienstzimmer folgen wollen. Dort können wir ungestört miteinander reden.«

»Wie geht es meinem Mann?« Dorothea hoffte, noch auf dem Flur eine erste beruhigende Auskunft zu erhalten.

»Bitte sehr, dort entlang!« Der Arzt führte Dorothea durch einen Gang mit unzähligen Türen zu beiden Seiten. »Es ist das letzte Zimmer.«

Er bat Dorothea, auf einem wackeligen, zerkratzten Holzstuhl Platz zu nehmen, und zog sich hinter einen breiten Schreibtisch zurück, auf dem mehrere aufgeschlagene Folianten lagen, außerdem Stapel von eng beschriebenen Blättern. An den Seitenwänden hingen Tafeln mit Darstellungen des menschlichen Skeletts und der Muskulatur. In einem hohen, zylindrisch geformten Glasgefäß schwamm in einer trüben Flüssigkeit ein Gebilde, das an einen zweiköpfigen Säugling erinnerte. Doktor Costa Luengo lehnte sich in seinem Sessel zurück und setzte sich einen Zwicker auf die Nase.

»Wie geht es meinem Mann?«, wiederholte Dorothea voller Ungeduld ihre Frage.

Der Arzt räusperte sich mehrere Male. »Ihr Gatte, gnädigste Señora, wurde gestern mit mehreren Knochenbrüchen und schweren inneren Verletzungen in unser Hospital eingeliefert.«

Wie betäubt saß Dorothea auf ihrem Stuhl. Sie wollte nicht glauben, was sie soeben hörte, hoffte, dass es sich um eine Verwechslung handelte. »Der Name meines Mannes ist Antonio Ramirez Duarte. Er wollte einen Wissenschaftler in Cartago besuchen …«

»Ihr Gatte wurde in der Nähe des Ortes Tres Ríos gefunden. Ein Jäger entdeckte ihn zufällig. Offenbar ist Ihr Gatte während einer Wanderung unglücklich ausgerutscht und von einem Felsen in die Tiefe gestürzt.«

Verzweifelt schüttelte Dorothea den Kopf. Nein, das konnte und wollte sie nicht glauben. Señor Ojeda Contreras wohnte doch in der Stadt. Warum hätte Antonio eine Wanderung unternehmen sollen? Noch dazu in den Bergen? »Ich möchte zu meinem Mann. Er wird doch hoffentlich... wieder ganz gesund, oder?«

Der Arzt faltete die Hände vor der Brust und beugte sich vor, schaute Dorothea über den Rand seines Zwickers hinweg beschwörend an. »Seien Sie versichert, werte Señora Ramirez, dass wir den Verletzten nach allen Regeln ärztlicher Kunst behandelt haben. Bedauerlicherweise hat sich sein Zustand innerhalb kürzester Zeit dramatisch verschlechtert. In der Nacht bekam er hohes Fieber und halluzinierte... Es tut mir aufrichtig leid, Ihnen sagen zu müssen, dass Ihr Gatte vor einer Stunde verstorben ist.«

In den Tagen nach der Schreckensmeldung lebte Dorothea wie unter einer Glasglocke. Alle Geräusche drangen nur noch gedämpft an ihr Ohr. Auch sah sie alles ringsum wie durch einen Nebelschleier. An der Stelle ihres Herzens spürte sie nur noch dumpfe Leere. Antonio, ihr Beschützer, Vertrauter und Freund, ihr Ehemann und Vater ihrer Kinder war... tot. Wie sollte das Leben ohne ihn weitergehen? Keine einzige Träne hatte sie bisher vergießen können. Ihre Augen waren wie ausgetrocknet.

Niemand auf der Hacienda Margarita hatte mit diesem tragischen Ausgang gerechnet. Nachdem ein Bote aus Cartago die Nachricht von Antonios Sturz gemeldet hatte, waren alle von einer leichten Verletzung ausgegangen und hatten mit einer schneller Genesung gerechnet. Als Dorothea den Schwiegereltern dann aber den Tod ihres Sohnes mitteilen musste, erstarrte Pedros Miene zu einer Maske. Isabel stieß einen spitzen Schrei aus und sank zu Boden wie ein umgeknickter Halm. Ein Hausdiener, der zufällig danebenstand, konnte sie gerade noch rechtzeitig auffangen. Federico hielt sich die Hände vors Gesicht und schluchzte hemmungslos. Dann wandte er sich ab und lief in sein Zimmer, schämte sich offenbar, als Sechzehnjähriger so viel Rührung zu zeigen.

Die Angestellten zeigten sich erschüttert. Im Gegensatz zu seinem Vater war Antonio äußerst beliebt gewesen. Für alle hatte er stets ein freundliches Wort und ein offenes Ohr gehabt. Manch ein Mitarbeiter hoffte schon seit Jahren, der Sohn werde endlich das Regiment auf der Hacienda übernehmen und seinen alten Vater ablösen. Obwohl Pedro vielen Menschen Arbeit gab. Den Hausangestellten in der Küche, der Mühle, den Gartenanlagen oder den Stallungen und auch den Wanderarbeitern, die während der dreimonatigen Erntezeit die Kaffeekirschen pflückten. Doch wegen seines Jähzorns und seiner Unnachgiebigkeit war Pedro allseits gefürchtet. Die Trauer um Antonio jedoch war tief und aufrichtig.

Pedro weigerte sich darauf, seinen Sohn, wie das Gesetz es vorschrieb, auf einem öffentlichen Friedhof beerdigen zu lassen. Vielmehr sollte er auf eigenem Grund und Boden seine letzte Ruhe finden. Ganz im Nordosten der Hacienda, an der Grenze zu einem Feld mit wild wachsenden Zitronenbäumen, hatte er schon vor Jahren eine Grabstätte für sich selbst ausgesucht. Dazu bedurfte es allerdings einer Sondererlaubnis seitens der Kirchenoberen, die ihm auch gewährt wurde – allerdings erst, nachdem er eine großzügige Summe für den Bau eines Waisenhauses gespendet hatte. An diesem Platz sollte auch Antonio bestattet werden. Dorothea gefiel der Gedanke, dass ihr Mann auch nach dem Tod auf der Hacienda blieb, wusste sie doch, wie innig er dieses Fleckchen Erde geliebt hatte.

Dem Verwalter übergab Pedro eine Liste mit Namen von Personen, die benachrichtigt und zur Beerdigung geladen werden sollten, und verbat sich ausdrücklich jeglichen Beileidsbesuch. Die Familie wolle in diesen schweren Stunden unter sich bleiben, erklärte er. Isabel, der die

Tränen fortwährend über die faltigen bleichen Wangen liefen, besprach mit der Köchin das Leichenmahl.

Weil der eigene Tod für beide noch in weiter Ferne zu liegen schien, hatte Dorothea mit ihrem Mann nie über die persönlichen Vorstellungen und Wünsche für eine Beerdigung gesprochen. Dorothea wusste um die distanzierte Haltung ihres Schwiegervaters zur Kirche, dennoch gab es eine wichtige Frage zu klären – wer nämlich die Totenmesse halten sollte.

»Von mir aus muss es kein Pfaffe sein«, knurrte Pedro unwirsch und starrte betont auffällig an seiner Schwiegertochter vorbei auf die Wand hinter ihr. Seit ihrem Zerwürfnis nach Olivias Entführung hatte er nie mehr das Wort an sie gerichtet. Doch bevor Dorothea ihr Entsetzen über die schroffe Antwort in Worte fassen konnte, mischte Isabel sich ein. Kein einziges Mal in den Jahren ihrer Ehe hatte Dorothea erlebt, dass die Schwiegermutter ihrem Mann widersprochen hätte. Doch plötzlich bekam Isabels schmaler Kindermund einen entschlossenen Zug.

»O doch, Pedro, wir werden einen Priester kommen lassen! Was sollen denn die Leute sagen, die Abschied nehmen wollen, wenn wir ihnen eine Trauerfeier vorenthalten? Das bist du Antonio und auch dir selbst schuldig.«

Pedro seufzte resigniert. »Wenn es sein muss ... Aber der Schwarzrock soll es kurz und schmerzlos machen. Mir wird immer speiübel bei weihevollem Gefasel.«

»Ich könnte Padre Isidoro fragen. Ihr kennt ihn auch, er hat schon Olivia getraut«, schlug Dorothea vor.

Mit einem Schulterzucken und einer nachlässigen Handbewegung bekräftigte Pedro, dass er das Thema für beendet hielt.

Padre Isidoro saß mit gefalteten Händen hinter seinem Schreibtisch, der bis auf eine Bibel in einem prachtvoll verzierten Ledereinband gänzlich leer war. Das weiß getünchte Dienstzimmer war von äußerster Kargheit. Über der Tür hing ein hölzernes Kruzifix, an der Wand hinter dem Geistlichen befand sich die Kopie eines Gemäldes des spanischen Malers Murillo, dessen charakteristische Handschrift Dorothea sogleich erkannte. Sie erinnerte sich, ein Bild dieses Künstlers in ihrer Heimatstadt Köln in einem Museum gesehen zu haben. Das Gemälde ihr gegenüber zeigte den Namenspatron des Geistlichen, den heiligen Isidoros von Sevilla, wie er im Bischofsornat in einem Sessel thronte, in der einen Hand den Bischofsstab, in der anderen die Heilige Schrift.

»Ich fühle mich durch Ihr Vertrauen geehrt, werte Señora Ramirez. Wenngleich ich meine, dass ich für diese schmerzliche Aufgabe nicht der Richtige bin. Gerade wenn es darum geht, von einem Menschen Abschied zu nehmen, sollte dies jemand tun, der den Verstorbenen näher kannte, um dessen Verdienste zu Lebzeiten angemessen zu würdigen. Damit die Hinterbliebenen in den Worten des Geistlichen den Dahingeschiedenen wiedererkennen.«

»Wie Sie wissen, Padre, war mein Mann kein Kirchgänger. Er übte den christlichen Glauben … auf seine Weise aus. Und somit gibt es auch keinen Geistlichen, der mehr über ihn wüsste als Sie. Wir alle erinnern uns gern an die bewegende Feier, als Sie unsere Tochter getraut haben. Ich bin sicher, es wäre ganz im Sinn meines Mannes, wenn Sie seinen letzten Weg mit Ihren Gebeten begleiteten.«

Der Geistliche musste plötzlich zwinkern. Er holte ein Taschentuch aus der Soutane und rieb sich die Augen.

»Verzeihen Sie, mir ist wohl ein Insekt ins Auge geflogen...« Dann zog er die Bibel zu sich heran und schlug eine Seite auf, die mit einem Lesebändchen markiert war. Dorothea sah, wie seine Hand zitterte.

»*Nun aber bleibt Glaube, Hoffnung, Liebe, diese drei; aber die Liebe ist die größte unter ihnen*, heißt es im ersten Brief, Kapitel dreizehn, an die Korinther. Wenn Sie es denn ausdrücklich wünschen, Señora Ramirez, werde ich Ihrem Wunsch Folge leisten.«

Die Zahl der Trauergäste, die ihr Kommen angekündigt hatten, war so groß, dass im Salon nicht genügend Platz gewesen wäre. So machte Federico den Vorschlag, Stühle im Park aufzustellen und diese mit großen Planen wie mit einem Zeltdach zu überspannen, sollte ein tropischer Regenguss niedergehen. Auch zeichnete er den Entwurf für eine Grabstele aus Marmor mit einem verschließbaren Glaskasten im oberen Drittel, in dem immer eine Portion frisch gerösteter Bohnen der jeweils letzten Ernte aufbewahrt werden sollte.

Dorothea nahm die Anregungen dankbar an und war erleichtert, dass ihr der Sohn tröstend zur Seite stand. Sie selbst begriff noch immer nicht, dass Antonio endgültig gegangen war. Von Olivia war schon seit Wochen kein Brief mehr eingetroffen. Der Gedanke, dass die Tochter nicht zur Beerdigung kam, zerriss Dorothea fast das Herz. Aber ihr Aufenthaltsort war nicht bekannt, und so konnte sie nicht benachrichtigt werden. Zwischen Vater und Tochter hatte ein inniges Band bestanden, und sicher würde es Olivia nicht leichtfallen, diesen Verlust zu überwinden.

Margarita verbrachte den Tag in der Casa Santa Maria,

wo die Bewohnerinnen sich liebevoll um sie kümmerten und sie ablenkten. Dorothea wollte ihr den schmerzlichen Abschied vom Großvater nicht unmittelbar zumuten. Sie spürte, dass die Kleine litt, auch wenn sie die Tragweite des Geschehens noch nicht ganz begriff.

»Verehrte Angehörige, werte Trauergemeinde. Wir haben uns heute hier versammelt, um Abschied zu nehmen von Antonio Ramirez Duarte. Viel zu früh hat dieser großartige Sohn, Ehemann und Vater seine irdische Heimat verlassen und ist heimgekehrt in die himmlische Ewigkeit«, ertönte Padre Isidoros weiche und zugleich kraftvolle Stimme.

Es war eine unwirkliche Szene, die sich vor Dorotheas Augen abspielte. Der Geistliche, wie er hinter einem Tisch stand, der mit einem großen weißen Tuch als Altar diente. Von der Geburt bis zu seinem Unfalltod zeichnete der Geistliche den Lebensweg des Verstorbenen nach. Isabel hatte in einer tränenreichen Stunde Padre Isidoro die wichtigsten Stationen aus dem Leben ihres Sohnes nahegebracht.

Der Geistliche würdigte Antonio als einen Menschen, für den das Wohl seiner Familie immer an erster Stelle stand. Er beschrieb ihn als einen feinsinnigen und sensiblen Menschen, der die alten Tugenden eines Kaufmannes und Unternehmers verkörperte und gleichzeitig technischen Neuerungen aufgeschlossen war. Padre Isidoro verstand es, in seiner einfühlsamen Ansprache ein lebendiges Bild Antonios zu zeichnen, gerade so, als würde der Verstorbene noch mitten unter ihnen weilen. Allen Trauergästen standen Tränen der Rührung in den Augen.

»Beim Herrn ist Barmherzigkeit und reiche Erlösung.

So spricht der Herr: ›Ich bin die Auferstehung und das Leben. Jeder, der an mich glaubt, wird auf ewig nicht sterben.‹«

Während Dorothea den Worten des Priesters lauschte, ließ sie einen Gedanken zu, den sie bisher mit Macht zurückgedrängt hatte. Denn Antonio wurde unterhalb der Stelle gefunden, an der er ihr vor Jahren einen Heiratsantrag gemacht hatte. Warum hatte er ausgerechnet jene Stelle aufgesucht?, fragte sie sich beklommen. Señor Ojeda Contreras, der kolumbianische Botaniker, hatte ihr in seinem Beileidsschreiben mitgeteilt, dass ihm Antonio nach einem überaus fruchtbaren Gespräch beim Abschied erklärt hatte, er wolle auf dem Nachhauseweg einen Ort aufsuchen, der ihm sehr viel bedeute. Dorothea machte sich Vorwürfe, dass sie nicht mehr mit Antonio hatte sprechen können. Man hatte ihm jedoch noch mitteilen können, dass sie auf dem Weg zu ihm ins Krankenhaus war. Hätte sie womöglich früher nach Cartago aufbrechen sollen, statt in der Casa Santa Maria bei der Geburt eines Kindes auszuharren?

»Zum Paradies mögen Engel dich geleiten, die heiligen Märtyrer dich begrüßen und dich führen in die heilige Stadt Jerusalem. Die Chöre der Engel mögen dich empfangen, und durch Christus, der für dich gestorben, soll ewiges Leben dich erfreuen.« Mit diesen Worten beendete Padre Isidoro seine Ansprache.

Der Trauerzug wanderte inmitten der Kaffeefelder bis an die nordöstliche Grenze der Hacienda. Allen voran zwei weiße Pferde, die einen Karren mit dem Sarg zogen. Pedro und Isabel sowie einige ältere Gäste, die nicht mehr gut zu

Fuß waren, wurden mit einer Kutsche chauffiert. Dort, wo einmal die Grabstele stehen sollte, war eine Grube ausgehoben.

»Erlöse, o Herr, die Seele des Verstorbenen von aller Fessel der Sünde. Komm ihm mit deiner Gnade zu Hilfe, auf dass er dem rächenden Gericht entgehe und sich freue in der Seligkeit des ewigen Lichtes.« Padre Isidoro machte das Kreuzeszeichen, bevor der Sarg in die Erde hinabgelassen wurde.

Als Erste traten Pedro und Isabel an das Grab und starrten fassungslos und ungläubig in die Tiefe. Isabel hatte sich an den Arm ihres Mannes geklammert, der sich schwer auf seinen Stock stützte, und sah aus wie ein durchsichtiges Gespenst. Als Dorothea an die Reihe kam und zu ihren Füßen den dunklen Sarg mit den kunstvoll gestalteten Messingbeschlägen sah, in dem der Körper ihres Ehemanns für alle Zeit ruhen würde, nahm sie ein Rauschen in den Ohren wahr. Die Luft vor ihren Augen flimmerte. Der Boden unter ihren Füßen gab nach, und sie griff nach Federicos Arm. Gerade noch rechtzeitig konnte der Sohn sie stützen und verhindern, dass sie in das offene Grab stürzte.

Sie wusste nicht mehr, wie sie bis zum Herrenhaus gekommen war, wo die Bediensteten in der Zwischenzeit die Tische für das Totenmahl gedeckt hatten. Pedro und Isabel zogen sich vorzeitig und ermattet in ihre Zimmer zurück, und so nahm Dorothea mit Federico an ihrer Seite die Beileidsbekundungen der Trauergäste entgegen.

»Welch tragischer Unfall.«

»Welch ein Verlust für die große Familie der Hacenderos.«

»Er war ein wunderbarer Mensch. Wir werden sein Andenken immer bewahren.«

Dorothea schüttelte unzählige Hände. Sie bedankte sich für Worte, die zwar ihr Ohr, nicht aber ihr Herz erreichten. Stützte sich immer wieder auf den Arm ihres Sohnes, in dem viele bereits den neuen Herrscher der Hacienda Margarita sahen. Erst als alle Gäste gegangen waren und Dorothea allein in ihrem Zimmer war, ahnte sie, was sie verloren hatte. Und endlich konnte sie weinen.

Die Tage und Wochen nach Antonios Tod brachten Veränderungen mit sich. Pedros Gesundheitszustand verschlechterte sich zusehends. Da er mittlerweile nicht einmal mehr an zwei Krücken gehen konnte, ließ er sich unter seinen Lieblingssessel Räder montieren. Ein Hausdiener musste ihn durch das Haus und auch zu seinem Kontor fahren. Der dichte weiße Bart vermochte die eingefallenen Wangen und den faltigen Hals kaum zu verbergen. Allein der Wille, den Betrieb auf der Hacienda aufrechtzuerhalten, bis sein Enkel die Geschäfte weiterführen konnte, schien den über Achtzigjährigen noch am Leben zu erhalten. Er setzte seinen Verwalter, Señor Sánchez Alonso, als Stellvertreter ein. Der sollte Antonios bisherige Aufgaben bis zu Federicos Volljährigkeit übernehmen. Isabel wurde noch kleiner und schmaler und verlor sich gänzlich in Erinnerungen an den über alles geliebten Sohn.

Schon auf den ersten Blick erkannte Dorothea das Papier und die Handschrift auf dem Umschlag. Die anonyme Absenderin – es konnte sich nur um eine Frau handeln, dessen war sie sich sicher – meldete sich wieder. Dorothea überlegte, ob sie den Brief überhaupt öffnen oder lieber sofort verbrennen sollte. Antonio war tot – welche neuen Vorwürfe bekäme sie nun noch zu lesen? Dann aber siegte ihre Neugier, und sie brach das Siegel auf.

Nie waren Sie Ihrem Mann eine gute Ehefrau. Dort, wo Antonio jetzt ist, geht es ihm besser als auf Erden.

Ihr traten die Tränen in die Augen. Welcher kranke Geist hatte diese höhnischen, blasphemischen Zeilen verfasst? Sie vermisste Antonio mit jedem Tag schmerzlicher. Sie war es, die den Verlust aushalten musste. Und nun wurde sie auch noch auf abscheuliche Weise von einer Person beleidigt, die obendrein zu feige war, sich zu erkennen zu geben. Nein, sie hatte es nicht nötig, sich auch nur einen Buchstaben dieser verleumderischen Worte zu Herzen zu nehmen. Sie legte den anonymen Brief zuunterst in die Wäschetruhe zu den anderen. Irgendwann würde die Verfasserin sich selbst entlarven, so hoffte Dorothea. Und dann würde sie dieser Person ihre ganze Jämmerlichkeit und Erbärmlichkeit vor Augen führen. Das schwor sie sich.

So herzlich das Verhältnis zwischen Mutter und Sohn nach Antonios Tod gewesen war, so rasch kühlte es wieder ab. Mittlerweile war Federico mit seinen sechzehn Jahren einen halben Kopf größer als Dorothea und hatte zu seiner großspurigen, überheblichen Art zurückgefunden. Dies war zweifellos auf den ungünstigen Einfluss des Großvaters zurückzuführen, der aus seinem Enkel einen ganzen Kerl machen wollte, wie er stets betonte. Einmal brach Federico einem Stallburschen im Streit den Unterkiefer, ein anderes Mal renkte er einem ehemaligen Klassenkameraden bei einer Rauferei den Finger aus. Und eines Morgens fand ein Dienstmädchen ihn in der Wäschekammer, sturzbetrunken. Pedro nahm ihn in Schutz und ermunterte ihn, weiterhin seine Grenzen auszuloten. Dorothea konnte lediglich hoffen, dass Federico irgendwann zur Vernunft kam und sie dann behutsam auf ihn einwirken konnte.

Doch zunächst sollte ihm klar werden, dass er, der auf der Schwelle zum Erwachsenenleben stand, irgendwann Verantwortung übernehmen musste. Für sich und andere. Was seinen Großvater offensichtlich nur wenig bekümmerte. Sei es, weil er in Federico noch immer den kleinen Jungen sah, der lediglich Flausen im Kopf hatte, sei es, dass er in seiner Sturheit das eigene Alter und die schwindenden Kräfte nicht wahrhaben wollte.

Etwa drei Wochen vor seinem Tod hatte Dorothea mit Antonio über Federicos Zukunft gesprochen. Antonio hatte vorgeschlagen, der Junge solle möglichst bald eine Ausbildung bei einem Expediteur in Puntarenas beginnen. Da er irgendwann die Leitung der Hacienda übernehmen werde, sei ein fundiertes kaufmännisches Wissen unabdingbar. Und bei einer räumlichen Trennung, so malte Dorothea sich insgeheim aus, wäre er dem großväterlichen Einfluss für eine Weile entzogen und würde sich leichter daran gewöhnen, Befehle auszuführen, statt immer nur Befehle zu erteilen.

Als sie das Thema beim Abendessen zur Sprache brachte, erwähnte sie ausdrücklich, dass es sich um einen Wunsch Antonios handelte. Wäre es um ein persönliches Anliegen gegangen, hätte Pedro ihr wohl kaum Aufmerksamkeit geschenkt. Zumal er nach wie vor die Angewohnheit pflegte, Dorothea nie anzusprechen, sondern dies über Dritte zu tun. Als sie geendet hatte, bemerkte sie am Zucken seiner buschigen Brauen, dass ihm unbehaglich zumute war. Womöglich störte es ihn, dass nicht er diesen Gedanken vorgetragen hatte. Er nahm einen tiefen Schluck seines chilenischen Lieblingsrotweins und kaute bedächtig darauf herum, ließ sich Zeit mit einer Antwort. Nach einer Weile des Nachdenkens wandte er sich schließlich an Federico.

»So wie dein Vater habe selbstverständlich auch ich mir Gedanken um deine Zukunft gemacht, mein Junge. Allerdings hielt ich es für angebracht, mit einer kaufmännischen Ausbildung zu warten, bis du ein wenig älter bist. Doch nun, da dein Vater tot ist, haben sich die Umstände verändert, und wir dürfen keine Zeit verlieren. Du sollst bestmöglich vorbereitet sein, damit ich dir am Tag deiner Volljährigkeit die Leitung der Hacienda mit allen Rechten und Pflichten übertragen kann.«

Erleichtert atmete Dorothea auf. Sie hatte sich auf ein längeres Streitgespräch mit Federico als Mittelsmann eingestellt, doch augenscheinlich respektierte Pedro die Worte seines verstorbenen Sohnes.

Pedro nahm einen weiteren Schluck und fuhr fort. »Ich habe dir alles über die Anzucht, Pflege und Vermehrung von Kaffeesträuchern beigebracht, mein Junge. Du weißt, wie viele Schattenbäume auf jedem Hektar Feld stehen müssen, wie man Schädlinge von den Pflanzen fernhält und wie man unter Tausenden von Bohnen jede einzelne Stinkebohne herausfindet. Aber wer einmal die Leitung einer Hacienda mit einer Schar von Bediensteten übernimmt, muss auch über Lohnzahlungen, Bilanzen, Debitoren und Geldanlagen Bescheid wissen.«

Federico knabberte mürrisch an seinem Maiskolben und wischte sich mit dem Ärmel den Mund ab. »Soll das heißen, dass ich von zu Hause fort muss, Großvater? Ich will aber lieber in San José bleiben. Alle meine Freunde leben hier. Wenn ich nicht mehr auf der Hacienda bin, dann gehe ich ein wie ein Fisch auf dem Trockenen.«

Pedro schenkte dem Enkel ein nachsichtiges Lächeln. Dorothea meinte, in seiner Miene eine gewisse Genugtuung zu erkennen, weil Federico lieber in seiner Nähe geblieben wäre. Dann aber setzte er ein strenges Gesicht auf.

»Auch mir fällt es nicht leicht, dich gehen zu lassen, mein Junge, das darfst du mir glauben. Für einen künftigen Kaffeebaron ist es jedoch von großer Wichtigkeit, dass er seinem Finanzverwalter auf die Finger sieht. Solche Leute haben leichtes Spiel, wenn ihr Herr die Rechnungsbücher nicht lesen kann. Dann hauen sie ihn übers Ohr und manövrieren binnen Kurzem die Farm in den Konkurs. Außerdem musst du wissen, wie du aus jedem Kaffeesack den größten Gewinn herausschlägst. Nur so kannst du der Konkurrenz immer eine Nasenlänge voraus sein, hörst du, Federico? Du bist ein Ramirez, und alle anderen sind Stümper.« Mit einer Hand klopfte er auf den Tisch, mit der anderen führte er das Glas zum Mund und trank es in einem Zug leer.

Isabel blickte von der Seite mit großen Kinderaugen und leicht geöffneten Lippen zu ihrem Mann auf, wie sie es immer tat, wenn er sich in Szene setzte und den ruhmreichen Familiennamen ins Spiel brachte.

»Gut, Abuelo, wenn du es für richtig hältst, dann gehe ich. Aber nicht länger als ein halbes Jahr.« Federico legte den Kopf schief und verschränkte die Arme vor der Brust, halb gehorsamer Enkel, halb eigensinniger junger Mann. Sollte ihr Sohn sich irgendwann doch dem großväterlichen Diktat entziehen und seinen eigenen Weg gehen?, fragte sich Dorothea und verspürte ein Fünkchen Hoffnung.

Mit unbewegter Miene überhörte Pedro den herausfordernden Unterton. »Gleich morgen werde ich Bastiano Costa de Dia schreiben, dass er demnächst einen neuen Lehrling bekommt. Bastiano ist der größte Exporteur von Kaffeebohnen in Puntarenas und ein langjähriger Geschäftsfreund. Du wirst von Dezember bis Mai in seinem Bureau arbeiten, damit du siehst, wie unsere frisch geernteten Bohnen die Reise über die Weltmeere antreten.«

Endlich kam ein Lebenszeichen von Olivia. Sie schrieb aus Puerto Armuelles, einem kleinen Ort an der Pazifikküste Panamas, wo die Truppe ein festes Quartier bezogen hatte, um das neue Programm einzustudieren. Voller Begeisterung berichtete sie über ihre ersten Auftritte und über das berauschende Gefühl, den Applaus des Publikums zu hören. Noch am selben Tag sandte Dorothea ihr eine Antwort.

Meine liebste Olivia! Endlich habe ich eine Adresse von Dir und kann Dir die traurige Mitteilung senden. Für uns alle unfassbar, ist Dein Vater am vierzehnten Oktober von uns gegangen. Er hatte einen Botaniker in Cartago besucht und stürzte bei einer Wanderung in den Bergen einen Felsen hinab. Eine Woche später haben wir ihn auf der Hacienda begraben, an der Stelle, an der auch Dein Großvater einmal seine letzte Ruhestätte finden wird. Für mich war es schmerzlich, dass wir Dich nicht benachrichtigen konnten und dass Du nicht anwesend warst, als wir Deinen Vater zu Grabe trugen. Behalte ihn immer in guter Erinnerung!

Er liebte seine Prinzessin über alles. Sicherlich wäre er stolz gewesen, von Deinen ersten Erfolgen zu hören.
Großvater ist nicht mehr gut zu Fuß. Er braucht einen Rollstuhl, aber er arbeitet nach wie vor viele Stunden am Tag. Großmutter kränkelt, sie kommt mir ganz zerbrechlich vor. Es ist kaum zu glauben, dass sie einmal die blühende junge Frau auf dem Gemälde im Salon war. Federico wird demnächst eine Lehre bei einem Expediteur in Puntarenas antreten.
Deine kleine Margarita entwickelt sich prächtig. Sie lacht und plappert immerzu und ist ein wahrer Sonnenschein. Gestern hat sie sich mein Skizzenbuch genommen und einen Schmetterling gezeichnet, der auf einer Orchideenblüte Nektar suchte. Ich habe das Blatt herausgetrennt und lege es Dir bei.
Auf der Hacienda ist es still geworden. Ach, wenn Du doch bald nach Hause kämst! Ich umarme Dich vielmals und wünsche Dir Glück. Deine Mama

Nachdem Dorothea den Brief versiegelt hatte, trat sie hinaus auf ihren Balkon und atmete die milde Sommerluft ein. Sie blickte hinüber zu den grünen Feldern, auf denen zwischen den Blättern der Kaffeesträucher die prallen roten Kirschen in der Sonne leuchteten. Bald würde die Ernte beginnen, und die Kaffeesäcke würden auf Ochsenkarren den gewohnten Weg von der Hochebene hinunter an den Pazifik nehmen, wo schon die großen Frachtschiffe warteten. Ohne Antonio, der so viele Jahre lang den Transport beaufsichtigt und begleitet hatte.

Sie setzte sich in ihren Schaukelstuhl und ließ im Rhythmus der wiegenden Bewegung ihren Gedanken freien Lauf. Wie von einer unsichtbaren Macht getrieben, wanderten ihre Fingerspitzen zum Hals und suchten nach einem Medaillon. Doch es fehlte. Noch mehr aber fehlte ihr der Mann, der ihr einst die Kette geschenkt hatte. Alexander. Immer wieder sprach sie seinen Namen aus, langsam oder hastig, mal zärtlich oder leidenschaftlich. Sie fühlte Sehnsucht und Trauer in ein und demselben Augenblick. Mussten sie und der Geliebte bis in alle Ewigkeit getrennte Wege gehen?

Als sie um das Leben ihrer Tochter gebangt hatte, hatte sie der Gottesmutter geschworen, bei ihrem Ehemann auszuharren und auf ein heimliches Leben mit dem Geliebten zu verzichten. Was aber galt ihr Gelübde nun, nachdem Antonio tot war? Sie war Witwe und musste niemandem mehr etwas verheimlichen aus Sorge um den Ruf ihrer Familie. Und Alexander? Wiederholt hatte sie ihn zurückgewiesen und tief gekränkt. Könnte er ihr vergeben? Sofern er überhaupt noch frei wäre. Frei für ein gemeinsames Leben.

Sie hatte ihn entsetzlich vermisst und sich nach ihm verzehrt, ohne es sich einzugestehen. Doch von nun an musste und wollte sie sich keine moralischen Fesseln mehr anlegen. Sie durfte an den Geliebten denken, hatte das Recht, ohne Schuldgefühle von ihm zu träumen und sich nach ihm zu sehnen. Plötzlich schlug ihr Herz schneller. Kaum wagte sie sich vorzustellen, dass ihr alter Traum doch noch wahr werden könnte. Mit Alexander gemeinsam durch den Urwald zu reisen, mit ihm zu lachen, ihn zu lieben und von ihm geliebt zu werden. In Stunden inniger Zärtlichkeit und ungestümer Leidenschaft.

Sie hatte nicht auf die dunklen Wolken geachtet, die

sich über der Hacienda zusammenzogen. Donner grollte, ein Blitz zuckte über der Rösterei. Plötzlich kam ihr ein Gedanke, und sie sprang aus dem Sessel auf. Ihr Entschluss stand fest. Sie wollte den Berliner Verleger anschreiben und ihn nach Alexanders Aufenthaltsort fragen.

Diese verdammten Schmerzen im Bein! Als ob jemand mit unzähligen Nadeln bis auf den Knochen tief in die Haut hineinstäche. Pedro zog ein dunkelbraunes Fläschchen aus der Innentasche seines Jacketts und träufelte einige Tropfen in ein Glas mit seinem Lieblingscognac. Er zählte bis fünfzehn. Dreimal täglich zehn Tropfen hatte der Doktor ihm verordnet, doch Pedro hatte die Dosis eigenmächtig erhöht. Wusste dieser bebrillte rothaarige Engländer mit dem dünnen Ziegenbart überhaupt, was Schmerzen waren? Außerdem war er, Pedro Ramirez Garrido, kein Patient wie jeder andere! Er war der größte Kaffeebaron des Landes, und kein einziger seiner Konkurrenten saß noch mit über achtzig täglich von morgens bis abends am Schreibtisch. Aber das beeindruckte diesen blasswangigen Medicus überhaupt nicht, der war nur scharf auf das überteuerte Honorar für seine fragwürdigen Diagnosen.

Pedro schwenkte das Glas mit der goldbraunen Flüssigkeit und nahm einen tiefen Zug. Er musste unter allen Umständen durchhalten und weitermachen. Bis zu dem Tag, da Federico volljährig wurde. Keiner außer ihm war in der Lage, die Geschicke der Hacienda derart erfolgreich zu lenken. Nur er kannte den richtigen Zeitpunkt für den Zukauf von Ländereien und wie der höchste Preis für einen Sack Bohnen zu erzielen war. Die Geschäfte liefen gut, sehr gut sogar, weil die Europäer einen unstillbaren

Durst auf Kaffee hatten und hoffentlich noch lange behielten.

In der Vergangenheit, wenn die Schmerzen ihm den Tag und die Nacht zur Hölle machten, hatte er sich manches Mal gewünscht, er könne kürzertreten. Doch wie hätte er einem Sohn die Hacienda anvertrauen sollen, der kein ebenbürtiger Nachfolger gewesen wäre? Hart, wagemutig und eisern. Weil nämlich Antonio... Nein, er wollte gar nicht mehr an dieses hässliche Gespräch denken. Damals, als Olivia entführt worden war und er zu Recht die Forderungen der Erpresser nicht unterzeichnen wollte. Dann aber hatte Antonio sich als der eigentliche Erpresser gezeigt. Sein eigen Fleisch und Blut! Der Sohn hatte ihn zu dieser Unterschrift gezwungen, denn sonst hätte er einen Skandal heraufbeschworen, wie ihn ganz San José noch nicht erlebt hatte und der ihn, Pedro, seine Glaubwürdigkeit, seine Selbstachtung und sein Lebenswerk gekostet hätte.

Er fröstelte, so wie er gefröstelt hatte, als Antonio ihm etwas Unfassbares gestanden hatte. Dass er... Pedro schüttelte den Kopf, denn noch immer bereitete es ihm Schwierigkeiten, einen derartigen Gedanken überhaupt zuzulassen... dass Antonio sich zu Männern hingezogen fühlte. Ausgerechnet sein Sohn! Der Abkömmling eines der größten Schürzenjäger von San José und Umgebung. Sollte Pedro nicht die Forderungen der Entführer erfüllen, so hatte Antonio gedroht, würde er Dorothea die Freiheit zurückgeben und wegziehen, damit jeder sein eigenes Leben führen könne. Er kannte Antonio gut genug, um zu wissen, dass er seine Ankündigung wahr gemacht hätte. Nur deswegen hatte er unterschrieben, damit zumindest nach außen der Anschein eines intakten Familienlebens gewahrt blieb. Wohingegen er selbst noch zugewartet und weiter verhandelt hätte. Irgendwann wären die Entführer in die Knie gegangen und hätten Olivia bedingungslos freigelassen.

Natürlich war sie allein an Antonios Seelenzustand schuld! Dorothea, seine blasse, selbstgerechte, reizlose Schwiegertochter. Wie verzweifelt musste Antonio in seiner freudlosen Ehe gewesen sein, dass er einen solchen Schritt getan hatte! Warum aber hatte der Junge sich nicht wie der Vater an andere Frauen gehalten? Er hätte doch jede haben können. Jede! Nun, Antonio war sicherlich gefühlsmäßig etwas zurückgeblieben und hatte in seiner Naivität angenommen, alle Frauen seien wie Dorothea. Hätte Antonio sich nur eher dem Vater anvertraut...

Pedro wischte sich eine Träne des Mitleids aus dem Augenwinkel. Welch ein Glück, dass Isabel von alldem nichts ahnte! Sie hätte die Schmach nicht überlebt. Er, Pedro, war von Anfang an gegen diese Verbindung gewesen, aber Antonio musste unbedingt seinen Kopf durchsetzen. Schon damals hatte der Sohn ihn erpresst. Antonio wäre auf ewig Junggeselle geblieben, hätte er nicht diese dahergelaufene Deutsche geheiratet. Doch dann hätte es nach Antonio keinen weiteren Erben für die Hacienda gegeben.

Das hatte Antonio nun von seiner Sturheit. Erst hatte sie ihm, womit auch immer, den Kopf verdreht und ihn dann in die Arme von... seinesgleichen getrieben. Diese Megäre! Seitdem er über ihren wahren Charakter Bescheid wusste, hatte er nie mehr das Wort an sie gerichtet. Eher hätte er sich die Zunge abgebissen. Pedro duldete sie nur deshalb weiterhin unter seinem Dach, weil sie die Erzeugerin seines großartigen Enkels war.

Manchmal, wenn er nachts vor Schmerzen keinen Schlaf fand, beschlichen ihn Ängste. Was wäre, wenn er schon bald neben Antonio in der Erde ruhen würde? Sein Verwalter würde die Hacienda zwar in seinem Sinn weiterführen, doch es stand zu befürchten, dass Gerardo, der windige Sohn seines verstorbenen und nicht minder windigen Bruders, seine gesetzlichen Erbansprüche geltend machen würde. Womöglich hätte der Neffe sogar die Dreistigkeit, auf der Hacienda Margarita einzuziehen, um binnen Kurzem das ganze Unternehmen herunterzuwirtschaften. Und der unmündige Federico würde nichts dagegen ausrichten können.

Schon vor Jahren hatte Pedro jeglichen Kontakt abgebrochen, nachdem der Bruder nach dem Tod seiner Frau vom Hühnerzüchter zuerst zum Tagelöhner und dann zum Säufer geworden war und sein arbeitsscheuer Neffe Gerardo wegen Schlägereien und Einbrüchen im Gefängnis gesessen hatte. Mit einer solchen Verwandtschaft wollte er, Pedro, nichts, aber auch gar nichts zu tun haben! Und er würde alles daransetzen, damit dieser Halunke sein Lebenswerk nicht zerstörte.

Außerdem musste er seine Ehefrau schützen, Isabel Duarte y Alvaro, dieses zarte, ewig kränkelnde Feenwesen mit dem waidwunden Blick eines Rehs. Er hatte sie einmal leidenschaftlich geliebt. Sie, kaum zwanzig, und er zehn Jahre älter ... Bald schon kam Antonio zur Welt. Und von da an musste er seine Leidenschaft an andere Frauen verschwenden. Weil Isabel eine zweite Schwangerschaft nicht überlebt hätte, wie ihm der Arzt mit drastischen Worten dargelegt hatte.

Da, war das ein Klopfen an der Tür? Seit geraumer Zeit

hörte er nicht mehr gut. Sollte er sich vielleicht doch ein Hörrohr zulegen, wie Isabel ihm geraten hatte? Aber es war schon schlimm genug, dass er im Rollstuhl saß und mehrere Zähne aus Porzellan besaß, die ihm überdies das Sprechen erschwerten. Nein, er brauchte keine weiteren Hilfsmittel. Er nicht! »Herein!«, rief er aufs Geratewohl.

Ein Dienstmädchen trat ins Bibliothekszimmer und machte einen Knicks. Hatte er dieses hübsche dralle Ding mit dem hochgeschnürten Busen und den sinnlichen Lippen selbst eingestellt? Keine schlechte Wahl. Oh, dieses Kribbeln und diese Anspannung in seinem Körper. Verdammt, wenn er noch jünger wäre …

»Señor Azara de la Rivera ist soeben eingetroffen, Don Pedro.«

»Lass ihn eintreten! Und schließ die Tür leise hinter dir! Meine Ohren sind empfindlich, ich vertrage keinen Lärm.« Weder sein Besucher noch dieses wohlgeformte Mädchen sollten den Eindruck gewinnen, sein Gehör habe nachgelassen. Die Kleine durfte sich ruhig einbilden, der große Don Pedro sei noch immer im Vollbesitz seiner Manneskraft und könne somit ihr und jeder anderen Frau gefährlich werden.

Gabino war der Sohn seines alten Freundes Juan-Miguel. Sie beide hatten so manchen Tapir und Affen auf der Jagd erlegt und sich auch andere Vergnügungen erlaubt. Zechgelage und solche, von denen ihre Ehefrauen nichts zu wissen brauchten. Ja, sie waren zwei unzertrennliche Haudegen gewesen, kein Weibsbild hatte vor ihnen sicher sein können. Manches Mal hatten sie sich die Frauen sogar brüderlich geteilt. Wie diese Mulattin mit dem Engelsgesicht und den großen Brüsten. Wie hieß sie noch gleich …?

Mit Wehmut erinnerte er sich an die gemeinsame Zeit. Zu Ostern dann war Juan-Miguel einen Tod gestorben, um den Pedro ihn insgeheim beneidete. Der Freund war in seinem Raucherklub in den Armen einer Liebesdienerin verschieden.

Schon vor zehn Jahren hatte der Sohn die Kanzlei des Vaters übernommen. Pedro kannte Gabino von klein auf und schätzte ihn als findigen Juristen, der jede noch so kleine Gesetzeslücke auszunutzen verstand.

»Gabino, mein Freund, setz dich zu mir! Wie wäre es mit einem Cognac?« Ohne die Antwort abzuwarten, füllte er ein zweites Glas.

»Pedro, alter Junge, du verstehst es immer noch zu leben. Salud!« Azara de la Rivera hob das Glas und kostete bedächtig. Er bewegte die Flüssigkeit im Mund hin und her. »Hm, ein wirklich feiner Tropfen. Sag mir, was ist der Grund für mein Kommen? Hast du wieder beim Tarock gewonnen, und neues Land muss ins Grundbuch eingetragen werden?«

Pedro lächelte geschmeichelt, weil Gabino ihm trotz seines Alters noch so viel Schlitzohrigkeit zutraute. O ja, in den zurückliegenden Jahren hatte er so manche kleine und auch größere Plantage dazugekauft. Wobei *kaufen* nicht das richtige Wort war. Die Eigentümer hatten sich eingebildet, ihn beim Kartenspiel besiegen zu können. Diese Einfaltspinsel! Doch dann waren sie unversehens zu Pächtern ihres einstigen Besitzes geworden und mussten ihr Leben lang ihre Schulden bei ihm abtragen. Und zwar zu seinen Konditionen.

Die Medizin begann zu wirken, und Pedro spürte, wie die Schmerzen allmählich nachließen. »Es geht um

Federico, mein Lieber. Er ist jetzt sechzehn, und ich weiß nicht, ob meine Kräfte noch bis zum Tag seiner Volljährigkeit ausreichen. Ich will auf jeden Fall verhindern, dass sich mein Neffe als nächster männlicher Verwandter auf der Hacienda breitmacht und sich womöglich in die Geschäfte einmischt. Dieser Kerl ist ein ehemaliger Häftling, ein Nichtsnutz übelster Sorte. Deshalb will ich sicherstellen, dass er seinen Fuß niemals auf meinen Grund und Boden setzt. Ich möchte, dass du im Fall meines vorzeitigen Ablebens die Vormundschaft für Federico übernimmst.«

Gabino zog ein Taschentuch hervor und tupfte sich überrascht und gerührt die Augen. »Ich fühle mich ... wie soll ich sagen ... geehrt. Wenngleich ich hoffe, dass du noch viele Jahre unter uns weilst, Pedro. Auch wenn deine Beine nicht mehr mitmachen, so ist es doch der Geist, der den Menschen ausmacht.«

Pedro lächelte gequält. Sein Verstand war nach wie vor messerscharf, das stimmte, aber er konnte und wollte sich nicht damit abfinden, dass sein Körper ihn im Stich ließ. Noch gute vier Jahre müssten seine Knochen mitmachen, bevor er dem Enkel das Zepter übergeben konnte. Plötzlich fühlte er sich müde. Angenehm müde. Und leicht. Das war die Medizin. Sein Zaubertrank. Er leerte das Glas. »Wenn du mich entschuldigen würdest, Gabino. Ich ziehe mich zu einem kleinen Mittagsschlaf zurück. Bis wann kannst du den Vertrag ausgefertigt haben?«

»Wenn es dir recht ist, komme ich morgen um die gleiche Uhrzeit mit meinem Kompagnon. Er wird unsere Unterschriften bezeugen.«

Die Trauer über den Verlust ihres Sohnes hatte Isabel verändert. Sie war ihrer Schwiegertochter gegenüber zugänglicher und versöhnlicher geworden. Ja, manchmal schien es Dorothea, als suche Isabel bewusst ihre Nähe, um mit einem vertrauten Menschen über Antonio zu sprechen. So hatte Isabel sich angewöhnt, ihr fast täglich bei der Teestunde auf der Veranda Gesellschaft zu leisten. Es waren nur wenige Schritte, die sie von ihrem Zimmer aus zurückzulegen hatte.

Um diese Uhrzeit weilte Pedro immer in seinem Kontor, und die Schwiegermutter musste nicht befürchten, von ihrem Mann entdeckt zu werden. Vor allem fürchtete sie seine Rüge über das *englische Spülwasser*, wie er den Tee verächtlich bezeichnete. Für ihn gab es nämlich nur Kaffee. Schwarz, heiß und süß. Außerdem Rotwein, Whisky, Cognac und Rum. Aber Letzteres hätte die Schwiegermutter nie zugegeben, sah sie in ihrem Ehemann doch einen Menschen ohne Fehl und Tadel.

Am liebsten sprach Isabel von der Zeit, als Antonio ein kleiner Junge gewesen war. Mit lebhaften Worten schilderte sie, wie der Sohn reiten gelernt hatte, wie fleißig er in der Schule gewesen war und wie glockenhell er gesungen hatte. Einmal brachte sie eine Mappe mit Kinderzeichnungen mit. Dorothea war gerührt, die erstaunlich reifen Zeichnungen eines Achtjährigen zu sehen. Von dieser Begabung hatte sie nichts gewusst. Und so lernte sie durch die Erzählungen der Schwiegermutter unbekannte Seiten ihres Mannes kennen.

»Antonio hat auch wunderbare Gedichte für mich geschrieben. Immer zu Weihnachten und zu meinem Geburtstag.« Isabels müde Gesichtszüge belebten sich, wie immer, wenn sie von Antonio sprach. »Mit seinem Talent hätte er Dichter werden können. Vielleicht auch Sänger. Aber das hätte Pedro nie zugelassen. Schließlich wollte er die Hacienda, die er mit so viel Einsatz aufgebaut hatte, einmal seinem Sohn übergeben. Ach, ich war so stolz und glücklich, damals, als ich Pedro einen Erben schenkte.« In ihre Augen trat ein feuchter Schimmer. »Wie gern hätte ich noch weitere Kinder bekommen. Auch wenn Antonios Geburt das grauenvollste Erlebnis meines Lebens war. Doch der Arzt meinte, ich würde eine zweite Schwangerschaft nicht überleben. Und Pedro ...« Ihr Kinn zuckte, ihre Stimme zitterte. »Ich habe ihm mein Leben zu verdanken. Er war so einfühlsam, so rücksichtsvoll. Und ist es bis heute.«

Dorothea legte Isabel eine Hand auf den Arm und nickte bekräftigend. Niemals hätte sie ihr verraten, was sie durch schwatzhafte Dienstmädchen wusste, die sie unfreiwillig durch offene Türen belauscht hatte. Dass nämlich Pedros Rücksichtnahme darin bestanden hatte, seiner Frau die regelmäßigen Vergnügungen außer Haus zu verheimlichen. Doch war die Ehe ihrer Schwiegereltern deshalb schlechter, als es die ihre gewesen war? Auch Antonio und sie hatten einiges vertuscht und ihrer Umgebung ein glückliches Paar vorgespielt. Wenn auch in gegenseitigem Einvernehmen, indem jeder die Toleranz des anderen für sich nutzte.

Trotzdem fragte sie sich, was die zarte und schüchterne Isabel damals veranlasst haben mochte, einen so ungehobelten und großspurigen Mann wie Pedro zu heiraten. Und was war ihr eigener Grund gewesen, Antonio zu heiraten? Sie dachte nach, erinnerte sich. Es war seine Ausstrahlung gewesen, sein Charme, seine Zurückhaltung und ihre innige Hoffnung, an seiner Seite Halt zu finden und sich ein neues Zuhause in einem fremden Land einrichten zu können.

»Glaubst du, ich war Antonio eine gute Mutter?«, vernahm sie plötzlich Isabels bange Frage.

»Aber natürlich, Schwiegermutter! Das weiß ich ganz genau. Wann immer er von dir sprach, veränderte sich seine Stimme, und seine Augen glänzten. Als Halbwüchsiger dachte er daran, zu reisen und die Welt kennenzulernen. Deinetwegen aber blieb er auf der Hacienda, um dich nicht allein zurückzulassen.«

Isabel griff nach Dorotheas Händen und drückte sie so fest, wie es ihre mageren Kinderhände vermochten. »Das hat er wirklich gesagt? Oh, Antonio war ein so guter Junge! Ich hätte mir keinen besseren wünschen können.«

Sienta hatte ihrer Tochter den Namen Nina gegeben. Bei der Geburt hatte das Kind Dorothea an ein Vögelchen erinnert, das aus dem Nest gefallen war, so zart und hilfsbedürftig wirkte der Säugling. Mittlerweile hatte die Kleine runde Pausbacken, aber auch kräftige Ärmchen und Beinchen bekommen. Dorothea wartete einen günstigen Zeitpunkt ab, um mit der Mutter allein zu sprechen. Bisher hatte die junge Indianerin ihren Mitbewohnerinnen jegliche Auskunft über die unbemerkte Schwangerschaft und den Vater des Kindes verweigert. Und so fragte sie Sienta unumwunden, wie sie selbst sich das Wunder der Geburt erklärte.

Sienta senkte verlegen den Blick. Es fiel ihr sichtlich schwer, darüber zu sprechen. »Ein Wunder ist es wohl nicht, Doña Dorothea. Ich habe lange darüber nachgedacht, bis ich es mir selbst erklären konnte. Es war vor einem Jahr. An den Tagen, als wir unsere Töpferwaren auf dem Markt feilboten, strich oft ein junger Händler um unseren Stand herum. Mario verkaufte Gürtel und Taschen aus Schlangenleder am anderen Ende des Marktes. Er stammte von der Karibikküste. Eines Tages fragte er mich, ob ich mir seine Trommelsammlung ansehen wollte. Er wusste, dass ich gern singe.«

Dorothea unterdrückte ein Seufzen. Den Rest der Geschichte konnte sie sich denken. Doch sie wollte Sienta nicht unterbrechen, die ihr Kind in den Armen wiegte und dabei glücklich lächelte.

»Ich weiß bis heute nicht, warum ich Leyre und Blanca erzählte, dass ich eine kranke Verwandte in der Stadt besuchen wollte. Ich ging zu der Adresse, die Mario mir genannt hatte. Er spielte mir auf seinen Trommeln vor, die alle ganz unterschiedlich klangen, und ich sang dazu. Dann bot er mir etwas zu trinken an, und ich hatte plötzlich das Gefühl, ich würde schweben und er auch.«

Nina schlug die Augen auf und streckte die winzigen Finger. Sientas Stimme klang, als könne sie selbst nicht glauben, was weiter geschehen war. »Wir tanzten durch das Zimmer, und auf einmal sah ich ringsum alles in leuchtenden Farben. Ich roch Düfte, wie ich sie nie zuvor gerochen hatte. Irgendwann bemerkte ich, dass ich nackt war. Mario war verschwunden. Ich zog mich an und kehrte zum Markt zurück. Leyre und Blanca waren so mit dem Verkauf beschäftigt, dass sie mein Kommen gar nicht bemerkten. Irgendwie schämte ich mich, deshalb habe ich ihnen nichts erzählt. Noch Tage danach war mir schwindelig.«

»Und du kannst dich nicht daran erinnern, was in dem Zimmer geschah?«

»Nein, Doña Dorothea, das müssen Sie mir glauben.«

»Hast du diesen Mario noch einmal getroffen?«

»Er war plötzlich verschwunden. Keiner von den Nachbarn auf dem Markt konnte mir sagen, wo er steckte. Irgendwann bin ich noch einmal zu dem Haus gegangen, doch in dem Zimmer wohnte eine nicaraguanische Familie mit einem Säugling. Und die hatten nie etwas von einem Mario gehört.«

»Aber warum hast du nicht erzählt, dass du schwanger warst, Sienta? Niemand hätte dich deshalb verurteilt.«

»Aber ich wusste es doch selbst nicht, Doña Dorothea. Meine Monatsblutungen waren immer unregelmäßig, und so habe ich mir nichts dabei gedacht, als sie längere Zeit ausblieben. Und zugenommen hatte ich auch kaum.«

Die kleine Nina verzog den Mund und legte das Gesichtchen in Falten. Dann begann sie zu schreien, aber eher wie das Fiepen eines jungen Hundes. Sienta schob die Bluse hoch und legte das Kind an die Brust. Die Kleine verstummte augenblicklich, trank gierig und hastig, wobei sie leise Schmatzgeräusche von sich gab. Mit einem Anflug von Neid beobachtete Dorothea diese innige Szene zwischen Mutter und Kind. Sie bedauerte zutiefst, dass es sich für eine Frau ihres Standes nicht schickte, ihr Kind selbst zu stillen.

»Ich wollte nie wieder etwas mit Männern zu tun haben, nachdem ich meinem Ehemann davongelaufen war. Das habe ich mir geschworen, Doña Dorothea. Und auf einmal bin ich Mutter geworden …«

Dorothea vermochte sich kaum vorzustellen, wie eine Frau ihre Schwangerschaft nicht bemerkte. Doch sie wusste, dass der menschliche Geist in der Lage war, schmerzliche Erlebnisse aus der Erinnerung zu verdrängen. Und Sienta machte einen so aufrichtigen Eindruck, dass Dorothea ihr schließlich die sonderbare Geschichte glaubte.

»Schicken Sie mich fort, weil ich ein Kind bekommen habe?«, fragte Sienta mit zitternder Stimme. Sie legte Nina, die inzwischen fertig getrunken hatte, in den Weidenkorb zurück und drückte ihr einen Kuss auf die winzige Wange.

»Aber nein. Wenn Nina eines Tages dieselbe Kunstfertigkeit wie ihre Mutter zeigt, mache ich mir um die Zukunft der Casa Santa Maria keine Gedanken.«

Seit der Mittagsstunde ergoss sich ein ergiebiger Tropenregen über San José und die nördlich der Stadt liegenden Kaffeeplantagen. Der Donner grollte, und grelle Blitze zuckten zur Erde herab. Das Unwetter wollte kein Ende nehmen. Isabel, der der Platz auf der Veranda trotz der Überdachung zu unbehaglich wurde, schlug vor, den Tee in ihrem Zimmer einzunehmen.

Überrascht sagte Dorothea zu und fragte sich, warum Antonio erst hatte sterben müssen, ehe die Schwiegermutter sich ihr gegenüber offener zeigte. Noch überraschter aber war sie, als Isabel sich nach Olivia erkundigte. Bislang hatte sie sich wenig um die Enkelin gekümmert, hatte auch nie Anteil an deren Entwicklung als junges Mädchen genommen. Manchmal war es Dorothea so vorgekommen, als lebe die Schwiegermutter in ihrer eigenen kleinen Welt, die nur aus Pedro, Antonio, ihr und der Hacienda bestand.

Dorothea berichtete, was Olivia in ihrem letzten Brief geschrieben hatte: von ihrem Wunsch, nie allzu lange an einem Ort zu verweilen, immer unterwegs zu sein und fremde Gegenden und Menschen kennenzulernen. Von dem Drang, mit dem Körper Geschichten zu erzählen, und von dem beglückenden Gefühl, Applaus entgegenzunehmen.

Isabel hörte aufmerksam zu und nickte zwischendrin. »Ich bin mir sicher, diese künstlerische Ader hat sie von ihrem Vater. Sie lebt die Talente aus, die Antonio für sich behalten musste. Weil er doch eines Tages das Erbe seines

Vaters antreten sollte. Ich habe kürzlich einige weitere Kinderzeichnungen von ihm gefunden. Wenn du sie sehen möchtest, Dorothea ... Sie liegen in meinem Sekretär, in einer der Schubladen.«

Dorothea trat an das intarsienverzierte Nussbaumschränkchen, das Isabel für ihr neues Zimmer hatte anfertigen lassen. Ein wunderschön gearbeitetes Möbelstück mit vergoldeten Beschlägen, wie es auch für ein königliches Gemach passend gewesen wäre. Dorothea bückte sich und zog eine grünlederne Mappe aus der untersten Schublade. Plötzlich hielt sie den Atem an. Wie von selbst griff ihre Hand nach einem Briefstapel, der mit einem blauen Samtband umwunden war. Sie kehrte zu ihrem Sessel zurück und betrachtete mit starrem Blick die Buchstaben auf dem Papier. Nein, es gab keinen Zweifel.

»Was ist mit dir, Dorothea? Du wirkst so verstört. Wolltest du dir nicht die Zeichnungen ansehen?«

Wortlos zeigte Dorothea ihr das Briefbündel.

Isabel schlug die Hand vor den Mund. »Wo hast du die gefunden?«

»Sie lagen neben der Mappe mit den Zeichnungen. Von wem stammen diese Briefe?«

»Gib sie mir!« Verängstigt sah sich Isabel um, als fühle sie sich beobachtet.

»Von wem stammen diese Briefe, Schwiegermutter? Bitte, sag es mir!«

»Ich ... ich weiß es nicht. Es gab nie einen Absender.«

»Kannst du mir denn sagen, was darin steht?«

»Warum möchtest du das wissen?«

»Das erkläre ich dir später. Bitte, es ist wichtig für mich!«

Dorothea sah, wie Isabel zögerte und mit sich rang. Schließlich hob sie ergeben die Schultern. »Boshaftigkeiten und Beleidigungen ... Ich sei Pedro keine treu sorgende Ehefrau ... Er habe eine Bessere verdient ... Ich solle mich schämen, auf der Hacienda zu leben. Dies sei nicht mein Platz und so weiter.«

Eine seltsame Anteilnahme ergriff Besitz von Dorothea, Mitleid, in das sich Neugier mischte. Dann plötzlich schlug Isabel die Hände vor die Augen und schluchzte leise vor sich hin.

»All die Jahre habe ich mich gefragt, ob es wirklich stimmt, dass ich Pedro nicht verdient habe. Nach jedem neuen Brief hatte ich Albträume und befürchtete, er würde mich irgendwann verlassen. Wo hätte ich dann hingesollt? Immer wenn er nicht pünktlich von der Jagd zurückkehrte, dachte ich, er käme nie mehr zurück. Ich habe doch nichts Böses getan, aber diese ständige Angst und Unsicherheit ... die haben mich fast umgebracht.« Ihr Schluchzen wurde lauter. Dann lief ihr Gesicht bläulich an. Sie griff sich an die Brust und rang um Luft. »Schnell, die Tropfen!«, japste sie und deutete auf ein Glasfläschchen auf dem Teetisch.

Dorothea sprang auf und füllte einen Teelöffel der schwarzbraunen Flüssigkeit ab, hielt ihn der Schwiegermutter an die Lippen. Isabel schluckte gierig und lehnte den Kopf mit einem tiefen Seufzen an die Sessellehne. Schweiß stand ihr auf der Stirn. Sie presste beide Hände gegen die Brust, so lange, bis ihr Atem gleichmäßiger und ruhiger wurde.

Zorn stieg in Dorothea auf. Mit welchem Recht glaubte diese perfide Verfasserin, sich in das Leben anderer Menschen einmischen zu können? Beruhigend legte sie eine Hand auf den Arm der Schwiegermutter, die wie ein Häuflein Elend in ihrem Sessel versank.

»Geht es dir besser? Übrigens habe ich auch anonyme Briefe bekommen. In genau derselben Handschrift.«

»Du auch?«, hauchte Isabel ungläubig und mit riesigen Kinderaugen.

»Ja, und es stand sogar Ähnliches darin. Ich sei Antonio keine gute Ehefrau, er habe etwas Besseres als eine Ausländerin verdient... Nur Unterstellungen und Verunglimpfungen. Antonio meinte, es handle sich um eine Frau, die vergeblich gehofft hatte, Herrin auf der Hacienda Margarita zu werden. Ich solle die Beschuldigungen nicht ernst nehmen.«

»Du hast...« Isabel starrte die Schwiegertochter entgeistert an. »Du hast mit deinem Mann darüber... gesprochen? Ich wollte Pedro immer schonen und habe ihm meinen Kummer nie anvertraut.«

»Stell dir vor, den ersten Brief hat Antonio sogar zerrissen und dabei gelacht.« Dorothea ignorierte den Einwand Isabels und schwenkte den Stapel Briefe in ihrer Hand. »Vielleicht solltest du dich hiervon auf die gleiche Weise trennen.«

»Nein, lass!«, wehrte Isabel ab. »Ich bewahre die Briefe lieber auf. Weißt du, ich habe meinen Mann immer geliebt. Für mich gab es nur ihn und keinen anderen. Aber vielleicht stimmen die Behauptungen doch? Dann war Pedro mir vielleicht nicht immer treu und hat in Wirklichkeit...« Sie räusperte sich mehrmals, und dann versagte ihr die Stimme.

»Ich habe Augen im Kopf und weiß, wie dein Mann

dich ansieht. Sei versichert, Schwiegermutter, du hast den besten und treuesten Gatten der Welt. Er liebt nur dich.« Dorothea lächelte zuversichtlich und wusste, dass Gott ihr diese Unaufrichtigkeit verzieh.

Ganz fest drückte Isabel ihre Hand und blinzelte sie durch einen Tränenschleier hindurch an. »Danke«, hauchte sie kaum hörbar.

Dorothea fragte sich, ob ihre Schwiegermutter ohne ständige Angst, von ihrem Mann verlassen zu werden, eine andere Persönlichkeit entwickelt hätte. Wenn sie keine betäubende Medizin gebraucht hätte, um ihren Dämonen zu entfliehen. Hatten nicht nur die Lebensumstände, sondern auch die anonymen Briefe sie zu der Frau gemacht, die sie war – ein verunsichertes, verzagtes, schwächelndes, alt gewordenes Kind? Sie selbst hatte nie befürchtet, Antonio zu verlieren. Doch nunmehr war er für immer gegangen. Sie vermisste ihn. Als Freund, als Vertrauten und Beschützer.

BUCH IV

Sehnsucht

Juni 1873 bis Mai 1876

Das Weihnachtsfest hatte ohne Pedro stattgefunden, den Herrscher über die Hacienda Margarita. Eines Morgens war er an seinem Schreibtisch zusammengebrochen. Der Verwalter hatte ihn dort entdeckt, als er wegen einer fehlenden Unterschrift in das Dienstzimmer gekommen war. Sofort war eine Kutsche angespannt worden, und man hatte den Herrn eilends ins Hospital nach San José gefahren. Drei Wochen verbrachte der Kranke dort, blass, röchelnd und kaum ansprechbar. Jeden Tag besuchte ihn Isabel, hielt ihm die Hand, fand Trost in seiner Nähe. Drei Wochen später erhob er sich von seinem Bett und verlangte, nach Hause gebracht zu werden.

Der vormals so stattliche Mann war schmaler geworden. Tagsüber musste er mehrere Ruhepausen einlegen, doch nach wie vor ging er seinen Geschäften nach. Kurz vor Ostern erfolgte die zweite Herzattacke. Diesmal machten die Ärzte der Familie keine Hoffnung mehr. Je kraftloser und schwächer Pedro wurde, desto mehr gewann Isabel an Kraft. Ihr zartes, faltiges Gesicht wurde voller und glatter, ihr schmächtiger Körper wirkte weniger zerbrechlich. Dorothea hatte das Gefühl, als wachse der Schwiegermutter immer mehr Stärke zu. Sie, die bisher ein Anhängsel des übermächtigen Mannes gewesen war, wollte ihm nun eine lebenserhaltende Stütze sein.

Nach zwei Wochen holte Isabel ihren Mann aus dem

Hospital ab. Sie wollte ihn zu Hause pflegen, rund um die Uhr in seiner Nähe sein. Sein Zimmer wurde zur Krankenstation, drei Schwestern wechselten sich ab, fütterten, wuschen ihn, verabreichten ihm Medizin. Pedro rebellierte gegen seine Ruhigstellung, ließ sich vom Verwalter die Rechnungsbücher bringen, setzte Verträge auf, diktierte Mahnschreiben und wies Bittschreiben seiner Pächter ab, die um geringere Zinszahlungen nachfragten.

Im Mai, als die Kaffeefelder in weißer Blütenpracht standen und sich ihr jasminähnlicher Duft über der Hacienda ausbreitete, kehrte Federico aus Puntarenas zurück. Pedro hatte darauf bestanden, den Enkel nicht über seinen Gesundheitszustand in Kenntnis zu setzen, rechnete er doch fest mit seiner baldigen Genesung. Federico war erschrocken, den geliebten Großvater bettlägerig anzutreffen. Pedro tat die Anwesenheit des Enkels sichtlich wohl. Wider Erwarten erholte er sich binnen weniger Tage, ließ sich von einem Hausdiener im Rollstuhl durch den Park fahren und plante, schon bald an seinen Schreibtisch zurückzukehren.

Dorothea war mit Margarita am Bach spazieren gegangen. Nichts liebte die Kleine mehr, als Steinchen ins Wasser zu werfen. Schon bald hatten sich ihre gleichaltrigen Spielkameraden eingefunden, und Dorothea sah den Kindern zu, wie sie mit Jauchzern und Geschrei zur Seite hüpften, wenn das Wasser aufspritzte.

Aus der Ferne beobachtete sie, wie Federico aus dem Kontor seines Großvaters trat und sich suchend umblickte. Sie winkte ihm zu und wollte ihn bitten, den Kindern den Bau eines Staudammes zu erklären. So wie er es selbst als kleiner Junge voller Begeisterung ausprobiert hatte. Er rannte auf sie zu, und schon an seiner Körperhaltung erkannte sie, dass etwas vorgefallen sein musste. Pedro!, war ihr erster Gedanke. Als er näher kam und sie sein Gesicht sah, wusste sie, dass sie richtig vermutet hatte.

Außer Atem blieb er schließlich stehen, zögerte kurz und warf sich in ihre Arme, weinte laut und hemmungslos. Sie strich ihm über das Haar. »Du musst nichts sagen. Ich weiß, was geschehen ist.«

Isabel nahm die Nachricht vom Ableben ihres Mannes überraschend gefasst entgegen. Dorothea fragte sich, ob sich die Schwiegermutter während der letzten Monate bereits innerlich auf den Abschied eingestellt hatte oder ob sie die Endgültigkeit von Pedros Tod nur noch nicht so recht begriffen hatte.

In den darauffolgenden Tagen war Isabel mit den Vorbereitungen für die Trauerfeier befasst. Sie wirkte seltsam abwesend und wach zugleich. Entgegen Pedros Wunsch setzte sie fest, dass ein Priester die Zeremonie begleitete. Alles sollte so sein wie acht Monate zuvor beim Begräbnis ihres Sohnes Antonio. Das war sie Pedro und Federico schuldig, aber auch sich selbst. Sie hatte einen Bildhauer damit beauftragt, eine Büste ihres Mannes anzufertigen. Als Vorlage diente ein Gemälde, das er anlässlich seines achtzigsten Geburtstages in Auftrag gegeben hatte. Diese Büste sollte einmal sein Grab zieren.

Die Trauergemeinde hatte sich im Salon versammelt und wartete auf den Priester. Sonnenlicht fiel durch die hohen Fensterflügel, warf einen milden Glanz auf die Wand mit zwei Gemälden, die den Hausherrn und seine ihm angetraute Ehefrau im Jahr 1864 anlässlich ihrer goldenen Hochzeit zeigten. Sie stammten von der Hand eines aus Frankreich eingewanderten Malers, eines Schülers des berühmten Jacques Louis David. Dieser hatte sowohl Kaiser Napoléon den Ersten als auch die größten Berühmtheiten seiner Zeit porträtiert. Die Eheleute Ramirez waren im Dreiviertelporträt zu sehen. Mit einer sanften Bewegung wandten sie einander die Schultern zu. Isabels Blick ruhte mit verklärtem Lächeln auf der Gestalt Pedros, der unter buschigen Augenbrauen aus dem Bild heraussah, herrisch und mit zusammengekniffenen Lippen. Wie ein Mann, der sich seiner Macht nur allzu bewusst ist und dem Betrachter dieses Gefühl der Überlegenheit vermitteln will.

Isabel hatte für ein Blumenmeer gesorgt. Es gab kaum ein Fleckchen, an dem nicht eine Vase mit Proteen, Bromelien oder Orchideen stand, dekorativ begleitet von Palmwedeln oder Schilfgräsern. Die Blüten verströmten einen intensiven Duft. Dagegen nahmen sich die Parfums der Damen ungewöhnlich dezent aus, hatte man doch aus Schicklichkeit anlässlich dieses traurigen Ereignisses die Duftwässer nur sparsam aufgetupft.

Die vorderste Reihe der lederbezogenen Stühle war der engsten Familie vorbehalten. Dort saß die Witwe, eingerahmt von Schwiegertochter und Enkelsohn. Olivia fehlte wie schon bei der Beerdigung ihres Vaters. Sie war mit ihrer Truppe an unbekanntem Ort in Panama unterwegs. In den beiden Reihen dahinter folgten Isabels Nichte mit Ehemann und ihren acht Kindern sowie zwei Schwiegersöhnen. Der Rest der Trauergemeinde bestand aus Pedros Weggefährten, aus Freunden, Bekannten und Geschäftspartnern. Auch einige hochrangige Abgeordnete erwiesen dem Verstorbenen die letzte Ehre.

Alle Gäste machten betretene Gesichter, wie Dorothea mit flüchtigem Blick feststellte. Wobei sicher einige der Anwesenden kaum Anlass hatten, aufrichtige Trauer zu verspüren. Denn Pedro Ramirez Duarte war kein umgänglicher Mensch gewesen. Er wurde geachtet, gefürchtet, mitunter auch gehasst, aber keinesfalls geliebt. Pedro hatte ausschließlich seine persönlichen Ziele verfolgt. Wobei er gleichzeitig seinen Geschäftspartnern den Eindruck zu vermitteln verstand, seine Entscheidungen seien einzig zum Wohl der Allgemeinheit gefallen. Darunter verstand er jedoch lediglich die Nachfahren der spanischen Eroberer sowie die vergleichsweise geringe Anzahl eingewanderter Europäer.

Dorothea hielt sich gerade und aufrecht, blickte starr auf ein Tischchen mit dunkelroter Samtdecke, auf dem Pedros kostbarste Jagdgewehre nebeneinander ausgebreitet lagen. Wie viele Tiere mochte der leidenschaftliche Jäger damit erlegt haben? In ihre Erinnerungen drängte sich das Bild von den blutenden Kadavern, die ihr Schwiegervater am Ende eines Jagdausflugs von Dienern in die Küche schaffen ließ, wo die Köchinnen daraus schmackhafte Bratenstücke oder Pastetenfüllungen zubereiteten.

Auf ihrem linken Unterarm spürte sie die Hand der Schwiegermutter. Isabel schluchzte gelegentlich und tupfte sich mit einem spitzenverzierten Taschentuch die Tränen von den aschgrauen Wangen. Rechts von Dorothea starrte Federico auf ein Tischchen mit einer brennenden Kerze, um die sich ein schwarzes Seidenband wand. Ausgerechnet an seinem siebzehnten Geburtstag wurde sein Großvater zu Grabe getragen. An seinen feucht schimmernden Augen und den zitternden Mundwinkeln erkannte Dorothea den Schmerz, den der Junge empfand. Doch dann richtete Federico sich plötzlich auf. Offenbar dachte er daran, dass sein Großvater derartige Gefühlsregungen keinesfalls gutgeheißen hätte. Von einer Sekunde auf die andere veränderte sich seine Miene, wurde undurchdringlich, wirkte fast gleichgültig.

Padre Isidoro betrat gemessenen Schrittes den Salon. Dorothea beobachtete, wie sein Blick über die Köpfe der Anwesenden schweifte, Anteilnahme und Trost verhieß. Es war die zweite Trauerfeier innerhalb nur weniger Monate im Hause Ramirez. Doch die Sprachlosigkeit, die die Trauernden beim Tod Antonios befallen hatte, war stillem Einverständnis gewichen. Denn diesmal war ein alter Mensch gestorben, ein Mann, der sein Leben gelebt hatte und dem alles geglückt war, was er angepackt hatte. Bis auf den Wunsch, dem Enkel die Herrschaft über die Hacienda erst bei dessen Volljährigkeit zu übertragen.

Als man den Sarg ins Grab hinabgesenkt hatte und die anschließende Feier mit den Kondolenzsprüchen der geladenen Gäste überstanden war, bat Dorothea Padre Isidoro ins Bibliothekszimmer. Dieser Raum war bisher nur Pedro und seinen Freunden vorbehalten gewesen, eignete sich aber am besten für ein Vieraugengespräch, zumal die Dienstmädchen noch damit beschäftigt waren, den Salon in seinen ursprünglichen Zustand zurückzuversetzen.

»Ich möchte Ihnen im Namen der Familie Ramirez meinen Dank aussprechen, Padre. Zum zweiten Mal haben Sie einen Menschen auf seinem letzten Weg begleitet, der kein Kirchgänger war. Und der auch nicht auf einem öffentlichen Friedhof ruht, wie es den Gepflogenheiten des Landes entspricht.«

»Für mich macht es keinen Unterschied, ob ein Mensch an der heiligen Messe teilnimmt oder nicht. Wir alle sind Geschöpfe von Gottes Hand. Jeder mag den Glauben auf seine Art ausüben, und ich will nicht der Richter auf Erden sein. Dort, wo mehrere Menschen im Namen des Herrn zusammenkommen, ist geweihte Erde und nicht nur innerhalb von Friedhofsmauern.«

Ungewohnte Worte für Dorothea, die es bisher gewohnt gewesen war, dass ein Priester von Geboten und Regeln sprach, welche die Gläubigen strikt einzuhalten hatten, weil sie sonst die Strafe Gottes befürchten mussten. »Und Ihr Bischof ... ist er auch dieser Meinung?«

In Padre Isidoros Augen entdeckte Dorothea ein angriffslustiges Glitzern. »Ich bin schon häufig zu meinem Vorgesetzten vorgeladen worden. Dann haben wir miteinander diskutiert... und sind unterschiedlicher Meinung wieder auseinandergegangen. Vielleicht wird man mich eines Tages strafversetzen. Aber ich werde nicht aufhören, Gott so zu dienen, wie ich es mit meinem Gewissen vereinbaren kann.«

Als der Padre sich verabschiedete und Dorothea die Hand reichte, hätte sie diese warme, zupackende Männerhand am liebsten festgehalten. Wie sie überhaupt noch gern länger mit diesem Mann gesprochen hätte, der jünger war als die meisten anderen Priester. Der mit seiner hochgewachsenen Figur und dem sorgfältig gestutzten rotbraunen Kinnbart weniger an einen Geistlichen erinnerte als an einen Advokaten oder Gelehrten, der sich mit einer Soutane verkleidet hatte. Der aufmerksam zuhören konnte und von Gott als einer gütigen und barmherzigen Macht sprach. Der stark und unbeirrbar wirkte. Dessen sanfter Tonfall und tiefer Blick sie in Bann zog und gleichzeitig verwirrte. In diesem Augenblick bedauerte Dorothea, dass sie einen Priester vor sich hatte.

Am Tag nach der Beerdigung fanden sich nur Dorothea, Federico und Margarita zum gemeinsamen Frühstück ein. Isabel ließ sich entschuldigen, sie wollte für sich sein. Es war leer geworden an dem großen Esstisch im Speisesaal. Olivia fehlte sowie Antonio und Pedro.

»Großpapa ist tot, Urgroßpapa ist tot, alle sind tot.« Margarita ergriff die Kakaotasse und nahm vorsichtig einen Schluck. »Noch zu heiß«, murmelte sie und stellte die Tasse zurück. Dann klaubte sie die Rosinen aus ihrem Milchhörnchen und legte sie in Herzform auf ihrem Teller aus. Das Rezept für dieses Gebäck hatte Dorothea von ihrer Freundin Elisabeth bekommen. Irgendwann hatte die Köchin auf der Hacienda die Hörnchen zum ersten Mal gebacken, und seither durften sie bei keinem Frühstück fehlen.

Dorothea strich ihrer Enkelin über das schwere dunkle Haar, das dem von Olivia so sehr ähnelte. »Sie sind im Himmel bei den Engeln. Bestimmt blicken die beiden zu uns herab und freuen sich über dein Herz.«

»Meinst du wirklich, Großmama?«

»Bestimmt.«

»Ist Onkel Federico auch bald tot, und geht er dann auch zu den Engeln?«

Um ein Haar hätte Federico sich an dem Kaffee verschluckt, den er so trank, wie sein Großvater ihn am liebsten mochte: stark, schwarz und süß. »Um Himmels willen, nein! Ich habe vor, noch lange zu leben. Und außerdem...« Blitzschnell streckte er die Hand nach Margaritas Teller aus und stahl sich einige Rosinen. »Wer soll dir denn sonst die Rosinen wegessen?«

Margarita riss den Mund auf, zog empört den Teller zurück und hielt schützend die Hände darüber. Nach einer Weile schob sie ihn langsam zu Federico hinüber. »Hier, du kannst sie alle haben. Damit du gaaanz alt wirst.«

»Freunde teilen«, entschied Federico, und so aßen sie gemeinsam Rosine um Rosine.

In Dorothea stieg ein Gefühl der Rührung auf. Ihr Sohn, der oftmals großspurig daherredete und wenig Empfindsamkeit zeigte, konnte in Anwesenheit seiner kleinen Nichte unerwartet weich und verspielt werden. Er, der dreizehn Jahre Ältere, wirkte dann wie eine Mischung aus Vater und großer Bruder. Irgendwann musste sie mit Margarita über ihren leiblichen Vater sprechen und eine begründete Erklärung zur Hand haben. Doch bis dahin hatte sie hoffentlich noch viel Zeit.

Margarita hatte ihr Kindermädchen an die Hand genommen, um Orchideen zu sammeln. Sie wollte die Blüten zwischen den Seiten eines dicken Geschichtswerkes trocknen und daraus ein Bild kleben. Dorothea winkte ihnen zu und suchte den Salon auf. An das traurige Ereignis vom Vortag erinnerten noch die vielen Blumen und das Kondolenzbuch, das aufgeschlagen auf einem Tischchen lag. Daneben eine Fotografie, die Pedro gemeinsam mit seinem Enkel nach einem Jagdausflug zeigte, zu ihren Füßen die erlegten Tiere. Dorothea hatte sich die Gesichter und

Namen der vielen Trauergäste gar nicht merken können. Um ihre Erinnerungen aufzufrischen, blätterte sie in dem Buch. *Ein letztes Lebewohl unserem Jagdfreund Pedro*, las sie auf der ersten Seite. Darunter standen fünf Unterschriften. *Der Mensch ist Staub und wird wieder zu Staub werden*, schrieb ein anderer, ihr unbekannter Trauergast. Offenbar ein besonders gläubiger Mensch.

Zahlreiche Sinnsprüche und Namen folgten. Sie schlug die letzte Seite auf. Wie gebannt blieben ihre Blicke an dem untersten Eintrag hängen. *In tiefem Schmerz...* Der Name darunter war unleserlich. Hatte hier jemand geweint? Schon aus den Augenwinkeln hatte sie die Handschrift wiedererkannt, das lang nach unten gezogene F, das verschlungene S, das kantige H mit dem Querstrich. Es war die Handschrift der anonymen Briefschreiberin.

Dorothea nahm das Buch in die Hände und hielt es hoch, kniff die Augen zusammen, blinzelte und legte es wieder ab. Nein, der Name war beim besten Willen nicht zu entziffern. Ihr Herz klopfte, und doch empfand sie eine eigenartige Ruhe. Endlich würde sie dieses Rätsel lösen, ja, sie stand bereits kurz vor der Lösung. Sie fragte den Hausdiener, der neben dem Tischchen mit dem Kondolenzbuch gestanden und den Trauernden die Feder in die Tinte getaucht hatte. Der alte Mann nickte, als Dorothea ihn fragte, ob er sich an die Person erinnere, die sich als Letzte eingetragen hatte.

»Ja, ich kann mich sogar gut erinnern, Doña Dorothea. Die Dame wirkte aufgewühlt und erschüttert. Sie hat ziemlich viele Tränen vergossen. Es war Señora Torres Picado.«

Dorothea wusste nicht, ob sie Wut oder Verachtung für diese Frau empfinden sollte, der die Unzufriedenheit stets ins Gesicht geschrieben stand. Die offenbar andere erniedrigen musste, um sich selbst zu erhöhen, falls sich die Beobachtung des Dieners bestätigte. Dass diese Frau wiederholt versucht hatte, sie in der Öffentlichkeit lächerlich zu machen, berührte Dorothea weitaus weniger als die Tatsache, dass ihre Schwiegermutter sich jahrzehntelang gedemütigt gefühlt hatte. Dabei hatte Isabel ganz sicher nie etwas getan, um derartige Boshaftigkeiten zu rechtfertigen.

Drei Tage lang rang Dorothea mit sich, ob sie die Señora aufsuchen und sich persönlich letzte Gewissheit verschaffen sollte. Unauffällig fragte sie einige Dienstmädchen aus und erfuhr, dass Isabel und Señora Torres Picado früher einmal Freundinnen waren. Das musste vor Isabels Eheschließung gewesen sein. Jahre später hatte die Betreffende einen vermögenden Druckereibesitzer geheiratet, der aber wenige Monate nach der Hochzeit verstarb. Ihre Tochter Ericka war ohne Vater aufgewachsen, die Señora hatte kein zweites Mal geheiratet.

Als Dorothea einen Entschluss gefasst hatte, klopfte sie an die Zimmertür der Schwiegermutter und bat sie, ihr die Briefe für einige Stunden zu überlassen.

»Was hast du vor?«

»Ich glaube zu wissen, wer sie geschrieben hat. Und nun will ich diese Person aufsuchen und nach dem Grund fragen.«

Das Haus von Señora Torres Picado lag im westlichen Teil von San José, in einem ruhigen Seitensträßchen. An den frisch gestrichenen weißen Holzfassaden und den weitläufigen Grundstücken mit den gepflegten Gärten war zu erkennen, dass es die Bewohner zu etwas gebracht hatten.

Dorothea stieg aus der Kutsche und näherte sich langsam dem Haus. Offenbar hatte bereits jemand ihr Kommen bemerkt, denn ein ältliches Dienstmädchen öffnete die Tür.

»Wen darf ich melden, Señora?«

»Mein Name ist Ramirez«, antwortete Dorothea knapp und betrat die Diele. An den Wänden hingen mehrere großformatige Ölgemälde, auf denen Mutter und Tochter in verschiedenen Lebensphasen zu sehen waren. Nur wenige Sekunden später kehrte das Dienstmädchen zurück.

»Señora Torres Picado ist leider unpässlich«, verkündete die Frau in gleichgültigem Tonfall. »Wenn die Señora ein anderes Mal wiederkommen wollen?«

Genau das wollte Dorothea nicht, und so schritt sie an dem verdutzten Dienstmädchen vorbei geradewegs in den Salon. Dieser erinnerte an ein plüschiges Boudoir mit zierlichen Samtsesseln und goldverzierten Lüstern, enthielt aber auch die üblichen schweren, dunkel gebeizten Möbel in spanischem Stil. Señora Torres Picado und ihre Tochter Ericka saßen kerzengerade auf einem Diwan, der mit hellblauem Stoff bezogen war. Wie üblich trugen beide Frauen die gleichen Kleider in unterschiedlichen Farben, die ihre ausladenden Hüften unvorteilhaft unterstrichen. Feindselig starrten sie Dorothea an.

»Richtete man Ihnen nicht aus, ich sei unpässlich?«, fragte die Hausherrin gewohnt vorwurfsvoll und mit hochgezogenen Brauen.

»Da muss ich das Mädchen wohl falsch verstanden haben.« Unaufgefordert setzte sich Dorothea auf einen Stuhl und rutschte bis dicht an die Vorderkante, um nicht den Anschein zu erwecken, als wolle sie es sich bequem machen und länger verweilen. »Ich halte Sie nur kurz auf.« Sie zog das Briefbündel aus der Handtasche und hielt es der Señora entgegen. Diese warf nur einen flüchtigen Blick darauf und stieß ihre Tochter mit dem Ellbogen an. Ericka erhob sich schwerfällig und verließ wortlos das Zimmer.

»Wissen Sie, was das ist?«

»Briefe, vermute ich.« Señora Torres Picado starrte Dorothea hochmütig an und verzog keine Miene.

»Kennen Sie die Handschrift?«

»Natürlich, es ist meine eigene.«

Dorothea verschlug es nahezu die Sprache. Sie hatte mit Ausflüchten gerechnet, stotternd vorgebrachten Erklärungen, vielleicht sogar mit Tränen, aber niemals mit einer so kalten, erschreckend gleichgültigen Antwort. »Warum?«, wollte sie wissen.

Señora Torres Picado verschränkte die Arme über dem mächtigen Busen und schwieg. Ihr deutlich erkennbarer Damenbart verlieh ihr eine unangenehme Strenge.

»Ich frage Sie noch einmal: Warum haben Sie diese Briefe an meine Schwiegermutter geschrieben? Von den lächerlichen Floskeln, mit denen Sie mich bedacht haben, will ich gar nicht reden.«

»Pah! Wenn Sie wüssten, was dieses Weibsstück mir angetan hat, kämen Sie nicht so eingebildet daher«, blaffte die Hausherrin.

»Einen anderen Menschen zu diffamieren ist eine Sünde. *Du sollst kein falsches Zeugnis geben wider deinen Nächsten*, heißt es in den Zehn Geboten. Vielleicht möchten Sie mir den Grund für Ihr Verhalten nennen. Sie könnten dadurch Ihr Gewissen erleichtern.« Dorothea schien es, als falle bei Señora Torres Picado eine Maske. Darunter kam ein Gesicht zum Vorschein, das Hass, Neid und Verachtung ausdrückte.

»Diese gewissenlose Person hat mir meinen Mann gestohlen. Pedro und ich waren ein Liebespaar. Wir haben von Hochzeit gesprochen und von der Ausstattung der Hacienda Margarita. Einen Tag vor unserer Verlobung teilte Pedro mir mit, dass er sich in eine andere verliebt habe. Ich war wie vom Donner gerührt. Diese falsche Schlange hatte sich hinter meinem Rücken an ihn herangeschlichen und ihn verführt. Und dafür soll sie büßen.«

Dann hatte Antonio mit seiner Vermutung also doch recht gehabt. Señora Torres Picado hatte sich bereits als Herrin auf der Hacienda gesehen, und dieser Plan hatte sich zerschlagen. »Ich weiß nicht, was der Grund für den Sinneswandel meines Schwiegervaters gewesen ist. Wie hat ihn meine Schwiegermutter denn erklärt? Sie beide waren doch miteinander befreundet, nicht wahr?«

»Von unserer bevorstehenden Verlobung haben Pedro und ich niemandem erzählt, sie sollte heimlich stattfinden. Schließlich war ich erst siebzehn.«

Dorothea konnte ihr Erstaunen über diese seltsame Erklärung kaum verbergen. »Aber wie hätte meine Schwiegermutter denn ahnen sollen, dass ihr Mann zuvor einer anderen die Ehe versprochen hatte?«

»Pedro hat ihr bestimmt davon erzählt. Er war immer so ehrlich und aufrichtig. Ich bin sicher, er wollte zu mir zurück, denn er liebte nur mich. Aber er schaffte es nicht, war unversehens in ihre Fänge geraten wie eine Fliege in ein Spinnennetz. Und sie ließ ihn nicht mehr los. Sie gehörte einfach nicht an seine Seite, und das sollte sie auch wissen. Ich wollte sie verunsichern, ihr Angst einjagen. Sie sollte keine ruhige Minute mehr haben.«

Señora Torres Picados giftige Worte jagten Dorothea kalte Schauer über den Rücken. Wie konnte ein Mensch nach den langen Jahren noch immer so verbittert sein?

»Pedro konnte sein Eheversprechen nicht einlösen, weil sie ihn verhext hatte. Aber ich hatte mir geschworen, dass sie Abbitte leisten würde. Wenn nicht ich die Herrin auf der Hacienda Margarita sein konnte, dann sollte es wenigstens meine Tochter. Antonio sollte sie zur Frau nehmen. Das mindestens durfte ich als Wiedergutmachung für mein unerfülltes Glück erwarten. Aber dann sind Sie gekommen. Eine dahergelaufene, nichtssagende Hauslehrerin. Aus Deutschland.« Sie spie die Worte aus wie einen Fluch. »Und da frage ich mich, warum wohl eine junge Frau ohne ihre Familie die Heimat verlässt. Wahrscheinlich sind Sie einem ganz anderen Gewerbe nachgegangen. Oder Sie sind eine Zuchthäuslerin, die geflohen ist, möglichst weit weg, damit keiner sie findet und zur Verantwortung zieht.«

Dorothea wunderte sich selbst, wie gelassen sie blieb

und wie wenig die abstrusen Verleumdungen dieser Señora sie berührten. Und plötzlich kam ihr in den Sinn, wie Antonio Señora Torres Picado einmal bezeichnet hatte: als *alte Lanzenotter*. Damit hatte er leider recht gehabt. Diese Frau war ein gefährliches Geschöpf, das jahrzehntelang einen Menschen vergiftet hatte. Nur dass das Tier sein Gift ausschließlich zum Erlegen einer Beute verwendete und um seinen Hunger zu stillen. Wohingegen diese Señora Gift versprühte, um zu demütigen und ihre Rachegelüste zu befriedigen.

»Mich persönlich konnten Sie mit Ihren Anschuldigungen nicht treffen, werte Señora. Ich habe meinen Mann eingeweiht, und Ihren ersten Brief hat er lachend zerrissen. Aber wissen Sie eigentlich, was Ihre infamen Lügen für meine Schwiegermutter bedeutet haben? Ahnen Sie überhaupt, welche Qualen sie ausgestanden hat? Wie nicht nur ihr Geist, sondern auch ihr Körper gelitten hat? An ihrem derzeitigen Gesundheitszustand haben Sie einen ganz gehörigen Anteil.«

Gleichgültig hob Señora Torres Picado die Schultern. »Na und? Dann hat sie wenigstens bekommen, was sie verdient.«

Am liebsten hätte Dorothea sich auf diese Frau gestürzt und sie angeschrien, sie an den Schultern gepackt und geohrfeigt. Es fiel ihr schwer, sich noch länger zu beherrschen. Ihr Tonfall wurde schärfer. »Wie können Sie nur so unbarmherzig sein? Meine Schwiegermutter ist sich keiner Schuld bewusst, und sie hat sich nicht das Geringste vorzuwerfen. Nie hat sie einen Menschen verletzen wollen. Aber Sie haben ihr den inneren Frieden genommen und ihr damit die Hölle bereitet.«

Die Señora starrte Dorothea an, als wolle sie sie mit ihren Blicken durchbohren. »O nein! Ihre gewissenlose Schwiegermutter und Sie haben mein Leben und auch das meiner Tochter zerstört.«

Dorothea seufzte hörbar und schüttelte den Kopf. Ganz offensichtlich war Señora Torres Picado der Blick für die Wirklichkeit abhandengekommen. Sie hatte sich in eine Wahnwelt geflüchtet, aus der es kein Entrinnen gab. Und womöglich hatte Pedro ihr auch gar nicht die Ehe versprochen, sondern diese Señora hatte sich alles nur eingebildet. Das hätte Dorothea wahrhaftig nicht gewundert. »Dann sagen Sie mir doch, wie Sie eines Tages vor Gott erklären wollen, dass Sie über Jahrzehnte einen Menschen seelisch gequält haben.«

»Gott weiß, welches Unrecht mir angetan wurde.«

»Wie kann ein Mensch nur so selbstgerecht sein, Señora Torres Picado? Mein Schwiegervater und mein Mann sind tot. Welche Absurditäten werden Sie uns demnächst vorwerfen? Lassen Sie mich raten … Etwa, dass wir schlechte Witwen sind und die Verstorbenen innigere Trauer verdient hätten? Verraten Sie mir: Woraus wollen Sie künftig Nahrung für Ihren Hass schöpfen?«

Das Gesicht der Señora versteinerte, doch ihre Stimme bebte. »Es gibt eine Schuld, die niemals endet. Wir beide waren füreinander bestimmt. Pedro und ich.«

»Hat Ihnen noch niemand gesagt, dass Sie krank sind? Krank vor Missgunst und Selbstverliebtheit.«

Señora Torres Picado riss einen Arm hoch und wies mit dem Zeigefinger drohend auf Dorothea, als hielte sie einen Revolver in der Hand. »Was erlauben Sie sich? Ich lasse mich nicht länger von Ihnen beleidigen!«

»Vielen Dank, ich finde allein hinaus.« Dorothea sprang auf und schritt eilig zur Tür. Sie musste sich zwingen, nicht zu rennen. Sobald sie in der Kutsche saß, öffnete sie die oberen Knöpfe ihres Kleides. Sie hatte das Gefühl, ersticken zu müssen.

Isabel hörte sich mit ebenso erschrockener wie ungläubiger Miene an, was Dorothea über den Besuch bei Señora Torres Picado berichtete. Danach schwieg sie für eine Weile, schüttelte mehrmals den Kopf und schien das Gehörte begreifen zu wollen. »Ich danke dir, dass du mich in Schutz genommen hast, Dorothea. Es stimmt, wir waren einmal befreundet, aber nicht so eng, dass wir uns gegenseitig unsere geheimen Träume erzählt hätten. Wäre mir bekannt gewesen, dass sich hinter diesen Briefen ein kranker Geist verbirgt, um wie viel befreiter hätte ich leben können.«

»Diese Frau ist so verbittert und verstockt, dass ich fast Mitleid mit ihr bekam.«

»Ich kann es noch gar nicht recht begreifen. Meine Ängste, meine Gewissensqualen ... sie wären gar nicht nötig gewesen. Mir ist auf einmal so leicht zumute, am liebsten würde ich ... tanzen. Oh, wie froh bin ich, dass du den Mut hattest, diese Person aufzusuchen und zur Rede zu stellen, Dorothea! Davon muss ich heute unbedingt Pedro erzählen. Ich habe ein Lichtbild von ihm auf meiner Frisierkommode stehen. Jeden Abend vor dem Zubettgehen erzähle ich ihm, was sich am Tag ereignet hat.«

Dorothea nickte verständnisvoll. Auch sie hatte einen Menschen, mit dem sie oftmals Zwiesprache hielt. Aber es war nicht ihr verstorbener Mann. Wenn sie doch nur bald eine Nachricht des Berliner Verlegers erhielte, den sie nach Alexanders Aufenthaltsort gefragt hatte! Doch das Schiff, das ihren Brief nach Deutschland transportierte, war vermutlich noch nicht einmal angekommen. Weitere Monate würden vergehen, bis sie eine Antwort bekäme. Sie würde versuchen, Alexander zu sehen, und ihm alles erklären. Ihr schlechtes Gewissen, weil sie ihn verletzt und doch nicht anders gekonnt hatte. Ihre immerwährende Sehnsucht, ihre stille Hoffnung, dass sie doch noch zusammenfänden. Nun, da sie frei war... Sie hatte nicht richtig zugehört, was hatte Isabel gerade eben gesagt?

»... weshalb ich für immer gewiss sein kann, dass Pedro mich nie verlassen hätte. Keine andere Frau war je wichtig für ihn. Er hat immer nur mich geliebt. So wie ich ihn geliebt habe.«

Sechs Wochen später erfuhr Dorothea zufällig von Esmeralda, dass Señora Torres Picado Hals über Kopf ihr Haus verkauft hatte und mit ihrer Tochter Ericka zu Verwandten nach Guatemala gezogen war. Als sie der Schwiegermutter davon erzählte, lächelte diese ein seliges, glückliches Lächeln und drückte ihr die Hand.

»Dem Himmel sei Dank. Endlich habe ich meinen Frieden gefunden.«

Olivia öffnete das Fenster mit den halb blinden Scheiben und spähte hinunter in den Innenhof, der nach allen vier Seiten von Häusern begrenzt wurde. Die modrigen Holzfassaden waren wohl schon lange nicht mehr gestrichen worden. Zwischen den Gebäuden waren Leinen mit Wäschestücken gespannt. Von irgendwoher war Gitarrenmusik zu hören, zwei Männer stritten lautstark in einer fremden Sprache. Neben einem baufälligen Schuppen stapelten sich Tische, Stühle und Bierfässer. Eine Horde grölender Kinder spielte Ball. Im Haus gegenüber hockte eine pechschwarze Katze auf dem Fenstersims, leckte sich die Vorderpfoten und rollte sich zu einem Knäuel zusammen.

Sie war allein in diesem schäbigen, muffigen Zimmer in einem schäbigen, muffigen Haus, das sich Pension nannte. Ihre Mitbewohnerinnen Silvina und Evita waren mit Dario, dem Chef der Truppe, in die Stadt gegangen und wollten Stoff für ihre Kostüme kaufen. Olivia selbst besaß drei Bühnenkostüme, die sie nach eigenen Vorgaben hatte anfertigen lassen. Da sie auf der Bühne immer nur die Tänzerin war und nie in unterschiedliche Rollen schlüpfte, benötigte sie keine umfangreiche Garderobe. Anders ihre Mitstreiterinnen, die junge Mädchen, Bräute, alte Frauen, Nonnen oder Straßenmädchen darstellten, manchmal sogar in Hosenrollen auftraten.

Seitdem sie mit der Kompanie unterwegs war, hatte sich

ihr Leben von Grund auf geändert. Nicht mehr sie allein konnte bestimmen, sondern sie musste sich den Beschlüssen der anderen fügen und sogar in Absteigen wie dieser übernachten. Gegen die Besenkammer, die sie sich mit ihren beiden Mitstreiterinnen Evita und Silvina teilen musste, kam ihr im Nachhinein sogar das Verlies, in das ihre Entführer sie seinerzeit gesperrt hatten, wie eine komfortable Herberge vor. Sie musste wieder an ihren jungen Bewacher denken, der ihr eine Katze mitgebracht hatte, damit sie nicht so allein war, und der seinen Namen nicht hatte sagen wollen. Weswegen sie ihn in Gedanken Juan genannt hatte. Was mochte aus ihm geworden sein? Womöglich arbeitete er weiterhin als Wanderarbeiter auf einer der vielen Kaffeehaciendas im Land. Ob sie ihn eines Tages wiedersehen würde? Seine Stimme jedenfalls würde sie unter Tausenden wiedererkennen.

Vom großen Abenteuer hatte Olivia geträumt – und wäre doch so manches Mal aus ihrer Kompanie mit den ungehobelten Mitstreitern am liebsten ausgebrochen. Aber wohin hätte sie sich wenden sollen? Zurück auf die Hacienda wollte sie auf keinen Fall. Dann hätte sie ein zweites Mal ihr Scheitern eingestehen müssen. Sie musste sich zusammennehmen und die Umstände möglichst gelassen ertragen, sich nur ihrem Tanz widmen. Panama und die Compañía Dario waren nur der Anfang. Eines nicht zu fernen Tages würde sie die Truppe verlassen. Sie würde einen Erfolg nach dem anderen feiern und unter seidenen Bettdecken nächtigen.

An manchen Tagen fehlte ihr Margarita, ihr unbekümmertes Kinderlächeln, ihre Anschmiegsamkeit und ihr zarter Kleinmädchenduft. Aber dann stellte sie sich vor, wie die Tochter jauchzend inmitten endloser Kaffeefelder umherlief, mit rosigen Wangen, das Haar vom Wind zerzaust. Sie sah ihre Mutter Dorothea vor sich, wie sie die Kleine an die Hand nahm, mit ihr barfuss durch den Bach watete und danach im Park die Schmetterlinge an den vielgestaltigen Blütenstauden zählte. Das Kind hatte es gut, wehrte Olivia jeden aufkeimenden Zweifel entschieden ab, besser, als sie es je zwischen behelfsmässigen Kulissen und in schmierigen Unterkünften gehabt hätte. Auch der mitunter zotige Umgangston der Schauspielertruppe hätte ihr nicht gutgetan.

In drei Tagen würden sie erstmals in Panama-Stadt auftreten. Bisher hatten sie in kleinen Provinznestern gastiert und dort mässigen Erfolg gehabt. Doch nun hatten sie es bis in die Hauptstadt geschafft, wenn auch nur in ein kleines Theater. Der Direktor, ein fülliger Mittfünfziger mit schütterem Haar, aber umso prachtvollerem Bartwuchs, erzählte gern von früheren Zeiten, als er das Teatro Montevideo in Uruguay geleitet hatte. Die drei Gründungsmitglieder der Compañía Dario zeigten sich von seinen Schilderungen beeindruckt, doch Olivia wurde den Verdacht nicht los, dass der Direktor diese Geschichte lediglich erfunden hatte, um von seiner miserablen Geschäftslage abzulenken. Das Theater stand – wenn nicht noch ein Wunder geschah – kurz vor der Schliessung, wie ihr die Pensionswirtin im Vertrauen verraten hatte.

Das Teatro Las Cumbres lag in einer kleinen Seitengasse beim Hafen. Viele Handwerker wohnten hier, Schlosser, Tischler und Korbflechter. Olivia fieberte ihrem ersten Auftritt in der Landeshauptstadt entgegen. Doch kämen hier, in diesem ärmlichen Stadtviertel, auch genügend Besucher? Und wüssten diese ihr Talent überhaupt zu würdigen?

Entgegen ihren Befürchtungen war das Theater, in dem das Publikum auf wackeligen Holzstühlen saß, bis auf den letzten Platz besetzt. Offenbar hatten die Programmzettel, die der Direktor in der ganzen Stadt hatte verteilen lassen, große Aufmerksamkeit erregt. Darauf wurde mit einer völlig neuartigen Mischung aus Posse, Pantomime und Parodie geworben. Die Abfolge der komödiantischen Szenen verlief in bewährter Manier. Silvina und Evita waren Herrin und Dienstmädchen, dann wieder Mutter und Tochter. Oder sie spielten zwei Freundinnen, die sich möglichst geschickt ihrer Ehemänner entledigen wollten, um endlich ein Leben in Frieden und Freiheit zu führen. Dario gab einen vergesslichen Priester bei der Sonntagspredigt, einen betrunkenen Totengräber und den Galan einer reichen älteren Witwe. Durch ein kleines Loch im Vorhang beobachtete Olivia das Publikum. Es wurde viel gelacht und geklatscht bei den oftmals nur wenige Minuten dauernden Stücken.

Schließlich kam sie an die Reihe. Im Gegensatz zu ihren Mitspielern kannte sie kein Lampenfieber. Bevor sie auf die Bühne trat, überprüfte sie noch einmal ihr Aussehen im Spiegel. Sie war zufrieden mit sich. Das rote Tanzkleid bildete einen reizvollen Kontrast zu ihrem schwarzen Haar, das ihr bis auf die Taille fiel und mit einem Samtband im Nacken gebändigt wurde. Das eng anliegende Spitzenkorsett betonte Brust und Taille, und der weich fließende knöchellange Rock erlaubte bei jedem Drehen einen Blick auf ihre schmalen Fesseln. Diese Enthüllung entlockte dem weiblichen Publikum erfahrungsgemäss meist spitze Empörungsschreie, den männlichen Zuschauern jedoch gierige Blicke und sehnsuchtsvolle Seufzer.

Applaus erklang für Silvina und Evita, hinter denen sich der Vorhang schloss. Die beiden taten, als würden sie Olivia über die linke Schulter spucken – als Zeichen, dass sie ihr für ihren Auftritt Glück wünschten. Olivia verhüllte Gesicht und Schultern mit einer langen schwarzen Mantilla. Dann zog sie die Kastagnetten aus der Rocktasche und schlang das Bändchen, das die beiden hölzernen Muscheln zusammenhielt, um den Mittelfinger. Als der Vorhang sich wieder öffnete, trat sie gesenkten Hauptes hinaus ins Rampenlicht. In der Stille spürte sie geradezu körperlich, wie das Publikum den Atem anhielt. Sie genoss die Aufmerksamkeit, verharrte in dieser Haltung und liess die Zuschauer bis zu jenem Augenblick warten, da die Anspannung schier unerträglich wurde und leise Unruhe aufkam. Sie hatte es bereits mehrfach erprobt, wusste auf den Sekundenbruchteil genau, wie lange sie die Wartenden auf die Folter spannen durfte.

Mit einem Ruck zog sie den Spitzenschleier vom Gesicht und warf ihn zielgenau einem Mann in der ersten Reihe an den Kopf, der ihn erschrocken auffing. Die neben ihm sitzende Dame riss nicht minder erschrocken den Mund auf und durchbohrte die Tänzerin mit vernichtenden Blicken. Ein Raunen lief durch die Menge. Sie wandte den Kopf seitwärts in die Richtung, wo Dario mit seiner Gitarre auf einem Hocker am Bühnenrand sass und auf seinen Einsatz wartete. Ein kaum merkliches Nicken, dann griff er in die Saiten und liess die ersten Töne erklingen. Leise, sanft und melancholisch. Olivia schwang die Arme und drehte sich im Takt der Musik, tanzte kraftvoll und beherrscht. Das Klappern der Kastagnetten unterstrich den Rhythmus ihrer Bewegungen.

Was dann folgte, war ein *»stummer und sinnlicher Dialog zwischen Künstlerin und Zuschauern«*, wie ein Kritiker es an diesem Abend formulierte und wie es noch viele Male von anderen Kunstrichtern wiederholt werden sollte. Mit ihrem Körper erzählte Olivia die ewig gleiche Geschichte von Mann und Frau, die von Liebe und Sehnsucht handelte, von Verlockung, Zurückweisung und neuer Hoffnung. Bisher war die Abfolge jeden Abend ein wenig anders gewesen, je nach Laune des Publikums. Olivia hatte ein untrügliches Gespür dafür, was die Zuschauer sehen wollten. An einem Tag verlangten sie nach ungestümer Leidenschaft, am nächsten nach zärtlichem Getändel. Manchmal bildete ein Wirbel der Gefühle den Höhepunkt, dann wiederum ein zärtlicher Luftkuss. Dario schien jeden ihrer Schritte vorauszuahnen. Bewegung und Melodie waren stets im Gleichklang, als herrsche zwischen Musiker und Tänzerin ein stilles Einvernehmen.

Am Ende einer jeden Darbietung stand ein Tanzschritt, der Stolz und Triumph ausdrückte. Denn anders als in der Zeit ihrer unseligen Ehe wollte Olivia zumindest auf der Bühne die Siegerin sein. Sie reckte den Oberkörper und warf den Kopf in den Nacken, ihre Augen blitzten, die Hände ruhten auf den Hüften. Dann streckte sie mit einer ungestümen Bewegung den rechten Fuß nach vorn und stampfte dreimal auf dem Boden auf, als wolle sie bekräftigen, dass kein Mann sie jemals bezwingen konnte.

Tosender Beifall brandete auf, die Leute sprangen von den Sitzen. Bravorufe ertönten von allen Seiten und immer wieder die Forderung »Zugabe!« Blumen flogen auf die Bühne, und erst dann ließ Olivia sich dazu herab, ihrem Publikum zuzulächeln. Sie verneigte sich mehrmals, sammelte die Blumen auf und verschwand hinter dem Vorhang.

Der erleichterten Miene des Direktors war zu entnehmen, dass sie ihn womöglich soeben vor dem Konkurs gerettet hatte. Er nötigte sie, auf die Bühne zu treten und eine weitere Kostprobe ihres Könnens zu geben, und sei es eine Wiederholung der letzten zehn Takte. Doch sie schüttelte nur den Kopf und entschwand eilig in ihre Garderobe. Mochte der Mann sich auf den Kopf stellen, sie würde keine Zugabe bieten. Wenn die Leute sie tanzen sehen wollten, sollten sie am nächsten Abend wiederkommen und ein weiteres Mal Eintritt zahlen.

Olivia übergab Silvina und Evita die Blumen und nahm von ihnen überschwängliche Küsse auf beide Wangen entgegen. Wenngleich es Olivia so vorkam, als sei in ihren Augen nicht nur Achtung, sondern auch ein Funke von Neid zu erkennen. Sie ließ sich auf dem Stuhl vor dem Garderobenspiegel nieder und warf ihrem Spiegelbild eine Kusshand zu. Heute Abend hatte sie es geschafft. Eine große Zukunft stand ihr bevor. Sie würde von Stadt zu Stadt, von Land zu Land reisen und einen Triumph nach dem anderen feiern. Auf bunten Plakaten an Hauswänden und Litfaßsäulen würde ihr Name stehen. Und ganz sicher wäre Margarita eines Tages stolz auf ihre Mutter.

Aber an diesem Abend wollte sie erst einmal mit ihrer Truppe anstoßen. Der Direktor schien in Feierlaune zu sein, zumindest hatten seine glänzenden Augen ihr dieses Versprechen gegeben.

Die Compañía Dario sorgte für Gesprächsstoff. Aus sämtlichen Stadtteilen strömten die Menschen herbei, um dieses Theaterspektakel zu erleben, das so ganz anders war als alles, was sie bisher auf der Bühne gesehen hatten. Insbesondere die männlichen Zuschauer fieberten dem Höhepunkt des Programms entgegen, Olivias Auftritt. Die Zeitungen überboten sich gegenseitig in Lobeshymnen über ihre ausdrucksvolle Darbietung.

Wenn sie ihren Tanz beendet hatte, flogen Blumensträuße auf die Bühne. Oftmals hingen Liebesbriefe daran, ja sogar Heiratsanträge von völlig unbekannten Männern. Die Verehrer standen Schlange am Bühnenausgang, und Olivia benutzte stets einen Nebenausgang, verborgen unter einem schäbigen braunen Umhang, der ihr das Aussehen einer Straßenverkäuferin verlieh. Manchmal las sie Silvina und Evita in der Garderobe aus den Briefen vor und amüsierte sich köstlich dabei. Doch sie spürte, wie mit jedem Tag die Missgunst der beiden erfahrenen Schauspielerinnen ihr gegenüber wuchs. Sie, die Neue, war der strahlende Mittelpunkt, sie heimste den meisten Applaus ein, während Silvina und Evita, die sich Abend für Abend verausgabten, kaum mehr als Statistinnen geworden waren. Olivia wusste, dass die beiden sie nur deshalb in ihre Truppe aufgenommen hatten, weil Dario darauf bestanden hatte. Weil er den künftigen Erfolg erahnte, den sie ihnen bescheren würde und der ihnen dreien bis dahin verwehrt gewesen war.

»Was zieht ihr für säuerliche Gesichter?«, fragte Olivia. »Es könnte doch nicht besser laufen. Ich sehe uns schon an den großen Bühnen auftreten: Montevideo, Buenos Aires, ja vielleicht sogar New York.«

Doch offenbar waren ihre Träume hochtrabender als die ihrer Mitspielerinnen, denn sie starrten Olivia erschrocken an. Evita war eine ängstliche und unsichere Frau, obwohl sie auf der Bühne immer die Unbekümmerte und Kesse gab. Sie konnte nur spielen, wenn sie ihr Lampenfieber zuvor im Schnaps ertränkt hatte. Silvina hatte keinesfalls die Absicht, einmal eine berühmte Diseuse zu werden, sondern sehnte sich nach einem Ehemann, am liebsten einem gut situierten Witwer mit Kindern. Denn nach mehreren Fehlgeburten in ihren frühen Zwanzigern glaubte sie nicht mehr an das Glück einer Mutterschaft. Beide hatten früher einmal etwas mit Dario gehabt, aber das musste schon lange her sein. Noch bevor sie sich zu einer Theatertruppe zusammengefunden hatten. Dario hatte wohl längere Zeit wegen Raubes im Gefängnis gesessen, aber über ihre Vergangenheit redeten sie alle nicht gern. Olivia kümmerte das wenig. Ihre drei Kompagnons kamen ihr vor wie einsame Seelen, die sich zusammengetan hatten, um zusammen allein zu sein.

Sie dagegen träumte von einer strahlenden Zukunft, von meterhohen Plakaten, auf denen ihr Name zu lesen war: *Olivia Ramirez Fassbender*. Doch nein, das klang nicht gut, dieser Name war viel zu lang. Sie würde sich einen Künstlernamen zulegen. Irgendwann wäre Lola Montez vergessen, und die Welt würde nur noch von ihr sprechen.

Gonzalo Carmona y Medel hatte Olivia zu einer – wie er es nannte – Privataudienz in sein Bureau gebeten. Breitbeinig saß er in einem Sessel, zwischen den Fingern eine Zigarre. Er sah zufrieden aus, sehr zufrieden sogar.

»Olivia, mein Täubchen, eure Truppe hat mich und

mein Theater gerettet. Komm, trinken wir ein Glas Champagner miteinander!«

Olivia hasste diese plumpe, anbiedernde Art, doch sie wollte sich nichts anmerken lassen. Sie war eine Tänzerin, die an einem kleinen Theater in Panama auftrat. Folglich musste sie sich auch als solche behandeln lassen. Doch bald schon würde sie ihre eigenen Regeln aufstellen und nicht mehr nach der Pfeife irgendeines Hinterhofimpresarios tanzen.

»Vielen Dank, Señor Carmona y Medel, ich trinke grundsätzlich keinen Alkohol. Ich bin eine Künstlerin und achte auf meine Gesundheit.«

Der Direktor starrte sie mit offenem Mund verständnislos an. »Alle Künstler trinken. Hier, zier dich nicht so, und sei nicht so förmlich. Nenn mich bei meinem Vornamen! Ich heiße Gonzalo.«

Olivia nahm das Glas und prostete ihm zu. »Salud, Señor Gonzalo.« Mit einer graziösen Handbewegung goss sie den Inhalt in einen Aschenbecher, der neben ihr auf dem Schreibtisch stand. Dieser Theaterdirektor war ihr nicht sonderlich sympathisch. Sie wollte auf der Hut sein und einen klaren Kopf bewahren. Der schwitzende Fettkloß sollte nur seine Finger von ihr lassen! Ihr gefiel das Glitzern in seinen Augen nicht, es erinnerte sie an Romano.

Carmona y Medel lachte dröhnend. »So eine bist du also. Erst lockst du die Männer an, und dann ziehst du dich zurück wie eine Schnecke in ihr Haus. Na warte, ich werde dich noch knacken!«

Ungerührt schlug sie die Beine übereinander und wippte mit der Fußspitze. »Warum haben Sie mich rufen lassen?«

Der Direktor wischte sich mit einem Taschentuch über das schwitzige Gesicht. »Es geht um euren Vertrag. Ich bin bereit, ihn um zwei weitere Wochen zu verlängern.«

»Und warum reden Sie mit mir darüber und nicht mit Dario? Er ist der Chef.«

Carmona y Medel wischte sich wieder über das Gesicht, obwohl es in seinem Bureau keineswegs heiß war, sondern angenehm kühl. »Nun, mein Täubchen, weil ich speziell dir ein ganz besonderes Angebot machen wollte.«

Olivia sah, wie seine Augen verdächtig funkelten. Sie musste vorsichtig sein, wollte erst einmal Zeit gewinnen. »Bevor wir über mich sprechen, sollten wir zuerst über unseren Vertrag sprechen. Seit einem Monat spielen wir jeden Tag vor ausverkauftem Haus. Wenn wir den Kontrakt verlängern, müssen die Bedingungen neu ausgehandelt werden. Ich schlage vor, Sie verdoppeln unsere Gage, dann bin ich bereit, bei Dario ein gutes Wort für Sie einzulegen.«

Der Direktor nahm ein Blatt Papier vom Schreibtisch und fächelte sich Luft zu. »Alle Achtung, du bist ja ein ganz ausgefuchstes Weibsstück! Ich werde deinen Vorschlag überschlafen.«

»Dann eben nicht.« Olivia erhob sich und schickte sich an zu gehen. »Wir haben nämlich einige verlockende Angebote von anderen Theaterdirektoren hier in der Stadt.«

»So warte doch! Ich habe ja nicht gesagt, dass ich ablehne.«

Sie beobachtete, wie Carmona y Medel mit säuerlich verzogenem Mund nachrechnete. Manchmal musste man eben bluffen, wenn man ein Geschäft zu eigenen Gunsten abschließen wollte. In Wahrheit hatten sie gar kein anderes Angebot. Aber Olivia fand, dass sich der Erfolg, den die Truppe dem Teatro Las Cumbres beschert hatte, auch in barer Münze niederschlagen sollte.

Der Direktor nickte brummend. »Also gut, ich bin einverstanden. Aber nun kommen wir zu dir. Die Pension, in der ihr untergekommen seid, die ist nichts für eine junge Frau wie dich. Du kennst Besseres, nicht wahr? Hast bestimmt schon in hochherrschaftlichen Häusern gelebt, wie? Du kannst bei mir wohnen, ich habe Platz genug.«

Daher also wehte der Wind. Olivia hatte schon etwas Ähnliches vermutet. Man musste den Männern nur in die Augen sehen, dann waren sie lesbar wie ein aufgeschlagenes Buch. Sie gab sich überrascht. »Tatsächlich? Und was ist mit Evita und Silvina? Was glauben Sie, wie eifersüchtig die beiden sind! Die Augen werden sie mir auskratzen vor Neid. Und Sie wollen doch nicht, dass es Missstimmung in unserer Truppe gibt, oder? So etwas wirkt sich auf die Qualität der Darbietung aus. Künstler sind äußerst sensible Menschen, man muss sie pfleglich behandeln. Entweder ziehen die beiden Frauen mit hier ein, oder wir bleiben gemeinsam in der Pension.«

Carmona y Medel konnte seine Enttäuschung nicht verbergen. »So eine wie du ist mir noch nie begegnet.« Und doch schwang in diesen Worten Bewunderung mit.

»Ich werde Dario vorbeischicken, damit er den Vertrag unterzeichnet.« Hoch erhobenen Hauptes und wie eine Königin schritt Olivia aus dem Zimmer. Das war für den Anfang nicht schlecht, lobte sie sich selbst. Offenbar hatte sie etwas von dem Verhandlungsgeschick ihres Großvaters geerbt. Und das wollte sie auch künftig für ihren Beruf nutzen.

Evita und Silvina konnten es kaum glauben. »Das Doppelte? Und du hast dich auch nicht verhört?«

»Natürlich nicht. Ich halte die Gage für angemessen. Qualität hat eben ihren Preis.«

Dario rutschte unruhig auf seinem Stuhl hin und her. Er wirkte nur mäßig begeistert. »Das war voreilig von dir. Eigentlich bin ich derjenige, der die Verhandlungen führt. Schließlich ist es meine Truppe, und ich ...«

»Die Gelegenheit war günstig«, unterbrach Olivia seinen Redeschwall. »Hätte ich die Gelegenheit etwa verstreichen lassen sollen? Vielleicht hätte Carmona y Medel es sich im nächsten Augenblick schon wieder anders überlegt. Dann hätten wir weiterhin unseren lausigen Hungerlohn bekommen. Wäre dir das lieber gewesen?«

Dario schickte einen ergebenen Blick zur Decke. »Ist ja schon gut ... Aber zukünftig gibt es keine Absprachen mehr ohne mich.«

»Aye, aye, Sir.«

Das Theater platzte aus allen Nähten. Sogar auf den Stehplätzen drängten sich die Zuschauer. Carmona y Medel sonnte sich in seinem Ruhm und zählte jeden Abend die Tageseinnahmen persönlich nach. Der Vertrag mit der Compañía Dario wurde noch einmal um zwei weitere Wochen verlängert. Olivia hatte erwirkt, dass sie in einer besseren Pension untergebracht wurden. Jeder hatte ein eigenes Zimmer mit einem breiten Bett und Blick aufs Meer. Evita und Silvina störte nur, dass sie diesen Komfort dem Verhandlungsgeschick Olivias verdankten. Immer wieder warteten sie mit spitzen Bemerkungen auf, stellten Mutmaßungen an, welche Gefälligkeiten Olivia dem Direktor wohl erwiesen hatte.

»Ihr drei wartet hier unten vor dem Theater. Wenn ich in einer Viertelstunde nicht wieder zurück bin, kommt ihr in sein Bureau.«

Carmona y Medel hatte Olivia zu einer neuerlichen Privataudienz geladen. Diesmal hatte er seinen besten Anzug und ein frisch gebügeltes Hemd angezogen und redete besonders leutselig.

»Setz dich zu mir, mein Täubchen! Champagner biete ich dir erst gar nicht an, aber vielleicht magst du ja hinterher doch noch ein Schlückchen.« Er spreizte die Finger und starrte auf seinen Siegelring. Dann zündete er sich eine Zigarre an und blies kunstvolle Kringel in die Luft, die langsam zur Zimmerdecke entschwebten. »Habe ich dir schon gesagt, wie sehr du mich an meine verstorbene Frau erinnerst? Elena war eine wunderbare Sängerin, sie starb mit nicht einmal dreißig Jahren. Und seither, seit über fünf Jahren ...« Er schluchzte laut und fuhr sich mit dem Handrücken über die Augen.

Olivia saß stumm auf ihrem Stuhl und wartete. Carmona y Medel wurde sentimental, das erforderte besondere Wachsamkeit.

»Ich habe mich immer nach einer Frau gesehnt, die mich inspiriert und mich verjüngt. So wie Elena es damals getan hat.«

Seine Frau musste zwanzig Jahre jünger gewesen sein, rechnete Olivia nach. Und sie selbst war sogar dreißig

Jahre jünger... Was bildete dieser weinerliche Koloss sich eigentlich ein? Ganz abgesehen davon, dass sie sich nie wieder an einen Mann binden wollte.

»Und nun sitzt diese Frau leibhaftig vor mir. Ich bitte dich, Olivia, werde meine Muse. Du sollst nicht mehr auf die Bühne müssen und dich von fremden Männern anstarren lassen. Du sollst immer nur für mich da sein und nur noch für mich tanzen. Um die Kompanie musst du dir keine Gedanken machen, die kannst du ruhig ziehen lassen. Ich habe bereits ein neues Engagement für sie. Ein Freund von mir hat ein Theater in Caracas.«

Olivia seufzte unhörbar. Rührselige Männer waren ihr ein Gräuel. »Mein Talent will ich nicht an einen einzigen Menschen verschwenden, Señor Gonzalo. Ich will es der ganzen Welt zeigen.«

»Mein Täubchen, du darfst mich nicht zurückweisen. Ich lege dir alles zu Füßen, was ich besitze. Wenn du willst, heirate ich dich sogar.« Carmona y Medel ließ sich schwerfällig auf die Knie nieder und blickte mit feuchten Augen und gefalteten Händen zu Olivia auf.

»Halten Sie die Augen gut auf, Señor Gonzalo, dann werden Sie bald eine andere Muse finden. Adiós.«

Dario, Silvina und Evita blickten sie erwartungsvoll an. »Und, weshalb wollte er dich sprechen?«

»Wir reisen ab, noch heute«, erklärte Olivia knapp.

Breitbeinig stand Dario da und kratzte sich hinter dem Ohr. »Aber wieso denn? Wir haben doch noch zehn Tage.«

»Außerdem gefällt uns die Stadt. Wer weiß, ob wir jemals wieder in einer so schönen Unterkunft wohnen werden?«, gab Silvina zu bedenken.

Evita zog einen Schmollmund. »Vielleicht verlängert der Direktor unseren Vertrag ja noch einmal...«

Olivia hatte keine Lust auf weitere Erklärungen. »Gut, dann reise ich eben allein.«

Bevor sie die Straßenseite wechseln konnte, hielt Dario sie am Ärmel fest. »Warte noch einen Moment, Olivia! Die Leute kommen hauptsächlich, um dich zu sehen. Wir brauchen dich in unserer Truppe, und wir sind doch eine Familie. Oder etwa nicht?«

Ungerührt hob Olivia die Schultern. »Ich packe meinen Koffer.« Mit festen Schritten eilte sie davon. Hinter sich hörte sie, wie ihre Kollegen auf der Straße heftig miteinander stritten. Doch das kümmerte sie nicht, sie musste ihren eigenen Weg gehen. Plötzlich hörte sie ein Keuchen. Es war Dario, der ihr gefolgt war.

»So warte doch, Olivia! Wir kommen mit dir. Und wohin reisen wir?«

»Nach Caracas.«

»C, d, e, f, g, a, h, c.« Beidhändig und flüssig spielte Margarita auf dem Klavier, auf dem schon ihre Mutter geübt hatte, die Tonleiter auf und ab. »Als Mozart seine ersten Stücke komponiert hat, war er da wirklich erst so alt wie ich?«

»Das ist richtig, Margarita. Seine Zeitgenossen nannten ihn ein Wunderkind.«

Señor Julio Morado Flores, der Klavierlehrer, blickte mit anerkennendem Nicken zu Dorothea hinüber. Sie hatte es sich zur Gewohnheit gemacht, ihrer Enkelin beim Unterricht zuzuhören. Meist saß sie in einem Sessel und skizzierte Margarita, wie sie aufmerksam und konzentriert auf ihr Notenblatt blickte und mit den kurzen schlanken Fingern über die Tasten glitt. Margarita war eine fleißige Schülerin, wie Dorothea mit Freude feststellte, viel eifriger, als Olivia es gewesen war. Und auch sie selbst hatte das Klavierspielen eher als Notwendigkeit empfunden, unerlässlich für ein junges Mädchen aus gutem Haus.

Margarita dagegen war mit Feuereifer bei der Sache, und Dorothea konnte es kaum erwarten, die ersten Stücke mit der Enkelin vierhändig zu spielen. Señor Morado Flores, der Klavierlehrer, war ein mittelgroßer, schmal gebauter Mann von jungenhaftem Aussehen. Man hätte ihn eher für einen Studenten als für einen ausgebildeten Musiker halten können. Hinter seiner Schüchternheit schimmerte gelegentlich ein ungezwungenes Selbstbewusstsein hervor. Sein blondes Haar war das Erbe seiner schwedischen Großmutter. Obwohl er noch keine dreißig Jahre alt war, hatte er bereits zahlreiche Konzerte in verschiedenen großen Städten Lateinamerikas gegeben. Zudem unterrichtete er am hiesigen Konservatorium Klavier und Kompositionslehre, wirkte aber auch als Hauslehrer mehrerer Schüler aus meist wohlsituierten Elternhäusern.

Nach dem Ende der Unterrichtsstunde hatte Margarita es eilig, in den Park zu laufen, wo sie mit den beiden Töchtern des Verwalters Ball spielen wollte. Señor Morado Flores packte seine Notenhefte zusammen und stopfte sie in eine abgegriffene Ledertasche. Seine Bewegungen waren unkonzentriert und linkisch. Er hatte etwas auf dem Herzen, das erkannte Dorothea an seinem zögernden, verlegenen Blick. Schließlich gab er sich einen Ruck.

»Was ich Ihnen schon lange sagen wollte … Ihre Enkelin hat Talent, es macht Freude, ein so fröhliches Kind zu unterrichten. Aber ganz besonders erfreut mich die Anwesenheit einer so bezaubernden Dame wie Sie, Señora Ramirez. Wobei ich mir immer noch nicht vorstellen kann, dass Sie die Großmutter der Kleinen sein sollen und nicht die Mutter. Diese Rolle würde ich Ihnen weitaus eher abnehmen.« Kaum hatte er die Worte ausgesprochen, errötete er wie ein junges Mädchen und senkte die Lider.

Dorothea lächelte und fühlte sich geschmeichelt. Es tat gut, hin und wieder ein Kompliment zu hören. Auch wenn sie die Worte des Klavierlehrers keineswegs für bare Münze nehmen wollte. Denn Señor Morado Flores war jung, im Vergleich zu ihr sehr jung sogar. Wenngleich er Dorothea in seinem Gehabe manchmal an einen englischen

Gentleman alter Schule erinnerte. Vielleicht war er einfach nur höflich oder versprach sich einen Vorteil davon, seinen Auftraggebern zu schmeicheln, überlegte sie.

Von dem Tag an verstand Señor Morado Flores es einzurichten, nach dem Unterricht noch eine Weile unter vier Augen mit Dorothea zu sprechen. Einmal brachte er ihr zwei handgeschriebene Notenblätter mit. Er überreichte sie ihr mit einer tiefen Verbeugung, wobei er auf anrührend schüchterne Weise den Mund schief zog. »Wenn Sie gestatten, Señora Ramirez, dieses Stück habe ich für Sie komponiert. Eine Hommage an die holde Weiblichkeit.«

Dorothea war gleichermaßen gerührt wie amüsiert. Wäre sie mindestens fünfzehn Jahre jünger gewesen, hätte sie angenommen, dass ihr dieser Virtuose der Tasten den Hof machte. Sie übte die Arabesque ein, und als nach dem Ende der darauffolgenden Unterrichtsstunde Margarita wie gewohnt zum Spielen und Toben in den Park lief, setzte sich Dorothea ans Klavier und spielte ihm das Stück auswendig und fehlerfrei vor. Morado Flores lauschte ergriffen. Als sie geendet hatte, nahm er ihre Hand und presste seine heißen, bebenden Lippen auf ihren Handrücken. Seine Stimme zitterte.

»Wissen Sie, dass Sie mich heute zum glücklichsten Menschen auf der ganzen Welt gemacht haben, Señora Ramirez?«

Während Morado Flores sie mit Schmeicheleien, eigenen Kompositionen und einmal sogar mit einer Schachtel feinster französischer Pralinen umwarb, wartete Dorothea sehnsüchtig auf die Antwort des Berliner Verlegers. Vielleicht erführe sie schon bald eine Anschrift und könnte Alexander schreiben. Möglicherweise war er aber auch wieder in Costa Rica unterwegs, irgendwo auf unbekannten Pfaden, und sie würde zu ihm reisen, könnte ihn sehen, mit ihm reden und ... Sie schloss die Augen und ließ sich in ihren Träumen hinübertragen an einen Ort, an dem es nur zwei Menschen gab: Alexander und Dorothea.

Ihr Herz schlug höher, als sie den Briefumschlag auf der Kommode entdeckte. Seit Wochen schon lag der Brieföffner griffbereit neben den Parfumflakons. Sie öffnete das Siegel und fand einen beschriebenen Briefbogen sowie einen weiteren verschlossenen Umschlag. Dann stutzte sie. Die Nachricht kam nicht wie erhofft aus Berlin, um ihr Aufschluss über Alexanders Aufenthaltsort zu geben, sondern aus Köln, ihrer ehemaligen Heimatstadt. Der Absender war ein Notar am Neumarkt. Sie überflog die ersten Zeilen und erfuhr die traurige Nachricht mit fast einjähriger Verspätung. Ihre Patentante Katharina Lützeler war gestorben, die ihrerseits die Mitteilung von Antonios und Pedros Tod nicht mehr rechtzeitig erhalten hatte. Beigelegt war ein Brief der Patentante, den diese zu Lebzeiten bei dem Notar hinterlegt hatte und der nach ihrem Tod an Dorothea weitergeleitet werden sollte.

Erinnerungen an die herzliche, verständnisvolle Patentante stiegen in ihr auf, die sie zuletzt vor mehr als zweieinhalb Jahrzehnten gesehen hatte. In ihrer bescheidenen kleinen Wohnung in Deutz, wo Dorothea in ihrer Verzweiflung Zuflucht gesucht und dann ihr ungeborenes Kind verloren hatte. Sie wischte sich die Tränen aus dem Gesicht. Und dann fiel ihr ein Wort wieder ein, das Katharina damals aus Versehen über die Lippen gekommen war. Die Tante hatte von einer *Lebenslüge* gesprochen und war selbst über ihren Versprecher erschrocken gewesen. Dann hatte sie schnell das Thema gewechselt. Schon damals hatte Dorothea vermutet, dass das Wort *Lebenslüge* etwas mit ihren Eltern zu tun haben musste, mit Hermann und Sibylla Fassbender.

Würde sie endlich ein Familiengeheimnis erfahren, das Katharina ihr seinerzeit verschwiegen hatte? Verschweigen musste? Eine eigenartige Unruhe ergriff Dorothea. Sie ahnte, dass sie einen Schlüssel in der Hand hielt. Den Schlüssel zu einer Tür, die in die Vergangenheit führte. Und zu sich selbst.

Sie nahm den Brief mit hinunter auf die Veranda, setzte sich in einen Korbsessel und beobachtete Margarita und ihre Kameraden, die Blindekuh spielten. Winkte ihnen zu. So wäre sie wenigstens nicht allein, sondern inmitten einer fröhlichen Kinderschar, wenn ihr früheres Leben sie einholte. Ihre Finger strichen über das Papier. Ein letzter Gruß, den ihr die Patentante gesandt hatte.

Köln, den 14. Oktober 1871
Meine liebe Dorothea! Vor einer Woche habe ich meinen geliebten Mann beerdigt. Er ist sanft und friedlich eingeschlafen, nachdem sein Herz und sein Rücken ihn in den letzten Jahren arg geplagt haben. Ich danke Gott für unser spätes Glück und die Zeit, die wir miteinander verbringen durften. Danken möchte ich Dir auch für das Geld, das Du uns mehrmals angewiesen hast, damit wir zu guten Ärzten gehen konnten.
Nun aber merke ich, wie mit Heinrich auch ein Teil von mir gegangen ist. Ich weiß nicht, warum ich ohne ihn noch weiterleben soll, und ich hoffe, der Herrgott hat ein Einsehen

und holt mich bald zu sich. Deswegen will ich Dir heute etwas mitteilen, was mir schon lange auf der Seele lastet. Ich musste Deinen Eltern schwören, dass ich mein Lebtag nicht mit Dir darüber reden werde. Daran habe ich mich gehalten. Mein Beichtvater hat mich auf einen Gedanken gebracht, wie ich mein Gewissen erleichtern kann, ohne meinen Eid zu brechen. Denn ich habe nicht geschworen, auch über meinen Tod hinaus zu schweigen. Deshalb wird Dir ein Notar diese Zeilen zusenden.
Ach, Dorothea! Oftmals musste ich mit ansehen, wie traurig Du warst. Eine unbestimmte Sehnsucht lag in Deinen Augen. Ich glaube, es war die Sehnsucht eines Kindes nach Liebe und Anerkennung. Dein Vater, mein Cousin zweiten Grades, hatte mir seinerzeit die Patenschaft angetragen, aber eine Patentante kann niemals Elternliebe ersetzen …

Margarita kam herbeigelaufen, verschwitzt und mit geröteten Wangen. Die Zöpfe hatten sich gelöst und hingen ihr über die Schultern. »Spielst du mit uns Verstecken, Großmama? Du musst dir die Augen zuhalten und bis hundert zählen. Und dann musst du uns alle suchen.«

Dorothea nahm die Enkelin in die Arme und drückte sie an sich. »Hör zu, mein Schatz, ich habe einen wichtigen Brief bekommen. Aus Köln, wo ich als Kind gelebt habe. Den muss ich zuerst lesen. Aber heute Nachmittag spiele ich mit euch, versprochen. Und danach lese ich euch eine Geschichte vor.«

»Au ja, die Geschichte aus Mamas Lieblingsbuch! Die mit den Zwergenmännchen.«

»Du meinst die Heinzelmännchen zu Köln.«

»Margariiita! Wo bleibst du? Komm uns suuuchen!«,

tönte es von irgendwoher aus dem Park. Blitzschnell wandte Margarita sich um und flitzte los, verschwand mit wehenden Röcken hinter einer Hibiskushecke.

Dorothea blickte ihr hinterher, war glücklich, die Enkeltochter bei sich zu haben, für sie sorgen zu dürfen. Dann atmete sie tief durch und las weiter.

... Dein Vater hat mir sein Geheimnis anvertraut. Er hatte eine Frau kennengelernt, eine Opernsängerin, deren Namen er mir aber nicht nennen wollte. Sie ist von ihm schwanger geworden und wollte das Kind mit dem Tag der Geburt in Pflege geben, um weiterhin in aller Welt umherreisen zu können. So wie es für diesen Beruf vonnöten ist. Sibylla dagegen hatte sich viele Jahre lang vergeblich ein Kind gewünscht. Und so haben Deine Eltern eine Übereinkunft getroffen. Dein Vater konnte seinen Ruf als untadeliger Arzt und Ehemann wahren und Deine Mutter ihre gesellschaftliche Stellung festigen. Also reiste sie für eine Weile zu ihren Verwandten nach Süddeutschland. Die Sängerin brachte das Kind zur Welt, und Sibylla kehrte mit einem Säugling auf dem Arm nach Köln zurück. Mit Dir.
Wie Du weißt, haben Deine Eltern den Kontakt zu mir abgebrochen. Nachdem mein erster Mann verstorben war, hatte ich mich in einen Mann verliebt, der verheiratet war, ohne dass ich davon wusste. Hermann und Sibylla haben mich zuerst als Ehebrecherin beschimpft und dann fallen gelassen. Ich weiß nicht, ob sie noch leben, und ich muss gestehen, ich habe auch nicht nachgefragt. Ihre Ablehnung hat mich allzu tief getroffen.
Umso erleichterter bin ich, dass Du Dein Glück gefunden hast mit einem wunderbaren Mann und zwei gesunden

Kindern. Auch wenn Du dafür um die halbe Welt reisen musstest. Und ich hoffe, Du kannst mir verzeihen. Weil ich zuerst geschwiegen und nun gesprochen habe, damit Du Deine Wurzeln kennst. Meine Seele ist nunmehr frei. Und sollte der Herr mich in dieser Stunde zu sich rufen – ich wäre bereit.
Ich schließe Dich und Deine Familie in meine Gebete ein. Sei herzlich umarmt.
Deine Tante Katharina

Dorotheas Herz pochte und raste, das Atmen fiel ihr schwer, als laste bleischwer etwas auf ihrer Brust. Sie schloss die Augen. Und dann sah sie sich als fünfjähriges Mädchen auf dem Gemälde, das über dem Kamin im Salon der elterlichen Wohnung hing, wie sie mit einer Puppe zwischen den Eltern auf dem Sofa saß. Sie hatte dieselbe helle Haar- und Augenfarbe wie ihr Vater, jedoch keinerlei Ähnlichkeit mit ihrer Mutter, dieser strengen, dunkelhaarigen Schönheit. Immer wieder hatte sie sich als Kind gefragt, ob das Bild irgendein Geheimnis barg. Weil die eigenartige Distanz, die zwischen Mutter und Tochter herrschte und die sie immer wieder hilflos und niedergeschlagen stimmte, für den Betrachter so augenfällig war.

Doch nun, da das Familiengeheimnis gelüftet war, fühlte sie sich traurig und befreit zugleich. Traurig über den Tod der Patentante und befreit, weil sie endlich Gewissheit hatte, dass ihr Gefühl sie nicht getrogen hatte. Dass sie sich die Kälte der Mutter nicht eingebildet hatte. Viele Gedanken schwirrten ihr durch den Kopf, und nur mit Mühe vermochte sie sie zu ordnen. Allmählich ahnte sie auch den Grund für die Gleichgültigkeit, die zwischen ihren Eltern geherrscht hatte. Weil der Plan, ihre Ehe mit einem Kind zu retten, gescheitert war.

Das also war der Grund gewesen, weshalb der Vater sich so leidenschaftlich in die Arbeit gestürzt hatte. Weshalb er nahezu süchtig nach beruflicher und gesellschaftlicher Anerkennung gewesen war. Weil er und seine Frau sich innerlich längst fremd geworden waren und er im Familienleben keine Erfüllung fand. Und Sibylla hatte nie eine engere Beziehung zu dem Kind aufgebaut, das nicht das ihre war. Bei dessen Anblick sie stets an den Fehltritt ihres Mannes und an ihre falsche Entscheidung gedacht hatte. Nicht Sibylla Fassbender war Dorotheas leibliche Mutter, sondern eine unbekannte Frau, deren Namen sie nie erfahren würde. Eine Frau, die ihr Kind ebenfalls nicht geliebt hatte. Zumindest nicht so innig wie ihren Beruf. Denn sonst hätte sie den Säugling nicht einer anderen überlassen.

Ihre Eltern, die sich gern über andere erhoben und diese nach strengsten moralischen Grundsätzen beurteilten, die von ihr gefordert hatten, Alexanders Kind abtreiben zu lassen, das Kind jenes Mannes, den sie liebte, den die Eltern jedoch nie als Schwiegersohn anerkannt hätten... diese Menschen hatten sie jahrelang belogen. Dorothea hätte aufheulen mögen vor Wut und bitterer Enttäuschung. Sie hätte weinen mögen wegen ihrer verlorenen Kindheit und wegen ihres verlorenen Liebesglücks, für das sie die Eltern mitverantwortlich machte.

Doch stand es ihr überhaupt zu, Zorn und Verachtung zu empfinden? War sie etwa ein besserer Mensch als Hermann und Sibylla Fassbender? Hatte nicht auch sie ihre Umwelt über den Zustand ihrer Ehe getäuscht? Nein, hier lagen die Umstände doch etwas anders. Die Allianz zwischen ihr und Antonio war eine Absprache zwischen zwei erwachsenen Menschen gewesen. Im Fall ihrer Eltern aber gab es eine dritte Beteiligte: sie, die Tochter.

Und eine weitere Ahnung blitzte in Dorothea auf. Was nämlich Olivia zu ihrem unsteten Wanderleben antreiben mochte, war das Erbe der unbekannten Großmutter, Dorotheas leiblicher Mutter. Offenbar hatte die Sängerin ihre Abenteuerlust an die Enkelin weitergegeben.

Dorothea stand auf und lief ziellos durch den Park, fühlte sich verwirrt, verletzt und einsam. Plötzlich bewegte sich etwas hinter einem Ligusterstrauch. Margarita sprang dahinter hervor und stürzte sich in ihre Arme. Ihre Beine berührten kaum den Rasen, ihr Haar flatterte im Wind.

»Großmama, Karussell!«, rief Margarita ihr jauchzend zu.

Dorothea hob sie hoch und wirbelte sie im Kreis herum, immer wieder, bis beiden schwindelig war. Margarita schlang ihr die Arme um den Hals und küsste sie auf die Wange.

»Ich hab dich lieb, Großmama.«

Das Geschrei drang aus den Pferdeställen herüber. Peitschenknallen war zu hören, dann ein Rumpeln, als würden Kisten zu Boden poltern. Die Pferde wieherten ängstlich und schlugen in ihren Verschlägen mit den Hufen gegen die Holzwände. Dorothea eilte über die Brücke, um nachzusehen. Das große Stalltor wurde von innen aufgetreten. Federico torkelte heraus. Das Haar hing ihm wirr ins Gesicht, an einer Wange war die Haut deutlich gerötet, und ein blutiges Rinnsal lief ihm vom Mundwinkel bis zum Kinn hinunter. Das Hemd hing ihm aus der Hose.

»Was ist, Federico, was geht hier vor?«, fragte sie entsetzt, obwohl sie den Grund für sein Aussehen schon ahnte.

»Nichts! Es geht dich nichts an, Mutter«, erklärte er grob und hockte sich auf einen Strohballen, zog unbeholfen eine silberne Taschenflasche aus der Jacke und setzte sie an die Lippen.

Dorothea schäumte vor Wut. Wo immer Federico in letzter Zeit auftauchte, kam es zu Streitigkeiten. Es schien, als habe er nach dem Tod seines Vaters und Großvaters jegliche Rücksichtnahme verloren.

»Es geht mich sehr wohl etwas an, mein Sohn. Denn solange du nicht volljährig bist, trage ich die Verantwortung für dich. Und ich dulde nicht, dass du dich mit anderen prügelst. Meinungsverschiedenheiten lassen sich mit

Worten austragen. Jedenfalls unter Erwachsenen, wozu du dich ja gern zählst. Worum ging es diesmal?«

Federico lehnte sich breitbeinig zurück und grinste sie frech an. »Eine Sache unter Männern.«

Hinter dem Rücken ballte sie die Hände zu Fäusten. »Dein Vater wäre sehr traurig, wenn er dich so sähe.«

»Ach, der ...« Federico machte eine wegwerfende Handbewegung. »Abuelo war ganz anders. Der würde mich loben, dass ich den Kerlen gezeigt habe, wer hier das Sagen hat und dass mir keiner ungestraft widerspricht.« Abermals setzte er die Flasche an und trank einige Schlucke. Dann schüttelte er sie aus. Sie war leer.

Unbeirrt sprach Dorothea weiter, obwohl sie nicht zu hoffen wagte, dass Federico sich ihre Worte zu Herzen nahm. »Und dein Vater wäre ebenfalls traurig, wenn er sähe, wie sich sein Sohn mit seinen siebzehn Jahren betrinkt. Wie willst du bei den großen Entscheidungen, die du demnächst treffen musst, einen klaren Kopf bewahren? Einen Ruf als Kaffee-Hacendero erbt man nicht, den muss man sich erwerben. Durch Fleiß, Konsequenz und Disziplin.«

»Wenn hier einer etwas von der Leitung einer Hacienda versteht, dann ganz gewiss nicht du, Mutter. Du läufst doch nur mit deinem Skizzenbuch vor der Nase durch die Gegend oder hockst mit deinen Indianerinnen neben dem Brennofen. Dort backt ihr irgendwelche geschmacklosen Vasen, die angeblich der letzte Schrei bei den Europäern im Land sind.«

Dorothea war sprachlos. So redete ihr eigener Sohn mit ihr? Pedro hatte den Enkel schon früh unter seine Fittiche genommen, hatte ihn zurechtgebogen, damit er eines Tages ein Kaffeebaron ganz nach seinem Vorbild würde:

furchtlos, respektlos, skrupellos. Antonio hatte nur wenig Einfluss auf den Sohn gehabt, die Gestalt des Großvaters war zu übermächtig gewesen.

Wie kam sie nur auf den Gedanken, sie als Mutter könne begütigend auf Federico einwirken? Sie konnte nur hoffen, dass ihr Sohn eines Tages Vernunft annahm und sich mit Augenmaß, aber auch einer gewissen Demut an seine große, verantwortungsvolle Aufgabe machte. Glücklicherweise verstand sie sich gut mit Federicos Vormund Azara de la Rivera, der ein aufmerksamer Zuhörer war und der sie in ihren Entscheidungen unterstützte.

»Dein Vormund und ich sind zu der Überzeugung gelangt, dass du deine Kenntnisse in Botanik und Wirtschaft vertiefen solltest. Señor Azara de la Rivera hat einen Vetter, der eine Kaffeeplantage in Guatemala besitzt. Dort wirst du für einige Zeit leben und dich auf deine Aufgaben als Oberhaupt der Hacienda Margarita vorbereiten. Es ist bereits alles geregelt. Du wirst nächste Woche abreisen.«

Mit offenem Mund starrte Federico seine Mutter an. Dorothea wandte sich um und ging zum Haupthaus hinüber. Sie biss sich auf die Lippen, um nicht zu weinen. Aber sie sah diese Maßnahme als letzte Möglichkeit. Sie musste den Sohn fortschicken, damit andere ihm beibrachten, wozu sie selbst offenbar nicht in der Lage war. Sie dachte an ihre Zeit in der Siedlung San Martino, als sie die Siedlerkinder unterrichtet hatte. Sie konnte nur hoffen, dass sie zumindest ihren Schülern etwas fürs Leben mitgegeben hatte.

Dorothea schickte sich an, den Küchenplan für die kommende Woche zu Papier zu bringen, als Esmeralda an ihre Zimmertür klopfte.

»Ich habe Post für Sie, Doña Dorothea.«

Erwartungsvoll nahm sie den Umschlag zur Hand und brach das Siegel auf. Ihre Blicke hasteten über die leicht nach links geneigten Buchstaben in tiefroter Tinte. Schon nach wenigen Zeilen erkannte sie, dass dieser Brief ihr Leben für immer verändern würde. Ihr Herz pochte vor Freude und Aufregung so laut, dass es gewiss jeder im Haus hörte, selbst in der entlegensten Kammer.

Hastig zog sie einen Koffer unter dem Bett hervor, legte wahllos zwei Kleider, Leibwäsche, ihr Skizzenbuch und festes Schuhwerk hinein. Gerade wollte sie die Zimmertür hinter sich schließen, als ihr einfiel, welche Besorgnis ein unerwarteter Aufbruch bei ihrer Familie auslösen würde. Sie machte kehrt, holte Papier und Feder aus der Kommode. Sie werde für eine Weile verreisen, schrieb sie, niemand solle sich Sorgen machen, sie werde sich so bald wie möglich melden. Die Notiz legte sie vor den Frisierspiegel, wo das Dienstmädchen den Zettel beim Saubermachen finden würde.

Den dunkelhäutigen Führer mit dem fehlenden Schneidezahn und dem immerwährenden Lächeln kannte sie seit Jahren, hatte sie sich dem Indio doch schon wiederholt auf ihren Reisen anvertraut. Er kannte den Dschungel mit seinen unwegsamen Pfaden seit Kindertagen, benötigte weder Karte noch Kompass. Zunächst ritt die kleine Karawane nach Westen und dann, etwa auf halber Strecke zum Meer, weiter in nördliche Richtung. Mit schlafwandlerischer Sicherheit setzten die vier Mulis die Hufe voreinander, überwanden teils felsigen Untergrund, teils tiefen Morast. Hoch oben in den Baumkronen erhob sich vielstimmiges Vogelgeschrei. Die Luft war heiß und schwül.

Selbst über Stunden währende Regengüsse, die sie und ihr Begleiter unter einer behelfsmäßig aufgespannten Zeltplane abwarteten, brachten keine Abkühlung. Schweiß stand ihr auf der Stirn, die erdverkrustete Kleidung klebte ihr am Körper, doch das störte sie nicht. Ebenso wenig wie der harte, unbequeme Sattel ihres geduldigen Reittieres. Denn es gab keinerlei Unbill mehr und keine Tränen, weder Zweifel noch unerfüllte Sehnsüchte.

Wenn am Abend die Dunkelheit binnen weniger Minuten hereinbrach, schlug der Führer die Zelte auf. Unter dem Schutz eines Moskitonetzes hüllte sie sich in ihre Decke und fiel sogleich in tiefen Schlaf. Am Morgen, wenn die Tiere des Dschungels lautstark erwachten, waren ihre Handrücken von Ameisen zerbissen. Hin und wieder musste sie eine Spinne oder einen verängstigten Frosch aus dem Schuh schütteln.

Nachdem Menschen und Mulis sich für den Tagesritt gestärkt hatten, ging die Reise weiter. Manchmal mussten sie einen Umweg nehmen, wenn der Stamm eines Urwaldbaumes, den ein Blitz zersplittert hatte, den Pfad versperrte. Mitunter wurde sie von einem Rascheln im Dickicht aus ihren Gedanken gerissen. Dann glaubte sie, eine Schlange davonhuschen zu sehen. Vielleicht war es aber auch ein Jaguar oder ein Waschbär. Dennoch verspürte sie nicht die geringste Angst. Sie fühlte sich unverwundbar und stark.

Irgendwann lichtete sich der Nebelwald, Sonnenstrahlen fielen durch das Blätterdach. Sie ritten an Baumstämmen vorbei, die mit Moos und Flechten überzogen waren. Orchideenblüten zeigten sich in den verschiedensten Farben und Formen, bargen Labsal für bunt gefiederte

Kolibris, deren Flügelschlag ein leises Sirren erzeugte. Fingerlange gelbe, rote und schwarze Raupen ringelten sich auf bizarr geformten Farnblättern, die den Erdboden bedeckten. Schmetterlinge ließen sich auf schirmähnlichem Blattwerk nieder oder schwirrten zwischen den armdicken Luftwurzeln der Lianen umher. Sie sog diese Bilder in sich ein, empfand Freude und tiefe Ehrfurcht. So musste einst das Paradies ausgesehen haben, so grün, fruchtbar und atemberaubend schön.

Ein schmaler Pfad wand sich an einem steil emporragenden Bergkamm entlang. Hier oben war die Luft kühler, und sie wickelte sich in ihr wollenes Schultertuch. Und dann, am Nachmittag des zehnten Tages, ließ der Führer die Mulis anhalten und legte eine Hand hinter das Ohr. Was hörte er? Waren es Tierlaute oder menschliche Stimmen? Ihr Herz klopfte wild und laut, mit angehaltenem Atem blickte sie zu ihm hinüber, lauschte, konnte aber nichts Außergewöhnliches wahrnehmen. Der Indio nickte wortlos und wies mit ausgestreckter Hand auf eine Gruppe himmelhoher Bäume am Rand einer Lichtung, zu deren Füßen drei gräuliche Zelte zu erkennen waren. Ein leises Lächeln erhellte ihr Gesicht, denn sie wusste – sie war am Ziel angekommen.

Der Führer half ihr, vom Muli abzusteigen. Sie fühlte das Herz bis zum Hals schlagen und näherte sich zögernd dem Lager. Plötzlich trat ein Mann aus einem der Zelte. Er war groß und breitschultrig, das gewellte Haar war zerzaust und reichte ihm bis in den Nacken. Er schickte einen prüfenden Blick zum Himmel, und dann bemerkte er sie. Sie hätte jubilieren können vor Glück, doch sie brachte keinen Laut über die Lippen. Schwindel befiel sie, und sie befürchtete, ohnmächtig zu Boden zu sinken. Ausgerechnet in einem Augenblick, den sie so sehr herbeigesehnt hatte.

Mit weiten, raschen Schritten kam der Mann näher. Er breitete die Arme aus, und Dorothea rannte ihm entgegen, flog geradezu über Baumwurzeln und Steine, sah das ungläubige Staunen in seinem Gesicht und fühlte sich von zwei starken Armen hochgehoben. Sie vergaß den Muliführer hinter sich, spürte Bartstoppeln an ihrer Wange und empfing zögerliche und doch berauschende Küsse.

Plötzlich hatte sie wieder festen Boden unter den Füßen. Mit einer Hand schob Alexander sie von sich, musterte sie fragend und mit zusammengezogenen Brauen.

»Ich würde dir gern sagen, wie sehr ich mich über unser Wiedersehen freue, Dorothea. Doch gleichzeitig traue ich mich nicht. Ich will nicht noch einmal zurückgewiesen werden. Sag, warum bist du gekommen?«

Dorothea ergriff seine Hände, die sich rau und schwielig anfühlten, erkannte, dass sein Haar grau geworden war, entdeckte die Falten um Augen und Nase, sah die Grübchen neben den Mundwinkeln, die sie am liebsten endlos lange geküsst hätte, so wie früher. »Bitte, vergiss alles, was ich gesagt und dir angetan habe, Liebster! Antonio ist vor über einem Jahr gestorben. Ich bin frei und an keinen Schwur mehr gebunden.« Ihre Unterlippe zitterte, befürchtete doch auch sie, abgewiesen zu werden. »Nimmst du mich mit auf deine Reise?«

»Wie hast du mich überhaupt gefunden?«

»Durch meine Freundin Elisabeth in Jaco. Du hast in ihrer Pension logiert, daher wusste sie, welchen Weg du nach Santa Elena einschlagen wolltest. Ich danke dem Himmel, dass du keine andere Route genommen hast, denn sonst...« Den Satz, dass sie sich ebenso gut hätten verpassen können in der Weite des Urwalds, sprach sie nicht zu Ende. Sie wollte diesen Augenblick auskosten, nun, da sie sich gegenüberstanden. Vertraut und doch fremd.

Alexander atmete tief durch. Sein Gesicht bekam einen ernsten, fast abweisenden Zug, Augen und Lippen wurden schmal. »Du bist immer für Überraschungen gut, Dorothea. Jahrelang habe ich damit gerungen, deine Entscheidung hinzunehmen. Zweimal hast du mir seit unserem unerwarteten Wiedersehen Hoffnung auf eine gemeinsame Zukunft gemacht – und mich danach jedes Mal zurückgewiesen. Auf einmal stehst du mitten im Dschungel vor mir und sagst, dass alles ganz anders ist, als du behauptet hast. Und das soll ich dir glauben?«

Alexander hatte recht. Wie konnte sie annehmen, er habe nur auf sie gewartet? Verzweifelt suchte sie nach einer Erklärung, die ihn überzeugen konnte. Überzeugen musste. »Ich weiß, ich habe mir wohl oft selbst im Weg gestanden. Weil ich nur ja nichts falsch machen wollte. Ich wollte ein Sühneopfer bringen, um mein Kind zu retten, und habe nicht darüber nachgedacht, ob Gott ein solches Opfer wirklich verlangt hätte. Du warst immer in meinem Herzen, Alexander, kein Tag ist seit unserer letzten Begegnung vergangen, an dem ich nicht an dich gedacht habe. Mich nach dir verzehrt habe.« Sie zitterte und kämpfte mit den Tränen. »Ich kann verstehen, wenn du mich verachtest und fortschickst. Aber ich wollte dich unbedingt noch einmal sehen und dir sagen, wie sehr ich darunter gelitten habe, dass ich das Geschenk deiner Liebe nicht annehmen konnte. Und dass ich dich um Verzeihung bitte.«

Nun strömten ihr die Tränen ungehemmt über die Wangen. Alexander zog sie an die Brust, streichelte ihr Haar und seufzte leise.

»Das kommt alles so – überraschend. Ich weiß nicht, was ich sagen soll. Lass mich eine Weile nachdenken!« Er löste sich von ihr und ging zu seinem Zelt, neben dem ein halbes Dutzend graubrauner Mulis vor sich hin döste, und zog die Plane vor den Eingang.

Wie ein Häufchen Elend blieb Dorothea zurück und wartete. Wusste nicht, was sie denken und fühlen sollte. Diesen Augenblick des Wiedersehens hatte sie sich in ihren Träumen viele Male in den schönsten Farben ausgemalt, und immer hatten ihre Herzen vor Glückseligkeit im Gleichklang geschlagen. Doch nun folgte die Ernüchterung. Alexander verhielt sich äußerst zurückhaltend, schien keineswegs freudig erregt. Was erwartete sie überhaupt von ihm? Dass er von einer Sekunde auf die andere alle ihre Zurückweisungen vergaß und so tat, als hätten sie sich nie aus den Augen verloren? Als hätte es nie tränenreiche Auseinandersetzungen gegeben? Das aber wäre Heuchelei gewesen, zumal sie es gewesen war, die ihn in die Schranken gewiesen hatte. Unruhe befiel sie. Wo blieb Alexander nur so lange? Warum ließ er sie im Ungewissen?

Sie war zu spät gekommen. Und dafür strafte sie nun das Schicksal. Schon wollte sie den Führer zu sich rufen, der noch immer mit den vier Reit- und Lasttieren an einem Kautschukbaum wartete, und sich auf den Weg zurück nach San José machen. Da trat Alexander aus dem

Zelt. Mit laut pochendem Herzen versuchte sie an seiner Miene abzulesen, zu welchem Entschluss er gekommen war.

Er ergriff ihre Hand und presste sie gegen die Brust. Die Worte kamen ihm nur langsam und schwerfällig über die Lippen.

»Lass uns gemeinsam weiterreisen, Dorothea! So wie wir es uns vor einer halben Ewigkeit versprochen hatten. Ich ziehe weiter in den Norden, in den Nebelwald von Monteverde. Dort will ich den Quetzal finden, den sagenumwobenen Göttervogel. In etwa zehn Tagen muss ich zu diesem Plateau zurückkehren und von hier aus nach Südwesten reiten, zum Meer hinunter. In drei Wochen lichtet mein Schiff nach Deutschland die Anker. Aber du musst mir eines versprechen: Auf unserer Reise wollen wir weder über die Vergangenheit noch über die Zukunft reden. In diesen Stunden zählt allein die Gegenwart.«

Die ganze Seelenlast fiel von ihr ab. Überglücklich schlang sie Alexander die Arme um den Hals, schmiegte sich eng an ihn und drängte jeden Zweifel, jeden inneren Widerstreit beiseite. Sie wusste nicht, wie ihr Leben nach dem Ende dieser Exkursion weiterginge. Sie wusste nur, dass sich in den kommenden Tagen ein Traum verwirklichen würde.

Sie winkte den Muliführer zu sich, nahm ihr Skizzenbuch und einen Stift aus dem Gepäck. Hastig schrieb sie zwei kurze Nachrichten an Margarita und Yahaira, die Hausmutter der Casa Santa Maria. Sie riss die Blätter heraus und faltete sie zu einem Brief. »Diese Mitteilungen übergibst du bitte Señor Sánchez Alonso, dem Verwalter der Hacienda Margarita. Er soll sie an die Empfängerinnen weiterreichen. Und sei in genau zehn Tagen nach Sonnenaufgang wieder an dieser Stelle!«

Alexander nahm ihre Reisetasche und trug sie zum Lager hinüber. Sie blickte dem Muliführer hinterher, wie er mit seinen Tieren den schmalen Pfad zurückging und hinter einer Bergkuppe verschwand. Dann folgte sie mit festen und sicheren Schritten dem Geliebten zu seinem Zelt.

Als Dorothea an diesem Abend in Alexanders Armen einschlief, wähnte sie sich im himmlischen Paradies. Das irdische kannte sie bereits, es war das Land, in welchem sie seit vierundzwanzig Jahren lebte. In den nächsten Tagen würden sie gemeinsam den Nebelwald von Monteverde erkunden, das Revier des sagenumwobenen Quetzals. Eines Vogels, den schon das Volk der Inka als heilig verehrt hatte, wie Alexander ihr erklärte.

Irgendwann in der Nacht wachte sie auf, schlug die Plane vor dem Zelteingang zurück und blickte zu den Sternen hinauf. Der Mond brach sich durch eine Wolke, und seine Scheibe glänzte silbrig auf nachtblauem Grund. Ein Anblick, bei dem ihr Herz vor Freude höher schlug. Sie kroch unter die Schlafdecke zurück, liebkoste mit einer zarten Berührung den warmen Körper neben ihr, vernahm Alexanders gleichmäßiges, ruhiges Atmen und schlief sofort wieder ein.

Erst als sie eine zärtliche, warme Hand auf ihrer Wange spürte, wurde sie wach.

»Guten Morgen. Wünsche, wohl geruht zu haben.«

Hastig setzte sie sich auf und rieb sich die Augen. Mit seinem typischen spöttischen Lächeln war Alexander vor ihr in die Hocke gegangen und reichte ihr einen Becher mit duftendem Kräutertee.

»Du bist schon wach, Liebster? Wie spät ist es denn?«

»Acht Uhr. Hier, dieses Getränk erweckt selbst Tote zum Leben. Unten am Bach hat Lionel schon ein herzhaftes Dschungelfrühstück zubereitet. Du findest eine Schüssel mit frischem Wasser hinter dem Zelt. Das sollte für eine Katzenwäsche genügen.«

Dorothea nahm einige Schlucke von dem starken, bitteren Tee und glaubte, nie etwas Köstlicheres getrunken zu haben. Allmählich kehrten ihre Lebensgeister zurück. Sie hatte so tief geschlafen, dass sie den Tagesanbruch gar nicht bemerkt hatte. Trotz der Rufe der Waldbewohner, die allenthalben zu hören waren.

Alexander und sein Muliführer Lionel, ein drahtiger kleiner Mann mit einer breiten Zahnlücke und tiefen Furchen im Gesicht, hatten mit der Morgenmahlzeit auf sie gewartet. Lionel hatte bei seinem morgendlichen Kontrollgang um das Lager ein Gelege von Wildtauben entdeckt und frische Spiegeleier zubereitet. Das gebratene Fleisch stammte von einem Aguti, das er tags zuvor erlegt hatte.

Nachdem sie sich für den langen Tagesritt gestärkt hatten, wurden die Zelte zusammengelegt und auf die Rücken von drei Lastmulis verteilt. In einem der Zelte nächtigte Alexander, in dem anderen der Muliführer, und ein drittes Zelt diente der Unterbringung von Proviant, der Kochausrüstung und dem Gepäck. Alexander hatte dem Führer Dorothea als seine Ehefrau vorgestellt. So würde Lionel keinen Anstoß daran nehmen, dass sie sich fortan ein Zelt teilten. Sofern er überhaupt darüber nachdachte.

Jedem der Reisenden stand ein eigenes Reittier zur Verfügung, und so begab sich die kleine Karawane auf den

Weg nach Nordwesten zum Vulkan Arenal. Der erste Teil der Wegstrecke führte durch dichtes Unterholz, und die Reisenden mussten von den Mulis absteigen und zu Fuß weitergehen. Mit einer Machete zerschlug der Führer das verwachsene Dickicht. Mannshohe Stauden gingen schon beim ersten Hieb zu Boden, sandten im Niederfallen aber Wolken von Insekten aus, die den Nachfolgenden geradewegs ins Gesicht stoben.

Wieder einmal konnte sich Dorothea an der atemberaubenden Schönheit des Dschungels nicht sattsehen. Sie bewunderte die Farbenpracht der Blüten und Schmetterlinge, sah, wie Kolibris, einer schillernder als der andere, ihre langen Schnäbel in Orchideenblüten versenkten, wobei sie ganz offensichtlich rote Blüten bevorzugten. Schmetterlinge schwirrten umher, Käfer verschwanden in den Rinden himmelhoher Urwaldriesen. Ein vielstimmiges Trillern, Pfeifen und Krächzen von Vögeln ertönte durch den dichten Urwald. Schließlich gelangten sie in ein Waldstück, wo unter dem undurchdringlichen Blätterdach der Bäume ein Feld wilder Aloen wuchs.

Hin und wieder legte Alexander eine Pause ein, um seine Eindrücke niederzuschreiben und Pflanzen zu sammeln, die Dorothea in ihrem Skizzenbuch festhielt. Nach seiner Rückkehr wollte er seinem Berliner Verleger vorschlagen, die Illustrationen in das nächste Werk aufzunehmen, ganz so, wie es geplant gewesen war, als Alexander und Dorothea achtundzwanzig Jahre zuvor gemeinsam nach Costa Rica hatten reisen wollen. Als jung verheiratetes Paar.

Am Nachmittag gelangten sie zu einer Felsenhöhle oberhalb eines Trampelpfades. Nach indianischem Glauben wohnten hier die Seelen der Vorfahren, wie Lionel mit ehrfürchtig zitternder Stimme erklärte. Als der Muliführer an einem schmalen Bachlauf einen geeigneten Schlafplatz für die Nacht gefunden hatte, schlugen er und Alexander mit raschen und sicheren Handgriffen die Zelte auf. Danach verschwand der Indio im Wald, um wenig später mit einem erlegten Gürteltier zurückzukehren, das er für die Abendmahlzeit im Feuer röstete. Als Gewürz diente ihm spanischer Pfeffer, der überall als wilder Strauch wuchs.

Während Lionel das Geschirr wusch, zogen Dorothea und Alexander sich ins Zelt zurück. Eine Weile lagen sie schweigend nebeneinander und lauschten den Klängen des Dschungels. Dorothea schmiegte sich eng an den Geliebten, legte den Kopf auf seine Brust. Sie fühlte, wie Insektenbeine über ihren Handrücken krochen. Vermutlich Ameisen oder Termiten.

»Ist es nicht erstaunlich, dass im Urwald nie Stille herrscht? Selbst bei Nacht sind unentwegt irgendwelche Stimmen zu hören.«

»Das stimmt. Bei meiner ersten Reise fürchtete ich mich vor den unheimlichen Geräuschen. Das hatte wohl mit den Erzählungen der Indigenas zu tun, in denen vor den Gefahren des Dschungels gewarnt wird. Allerdings konnte ich schon bald feststellen, dass sich Giftschlangen und giftige Frösche nur selten zeigen. Und Jaguare oder Krokodile haben weitaus mehr Angst vor uns als wir vor ihnen.«

»Was tätest du, wenn ein Puma vor unserem Zelt stünde? Würdest du das Gewehr holen und mein Leben verteidigen?«, fragte Dorothea und glitt mit einer Hand unter sein Hemd, strich mit den Fingerkuppen über die wulstige Narbe an seiner Schulter.

»Keinesfalls. Ich hieße ihn als König des Dschungels herzlich willkommen und bäte ihn, ein Weilchen stillzuhalten, damit du sein Porträt zeichnen kannst.«

»Das ist nicht dein Ernst!«, entrüstete sich Dorothea und zog spielerisch an seinem weichen Brusthaar. Sie sog den vertrauten herb-würzigen Duft seines Rasierwassers in sich ein, auf das er selbst im Urwald nicht verzichten mochte. Empfand tiefe Geborgenheit und wünschte sich, dass diese Reise niemals endete.

»Du hast mich durchschaut, Liebste. Aber soll ich dir verraten, was tatsächlich mein Ernst ist?« Alexander zog sie an sich, bis sie auf ihm lag, nahm ihren Kopf in beide Hände und küsste ihre Lippen, ihre Ohrläppchen und ihre Halsbeuge.

»Nicht nötig«, murmelte Dorothea, während ein Feuer in ihrem Innern auflederte und ihr Herz rasend schnell pochte. »Ich ahne es bereits.«

Am nächsten Morgen ritten sie weiter durch das Urwalddickicht in nordwestlicher Richtung. Der Dschungel bestand nur aus Lichtgeflimmer, Geraschel und Geflatter. Farne bedeckten den weichen Boden, Blattschneiderameisen kreuzten den Dschungelpfad, transportierten stückchenweise Pflanzenblätter in ihren Bau. Orchideen und Helikonien in ungeahnter Farbenpracht und Formenvielfalt bildeten eine allgegenwärtige Augenweide.

Irgendwann lichtete sich der Urwald, und vor ihnen lag eine verlassene indianische Siedlung. Zitronenbäume, Platanen und vereinzelte Maispflanzungen zeugten von einstiger Ackerbaukultur, ringsum begrenzt von wild wachsenden Gummibäumen. Alexander bedeutete Dorothea, von ihrem Muli abzusteigen. Er führte sie zu einem Bananenbaum und hob vorsichtig die Unterseite eines noch zusammengerollten jungen Blattes. Fledermäuse hingen kopfüber vom Blattansatz. Schmunzelnd hielt Dorothea die schlafenden Tiere in ihrem Skizzenbuch fest, stellte sich vor, wie Margarita die Zeichnung mit weit geöffneten Kinderaugen bestaunen würde.

Plötzlich erschrak sie und trat unwillkürlich einen Schritt zurück. In dem hohlen Baumstamm, nur zwei Armlängen von ihr entfernt, hatte sich etwas bewegt. Alexander folgte ihrem verängstigten Blick und sprach im Flüsterton auf sie ein.

»Keine Angst! Lass uns ganz langsam zurückgehen. Das ist nur eine Boa, die ihren Verdauungsschlaf hält, keine Giftschlange. Vor denen fürchten sich sogar die Indianer. Doch meist fliehen die Schlangen, wenn sich Menschen nähern. Gefährlich werden diese Tiere nur, wenn man aus Versehen darauftritt.«

»Sehr beruhigend«, murmelte Dorothea mit leiser Ironie. Aber der Schrecken stand ihr noch ins Gesicht geschrieben. Sie griff nach Alexanders Hand und wollte sie nicht wieder loslassen.

Der Führer drängte zur Eile, denn in weniger als zwei Stunden würde die Dunkelheit hereinbrechen. Sie gelangten an einen Fluss, der sich zwischen steilen Felsen hindurchzwängte. Als Brücke dienten rohe Baumstämme, die mit Querbalken verstärkt waren. Die Hölzer schwankten so heftig über dem reißenden Gewässer, dass die Reisenden den behelfsmäßigen Steg zu Fuß überquerten, während der Führer die Mulis vor sich hertrieb.

Sobald das Lager für die Nacht aufgeschlagen war, zog

Lionel los, um einen wilden Truthahn oder einen Leguan zu erlegen. Diesmal kehrte er ohne Jagdbeute zurück. Alexander aber hatte gut vorgesorgt, und der Reiseproviant würde für mehr als einen Monat reichen. Außer Zwieback bestand er aus Reis, Zucker, Tee und Rum. In einer verbeulten Blechdose, die Dorotheas Neugier weckte, lagerte die Notreserve.

»Es riecht seltsam, es sieht merkwürdig aus … was ist das?«, wollte sie wissen.

»Ein Fleischpulver, das ein Amerikaner vor nicht allzu langer Zeit entwickelt hat«, erklärte Alexander und füllte einige Portionen davon in drei Tassen ab. »Zwei bis drei Löffel des Pulvers mit kochendem Wasser überbrüht, ergeben eine würzige Speise.«

Dorothea war selbst erstaunt, dass sie alles, was Alexander zubereitete, als kulinarische Köstlichkeit empfand. Sogar diesen salzigen Brei. Sie beobachtete den Geliebten, wie er auf einem Falthocker saß, der viel zu klein und zu tief für ihn war, wie er ihr den Kopf zuwandte und ihr liebevoll-spöttische Blicke zuwarf. Die brennende Frage, wie ihr Leben nach dieser Reise weiterginge, schob sie in den Hintergrund und wollte nur die Gegenwart genießen.

»Erzähl mir mehr über den Vogel, den du suchst«, bat sie Alexander, um sich von aufkeimenden Grübeleien abzulenken. »Wie lange dauert es noch, bis wir sein Revier erreichen?«

»Morgen oder übermorgen sollten wir ein Exemplar zu Gesicht bekommen. Die Aussichten sind gut, denn zu dieser Jahreszeit ist er ständig auf Nahrungssuche für seine Jungen. Seine Lieblingsspeise sind die Früchte wilder Avocados, und seine Bruthöhlen legt er in abgestorbenen

Baumstämmen an. Der Quetzal wurde schon bei den Mayas und Azteken als Glücksbringer verehrt. Er hat ein smaragdgrün schillerndes Gefieder, die Brust ist rot. Seine langen Schwanzfedern dienten den Herrschern als Kopfschmuck. Man fing die Vögel, riss ihnen die nachwachsenden Federn aus und ließ sie wieder frei. Wer einen Quetzal tötete, wurde mit dem Tod bestraft.«

Dorothea schüttelte sich. »Das sind ja Furcht erregende Gruselgeschichten. Hoffentlich kann ich heute Nacht ruhig schlafen.«

»Falls nicht, wende dich vertrauensvoll an mich. Ich sorge sogleich für die nötige Ablenkung«, raunte Alexander ihr zu und zog sie leise lachend hinter sich her zu seinem Zelt.

Dorothea schwebte wie auf Wolken. Sie litt weder unter den Strapazen der stundenlangen Ritte in unwegsamem Gelände noch unter den kühleren Temperaturen im höher gelegenen Bergland. Alexander und sie waren zusammen, und nur das zählte. Alles war gut und richtig, wie es war und wie es auf ewig hätte bleiben können.

Durch den Nebelwald, der von engen Schluchten durchzogen wurde, gelangten sie am späten Vormittag an den Fuß des Arenal. Der Vulkan war zuletzt vor dreihundert Jahren ausgebrochen, wie Lionel zu berichten wusste. Dichter Nebel verwischte die Umrisse. Doch plötzlich zerstreute er sich, und die Strahlen der Morgensonne beleuchteten den Gipfel des schneebedeckten Bergs.

Kurz vor Mittag erhob sich in der Ferne ein heftiges Donnergrollen. Rasch aufziehende Wolken umhüllten den Gipfel des Vulkans, und die aufgeregten Schreie der Brüllaffen kündigten ein drohendes Gewitter an. Schon bald stürzten prasselnde Wassermassen zur Erde nieder, Blitz und Donner folgten in Sekundenbruchteilen aufeinander. In einem verfallenen Verschlag aus Platanenblättern, den vorbeiziehende Reisende als Schutzhütte errichtet hatten, warteten Dorothea und ihre Begleiter das Ende des Gewitters ab.

Drei Stunden lang durchquerten sie ein dicht bewachsenes Waldstück mit himmelwärts rankenden Pflanzen, die die Stämme der Urwaldriesen verhüllten. Dann ließ Alexander die Zelte aufbauen, um am nächsten Morgen in aller Frühe mit der Suche nach dem Quetzal zu beginnen.

Auf steilen Pfaden ging es über schlammigen Boden in die nebelverhangene Wildnis. Die Luft hier oben in den Bergen war dünn, und es war kühl, viel kühler als im Valle Central. Die Reisenden wateten durch sumpfige Senken, überstiegen dorniges Gestrüpp und richteten die Blicke auf die Baumwipfel über ihnen. Plötzlich nahmen sie aus den Augenwinkeln eine Bewegung wahr. Doch es war nur ein grüner Papagei mit rotem Schnabel, der sich mit kräftigen Flügelschlägen von einem Ast löste und zwischen vermoosten Baumstämmen ihren Blicken entschwand. Irgendwann bedeutete Alexander seinen Weggefährten, sie sollten stehen bleiben. Dorothea wagte kaum zu atmen. Der Führer lauschte in den Wald hinein und ahmte den quakenden, pfeifenden Ruf des Quetzalmännchens nach.

Dann endlich kam aus der Ferne eine Antwort. Erwartungsvoll schlichen sie in die Richtung, aus der der Ruf ertönte, stolperten über Äste und Steine. Als sie die Stelle erreicht hatten, wo sie den Göttervogel vermuteten, kam der Ruf plötzlich aus einer anderen Richtung. Und so hetzten und strauchelten sie weiter, hofften, im nächsten Augenblick doch noch einen Blick auf den sagenumwobenen Vogel werfen zu können. Die Anspannung stieg. Da – was war das?

Schon wieder ein Papagei, diesmal ein besonders schönes Exemplar eines Aztekensittichs, wie Alexander erklärte. Nachdem sie eine Lichtung erreicht hatten, hielt der Führer plötzlich inne, legte eine Hand auf den Mund und wies mit der anderen auf einen Baum, durch dessen Blattwerk etwas Rotes hindurchschimmerte.

Und dann sahen sie einen Vogel, ein wenig kleiner als eine Taube, mit grünem Gefieder, schwarz-weißen Schwanzfedern und leuchtend roter Brust. Es war tatsächlich ein Quetzal, ein Männchen, dessen lange Schwanzfedern bei jedem Ruf nach hinten schwangen.

Ehrfürchtig betrachtete Dorothea den Vogel, prägte sich sein Aussehen möglichst deutlich ein, um ihn aus der Erinnerung heraus später mit dem Stift festzuhalten. Alexanders Hand griff nach der ihren und drückte sie. Ihr Herz schlug heftig und laut. Sie wagte nicht, sich zu bewegen, spürte die körperliche Nähe des Geliebten, sah das Leuchten in seinen Augen und wünschte sich, dieser Augenblick möge ewig andauern. Wenn in dieser Sekunde höchsten Glücks ihr Leben zu Ende ginge, so würde sie nicht mit dem Schicksal hadern. Denn dann hätte sich ihr Leben gelohnt.

In Dorotheas Freude über die Entdeckung des Quetzals mischte sich Wehmut, denn nun, da sie das sagenumwobene Tier gefunden hatten, war der Zweck ihrer Expedition erfüllt. Doch sie mochte nicht an Rückkehr oder Abschied denken, sondern einzig den Augenblick genießen. Die Mittagsrast hielt die kleine Reisegruppe an einem Felsplateau ab. Dorothea nahm auf einem dicken Stein Platz und ließ den Blick über die Baumwipfel schweifen, die sich unter ihr wie ein dichter grüner Teppich ausbreiteten.

Gegen fünf Uhr nachmittags wurde das Nachtlager errichtet, und sie nahmen die Abendmahlzeit ein, bevor sich binnen weniger Minuten das Tageslicht in Dunkelheit verwandeln würde.

Wie jeden Abend, wenn sie sich ihre gegenseitige Liebe in Seufzern und leidenschaftlichen Umarmungen bewiesen hatten, lagen sie noch eine Weile wach nebeneinander und blickten zum Sternenhimmel auf. Alexander streichelte Dorotheas Wange und fuhr zärtlich mit den Fingern durch ihr langes schweres Haar.

»Hörst du den Klang des Dschungels? Ich trage ihn immer in mir. Vermutlich habe ich mich deshalb in der Zivilisation nicht mehr richtig wohlgefühlt, seit ich meinen Fuß zum ersten Mal in dieses grüne Paradies gesetzt habe. Hier habe ich Einsamkeit gespürt, ohne mich verloren zu fühlen. Fern der Menschen war ich Gott nahe.«

»Sieh nur, eine Sternschnuppe! Schnell, wünsch dir etwas, Liebster!«

»Ist bereits geschehen. Verrätst du mir, was du dir gewünscht hast?«

»Ahnst du es nicht?« Dorothea legte Alexander die Arme um den Hals und schmiegte sich drängend an ihn. Doch ganz unerwartet spürte sie seine deutliche Abwehr, und ihr Herz pochte plötzlich angstvoll. Als er sprach, hörten sich seine Worte monoton und beherrscht an.

»Lass uns schlafen! Wir haben morgen einen langen Ritt vor uns.«

Dorothea kroch unter ihre Decke und betete, dass sie sich getäuscht hatte. An Schlaf war nicht mehr zu denken, denn plötzlich stieg eine leise Ahnung in ihr auf, dass der Geliebte etwas vor ihr verbarg.

Als die Reisenden am nächsten Morgen vor Alexanders Zelt beisammensaßen und sich für den anstehenden Tagesritt stärkten, sprang Lionel plötzlich auf und spähte zu einer Stelle am Oberlauf des Baches hinüber. Dann winkte er heftig und rief einige Worte in einer für Dorotheas und Alexanders Ohren seltsam klingenden Sprache. Es dauerte eine Weile, bis hinter einem meterdicken Baumstamm ein halbwüchsiger Junge hervortrat, der lediglich einen Leinenschurz trug und schüchtern zu ihnen herüberlugte. Er hatte den samtigen dunklen Teint der Indigenas, trug das Haar zu zwei langen Zöpfen geflochten und war mit einem Bogen und mehreren Pfeilen bewaffnet.

Die beiden Indios wechselten einige Worte, die der Führer für seine Mitreisenden übersetzte. Der Junge war ein wilder Indianer vom Stamm der Boruca und lebte in einer Siedlung in den Bergen. Er war auf dem Weg nach San Libano, um für den Medizinmann seines Dorfes Arzneien zu besorgen. Da der Junge einen hungrigen Eindruck machte, gab Alexander ihm einige Stücke Zwieback und den Rest des gegrillten Fisches vom Vorabend. Mit ungläubigem Lächeln nahm der junge Indio die Lebensmittel entgegen und schlang alles gierig hinunter. Als er gesättigt war, griff er blitzartig nach seinem Bogen, spannte ihn und schoss einen Pfeil auf einen wilden Pfau ab.

Auf diese Weise bedankte er sich für die unverhoffte Mahlzeit.

Da die Reisenden am darauffolgenden Tag von Gewittern und Regengüssen verschont blieben, kamen sie auf ihrem Weg gut voran. Als sie am Nachmittag an einem sanft plätschernden Bach haltgemacht hatten, entdeckte Dorothea zum ersten Mal Echsen, die wahre Wunder vollbrachten und von denen sie bisher nur gehört hatte. Diese Basilisken waren in der Lage, auf ihren Hinterbeinen und in aufrechter Körperhaltung über das Wasser zu laufen. Weswegen die Tiere den Beinamen *Jesus-Christus-Echsen* trugen. Während Dorothea dieses Naturphänomen zeichnete und Alexander in seinem Notizbuch schrieb, schwebten Schwärme gelber Tagfalter mit geschweiften oder glatten Flügeln unaufhörlich über dem feuchten Waldboden. Zwischendurch tauchten größere Falter auf, deren Flügel in allen erdenklichen Blauschattierungen schimmerten. Dorothea konnte sich nicht sattsehen an dieser Farbenpracht und Schönheit.

Lionel röstete einen Fisch über dem Feuer, den er mit bloßen Händen gefangen hatte, und so beschlossen Dorothea und Alexander, einen kurzen Spaziergang am Bach entlang zu machen. Sie hatten sich nur wenige Schritte von den Zelten entfernt, als Dorothea plötzlich bemerkte, wie der weiche Boden unter ihren Füßen nachgab und sie hüfttief einsank. Auch Alexander steckte neben ihr bis zu den Knien im Sumpf fest.

Dabei hatten sie eine Schar riesiger grün-schwarzer Frösche aufgeschreckt, deren Laute an das Brüllen von Ochsen erinnerten. Zahllose Libellen schwärmten auf und bewegten lautlos die doppelten Flügelpaare. Auf Alexanders Rufe hin eilte Lionel herbei und schob ihnen einen langen Ast zu, den der Sturm abgerissen hatte und mit dem sie sich aus dem Morast befreien konnten.

Nicht eine Sekunde lang hatte Dorothea in ihrer misslichen Lage Angst verspürt. Mit Alexander an ihrer Seite konnte ihr nichts Böses widerfahren.

Unaufhaltsam näherten sie sich dem Ausgangspunkt ihrer gemeinsamen Reise. Dorothea zwang sich, nur auf die Schönheit der bezaubernden Umgebung zu achten und jeden Anflug von Schmerz zu verdrängen. Der Wald wurde dichter, und in den Kronen der hohen, schlanken Palmen tobte eine Horde Klammeraffen. In gewaltigen Sätzen flogen sie förmlich von Baum zu Baum und bestimmten mit ihren gestreiften langen Schwänzen die Richtung ihrer Sprünge. Nach mehreren Stunden Ritt über felsigen Untergrund und schwankende Hängebrücken, die sich über rauschende Wasserfälle und abgrundtiefe Schluchten spannten, erreichten sie schließlich eine tiefere Vegetationszone, in der ihnen immer seltener Baumfarne und immer häufiger Palmen begegneten.

Nach zehntägigem Ritt durch die Nebelwälder von Monteverde erreichten sie das Hochplateau, wo sie ihre gemeinsame Reise begonnen hatten, am Nachmittag des vorausberechneten Tages. Als das Lager für die Nacht errichtet war, entzündete der Muliführer ein Feuer und bereitete die Abendmahlzeit zu. Er hatte am Morgen zwei Wildtauben erlegt, die er zu rösten gedachte, dazu sollte es Zwieback und Bananen geben. Ein Festschmaus für den letzten gemeinsamen Abend.

Unruhe stieg in Dorothea auf. Das Hier und Heute war vorbei, ab morgen würde es wieder Vergangenheit und Zukunft geben. Welche Entscheidungen würde der kommende Tag für ihr Leben bringen? Und für das von Alexander?

»Lass uns vor dem Essen noch einen Spaziergang machen«, schlug sie vor, um sich von dem Tumult abzulenken, der in ihrem Innern tobte. »Vorausgesetzt, dass es hier keinen Sumpf gibt.«

Alexander steckte seinen Handkompass in die Jackentasche und schritt voran, bahnte einen Weg inmitten von Mimosen, Würgefeigen und Mahagonibäumen. Aus der Ferne war ein Geräusch zu hören, lauter als das Rauschen von Baumwipfeln. Alexander ging darauf zu, und sie gelangten an ein Flussufer, das von Gramineen gesäumt wurde. Die langen schlanken Blätter des Süßgrases raschelten leise im Wind. Ein Felsbrocken türmte sich mitten im Fluss auf, und ein Wasserfall stürzte darüber hinweg in die Tiefe.

Sie wechselten einen kurzen Blick, dann legten beide gleichzeitig Kleidung und Schuhe ab und stiegen in den Fluss. Über steinigen Untergrund arbeiteten sie sich bis zur Flussmitte vor. In inniger Umarmung verharrten sie unter der Kaskade, hielten das Gesicht in den Schwall und ließen die Wassermassen auf sich niederprasseln. Ein nie gekannter Glückstaumel überkam Dorothea. Sie fühlte sich eins mit dem geliebten Menschen und den Elementen der Natur, hätte am liebsten auf ewig in dieser Stellung und an diesem Platz ausgeharrt.

Lionels besorgte Rufe holen sie in die Wirklichkeit zurück. Alexander antwortete ihm, sie beide seien wohlauf und es gebe keinen Grund zur Beunruhigung. Nur widerstrebend lösten sich die Liebenden voneinander und stapften Hand in Hand zurück ans Ufer. Dort legten sie ihre Kleidung wieder an und kehrten zum Lager zurück.

Während des Essens sprach Alexander kein Wort. Dorothea nahm nur wenige Happen von dem zarten Fleisch zu sich. Eine unbegreifliche Angst schnürte ihr die Kehle zu.

Alexander dagegen aß mit großem Appetit. Danach holte er zwei Falthocker für Dorothea und sich selbst aus seinem Zelt und stellte sie vor dem Eingang auf. Sie ließen sich auf den wackeligen Sitzen nieder und beobachteten, wie binnen kürzester Zeit das Tageslicht schwand und sich Schwärze ausbreitete.

Dorothea legte eine Hand auf den Arm des Geliebten, spürte ihr Herz bis in die Schläfen pochen. Sie brauchte Klarheit. »Was soll nun aus uns werden?«, fragte sie mit zittriger Stimme.

Es kostete Alexander sichtlich Mühe, seine Gefühle in Worte zu fassen. »Ich habe die vergangenen Tage gebraucht, um mir über einiges klar zu werden. Weißt du, es war nicht leicht für mich... damals, nachdem ich deinen Brief erhalten hatte. Du hattest gefordert, ich sollte dich vergessen. Für immer und ewig. Weil uns keine gemeinsame Zukunft beschieden war.« Er schluckte mehrmals und wandte den Blick in eine unbestimmte Ferne. »Als ich nach Berlin zurückkam, fühlte ich mich ausgebrannt und leer. Dann habe ich eine Frau kennengelernt, fünfzehn Jahre jünger als ich. Wir waren uns auf den ersten Blick sympathisch. Elsa arbeitete als Sekretärin bei meinem Verleger, und ich hoffte, durch ihre Zuneigung meine verlorene

Liebe vergessen zu können. Wir haben geheiratet und zwei Söhne bekommen, Sebastian und Markus.«

Dorothea wurde starr vor Erschütterung. Aber dennoch war sie im tiefsten Winkel ihres Herzens keineswegs überrascht. Hatte sie sich nicht schon längst ausgemalt, dass Alexander eine andere finden würde, nachdem sie ihn wiederholt zurückgewiesen hatte? Und war das nicht sogar sein gutes Recht? Schließlich hatte jeder Mensch Anspruch auf eine eigene Familie. Auf ganz persönliches Glück.

Doch was war mit dem Glück, das sie beide in den vergangenen Tagen ausgekostet hatten? War seine Liebe, die sie so deutlich zu spüren meinte, nur vorgetäuscht? »Das freut mich ... für dich«, brachte sie stockend hervor. Doch dann schlug sie die Hand auf den Mund. »Aber ... wie stehe ich jetzt vor Gott, dem Allmächtigen? Ich habe gegen die Zehn Gebote verstoßen, ich bin zur Ehebrecherin geworden ...« Ihr ganzer Körper bebte, dann versagte ihr die Stimme.

Alexander nahm sie in die Arme, zog sie fest an sich und bedeckte ihr Haar mit Küssen. »Nein, Liebste, bitte, sag so etwas nicht! Es ist allein meine Schuld, ich hätte es dir eher sagen sollen. Diese Reise war für mich die Erfüllung eines Traumes, aber auch eine harte Prüfung. Ich wollte mich selbst auf die Probe stellen, wollte herausfinden, ob ich es fertigbringe, meine Familie zu verlassen, um mit dir zusammenzuleben. Aber ich kann es nicht, das ist mir jetzt klar geworden. Ich habe ein Ehegelöbnis abgelegt, und ich fühle mich für meine Frau und die Kinder verantwortlich. Sie im Stich zu lassen könnte ich mit meinem Gewissen nicht vereinbaren.«

Nun bebte auch sein Körper unter Tränen. Gequält

stöhnte er auf, und sie klammerten sich aneinander wie Ertrinkende.

»Warum nur wendet sich das Schicksal immer wieder gegen uns?« Dorothea schluchzte und schüttelte den Kopf, als wolle sie sich damit auch ihrer Verzweiflung entledigen.

»Ich weiß es nicht, und wenn ich es wüsste, könnte ich es trotzdem nicht ändern. Wenigstens habe ich meine Erinnerungen. Kostbare Erinnerungen. An sechs Monate in Köln, zwei Nächte in einem Hotel in San José, einen Nachmittag in der Casa Santa Maria und an zehn wundervolle Tage zusammen mit dir im Urwald. Das ist womöglich mehr Glück, als mancher Mensch sich vom Schicksal erhoffen darf.«

Dorothea lehnte den Kopf an seine Schulter, während ihr Tränenströme über die Wangen rannen. »Wirst du ... wirst du deiner Frau von uns erzählen?«

Entschieden schüttelte er den Kopf. »Nein, das geht nur uns beide etwas an. Elsa kann nichts dafür. Und ich will sie nicht verletzen. Sie ist unseren Söhnen immer eine gute Mutter gewesen. Wer weiß, vielleicht hätte ich sie sogar lieben können ... wenn ich dir nie begegnet wäre.«

Als Dorothea am nächsten Morgen nach kurzem, unruhigem Schlaf aufwachte, empfand sie eine bleierne Müdigkeit, die ihren Körper, ihr Herz und ihre Sinne beschwerte. Kaum hatte sie die Tasse mit dem starken Kräutertee ausgetrunken, hoben die Mulis die Köpfe und wieherten. Von irgendwoher kam eine Antwort, und dann sah sie, wie ihr Führer auf seinem Reittier mit drei weiteren Mulis hinter der Bergkuppe hervorkam. Sie machte ihm ein Zeichen, dort auf sie zu warten.

»Lass uns hier Abschied nehmen!«, bat sie Alexander, dem die Tränen in den Augen standen. »Wirst du irgendwann zurückkommen?«

»Das ist mein fester Wille. Ich liebe dieses Land, hier will ich einmal sterben und begraben werden. Aber ich war anderthalb Jahre von zu Hause fort. Ich werde meine Stelle als Redakteur bei der Berliner National-Zeitung wieder aufnehmen und mich um meine Familie kümmern. Irgendwann, so hoffe ich, bekomme ich einen neuen Buchvertrag und kehre zurück.«

»Leb wohl, Liebster!«, flüsterte Dorothea kaum hörbar.

Sie umarmten sich lange, verzweifelt und innig. Dann löste Dorothea sich aus seinen Armen, nahm ihre Reisetasche und warf Lionel einen stummen Abschiedsgruß zu. Alexander ergriff noch einmal ihre Hand und drückte sie zärtlich.

»Wenn du möchtest ... ich meine, wir könnten doch gemeinsam reisen ... als Freunde.«

Dorothea senkte den Blick und presste die Lippen aufeinander. »Vielleicht.«

Ohne sich noch einmal umzuwenden, eilte sie auf den wartenden Muliführer zu, ließ ihn das Gepäck auf das Lastmuli schnüren und stieg auf ihr Reittier. Sogleich setzte es sich in Bewegung, als hätte es nur darauf gewartet, den Heimweg anzutreten.

Ein zarter Jasminduft lag in der Luft, der von den Hügeln der endlos weiten, weiß blühenden Kaffeefelder zu ihr herüberwehte. Ein vertrauter und in diesem Augenblick des Schmerzes und der Wehmut auch tröstender Geruch, der von der ewigen Wiederkehr der Jahreszeiten und vom Zauber der Natur zeugte. Auch wenn sie selbst eines Tages nicht mehr wäre, dieser Zyklus würde sich fortsetzen, dem Land Fruchtbarkeit und den Menschen Lebensgrundlage und Zukunft schenken.

Dorothea kämpfte die aufsteigenden Tränen nieder und drängte jeden Gedanken an die bittere Erkenntnis zurück, mit der ihre Tage im Dschungel geendet hatten: dass es für sie und Alexander kein Liebesglück gab. Nachdem sie von ihrem Muli abgestiegen war, blickte sie zum oberen Stockwerk des Herrenhauses hinauf. Das Fenster von Margaritas Zimmer stand weit offen. Klaviermusik erklang, die Dorothea an die Zeit erinnerte, als sie selbst das Klavierspiel erlernt hatte. Es war Beethovens rondoartige Komposition *Für Elise*. Viele Jahre zuvor hatte Antonio ihr eine Spieluhr mit ebendieser Melodie geschenkt. Dann verstummte die Musik, und am Fenster erschien Margaritas dunkler Haarschopf.

»Großmama!«

Dorothea wies den Führer an, das Gepäck abzuladen und die Mulis mit frischem Wasser und Futter zu versorgen. Dann stob auch schon Margarita aus der Haustür. Wie ein Wirbelwind lief sie auf Dorothea zu, schlang ihr die Arme um den Hals und schmiegte sich an sie, als wolle sie sie nie wieder loslassen.

»Endlich bist du wieder da, Großmama! Warum hast du mir denn nicht gesagt, dass du verreisen musstest? Nur einen Brief hast du geschrieben. Den hat mir das Kindermädchen vorgelesen. Du musst mir versprechen, dass du nie mehr so lange fortbleibst. Ich habe dich ganz furchtbar vermisst.«

Zärtlich strich Dorothea ihrer Enkelin über den Rücken und küsste die zarten Wangen, vergrub das Gesicht in dem seidigen Haar, roch Limette, Frische und Jugend. »Mein Schatz, ich habe dich auch vermisst. Aber ich konnte dir nicht früher von meiner Reise erzählen, weil ich selbst noch nichts davon wusste ... Lass dich ansehen! Bist du in den Wochen etwa noch hübscher geworden?«

»Warum musstest du verreisen, Großmama?«

»Komm, setzen wir uns auf unsere Bank! Dann erzähle ich dir alles. Ich habe einen Vogel gesucht, den schönsten Vogel, den es auf Erden gibt. Er heißt Quetzal, und ich habe ihn im Nebelwald gesehen. Die Eingeborenen verehrten ihn früher als Göttervogel.«

Margarita lauschte gebannt. Immer wieder musste Dorothea die Rufe des Quetzals nachmachen und davon berichten, wie der Führer den Vogel nach Tagen im Geäst entdeckt hatte. Auch von den Brüllaffen wollte Margarita hören und von dem wilden Indianer.

»Und du hattest wirklich keine Angst vor dem Indianer? Ich will auch den Urwald sehen und die Frösche und Blattschneiderameisen. Können wir nicht zusammen verreisen,

Großmama?« Margarita lehnte den Kopf gegen Dorotheas Schulter und blickte fragend zu ihr auf.

»Bevor du in die Schule kommst, reisen wir beide durch den Dschungel ans Meer zu Tante Elisabeth. Versprochen.«

Dorothea horchte auf, als sie Jubelrufe vor dem Herrenhaus vernahm. Sie war gerade von einem Besuch in der Casa Santa Maria gekommen und wollte sich für den Nachmittagstee auf die Veranda setzen. Sie sah sich um, um den Grund für die unerwartete Freude der Dienstmädchen zu erfahren. Und dann jubelte auch sie.

»Olivia! Eine schönere Überraschung kann ich mir nicht vorstellen. Lass dich umarmen!« Sie drückte die Tochter überschwänglich an sich.

Vorsichtig löste sich Olivia aus der Umklammerung und blickte sich nach allen Seiten um. »Hier hat sich nichts verändert. Wie schön, wieder zu Hause zu sein! Wo ist denn meine kleine Margarita?«

»Hier bin ich!« Die Kleine hatte sich unbemerkt angeschlichen und hinter Dorotheas Rücken versteckt. »Wer ist die Frau, Großmama?«

Dorothea verspürte einen Stich im Herzen. Kein Wunder, dass Margarita die eigene Mutter nicht wiedererkannte. Sie hatte sie seit über zwei Jahren nicht mehr gesehen. Doch Olivia schien die Frage nicht sonderlich zu bekümmern.

»Ich bin deine Mama. Ich hatte Sehnsucht nach euch allen, und nun bin ich hier.«

Margarita blickte fragend zu Dorothea hoch, die mit einem Nicken antwortete.

»Guten Tag.« Margarita machte einen Knicks, lief davon und schwenkte ihr Schmetterlingsnetz.

Dorothea konnte ihr Glück kaum fassen. Tochter und Enkeltochter würden wieder unter einem Dach mit ihr leben. Hoffentlich für längere Zeit. »Komm, Olivia, lass dich noch einmal in die Arme nehmen! Oh, mein Schatz! Weißt du, wie lange ich mich auf diesen Moment gefreut habe?«

»Ja, zwei Jahre, zwei Monate und einige Tage.«

Sie hat uns also auch vermisst, dachte Dorothea gerührt. »Aber dann will ich alles wissen, was du erlebt hast.«

Sogar Isabel kam aus ihrem Zimmer und leistete ihrer Familie auf der Veranda Gesellschaft.

»Wo steckt denn Federico?«, fragte Olivia verstimmt. »Er hält es offenbar nicht für nötig, seine Schwester zu begrüßen.«

»Dein Bruder ist noch immer in Guatemala. Hatte ich dir das nicht geschrieben? Er arbeitet dort auf der Kaffeeplantage eines Vetters von Señor Azara de la Rivera. Der hat die Vormundschaft für Federico übernommen. Dein Bruder bereitet sich dort auf seine Aufgaben als künftiges Oberhaupt der Hacienda Margarita vor«, erklärte Dorothea und bedauerte, dass die Geschwister die Wiedersehensfreude nicht teilen konnten. Auch wenn ihr Verhältnis nicht das herzlichste war, so hätten die beiden sich doch viel zu erzählen gehabt.

Olivia nickte gnädig. »Unter diesen Umständen ist Federico entschuldigt.« Dann sprach sie voller Begeisterung von ihrem neuen Leben, von dem erhebenden Gefühl, die Zuschauer von den Sitzen zu reißen und den

Applaus noch lange, nachdem alle gegangen waren, im Ohr zu haben. Aber auch von den Intrigen und dem Neid ihrer Mitspielerinnen musste sie berichten, weshalb sie sich nach einem Gastspiel in Medellín von ihrer Kompanie getrennt hatte. Sie wollte künftig eigene Wege gehen.

»Bleibst du immer bei uns, Mama?«, wollte Margarita wissen und kletterte auf Olivias Schoß, kuschelte sich eng an die Mutter. »Dann können wir zusammen Ball spielen und ein Picknick am See machen. Oder zuschauen, wie die Kaffeekirschen geerntet werden. Aber vor den Ochsen habe ich Angst. Die sind sooo riesig und haben ganz lange Hörner und sehen gefährlich aus.«

»Ich weiß selbst noch nicht, wie lange ich bleiben kann. Das hängt davon ab, wann ich ein Engagement bekomme. In Panama habe ich einen amerikanischen Theateragenten kennengelernt, der überall neue Talente sucht. Er hat versprochen, sich bei mir zu melden. Ich will künftig mein eigenes Programm gestalten und allein auftreten. Nur mit einem Gitarrenspieler, der mich begleitet.«

»Dann können wir doch mitkommen, Großmama und ich.« Plötzlich stutzte Margarita und schüttelte den Kopf. »Aber nein! Für mich beginnt doch bald die Schule. Und Großmama muss in die Casa Santa Maria und sich um die Mädchen und die Rechnungen kümmern. Und wenn Onkel Federico wieder nach Hause kommt, ist er ganz allein.«

Wie schon oft wunderte sich Dorothea, welch reife Überlegungen ihre kleine Enkelin schon anstellte. Olivia umarmte ihre Tochter, rieb ihre Nasenspitze an der Kindernase. »Mein kleiner Liebling, darüber wollen wir uns nicht den Kopf zerbrechen. Erst einmal bin ich hier, und wir haben eine schöne Zeit zusammen. Ab morgen bringe ich dir das Reiten bei. Negro kann es gar nicht erwarten, endlich wieder einen langen, langen Ausflug zu unternehmen.«

Seit dem Vormittag regnete es ununterbrochen, und so beschloss die Familie, zu Hause zu bleiben und den Besuch in der Casa Santa Maria zu verschieben. Dorothea hörte, wie Tochter und Enkelin vierhändig Klavier spielten, wie sie im Salon Fangen spielten – was zu Pedros Lebzeiten undenkbar gewesen wäre – und wie sie sich vor Lachen ausschütteten. Auf einmal war wieder Leben im Herrenhaus, und am Tisch saßen vier Generationen versammelt: Isabel, sie selbst, Olivia und Margarita. Nur die Männer fehlten, und insgeheim hoffte Dorothea, dass sich Olivia wieder in das gesellschaftliche Leben von San José stürzte. Sie sollte Bälle besuchen und einen Mann kennenlernen, der es gut mit ihr meinte und der schon bald auf der Hacienda Margarita einzog.

Tags darauf tauchte die Sonne die Plantage in ein strahlend helles Licht, und so ließen sie sich zu dritt in die Casa Santa Maria kutschieren. Don Quichote gebärdete sich wie wild, als Olivia ihn beim Namen rief. Er heftete sich an ihre Fersen und wich ihr nicht mehr von der Seite. Die Mädchen freuten sich, Olivia nach so langer Zeit wiederzusehen, und bestürmten sie mit Fragen: in welchen Städten sie aufgetreten sei, ob man im Theater bei den Proben wirklich nicht pfeifen dürfe und ob Olivia viele Verehrer gehabt habe. Margarita setzte sich auf die Veranda in Yahairas Schaukelstuhl und ließ sich die kleine Nina in den

Schoß legen. Dorothea war froh, ihr Skizzenbuch mitgenommen zu haben, und hielt die anrührende Szene mit dem Zeichenstift fest.

Zum Mittagessen hatte die Hausmutter einen Eintopf aus Bohnen, Fleisch und frischen Kräutern zubereitet, zum Nachtisch gab es Mango-Ananas-Creme. Den größten Appetit zeigte Olivia, die auf ihren Reisen die vertraute heimische Küche oftmals vermisst hatte. Dorothea blickte sich in der Runde um, entdeckte nur fröhliche Gesichter und prägte sich diesen Augenblick der Heiterkeit und Sorglosigkeit fest ein.

»Kann Señorita Olivia uns etwas vortanzen?«, bat Blanca, nachdem sie die Schüssel mit dem Nachtisch bis zum letzten Restchen ausgekratzt hatte.

»Ja, bitte, zeigen Sie uns einen Tanz!«, drängten auch die anderen Mädchen.

Olivia ließ sich nicht lange bitten. Gemeinsam schoben sie den Esstisch beiseite und reihten die Stühle nebeneinander auf.

Olivia stellte sich in Positur. »Leider haben wir keinen Musiker, der uns aufspielt. Ihr müsst euch eine Melodie dazudenken.«

»Warten Sie einen Augenblick!« Leyre machte einen Knicks und eilte in ihr Zimmer. Wenig später kehrte sie zurück, eine Mundharmonika in der erhobenen Hand.

»Wunderbar! Dann bitte ich jetzt um einen gefühlvollen spanischen Tanz.« Olivia legte sich ihr Schultertuch über den Kopf, wie sie es vor jedem Auftritt mit der Mantilla zu tun pflegte, und warf es ihren Zuschauerinnen mit einer schwungvollen Handbewegung zu. Langsam begann sie sich zu drehen, legte eine Hand an die Stirn, als würde sie ihre Augen beschatten, und blickte suchend in die Ferne. Tat, als habe sie etwas Überraschendes entdeckt. Plötzlich griff sie sich an die Schulter, als stände eine imaginäre Person hinter ihr, mit der sie sich daraufhin im Walzertakt wiegte.

Dann aber stampfte sie mit den Füßen auf und warf den Kopf in den Nacken, tat, als kämpfe sie mit dem Degen gegen einen unsichtbaren Gegner. Leyres Mundharmonikaklänge harmonierten auf wundersame Weise mit Olivias Bewegungen. Dorothea beobachtete, wie gebannt die Mädchen und die Hausmutter der Darbietung folgten. Wie sie nickten oder sich vor Schreck die Hand vor den Mund hielten, wenn Olivia sich blitzschnell vor einem unsichtbaren Degenstoß duckte.

Auch Dorothea war ergriffen, wie leidenschaftlich Olivia diese Szene gestaltete. In jedem ihrer Schritte und in jedem winzigen Fingerzucken lag so viel Intensität und Kraft, dass Dorothea ein Schauer über den Rücken lief. Spätestens in diesem Augenblick wurde ihr bewusst, dass ihre Tochter tatsächlich eine Künstlerin war und das Rampenlicht zum Leben brauchte. Und sie sah es ganz klar voraus – irgendwann würde sie Olivia auf einer großen Bühne erleben.

Dann aber verwandelte sich der Degen blitzschnell in einen Vogel, der davonflog. Olivia folgte ihm und verschwand winkend hinter einem Hibiskusstrauch. Begeistert klatschten die Mädchen Beifall. Olivia kam zurück, verbeugte sich lächelnd und bückte sich, als höbe sie Blumen vom Boden auf.

Gerührt nahm Dorothea die Tochter in die Arme. »Das war wunderbar, Olivia! Ich bin sehr, sehr stolz auf dich.«

Margarita drängte sich aufgeregt dazwischen und zupfte Olivia am Rock. »Ich will auch tanzen lernen. Dann treten wir zusammen auf. Sag Ja, Mama!«

Das Leben auf der Hacienda verlief in ruhigen und gleichförmigen Bahnen, so wie Dorothea es am liebsten mochte. Denn dann konnte auch ihr Herz Ruhe finden, das noch immer wild klopfte, wenn sie an die Tage mit Alexander im Dschungel dachte – bevor sie begriffen hatte, dass jeder Gedanke an eine gemeinsame Zukunft aussichtslos war.

Margarita würde demnächst die Schule besuchen. Olivia, die fest daran glaubte, dass sie schon bald eine Zusage des Theateragenten erhalten würde, probte jeden Tag mehrere Stunden, um ihren Körper geschmeidig zu halten. Manchmal begleitete Julio Morado Flores sie am Klavier, während sie trippelte, hüpfte, stampfte und sprang. Dorothea machte sich mit dem Gedanken vertraut, dass die Tochter nicht für immer auf der Hacienda bleiben würde. Weil sie den Applaus, die Zuschauer und die Bühne brauchte, ohne die sie verdorren würde wie eine Pflanze ohne Wasser.

Eines Tages erschien Olivia aufgeregt und mit einigen Minuten Verspätung zum Mittagessen. In früheren Zeiten hätte sie sich einen bitterbösen Tadel von Seiten ihres Großvaters eingehandelt, aber Isabel war gnädiger als ihr verstorbener Mann. Sie hob lediglich missbilligend die Brauen.

»Stellt euch vor, soeben erhielt ich ein Schreiben des amerikanischen Agenten, von dem ich euch erzählt habe. Er ist mit dem Direktor des Hamilton Theatre in New York befreundet, und der möchte mich engagieren. Ich kann mir mein Programm frei zusammenstellen und habe sogar ein Zimmer in einer Pension ganz in der Nähe des Theaters.« Aber dann mischte sich Nachdenklichkeit in Olivias erste Euphorie. »Ach, ich weiß gar nicht so recht, ob ich mich schon am Anfang für eine so riesige und bedeutende Stadt wie New York entscheiden soll. Auch wenn es sich um ein kleines Theater handelt. Sicherlich sollte ich erst mehr Erfahrungen sammeln und es mit San Francisco versuchen. Oder mit New Orleans.«

Dorothea legte das Besteck zur Seite, nahm einen großen Schluck Wasser und überlegte sich ihre Worte genau. Ihr Herz und ihr Verstand lagen im Widerstreit. Sie hätte die Tochter viel lieber noch länger in ihrer Nähe behalten. Gleichzeitig aber wusste sie, dass sie Olivia ziehen lassen und ihr Mut machen musste.

»Wie freue ich mich für dich, Olivia! Allein das Angebot ist schon eine Auszeichnung. Wenn du es in New York schaffst, dann wirst du überall in der Welt gefeiert werden. Du hast großes Talent und musst das Angebot nutzen. Es wird dir vielleicht kein zweites Mal gemacht.«

Olivia nahm Dorotheas Hand und drückte sie, und plötzlich wirkte sie unternehmungslustig und zuversichtlich. »Danke, Mama. Wenn du an mich glaubst, wird mir alles gelingen.«

Margarita lief eine Träne über die Wange. »Aber dann ist Mama ja ganz weit weg.«

»Ich schicke dir jede Woche eine Postkarte, mein kleiner Liebling. Und wenn ich zurückkomme, bringe ich dir ein Geschenk mit«, versprach Olivia. Sie zog die Tochter auf den Schoß und küsste sie.

Margarita klammerte sich eng an die Mutter. »Ich will aber kein Geschenk, ich will, dass du bei uns bleibst.«

Dorothea strich der Enkelin über das Haar. »Deine Mama kann nicht für immer auf der Hacienda bleiben, mein Herz. Sie will vielen Menschen ihre Tanzkunst zeigen. Und das ist nur in fernen, großen Städten möglich.«

Olivia schmiegte sich an die Wange ihrer Tochter, doch die drehte den Kopf weg und schluchzte leise. Dorothea fing Olivias hilflosen Blick auf. Und obwohl sie sich am liebsten selbst an eine starke Schulter angelehnt hätte, durfte sie in diesem Augenblick nicht verzagt wirken. Sie legte so viel Festigkeit wie möglich in ihre Stimme.

»Jeder Mensch muss seinem Stern folgen, Margarita. Das hat auch dein Großvater gesagt. Deine Mama wird nur für eine Weile fort sein, dann besucht sie uns wieder. Und bevor du in die Schule kommst, reisen wir gemeinsam zu Tante Elisabeth ans Meer. Sie freut sich schon auf uns.«

Olivias Abschied war weniger tränenreich verlaufen, als Dorothea befürchtet hatte. Margarita, voller Vorfreude auf die Reise durch den Dschungel, hatte sich schließlich damit abgefunden, ihre Mutter eine Zeit lang nicht mehr zu sehen. Am Tag vor Olivias Abreise hatte Dorothea Tochter und Enkelin gezeichnet, wie beide barfuß und mit geschürztem Rock am Bach standen und sich gegenseitig nass spritzten. Dieses Blatt hatte sie gerahmt und über Margaritas Bett gehängt, damit sich die Enkelin an eine fröhliche Mutter erinnern konnte.

Nun sah Margarita zum ersten Mal das Meer. Mit staunenden Augen stand sie am Strand, blickte hinaus in die Ferne, erspähte Schiffe mit geblähten Segeln, die in Richtung Norden nach Puntarenas unterwegs waren oder den Kurs nach Süden gesetzt hatten, nach Panama oder zur südamerikanischen Pazifikküste. Margarita und Elisabeth waren vom ersten Augenblick an ein Herz und eine Seele.

Gabriel war ein kräftiger Zwölfjähriger geworden, der in jeder freien Minute auf der Gitarre spielte und dazu sang. Nach wie vor träumte er davon, ein berühmter Musiker zu werden. Und Marie hatte sich zu einer bildhübschen jungen Frau entwickelt. Sie half Elisabeth in der Pension, hütete nahezu alle Kleinkinder im Ort und hatte ein eigenes kleines Atelier, in dem sie Stickereien anfertigte und verkaufte. Auf den ersten Blick sahen ihre Bilder aus wie Gemälde mit Landschaften, Porträts und Stillleben. Bei näherem Hinsehen war jedoch zu erkennen, dass die Farben nicht mit dem Pinsel aufgetragen, sondern mit feinsten Garnen gestickt waren. Dorothea war überrascht, wie Marie kleinste Farbnuancen zu gestalten wusste, und konnte ihre Geschicklichkeit und Genauigkeit nicht genug bewundern.

»Wir hatten einmal eine Künstlerin aus Guatemala zu Gast, die hat mir die Technik beigebracht. Man braucht eine ruhige Hand und gute Augen. Wenn du magst, sticke ich ein Bild für dich, Tante Dorothea.«

»Ja, darüber würde ich mich riesig freuen, aber nur ein kleines, weil ich glaube, dass du viele Tage daran arbeiten musst. Eins mit dem Blick von eurer Veranda hinaus aufs Meer. Das stelle ich mir zu Hause auf den Sekretär.«

Elisabeth lebte derzeit mit den beiden Kindern und ohne männlichen Gefährten in ihrem blauen Haus. Sie erzählte Dorothea von Manuelo, einem argentinischen Komponisten, der ein Haus in Buenos Aires besaß und sie mit in seine Heimat hatte nehmen wollen.

»Manuelo glaubte, nicht ohne mich leben zu können. Aber ich werde Jaco nicht verlassen. Weil ich ohne mein Haus, meine Kinder und das Meer nicht sein kann. Einen ganzen Monat lang hat er gebettelt und sogar mit Selbstmord gedroht. Ich hatte das Gefühl, er nähme mir die Luft zum Atmen. Vor einer Woche habe ich ihn fortgeschickt.«

Elisabeth schilderte diese Begebenheit so nüchtern und gelassen zugleich, dass Dorothea die Freundin wieder einmal für ihre innere Stärke bewunderte.

»Und nun erzähl du! Wie ist deine Begegnung mit

Alexander ausgegangen? Wenn das kein Wink des Schicksals war, dass er ausgerechnet bei mir logierte! Ich kannte ihn bis dahin ja nicht, habe mich auch nicht als deine Freundin zu erkennen gegeben. Ein fescher Bursche, das muss ich zugeben. In den hätte ich mich auch verliebt.«

»Ja, ich habe Alexander getroffen. Und ich danke dir, dass du mich so schnell benachrichtigt hast. Zehn Tage lang sind wir zusammen durch den Nebelwald gereist ...« Dorothea hob die Schultern, schüttelte traurig und resigniert den Kopf. »Aber wir können niemals zusammen sein. Er hat eine Frau und zwei Söhne in Deutschland.«

Elisabeth strich der Freundin mitfühlend über die Hand. »Mein armes Hascherl, als hätte ich es geahnt. Doch du darfst den Kopf nicht hängen lassen. Es gibt noch andere Männer. Sag, du hast doch bestimmt einen Verehrer, der nur darauf wartet, dass du ihn gnädig erhörst.«

Dorothea musste plötzlich lachen. »Woher weißt du das? Er ist durchaus ein Mann, in den sich eine Frau verlieben kann – sofern sie fünfzehn oder zwanzig Jahre jünger ist als ich. Margaritas Klavierlehrer macht mir den Hof. Ziemlich hartnäckig und auch recht charmant.«

»Na, siehst du! Es muss ja nicht immer die große Liebe sein. Man kann sich auch ohne Treueschwüre vergnügliche Stunden machen. Ich jedenfalls habe nicht vor, auf Dauer allein zu bleiben. Am liebsten würde ich einmal über viele Jahre mit ein und demselben zusammen sein. So etwas kenne ich gar nicht. Aber ich lasse die Ereignisse und auch die Männer auf mich zukommen.«

Nachdem Gabriel und Margarita zu Bett gegangen waren, ließen sich die beiden Freundinnen am Strand nieder und blickten auf das schwarze, im Mondschein silbrig glitzernde Meer.

»Du hast mir noch nicht viel von meiner Patentochter erzählt. Das letzte Mal sah ich Olivia, als sie mit der Theaterkompanie von hier aufbrach. Ich hatte zugegebenermaßen meine Zweifel, ob dieser Weg für sie der richtige ist.«

Dorothea sprach über Olivias Pläne, in Amerika als Tänzerin Karriere zu machen, und über ihren unbändigen Freiheitsdrang. Von ihrer Sehnsucht nach Anerkennung und Applaus. »Ich habe mich oft gefragt, was ich dazu beigetragen habe, dass Olivia ohne allzu feste Bindungen leben will. Ich habe sie sehr behütet, wohl auch eingeengt. Immerzu war ich in Sorge um ihre Gesundheit – und bin es immer noch. Ein Kind zu haben ist eine besondere Gunst des Schicksals. Das habe ich in den Tagen ihrer Entführung ganz deutlich gespürt. Aber ich habe mich an sie geklammert, weil ich sie nicht verlieren wollte. Gerade damit habe ich sie vermutlich aus dem Haus getrieben.«

»Sei nicht so streng mit dir, Schatzerl! Du bist immer eine Mutter gewesen, die ihre Tochter aus vollem Herzen geliebt hat. Daran kann nichts Falsches sein. Olivia und du, ihr seid eben sehr unterschiedlich. Manchmal passen Männer und Frauen nicht zueinander, manchmal auch Eltern und ihre Kinder nicht. Aber glaub mir, Olivia bewundert dich für alles, was du mit der Casa Santa Maria aufgebaut hast. Du hast gegen Vorurteile gekämpft und dich von nichts und niemandem beirren lassen. Du bist deinen Weg gegangen. So wie Olivia den ihren geht. In dem Punkt seid ihr euch doch wieder sehr ähnlich.«

Dorothea umarmte die Freundin. »Ach, Elisabeth, du

verstehst es immer, mir Mut zu machen! Du bist eine großartige Freundin. Auch wenn wir uns manchmal über viele Monate nicht sehen, fühle ich mich dir immer nahe. Du bist klug, gelassen, herzlich, großzügig...«

»Genug! So viel Lob habe ich nicht verdient. Das Schicksal hat uns auf der *Kaiser Ferdinand* zusammengebracht, und wir haben diese Gunst genutzt.«

Eine milde Meeresbrise fuhr ihnen durch Kleider und Haar. Eine Weile saßen sie Rücken an Rücken schweigend aneinandergelehnt.

»Sind die Sternenbilder mit den Tierkreiszeichen nicht wundervoll? Schau nur! Über uns stehen das Schiff Argo und der Zentaur, und oberhalb der schief gewachsenen Palme neben dem Schuppen sind Skorpion und Jungfrau zu sehen. Und hier...« Elisabeth wies mit der Hand zum schwarzen Himmel hinauf und sprach die Worte beinahe andächtig aus. »Hier sind der Schlangenträger und der nordische Bär, der an der Schwanzspitze den Polarstern führt. Ich könnte stundenlang am Strand sitzen und einfach nur die Sterne betrachten.«

Dorothea ließ sich der Länge nach in den Sand fallen und breitete die Arme aus, lauschte dem Rauschen des Meeres. Ihre Gedanken wanderten zu ihrer Tochter, die irgendwo zu Wasser oder zu Land auf dem Weg nach New York war. Mochte sie als Mutter versagt haben, als Großmutter würde sie bei Margarita die Fehler der Vergangenheit nicht wiederholen. Sie würde die Enkelin nicht bevormunden, sondern ihr Freiheiten gewähren und sie bei ihren Plänen unterstützen, wofür immer ihr Herz schlagen mochte. Margarita sollte einmal selbstbewusst und glücklich werden, und dafür würde sie alles geben und alles tun.

Federico war nach anderthalb Jahren auf die Hacienda Margarita zurückgekehrt. Er war größer geworden, an seinem Kinn zeigten sich erste helle Bartstoppeln. Und er sah erwachsener aus, benahm sich auch so. Schon am Tag nach seiner Ankunft richtete er sich ein eigenes Arbeitszimmer im Kontor seines Großvaters ein. Zwar durfte er die Geschäfte offiziell erst im kommenden Jahr führen, aber er hatte sich vorgenommen, so gewissenhaft zu arbeiten, als sei er bereits zum jetzigen Zeitpunkt verantwortlich für die Geschicke der Hacienda. Der Verwalter, Señor Sánchez Alonso, den Pedro übergangsweise mit der Leitung des Unternehmens betraut hatte, musste lediglich Dokumente und Geschäftspost unterzeichnen.

Dorothea war überrascht, mit welchem Ernst ihr Sohn seinen Aufgaben nachging. Offenbar war es die richtige Entscheidung gewesen, ihn für eine Weile fortzuschicken, damit er lernte, sich an Regeln zu halten, die andere aufstellten, nicht er selbst. Und endlich lebte wieder ein männliches Familienmitglied auf der Hacienda. Margarita, die mittlerweile zur Schule ging, wurde nicht müde, den Onkel mit Kolibrifedern, gepressten Blüten und eigenen kleinen Zeichnungen zu überraschen. Dorothea ging das Herz auf, wenn sie sah, wie liebevoll und fürsorglich Federico mit seiner siebenjährigen Nichte umging. Was sie dem Sohn gegenüber auch lobend erwähnte.

»Eine Nichte ist eben etwas ganz anderes als eine Schwester«, entgegnete Federico jovial. »Olivia, pah... wir haben uns oft gestritten, sie war immer so launisch und unberechenbar. Aber Margarita ist ein wahrer Sonnenschein. Ich bin froh, dass ich wieder zu Hause bin. Nie hätte ich gedacht, dass ich solches Heimweh bekäme.«

Federico machte es sich zur Angewohnheit, morgens vor der Arbeit zu den Gräbern seines Großvaters und seines Vaters zu reiten und sich, wie er sagte, bei den Verstorbenen Rat zu holen. Manchmal begleitete er Dorothea auf einem Spaziergang durch die Kaffeefelder. Eines Tages überraschte er seine Mutter mit einer Frage.

»Was wird eigentlich aus Vaters Bureau? Das Häuschen steht ungenutzt dort oben auf der Anhöhe. Und abreißen lassen sollten wir es nicht. Das wäre pietätlos. Willst du dir dort vielleicht ein Atelier einrichten?«

»Darüber habe ich noch gar nicht nachgedacht.«

»Ich weiß, dass Vater dir eine Staffelei schenken wollte. Er meinte, du solltest es einmal mit Ölmalerei versuchen.«

»Das hat er gesagt?« Dorotheas Wangen glühten vor Aufregung und Freude. »Längst wollte ich den Zeichenstift gelegentlich gegen den Pinsel austauschen. Dort oben wäre ich ungestört und hätte einen herrlichen Blick über die Felder. Ja, dieser Gedanke könnte mir gefallen.«

»Dann räumen wir demnächst das Bureau leer, damit du dir das Atelier nach deinen Vorstellungen einrichten kannst. Señor Sánchez Alonso bekommt einige von Vaters Möbeln, den anderen Teil übernehme ich.«

Dorothea konnte nur staunen. War dieser höfliche junge Mann wirklich ihr Sohn? Federico, der angeberische, großmäulige Junge, der in allem seinem Großvater nacheiferte? War diese Änderung nur vorübergehend, oder hatte er sich grundlegend gewandelt? Einem plötzlichen Impuls folgend, umarmte sie ihn, der sie mittlerweile um einen halben Kopf überragte.

»Das ist ein großartiger Einfall, Federico! Am liebsten zöge ich sofort dort oben ein.«

Zwei Wochen später war Antonios ehemaliges Kontor nicht wiederzuerkennen. Dorothea hatte sich eine Staffelei, Leinwand und Farben gekauft, außerdem jede Menge Skizzenblätter und englische Pastellkreiden in allen erdenklichen Farben, die sie in einem Schrank aus Mahagoniholz aufbewahrte. In einem Möbelgeschäft in San José hatte sie einen goldgerahmten hohen Standspiegel sowie eine Chaiselongue entdeckt. Dieses Möbelstück war in den Zeiten nach der Französischen Revolution bei den hochherrschaftlichen Damen in Mode gekommen. Man konnte darauf sowohl sitzen als auch in halb liegender Haltung die Beine ausstrecken.

Sie hatte die Chaiselongue mit einem grün-weiß gestreiften Stoff beziehen und dazu passend Vorhänge für die beiden Fenster nähen lassen. Die Wände schmückte sie mit Zeichnungen, die sie über viele Jahre von Antonio und den Kindern angefertigt hatte. Ein Paravent verdeckte einen kleinen Ofen, auf dem Antonio sich früher heißes Wasser für Kaffee oder Tee zubereitet hatte und den Dorothea nicht entfernen lassen wollte. Das einstige Bureau wirkte nun wie eine Mischung aus elegantem Damenzimmer und Maleratelier.

Sie wollte diesen Raum mit neuem Leben erfüllen, nachdem sie ihn über Jahre nicht mehr betreten hatte. Seit jenem verhängnisvollen Tag, als sie Antonio mit einem seiner Liebhaber überrascht hatte. Aber Antonio war tot, und diese Wände würden schweigen und niemandem verraten, was sie gesehen hatten.

Isabel, die schon lange weder Besuche empfangen noch das Haus verlassen hatte, entwickelte seit dem Tod ihres Mannes einen ungewöhnlichen Tatendrang. Sie abonnierte englische Zeitschriften und Gartenjournale, ließ sich jeden Sonntag zu den Gräbern ihres Mannes und Sohnes kutschieren und betrieb eine eifrige Korrespondenz mit einer weitläufigen Cousine in Schottland, die sie seit ihrer Hochzeit nicht mehr gesehen hatte.

Eines Nachmittags, als Dorothea mit Margarita im Park auf einem umgeknickten Baum Balancieren übte, hörte sie unbekannte Stimmen aus dem Zimmer der Schwiegermutter, dann sogar Gelächter. Also hatte Isabel einige ihrer alten Freundinnen eingeladen. Dorothea war überzeugt, dass die Unternehmungslust ihrer Schwiegermutter etwas mit dem Wegzug ihrer Widersacherin, Señora Torres Picado, zu tun hatte. Denn seither klagte Isabel nie mehr über Kopfschmerzen oder sonstige Unpässlichkeiten. Sie war, obwohl sie aufrichtig um Pedro trauerte, zu einer fast heiteren Frau geworden.

Dorothea musste auf die Anlieferung eines Beistelltischchens für ihr Atelier warten und konnte nicht an Margaritas Klavierstunde teilnehmen. Gerade überlegte sie, womit sie das neue Möbelstück dekorieren sollte – mit einer Vase voll frischer Blumen oder mit der Bronzestatuette einer spanischen Tänzerin, einem Geschenk ihrer Tochter. Plötzlich bemerkte sie vor dem Fenster eine Bewegung. Sie öffnete die Tür und stand Julio Morado Flores gegenüber, der verschmitzt lächelte und etwas hinter dem Rücken versteckt hielt.

»Wie haben Sie mich gefunden? Bitte, treten Sie doch näher!«

»Ihre Enkelin war so freundlich, mir den Weg zu diesem Versteck zu zeigen. Sonst hätten wir beide uns heute nicht gesehen, und ich wollte Ihnen doch gern eine kleine Aufmerksamkeit überreichen, verehrte Señora Ramirez.«

Mit verlegenem Gesicht zog er ein Päckchen hinter dem Rücken hervor. In diesem Moment erinnerte er Dorothea an den Pudel der Frau des Universitätsdirektors, bei der sie einmal mit Isabel zum Tee geladen war. Der Hund hatte während ihrer Unterhaltung unbemerkt die Schale mit den Keksen geleert und sich anschließend schuldbewusst unter dem Sofa verkrochen.

»Für mich? Aber Señor Morado Flores, Sie sollen mir doch keine Geschenke machen! Eine Komposition aus

Ihrer Feder nehme ich gern an, aber doch nicht...« Sie öffnete den Deckel des Kästchens. Auf rotem Taft lag dort ein schwarzer Glasflakon mit goldglitzernden Sternen und der Aufschrift *Belle de Nuit*. »... doch kein Parfum mit dem Namen *Schöne der Nacht!*«

Von einer Sekunde auf die andere änderte sich die schüchterne Miene des Klavierlehrers. In seine Augen trat ein wilder, entschlossener Ausdruck. Energisch reckte er das Kinn. Dann wandte er sich um, verriegelte die Tür und zog wie selbstverständlich die Vorhänge vor.

»Aber Señor Morado Flores, ich verstehe nicht...«

Er nahm ihr die Schachtel aus der Hand und legte sie auf dem Tischchen ab. »Gleich werden Sie verstehen, Señora Ramirez, gleich.« Seine Stimme bekam einen tiefen, schmeichlerischen Klang. Er fasste sie an den Schultern und drückte sie sanft, aber bestimmt auf die Chaiselongue, kniete vor ihr nieder und griff mit beiden Händen unter ihren Rock. Behutsam glitten seine Finger an den Innenseiten ihrer Schenkel hinauf. Ein Schauer überlief ihren Körper. Erstaunt und belustigt zugleich beobachtete sie, wie seine weit geöffneten Augen um stilles Einverständnis flehten. Sollte sie ihn gewähren lassen? Sein Tun war zwar ungehörig, aber keinesfalls unangenehm. Und doch schien es Dorothea, als würden sich seine Finger auf der Tastatur eines Klaviers bei Weitem besser auskennen als auf weiblicher Haut.

Wie von ferne drangen Elisabeths Worte an ihr Ohr. *Es muss ja nicht immer die große Liebe sein. Man kann sich auch ohne Treueschwüre vergnügliche Stunden machen.* Sollte sie dem Beispiel der Freundin folgen und einmal nachsichtig mit sich umgehen, vielleicht sogar unvernünftig sein?

Hatte sie sich nicht schon vor langer Zeit vorgenommen, mehr Leichtigkeit in ihrem Leben zuzulassen? Warum also zögerte sie, da die Gelegenheit doch so günstig war?

»Oh, wenn Sie wüssten! Jede Nacht träume ich von Ihnen, wünsche mir, Sie endlich berühren und küssen zu dürfen«, raunte Morado Flores heiser und ließ seine Finger in wechselnden Tempi adagio, allegretto und dann prestissimo über ihren Leib und ihre Schenkel fliegen.

Mit einem leisen Seufzer ließ sie sich rücklings in das Polster sinken, führte seine Hand und wechselte die Rollen. Nun war sie die Lehrerin und er der Schüler. Und dann beugte er sich über sie, ungläubig, zartfühlend und verzückt.

War sie von Sinnen? Was tat sie da?

Auf jeden Fall nichts Unrechtes. Sie war verwitwet, der Mann, den sie liebte, war unerreichbar, und sie war eine Frau. Eine Frau, die begehrt wurde und die sich soeben vom wesentlich jüngeren Klavierlehrer ihrer Enkelin verführen ließ. Und dann musste sie plötzlich schmunzeln. Weil dies in dem Raum geschah, der ihrem verstorbenen Mann nicht nur als Bureau, sondern auch als Liebesnest gedient hatte. Entspannt überließ sie sich den zärtlichen und linkischen Liebkosungen und wünschte sich insgeheim, das unerwartete Rendezvous möge noch lange nicht zu Ende sein.

Der Klavierlehrer richtete sich auf und knöpfte sich die Hose zu. »Sie sind wunderschön, Señora Ramirez, und Sie lächeln. Darf ich demnach hoffen, dass es Ihnen gefallen hat?«

»Das hat es.« Dorothea strich ihr Kleid glatt. »Allerdings erwarte ich absolute Diskretion von Ihnen. Niemand darf jemals erfahren, was soeben in diesen vier Wänden geschah.«

Morado Flores legte eine Hand auf die Brust, die andere erhob er zum Schwur. »Bei allem, was mir heilig ist.«

»Ich wusste, dass wir uns verstehen. Beehren Sie mich bald wieder!«

Dorothea verabschiedete ihren beseligten Galan und wunderte sich noch immer über ihr kühnes Verhalten. Sie wollte gerade zum Herrenhaus hinuntergehen, als sie plötzlich innehielt. Nur wenige Schritte von ihr entfernt saß ein grüner Leguan, der sich eine Mango schmecken ließ. Es handelte sich um ein Männchen, wie an seinem hohen Rückenkamm und der dicken Kehlwamme zu erkennen war. Nie hatte Dorothea einen größeren Leguan gesehen. Von der Kopf- bis zur Schwanzspitze maß er sicherlich mehr als fünfeinhalb Fuß, mehr, als sie selbst groß war. Sie blieb unbeweglich stehen und wollte das prachtvolle Exemplar mit dem jadeschimmernden Schuppenkleid nicht verscheuchen.

Fasziniert beobachtete sie, wie das Tier seine Kiefer in die weiche Frucht hieb und die Stückchen langsam zerkaute. Nachdem die Mango gänzlich verspeist war, kroch der Leguan den Stamm eines Ohrenfruchtbaumes bis in die Krone hinauf, und sein Körper wurde eins mit dem dichten Blattwerk. Dorothea wollte dem schönen Tier einen Namen geben. Spontan nannte sie es Vasco da Gama nach dem berühmten portugiesischen Seefahrer, der den Weg um das Kap der Guten Hoffnung nach Indien entdeckt hatte.

Von nun an trafen sich Dorothea und der Klavierlehrer nach jeder Unterrichtsstunde in ihrem Atelier. Sie ging voraus, und er nahm eine Abkürzung über einen steilen Waldweg zur Blockhütte. Dort angekommen, schritt er sogleich zur Tat. Ohne darüber je gesprochen zu haben, behielt jeder seine Kleidung an und blieb bei der förmlichen Anrede *Sie*. Wenngleich Dorotheas Inneres nicht vor Leidenschaft erglühte, so empfand sie bei diesen Zusammenkünften doch ein angenehmes Kribbeln, gleich einem Schluck Champagner, der auf der Zunge prickelte, aber keinen Nachgeschmack hinterließ.

Morado Flores schenkte ihr weiterhin Kompositionen, Komplimente und seine Manneskraft. Er stellte weder Fragen noch Forderungen und war ein unbeschwerter, amüsanter Zeitvertreib. Nicht mehr und auch nicht weniger.

Isabels Geburtstag stand bevor. Bei der gewohnten Teestunde eines Nachmittags spürte Dorothea, dass ihre Schwiegermutter etwas auf dem Herzen hatte.

»Ich wollte dich um einen Gefallen bitten, Dorothea. Ich war schon so lange nicht mehr im Theater. Ich möchte wieder einmal eine Ballettaufführung besuchen. Du weißt, Pedro konnte diesen Zerstreuungen nichts abgewinnen. Er sagte, es sei lächerlich, Männer in fleischfarbenen Strümpfen über eine Bühne hüpfen zu sehen.«

»Ich komme gern mit, Schwiegermutter. Aber dann brauchen wir einen männlichen Begleiter. Mir fällt auch schon jemand ein...«

»Ballett...? Wollen wir nicht lieber zu einem Hahnenkampf gehen? Das ist doch viel lustiger.« Federico verschränkte die Arme vor der Brust und verzog die Mundwinkel. Seine ganze Haltung drückte Ablehnung aus.

Dorothea hatte mit einer derartigen Antwort gerechnet. Doch sie gab sich unbeeindruckt. »Deine Großmutter wird achtzig, Federico. Du willst sie an ihrem Ehrentag doch nicht ernstlich zu einem blutigen Tierkampf mitnehmen. Sie wünscht sich eine Ballettaufführung, und du wirst uns begleiten. Außerdem hat Theater nicht unbedingt etwas mit Belustigung zu tun.«

»Ich habe aber wirklich keine Lust. Theater ist langweilig, Ballett erst recht. Vermutlich wollt ihr sogar Margarita mitnehmen.«

»Ein guter Einfall! Kinder sollten rechtzeitig mit Kunst und Kultur in Berührung kommen. Bei dir war das bisher leider nicht der Fall. Dein Großvater hielt geistige Bildung für überflüssig. Aber noch ist es nicht zu spät.«

»Man merkt, dass du einmal Lehrerin warst. Kann nicht irgendein anderer Mann mitkommen?«

»Wen schlägst du vor?«

Federico kratzte sich am Kopf, dachte eine Weile nach. »Also gut, es gibt niemanden außer mir. Dann werde ich also mit einem Harem ins Ballett gehen. Wenn Großvater das noch erlebt hätte…«

»Auf dem Spielplan steht *Giselle*. In dem Stück geht es um Waldgeister, Liebe und gebrochene Herzen.«

»Ich kann es wirklich kaum erwarten«, erklärte Federico sarkastisch. »Sag, Mutter, ist eigentlich irgendetwas geschehen? Du kommst mir in letzter Zeit so anders vor, so gut gelaunt.«

Überrascht hob Dorothea die Brauen. »Nein, ich freue mich nur darauf, wieder einmal auszugehen. *Giselle* habe ich zuletzt vor vielen Jahren gesehen. Zusammen mit deinem Vater, ganz am Anfang unserer Ehe.«

Federico runzelte die Stirn und schien von der Erklärung seiner Mutter nicht recht überzeugt zu sein. Dann trat er nahe an sie heran und schnupperte. »Hast du ein neues Parfum?«

»Ja, ein französisches. Ich fürchte, ich habe heute etwas zu viel davon aufgetragen. Aber nun muss ich mich beeilen. Margaritas Klavierunterricht ist gleich zu Ende, und ich will Señor Morado Flores fragen, ob er mit ihr einen Walzer für Großmutters Geburtstag einstudiert. Das war doch immer ihr Lieblingstanz.«

Auf dem Weg vom Kontor zum Herrenhaus zog Dorothea einen schwarzen Flakon aus der Rocktasche und tupfte sich einige Tropfen Parfum hinter das rechte Ohr. Sie hätte den Grund dafür nicht nennen können, aber plötzlich musste sie laut lachen.

Schon Tage zuvor fieberten Isabel und Margarita der Aufführung entgegen. Isabel ließ sich sogar ein neues Kleid schneidern. Seit dem Tod ihres Mannes trug sie der Landessitte gemäß ausschließlich Schwarz. Und da es sich für eine Witwe nicht schickte, auffälligen Schmuck zu tragen, ließ sie an den Ausschnitt eine Reihe perlmuttschimmernder kleiner Perlen sticken. Dorothea hatte sich mit ihrer schwarzen Kleidung versöhnt, die einen reizvollen Kontrast zu ihrer hellen Haut und dem blonden Haar bot. Neben Isabel und ihr wirkte Margarita in ihrem roten Rüschenkleid und mit den weißen Stiefeletten wie eine Sommerblume.

Die Theaterbesucher machten ehrerbietig Platz, als die

vierköpfige Familie Ramirez das Foyer betrat. Mit seinen Marmorsäulen und prachtvollen Lüstern hätte dieses Theater auch in Europa Eindruck gemacht. Dorothea grüßte nach allen Seiten, plauderte hier und dort und merkte sehr wohl, wie die Augen der jungen Mädchen und auch die ihrer Mütter bei Federicos Anblick aufleuchteten. Ihr Sohn hatte zwar nicht die Strahlkraft seines Vaters, aber er hatte ihr helles Haar und ihre Augenfarbe geerbt und fiel somit in der Reihe der dunkelhaarigen und dunkeläugigen Einheimischen als Exot auf. Und sicher dachten manche dieser weiblichen Wesen auch an das Erbe, das Federico demnächst antreten würde. Nun, da sie nicht mehr befürchten musste, dass unter den Frauen von San José eine war, die ihr den Mann neidete und anonyme Beschimpfungen zu Papier brachte, würde sie in ihren Reihen vielleicht doch noch eine Vertraute finden.

Als sich der Vorhang öffnete, sah sie aus den Augenwinkeln, wie Federico gelangweilt, Isabel und Margarita dagegen gebannt das Geschehen auf der Bühne verfolgten. Wie sie mit dem Winzermädchen Giselle litten, das um seine Liebe kämpfte und schließlich an gebrochenem Herzen starb.

Dorothea erinnerte sich an jenen Tag, als sie in der Mittelloge gesessen hatte, die Antonio einzig für sie beide reserviert hatte. Wie verwirrt sie als frisch verheiratete Ehefrau gewesen war, als sich Antonios Bekundungen ehelicher Zuneigung auf keusche Küsse und flüchtige Umarmungen beschränkt hatten. Doch wie hätte sie seinerzeit den Grund für seine Zurückhaltung ahnen sollen? Damals hatte sie an sich selbst gezweifelt, sich eingeredet, dass sie mehr Geduld mit ihm haben müsse. Dass sie nicht die leidenschaftliche, verzehrende Glut erwarten durfte, die sie von Alexander kannte.

Unvermutet trat ihr die Szene vor Augen, als sie mit Antonio auf der Decke im Gras gesessen hatte und sie beide Margarita beim Spielen zugesehen hatten. Antonio hatte Alexanders Buch entdeckt, in dem sie zuvor gelesen und das traurige Erinnerungen in ihr ausgelöst hatte. Ihr waren vor Schmerz die Tränen gekommen. Antonio hatte sie gefragt, ob sie Alexander immer noch liebe, und sie hatte ihm wahrheitsgemäß geantwortet. Daraufhin hatte Antonio an ihrer Schulter leise geweint.

Wenige Tage später war ihr Mann tot gewesen. Jeder sprach von einem Unfall, doch immer wieder nagte der Zweifel an ihr. War es tatsächlich ein Zufall, dass Antonio an jener Stelle abgestürzt war, an der er ihr Jahre zuvor einen Heiratsantrag gemacht hatte? Oder hatte er diesen Ort bewusst gewählt… um seinem Leben ein Ende zu setzen? Nachdem er von ihrer fortdauernden Liebe zu Alexander erfahren hatte? War dieses Liebesgeständnis der Grund für seinen Tod gewesen?

Obwohl sie ihre Faust fest gegen die Lippen presste, konnte sie die Tränen nicht mehr zurückhalten. Zum Glück hätte jeder Beobachter angesichts von Giselles traurigem Schicksal Tränen der Rührung vermutet. Das anfängliche Glücksgefühl, das sie bei diesem Theaterbesuch empfunden hatte, verflüchtigte sich. Ihre Dämonen hatten sie wieder eingeholt. Und diese Dämonen trugen die Namen Selbstzweifel, Verzagtheit und Schuldgefühl.

Immer wenn Dorothea die Casa Santa Maria betrat, fielen alle Sorgen und Ängste von ihr ab. Hier fühlte sie sich frei, konnte ganz sie selbst sein. Dieses Heim war für sie eine kleine Insel des Glücks. Allerdings bekümmerte es sie, dass sie des Öfteren Mädchen abweisen musste, die Aufnahme bei ihr suchten. Obwohl der Garten mit Werkstatt und Brennofen ausreichend groß war, hatte das Haus doch nur bescheidene Ausmaße. Die beiden Zimmer im Obergeschoss reichten lediglich für vier Mädchen. Im Untergeschoss, neben der Küche, hatte die Hausmutter ihren eigenen Bereich.

Schon seit geraumer Zeit trug sich Dorothea mit dem Gedanken, in ein größeres Haus umzuziehen. Den Kaufpreis hätte die Gemeinschaft sicher innerhalb von drei bis fünf Jahren herausgewirtschaftet, denn mehr Bewohnerinnen konnten auch mehr Keramiken herstellen. Eines Morgens fiel ihr auf, dass das Nachbarhaus zur Linken leer stand.

»Die beiden älteren Leute sind kurz nacheinander gestorben«, klärte Yahaira sie auf, während sie in einer irdenen Schüssel einen Kuchenteig rührte. »Und die Kinder leben mit ihren Familien im ganzen Land verstreut. Ich kann mir nicht vorstellen, dass eines von ihnen wieder herziehen wird.«

Zwei Wochen später hatte Dorothea in Erfahrung gebracht, dass die Erben das Haus verkaufen wollten. Beide Grundstücke grenzten aneinander, und die Mädchen hätten weiterhin Zugang zu ihrer Werkstatt, nur von einer anderen Seite. Eine bessere Lösung konnte es gar nicht geben, fand Dorothea. Als sie ihren Schützlingen ihren Plan vortrug, waren sie erst überrascht, dann erfreut und wurden schließlich nachdenklich.

Sie drucksten eine Weile herum, bis Blanca schließlich vorsichtig nachfragte. »Wir haben uns so daran gewöhnt, in der Casa Santa Maria zu leben und die Gottesmutter als Schutzpatronin zu haben. Müssen wir nun nach einem neuen Namen suchen?«

»Aber nein! Auch wenn ihr demnächst in einem anderen Haus schlaft, so arbeitet ihr doch weiterhin in eurer alten Werkstatt. Und die ist das Herz der Casa Santa Maria.«

Diese Erklärung beruhigte die jungen Frauen. Sofort liefen sie hinüber, um die Räume zu begutachten. Schon bald diskutierten sie lautstark über die Einrichtung ihrer künftigen Zimmer und die Farben von Fliesen, Vorhängen und Bettwäsche. Don Quichote schnüffelte aufgeregt und schwanzwedelnd in jeder Zimmerecke und rollte sich schließlich mit einem zufriedenen Brummen unter dem Küchentisch zusammen.

Zweimal am Tag kam Dorothea im Heim vorbei und beobachtete voller Vorfreude, wie die Renovierungsarbeiten voranschritten. Jedes Zimmer sollte in einem anderen Farbton gestrichen werden, ganz so wie in der Pension ihrer Freundin Elisabeth. Schreiner fertigten zusätzliche Bettgestelle, Stühle und Schränke an, und zusammen mit

Margarita kaufte sie in der Stadt neue Laken, Waschschüsseln und Handtücher. Dorothea war froh über diese Ablenkung. So blieb ihr wenig Zeit, sich traurigen Gedanken hinzugeben. Abends fiel sie todmüde ins Bett. Doch manchmal schreckte sie mitten in der Nacht auf. Dann sah sie Antonio auf dem Felsen stehen, die Hände gefaltet. Seine gekrümmte Körperhaltung verriet den verzweifelten Menschen. Er wandte ihr sein Gesicht zu, und in seinen Augen lag tiefe Trauer.

Halt!, wollte sie ihm zurufen. *Tritt zurück!* Doch im nächsten Augenblick hatte er sich in leise wirbelnden Nebelschwaden aufgelöst.

Padre Isidoro nahm die Einweihung des neuen Hauses vor. Wie schon bei der Casa Santa Maria erstrahlte die Fassade in hellem Gelb. Er schritt von Raum zu Raum, machte das Kreuzeszeichen und verspritzte mit einem Palmwedel Weihwasser in alle Ecken.

»Allmächtiger Gott, segne dieses Haus und alle, die hier ein- und ausgehen. Halte deine Hand schützend über sie, auf dass sie in Frieden ihr Werk verrichten und deine Herrlichkeit und ewige Güte preisen.«

In den Zimmern konnten ab sofort acht Mädchen untergebracht werden, doppelt so viele wie in dem alten Haus. Nach dem gemeinsamen Kuchenessen erzählte Padre Isidoro von einem Zwillingspaar, Chorotega-Indianerinnen, die von ihrer Familie an ein Bordell in Puntarenas verkauft worden waren. Die Polizei hatte die beiden aufgegriffen, als sie sich als blinde Passagiere an Bord eines Frachtschiffes nach Europa schleichen wollten. Einer der Polizisten, ein früherer Klassenkamerad des Geistlichen, hatte ihm das Schicksal der Mädchen in einem Bittbrief geschildert.

»Leider gibt es viele solcher Fälle. Aber wenn wir zumindest zwei Seelen retten ... Ob Sie die beiden wohl aufnehmen können, Señora Ramirez?«

»Richten Sie Ihrem Freund aus, er soll sie hierherschicken, Padre. Allerdings habe ich meinen Schützlingen versprochen, dass wir immer gemeinsam entscheiden, welche neuen Mädchen bei uns einziehen.«

»Also besteht zumindest eine gewisse Hoffnung.«

Der Händedruck des Padre war herzlich und fest. Sie fühlte die Hand eines Mannes, über den sie gern mehr erfahren hätte. Denn in seinen Augen entdeckte Dorothea einen Schimmer, den sie auch erkannte, wenn sie in den Spiegel blickte. Eine unerfüllte, sich verzehrende Sehnsucht. Sie hielt seine Hand länger fest, als es aus Höflichkeit nötig gewesen wäre. Und der Padre machte keine Anstalten, sie ihr zu entziehen.

»Sie kommen mir traurig vor, Señora Ramirez. Sicher ist es nicht einfach für Sie nach dem Tod Ihres Mannes. Haben Sie jemanden, dem Sie gelegentlich Ihr Herz ausschütten können?«

»Ja ... ich meine, nein.« Noch immer hielt sie seine Hand fest. Hielt sich an ihm fest. »Meine Schwiegermutter leidet sehr unter dem Tod ihres Mannes und ihres Sohnes, und meinen eigenen Sohn kann ich mit meiner Trauer nicht behelligen. Er bereitet sich auf die Übernahme der Plantage vor. Meine Enkelin ist noch ein Kind, und meine Freundin wohnt zehn Tagesritte von hier entfernt an der Pazifikküste. Wir haben uns auf dem Schiff von Deutschland nach Costa Rica kennengelernt.«

»Sie sind eine bemerkenswerte Frau, Señora Ramirez. Darf ich Sie zu mir nach Hause zum Tee einladen, sofern Ihre Zeit es zulässt?«

Täuschte sie sich, oder lag in dieser Frage ein leises Flehen? »Ich komme gern. Und dann müssen Sie mehr über die Zwillinge erzählen.«

Padre Isidoros Lider flatterten, er senkte den Blick, und sein Händedruck ließ nach. Verunsichert löste Dorothea ihre Hand. War seine Einladung womöglich nur eine höfliche Floskel gewesen? Hatte er insgeheim gehofft, sie lehne seine Einladung ab und schütze dringende Verpflichtungen vor? Dieser Priester – als Mann durfte sie ihn nicht sehen – strahlte etwas Verwirrendes, Anziehendes aus. Welch ein Mensch mochte sich unter der schwarzen Soutane verbergen? Und dann schoss ihr eine Frage durch den Kopf, die ihr Inneres zutiefst aufwühlte: Was empfände ich wohl, wenn mein Gegenüber nicht das Gewand eines Geistlichen trüge? Die Antwort, die sie sich selbst gab, war alles andere als tugendhaft. Denn sie sah zwei Menschen in leidenschaftlicher Umarmung vor sich.

»Wie wäre es am Samstag in einer Woche, Señora Ramirez? Ich freue mich auf Sie.«

Die Haushälterin hatte schon den Tee zubereitet, und Dorothea nahm in dem Besuchersessel Platz. Padre Isidoro zog seinen Stuhl hinter dem Schreibtisch hervor und setzte sich ihr gegenüber. Dorothea kostete einen Schluck von dem Tee, der ziemlich stark und ziemlich bitter schmeckte. Vermutlich hatte die Haushälterin ihn wie Kaffee zubereitet und lange ziehen lassen. Ganz gegen ihre Gewohnheit rührte Dorothea zwei Löffel Zucker und etwas Sahne hinein und konnte den Tee nun trinken, ohne das Gesicht zu verziehen und unhöflich zu erscheinen.

Padre Isidoro teilte ihr erfreut mit, dass die Zwillingsmädchen auf dem Weg nach San José waren. Da entdeckte Dorothea hinter dem Rücken des Geistlichen auf einem Tischchen eine Vase, die ganz eindeutig aus der Werkstatt ihrer Schützlinge stammte. Der Padre bemerkte ihren Blick.

»Die Keramiken sind so wunderschön und geheimnisvoll. Diese gefiel mir am besten. Ich musste die Vase unbedingt haben.«

Dorothea trat an das Tischchen. »Darf ich einmal nachsehen?« Sie hob die Vase an und prüfte die Unterseite. »Dachte ich es mir doch ... Dieses Stück hat Blanca gefertigt, unsere Jüngste.« Als sie wieder Platz genommen hatte, meinte sie, eine gewisse Unsicherheit in den Augen des Priesters zu entdecken. Oder war es Melancholie? »Erzählen Sie mir von Ihrer Kindheit! Ich weiß nur, dass Sie aus Nicaragua stammen.«

»Eigentlich bin ich nicht daran gewöhnt, über mich zu sprechen. Meist ist es doch so, dass die Menschen zu mir kommen, um von sich zu erzählen.«

»Ich möchte aber mehr über Sie erfahren. Sagen Sie, Padre, haben Sie mich zum Tee eingeladen oder zur Beichte?«

Padre Isidoro lachte und legte den Kopf in den Nacken. In dieser Bewegung lag etwas Jungenhaftes, das sie gern mit dem Zeichenstift festgehalten hätte. Und dann erzählte er von seinem Heimatdorf an der Grenze zwischen Nicaragua und Costa Rica. Von seinem Vater, der als Wanderarbeiter die siebenköpfige Familie ernähren musste. Von seiner Mutter, die für reichere Familien genäht und auf dem Markt selbst gezogenes Gemüse verkauft hatte, um ein wenig Zubrot zu verdienen. Von seinen beiden älteren Schwestern, die mit ihren Familien in der Nähe der Eltern lebten, und den beiden jüngeren Brüdern, von denen der eine Lehrer und der andere Kaufmann geworden war.

»Ich denke gern an meine Kindheit zurück. Auch wenn wir arm waren, so haben unsere Eltern uns immer unterstützt. Dafür greifen meine Brüder und ich den Eltern heute unter die Arme. Wir haben ihnen ein Häuschen gekauft, und nun leben sie dort als glückliches altes Ehepaar. Sie sind stolz auf ihre Kinder und die vielen Enkel.«

Dorothea hörte aufmerksam zu und war besonders berührt von der liebevollen Art, wie er über seine Eltern sprach. Sie ertappte sich dabei, dass sie den Priester um seine Kindheit beneidete. »Für mich klingt das wie ein Märchen.«

Padre Isidoro ließ ihre Worte im Raum verklingen. Er nahm von dem Tee, verzog den Mund und griff ebenfalls nach der Zuckerdose. »Möchten Sie erzählen, was Sie daran märchenhaft finden?«

Seine Frage überraschte und verwirrte sie. Und mit einem Mal fühlte Dorothea etwas in sich aufbrechen. Als würden die Mauern einer Festung sich einen Spaltbreit öffnen und Einlass gewähren. Ihr war, als würde sie den Menschen, der ihr gegenübersaß, schon seit Jahren kennen. Sie vertraute ihm und verspürte keine Scheu, ihn in ihre Seele blicken zu lassen.

»Das ist eine lange Geschichte, Padre.«
»Ich habe Zeit.«
Und so begann sie. Erzählte von ihrer Kindheit in Köln

und den Anfangsjahren in Costa Rica, von der kürzlichen Entdeckung, dass sie einem Seitensprung ihres Vaters entstammte, von ihrer Tochter Olivia, die von einer Bühnenkarriere träumte, und von ihrem Sohn Federico, der ihr innerlich lange fremd geblieben war. Und ganz zum Schluss von ihrer Liebe zu Alexander, den sie erst verloren, nach Jahren wiedergefunden und schließlich gänzlich verloren hatte.

Padre Isidoro hatte mit unbewegter Miene zugehört. »Sie sind hart und unerbittlich gegen sich selbst, Señora Ramirez. Doch Gott ist gnädig. Er verlangt von den Menschen keine unmenschlichen Opfer. Vertrauen Sie auf seine Güte und sein Verzeihen! Ich wünsche Ihnen, dass Sie noch einmal lieben können, so wie Sie Ihren früheren Verlobten geliebt haben.«

»Nein, das ist unmöglich. In meinem Herzen wird immer eine Wunde bleiben, die zwar vernarbt, aber nicht verheilt ist… Allerdings trage ich etwas mit mir herum, das mir keine Ruhe lässt, Padre. Weil ich nicht weiß, inwieweit ich Schuld auf mich geladen habe.«

»Wie meinen Sie das?«

Dorothea presste die Hände so fest gegeneinander, dass die Knöchel weiß hervortraten. Sie wollte dem Geistlichen gegenüber aufrichtig sein und sich nicht schonen. »Offenbar bin ich doch nicht nur zum Tee gekommen, sondern auch zur Beichte. Als ich meinen Mann zum letzten Mal sah, gestand ich ihm, dass ich Alexander noch immer liebe. Antonio war sehr traurig, er weinte. Jedenfalls bin ich mir nicht sicher, ob sein Tod tatsächlich ein Unfall war… oder ein Freitod. Weil…« Sie schluchzte, denn die Gespenster ihrer schlaflosen Nächte holten sie ein. »… weil Antonio sich von mir verraten fühlte.« Ihre Tränen flossen, obwohl sie sich dagegen zur Wehr setzte. Sie suchte nach einem Taschentuch in ihrer Rocktasche, fand aber keines. Verschwommen nahm sie die Hand des Padre wahr, der ihr ein frisch gebügeltes, blütenweißes Taschentuch reichte. Sie trocknete die Tränen, schnäuzte sich, doch der Tränenstrom wollte nicht versiegen.

»Bitte, Señora Ramirez! So etwas dürfen Sie nicht denken. Sie haben nicht das Geringste mit dem Tod Ihres Ehemannes zu tun.«

Sie fühlte die Hand des Priesters auf ihrem Arm und schüttelte heftig den Kopf. »Das können Sie doch gar nicht wissen, Padre.«

»Doch.«

Sie schnäuzte sich wieder und wischte sich mit der Hand über die Augen. »Was haben Sie gesagt?«

»Ich weiß, dass Sie frei von jeder Schuld sind. Ihr Mann hat sich absichtlich von diesem Felsen gestürzt, das ist richtig. Aber er tat diesen Schritt nicht, weil er sich von Ihnen verraten fühlte.«

Mit offenem Mund starrte sie ihn an, begriff gar nichts. »Wieso glauben Sie…«

»Weil ich es war, der ihn verraten hat.«

»Ich verstehe Sie nicht.« Dorothea zerknüllte das Taschentuch in ihrer Hand, zupfte an einer Ecke, in die in blauem Garn die Initialen gestickt waren: *AR*. »Sehen Sie, ein solches Taschentuch hatte mein Mann auch.«

»Es ist seins. Antonio hat es mir einmal geschenkt.«

»Antonio… Wieso hat mein Mann Ihnen sein Taschentuch… ich meine…« Die Luft vor Dorotheas Augen geriet ins Flimmern. Sie tastete nach dem Schreibtisch, klammerte sich daran fest, hoffte nur, nicht ohnmächtig zu werden und unter die mächtige Holzplatte zu sinken. Sie musste träumen. Ganz sicher war dies nur ein Traum. Einer dieser Albträume, die sie seit Wochen heimsuchten, weshalb sie bei Tag immer wie zerschlagen war und fröstelte, während draußen subtropische Temperaturen herrschten. Oder hatte sie den Verstand verloren? Vielleicht war er ihr schon seit Langem abhandengekommen, und sie hatte es nur noch nicht bemerkt. Weil sie viel zu sehr mit sich selbst und ihrer Sehnsucht nach dem vollkommenen Glück beschäftigt war.

»… und deswegen weiß ich nicht, ob ich überhaupt das Recht habe, Sie zu fragen, ob Sie mir verzeihen können.«

Sie blickte in das tränenüberströmte Gesicht Padre Isidoros, der vor ihr kniete, und erschrak. »Was tun Sie da?«

»Ich schäme mich. Vor Gott … und vor Ihnen. Wir haben gegen unsere Gefühle gekämpft, aber wir haben den Kampf verloren. Das erste Mal bin ich Antonio bei der Hochzeit Ihrer Tochter begegnet. Sofort habe ich gespürt, dass ich mich immer nach einem Menschen wie ihm gesehnt habe. Einfühlsam, sensibel, mit leisem Humor … Gleichzeitig hat mein Gewissen mich gequält, denn ich wollte Ihnen keinesfalls den Mann wegnehmen. Ich habe immer bewundert, wie Sie Ihren eigenen Weg gegangen sind und wie Sie sich über Vorurteile hinweggesetzt haben.«

Dorothea rieb sich die Augen und stellte überrascht fest, dass sie den Verstand wohl doch nicht verloren hatte. Sie befand sich in keinem Traum, sondern im Arbeitszimmer des letzten Liebhabers ihres Mannes. Eines Priesters, der ihr soeben eine Todsünde gestanden hatte. Und plötzlich verstand sie, warum dieser Padre so anziehend auf sie wirkte. Etwas an ihm erinnerte an Antonio, und das hatte wohl auch Antonio als anziehend empfunden. Es war ein Teil von ihm selbst gewesen und hatte nur in der Widerspiegelung seine Erfüllung finden können. »Das habe ich nicht gewusst, Padre. Antonio sprach nie über ... so etwas. Aber Sie haben mich nicht hintergangen. Antonio hat mich nie geliebt. Also hätten Sie mir auch nichts wegnehmen können.«

»Glauben Sie mir, Señora Ramirez, er hat Sie geliebt, wenn auch nicht so, wie es zwischen Ehepartnern üblich ist. Antonio hat immer voller Hochachtung von Ihnen gesprochen. Seitdem er tot ist, werfe ich mir vor, dass ich ihn zu diesem schrecklichen Entschluss getrieben habe.« Padre Isidoro hielt sich die Hände vor das Gesicht und stieß einen Klagelaut aus. »Ich konnte dieses Versteckspiel nicht länger ertragen. Unsere Liebe war eine Sünde vor Gott, auch wenn ich sie als rein und makellos empfand. Immer hatte ich Angst, jemand könnte uns enttarnen. Gleichzeitig sehnte ich mich nach seiner Nähe. Ich wollte bei meinem Bischof um eine Versetzung in meine alte Heimat Nicaragua nachsuchen. Damit ich nicht mehr in Versuchung gerate und um ihn zu schützen. Antonio brach fast zusammen, als ich ihm davon erzählte. Er sagte, er könne so nicht weiterleben, aber einen Ausweg wusste er auch nicht. Dann ist er nach Cartago gefahren ...« Padre Isidoro stöhnte auf. Er heftete seinen Blick auf das Kruzifix über der Tür, während ihm Tränen über die Wangen rannen. »Als ich seinen Abschiedsbrief in den Händen hielt, war es schon zu spät. Oh, ich vermisse ihn so sehr!«

Dorothea war versucht, die Hand auszustrecken und dem Geistlichen über das Haar zu streichen. Plötzlich verstand sie. Antonios anfängliche Euphorie, sein Tatendrang, seine Energie kurz nach Olivias Hochzeit und dann der Umschwung. Seine Gereiztheit, seine Müdigkeit, seine selbst gewählte Einsamkeit. Er war ebenso verzweifelt gewesen, wie es Padre Isidoro war. Und er hatte gelitten, wie auch sie, Dorothea, gelitten hatte. Drei Menschen, die auf schicksalhafte Weise miteinander verbunden waren und die – jeder für sich – die Unerreichbarkeit ihrer großen Liebe ertragen mussten. Gleichzeitig fiel eine Last von ihr ab, denn sie musste sich nicht mehr vorwerfen, schuld zu sein an Antonios Tod. Sacht berührte sie mit den Fingerspitzen die Schulter des Priesters.

»Ich danke Ihnen für Ihre Offenheit, Padre. Aber auch Sie haben keine Schuld auf sich geladen. Man liebt nicht, weil man will, sondern weil man muss. Ich weiß nicht, wo ich diesen Satz einmal gelesen habe, aber er klingt sehr weise. Seine Bedeutung war mir noch nie so klar wie in diesem Augenblick.«

Padre Isidoro lächelte mit zitternden Mundwinkeln. »Bisher habe nur ich den Menschen die Beichte abgenommen, und nun nehmen Sie mir die Beichte ab. Darf ich Ihre Hand halten?«

Sie nickte und spürte, wie sich unter seiner Berührung eine wohltuende Wärme in ihrem Körper ausbreitete. »Meine Schwiegermutter hat mir eine Mappe mit Kinderzeichnungen von Antonio gegeben. Wenn Sie mögen, besuchen Sie mich demnächst auf der Hacienda. Dann sehen wir uns die Blätter gemeinsam an.«

Die Kutsche passierte das blütenumrankte Eingangstor und näherte sich dem Herrenhaus. Zu ihrer Linken gewahrte Dorothea eine Bewegung. Vasco da Gama, der imposante grüne Leguan, kroch den Baumstamm herab. Auf halber Höhe hielt er inne und äugte zu ihr herüber. Dorothea schickte ihm ein leises Kopfnicken. Aus Margaritas Fenster erklang Klaviermusik. Sie stieg aus der Kutsche und tätschelte dem Pferd den Hals. Der Rappe schnaubte und wieherte, und aus den Stallungen kam die Antwort der anderen Pferde. Das Klavierspiel verstummte, Margaritas Kopf erschien am Fenster.

»Großmama, hör einmal zu! Ich habe gerade eine Mazurka gelernt.«

Margarita verschwand im Innern des Hauses. Dorothea wartete, fühlte sich plötzlich ganz leicht und unbeschwert. Nun, da sie das Geheimnis um ihren Mann gelüftet hatte, war nur noch die Zukunft ihrer beiden Kinder und die der Enkelin offen. Dem Wohlergehen dieser drei wollte sie sich widmen, mit ihrer ganzen Kraft. Von nun an würde alles gut werden. Dessen war sie sich sicher.

Sie hörte, wie Margarita die Tasten anschlug. Und dann erblickte sie Julio Morado Flores, der den Fensterflügel weit öffnete und ihr zuwinkte. Lachend warf sie ihm eine Kusshand zu.

PERSONEN

Alexander Weinsberg	Journalist, Reiseschriftsteller, Dorotheas früherer Verlobter
Antonio Ramirez Duarte	Dorotheas Ehemann, Sohn eines Kaffeebarons
Azara de la Rivera, Gabino	Notar, Freund Pedros
Blanca	Bewohnerin der Casa Santa Maria
Carmona y Medel, Gonzalo	Theaterdirektor in Panama-Stadt
Centeno Valverde, Humberto	Bürgermeister von San José
Dario	Schauspieler, Chef einer Wandertruppe
del Mar, John	amerikanischer Journalist
Doktor Costa Luengo	Arzt im Hospital von Cartago
Doktor Jefferson	Arzt in San José
Don Quichote	Wachhund in der Casa Santa Maria

Dorothea Ramirez geb. Fassbender	Antonios Ehefrau, ehemalige Haus- und Zeichenlehrerin
Elisabeth von Wilbrandt	österreichische Auswanderin, Dorotheas Freundin, Mutter von Marie und Gabriel
Enrique Alfaro de la Cueva	mexikanischer Maler, Vater von Gabriel
Evita	Schauspielerin, Mitglied einer Wandertruppe
Fabia	Bewohnerin der Casa Santa Maria
Familie Reimann	deutsche Aussiedler
Federico Ramirez Fassbender	Dorotheas und Antonios Sohn
Gabriel	Elisabeths Sohn
Gallego Sosa, Clemente	argentinischer Dichter, Elisabeths Pensionsgast
Isabel Duarte y Alvardo	Pedros Ehefrau, Antonios Mutter
Leyre	Bewohnerin der Casa Santa Maria
Lionel	Muliführer
Margarita Estrada Ramirez	Tochter von Olivia und Romano
Marie	Elisabeths Tochter
Morado Flores, Julio	Pianist, Margaritas Klavierlehrer
Olivia Ramirez Fassbender	Dorotheas und Antonios Tochter

Padre Isidoro Goitia Amábilis	Priester in San José
Pedro Ramirez Garrido	Kaffeebaron, Antonios Vater
Pilar	Bewohnerin der Casa Santa Maria
Raura	Bewohnerin der Casa Santa Maria
Romano Estrada Cueto	Bierbrauer, Olivias Ehemann, Margaritas Vater
Sánchez Alonso, Juan	Verwalter auf der Hacienda Margarita
Señora Torres Picado	Schulfreundin von Isabel
Sienta	Bewohnerin der Casa Santa Maria
Silma	Bewohnerin der Casa Santa Maria
Silvina	Sängerin, Mitglied einer Wandertruppe
Teresa	Bewohnerin der Casa Santa Maria
Yahaira	Hausmutter der Casa Santa Maria

Bedienstete der Hacienda Margarita

Eine junge Deutsche sucht ihr Glück am anderen Ende der Welt.

544 Seiten. ISBN 978-3-442-38102-9

Köln 1848. Die junge Hauslehrerin Dorothea erfährt, dass ihr Verlobter, der Journalist Alexander, bei politischen Unruhen in Berlin ums Leben kam. Was wird nun aus ihrer gemeinsam erträumten Zukunft in Costa Rica? Nach einem weiteren Schicksalsschlag entschließt sich Dorothea, die Reise in das unbekannte, ferne Land alleine anzutreten ... Doch kann sie ihre Vergangenheit wirklich in Deutschland zurücklassen, und wird jemals ein anderer Mann Alexanders Platz in ihrem Herzen einnehmen können?

Lesen Sie mehr unter: **www.blanvalet.de**

blanvalet

DAS IST MEIN VERLAG

... auch im Internet!

 twitter.com/BlanvaletVerlag

 facebook.com/blanvalet